NTORIN
KOLUMBOS
PORI
PANAGIA
THERA (SANTORIN)
MEGALO VOUNAI
AGIA IRINI
KANAKARI
VOURVOULOS
EXO GIALOS
FIRA
MESSARIA
EXO GONIA
KAMARI
PERISSA
PERIVOLOS
AKROTIRI
VLICHADA
AKR. EXOMITIS
ÄGÄISCHES MEER

F.U.K. Wagner SANTORIN

F.U.K. Wagner

SANTORIN

Das Ende der Welt?

Fiktiver Tatsachenroman

BK Verlag

In unserer globalisierten, extrem vernetzten Welt werden die Launen der Natur ausreichen, die Netzwerke der modernen Kultur zu zerstören und den Überlebenskampf der Menschheit einzuläuten.

Das dazu in diesem Buch entwickelte Szenario ist trotz vieler nachprüfbarer Fakten reine Fiktion und wird mit hoher Wahrscheinlichkeit so nie eintreten. Dennoch bleiben die Launen der Natur vielgestaltig und unberechenbar, so wie auch ihre größte Laune, der Mensch.

September 1997, Berlin

Pressenotiz in der Berliner Morgenpost:

Ein Forscherteam des geophysikalischen Instituts Athen entdeckte kürzlich in Höhe der griechischen Halbinsel Magnesia eine „aktive Erdspalte", die in Zukunft Erdbeben auslösen könnte. Eine weitere „aktive Erdspalte" untersuchen die Wissenschaftler derzeit in der Nähe der Kykladeninsel Amorgos.

Die Leiterin des Forscherteams, Maria Sachpatzi, vermutet, dass die beiden Spalten für die Beben verantwortlich sind, bei denen seit 1945 in Griechenland fast sechshundert Menschen ums Leben gekommen sind. Nach Ansicht der Wissenschaftlerin könnten die Erdspalten erneut den Vulkan auf der Insel Santorin aktivieren. DPA

18. Februar 2013, Rom

Pierre Navarre war rundum zufrieden, mit der Welt und sich selbst. Er hatte seine Füße auf das Tischchen vor sich gelegt und genoss ein Glas Champagner am Ende eines herausfordernden Tages. Man hatte ihm einen glänzenden Vortrag bescheinigt sowie eine fast brillante Abwehr lästiger Fragen in der Diskussion. Dazu kam noch Anerkennung in den Kongresspausen von manchmal ehrlich begeisterten, neidischen oder einfach nur sich wichtig tuenden Kollegen. Er konnte auch wirklich stolz auf sich sein, die Wissenschaft nicht nur um ein neues Phänomen bereichert, sondern auch die theoretischen Grundlagen zu dessen Erklärung geliefert zu haben.

Ein leichtes Lächeln ging über sein Gesicht, als er an die Pressekonferenz dachte, die nach dem gemeinsamen Lunch im Hotelrestaurant abgehalten worden war und in der er einer Meute mehr oder weniger dummer Journalisten den Inhalt seiner Monographie *Die Resonanz magnetischer Anomalien der Sonne mit Temperatur und Verwirbelung der Magmaströme der Erde* erläutern sollte. Er hatte es sich nicht nehmen lassen, das Ganze so wissenschaftlich wie möglich, das heißt kompliziert, darzustellen und mit Fachausdrücken nur so um sich geworfen. Und es hatte Wirkung gezeigt. Die Journalistenkanaille war so beeindruckt, dass nur wenige Fragen kamen und die, die gestellt wurden, waren geprägt von der Vorsicht, nicht zu viel von der eigenen Unwissenheit zu offenbaren. Allerdings gab es eine Ausnahme, eine junge italienische Journalistin, die ihm von Anfang an durch ihr reizendes Äußeres aufgefallen war und sich trotz ihrer Reize als ziemlich intelligent erwies. Sie hatte ihn gefragt, ob seine Entdeckung, allein das Wort *Entdeckung* hatte ihr bereits sein Wohlwollen entgegengebracht, eine praktische Bedeutung für das Leben auf der Erde haben könnte. Da er über diese Frage selbst schon oft sinniert hatte, war er hier vom Gipfel der Wissenschaft herabgestiegen. Für ihn sonst untypisch hatte er mit einfachen Worten erklärt, dass die zurzeit anomal steigende Sonnenaktivität über magnetische Resonanz, vergleichbar zur Wirkung einer gigantischen Mikrowelle, den flüssigen Erdkern aufheizt und die Turbulenzen in den Magmaströmen spürbar erhöht. Ihr Nachsetzen, ob das nicht heißen würde, dass dadurch der Vulkanismus auf der Erde angeheizt werden könnte, wurde von ihm vorsichtig als logische Schlussfolgerung, aber keinesfalls gesichert in den realen Auswirkungen, akzeptiert.

Das war aber auch der einzige Höhepunkt dieser Veranstaltung gewesen. Wobei er sich allerdings mehr an das angenehme Äußere der Italienerin erinnerte als an die Details seiner fachlichen Repliken.

Am späten Nachmittag hatte er dann bedauerlicherweise die Leitung der Konferenz übernehmen müssen, obwohl er lieber mit Liza einen Stadtbummel durch Rom unternommen hätte. Er war zwar schon öfter in Rom gewesen, allerdings zum ersten Mal mit Liza. Er liebte vor allem die Basilika di San Pietro, mit der Pieta und den Deckengemälden von Michelangelo. Und erst die Sixtinische Kapelle. Es gab immer wieder Details, die ihm bisher entgangen waren und das Göttliche im Werk Michelangelos stets aufs Neue offenbarten. Aber morgen war auch noch ein Tag. Im Übrigen war es nicht nur reine Pflichterfüllung, als *Mr. Chairman* zu agieren. Er hatte es durchaus genossen, im Mittelpunkt zu stehen und durch präzise, die eigene Wichtigkeit unterstreichende Fragen die Diskussion zu den einzelnen Fachvorträgen anzuregen. Leider war dann das Abendessen mit seinen Fachkollegen nicht ganz nach seinen Wünschen verlaufen. Das betraf allerdings nicht das Essen. Mit der Seezunge war er außerordentlich zufrieden gewesen. Und auch nicht den Wein. Es gab einen exzellenten Rotwein von der Insel Sardinien. Ein wahrer Genuss. Sein Pech war, dass er mit Professor Iskarin von der russischen Akademie der Wissenschaften, dreiundsiebzig Jahre alt und schon völlig verknöchert, zusammensitzen musste, der ihn die ganze Zeit mit einer intensiven fachlichen Diskussion behelligte. Und Professor Iskarin war ein Fachmann. Es gab kaum jemanden, der sich in Sonnenflecken, magnetischen Anomalien und magnetischer Resonanz besser auskannte. Professor Iskarin hatte auch an der Pressekonferenz teilgenommen und fand die Frage der Journalistin hinsichtlich einer möglichen Verbindung zu einer erhöhten vulkanischen Aktivität außerordentlich interessant. Er hatte auf seiner Serviette verschiedene Kurven gezeichnet, die einen solchen Zusammenhang nahe legen konnten. Aber eben nur konnten. Am Schluss hatte es ihn fast gelangweilt, dass der alte Herr einfach nicht vom Vulkanismus lassen konnte. Dennoch hatte es Professor Iskarin am Ende geschafft, bei ihm ein leichtes Gefühl des Unbehagens zu hinterlassen. Er konnte sich nicht mehr im Detail erinnern, wann sich dieses Gefühl eingestellt hatte. Es hing irgendwie mit einer gestiegenen Anzahl aktiver Vulkane auf Kamtschatka zusammen. Professor Iskarin war der Auffassung, dass man diese Zusammenhänge unbedingt weiter untersuchen sollte, worin er von ihm unterstützt wurde, allerdings nur, um diese Nervensäge endlich ruhig zu stellen.

Nach dem Essen war er auf sein Zimmer gegangen und hatte zu Hause in Vancouver angerufen. Das tat er eigentlich immer, wenn er unterwegs war. Seine Frau begleitete ihn nie auf seinen Reisen, da ihre drei Töchter der vollen Aufmerksamkeit der Mama bedurften. Deshalb auch jeden Abend der obligatorische Anruf zu Hause, was seine drei Lieblinge wieder so angestellt hatten. Während seiner letzten Dienstreise hatte seine große Tochter, sechzehn Jahre alt, Papas Wagen in die Garage gefahren; Kostenpunkt danach achtzehntausend Dollar. Zum Glück gab es dieses Mal keine neuen Hiobsbotschaften. Nur Liebesleid mit dem neuen Freund, bei der Dreizehnjährigen, und schon wieder gestiegene Friseurkosten. Und die Frage, wann er nach Hause käme. Der Vulkan Mt. St. Helens war erneut ausgebrochen, ein eindrucksvolles Naturschauspiel, und seine Töchter wollten es unbedingt einmal sehen. Er hatte sehr ausweichend darauf geantwortet, denn er hielt nicht viel von Sensationstourismus. Darüber konnte man reden, wenn er zu Hause war.

Und nun hatte er endlich Ruhe und konnte sich den schönen Dingen des Lebens zuwenden. Im Bad rauschte das Wasser der Dusche, Liza machte sich gerade frisch nach ihrem Stadtbummel in Rom. Sie hatte zwar ein eigenes Zimmer, jedoch verbrachte sie die meiste Zeit in seiner sehr geräumigen Suite. Nicht nur das Bad war wesentlich größer, hier hatten sie auch ein Doppelbett, das zu intensiverer Nutzung regelrecht einlud. Er hatte sich ein zweites Glas Champagner eingeschenkt, denn noch immer war dieses Unbehagen, das ihm Professor Iskarin eingeflößt hatte. Vulkane, Vulkane, Vulkane. Plötzlich aber musste er lachen und das Unbehagen war verschwunden. Wenn er einen Vulkan kannte, dann war es Liza. Sie konnte explodieren, allerdings nur im Doppelbett und nur mit ihm. Dieser Gedanke begann ihn immer mehr zu erregen, da offensichtlich auch Lizas Vorbereitungen für eine noch wunderschöne Nacht zum Ende gekommen waren. Die Tür im Bad öffnete sich und Liza kam mit einem strahlenden Lächeln und einem wundervollen neuen Negligé, das hatte er ihr geschenkt, auf ihn zu: „Schatz, wo ist mein Champagner?"

7. April 2014, Zürich

„Liebling, was ist nur los mit dir?“ Mit diesen Worten betrat Richard Eschli das kleine Arbeitszimmer seiner schönen Mansardenwohnung mit Blick auf den Züricher See. Für den hatte seine Frau Sylvia, wissenschaftliche Assistentin am Geologischen Institut der ETH Zürich und Spezialistin für Vulkanologie, offensichtlich zurzeit nicht viel übrig, denn das Zimmer war übersät mit Papieren jedweder Art. Sylvia selbst saß am Computer, mit Ringen unter den Augen, und nahm ihn kaum wahr. „Liebling, das geht so nicht weiter. Seit Tagen schläfst du fast nicht mehr, das Essen genießt du am Computer und ansprechbar bist du auch nicht. Was ist eigentlich los?“ Richard war hinter Sylvia getreten und hatte begonnen, ihr ganz sacht den Nacken zu massieren. „Du bist total verspannt. Lass uns einen Spaziergang machen. Das lenkt dich etwas ab und du kannst mir erzählen, was dich bedrückt.“

Sylvia drehte sich langsam um. Er sah, dass sie Tränen in den Augen hatte und leicht zitterte. „Das verstehst du nicht. Mein Chef ist ein Idiot. Er konnte mich schon immer nicht leiden.“ Mit diesen Worten war Sylvia in Tränen ausgebrochen, hatte den Kopf auf die Computertastatur gelegt und schluchzte vor sich hin.

Richard hob sie hoch, küsste sie sanft auf die Nase, umarmte sie und legte ihren Kopf an seine Schulter. „Komm Liebling, lass uns ein Stück laufen.“

Wenige Minuten später bummelten sie Hand in Hand die Uferpromenade entlang. Es war ein wunderschöner Apriltag, das erste Grün war zu sehen und ein milder Wind wehte aus dem Süden. Richard merkte, wie sich Sylvia langsam entspannte und tief Luft holte. Nun konnte er einen neuen Anlauf wagen. „Sylvia, was ist los? Als du aus Griechenland zurückgekommen bist, warst du im Himmel der Glückseligkeit. Du warst begeistert und in deinem Elan nicht zu bremsen. Was ist nur passiert?“

Stockend begann Sylvia zu erzählen. Sie suchte spürbar nach Worten, ihm die für sie unangenehme Situation offen zu legen. „Du hast Recht, Richard, es war eine Studienreise, wie man sie sich wünscht. Erst Neapel, dann Santorin. Impressionen, die man sein Leben lang nicht wieder vergisst. Aber ich war ja nicht dort, um mich zu erholen. Ich hatte dieses Stipendium bekommen, gegen den Widerstand meines Chefs, um das von mir entwickelte Verfahren der Schwerkrafttomographie zur Vermessung von Vulkanen einzusetzen. Für dich als Banker, und das soll nicht abfällig sein, kann man das so erklären, dass man über spezielle Sonden Schwerkraftfelder misst, was über die unterschiedlichen Dichten von Magma und Gestein eine Vermessung der Magmakammern ermöglicht. Das Ganze geht nur mit extrem leistungsfähiger Computertechnik und auf der Basis ausgefeilter Rechenprogramme."

Richard fragte nicht weiter. Sylvia hatte vor zwei Jahren einmal versucht, ihm die physikalischen und mathematischen Grundlagen dieses Verfahrens zu erklären. Es endete fast im Debakel, da Sylvia ihm unterstellt hatte, er würde sich extra so blöd anstellen, um sie zu ärgern. Er war sich sicher, dass Sylvia bis heute noch nicht akzeptiert hatte, dass er es wirklich nicht verstand und vermutlich auch nie verstehen würde. „Wo ist denn nun das Problem, Sylvia?" Er merkte, dass ihr erneut die Tränen in die Augen schossen, aber wartete ruhig, bis sie sich wieder gesammelt hatte.

„Ich bin gescheitert. Mein Verfahren funktioniert nicht. Ich habe sechs Jahre für umsonst gearbeitet. Und mein Chef hatte Recht. Er hat immer gesagt, dass meine Methode für Schichtvulkane durchaus anwendbar sein sollte, jedoch keinesfalls für Calderavulkane. Und genau das ist jetzt eingetreten. Den Vesuv konnte ich wundervoll vermessen, am Santorin bin ich kläglich gescheitert. Es kommt nur Unsinn heraus. Und was das Schlimmste ist, ich finde den Fehler nicht."

Richard spürte die Verzweifelung in den Worten Sylvias. Er hatte zwar noch nie richtig verstanden, wie man sich so in ein wissenschaftliches Problem hineinsteigern konnte. Für ihn als Bankier zählte nur die Zahl und die musste stimmen. Nichtsdestotrotz bewunderte er sogar ein bisschen an Sylvia diese Art von wissenschaftlicher Besessenheit. Sie war ein Teil dessen, warum er sie liebte und achtete. „Also Sylvia, so schlimm ist dein Chef nun wirklich nicht. Er ist immerhin der Vater des Geowarnsystems für Vulkane und der Spezialist in der satellitengestützten Kartographie. Und dass er dich nicht leiden kann, habe ich bisher auch nicht gemerkt. Im Gegenteil, manchmal könnte ich fast eifersüchtig werden, wie er sich um dich bemüht." Richard sah, wie ein leichtes Lächeln über ihr Gesicht ging.

„Du hast Recht. Er mag mich durchaus. Aber manchmal bringt eben sein ständiger wissenschaftlicher Widerspruch meine Emotionen zum Wallen."

Richard wusste um das Temperament seiner jungen Frau und konnte sich durchaus vorstellen, wie da manchmal die Fetzen flogen. Aber wo war denn nun eigentlich das Problem? „Sylvia, was ist denn nun das Kritische an Santorin. Warum hat denn deine Methode dort versagt?"

„Ja, wenn ich das wüsste", antwortete Sylvia. „Santorin ist ein Calderavulkan. Caldera ist dabei die Bezeichnung für einen Kraterkessel, der entweder durch Wegsprengen des Berggipfels oder Einsturz der Magmakammer entstanden ist. Calderen können einen Durchmesser von vielen Kilometern haben und mehrere hundert Meter tief sein. Und das ist offensichtlich das Problem von Santorin. Große Teile des Kraters liegen im Meer und das verfälscht vermutlich die Messergebnisse. Obwohl es physikalisch und mathematisch nicht passieren dürfte."

Richard konnte sich in etwa vorstellen, was ihm seine Frau erklärte. Er hatte die wunderschönen Aufnahmen von Santorin gesehen, als Sylvia von ihrer Reise zurückgekehrt war. Ihn hatten sowohl die Größe der Caldera als auch die extreme Höhe der Kraterwände beeindruckt. Und dazu Sonnenschein und blaues Meer. Er kam regelrecht ins Träumen. Das wäre doch einmal etwas für den Sommer, ein Traumurlaub mit Sylvia auf Santorin. Aber so, wie diese im Moment unter Santorin oder besser unter ihren Versuchsergebnissen litt, würde sie sich wohl kaum dafür begeistern lassen. „Was sagt denn dein Chef wirklich? Normalerweise hat er doch immer ein paar Tipps parat, wie das Problem gelöst werden kann."

„Dieses Mal eben nicht. Er sagt nur, es kann einfach nicht stimmen. Alle anderen Erkenntnisse aus thermischen und magnetischen Messungen stehen im völligen Widerspruch zu meinen Ergebnissen der Magmakammersimulation. Es ist auch völlig widersinnig, dass das verdammte Programm nur noch siebzig Meter Gesteinsschicht über der Magmakammer bis zum Meeresboden errechnet. Nur, ich verstehe das Ganze nicht. Wenn wirklich das Meer die Daten verfälscht, ist eine viel zu kleine Magmakammer zu erwarten. Meine Messungen weisen genau das Umgekehrte aus, eine riesige Blase bis kurz unter dem Meeresboden. Eben einfach unsinnig."

Richard wusste, dass er ihr jetzt nur Mut machen konnte, wirklich weiterhelfen in der Sache konnte er ihr nicht. „Liebling, ich habe volles Vertrauen in dich, ruhe dich ein bis zwei Tage aus und beginne dann noch einmal mit etwas Abstand von vorn. Irgendwo muss ja der Fehler zu finden sein. Und übrigens, so schlecht kann dein Verfahren gar nicht sein. Am Vesuv hat es zu Ergebnissen geführt, die mit denen der anderen Methoden übereinstimmen. Also mach dich doch nicht schlechter, als du eigentlich bist."

Sylvia hatte ihren Arm um seine Taille gelegt und schmiegte sich an ihn. „Richard, du bist eben doch ein Schatz. Du hast Recht, etwas Abstand ist notwendig." Sie seufzte. „Dabei habe ich alle

Prozessmodelle und Messergebnisse schon fünfmal geprüft und nichts gefunden. Der Fehler muss sich doch sehr geschickt versteckt haben."

Mittlerweile waren sie wieder zu Hause angekommen. Sylvia hatte eingesehen, dass das Arbeitszimmer erst einmal tabu sein musste, und sich in die Küche abgesetzt. „Richard, da du die letzten Tage bzw. Wochen kaum etwas Ordentliches von mir zu essen bekommen hast, werde ich heute für das Abendessen Züricher Schweinegeschnetzeltes mit Champignons zubereiten. Ich hoffe doch, dass ich mich damit etwas bei dir für die Vernachlässigung der letzten Wochen revanchieren kann."

Richard schmunzelte, denn Sylvia hatte sein Lieblingsgericht in Angriff genommen und war sichtlich auf dem Weg der Besserung. Zum Glück hatte sie eine Portion eingefroren, so dass die Zubereitung nicht zu lange Zeit benötigte. Richard deckte in der Zwischenzeit den Tisch in der Wohnstube und ließ es sich nicht nehmen, eine Flasche Wein zu öffnen. Er dachte zwar mehr an sich, aber vielleicht würde Sylvia auch ein Glas gut tun. Mehr beiläufig schaltete er den Fernseher ein. Es war zwar eine Unsitte, jedoch er liebte es, während eines guten Abendessens die Nachrichten zu sehen. Solange noch keine Kinder da sind, kann man das durchgehen lassen, sagte Sylvia immer. Ob das vielleicht auch ein Fingerzeig für ihn war? Aber wie sollte es dazu kommen, wenn Sylvia monatelang auf Dienstreise war bzw. sich tagelang im Arbeitszimmer verkroch? „Sylvia, komm mal ganz schnell in die Wohnstube. Hier sind Bilder von deinen so geliebten Vulkanen", rief Richard. Es wurden prächtige Aufnahmen von noch prächtigeren Vulkanen auf Kamtschatka gezeigt, die über Jahrtausende geschlafen hatten und plötzlich ohne echte Vorwarnung ausgebrochen waren.

Seine Frau, mit dem Kochlöffel in der Hand in der Tür zwischen Küche und Wohnstube stehend, das Geschnetzelte stets im Auge, zeigte sich wenig beeindruckt: „Diese Bilder kannst du jederzeit im Internet aufrufen. Sie haben Kameras vor Ort installiert, damit jeder live Zeuge dieses Naturschauspiels werden kann."

Richard ließ nicht locker: „Das hört sich gar nicht gut an. Kamtschatka ist zwar weit, aber offensichtlich hat doch die vulkanische Aktivität überall merklich zugenommen."

Sylvia lachte: „Rate mal, warum ich das Stipendium und die Geowissenschaften in den letzten Jahren so viel Geld bekommen haben?" Und dann ernster: „Ja, du hast Recht. Nach der bahnbrechenden Entdeckung von Professor Navarre an der Universität Vancouver ist das auch verständlich. Wie dieser bewiesen hat, führt die seit Anfang des neuen Jahrtausends anomal erhöhte Sonnenaktivität über magnetische Resonanz zu einer Aufheizung des Erdkerns und damit letztlich zu einer erhöhten vulkanischen Aktivität." Sie lächelte: „Das ist schon höhere Wissenschaft. Weißt du übrigens, dass Professor Navarre ein Faible für Frauen hat? Er hat drei Kinder, und wie der böse Leumund sagt, mindestens ebenso viele Freundinnen. Apropos Kinder. Erinnert dich das an etwas? Vielleicht solltest du nach dem Abendessen einmal etwas dafür tun? Aber nun muss ich wieder in die Küche, ansonsten bekommst du heute gar nichts mehr." Richard war überrascht, wie schnell Sylvia ihre Verzweiflung überwunden hatte. Das war ein Charakterzug, den er selbst nicht hatte und den er an ihr schon mehrfach feststellen konnte.

Es wurde dann auch ein wunderschöner Abend, sehr romantisch, mit Kerzen auf dem Tisch, einem guten Schluck Rotwein aus riesigen Gläsern, Zärtlichkeiten auf dem Sofa und einer wundervollen Fortsetzung im Schlafzimmer, alles ohne Vulkane und ohne Schwerkrafttomographie. Nachdem Richard glaubte, genug bezüglich der von Sylvia angesprochenen Pflichten getan zu haben, zog er sich müde in sein Bett zurück. Auch Sylvia war kurz davor einzuschlafen. Plötzlich murmelte allerdings Richard, schon halb im Schlaf: „Liebling, was ist eigentlich, wenn deine Messergebnisse stimmen?"

9. April 2014, Fira (Santorin)

Mikis Kypris suchte seinen Großvater George. Wenn er nur wüsste, wo er wieder steckte. Er war zwar schon zweiundachtzig Jahre alt, aber noch immer in seinem Elan kaum zu bremsen. Mikis hatte bereits im Restaurant Kipos nachgefragt, einem der Lieblingsplätze seines Großvaters, nicht nur weil es dort sehr preiswert war, sondern eine Spezialität gab, Kokoretsi, die ansonsten kaum noch angeboten wurde. Mikis konnte zwar nicht verstehen, was Großvater nur an gegrillten, in Darm gewickelten Innereien vom Lamm finden konnte, jedoch über Geschmack ließ sich ja bekanntlich nicht streiten. Vielleicht war er auch im Kloster Agios Nikoalos, wo wieder vier Nonnen lebten, die gern einmal mit Großvater schwatzten und ihm dabei einen exzellenten Mokka offerierten. Aber da war er auch nicht. Dann blieb nur noch die seit Jahrzehnten von Touristen und Einheimischen gleichermaßen beliebte Taverne Simos. Traditionell war es dort möglich, sich selbst verschiedene kleine Gerichte zu einer typisch griechischen Mahlzeit zusammenzustellen. Dazu brachte die Wirtin, auch schon sechsundsechzig Jahre alt und seit Jahrzehnten Großvater in aufgrund ihrer Widerborstigkeit nicht immer erkennbarer Sympathie verbunden, eine Auswahl der Kleinigkeiten auf einem Tablett an den Tisch. Man konnte sich dann aussuchen, was einem gefiel, und ließ sich genau das servieren. Großvater liebte nicht nur die exzellente Küche, sondern auch die ständig wiederkehrenden Palaver bei der Auswahl der Gerichte.

Der junge Mann hatte die Taverne gerade betreten, da wusste er schon, dass er Großvater endlich gefunden hatte. Sein dröhnender Bass war überdeutlich zu hören. „Katarina, glaube mir, ich werde nun dreiundachtzig Jahre alt, jedoch so blasse Patsaria habe ich noch nie gesehen. Für dieses Gericht nimmt man rote Beete und nicht rosa."

Die Wirtin war das offensichtlich schon gewohnt, denn sie entgegnete ungerührt: „Wenn es dir nicht passt, füttere ich sie den Schweinen." Fasste kurz zu und prompt waren die Patsaria verschwunden. Großvater war allerdings noch schneller und hatte den Teller wieder ergriffen. „Wenn man Hunger hat, isst man auch blasse Patsaria", dröhnte es erneut durch die Taverne.

Mikis trat an den Tisch. „Hallo Großvater. Ich sehe, dir geht es gut. Hallo Katarina. Wenn er es mit mir so treiben würde, hätte ich ihn schon längst an den Kraterrand gelockt, dann einen kurzen Tritt ..."

Diese lachte nur. „Ich habe das schwere Erdbeben 1956 überlebt, was soll mir da noch passieren. Mikis, möchtest du auch etwas essen?"

„Danke, Katarina, ich suche nur dieses alte Maultier, ich muss ihm etwas zeigen. Wir wollen mit dem Boot zur Palea Kameni.“ Mikis setzte sich neben seinen Großvater und bewunderte ein weiteres Mal den gesunden Appetit, den dieser an den Tag legte, erst Patsaria, dann Dolmades, dann Maredes, dann Juvetsi und zum Abschluss Törtchen mit Mokka. Während der Mahlzeit hatte Großvater kein Wort mit ihm gesprochen. Nach dem Mokka klopfte er Mikis auf den Rücken. „Na, was ist los, mein Junge. Wozu brauchst du mich altes Fossil?“

„Großvater, du sollst dir etwas ansehen. Ich weiß nicht, ob es von Bedeutung ist. Du hast schon einiges mit unserem Vulkan erlebt, sieh es dir bitte an.“

George Kypris stöhnte gespielt: „So bringst du deinen alten, vertrottelten Großvater um seinen verdienten Mittagsschlaf. Aber wenn es unbedingt sein muss. Was tue ich nicht alles für meinen Lieblingsenkel.“ Was nicht stimmte. George hatte insgesamt acht Enkel, davon drei Mädchen, und er bemühte sich, keinen von ihnen vorzuziehen. „Aber Mikis, damit das klar ist, wir benutzen die Kabinenseilbahn. Du weißt, dass ich auf dem Pflasterweg von der Kraterrandgasse zum alten Hafen schon einmal von einem Maultier umgerannt wurde und mehrfach in den von Maultieren hinterlassenen Haufen ausgerutscht bin.“ Mikis lächelte. Er wusste und verstand, dass Großvater in Wirklichkeit alles tat, um die berühmten fünfhundertsiebenundachtzig Stufen hinunter zum Hafen zu vermeiden. Denn es war erst Anfang April und Touristen waren erst sehr wenige auf der Insel. Deshalb waren Maultiere, die die Touristen vom Hafen nach Fira brachten, kaum zu sehen. Allerdings hatte Großvater Recht, im Sommer konnte es wirklich zum Problem werden. Zeitweise waren so viele Maultiere unterwegs, dass man sich als Fußgänger auf dem schmalen Kopfsteinpflasterweg regelrecht verloren vorkam.

Nach wenigen Minuten hatten sie die Bergstation der Seilbahn erreicht. Mikis, und er wusste, dass es sein Großvater genau so sah, liebte die Aussicht auf die Caldera und genoss stets aufs Neue die dreiminütige Fahrt nach unten. Immerhin hatte an dieser Stelle der Kraterrand eine Höhe von zweihundertfünfundzwanzig Metern, was während der Fahrt ständig neue Impressionen ermöglichte. Von oben sah man das blaue Wasser des Meeres in der Caldera, gegenüber die Lavainseln Nea Kameni und Palea Kameni, dahinter die Nachbarinsel Thirasia. Rechter Hand konnte man das weiße Band der Häuser der Gemeinde Oia, direkt am oder im Kraterrand errichtet, linker Hand die Inselspitze, bekannt durch die Ausgrabungen von Akrotiri, erkennen. Unten angekommen, wurde einem erst richtig die Mächtigkeit der Steilwände bewusst. Bis zu dreihundertfünfzig Meter Lavamasse aufgetürmt, in allen Farben von Weiß bis Schwarz. Und oben wie weiße Punkte die Häuser der Kraterranddörfer. Was für ein wunderschöner Ort. Vielleicht zu schön, um von den Göttern geliebt zu werden, denn letztendlich saßen sie alle auf einem Vulkan, der schon mehrfach mit den Menschen gespielt hatte, die wie Ameisen auf seinem Rücken umherliefen.

Die beiden hatten inzwischen den alten Hafen erreicht. Am Kai hatte Mikis sein Motorboot liegen, mit dem er in der Saison Touristen zu den Lavainseln gegenüber dem alten Hafen brachte. Meist wurde es von seinen Gästen mit einem Schauder genossen, wenn sie die Lavainsel Nea Kameni betraten. Auf dieser Insel war der Vulkan noch aktiv, sichtbar an gelb gefärbten Dämpfen und einem etwa einhundertfünfzig Meter hohen Krater. Man schien zu spüren, dass es unter den Füßen brodelte und vibrierte. Jedoch ihr Ziel war heute nicht Nea Kameni, sondern die kleinere Insel Palea Kameni, normalerweise die zweite Etappe eines Ausflugs mit Touristen. Dort gab es zwar keinen Baum und keinen Strauch, dafür jedoch eine wunderschöne Bucht, in der das Wasser durch heiße Quellen erwärmt wurde und zum Baden regelrecht einlud. Besonders viel Anklang fand immer seine Erklärung, dass diese Bucht als Jungbrunnen zu betrachten sei, überaus gesund für Körper und Seele, sichtbar an den braunen Eintrübungen des Wassers, bestehend aus Schwefel und eisenhaltigen Partikeln. Eben eine Heilquelle. Es war zwar nicht wahr, wurde jedoch von den Besuchern offensichtlich geglaubt.

Großvater wurde langsam unruhig: „Junge, was willst du nun wirklich von mir? Warum schleppst du mich zu diesem kleinen, unnützen Fleckchen Lava?“

Mikis ließ sich nicht aus der Ruhe bringen. „Warte es ab. Ich will deinen unabhängigen Eindruck.“ Es waren etwa vier Kilometer Fahrt bis zu den heißen Quellen und beide schwiegen jetzt. Großvater verdaute offensichtlich sein reichliches Mittagessen und Mikis dachte an seinen letzten großen Auftrag mitten im Winter, der ihm einen schönen zusätzlichen Erlös eingebracht hatte. Aber nicht nur deshalb. Er durfte eine junge Schweizerin zu den verschiedensten Punkten der Insel bringen, wo sie Messsonden im Boden installierte. Das Ganze hatte sich fast zwei Monate hingezogen. Er hatte sogar versucht, der jungen Frau, sie hieß übrigens Sylvia, etwas näher zu kommen. Sie war zwar nicht ausgesprochen hübsch, jedoch in ihrer Art und ihrem Verhalten sehr attraktiv. Besonders schön sah sie aus, wenn sie beide, Sylvia in der Spitze des Bootes sitzend, am Abend nach Fira zurückkehrten und die letzten Sonnenstrahlen ihr blondes Haar regelrecht zum Glühen brachten. Aber sie hatte jeden Annäherungsversuch brüsk zurückgewiesen und sich nicht einmal von ihm einladen lassen. Vielleicht hing es auch nur damit zusammen, dass sie unbedingt mit ihren Messungen bis Ende Februar fertig sein musste. Sie arbeitete praktisch Tag und Nacht und war nur darauf konzentriert. Eigentlich schade, er hätte ihr noch so manches schöne Fleckchen auf seiner Insel zeigen können. Was sie gemessen hatte, war ihm nie so richtig klar geworden. Was er jedoch verstanden hatte, war, dass diese Frau eine Methode entwickelt hatte, wie man den Vulkan unter dem Meeresspiegel vermessen konnte. Sie hatte ihre Methode bereits am Vesuv erprobt, nun war der Santorin an der Reihe. Sylvia hatte ihm versprochen, ihm nach der Auswertung der Versuchsdaten ein Bild der Magmakammer zu schicken. Allerdings wäre ihm ein Bild von ihr lieber gewesen.

Mikis stellte den Außenbordmotor ab. Sie hatten ihr Ziel erreicht. Langsam glitt das Boot in die sogenannte Bucht der heißen Quellen, direkt gegenüber der großen Lavainsel Nea Kameni. Es war absolut windstill, kein Laut war zu hören. In dieser Jahreszeit kamen kaum Touristen, um in den heißen Quellen zu baden.

„Großvater, was fällt dir auf?“, fragte Mikis.

Der brummelte nur vor sich hin: „Was soll mir schon auffallen? Lava, so weit das Auge blickt. Und meine Lieblingstaverne weit entfernt. Kaum zu sehen.“

Der junge Mann kannte seinen Großvater zu gut, um nicht hinter seinem Brummeln erwachtes Interesse zu spüren.

Die Augen des Großvaters glitten ständig hin und her. Dann plötzlich sehr ernst: „Was mir auffällt, die Bucht ist deutlich trüber als normal. Das Wasser ist regelrecht gelb und man kann den Grund nicht mehr sehen.“ George Kypris beugte sich über den Bootsrand und tauchte seine Hand ins Meer, vermutlich um sich das trübe Wasser etwas näher anzuschauen. Er zog seine Hand sofort zurück. „Das ist richtig heiß. Normalerweise hat das Meer um diese Zeit etwa siebzehn Grad und wird durch die Quellen auf dreißig Grad aufgeheizt. Aber das sind mindestens fünfundvierzig Grad.“

„Genau das ist mir auch aufgefallen, Großvater. Du hast schon einige Ausbrüche unseres Vulkans miterlebt, gab es schon einmal etwas Ähnliches?“, fragte Mikis.

Der Alte lehnte sich zurück und dachte nach. „Der Krater, den du auf Nea Kameni siehst, ist zwischen 1939 und 1941 entstanden.

Unsere Nonnen haben damals gesagt, das ist ein schlechtes Zeichen. Und sie hatten Recht. Die Hölle und der Teufel waren auf die Erde gekommen. Wenn ich mich richtig erinnere, und ich war noch ein kleiner Junge, begann der Ausbruch mit Erdbeben und starken Gasausbrüchen. Und Teile der Caldera waren wie heute schwefelgelb. Den letzten Lavaaustritt hatten wir 1950, ich erinnere mich genau, denn da war ich zum ersten Mal richtig verliebt und saß öfters nachts mit deiner Großmutter am Kraterrand, um, wie ihr heute sagen würdet, herumzuknutschen, aber auch die leuchtende Lava zu beobachten."

Mikis selbst hatte den Vulkan immer nur ruhig erlebt. Seit dem letzten Ausbruch 1950 war er sanft wie ein Lämmchen gewesen. Nun waren aber deutliche Anzeichen dafür erkennbar, dass sich etwas verändert hatte. „Kann das etwas bedeuten, Großvater? Bekommen wir eine neue Eruption?"

George Kypris schüttelte nachdenklich den Kopf. „Du weißt, Mikis, unsere Vorfahren und auch wir haben immer auf einem Pulverfass gelebt, einem sicherlich sehr schönen Pulverfass. Unter uns sitzt Vulcanus, der Gott der flüssigen Erde, und hin und wieder schaut er einmal nach oben. Vielleicht ist es erneut so weit, dass er uns einige Ströme Lava zum Geschenk macht." Er bat seinen Enkel, vor der Rückfahrt noch einen kurzen Abstecher zum gegenüberliegenden Krater zu machen.

Es dauerte nur wenige Minuten, bis sie dort anlegten und weitere dreißig Minuten, bis sie, vorbei an hunderten kleinen Kratern, die Gipfelhöhe erreicht hatten. Wie immer war es heiß, Dämpfe stiegen aus Spalten heraus und es stank stark nach faulen Eiern. „Das ist Schwefelwasserstoff", erklärte Mikis dem staunenden Großvater. „Das hat mir die Geologin aus der Schweiz beigebracht."

„Aha", sagte der Großvater nur. „Und was noch?" Mikis ging nicht darauf ein. „Was mich überrascht, hier merke ich kaum Veränderungen. Es ist zwar etwas heißer als üblich, aber sonst wie immer. Vor dem letzten großen Ausbruch konnte man die Insel nicht mehr betreten. Sie war so heiß und so vernebelt, dass ein Besuch schon fast lebensgefährlich war."

Der junge Mann spürte so etwas wie Erleichterung. Offensichtlich waren seine Sorgen unbegründet. Eine kleinere Eruption hatte es schon öfter gegeben und warum sollte er nicht auch einmal dieses Schauspiel erleben. Sein Großvater blieb stumm, bis sie den alten Hafen wieder erreicht und angelegt hatten. Mikis wollte noch einige Arbeiten am Boot vornehmen, so dass er den Großvater bat, allein nach oben zu fahren.

„Mikis, uns allen ist bewusst, dass sich unter uns etwas bewegt. Die Anzeichen sprechen dafür, dass wieder irgendetwas passiert. Hoffentlich kein Erdbeben. Du weißt ja, 1956 wurde fast die Hälfte der Häuser auf unserer Insel zerstört." George Kypris begann langsam in Richtung Seilbahn zu laufen, drehte sich dann jedoch noch einmal um. „Die letzten Jahrzehnte ist es uns sehr gut gegangen. Wir sind mit den Touristen reich geworden, aber auch hochmütig und herablassend gegenüber denjenigen, die uns reich gemacht haben. Möge uns Gott vor einer Strafe dafür beschützen." Und setzte dann noch nach: „Ich werde unseren Bürgermeister einmal besuchen und ihm unsere Beobachtungen mitteilen. Und ihm bei der Gelegenheit noch eine Tasse Mokka abluchsen." Der alte Mann lächelte und lief zügig los.

28. April 2014, Athen

Mitschrift der Sitzung des Krisenstabes Erdbeben Amorgos am 28.04.2014 von 08.00 – 11.30 Uhr im Sitzungszimmer 2 des Gesundheitsministeriums.

Leiter des Krisenstabs:	Herr Odo Alexandros	Stellvertretender Minister Gesundheitsministerium
Teilnehmer der Sitzung und permanente Mitglieder des Krisenstabs:	Herr Generalmajor Leonidas Malenio	Abteilungsleiter Katastrophenschutz im Innenministerium
	Herr Oberst Dimitrios Ioannidu	Kommandeur für Logistik und Infrastruktur der Landstreitkräfte
	Frau Alexandra Drosos	Bereichsleiterin im Außenministerium
	Frau Maria Markos	Griechisches Rotes Kreuz, Leiterin der Abteilung Erdbebenhilfe und –vorwarnung
	Herr Antonis Saliveros	Präfekt der kykladischen Inseln
Als Gast geladen:	Herr Professor Dinitirs Vovola	Leiter des Lehrstuhls Vulkanologie an der Universität Athen
Protokollant:	Herr Dr. Georgios Antoniou	Abteilungsleiter Seuchenschutz im Gesundheitsministerium

O.A.: Guten Morgen, meine Damen und Herren. Es ist kein erfreulicher Anlass, dass wir uns heute hier treffen. Nach vielen Jahren scheinbarer Ruhe hatten wir vor zwei Tagen ein schweres Erdbeben in der Nähe der Insel Amorgos. Herr Präfekt, bitte geben Sie uns einen kurzen Bericht zur Situation.

A.S.: Ich glaube, dass wir...

O.A.: Bitte, Herr Präfekt, hier geht es nicht um glauben, sondern nur um Fakten. Bitte keine Schwafelei.

A.S.: Entschuldigen Sie, Herr Minister. Wir hatten am Freitagmorgen ein Erdbeben der Stärke von 7,6 auf der Richterskala in der Nähe der Insel Amorgos, also eines der schwersten Erdbeben in Griechenland in den letzten einhundert Jahren. Das Beben richtete schwere Schäden auf den Nachbarinseln Naxos, Paros und Mykonos an. Augenzeugen berichten von Panik vor allem auf der Insel Mykonos, wo trotz unserer sehr harten Bestimmungen zum erdbebensicheren Hausbau etwa dreißig Prozent der Häuser zerstört bzw. stark beschädigt wurden. Nach den bisherigen Angaben sind siebzehn Menschen ums Leben gekommen, vierhundertfünfzig Menschen wurden verletzt. Drei Fischer werden noch vermisst. Alle Verletzten konnten nach kurzer Zeit in Krankenhäusern untergebracht werden.

O.A.: Die Boulevardpresse berichtet von Plünderungen. Stimmt das?

A.S.: Leider gab es wirklich einige Fälle, wo die große Zahl an Nachbeben, wir hatten fast einhundertvierzig Nachbeben bis zu einer Stärke von 5,5 auf der Richterskala, genutzt wurde, um Supermärkte auszuräumen.

L.M.: Herr Minister, wir haben sofort nach Bekanntwerden des Erdbebens einhundertfünfzig Mann unserer Spezialeinheit Katastrophenschutz auf die am meisten betroffenen Inseln gebracht. Die Situation ist inzwischen voll unter Kontrolle. Es sind keine neuen Ausschreitungen oder Plünderungen aufgetreten.

O.A.: Immer wieder müssen wir leider feststellen, dass solche Paniksituationen zur persönlichen Bereicherung genutzt werden. Herr Generalmajor, hier müssen wir noch schneller reagieren, um diese offensichtlich stets vorhandenen niederen Triebe nicht zum Ausbruch kommen zu lassen. Wenn es nach mir ginge, würde ich alle Plünderer standrechtlich erschießen lassen. (Der letzte Satz wurde auf Wunsch des

Ministers aus dem offiziellen Protokoll gestrichen.)

L.M.: Wir hatten sicherlich Glück, dass wir noch in der Vorsaison waren. Touristen waren kaum auf den Inseln. Ich wage mir nicht vorzustellen, was passiert wäre, wenn das Erdbeben im August oder September die Inseln erschüttert hätte.

O.A.: Apropos, Touristen. Was ist eingeleitet worden, um die sehr großen Schäden an der Infrastruktur zumindest so weit wieder zu beheben, dass daraus resultierende zusätzliche wirtschaftliche Schäden für die Inseln in Grenzen gehalten werden können?

A.D.: Der Außenminister ist bereits aktiv geworden. Er hat einen schriftlichen Antrag an die EU-Kommission eingereicht, Sondermittel aus dem sogenannten Katastrophenfonds als Soforthilfe für die Inselbewohner zur Verfügung zu stellen. Wir reden dabei über den nicht unerheblichen Betrag von anderthalb Milliarden Euro. Allerdings brauchen wir noch Ihre Hilfe, Herr Minister, bezüglich der Regeln zur Verteilung des Geldes. Das wird eine wichtige Aufgabe in den nächsten Wochen bis zur Bewilligung der Mittel.

O.A.: Herr Antoniou, das ist ein wichtiger Punkt für das Aktionsprogramm. Bitte aufnehmen.

D.I.: Darf ich ergänzen. Wir haben mehrere Kompanien für Logistik und Infrastruktur, insgesamt eintausendfünfhundert Soldaten, in Marsch gesetzt, um dem Herrn Präfekten bei den ersten Aufräumarbeiten zu helfen. Auch hier brauchen wir möglichst schnell einen abgestimmten Einsatzplan.

M.M.: Das sehr schwere Erdbeben hat eine Welle der Solidarität mit unserem Land ausgelöst. Das Internationale Rote Kreuz hat bereits Sachspenden in Millionenhöhe erhalten, wie z.B. Medikamente, Trinkwasseraufbereitungsstationen und Zelte. Weiterhin rechnen wir mit größeren Geldbeträgen, die kurzfristig für die Einwohner der Inseln zur Verfügung stehen.

O.A.: Hier müssen wir sehr aufpassen. Sehr schnell entsteht der sogenannte Katastrophenneid. Für mich ist jetzt das Wichtigste, dass die Infrastruktur wieder funktioniert. Die individuellen Probleme können wir Schritt für Schritt klären. Wobei ich mir völlig im Klaren darüber bin, dass wir die universelle Gerechtigkeit sowieso nicht schaffen können und einige der Mittel auch in dunklen Kanälen landen werden. Aber das ist sicherlich auch eine Ihrer Aufgaben, Herr Generalmajor, solche Unregelmäßigkeiten zu unterbinden.

L.M.: Wie Sie schon sagten, Herr Minister, eine sehr schwere Aufgabe. Wir werden uns ihr stellen.

O.A.: Amorgos ist nicht weit von Santorin entfernt. Wenn ich mich richtig erinnere, nur fünfzig Kilometer. Was ist dort passiert?

A.S.: Ja, Sie haben Recht. Santorin ist wirklich sehr nah. Zum Glück ist dort wenig passiert, obwohl das Erdbeben mehr als deutlich zu spüren war. Nach dem schweren Erdbeben am 9. Juli 1951 mit einer Stärke von 7,8 auf der Richterskala, also noch stärker als das jetzige, waren die meisten Häuser der Kraterranddörfer zerstört und wurden unter strengsten Auflagen unter alleiniger Verwendung von Stahlbeton wieder aufgebaut. Das hat sich jetzt ausgezahlt. Allerdings berichtet der Bürgermeister von Fira, dass einige Kraterwände abgestürzt sind und der Krater Agios deutlich gewachsen ist. Offensichtlich treten seit dem Erdbeben auch deutlich mehr schwefelhaltige Dämpfe aus größer gewordenen Erdspalten aus.
Aber warum fragen Sie nach Santorin, Herr Minister?

O.A.: Dazu komme ich später. Deshalb haben wir auch Herrn Professor Vovola von der Universität Athen als Gast eingeladen. Mich bedrückt noch das Verhalten der Boulevardpresse vor Ort. Da wird doch sehr viel auf Sensation und Panik gemacht. Herr Generalmajor, können wir etwas tun?

D.I.: Nur sehr begrenzt, Herr Minister. Die Pressefreiheit ist ein zu wichtiges Gut, als dass man sie bei jeder Katastrophe erneut auf den Prüfstand stellen sollte. Dennoch wird es in den nächsten Tagen ein Treffen des Innenministers mit den Eigentümern der größten Zeitungen geben, in dem er noch einmal an diese appellieren wird, in solch kritischen nationalen Momenten Sachlichkeit vor Sensationshascherei zu setzen. Ich würde Ihnen empfehlen, ein Pressebulletin über unsere heutige Sitzung des Krisenstabes herauszugeben, und, wenn Ihnen möglich, in den nächsten Tagen eine Pressekonferenz abzuhalten. Es gibt doch manch Positives zu berichten, wenn ich nur an die Beiträge unserer beiden Damen denke.

O.A.: Das hatte ich sowieso vor. Weitere Punkte?

M.M: Nach dem schweren Erdbeben auf Santorin im Jahr 1956 haben Tausende Menschen die Insel verlassen. Besteht die Gefahr auf den betroffenen Inseln nicht erneut, was wiederum den Tourismus schwer schädigen könnte?

O.A.: Das wäre wirklich nicht gut. Aber worauf wollen Sie hinaus, Frau Markos?

M.M.: Ich glaube, entschuldigen Sie bitte, dass ich das Wort dieses Mal wirklich benutzen muss, dass eine psychologische Betreuung der Bevölkerung auf den Inseln unbedingt organisiert werden muss. Ich kann nur empfehlen, eine Arbeitsgruppe zu berufen, die die personelle, materielle und logistische Absicherung dieser Aufgabe übernimmt. Wir können es nicht nur den Pfarrern der Gemeinden überlassen, die traumatischen Erlebnisse des Erdbebens zu verarbeiten.

O.A.: Obwohl ich von diesem ganzen Psychogesäusel nicht viel halte, Herr Generalmajor, das gehört sicherlich mit zu Ihren Aufgaben.

L.M.: Ja. Es gibt bereits eine solche Arbeitsgruppe, die europaweit vernetzt ist und bei extremen Katastrophen zum Einsatz kommt. Im Anhang zum Protokoll können wir das Sofortprogramm für den jetzigen Einsatzfall beilegen.

O.A.: Das ist ein guter Vorschlag. Herr Antoniou, haben wir noch etwas auf der Agenda?

G.A.: Da ist noch der Brief, Herr Minister.

O.A.: Den habe ich nicht vergessen. Kommen wir zum letzten Punkt. Eine junge, offensichtlich leicht hysterische Dame aus der Schweiz hat verschiedene Herren, darunter auch den Ministerpräsidenten, angeschrieben und auf die mögliche Gefahr eines riesigen Vulkanausbruchs auf der Insel Santorin hingewiesen. Sie hat nach ihren Angaben den Magmasee unter der Caldera von Santorin vermessen und kommt auf mehr als einhundert Kubikkilometer. Das wäre das Dreifache der Menge des Ausbruchs um 1600 v. Chr., der die Insel fast völlig zerstörte. Allerdings schrieb die junge Dame auch, dass ihre Messungen im Widerspruch zu den Ergebnissen anderer Methoden stehen. Sie ist jedoch davon überzeugt, dass ihre Berechnungen stimmen. Da der Herr Ministerpräsident das Schreiben an mich delegiert hat, habe ich Herrn Professor Vovola eingeladen, uns in dieser Sache zu beraten. Also, Herr Professor, sollte man diese junge Dame ernst nehmen oder nicht?

D.V.: Sehr geehrter Herr Minister, meine Damen, meine Herren. Vielen Dank für Ihre Einladung, die ich sehr gerne wahrnehme. Santorin, das ist ein interessantes Thema, um nicht zu sagen, mein Lieblingsthema. Die kykladisch-minoische

Zivilisation zählte vor dreitausend Jahren zu den hochstehendsten Kulturen ihrer Zeit. Sie war vor allem durch den Handel mit Rohstoffen und durch die Seefahrt über mehr als eintausend Jahre aufgeblüht. Bimsablagerungen über dem Hyka-Palast in Ägypten sowie die Datierung von Säurelagen im Grönlandeis zeigen nun, dass ...

O.A.: Lieber Herr Professor, bitte, den Brief. Sollen wir ihn ernst nehmen oder nicht?

D.V.: Also, Herr Minister, man sollte schon den geschichtlichen Rahmen von Santorin kennen und verstehen. Aber wenn Sie es so wünschen.

Man kann heute den großen Vulkanausbruch von Santorin auf die Jahre 1645 +/- 7 Jahre vor Christus datieren. Die Katastrophe bahnte sich über Monate, wenn nicht sogar Jahre an. Insgesamt wurden rund dreißig Kubikkilometer Magma ausgetragen, etwa zehnmal so viel wie beim Ausbruch des Mt. St. Helens im Jahre 1980. Es war die größte explosive Eruption in der Menschheitsgeschichte, jedoch bei weitem nicht die größte in der Geschichte der Erde. Im Yellowstone-Nationalpark zum Beispiel wurden vor zwei Millionen Jahren zweitausendfünfhundert Kubikkilometer vulkanisches Material in die Luft gesprengt. Nach Ansicht von Wissenschaftlern war allerdings eine Vulkanexplosion auf Sumatra vor etwa fünfundsiebzigtausend Jahren die stärkste bisher bekannte Eruption, die einer Sprengkraft von vierzig Millionen Wasserstoffbomben entsprach.

O.A.: Herr Professor, bitte. Keine Vorlesung zur Vulkanologie.

D.V.: Der Ausbruch des Santorins wird heute in vier Phasen unterteilt. Es begann mit der Einleitungsphase. Zunächst traten schwefelhaltige Gase aus, das Wasser wurde siedend heiß und Erdbeben erschütterten Santorin bzw. die Nachbarinseln. Dem schlossen sich Gas- und Wasserexplosionen im Zentrum der Caldera an, wobei etwa ein Kubikkilometer Asche und Wasser bis in vierzig Kilometer Höhe geschleudert wurde. Eine dichte Ascheschicht legte sich auf der Ringinsel ab. Zu diesem Zeitpunkt hatten die Bewohner die Insel bereits verlassen, was nach unseren Ausgrabungen nicht überstürzt erfolgte, da weder wertvolle Gegenstände noch Mobiliar zurückgelassen worden waren.

In der zweiten Phase verstärkten sich die explosiven Eruptionen. In der Staubsäule entstanden gewaltige Gewitter

und Stürme, die die Asche bis weit nach Kleinasien transportierten. Wo wir sie im Übrigen an den verschiedensten Stellen nachgewiesen haben.
Die dritte und vierte Phase waren durch immer stärkere Eruptionen gekennzeichnet. Ganze Teile des Kraters wurden abgesprengt. Es gab größere sogenannte submarine Rutschungen, die Riesenwellen auslösten und für die Zerstörung der minoischen Kultur verantwortlich gewesen sein sollen. Ob die Phasen drei und vier in Wochen oder Monaten nach dem Beginn des Ausbruchs eintraten, ist reine Spekulation. Wie auch die Höhe der Riesenwellen. Auf Kreta soll es Spuren geben, die auf fünfzig Meter Wellenhöhe hinweisen. Die Flutwellen waren auf jeden Fall das katastrophalste Element des Santorin-Ausbruchs. Wir haben ein Analogbeispiel. Im Jahr 1956 rutschten auf der Nachbarinsel Amorgos, wo wir jetzt das große Erdbeben hatten, große erkaltete Magmamassen in das Meer und lösten eine Flutwelle von bis zu vierzig Metern Höhe aus, die zahlreiche Opfer forderte. Übrigens, 1956 war auch das Jahr des großen Erdbebens auf Santorin.

O.A.: So weit zur Geschichte. Aber könnte das Gleiche heute wieder passieren?

D.V.: Von den Vulkanologen wird Santorin als aktiver Vulkan im momentanen Ruhezustand angesehen. Er wird erneut ausbrechen, jedoch weiß niemand wann und in welcher Stärke. Meine frühere Kollegin Maria Sachpatzi hatte schon 1997 aktive Erdspalten in der Nähe der Insel Amorgos gefunden, die den Vulkan Santorin aktivieren könnten. Was diese junge Dame aus der Schweiz schreibt, erscheint mir sehr spekulativ und ein bisschen auf Sensation angelegt. Denn alle anderen Methoden, die wir in unserem Frühwarnsystem anwenden, zeigen davon abweichende Daten.

O.A.: Also nichts tun und den Brief in den Papierkorb werfen?

A.S.: Wir haben eine E-Mail von einem der Bürgermeister von Santorin erhalten. Er hat uns geschrieben, dass ein alter, erfahrener Einwohner auf Veränderungen auf den Lavainseln hingewiesen hat. Vielleicht tut sich da doch etwas. Und dann noch das Erdbeben vorgestern.

D.V.: Man sollte nichts dramatisieren. Der Santorin hatte im vergangenen Jahrhundert mindestens drei Ausbrüche und keiner war so stark, dass er die Inselbewohner gefährdet hätte. Es ist zu erwarten, dass uns wieder eine solche Eruption bevorsteht.

O.A.: Immer diese Wissenschaftler. Vielleicht, vielleicht aber auch nicht. Und wir als Politiker sollen dann entscheiden. Ich schlage vor, wir schicken dieser jungen Dame ein freundliches Antwortschreiben, in dem wir ihr mitteilen, dass wir die Sache sehr ernst nehmen und bla, bla, bla. Ansonsten machen wir erst mal gar nichts, außer die Entwicklung weiter zu beobachten. Denn das habe ich doch verstanden, Herr Professor, es hat eine Weile gedauert von den Vorzeichen bis zur eigentlichen Explosion. Und dann kann man immer noch über Reaktionen nachdenken.

Meine Damen, meine Herren. Vielen Dank für Ihr Erscheinen und Ihre konstruktive Mitarbeit. Wir sehen uns wieder in vierzehn Tagen. Nächster Termin und Ort gehen Ihnen noch einmal gesondert zu.

22. Juli 2014, Knossos (Kreta)

Marit Johannson war es eindeutig zu heiß. Sie waren zwar auf Empfehlung ihres Reiseführers schon sehr früh zum Palast von Knossos aufgebrochen, jedoch die Sonne knallte bereits jetzt, neun Uhr morgens, gnadenlos vom Himmel. Alles Sinnen von Marit war deshalb auf ein schattiges Plätzchen ausgerichtet, das sie dann auch in einem der so genannten Magazine im Palast unter der Erde gefunden hatte. Hier setzte sie sich auf eine Steinbank und ließ Ehemann und Tochter alleine weiterlaufen. Das brachte ihr zwar einen Rüffel ihrer Tochter ein (unter dem Motto: Unsere Vorfahren hatten da deutlich größeres Stehvermögen), aber nun hatte sie einige Minuten zum Entspannen und Ausruhen. Sie schätzte die Temperatur auf mindestens fünfundvierzig Grad im Schatten, allerdings in dem Bewusstsein, dass das norwegische Temperaturempfinden hier einfach versagen musste.

Ansonsten war sie leicht enttäuscht. Der Palast von Knossos war ihr immer als etwas Verwirrendes, Geheimnisvolles, Riesiges geschildert worden. Immerhin sollte das der Irrgarten des sagenhaften Königs Minos sein, in dem der Minotaurus, ein Ungetüm, halb Mensch, halb Tier, sein Unwesen trieb. Aber verglichen mit den Tempeln von Karnak oder Luxor war die Anlage fast bescheiden. Besonders missfiel ihr der Stil der Restaurierung. Der Brite Arthur Evans, der nach den Ausführungen ihres Reiseführers den Palast von Knossos etwa um 1900 ausgegraben hatte, war offensichtlich ein Freund der Ausbesserung mit Beton gewesen, was dem Ganzen sein Flair nahm. Zumindest ihrer Meinung nach. Ihre Tochter und ihr Mann sahen das offensichtlich nicht so verbissen. Für sie stand die sagenhafte Geschichte von den sieben Jungfrauen und den sieben Jünglingen im Mittelpunkt, die von Athen aufgrund eines verlorenen Krieges alle neun Jahre als Tribut an König Minos geschickt werden mussten und vom Minotaurus getötet wurden. Wo war der Stall des Minotaurus? Gab es hier Menschenopfer? Wo und wem zu Ehren wurden diese gebracht? Und dann war noch die Geschichte der Liebe von Theseus und Ariadne, die letztlich zum Ariadne-Faden führte. Das war etwas, was Marit kannte, denn in führender Position kam man leicht in Situationen, die einem nicht behagten, aber oft nur schwerlich wieder heraus. In solchen Momenten wünschte sie sich manchmal diesen sagenhaften Faden.

Wesentlich besser hatte ihr der Familienausflug über zwei Tage nach Santorin gefallen. Das war ein Geheimtipp von Herrn

Alexandros gewesen, ihrem Verhandlungspartner in Brüssel bezüglich der Beihilfe zur Linderung der Not der Bevölkerung der kykladischen Inseln nach dem schweren Erdbeben vom 26. April. Marit hatte als norwegische Ministerpräsidentin den Vorsitz der Bewilligungskommission der EU und zunächst recht harte Auseinandersetzungen mit dem griechischen Verhandlungsführer, eben Odo Alexandros. Es ging in erster Linie um die Höhe des Betrages. Auch die Kassen der EU waren nicht unerschöpflich. Die Griechen hatten zunächst anderthalb Milliarden Euro beantragt, die Bewilligungskommission aber nur sechshundert Millionen Euro als angemessen bezeichnet. Das führte zu heftigen Kontroversen, die Marit mit ihrem kühlen nordischen Temperament jedoch gut aufgelöst hatte. Am Schluss hatte man sich auf neunhundertfünfzig Millionen Euro aus dem Katastrophenfonds und weitere dreihundertfünfzig Millionen aus dem Infrastrukturfonds geeinigt. Beide Seiten waren am Ende nicht völlig zufrieden, aber nach Marits Auffassung war das immer das beste Verhandlungsergebnis. War nur einer zufrieden, hatte er den anderen offensichtlich über den Tisch gezogen. Da sich das Ganze über fast eine Woche erstreckt hatte, war man sich auch persönlich etwas näher gekommen, was dann zu der Empfehlung von Odo geführt hatte, im Urlaub doch einmal Kreta zu besuchen und von dort aus einen Abstecher nach Santorin zu machen. Der Vulkan sei wieder aktiv geworden und es wäre ein unvergessliches Erlebnis, nachts das Spiel von Lava und Meer von den Klippen aus zu beobachten. Odo hatte auch versprochen, den Besuch mehr oder weniger inkognito abzuwickeln, was Marit besonders gut gefiel. Das hieß natürlich nicht, dass sie nicht ständig unter Kontrolle stand. Aber es wusste niemand, wer sie war, und der Personenschutz agierte so geschickt, dass sie selbst Schwierigkeiten hatte, ihre Bewacher zu identifizieren.

Was für ein schöner Urlaub. Sie genoss es in vollen Zügen, einmal nicht Frau Ministerpräsidentin, sondern eben einfach nur Marit, Ehefrau und Mutter, zu sein. Was trotzdem nicht stimmte. Jeden Morgen von sieben bis acht Uhr hatte sie Kontakt zu ihrem Büro in Oslo. Zum Glück war wirklich Sommerpause. Es gab kaum beunruhigende Nachrichten, und was erledigt werden musste, übernahmen ihr Büroleiter und ihr Staatssekretär. Auf diese beiden konnte sie sich voll verlassen. Und Norwegen ging es so gut wie nie in seiner Geschichte. Als absehbar gewesen war, dass das Nordseeöl zu Ende geht, hatten die Wirtschaftsbosse rigoros auf die Nutzung von Erdgas gesetzt. So war ihr Land heute weltweit die Nummer eins in Flüssiggas bzw. der

Konversion von Erdgas in Kunststoffe. Da Norwegen zudem das erste Land gewesen war, das sich die Reduzierung des Kohlendioxid-Ausstoßes auf die Fahnen geschrieben hatte (was bis zum Verbot des Abfackelns von Ölbegleitgas ging) waren neue, hoch innovative Lösungen gefunden worden, die Kohlendioxid direkt in Plastwerkstoffe umwandeln konnten. Das hatte völlig neue Märkte eröffnet und für Vollbeschäftigung gesorgt. Darin unterschied sich Norwegen deutlich von einigen zentraleuropäischen Ländern, die ihre Strukturkrise immer noch nicht überwunden hatten und zum Teil mit erheblichen sozialen Spannungen konfrontiert waren. Diese sehr glückliche Konstellation für Norwegen war auch der Grund, warum Marit trotz ihrer Aufgaben als Ministerpräsidentin sich stark für die Anliegen der EU engagieren konnte.

Mit ihrer Familie hatte sie für die Zeit der Anrufe im Osloer Büro eine Pause für sich vereinbart. Es störte ihre beiden kaum, dass Marit eine Stunde keine Zeit für sie hatte. Das Hotel Annabelle Village, auch eine Empfehlung von Odo, lag an einem etwa vierhundert Meter langen Sand- oder besser Kiesstrand und man konnte frühmorgens wunderbar baden. Das Meer hatte jetzt fünfundzwanzig Grad und ihre beiden Lieblinge genossen diese für Norwegen undenkbaren Temperaturen in vollen Zügen. Zudem lag das Hotel in einer riesigen Gartenanlage. Einfach grandios. Es war in den letzten Jahren renoviert worden und nach einem Eigentümerwechsel auch hinsichtlich des Service zu einem der besten Hotels auf Kreta gekürt worden.

Vom Hotel aus war ihre Reise nach Santorin, einhundert Kilometer von Kreta entfernt, organisiert worden. Angeblich war das Ganze gar nicht so einfach gewesen, da Santorin mittlerweile, so sagte es die junge Frau an der Rezeption, pro Quadratmeter einen Touristen zu Besuch hatte. Der erneut aktiv gewordene Vulkan hatte sich als wirkliche Attraktion herausgestellt und das, obwohl immer wieder leichte Erdbeben die Insel erschütterten. Aber wie gesagt, es hatte geklappt. Mit einem Motorboot waren sie von Heraklion nach Vlichada, dem kleinen Yacht- und Fischereihafen auf Santorin, gefahren. Marit hatte diese Fahrt genossen, da der kühlende Fahrtwind die ansonsten unerträgliche Hitze abgemildert hatte. Ihre Tochter war weniger begeistert, weil die doch sehr kleinen Wellen augenscheinlich ausgereicht hatten, um eine leichte Seekrankheit zu erzeugen. Irgendwann war die Seefahrt auch für ihre Tochter zu Ende, und sie wurden mit einigen eindrucksvollen Stunden auf der Insel für die lange Fahrt entschädigt. Sie hatten sich vorgenommen, erst am Abend zum Kraterrand zu fahren, um das von Odo versprochene Schauspiel voll zu genießen, und begannen deshalb mit dem Besuch von Alt-Thera, über Jahrhunderte die Hauptsiedlung von Santorin. Es war für Marit beeindruckend, dass die Überreste der alten Siedlung unter einer sechs Meter dicken Erd- und Ascheschicht begraben waren, obwohl im Museumsführer stand, dass das alte Thera erst etwa eintausend Jahre vor Christus von griechischen Siedlern gegründet worden war, d.h. nach dem großen Ausbruch des Santorin. Offensichtlich war der Santorin ein wesentlich aktiverer Vulkan, als sie bisher geglaubt hatte.

Nach ihrem historischen Abstecher hatte sie ihr Inselführer gedrängt, sich etwas zu beeilen, da sie ansonsten den Sonnenuntergang mit Blick auf die Caldera verpassen würden. Denn bis Oia, dem nördlichen Kraterranddorf, waren mehr als zehn Kilometer auf außerordentlich verwinkelten Straßen zurückzulegen. Dort war für sie bereits ein Tisch im Ambrosia bestellt, einem seit Jahrzehnten bestens gepflegten Edelrestaurant. Auf der Terrasse war für sie ein Tisch mit besonders schöner Aussicht auf die Caldera hergerichtet worden, und es war wirklich beeindruckend. Odo hatte Recht gehabt. So wie die Sonne langsam glühend im Meer versank, ein solch intensives Rot hatte Marit noch nie gesehen, begann umgehend das feurige Leuchten der langsam von der Insel Nea Kameni in das Meer fließenden Lava. Man hatte schon vorher die Rauchschwaden und gelben Schwefeldämpfe des Kraters gesehen, aber die leuchtende Lava im Kontrast zur untergehenden Sonne, das würde sie nie vergessen. Als es dann immer dunkler wurde, entzündete man Kerzen auf den Tischen und drei Musikanten spielten leicht melancholische griechische Volksmusik. Auch Kurt war beeindruckt, um nicht zu sagen, gerührt. Das Einzige, was Marit an dem Abend etwas störte, war, dass sie zweimal das Gefühl hatte, auf einem schwimmenden Fass zu sitzen. Aber man beruhigte sie, dass noch immer Nachbeben nach dem großen Erdbeben auf Amorgos zu spüren wären.

Übernachtet hatten sie in Perissa, nicht weit von Alt-Thera entfernt, in der sehr schönen Hotelanlage Meltemi Village. Das hatten sie allerdings erst am nächsten Morgen festgestellt, als sie Garten- und Poolanlage eingehend inspiziert und bewundert hatten. Nachdem Marit auch hier ihrer morgendlichen Pflicht, in Oslo anzurufen, nachgekommen war, hatten sie wunderbar gefrühstückt. Ihr Reiseführer war auch schon wieder erschienen, um ihnen den eigentlichen Höhepunkt des Ausflugs zu offerieren, eine Bootsfahrt in die Caldera. Er brachte sie mit dem Taxi zunächst nach Fira, wo sie mit der Kabinenseilbahn nach unten fahren wollten. Als sie jedoch die riesige Schlange von wartenden Touristen sahen, entschieden sie sich dann doch, den Weg zu laufen. Es war keine echte Freude, da man mit einer Unzahl von Maultieren um ein bisschen Wegefreiheit kämpfen musste. Dafür wurde man mit ständig neuen Impressionen der Caldera belohnt. Zum Glück hatte der Reiseführer das Boot reservieren lassen, so dass sie sofort losfahren konnten. Allerdings teilte ihnen der Bootsführer mit, dass sie nur eine Rundfahrt um die Lavainseln machen konnten und das mit gehörigem Abstand. Ein Betreten der Inseln war nicht mehr möglich. Es war inzwischen lebensgefährlich, da überall Lava austrat und ringsum giftige Nebelschwaden wallten. Es würde dennoch ein unvergessliches Erlebnis werden. Und es erwies sich als zutreffend. Marit konnte sich an die Fernsehbilder vom Kilauea auf Hawai erinnern, die zeigten, wie während der Ausbrüche Lava ins Meer gelaufen war. Aber hier sahen sie es greifbar nahe. Es zischte und brodelte. Das Wasser schien um die Lavainseln herum regelrecht zu kochen. Und in Windrichtung stank es bestialisch. Hier bekam man ein Gespür für die Kräfte der Natur. Selbst ihre Tochter, sonst ein Ausbund von Fröhlichkeit und Lebendigkeit, war sehr still geworden.

„Mama, Mama, wir sind fertig." Marit schreckte aus ihren Erinnerungen hoch. Vor ihr stand ihre Tochter und schaute sie fragend an. „Bist du etwa eingeschlafen?"

Marit nickte. „Wer eine solch anstrengende Tochter hat, muss sich auch einmal ausruhen." Alle drei lachten, denn es war nicht böse gemeint.

„Wollen wir jetzt nicht in das archäologische Museum?", fragte Kurt. „Es ist zu erwarten, dass dort eine Klimaanlage vorhanden ist. Bei der noch steigenden Hitze wäre das wirklich eine Wohltat. Und eindrucksvolle Kunstgegenstände sollen auch noch zu sehen sein. Besonders interessiert mich die Scheibe von Phaistos." Hier merkte man den Lehrer, als er seiner Tochter auf deren etwas fragenden Blick hin erläuterte: „Der Diskus von Phaistos ist eine Tonscheibe, die auf beiden Seiten mit Hieroglyphen bzw. Zeichen belegt ist. Es handelt sich um das älteste Zeugnis eines Schriftstückes in der Welt. Das Problem ist nur, bislang blieben alle Bemühungen ohne Erfolg, die Beschriftung zu entziffern. Die Wissenschafter sind sich zwar einig, dass es sich um die minoische Schrift handelt, die Merkmale der sumerischen Keilschrift und der ägyptischen Hieroglyphen in sich vereinigt, aber mehr auch nicht."

„Na dann mal los", sagte Marit. „Vielleicht fällt uns etwas bei der Entzifferung ein."

19. August 2014, Zwischen Frankfurt am Main und Doha (Qatar)

Jens-Peter Schneider war kurz davor einzuschlafen. Das gleichmäßige Dröhnen der Flugzeugmotoren und der reichlich genossene Rotwein vor und während des Mittagessens trugen dazu sicherlich maßgeblich bei. Jens-Peter war auf dem Weg nach Qatar, wo er als Projektdirektor ein 5-Milliarden-Projekt der EXXON zur Konversion von Erdgas führte. Das Projekt war vom Hauptsitz des Konzerns auf die deutsche Tochter ESSO übertragen worden und so war er zu dieser „Freude" gekommen. Leider zeichnete sich schon jetzt ab, dass das Vorhaben weder in der geplanten Zeit noch im kalkulierten Kostenrahmen realisiert werden konnte. Das hatte ihm in der letzten Berichterstattung in Houston, als er vor dem CEO, Scott Welsh, persönlich berichten musste, harsche Kritik eingebracht. Wobei alles sehr ruhig ablief, nur die Kälte und die Schärfe der Bemerkungen ließen für die Zukunft nichts Gutes ahnen. Warum man eigentlich immer nur auf ihm herumhackte? Er hatte das Projekt erst übernommen oder besser übertragen bekommen, als es schon längst an Qatar Petroleum, das größte staatliche Unternehmen Qatars, verkauft war. Und nun sollte er für alle Fehler in der Kalkulation und eine unrealistische Zeitvorgabe gerade stehen.

Ihn hatte überrascht, wie gut Welsh über den Arbeitsstand informiert war. Er hatte sich offensichtlich sehr gut zuarbeiten lassen. Aber es war natürlich auch eines der größten Projekte der EXXON weltweit und in der Konkurrenz auf dem Erdgassektor eines der wichtigsten für die Zukunft. Die letzten Worte von Welsh waren mehr als deutlich: „Bekommst du diesen Auftrag in den nächsten drei Monaten nicht in den Griff, wird es ein anderer tun." Deshalb hatte er auch tagelang mit seinem Team zusammengesessen und über Beschleunigungsmaßnahmen sowie mögliche Kostensenkungen nachgedacht. Es war zwar einiges zusammengekommen, jedoch noch immer viel zu wenig, um den Vorgaben von Welsh zu entsprechen.

Plötzlich knackte es im Lautsprecher. Jens-Peter schreckte auf. Musste das gerade jetzt sein, wo er kurz vor dem Einschlafen war. „Hier spricht erneut Ihr Kapitän. Diesmal allerdings mit einer weniger guten Nachricht. Wir wurden soeben von der griechischen Flugsicherung informiert, dass wir den bisher geplanten Flugkorridor über die Ägäis nicht benutzen können und eine mehr westliche Route einschlagen müssen. Grund für diese Änderung ist eine Eruption des Santorin, die heute morgen eingesetzt hat und in deren Verlauf große Mengen Asche und Wasser in die Atmosphäre geschleudert wurden. Man hat uns darüber informiert, dass Partikel bis in eine Höhe von fünfunddreißig Kilometer getragen wurden, was einen Durchflug zu einem erheblichen Risiko machen würde. Deshalb auch die Umleitung in einen anderen Korridor. In der Konsequenz dieser Änderung werden wir voraussichtlich anderthalb Stunden später in Doha ankommen als geplant. Sie können sicher sein, dass wir alles tun werden, die Verspätung so gering wie möglich zu halten und Anschlussflüge abzusichern. Dazu sind wir im ständigen Kontakt mit dem Flughafen in Doha. Ich bitte um Ihr Verständnis für diese Änderung, aber es ist sicherlich in unser aller Interesse, hier kein Risiko einzugehen."

Jens-Peter war schlagartig wach. Er hörte noch einmal der englischen Version zu, aber es war so. Er hatte es nicht nur geträumt. So ein Mist, dabei wollte er sich noch heute Abend mit seiner Kontaktperson von Qatar Petroleum, Mohammed, treffen, um sich auf eine gemeinsame Strategie für die morgige Besprechung beim Industrieminister zu einigen. Das kann ja heiter werden, dachte er. Da steht uns wieder eine Nachtsitzung bevor.

Mittlerweile war hektische Betriebsamkeit in der Business Class ausgebrochen. Die Stewardessen liefen durch die Reihen und fragten nach den Wünschen der Passagiere. „Möchten Sie noch ein Glas Rotwein oder einen Kaffee? Kann ich sonst etwas für Sie tun?" fragte ihn die zuständige Stewardess, eine junge Frau, die, wie sie ihm erzählte, studierte und gleichzeitig als Flugbegleiterin arbeitete. Das hatte er auch noch nicht gewusst, dass sich das miteinander vereinbaren ließ. Aber sie hatte ihm erklärt, dass das Ganze über eine Internetuniversität lief und sie damit von jedem Ort der Welt aus Zugang zum Studium haben konnte. Und da sie sehr oft bei Langstreckenflügen mehrere Tage in Hotels auf den Rückflug warten musste, war es möglich, dort jeweils etwas für das Studium zu tun. Man musste eben nur in der Lage sein, den inneren Schweinehund zu überwinden.

„Bitte bringen Sie mir noch ein Glas Rotwein und einen kleinen Käseteller", bat Jens-Peter. „Wie ernst ist denn die Situation wirklich, wenn wir so weit umgeleitet werden", fragte er.

„Für uns völlig ungefährlich. Wir fliegen jetzt so weit nach Westen, dass wir die nach Osten abziehende Aschewolke keinesfalls berühren."

Offensichtlich war nichts am Flugzeug, sondern es war wirklich nur eine Sicherheitsvorkehrung. „Ist der Ausbruch wirklich so schlimm? In der Zeitung hat darüber fast nichts gestanden. Ich erinnere mich an ein großes Erdbeben, ich glaube im April, jedoch von Santorin war zu dieser Zeit nicht die Rede", fragte Jens-Peter.

„Details wissen wir auch keine. Wie man den Flugkapitän informiert hat, ist es vor allem Wasser, das in die Atmosphäre geschleudert wird. Und auf der Insel selbst ist auch nichts weiter passiert. Man will eben keinerlei Risiko eingehen."

Jens-Peter lehnte sich zurück. Er grübelte vor sich hin, bis er seinen Rotwein und seinen Käseteller serviert bekam. Von Santorin hatte er bisher wirklich noch nichts gehört. Aber er konnte sich erinnern, in den Zeitschriften, die immer zu Beginn des Fluges verteilt werden, etwas über das schwere Erdbeben in Griechenland gelesen zu haben. Er blätterte die Inhaltsverzeichnisse noch einmal durch und wirklich, hier war es. Eine reißerische Schlagzeile: *Skandal in Brüssel.* Und dann kleingedruckt: *So wird unser Geld zum Fenster hinausgeworfen.*

Er hatte den Artikel bisher kaum beachtet, las ihn nun aber etwas gründlicher. Deutsche Journalisten hatten offensichtlich sehr intensiv recherchiert und waren zu dem Ergebnis gekommen, dass die von Griechenland gemachten Angaben zu den Schäden teilweise übertrieben gewesen waren. Damit waren nach ihrer Auffassung die bewilligten Hilfsgelder viel zu hoch angesetzt, was man komplett der Verhandlungsführerin, der norwegischen Ministerpräsidentin, Frau Johannson, anlastete. Noch kritischer wurde allerdings bewertet, dass es diese Frau offenbar versäumt hatte, Kriterien für die Verteilung des Geldes von Griechenland zu verlangen. Frau Johannson hatte in einem Interview mit der Zeitung diese Vorwürfe energisch zurückgewiesen. Es könne nie ausgeschlossen werden, dass Bürgermeister die Gunst der Stunde nutzen wollten, um für ihre Gemeinde etwas mehr herauszuholen. Aber ein unabhängiges Bewertungsgremium hatte die am Schluss bewilligte Summe als akzeptablen Beitrag der Solidarität des ganzen Europa für Griechenland akzeptiert. Die wirkliche Schadenssumme war immer noch deutlich höher. Auch Griechenland selbst musste erhebliche zusätzliche finanzielle Mittel aus seinem Staatshaushalt bereitstellen. Man sollte doch hin und wieder auch einmal an die vielen persönlichen Schicksale denken, die mit dem Erdbeben verknüpft waren, den Verlust von Angehörigen, der Existenz oder des Wohnsitzes. Und was die Verteilung des Geldes betraf, führte Frau Johannson weiter aus, war selbstverständlich vereinbart, dass die griechische Regierung im Detail die Ausgaben nachweist. Das würde wie immer nachgeprüft werden. Bei Unregelmäßigkeiten wären die betroffenen Beträge zurückzuzahlen.

Es sei auch selbstverständlich, dass die Kriterien für die Verteilung der Gelder der griechischen Regierung vorbehalten seien. Das gehe Brüssel nichts an.

Jens-Peter musste trotz der teilweise sehr harten Worte etwas lächeln. Warum sollte es Frau Johannson besser gehen als ihm. Sie hatte etwas nach bestem Wissen und Gewissen entschieden und wurde dafür noch zerrissen. Ging es ihm in Wirklichkeit nicht ebenso? Er bedauerte sich noch ein bisschen selbst. Wie hart war doch diese Welt! Auch er musste jeden Tag Entscheidungen treffen, die alle falsch sein konnten, und wurde dafür noch kritisiert oder verlor sogar seinen Job. Vielleicht dann lieber keine Entscheidungen treffen, dachte Jens-Peter. Jedoch verwarf er diesen Gedanken sofort wieder. Entscheidungen wurden eben von ihm verlangt. Dafür wurde er bezahlt, übrigens sehr gut.

„Hier spricht noch einmal Ihr Kapitän. Diesmal gibt es keine schlechte Nachricht. Wenn Sie auf der linken Seite sitzen, können Sie in genau fünfzehn Minuten die riesige Dampfwolke sehen, die der Santorin ausstößt. Wir fliegen, wie vorhin schon erwähnt, westlich an dieser Wolke vorbei. Ansonsten kann ich Ihnen die erfreuliche Mitteilung machen, dass sich die Verspätung auf fünfzig Minuten reduzieren wird. Damit werden auch alle Anschlussflüge in Doha erreicht. Ich wünsche Ihnen allen einen weiterhin guten Flug."

Jens-Peter hatte das Glück, auf der linken Seite zu sitzen. Nun war er hellwach. Wann hatte man schon einmal die Gelegenheit, eine Vulkanexplosion, selbst wenn sie nur aus Wasser und Asche bestand, vom Flugzeug aus zu sehen. Und wirklich. Aus der Wolkendecke, über der sie die ganze Zeit flogen, ragte plötzlich wie aus einem gigantischen Schornstein kommend, eine weißgraue, gegen Osten gerichtete Wolke hervor, zunächst wie eingeschnürt, dann immer mehr auseinanderlaufend. Er hatte keine rechte Vorstellung, wie groß diese Wolke sein könnte, da sie doch in einiger Entfernung an ihr vorbeiflogen, aber riesig war sie auf jeden Fall. Na ja, so lange die Einwohner der Insel nicht in Mitleidenschaft gezogen wurden, war das Ereignis sicherlich recht imposant anzusehen. Er lehnte sich wieder zurück.

Als Ingenieur hatten ihn Vulkane bisher immer nur als riesige Energieträger interessiert. Er hatte einmal gelesen, welche Energiemengen bei einem Vulkanausbruch freigesetzt werden konnten, einfach gigantisch. Sicherlich das Energiereservoir der Zukunft, sauber und ähnlich unbegrenzt wie das Sonnenlicht. Wobei er mehr an die Anwendung der Geothermie an heißen Stellen der Erdkruste als an eine Nutzung der Vulkane direkt dachte. Vulkane zu bändigen, das hielt er für unmöglich, ihre Energie anzuzapfen aber für die Zukunft der Energieversorgung. Vielleicht wäre das ein Job nach EXXON? Er hatte bereits über ein Patent nachgedacht, für den Tunnelbau eingesetzte Bohrmaschinen zu benutzen, um ein etwa tausend Meter tiefes Loch in ein „hot spot" zu bohren, die Gasturbine direkt in das Loch zu setzen und die Wände bis zur Oberfläche als Kondensator für den Antriebsdampf zu verwenden. Das Kondensat würde dann wieder in die heißen Gesteinsschichten verpumpt werden. Seiner Meinung nach eine geniale Idee. Wenn er nur einmal die Zeit hätte, das Ganze etwas näher zu berechnen und die Wirtschaftlichkeit des Verfahrens zu beurteilen. Er war überzeugt, mit den immer mehr steigenden Energiepreisen und den langsam doch zur Neige gehenden Ölvorräten war das eine der interessantesten Möglichkeiten zur Energieversorgung der Zukunft.

Aber erst einmal musste er seine Besprechung in Doha gut hinter sich bringen. Er holte noch einmal seine Unterlagen heraus und studierte sie ein weiteres Mal. Es musste ihm gelingen, seinen Geschäftspartnern klar zu machen, dass sie mit ihren ständigen Änderungswünschen maßgeblich an den Zeitverlusten, aber auch den Kostenüberschreitungen beteiligt waren. Er würde auf jeden Fall mitteilen, dass es ab sofort keine einzige Änderung mehr geben würde, die nicht von ihm persönlich genehmigt worden war.

„Würden Sie bitte Ihren Tisch herausziehen. Wir servieren noch ein kleines Abendessen vor der Landung in Doha." Mit diesen Worten brachte ihn seine Stewardess zurück an Bord des Flugzeuges.

„Schon wieder essen", maulte Jens-Peter. „Aber ein schönes Glas Rotwein würde ich schon noch nehmen. Bitte wie vorhin, den Bordeaux."

„Selbstverständlich, Herr Schneider", lächelte die junge Frau und reichte ihm ein bis zum Rand gefülltes Glas.

5. Oktober 2014, Santorin

Mikis lehnte sich zurück und schaute seinem Großvater direkt in die Augen. „Großvater, warum willst du nicht mitkommen? Es ist zu gefährlich, hier zu bleiben. Jeden Tag kommen einige Zentimeter Asche mehr herunter. Und dann noch der Gestank, wenn der Wind ungünstig steht. Die Sonne lässt sich kaum noch blicken. Was willst du noch hier?"

George Kypris lächelte verschmitzt. „Katarina in der Küche helfen. Und mit ihr streiten. Das würde mir schon sehr fehlen." Dann aber sehr ernst: „Weißt du, Mikis, ich bin wie der Olivenbaum hinter unserem Haus, schon sehr alt und mit starken Wurzeln in der Erde. Du kannst ihn herausziehen und woanders einpflanzen. Glaube mir, er wird nicht wieder anwachsen. Mein ganzes Leben habe ich auf Santorin zugebracht, mit glücklichen und weniger glücklichen Jahren. Der Vulkan gehörte immer dazu. Er war für mich Sinnbild der Macht der Natur. Es war ein bisschen Ehrfurcht, ein bisschen Angst und viel Gewöhnung. Das beschreibt es vielleicht am besten, wir haben uns aneinander gewöhnt. Warum sollte ich ihn jetzt verlassen, nur weil er ein bisschen grollt." George Kypris lächelte wieder.

„Nur ein bisschen grollen. Ich glaube, das ist mehr als nur ein bisschen", entgegnete Mikis. „Und verstehe ich das richtig, Katarina will die Insel auch nicht verlassen?"

„Auch ich bin schon ein alter Baum", hörte er plötzlich hinter sich. Katarina war an ihren Tisch getreten, um ihnen etwas zu trinken zu bringen. „Wo sollen denn diese alten Maultiere ihr Futter herbekommen? Einer muss sich um sie kümmern. Ich werde meine Taverne extra für sie offen lassen und sie alle mit vulkanischen Gerichten verwöhnen." Katarina lachte dabei schallend und setzte sich an ihren Tisch.

Mikis wusste, dass sich mehr als dreißig Einwohner von Santorin, unter ihnen sein Großvater, strikt geweigert hatten, der Aufforderung zur Evakuierung der Insel Folge zu leisten. Selbst der Präfekt der Inseln hatte es schon versucht, es war aussichtslos.

„Wie weit seid ihr denn schon mit dem Räumen?", fragte Katharina.

„Na ja, wir sind fast fertig. Es ist auch nicht so viel Platz. Der fünf Kubikmeter fassende Container, der für jeden Einwohner zur Verfügung gestellt wurde, ist sehr schnell gefüllt. Meinen haben sie schon gestern abgeholt. Und ich soll die Insel heute Abend in Richtung Festland verlassen. Ihr wisst doch, nachdem zunächst alles sehr chaotisch begonnen hatte, musste es dann besonders schnell gehen."

Alle drei wussten, wovon Mikis sprach. Nach der ersten heftigen Eruption am 19. August war der Vulkan nicht mehr zur Ruhe gekommen. Immer wieder regnete es Asche. Die ganze Insel war bereits schwarz und die Vegetation durch den hohen Säuregehalt der Asche eingegangen. Zunächst hatten der Präfekt und die Regierung immer abgewiegelt, es wäre gar nicht so schlimm. Um dann plötzlich, von einem Tag auf den anderen, die Evakuierung von Santorin anzuordnen. Es gab keinen Katastrophenplan, so dass es zunächst drunter und drüber ging. Am einfachsten war noch gewesen, den Kreuzfahrtschiffen das weitere Anlegen zu untersagen. Hier gab es zwar einigen Ärger mit den betroffenen Reedereien, jedoch nach drei Tagen war Ruhe eingezogen.

Völlig unproblematisch war auch die Evakuierung von Thirasia, da dort nur zweihundertneunzig Einwohner die Insel verlassen mussten. Es ging natürlich nicht ohne Tränen, zum Teil auch Widerstand. Weil aber Thirasia in der Hauptwindrichtung lag, war jedem Bewohner klar, dass dieser Gestank und der Dreck nicht lange auszuhalten waren. Man hatte für sie extra eine Kaserne in Galatas geräumt und damit für sehr günstige Bedingungen gesorgt.

Das Problem war Santorin, denn zunächst mussten zwanzigtausend Touristen dazu bewegt werden, die Insel zu verlassen. Und das möglichst organisiert. Der Ärger war vorprogrammiert. Da gab es die Ängstlichen, die gleich wegwollten, aber noch nicht an der Reihe waren, da gab es die Abenteurer, die das Ganze so spannend fanden, dass sie ihren Urlaub nicht abbrechen wollten, und dann gab es die Geizigen, die nicht einsehen wollten, dass sie die Insel verlassen sollten, obwohl sie dafür bezahlt hatten. Was für ein Aufstand. Zum Glück ging die Saison ihrem Ende entgegen, so dass es sehr leicht gefallen war, die bereits gebuchten Reisen zu stornieren.

Bis der letzte Tourist die Insel verlassen hatte, dauerte es dann allerdings bis zum 15. September, da sich ein neues, viel größeres Problem ergab. Die Calderahäfen Fira, Ammoudi und Athinios konnten nicht mehr benutzt werden, das heißt, die gesamte Evakuierung musste über den Yachthafen Vlichada auf der gegenüberliegenden Seite der Insel erfolgen. Wofür der Hafen nicht ausgelegt war. Ein Abtransport per Flugzeug war auch nicht mehr möglich, da so viel Staub in der Luft war, dass Starts ein zu hohes Risiko für normale Verkehrsmaschinen bedeutet hätten. Es war sogar die Rede davon, dass die Insel weiträumig umflogen werden musste, weil die Aschewolke mittlerweile eine Höhe von vierzig Kilometern erreicht hatte und bereits erste Ascheregen in der Türkei festgestellt worden waren. Also musste alles über den kleinen Hafen von Vlichada laufen.

Und dann waren die achttausendfünfhundert Einwohner von Santorin an der Reihe. Doch erst kamen die Container nicht an Land, dann wurden sie falsch verteilt, manche hatten drei, dafür andere gar keinen. Aber nachdem sich der Präfekt persönlich auf die Insel begeben hatte, war sehr schnell Ordnung eingezogen. Dabei hatte er nichts weiter getan, als einen Zeitplan der Evakuierung und eine Reihenfolge der Orte festzulegen.

„Wollt ihr etwas essen?", fragte Katarina.

„Was hast du denn noch? Ich hoffe, es ist nicht so schwarz wie der Staub auf unseren Straßen." Großvater konnte es einfach nicht lassen.

„Auf jeden Fall nicht so schwarz wie deine Seele", entgegnete Katarina und lachte laut. „Natürlich haben wir nicht mehr alles, aber heute habe ich für meine Lieblingsgäste Stifado und Kleftiko gekocht, Rindergulasch und geschnetzeltes Lammfleisch. Was wollt ihr haben?" Beide entschieden sich für Kleftiko. Allerdings waren Mikis und sein Großvater die Einzigen, die sich in der Taverne aufhielten.

„Weißt du, Mikis, dass Katarina einen der größten Weinkeller auf der Insel hat? Das ist auch einer der Gründe, warum ich die Insel nicht verlassen kann. Der Wein liegt in riesigen Fässern, die nicht evakuiert werden können. Also müssen wir sie behüten und vielleicht auch noch ein bisschen leeren." George Kypris strahlte über das ganze Gesicht, als ob es all die Probleme um sie herum nicht geben würde. Offensichtlich hatte er sich gerade vorgestellt, welche Freuden da noch auf ihn warteten.

„Großvater, hast du auch gehört, dass unser Herr Bürgermeister allen Evakuierten angeboten hat, ihnen ihren Grund und Boden abzukaufen? Wie zu erwarten zu einem Spottpreis."

„Ja, unser Herr Bürgermeister. Er konnte noch nie den Rachen voll genug bekommen. Ich kannte schon seinen seligen Herrn Großvater. Der war auch nicht besser." George neigte den Kopf zu Mikis: „Was ich gehört habe? Wer verkauft, bekommt eine bevorzugte Behandlung bei der Unterbringung. Man hat nämlich aus EU-Mitteln eine Art Ersatzdorf auf Mykonos errichtet, jedoch nur für dreihundert Menschen. Natürlich ist das alles nur Verleumdung, aber ich kenne mindestens zehn Personen, die ihr Land an selbigen Herren verkauft haben und nun auf Mykonos untergekommen sind."

„Großvater, sollte man nicht etwas dagegen tun? Wir sitzen im wahrsten Sinne des Wortes im Dreck und andere ziehen ihren Profit daraus", fragte Mikis.

„Du wirst nicht viel erreichen. Man wird dir eher noch eine

Verleumdungsklage an den Hals hängen. Denn man hat ihn, den Bürgermeister, nur gedrängt zu kaufen. Und er hat den armen Bewohnern einen Gefallen getan. Bitte glaube mir, trotz aller Irrungen und Wirrungen des Herrn, am Schluss ist er gerecht zu allen. Wer den Rachen nicht voll genug bekommen kann, wird sich irgendwann einmal verschlucken." George Kypris wischte das Thema mit einer Handbewegung davon und widmete sich lieber Katarina, die mit drei Schüsseln Kleftiko an ihren Tisch getreten war.

„Lassen wir es uns schmecken", sagte Katarina. „Ich will nicht hoffen, dass es deine letzte Mahlzeit auf Santorin ist. Wenn wieder Ruhe einkehrt, kommst du doch sicherlich zurück?", fragte Katarina Mikis.

„Das weiß ich noch nicht", antwortete Mikis mit vollem Mund. „Großvater hat seinen jüngsten Bruder in Zürich angerufen und ihn gebeten, mich aufzunehmen. Und so wie es aussieht, bin ich dort herzlich willkommen. Er hat seit Jahrzehnten ein gut gehendes griechisches Restaurant und keine Kinder. Und da ich im Fernstudium Betriebswirtschaft studiert habe, ist er regelrecht heiß auf mich. Wenn mich meine Tante dann noch leiden kann..."

Hier brach Mikis ab. Das Ganze war ihm doch stärker unter die Haut gegangen, als er bisher geglaubt hatte. Für ihn begann ein völlig neuer Lebensabschnitt und sein geliebter Großvater war auch nicht mehr da. Er musste aufpassen, dass ihm nicht die Tränen in die Augen schossen. Das hätte ihm gerade noch gefehlt.

„Alexandra, deine Tante, ist ein Scheusal. Glaube mir, einfach ein Scheusal. Sie wird dich rund und fett füttern und dann schlachten", witzelte Großvater.

Katarina hatte in der Zwischenzeit eine Karaffe Rotwein und drei Gläser geholt. „Lasst uns noch einmal anstoßen."

Aber Großvater widersprach. „Ich habe eine bessere Idee, Katarina. Lass uns einfach noch einmal zum Kraterrand laufen. Dort können wir von Mikis mit einem Glas Rotwein Abschied nehmen und den Rest Vulcanus opfern. Vielleicht trägt das dazu bei, ihn wieder zu besänftigen."

Katarina fand die Idee gut. Nachdem sie sich Stiefel übergezogen hatte, folgte sie den beiden Männern nach draußen. Es war einfach trostlos. Überall lag, bis zu zwanzig Zentimeter hoch, schwarzgraue Asche. Und niemand war zu sehen. Fast gespenstische Ruhe. Nur im Hintergrund hörte man das Fauchen und Zischen des Vulkans, der ständig Dampf- und Aschewolken ausstieß. Auf dem ganzen Weg bis zum Kraterrand begegnete ihnen niemand. Fira war nach Evakuierungsplan gestern geräumt worden. Es war auch ziemlich kalt, obwohl sonst im Oktober noch bis zu fünfundzwanzig Grad erreicht wurden. Die Sonne kam jedoch nicht mehr richtig durch die Dampfwolke, was sich sofort in tieferen Temperaturen bemerkbar machte.

Am Kraterrand angekommen, bot sich ihnen ein gigantisches Schauspiel. In maximal drei Kilometer Entfernung blies eine riesige Dampfmaschine schwarzgraue Wolken in den Himmel. „Da muss durch einen Riss Meerwasser in die Kraterkammer laufen, ansonsten hätten wir nicht soviel Dampf", erklärte Großvater. „Ist das nicht eindrucksvoll. Die Gewalten der Natur und wir schauen zu."

Katarina hatte die drei Rotweingläser gefüllt und George sowie Mikis Kypris jeweils eines gereicht. „Lasst uns anstoßen mit santorinischem Wein auf Vergangenheit und Zukunft unserer Insel. Und auf dich, Mikis, mögest du deinen Weg finden, aber nie vergessen, wo du hergekommen bist, aus der Schmiede der Götter."

Mikis hatte nun doch Schwierigkeiten, die Tränen zu unterdrücken. „Danke, Katarina. Passt auf euch auf. Der da drüben macht mir einen bösen Eindruck."

Großvater wollte auch noch etwas sagen, stieß dann jedoch erst mit beiden an. Er war sichtlich gerührt und sich der Stunde des Abschieds bewusst geworden. „Mikis, mein liebster Enkel, vergiss nie das Bild, das du heute hier siehst. Paradies und Hölle liegen manchmal sehr eng beieinander, wie eben auch auf unserer Insel. Hier der fruchtbare Boden, dort der todbringende Hauch. Beide Kinder des Vulkans. So ist das Leben und so ist auch der Mensch." Dann warfen alle drei ihre nicht ausgetrunkenen Gläser den Abgrund hinab. Vielleicht würde dieses kleine Opfer von ihrem Vulkan angenommen werden.

„Großvater, wie wird es weitergehen?", fragte Mikis.

„Ich weiß es nicht", antwortete dieser.

15. November 2014, Madrid

„Kommen wir zum dritten Tagesordnungspunkt, der Vorstellung der Ergebnisse der Regionalgesellschaft Griechenland im Jahr 2014." Mit diesen Worten eröffnete Jorge Maron, der Vorstandsvorsitzende der vor fünf Jahren gegründeten und äußerst erfolgreich am Markt agierenden Reisegesellschaft *Mediterran Travel* den zweiten Teil des jeden Monat stattfindenden Reviews mit den Regionalgesellschaften. Nach einem opulenten Mittagsmahl schien Herr Maron bestens gelaunt, denn er hatte sich eine dicke Havannazigarre angezündet und winkte jovial den Geschäftsführer der Regionalgesellschaft zum Rednerpult.

Dieser, ein junger Mann, eilte nach vorn, um seine Computerpräsentation zu öffnen und mit dem Vortrag zu beginnen. „Sehr geehrter Herr Maron, sehr geehrte Herren des Vorstandes. Es ist mir eine große Freude, die Ergebnisse unserer Regionalgesellschaft seit Bestehen der *Mediterran Travel* vorzustellen. Wir sind sehr stolz, dass wir seit dem Einführungsjahr Umsatz und Gewinn in jedem Jahr fast verdoppeln konnten. Mit mittlerweile sechsundachtzig Hotels in Griechenland haben wir Exklusivverträge, fünf Kreuzfahrtschiffe wurden zu außerordentlich guten Konditionen geleast und unsere Klassiktour durch Griechenland und die Türkei hat sich als absoluter Renner erwiesen. Die darauf aufbauenden, sehr positiven Ergebnisse der von mir geführten Regionalgesellschaft sehen Sie auf dem ersten Bild meiner Präsentation. Wie Sie erkennen..."

„Wollen Sie mich verarschen?", wurde der junge Mann abrupt von Jorge Maron unterbrochen. Man merkte deutlich, wie der Vortragende zusammenzuckte und nicht richtig wusste, wie er auf diesen völlig unerwarteten Angriff reagieren sollte bzw. worum es eigentlich ging. Die ebenfalls am Tisch sitzenden Herren des Vorstandes hatten alle ihre Köpfe gesenkt und bemühten sich intensiv, auf die vor ihnen liegenden Unterlagen zu schauen. Sie kannten schon diese Ausbrüche ihres Chefs. Offensichtlich stand wieder eines dieser Schlachtfeste, so wurden die Reviews unter der Hand bereits bezeichnet, bevor.

„Erstens, junger Mann, ist das Thema Ihres heutigen Vortrages die Vorstellung der Ergebnisse des Jahres 2014 und nicht 2011 bis 2014, zweitens bin ich nicht blöd und kann noch rechnen, zwischen 2013 und der Erwartung 2014 sehe ich keine Verdoppelung des Umsatzes und des Gewinns, und drittens, wo ist der Vergleich zu den Budgetzahlen, denn das ist das Einzige, was mich wirklich interessiert."

Deutlich verunsichert und mit leicht stockender Stimme bemühte sich der Redner um die Fortsetzung seiner Präsentation. „Natürlich haben Sie Recht. 2014 konnten wir den außerordentlich guten Trend der letzten Jahre nicht beibehalten, wenn man das aber um die Sonderfälle Erdbeben und Santorin bereinigt, haben wir ein Superergebnis erreicht."

„Das ist unverschämt." Mit diesen Worten von Jorge Maron wurde der Vortragende erneut unterbrochen. „Sehen Sie meine Herren", und hier wandte sich der Vorstandsvorsitzende seinen Kollegen des Vorstandes zu, „da werden Sondereffekte kreiert, um vom eigenen Versagen abzulenken. Verdoppelung des Umsatzes und des Gewinns, da kann ich nur lachen. Wissen Sie, das alles interessiert mich sowieso nicht. Wo ist der Vergleich zwischen Budget und Ist für 2014?"

Noch mehr irritiert, begann der Regionaldirektor im Computer zu suchen. „Diesen Vergleich habe ich auch. Ach, hier ist er."

„Ich habe es doch gewusst, fünfundzwanzig Prozent weniger Umsatz und zehn Prozent weniger Gewinn als budgetiert", setzte Maron noch einen drauf. „Wissen Sie, was ich am wenigsten leiden kann, ist Schönfärberei. Warum sagen Sie es nicht gleich, dass Sie in diesem Jahr auf der ganzen Linie versagt haben. Und falls Sie es selbst noch nicht festgestellt haben sollten, ich habe es auf jeden Fall bemerkt."

Maron hatte einen roten Kopf bekommen und steigerte sich in einen regelrechten Wutanfall. „Wissen Sie, wo wir stehen würden, wenn wir alles nur Leute wie Sie hätten? Unser Eigentümer würde uns wärmstens empfehlen, Konkurs anzumelden. Und das wär's dann gewesen."

„Jorge, lass ihn doch etwas zu den Sondereffekten sagen. Wir sollten ihm doch die Möglichkeit einräumen, uns dazu einige Erläuterungen zu geben", wandte der neben Maron sitzende Personalvorstand ein.

Der junge Mann suchte erneut verzweifelt, bis er die entsprechende Seite in seiner Präsentation gefunden hatte. „Im April hatten wir das schwere Erdbeben in der Nähe der Insel Amorgos. Das hat den Tourismus auf den ebenfalls betroffenen Inseln Naxos, Paros und Mykonos negativ beeinflusst. Wir mussten leider einige Stornierungen und aufgrund der notwendigen Reparaturen auf den Inseln auch einige berechtigte Reklamationen hinnehmen. Und dann kam leider noch Santorin dazu."

„Santorin, das Kaff kenne ich nicht", wurde der Regionaldirektor erneut unterbrochen.

Aber jetzt war dieser offensichtlich wieder auf sicherem Gelände, denn er setzte deutlich selbstbewusster fort: „Santorin ist eine Vulkaninsel der südlichen Kykladen. Im April gab es erste Anzeichen für ein Wiederaufleben der vulkanischen Aktivität und im Juli begannen die ersten Lavaaustritte. Das haben wir sofort ausgenutzt und zusätzlich Erlebnisreisen nach Santorin in unser Programm aufgenommen. Mit einem Superergebnis. Fünfundvierzig Prozent mehr Reisen nach Santorin konnten wir verkaufen. Leider kam dann das Fiasko. Der Vulkan hatte seine Aktivität gesteigert und am 19. August trat eine erste heftige Eruption ein, der weitere, zum Teil noch deutlich stärkere, folgten. Es wurden riesige Mengen Wasserdampf und Asche in die Atmosphäre geschleudert, so dass sich die griechische Regierung am 3. September gezwungen sah, die Evakuierung der Insel zu veranlassen. Besonders schwer hat uns getroffen, dass unsere Kreuzfahrschiffe bereits ab 6. September die Insel nicht mehr anfahren durften. Dazu kamen dann noch die Reklamationen der Touristen, die die Insel Hals über Kopf verlassen mussten. In der Summe hat uns das so viel gekostet, dass die positiven Effekte der Erlebnisreisen aufgefressen wurden. Wenn diese Naturkatastrophe nicht gewesen wäre, hätten wir sicherlich auch die Budgetzahlen erreicht."

„Wenn, hätten, vielleicht. Diese Worte sollten Sie sich abgewöhnen. Und merken Sie sich eins, das Budget ist Gesetz. Dann hätten Sie sich eben an anderer Stelle etwas einfallen lassen müssen", unterbrach Maron seinen Regionaldirektor erneut in belehrendem Ton. „Wie ist denn Ihre Vorschau für das nächste Jahr? Wollen Sie mir schon heute erklären, dass Sie die Budgetzahlen erneut nicht schaffen wollen?"

Man merkte dem Regionaldirektor sehr deutlich an, dass ihm Ton und Stil dieser Veranstaltung nicht behagten. „Natürlich werden wir alles tun, um die Budgetzahlen zu erreichen. Das ist meine Aufgabe. Aber niemand weiß, wie sich die Lage in Griechenland weiterentwickeln wird. Und immerhin sind die Kykladen eines unserer wichtigsten Urlaubsziele in der Ägäis. Übrigens, wie Sie meinem Bild entnehmen können, haben wir trotz verfehlter Budgetzahlen den Gewinn stärker erhöht als den Umsatz. Das war nur möglich, indem wir bei der Versicherung eine zumindest teilweise Rückerstattung unserer Verluste infolge des Vulkanausbruchs auf Santorin erreichen konnten. Und wenn Sie immer von Versagen reden. Ich selbst habe mehrfach bei der griechischen Regierung vorgesprochen, um ein weiteres Anlaufen unserer Kreuzfahrschiffe auf Santorin zu erreichen. Jedoch auch ich musste mich letztlich den Fakten beugen. Man kann einfach nicht durch Wolken von stinkendem Dampf fahren."

Jorge Maron hatte sich offensichtlich etwas beruhigt und fragte nun in deutlich versöhnlicherem Ton: „Wie wollen Sie dann die Budgetzahl 2015 erreichen? Oder haben Sie schon aufgegeben?"

„Wir geben nie auf", entgegnete der junge Mann nun wieder selbstbewusst. „Wir haben uns umfassend über die Situation auf den Kykladen informiert. Wie Sie wissen, hat die griechische Regierung eine Experten-Kommission berufen, die sie in allen Fragen zum Vulkanausbruch auf Santorin berät. Der Abschlussbericht dieser Kommission soll heute in Athen vorgestellt werden und uns ist zugesichert, dass wir in den nächsten Tagen ein Exemplar erhalten werden. In Abhängigkeit von den darin enthaltenen Schlussfolgerungen und Empfehlungen werden wir unsere Strategie für die Kykladen festlegen und auf ein maximales Verkaufsziel ausrichten. Auf den Totalausfall von Santorin haben wir uns allerdings schon eingestellt. Nach letzten Informationen aus Athen ist die Evakuierung inzwischen abgeschlossen und nur einige besonders störrische Exemplare, vor allem ältere Einwohner, sind noch auf der Insel."

„Können Sie uns sagen, was Sie bereits konkret ins Auge gefasst haben, um nächstes Jahr wieder in die Erfolgszone zu kommen", fragte einer der Herren aus der Runde.

„Schwerpunkt für uns wird Kreta sein, wobei Santorin erneut eine Rolle spielt. Man kann nämlich von Kreta aus die riesige Dampfwolke des Vulkans auf Santorin sehen. Ein eindrucksvolles Bild. Und dann bieten wir noch Bootsfahrten nach Santorin an. Wir dürfen zwar die Insel nicht mehr betreten, herumzufahren ist jedoch nicht verboten. In die Caldera, das ist die Bucht in der Mitte der Insel, werden wir allerdings nicht mehr können. Man hat uns erzählt, dass das Wasser dort mittlerweile kocht. Außerdem haben wir noch vor, eine sogenannte Historienreise *Auf den Spuren des Großen Alexander* in das Programm aufzunehmen. Wir konnten nämlich aus Trendanalysen entnehmen, dass vor allem in Mitteleuropa das Interesse an Geschichte wieder gewachsen ist. Und das sollten wir nutzen."

„Verstehe ich das richtig? Das Wasser im Meer kocht?", schaltete sich Maron erneut in die Diskussion ein. „Dann müssen ja auch riesige Mengen an Lava ins Meer laufen. Das ist doch bestimmt eindrucksvoll."

„Da haben Sie Recht. Es fließen riesige Mengen Lava ins Meer und es ist mehr als eindrucksvoll. Die Teilnehmer der letzten Kreuzfahrt nach Santorin, die dieses Naturschauspiel vom Schiff und von der Insel aus beobachten konnten, waren begeistert. Wir hatten bereits eine Vielzahl von Neubestellungen von Gästen dieser Kreuzfahrt, die uns erklärten, dass sie das sehr gern noch einmal sehen würden und dann sogar Freunde oder die Familie mitbringen wollten. Nur leider ist das nun hinfällig geworden."

„Warum eigentlich?", fragte Herr Maron. „So weit ich verstanden habe, ist es nur nicht gestattet, die Insel zu betreten. Wie Sie selbst schon sagten, ist es nicht verboten, an die Insel heranzufahren. Warum kreieren wir nicht eine sogenannte Abenteuerreise zu den Vulkanen des Mittelmeeres mit dem spuckenden Santorin als Höhepunkt. Wie ich in der Presse gelesen habe, soll der Vulkanismus weltweit zunehmen. Irgend so ein Professor aus Kanada soll eine Beziehung zwischen der Sonne und unseren Vulkanen hergestellt haben." Offensichtlich begann Jorge Maron sich für seine eigene Idee mehr und mehr zu begeistern. „Ich habe schon einen Titel *Reise zu den Toren der Hölle.* Wir beginnen am Vesuv, dann weiter zum Stromboli, danach zum Ätna und als Höhepunkt Santorin. Das sollten wir vor allen in den Staaten anbieten, denn für Sensationstourismus sind die Amerikaner am schnellsten zu gewinnen. Also, mein Herr Geschäftsführer, tun Sie etwas. Und wir sollten möglichst nah ran an den Santorin. Man muss im Meer die gekochten Fische sehen." Jorge Maron grinste nach seiner Bemerkung über alle Backen.

„Ist das nicht zu gefährlich", wandte der junge Mann ein. „Die Eruptionen sollen so stark geworden sein, dass in der Dampfsäule gewaltige Gewitter und orkanartige Stürme entstehen. Zudem wird berichtet, dass um die Insel herum die Sonne fast nicht mehr zu sehen ist. So viel Asche soll sich in der Luft befinden."

„Larifari, junger Mann, wenn schon Abenteuerreise, dann richtig. Nichts wie ran an dieses Vulkänchen."

„Das ist kein Vulkänchen, das ist ein richtiger Vulkan. Und zudem noch ein extrem gefährlicher. Wir wollen doch sicherlich keine Menschenleben gefährden."

Da aber lachte Jorge Maron laut auf: „Junger Mann, Sie müssen noch viel lernen. Ich bin für den Gewinn dieses Unternehmens verantwortlich. Und der ist für mich das Wichtigste."

15. November 2014, Athen

„Wie wird es weitergehen auf Santorin? Das ist die Frage, die Sie, sehr geehrter Herr Minister, uns gestellt hatten. Wie Sie noch sehen werden, ist uns die Antwort darauf nicht leicht gefallen und letztendlich können wir sogar nur von Wahrscheinlichkeiten sprechen." Mit diesen Worten an den neuen, erst vor kurzem berufenen Gesundheitsminister Odo Alexandros begann Professor Navarre, Leiter des Lehrstuhls Geowissenschaften an der Universität Vancouver, die Präsentation der Ergebnisse eines Arbeitstreffens weltweit anerkannter Spezialisten auf dem Gebiet der Vulkanologie vor dem Krisenstab zum Erdbeben auf der Insel Amorgos. Diesem war zusätzlich die Klärung der Situation auf Santorin übertragen worden. Herr Alexandros hatte diesen sogenannten *Workshop Santorin* mit internationaler Beteiligung gefordert, um sich zum weiteren Vorgehen auf und um Santorin herum beraten zu lassen. Es war seinen Mitarbeitern auch gelungen, eine Zahl sehr renommierter Vulkanologen für dieses Beratergremium zu gewinnen, so Frau Dr. Eschli von der ETH Zürich, Professor Navarre von der Universität Vancouver, Professor Iskarin von der berühmten Lomonossow-Universität Moskau, Doktor Sato von der Universität Tokio, Professor Shin von der Akademie der Wissenschaften Chinas und den anerkannten Spezialisten Griechenlands auf dem Gebiet der Vulkanologie, Professor Vovola, von der Universität Athen.

„Es ist mir eine große Ehre, dass meine verehrten Kolleginnen und Kollegen mich gebeten haben, die Ergebnisse unseres zweiwöchigen Workshops vor Ihnen darzulegen." Man spürte deutlich, wie stolz Professor Navarre darauf war, präsentieren zu dürfen, unterstrich es doch seine Stellung als Spitzenwissenschaftler unter weltweit anerkannten Vulkanologen. Er hatte sich für diesen Tag außerordentlich elegant gekleidet, trug einen schwarzen Anzug mit Weste, ein weißblaues Hemd, dazu einen passenden rot-blauen Schlips. Aus einer der Taschen schaute die goldene Kette einer Sprungdeckeluhr hervor. Er wollte offensichtlich auch optisch den Eindruck von Seriosität und Gediegenheit unterstreichen.

„Ich möchte Sie hier nicht mit den Details unserer wissenschaftlichen Untersuchungen und Diskussionen langweilen und auch keine Vorlesung zur Vulkanologie halten. Lassen Sie mich nur kurz sagen, Vulkanismus ist das Ergebnis der sich bewegenden Erdplatten. Vulkane entstehen an den sich dabei bildenden Nahtstellen, wobei sich in der Ägäis eine solche befindet, auf der angeordnet wie auf einem Bogen mehrere Vulkanzentren sitzen. Eines davon ist Santorin. Die anderen wie Aegina, Poros, Milos oder Nisyros sind Ihnen sicherlich ebenfalls bekannt. Dieser Vulkanbogen markiert die Grenze zwischen eurasischer und afrikanischer Platte, wobei beide aufeinander zustreben. Der Rand der afrikanischen Platte wird unter den von Eurasien gedrückt, was zu erheblichen Spannungen und durch Zerrungen zu Aufstiegswegen von Magma führen kann. Erdbeben und Vulkanausbrüche auf diesem Vulkanbogen sind also, lassen Sie es mich so sagen, etwas Normales, die Auswirkungen dieser Naturerscheinung oft allerdings nicht. Besonders problematisch in der Ägäis ist, dass hier Erdkruste regelrecht verschluckt wird, das heißt, unterschiedliche Magmen miteinander in Berührung kommen, was aufgrund starker Gasbildung zu enormen Drücken in den Magmakammern führt, die wiederum sehr explosive Vulkanausbrüche nach sich ziehen können. Deshalb muss immer mit einer Katastrophe minoischen Ausmaßes, jedoch dazu später mehr, gerechnet werden. Dies gilt auch oder vor allem für den Santorin, bei dem es sich entgegen dem allgemeinen Eindruck um einen der am besten untersuchten Vulkane der Welt handelt. Was allerdings schnell wieder in Vergessenheit gerät, der Santorin ist ein aktiver Vulkan, der zuweilen Jahrhunderte schläft, um für die dann lebende Generation überraschend auszubrechen.

Um Ihre eingangs gestellte Frage beantworten zu können, Herr Minister, haben wir die bekanntesten Ausbrüche der letzten Jahrhunderte analysiert und versucht, Parallelen zu finden und Ansatzpunkte dafür zu erkennen, wie sich der Santorin dieses Mal verhalten wird. Aus allen Ausbrüchen ist generell ableitbar, dass es sich nie um eine einzelne, sondern stets eine Vielzahl von Eruptionen, zum Teil über mehrere Jahre, handelte. Als Beispiel seien hier genannt: 1707 bis 1711, 1866 bis 1870, 1925 bis 1928, 1939 bis 1941 und 1950 bis 1951. Im Mittelpunkt dieser Ereignisse stand stets die Lavainsel Nea Kameni, wie auch in diesem Jahr. Das Ausbruchsbild war in allen Fällen in etwa gleich, Explosionsphasen folgten Lavaausbrüchen. Am Schluss entstanden neue Krater bzw. die Insel Nea Kameni wurde größer. Wie sich in den Jahren 1925 bis 1928 zeigte, können sich dabei, wie wir sagen, plinianische Eruptionen, das sind gasreiche Eruptionen mit Lavaaustritt, und phreatomagmatische Eruptionen, das heißt Explosionen durch Eindringen von Wasser in die Magmaschächte, mehrfach abwechseln. In der Zeit vom Mai 1926 bis Januar 1928 trat sogar eine Ruhepause ein, in der der Vulkan wieder zu schlafen schien.

In dieses Bild passt der diesjährige Ausbruch des Santorin. Wir haben es zurzeit mit einer phreatomagmatischen Vorphase zu tun, in der eine aus Wasserdampf und Staub bestehende Dampfwolke ausgetragen wird. Für diese Vorphase spricht auch der zeitweise Austritt von Lava und die offensichtlich begonnene Ausbildung eines neuen Kraters. Dennoch überraschen uns einige Fakten, die anders sind als gewöhnlich:

1. die Stärke der Dampf-/Stauberuption bis in eine Höhe von fast vierzig Kilometern
2. das Austragen von schwarzem Staub und
3. das weitgehende Ausbleiben von starken Erdbeben als Begleiter der Ausbrüche.

Überhaupt nicht einordnen können wir das Austragen von schwarzem Staub. Normalerweise wird während der Eruptionen Bimsstein ausgeworfen und der ist weiß. Schwarzer Staub kann nur heißen, dass Lava, und die ist abgekühlt schwarz, in den Schlünden regelrecht vermahlen und mit dem Dampf ausgetragen wird. Bimsstein haben wir bisher in allen Eruptionen nur sehr wenig gefunden.

Insbesondere das Ausbleiben stärkerer Begleiterdbeben hat uns veranlasst, am Schluss unserer Diskussion zur Auffassung zu kommen, dass der diesjährige Ausbruch als normal im Sinne der Erfahrungen der letzten Jahrhunderte zu betrachten ist. Es muss allerdings noch mit stärkeren Eruptionen plinianischen Charakters gerechnet werden. Das Ganze kann sich noch über zwei bis drei Jahre hinziehen. Das ist das wahrscheinlichste Szenario, dem sich jedoch nicht alle Kolleginnen und Kollegen anschließen konnten. Es gibt auch noch die Möglichkeit wesentlich stärkerer Eruptionen, die dann den Charakter von Suspensionsströmen annehmen können, mit katastrophalen Auswirkungen. Was uns alle beunruhigt, ist die Tatsache, dass die Messungen unserer sehr verehrten Kollegin, Frau Dr. Eschli, mit den Ergebnissen der anderen Methoden nicht übereinstimmen. Wie Sie wissen, hat die griechische Regierung regelmäßig gravimetrische und geomagnetische Messungen auf dem Vulkanbogen der Ägäis veranlasst. Diese zeigen jedoch auch nicht annähernd eine ähnliche Dramatik wie die Auswertung der Schwerkrafttomographie. Wir sind uns ziemlich sicher, dass die Methode von Frau Dr. Eschli funktioniert und keine gravierenden Fehler aufweist, so dass eine gewisse Verunsicherung bei uns allen geblieben ist, wie schnell sich der Santorin wieder beruhigen kann.

Ich darf zusammenfassen: Mit hoher Wahrscheinlichkeit werden weitere Eruptionen auf Santorin auftreten, die sich noch über Jahre hinziehen können. Eine Katastrophe minoischen Ausmaßes erwarten wir nicht. Beunruhigend für uns alle ist die Größe des Magmareservoirs, aus der der Santorin zurzeit gespeist wird, beruhigend im Gegenzug die Stärke der Dampf-Staub-Eruptionen, die große Gasmengen hat austreten lassen und damit zu einer wesentlichen Druckentlastung in der Magmakammer geführt haben dürfte.

Lassen Sie mich zum Abschluss meinen verehrten Kolleginnen und Kollegen noch einmal recht herzlich danken für die konstruktive, teilweise auch sehr kritische Mitarbeit."

Mit diesen Worten beendete Prof. Navarre seine kurze Präsentation und übergab Odo Alexandros den schriftlichen Bericht der Arbeitsgruppe. „Für Fragen oder. Bemerkungen stehe ich ihnen selbstverständlich noch zur Verfügung", fügte Prof. Navarre an.

„Dann möchte ich gleich beginnen, um gar nicht erst Zeit zu verlieren", eröffnete Alexandros die Diskussion. „Meine erste Frage ist an Herrn Professor Vovola gerichtet. Ich erinnere mich an unsere Sitzung des Krisenstabs vom 28.04., damals noch mit dem Erdbeben auf Amorgos beschäftigt. Wir hatten dort die Ergebnisse der Messungen von Frau Dr. Eschli diskutiert und waren weit davon entfernt, die Situation auch nur annährend so dramatisch zu bewerten, wie sie sich dann in der Realität eingestellt hat. Also eine Fehleinschätzung, Herr Professor Vovola?"

Dieser reagierte auf den offensichtlichen Angriff etwas verschnupft. „Wenn Sie sich schon erinnern, dann bitte auch an meine Worte bezüglich der Vorhersage der Zeit und der Stärke von Vulkanausbrüchen. Darf ich hier die Worte des berühmten Vulkanologen Maurice Krafft zitieren. *Vulkane sind unberechenbar*. Im Übrigen musste Herr Professor Krafft diese Weisheit mit dem eigenen Leben bezahlen, als er 1991 bei einem unerwarteten Ausbruch des Uncen in Japan zusammen mit seiner Frau ums Leben kam."

„Wissen Sie, mich interessiert Ihr Herr Kollege Krafft nun wirklich nicht. Aber Sie hatten damals gesagt, wir sollten die Sache nicht dramatisieren und nur weiter beobachten. Das hat dazu geführt, dass wir keine Evakuierungspläne für Santorin hatten, als es ernst wurde, was mir sehr viel Ärger in der Öffentlichkeit und im Kabinett eingebracht hat. Gleich meine zweite Frage, die sich unmittelbar an meine erste Bemerkung anschließt. Wie sicher sind Sie alle, dass der Vulkan sich wieder beruhigt und es nicht noch schlimmer kommt?"

„Junger Mann", Prof. Iskarin pflegte jeden, der jünger war als er selbst, so anzureden. „Ich beschäftige mich nunmehr seit fünfzig Jahren mit diesen feuerspeienden Geschöpfen. Sie sind sehr eigensinnig, kaum berechenbar und zu jeder Überraschung fähig. Immer, wenn ich glaubte, etwas ganz genau zu wissen, wurde ich erneut eines Besseren belehrt."

„Heißt das, wir sollten uns auf den schlimmsten anzunehmenden Fall einstellen?", setzte Odo Alexandros nach.

„Das würden Sie nie durchstehen. Da könnten Sie gleich die ganze Ägäis evakuieren. Denn der schlimmste anzunehmende Fall wäre eine Kette von Eruptionen auf dem Vulkanbogen der Ägäis. Man sollte also schon versuchen, ein möglichst realistisches Bild zum weiteren Verhalten des Vulkans zu gewinnen. Und darum haben wir uns alle bemüht."

Professor Vovola nickte zustimmend und versuchte, wieder in die Diskussion einzusteigen. Jedoch Professor Iskarin war nicht zu bremsen. „Auch das realistischste Bild schließt nicht aus, dass es anders kommt, hoffentlich besser, vielleicht auch schlechter. Worauf wir uns in jedem Fall einstellen sollten, sind weitere und stärkere phreatomagmatische Explosionen und in deren Folge unter Umständen das Auftreten von Riesenwellen, sogenannten Tsunamis. Aber bitte fragen Sie mich jetzt nicht, wie hoch und wo?"

„Was können wir im Vorfeld tun, um uns auf diese Möglichkeit vorzubereiten?", fragte der Präfekt der Kykladen, Herr Saliveros.

„Wir können nur warnen, die anliegenden Länder und die Schifffahrt. Santorin sollte ab sofort in weitem Bogen umfahren werden. Mehr tun können wir momentan nicht", antwortete erneut Professor Iskarin.

Nun schaltete sich auch Herr Malenio, Leiter des Katastrophenschutzes im Innenministerium, in die Diskussion ein. „Herr Professor Navarre, Sie erwähnten in Ihrem Vortrag auch die Möglichkeit von Suspensionsströmen? Was kann ich darunter verstehen und welche Gefahren für die anderen Inseln gehen von solchen Strömen aus?"

„Auf Santorin finden wir Bimssteinschichten mit einer Mächtigkeit von bis zu sechzig Metern. Und das ist mit einem normalen Ausbruch nicht erklärlich. Mit großer Wahrscheinlichkeit waren dafür Suspensionsströme verantwortlich. Diese entstehen, wenn Meerwasser auf glühendes Magma trifft, das durch die Wucht der Reaktion zerfetzt wird und mit Dampf umgeben eine Art Suspension bildet, die wie eine Flüssigkeit fließen kann. Man würde trivial sagen, der Kochtopf kocht über. Auch hier wäre die größte Gefahr die Entstehung von Riesenwellen. Und die Insel Santorin würde man danach nicht wiedererkennen. Man müsste mit der Besiedlung ganz von vorn beginnen."

„Vorausgesetzt, dazu hat dann noch jemand Lust“, warf Frau Markos vom Griechischen Roten Kreuz ein.

„Ach, die Menschen vergessen sehr leicht. Nach zwei bis drei Generationen wird erneut der sehr fruchtbare Boden locken“, entgegnete Professor Iskarin.

Odo Alexandros schien noch immer unzufrieden mit dem Ergebnis der Diskussion. „Haben wir nicht wieder etwas übersehen?“ Ein erneuter Seitenhieb in Richtung Professor Vovola. „Immerhin gibt es die gesicherte Aussage von Herrn Professor Navarre, dass mit der gesteigerten Sonnenaktivität auch die Vulkanaktivität stark zunimmt. Spricht das nicht dafür, dass es noch viel schlimmer kommt?“

Nun erhob sich Frau Dr. Eschli etwas schwerfällig und man sah, dass sie bestimmt schon im siebenten oder achten Monat schwanger war. „Wir haben diesen Sachverhalt im Verlauf des Workshops diskutiert und sind zu dem Ergebnis gekommen, dass er für Santorin wenig Bedeutung haben sollte. Da sich die tektonischen Platten in der Ägäis übereinanderschieben, wird sich dieser Effekt erst in Jahrzehnten, dann allerdings in deutlich stärkeren Erdbeben, bemerkbar machen. Wesentlich kritischer sehen wir die Situation an den Stellen, wo die Platten auseinanderdriften, wie zum Beispiel in der Tiefsee. Dort erwarten wir in sehr kurzer Zeit deutlich mehr vulkanische Aktivität.“

„Vielleicht gibt es doch einen Punkt, über den wir noch einmal reden sollten und auf den wir uns einstellen müssen.“ Mit diesen Worten verschaffte sich der japanische Vulkanologe Professor Sato Gehör, der sich bisher sehr zurückgehalten hatte. „Was für die großen Ausbrüche des Santorin charakteristisch war, war der Bimsstein. Das Besondere an diesem Produkt ist, dass es schwimmen kann. Sollten größere Mengen davon ausgetragen werden, kann das zu Beeinträchtigungen der Schifffahrt führen. Eine Warnung wäre hier ebenfalls zu empfehlen.“ Odo Alexandros bedankte sich für diesen Hinweis und beendete, nachdem keine weiteren Fragen mehr gestellt worden waren, die Veranstaltung. Allerdings verwies er darauf, dass es zu den Festlegungen aus diesem Workshop eine gesonderte Sitzung des Krisenstabes geben würde. Er sagte auch, dass er erwarte, dass alle Mitglieder bis dahin den sehr umfangreichen Report gelesen haben und Vorschläge zur Katastrophenprävention unterbreiten können. So etwas, wie mit der Evakuierung von Santorin, das dürfe nicht noch einmal geschehen.

Beim Verlassen des Raumes wechselten Odo Alexandros und Professor Navarre noch einige persönliche Worte. „Haben Sie auch gehört, dass eine spanische Reisegesellschaft, ich glaube, sie heißt *Mediterran Travel* so genannte Abenteuerreisen zu den Vulkanen des Mittelmeers, unter anderem zum Santorin, anbietet?“

Odo Alexandros überlegte eine Weile, um zu antworten. „Mir gefällt das Wort Abenteuer überhaupt nicht. Immerhin haben mehr als achttausend Menschen ihre Heimat verloren, wenn auch nur zeitweise. Aber ein Erlebnis ist es. Mir haben meine Mitarbeiter berichtet, die während der Evakuierung auf Santorin eingesetzt waren, dass es sich um unvergessliche Eindrücke handelt. Vor allem nachts müssen sich Farbenspiele ergeben, die man einfach nicht beschreiben kann. Aber warum fragen Sie?“

„Na ja, meine Kinder sind verrückt nach so etwas. Sie wollten schon den Ausbruch des Mt. St. Helens sehen, das hat dann leider nicht geklappt. Nun jedoch vier Vulkane auf einmal und davon drei aktiv. Vielleicht schenke ich meiner Familie eine solche Kreuzfahrt über Weihnachten.“

Odo Alexandros lächelte. „Ja, ja, die Familie. Leider haben wir keine Kinder, aber ich kann mir vorstellen, wie sie den Vater manchmal unter Druck setzen. Es wäre auf jeden Fall ein eindrucksvolles Erlebnis. Und das Wetter könnte auch noch mitspielen. Richtig schlecht wird es erst im Februar und März.“

Professor Navarre war sichtlich mit der Antwort zufrieden. „Bevor ich es vergesse, Herr Minister. Einen Punkt haben wir nicht erwähnt. Sollten sich die Ausbrüche weiter verstärken und sollte noch mehr Asche ausgetragen werden, müssen wir davon ausgehen, dass auch die anderen Inseln in der Windrichtung in Mitleidenschaft gezogen werden. Das dürfen Sie keinesfalls aus den Augen verlieren.“

„Vielen Dank, das war auch eine meiner Schlussfolgerungen für die nächste Sitzung des Krisenstabs. Aber wir hoffen alle, dass es dazu nicht kommt.“

Da es mittlerweile achtzehn Uhr geworden war, fuhr Odo Alexandros nach der Verabschiedung von Professor Navarre, dem er scherzhaft ein Wiedersehen auf Santorin gewünscht hatte, direkt nach Hause. Er hatte mit seiner Frau eine Atelierwohnung direkt im Zentrum von Athen gemietet, wo seine Gattin ihren künstlerischen Ambitionen als Bildhauerin und Malerin nachgehen konnte.

Seine Frau erwartete ihn schon ungeduldig im Foyer. „Schatz, du kommst aber spät. Hast du denn vergessen, dass wir heute zur Party anlässlich des Spendenaufrufes der UNICEF gehen wollten?“

Odo hatte es natürlich vergessen. Voller Widerwillen wurde ihm bewusst, dass er wohl kaum noch ausweichen konnte. Hätte er nur daran gedacht. Dann wäre er so spät gekommen, dass es nicht mehr möglich gewesen wäre. Aber nun würde ihm nichts anderes übrigbleiben, als diese Langweiler, Großkotze oder selbsternannten Künstler einige Stunden zu ertragen. Und das, obwohl ihm der Kopf schwirrte. Wenn er nur an die vielen Fachausdrücke dachte, die er vorher noch nie gehört hatte, phreatomagmatische Eruptionen, plinianische Ausbruchsphasen, Pyroklastika, Strömungswellen. Na ja, diese Herren Wissenschaftler. Immer schön kompliziert darstellen, damit es keiner versteht. Nicht nur deswegen war bei ihm ein Unbehagen geblieben, das er sich nicht recht erklären konnte. Er hatte die besten Experten der Welt an einem Tisch und sich demzufolge nichts vorzuwerfen. Aber irgendwo war noch immer ein Zweifel. Hatten sie nicht doch etwas übersehen? Denn ein weiterer Lapsus wie bei der Evakuierung von Santorin würde ihn vermutlich das Ministeramt kosten.

„Schatz, wir müssen los. Ich glaube, es ist keine Zeit mehr, dass du dich umziehst. Aber du bist ja noch gut angezogen."

Was er von seiner Frau auch behaupten konnte. Sie trug ein langes rotes Kleid, das er noch nie gesehen hatte (Wann hat sie das schon wieder gekauft, fragte er sich.), dazu eine schwarze Schärpe, rote Schuhe, eine schwarze Handtasche und einen rot-schwarzen Hut, alles farblich aufeinander abgestimmt. An dieser Stelle merkte man eben die Künstlerin. Da sie zudem sehr schlank war, passte die Zusammenstellung ausgezeichnet zu ihr. Er konnte nicht umhin, festzustellen, dass ihr das sehr gut stand und sagte ihr das auch.

„Du Schmeichler", war ihre vergnügte Antwort. In Wirklichkeit genoss sie es, attraktiv zu sein und im Mittelpunkt zu stehen.

Nur, war er anders? Auch er liebte es, Ansehen zu genießen, Macht zu haben und sie zu gebrauchen. Er war eben Politiker und der musste so sein. Manchmal spürte er jedoch, dass hinter dieser Maske sehr viel Verantwortung stand. Wie jetzt.

25.11.2004, Alexandria

„Was soll ich mit solch einem Unsinn auf meinem Tisch?“, fauchte Ismail Mousra, Oberbürgermeister von Alexandria, seinen Sekretär an. Dabei wedelte er mit einem Blatt Papier vor dem Gesicht des fast erstarrten Mannes herum. „Flutwellen von dreißig Meter Höhe sind zu erwarten. Wir sollen uns dagegen schützen. Es muss aber nicht so kommen. Was denken die sich eigentlich, diese Griechen? Die spinnen, soll ich wegen so etwas einen dreißig Meter hohen Damm vor Alexandria bauen?“

Der Sekretär nahm seinem Chef das Blatt aus der Hand, warf kurz einen Blick darauf und sagte dann: „Ach so, Sie meinen das Rundschreiben des griechischen Gesundheitsministers. Wie er schreibt, hat er sich von einem internationalen Expertengremium beraten lassen, wie sich die Situation auf Santorin weiter entwickeln könnte. Und dieses hat ihm offensichtlich etwas Angst eingeflößt, denn der sehr geehrte Herr Minister schreibt selbst, dass nur im schlechtesten anzunehmenden Fall auch mit Riesenwellen gerechnet werden muss.“

„Wissen Sie, ich habe schon genug Probleme am Hals. Da brauche ich mir nicht noch selbst welche ans Bein zu binden oder von Griechen einreden zu lassen. Werfen Sie das Blatt einfach weg. Die sollten einmal auf die Landkarte schauen, dann wüssten sie, wie weit wir von Griechenland entfernt liegen.“

18. November 2014, Baotou (Innere Mongolei, China)

Liu Wu fror, obwohl er neben dem kleinen Kohlenofen in seiner baufälligen Bauernhütte saß. Dass er fror, hatte nichts damit zu tun, dass es draußen kühler war als sonst, es war die Kälte von innen heraus. Heute war das eingetreten, was er seit Wochen erwartet, aber nicht mehr gefürchtet hatte. Man hatte ihm die Mitteilung zur Zwangsvollstreckung seines gesamten Besitzes, das heißt des Ackerlandes, des Gartens und des Bauernhauses, überreicht. Es gab angeblich auch Interessenten. Aber er wusste schon, wie das ablief. Die Reichen und Mächtigen, oder besser Skrupellosen, boten eine Schüssel mit Reis und unmittelbar danach noch das Gefühl, als Wohltäter für die Gescheiterten agiert zu haben. Damit würde er sich nun auch einreihen in die Millionen der absolut Besitzlosen in China, die Opfer der sogenannten Öffnung beziehungsweise Industrialisierung ihres Landes geworden waren.

Wie aber war es dazu gekommen? Das dritte Jahr hintereinander hatte Liu nichts ernten können, und das hatte ihn letztendlich ruiniert. Nachdem er die Armee verlassen hatte, um seine Mutter, die nach dem Tod des Vaters allein den Hof bearbeiten musste, zu unterstützen, war er sich frei und unabhängig vorgekommen. Er fühlte sich stark und ungebunden. Zunächst lief auch alles entsprechend seinen Vorstellungen. Er konnte gute Ernten einfahren und hatte am Schluss sogar noch etwas Geld übrig. 2012 kam der erste Einbruch. Er hatte sich auf Mais spezialisiert, denn der erzielte auf dem Markt immer gute Preise. Sein Pech war, dass es wieder einmal in der Inneren Mongolei riesige Sandstürme gab, die seine gerade aufgelaufenen Pflänzchen zudeckten und erstickten. Er hatte zwar versucht, durch Handarbeit noch zu retten, was zu retten war, jedoch es war umsonst. Die paar Pflanzen, die dann noch wuchsen, reichten gerade noch so aus, um ihr Vieh, einige Schweine, Hühner und Enten, füttern zu können. Und damit begann sein Dilemma. Das neue Saatgut für das kommende Jahr musste er bereits auf Kredit kaufen, da er seine geringen Rücklagen vollständig aufgebraucht hatte. Natürlich war er voller Hoffnung, dass eine reichliche Ernte ihn schuldenfrei machen würde. Aber wieder kam es anders. Ihr kleines Dorf lag nahe der Industriestadt Baotou in der Hauptwindrichtung des Stahl- und Eisenkombinates. Plötzlich zeigten sich in der Mitte der Vegetation Gelbfärbungen an den Pflanzen, die über Zwergwuchs und mangelnden Fruchtansatz im Endeffekt wieder zum Totalausfall der Ernte führten. Es lag auf der Hand, dass das Stahlwerk etwas in die Luft abgegeben haben musste, was die beobachteten Schädigungen verursacht hatte. Er hatte sich auch bei den verschiedensten Stellen beschwert, allerdings ohne jeden Erfolg. Wie zu erwarten, wies das Stahlwerk jede Verantwortung von sich und wurde in dieser Position von den örtlichen Honoratioren voll unterstützt, die ihre jährlichen Zuwendungen beziehungsweise ihre einträglichen Sitze im Aufsichtsrat nicht verlieren wollten. Klagen war für Liu unmöglich, da er weitere Kredite hätte aufnehmen müssen und zudem auch davon überzeugt war, dass die lokale Mafia immer ein Urteil zu seinen Gunsten verhindern würde. Und als ob sich das Schicksal voll gegen ihn gewandt hätte, verstarb im letzten Herbst auch noch seine Mutter. Sie hatte schon seit Jahren über asthmatische Anfälle geklagt, jedoch so schlimm wie im Sommer 2013 war es noch nie gewesen. Er wollte nicht ausschließen, dass es einen Zusammenhang mit seinen gelb gewordenen Maispflanzen gab. Nur wie sollte er das je beweisen.

Nun war er also ganz allein auf sich angewiesen. Geschwister hatte er nicht, da seine Eltern als gläubige Kommunisten sich zur Einkindehe bekannt und strikt danach gerichtet hatten. Sein Vater war alter Maoist gewesen und dem Aufruf Maos zur Besiedlung der Inneren Mongolei durch Han-Chinesen gefolgt. So waren sie auch zu ihrem Land und ihrem Bauernhof gekommen. Verheiratet war Liu trotz seiner sechsunddreißig Jahre nicht. Das hing damit zusammen, dass kaum noch ein junges Mädchen einen Bauern heiraten wollte, war jedoch sicherlich auch dadurch bedingt, dass Liu eine große Narbe quer über das Gesicht hatte, die ihn fürchterlich entstellte. Das war sein Andenken an die Armeezeit als Fallschirmjäger und Mitglied der sogenannten besonderen Eingreiftruppe. Er hatte sich sofort nach dem Abitur freiwillig zu den Fallschirmjägern gemeldet, hatte dort die Offizierslaufbahn eingeschlagen und war auf Wunsch seines früheren Kommandeurs zu dem neu gegründeten Spezialkommando gewechselt. Zu spät war ihm bewusst geworden, dass diese Gruppe zwar für die Terroristenbekämpfung ausgebildet worden war, jedoch mehr und mehr im Inland gegen sogenannte inländische Terroristen, das heißt meist Aufständische beziehungsweise Verlierer des industriellen Fortschritts, eingesetzt wurde. Von einem solchen Einsatz stammte auch seine riesige Narbe. Man hatte sie nach Tibet geschickt, um einen Aufstand tibetanischer Bauern niederzuschlagen. Er träumte nachts noch manchmal von diesem Einsatz und sah immer wieder die Wut und Verzweiflung der Menschen, die zur Axt beziehungsweise Mistgabel gegriffen hatten, um sich gegen die ewige Willkür der von ihnen als Besatzer betrachteten Chinesen zur Wehr zu setzen. Die für ihn bestimmte Mistgabel hatte ihn zum Glück leicht verfehlt, jedoch eine schreckliche Wunde hinterlassen. Den Werfer hatte er mit dem ganzen Magazin seiner Waffe anschließend zerfetzt. Aber da fühlte er sich noch im Recht.

Sein Umdenken begann, als sie mehr und mehr auch gegen Chinesen eingesetzt wurden, die gegen die vermeintlichen Verursacher ihres Elends und ihrer Not, die sogenannten Neureichen, nicht nur protestierten, sondern diese auch tätlich angriffen und ihren Besitz zerstörten. Zunächst folgte er den Anweisungen seiner Vorgesetzten und setzte Brutalität gegen Brutalität. Für ihn brach eine Welt zusammen, als sie den Befehl erhielten, auch auf protestierende Frauen und Kinder zu schießen. Er weigerte sich. Nur dem Wohlwollen seines langjährigen Kommandeurs hatte er es zu verdanken, dass er nicht vor ein Militärgericht gestellt worden war. Da seine Mutter zur gleichen Zeit dringend Hilfe benötigte und es einen Paragraphen im Gesetz gab, der bei Einkindfamilien im Falle der Bedürftigkeit der Eltern ehrenhafte Entlassungen aus der Armee ermöglichte, hatte ihm sein Kommandeur nahegelegt, den Dienst zu quittieren. Was er dann auch getan hatte, als Leutnant der Fallschirmjäger mit besonderer Ausbildung für den Nahkampf Mann gegen Mann.

Und nun hatte er all seine Hoffnungen auf das Jahr 2014 gesetzt. Erneut musste er das Saatgut auf Kredit kaufen, obwohl er schon die Raten für den Kredit des letzten Jahres nicht mehr bedienen konnte. Aber der Mais war wunderbar aufgegangen, prächtig gewachsen und gerade dabei, riesige Kolben anzusetzen, als sich etwas ereignete, an das sich selbst die Ältesten nicht mehr erinnern konnten. Es hatte eines Nachts angefangen zu regnen. Im Verlauf des Vormittags färbte sich der Regen immer mehr schwarz, bis man das Gefühl hatte, es regnet Asche vom Himmel. Eine alte Frau im Dorf begann sofort zu zetern: „Das bringt Unglück. Schwarzer Regen, das ist das Zeichen von Not, Krankheit und Krieg. In den Chroniken steht: gelber Regen bringt Dürre, schwarzer Regen den Tod.“

Ihrem Dorf zumindest brachte der schwarze Regen nicht den Tod, aber zerstörte weitgehend den Pflanzenwuchs, also auch die Maispflanzen von Liu Wu. Selbst aus der Provinzhauptstadt Huhehaote waren ganze Heerscharen von Spezialisten erschienen, um diese Merkwürdigkeit der Natur zu bewundern und zu studieren. Es war ein ziemlich großes Gebiet von diesem schwarzen Regen betroffen worden, und die Region um Baotou hatte es besonders stark erwischt. Schnell wurden alle Bewohner darüber informiert, dass es sich offensichtlich um vulkanische Asche handelte, die entweder von aktiven Vulkanen auf Kamtschatka oder einem wieder ausgebrochenen Vulkan in Europa stammen konnte. Die Asche sei für Menschen ungefährlich, bei Pflanzen führe sie allerdings zu Schädigungen aufgrund des hohen Säuregehaltes, hatte man ihnen erklärt. Nur, das half Liu auch nichts. Seine Maispflanzen waren eingegangen, er konnte seine Kredite nicht mehr tilgen und würde auch keine neuen erhalten. Er hatte sich zwar bemüht, eine Entschädigung für den Totalverlust seiner Pflanzen durchzusetzen, jedoch auch das war rundweg von der Regionalverwaltung wegen sogenannter *Höherer Gewalt* abgelehnt worden.

Liu war aufgestanden, um etwas Holz für seinen Ofen zu holen. Er fror noch immer. Sein Vieh hatte er schon vor Monaten verkauft, damit er überhaupt von etwas leben konnte. Holz hatte er zum Glück genug. Er hatte seinen Schuppen abgerissen und verfeuerte die alten Bretter. Im Dorf selbst herrschte tiefste Niedergeschlagenheit, denn die letzten drei Jahre hatten auch den anderen Bauern stark zugesetzt. Manche konnten sich nur durch die Hilfe ihrer vielen Kinder, die irgendwo in den großen Städten arbeiteten, über Wasser halten. Und die, die es nicht mehr konnten, waren bald in der gleichen Situation wie Liu, nämlich ihr Land an die sich immer mehr herausbildende neue Großgrundbesitzerkaste zu verkaufen. Liu schaute kurz nach draußen. Es wurde schon seit Wochen nicht mehr richtig hell. Das Wetter war eben genauso trostlos wie ihre Situation.

Er griff noch einmal nach der Zeitung von gestern, die ihm freundlicherweise sein Besucher aus Beijing dagelassen hatte. Ihm war ein Artikel aufgefallen, der irgendwie etwas mit seiner Situation, das heißt dem schwarzen Regen, zu tun hatte. Es war ein Interview mit Professor Shin von der Akademie der Wissenschaften Chinas, der einem Expertenteam angehört hatte, das sich mit dem großen Vulkanausbruch in Europa beschäftigte. Wie Liu verstanden hatte, war ein Vulkan in Griechenland aktiv geworden, der in den letzten Jahrhunderten immer recht friedlich erschien. Er war im Frühjahr wieder zum Leben erwacht und hatte riesige Mengen schwarzer Asche so hoch in die Atmosphäre geschleudert, dass diese offensichtlich bis nach China transportiert werden konnten. Der Ausbruch war extrem stark gewesen, dass sogar eine ganze Insel evakuiert werden musste. Die armen Menschen, dachte Liu nur. Wieder ein paar Heimatlose mehr. Er konnte sich sehr wohl in die Situation dieser Menschen versetzen, denn ihm würde es in einigen Tagen ähnlich gehen. Professor

Shin hatte die Situation sehr dramatisch dargestellt. Er war davon überzeugt, dass der große Ausbruch erst noch bevorstand und weitere riesige Mengen Asche in die Atmosphäre gelangen würden. Auswirkungen auf China erwartete er allerdings nicht mehr, denn der später ausgetragene weiße Staub wäre neutral, ohne negative Auswirkungen auf die Pflanzen- und Tierwelt.

Zwei Bemerkungen von Professor Shin hatten Liu fast belustigt, zum einen die Erwähnung von schwimmenden Steinen und zum anderen die Möglichkeit des Entstehens von Riesenwellen bis zu einer Höhe von einhundert Metern. Liu konnte sich gar nicht vorstellen, dass es so etwas gab. Aber Professor Shin hatte mehrere Orte erwähnt, die auf sein Anraten hin vor solchen Riesenwellen gewarnt worden waren. Unter anderem nannte er Alexandria, Liu ein Begriff, da er sich in der Schule sehr für die sieben Weltwunder der Antike interessiert hatte. Er brachte zwar nicht mehr alle sieben zusammen, jedoch die Pyramiden von Gizeh und der Leuchtturm von Alexandria hatten sich ihm unauslöschlich eingeprägt.

Aber all das war so weit weg. Wie würde es bei ihm weitergehen? Er dachte noch einmal über seinen Besucher von gestern nach. Einer seiner früheren Mitkämpfer bei den Fallschirmjägern war unvermittelt bei ihm aufgetaucht, ohne dass sie über die Jahre je Kontakt zueinander gehabt hätten. Zhang hatte wie er den Schießbefehl verweigert, war dann aber im Gegensatz zu ihm unehrenhaft aus der Armee entlassen worden. Da er dadurch nie mehr eine richtige Anstellung bekommen konnte, hatte er sich mit Aushilfsjobs durchs Leben geschlagen und offensichtlich Zugang zu einer neuen buddhistischen Sekte *Pfad des Lichtes des Maitreya* gefunden. Diese Sekte betrachtete die Not und das Elend großer Teile der Bevölkerung, vor allem jedoch der Bauernschaft, als Zeichen dafür, dass die Welt bereits in ihre dunkle Phase eingetreten war und die Ankunft des Erlösers unmittelbar bevorstand. Die Mitglieder der Sekte waren auf das Strengste verpflichtet, sich stets untereinander zu helfen. Brauchte man Hilfe, wurde dafür eine bestimmte Stellung des Zeigefingers beim Händedruck benutzt. Nur Eingeweihte wussten dann, dass es sich um einen Bruder handelte, der um Hilfe bat. Wirklich bekannt waren dem Einzelnen aber jeweils nur zwei andere Brüder. Übrigens zog der Verrat eines Bruders die Todesstrafe nach sich. In der Organisation wurden Schriften verteilt, die die Ankunft des nächsten Buddhas und die Rache des Herrn gegenüber den Maßlosen und Gierigen ankündigten. Deshalb war die Organisation offiziell auch verboten. Niemand wusste, wie groß sie wirklich war und wer an der Spitze der

Bewegung stand. Die Partei und der Geheimdienst hatten bisher die meisten Aktivitäten toleriert, da diese vorrangig auf karitative Aktionen ausgerichtet waren.

Zhang hatte Liu aufgefordert, ihrer Bewegung beizutreten und sie straffer zu organisieren. Die Zeit der Duldsamkeit und Schwäche wäre endgültig vorbei. Nun gelte es den Weg für den Maitreya vorzubereiten. Liu konnte und wollte sich darunter nichts vorstellen. Er hatte noch nie viel von diesem religiösen Geschwafel gehalten, jedoch er hatte nichts mehr zu verlieren und vor nichts mehr Angst. Vielleicht fand er dadurch Gleichgesinnte, die wie er nur daran dachten, den bisherigen Eliten das Fürchten beizubringen und den Reichtum so umzuverteilen, dass auch die Ärmsten der Armen ein menschenwürdiges Leben führen konnten. Deshalb hatte Liu auch nach kurzem Nachdenken dem Eintritt in den Geheimbund zugestimmt und den heiligen Eid auf den *Pfad des Lichtes* geschworen. Zhang forderte ihn auf, das Dorf zu verlassen und nach Beijing zu kommen. Er würde überrascht sein, wie viele Mitglieder die Organisation dort bereits hat. Zudem würde er dort dringend gebraucht für die Umorientierung ihres Bundes in eine auf Kampf ausgerichtete Organisation.

Liu erhob sich. Er war mit seiner Größe von 1,92 Meter ein großgewachsener Chinese, der aus jeder Menschenmenge herausragte. Er öffnete die Tür und schaute erneut hinaus in das triste Grau. Plötzlich war ihm nicht mehr kalt. Er spürte eine neues Gefühl der Gemeinsamkeit und Stärke, das ihn ab sofort führen würde. Schon morgen würde er in die Hauptstadt fahren, und ein neues Licht würde leuchten.

10. Dezember 2014, Zürich

Sylvia räkelte sich auf dem Sofa. Sie merkte nun schon deutlich, dass sie sich in der Hochschwangerschaftsphase befand. Wenn sie länger stand, tat ihr der Rücken weh und sie wurde auch schneller müde. Ansonsten hatte sie die Schwangerschaft bisher fast problemlos überstanden. In den ersten drei Monaten war es zwar öfter zu Übelkeitsanfällen gekommen und teilweise zu Geschmacksverirrungen während der Mahlzeiten, aber sonst, toi, toi, toi. Sie war mehr als zufrieden. Und sie freute sich wie Richard auf das Kind. Es würde ein Sohn werden, hatte die Ultraschalluntersuchung ergeben. Aber das war ihnen egal. Wichtig war allein, dass ihr Kind gesund und munter war. Sylvia hatte sich schon auf einen Namen für ihren Sohn festgelegt, natürlich einen griechischen, den jedoch Richard bisher nicht verraten. „Warte ab, mein Schatz, vielleicht überlege ich es mir im Wochenbett doch noch einmal anders."

Was sie selbst überrascht hatte, war, dass ihr die Reisen, auch die erst vor kurzem nach Griechenland, keinerlei Schwierigkeiten bereiteten. Weder beim Fliegen noch in den Hotels hatte sie sich je unwohl gefühlt. Was ihr aber fehlte, war ihr geliebter Richard, denn das brauchte sie jetzt wirklich, Zuwendung und Zärtlichkeit.

Leider war die letzte Reise nach Athen dann doch viel länger ausgefallen, als sie zunächst geplant hatte. Sie betrachtete es als Ehre, zum Workshop des griechischen Gesundheitsministeriums eingeladen worden zu sein, als nunmehr anerkannte Expertin unter den Größen der Vulkanologie. Was waren schon zwei Wochen, trotz der zum Teil kontroversen und aufreibenden Diskussionen. Aber dann kam noch die Einladung von Professor Vovola, zwei weitere Wochen in Athen zu bleiben, um den Mitarbeitern des geophysikalischen Bereichs der Universität die Schwerkrafttomographie vorzustellen und eine Art Studienkurs zu den modernen Methoden der Vulkantopographie abzuhalten. Zunächst wollte sie auch absagen, aber Professor Vovola hatte einen so traurigen Blick aufgesetzt, dass sie ihm am Schluss seine Bitte doch nicht abschlagen konnte.

Natürlich hatten sich die Mitarbeiter von Professor Vovola rührend um sie gekümmert, aber zu Hause war es doch am schönsten. Sie war sehr froh, als sie wieder auf dem Züricher Flughafen und dann in Richards Armen gelandet war.

„Liebling", meldete sich Richard aus seinem Sessel, wo er wie immer als erstes zum Feierabend seine Zeitungslektüre absolvierte, „mir fällt gerade ein, dass Professor Navarre nicht ganz unschuldig an unserem Familienzuwachs ist. Du hast ihn doch in Athen kennen gelernt. Ist er wirklich der Frauenheld, wie du ihn mir gegenüber beschrieben hast?“

„Was heißt hier an unserem Familienzuwachs beteiligt“, witzelte Sylvia. „Da bin ich mir schon sehr sicher, dass du diese Aktivität allein erbringen musstest. Aber ganz ehrlich, er ist ein Charmeur, und wenn ich dich nicht hätte, könnte ich mir sogar überlegen, mich von ihm verführen zu lassen. Mitte Vierzig, graue Schläfen, braungebranntes Gesicht, eine fast klassische Nase, dazu hellbraunes Haar mit wenigen grauen Strähnen, immer elegant gekleidet und fast perfekte Umgangsformen. Keinesfalls gekünstelt oder übertrieben. Sicherlich von sich überzeugt, trotzdem noch natürlich.“

„Na ja, jetzt reicht es“, meldete sich nun doch etwas verschnupft Richard. „Das klingt schon fast wie eine Liebeserklärung.“

„So schlimm ist es wirklich nicht“, setzte Sylvia fort. „Der Mann ist ein Phänomen. Als Wissenschafter hervorragend, als Mensch kaum zu bewerten. Er ist verheiratet und hat drei Kinder. Und er liebt seine Familie offensichtlich, denn er zeigt ständig Bilder von seiner Frau und seinen Kindern, ruft täglich zu Hause an und tut alles, um seiner Familie ein luxuriöses Leben zu ermöglichen. Auf der anderen Seite läuft er jedem hübschen Rock hinterher und sieht auch kein Problem darin, sich in Affären einzulassen. So war er mit seiner wissenschaftlichen Assistentin Liza in Athen, mit der er, und daraus macht er kein Geheimnis, ein Verhältnis hat. Ich würde gern einmal wissen, wie das Ganze von Frau Navarre gesehen wird. Ich kann mir nicht vorstellen, dass sie davon nichts weiß. Und wie die Klatschszene berichtet, scheint es nicht nur eine Liza zu geben beziehungsweise gegeben zu haben.“

„Da leben wir doch sehr konservativ“, flachste Richard. „Gibt es vielleicht doch wieder eine neue Phase der sexuellen Befreiung. So unter dem Titel *Familie und mehr*. Und wir machen nicht mit?“

„Lass dich nicht erwischen“, drohte Sylvia mit einem Lächeln im Gesicht. „Ich brauche dich als Vater für meinen Sohn, und zwar zu einhundert Prozent.“

Richard hatte sich auf die Kante des Sofas gesetzt und zärtlich den Hügel, der sich über Sylvias Hüften wölbte, gestreichelt. „Was macht er denn gerade, unser Liebling?“, fragte er.

„Wenn du ganz ruhig die Hand auflegst, kannst du sein Strampeln spüren. Ich habe schon jetzt den Eindruck, es wird ein sehr lebendiger Junge.“

„Und braucht der nicht vielleicht hin und wieder etwas zu essen“, fragte Richard. „Was soll es denn heute Abend so geben? Sind da irgendwelche speziellen Wünsche der Dame und des jungen Herren?“

Sylvia überlegte. „Richtige Lust zum Kochen habe ich nicht. Und du bestimmt auch nicht. Was hältst du von griechischem Essen in unserem Lieblingsrestaurant?"

„Also, mein Schatz, da warst du gerade erst vier Wochen in Athen und hast noch nicht genug von Dolmades, Patsaria und Ähnlichem."

„Ach, mir ist heute nach Zaziki und Gyros, du weißt doch, bei Schwangeren bist du vor Überraschungen nicht sicher." Sylvia wusste allerdings, dass auch Richard griechische Spezialitäten, vor allem Lamm aus dem Topf und natürlich griechischen Rotwein, sehr liebte. Und sie waren auch schon lange nicht mehr zusammen essen gegangen.

„Dann quäl dich hoch, mein Liebling", stimmte Richard offensichtlich ihrem Vorschlag zu. „Mach dich noch einmal hübsch und dann nichts wie los."

Richard half ihr aufzustehen und umarmte sie dabei zärtlich. Obwohl ihr das sichtlich sehr behagte, sagte sie: „Lass das, Richard. Erst das Essen, dann das Vergnügen."

Es waren nur wenige Minuten bis zum *Hellas*, das sich wie die meisten griechischen Restaurants in der Schweiz durch eine sehr innovative Namensgebung auszeichnete. Es war auch wie fast alle griechischen Restaurants eingerichtet, die sie schon besucht hatten; viele Weinranken, Stümpfe von Olivenbäumen, ein Bild der Akropolis, auf altertümlich gemachte Vasen und Skulpturen alter griechischer Meister, leider nur aus Gips. Worin sich diese Gaststätte jedoch von all den anderen unterschied, waren die exzellente Küche, eine Mikrowelle kannten die Besitzer nicht, und die außerordentlich freundliche, immer auf den Gast ausgerichtete Bedienung. Vor allem die Tatsache, dass jedes Gericht frisch zubereitet wurde, hatte die Eschlis dazu bewogen, diese Gaststätte öfter aufzusuchen.

Der alte Herr, er war schon weit über sechzig, kam sofort an ihren Tisch. „Welche Freude, Sie wieder einmal bei uns begrüßen zu können? Was macht der Nachwuchs?", fragte er Sylvia mit einem Blick auf ihren stark gewölbten Bauch. „Sehr aktiv. Manchmal tritt er schon ganz schön fest zu. Er übt schon für diese Welt", fügte Sylvia etwas spöttisch hinzu. „Keine Probleme. Ich fühle mich pudelwohl und werde die letzten sechs Wochen auch noch überstehen."

„Was darf ich Ihnen bringen? Wie immer?"

„Nein", antwortete Sylvia, „ich freue mich auf Ihren frisch gemachten Zaziki mit einer kleinen Portion Gyros. Und dazu schönen griechischen Salat. Aber bitte für mich keinen Rotwein. Den vertrag ich nicht mehr so richtig. Bitte etwas Wasser."

Richard bestellte wie üblich sein Lamm aus dem Ofen, dieses Mal mit Aubergine, und eine kleine Karaffe Rotwein. Es dauerte nicht lange, und der alte Herr brachte ihnen die Getränke.

„Darf ich Ihnen den Enkel meines Bruder vorstellen. Er wird in mein Geschäft einsteigen und einmal meine Nachfolge antreten, so hoffe ich wenigstens, oder Mikis?"

„Es spricht nichts dagegen, Onkel. Ich bin sehr froh, die Möglichkeit zu haben", antwortete dieser in einem noch ziemlich gebrochenen Deutsch.

Als Sylvia den Namen Mikis hörte, schaute sie auf. Hieß der junge Mann, der sie auf Santorin zu den Messorten gefahren hatte, nicht auch so? Konnte das sein, dass dieser adrette Kellner der braungebrannte Bootsführer von Santorin war? Es war kein Zweifel möglich, er musste es sein. „Wenn mich nicht alles täuscht, kennen wir uns", sagte Sylvia. „Das ist ein riesiger Zufall, dass wir uns in Zürich wiedersehen. Wenn ich mich richtig erinnere, haben Sie mich auf Santorin bei meinen Messungen begleitet."

Der junge Mann schaute seinen Onkel an, und der nickte. „Leider kann Mikis noch nicht so gut Deutsch sprechen. Ich habe ihn jetzt zu einem Schnellkurs geschickt, aber verstehen kann er schon alles. Sie haben Recht, er stammt wie unsere ganze Familie von Kalliste, und er hat wirklich für Sie gearbeitet. So klein kann manchmal die Welt sein. Er musste die Insel wegen dieses unseligen Vulkanausbruches verlassen und ist bei uns, meiner Frau und mir, untergekommen. Wir haben keine Kinder und freuen uns sehr, dass er uns unter die Arme greift." Und fügte dann noch stolz hinzu: „Mikis hat Betriebswirtschaft studiert. Ein Fernstudium. Er wird die Tradition dieses Lokals sicherlich erfolgreich fortführen."

Mikis hatte Sylvia sofort erkannt. Das leuchtend blonde Haar, die blauen Augen, das gleichmäßig geschnittene Gesicht, das war sie, sein Fahrgast auf Santorin. Er hatte auch sofort festgestellt, dass sie schwanger war. Und dass dies ihre Attraktivität noch erhöht hatte. Ihre Augen strahlten und sie strömte bereits jetzt ein Gefühl von mütterlicher Vorsorge aus. Regelrecht zum Verlieben. Wenn da nicht der junge Mann neben ihr gewesen wäre, offensichtlich ihr Ehemann. Dieser erschien ihm etwas steif und förmlich. Der Mann wusste gar nicht, was er für ein Glück hatte, von solch einer attraktiven und intelligenten Frau geliebt zu werden.

Als Sylvia und Richard wieder allein waren, fragte Richard: „Du kennst ihn wirklich?"

„Du wirst es mir nicht glauben, er hat mich auf Santorin begleitet", antwortete Sylvia.

„Der scheint ja richtig in dich verliebt zu sein, so wie der dich angeschaut hat. War da vielleicht etwas?“, fragte Richard mit einer leichten Anwandlung von Eifersucht in der Stimme.

„Aber natürlich, griechische Sonne, griechischer Wein und griechische Liebe. Ich liebe nur dich. Auf Santorin hatte ich nur meine Arbeit im Kopf. Ich hatte schon Schwierigkeiten, den jungen Mann überhaupt wiederzuerkennen, obwohl wir fast zwei Monate zusammengearbeitet haben.“ Sylvia schmiegte sich an Richard und streichelte seine Hand.

Dieser wechselte auch sofort das Thema. „Wieso hat der alte Mann von Kalliste gesprochen, jedoch offensichtlich Santorin gemeint?“

„Aufgrund seiner exponierten Lage in der Mitte des Mittelmeeres haben sich über die Jahrhunderte die verschiedensten Eroberer auf der Insel festgesetzt und dieser jeweils ihren eigenen Namen gegeben. Es ist schon erstaunlich, dass neben den Ioniern, Spartanern und Römern unter anderen auch Franken, Türken und Italiener die Insel über längere Zeit bewohnten. Das führte zu einer sehr langen Namensliste für das kleine vulkanische Eiland von Kalliste über Thera, Stronghyle, Kalauria letztlich bis zu Santorin. Der Name Santorin ist erst im Mittelalter von venezianischen Eroberern begründet worden, als sie eine Kapelle zu Ehren der heiligen Irene (Saint-Erini) errichteten und aus diesem Namen später die Bezeichnung für den gesamten Vulkankomplex ableiteten.“

Richard merkte, dass Sylvia in ihrem Element war. Sie hatte sich offensichtlich nicht in den jungen Mann, sondern in diese eigentümliche Insel verknallt. Was ihm auch viel lieber war.

„Kalliste heißt die Schöne. Sicherlich auch zu Recht. Dieser Name geht auf uralte Überlieferungen der Argonautensage zurück, in der sowohl die Namen Kalliste als auch Thera für die weiße Insel im Mittelmeer verwendet wurden. Heute ist Santorin die Bezeichnung für den gesamten Inselkomplex und Thera die Bezeichnung für die Hauptinsel mit den Kraterranddörfern Oia und Fira. Und Therasia, ebenfalls abgeleitet von Thera, ist die kleine Schwester der Hauptinsel nördlich der Caldera.“

„Damit jetzt genug, ich muss endlich etwas essen“, stöhnte Richard, denn Mikis hatte inzwischen die Gerichte gebracht und ihnen guten Appetit gewünscht. „Wie sieht es denn überhaupt auf Santorin aus?“, fragte Richard schon kauend seine Frau.

„Ach lass uns doch erst einmal das Essen genießen“, antwortete Sylvia. „Kalter Gyros schmeckt nun wirklich nicht.“

Nach dem Essen, Richard hatte sich eine zweite Karaffe Rotwein kommen lassen, griff dieser sein Thema wieder auf. „So schlimm scheint es nicht mehr zu sein. In den Zeitungen kann ich jedenfalls nichts mehr finden. Und die sind hinter jedem Sensatiönchen her."

Sylvia lächelte. Sie kannte Richards Antipathie gegen Sensationsjournalismus. Obwohl sonst sehr ruhig, konnte er sich darüber richtig aufregen. „Mit deiner Beobachtung hast du nicht ganz Unrecht. Im November war es noch einmal ganz schlimm. Wir mussten drei große Stauberuptionen registrieren, die riesige Mengen jetzt weißen Staubs bis in die Stratosphäre getragen haben. Der wurde bis nach Kleinasien transportiert. Die Insel selbst, die vollständig evakuiert wurde, auch die letzten Vulkanologen mussten sie auf Anweisung des Präfekten verlassen, ist jetzt mit einer ein bis zwei Meter hohen Staubschicht bedeckt. Die Vegetation wurde völlig zerstört. Allerdings gibt es seit Anfang Dezember Hoffnung auf Besserung, da sich die Eruptionen stark abgeschwächt haben. Es läuft zwar noch Lava aus, aber die ersten Schiffe sind schon wieder in die Caldera eingefahren. Die Insel zu betreten ist jedoch weiterhin verboten."

„Zu welchen Erkenntnissen seid ihr eigentlich in Athen gekommen? Das war doch sicherlich sehr stressig, bei so vielen Experten."

Sylvia lachte: „So schlimm war es auch nicht. Alles alte Herren, sehr freundlich, nur manchmal etwas stur." Und setzte dann fort: „Wir waren uns nicht einig. Die riesige Magmakammer ist noch immer voll gefüllt. Wir hoffen, dass durch die bisherigen Explosionen der Druck so stark nachgelassen hat, dass sich der Vulkan wieder beruhigt."

„Es kann also zu weiteren Ausbrüchen kommen", setzte Richard nach.

„Leider ja", antwortete Sylvia.

Mittlerweile war der alte Mann wieder an ihren Tisch getreten, um das Geschirr abzuräumen. Er hatte den Schluss des Gespräches mitgehört. „Wir hoffen alle, dass das nicht passiert und unsere Verwandten auf die Insel zurückkönnen", sagte er.

„Wie hat Ihre Familie bisher die Situation bewältigt?", fragte Sylvia

„Na ja, Sie sehen, wir haben Mikis zu uns geholt. So sind viele bei Bekannten oder Verwandten untergekommen. Für die anderen wurden Behelfsquartiere zur Verfügung gestellt. Manche ausgezeichnet, manche weniger gut. Aber die Hauptsache, ein Dach über dem Kopf. Irgendwann hat auch dieser Ausbruch ein Ende." Und dann fügte er, sichtlich traurig, noch folgendes an: „Mein Bruder ist auf der Insel geblieben. Er und einige andere wollten sich nicht fortbringen lassen. Der Präfekt hatte zunächst nicht reagiert, dann jedoch Polizei eingesetzt, um die vollständige Evakuierung durchzusetzen. Nur meinen Bruder und fünf weitere Bewohner konnten sie nicht finden. George wollte eben auf der Insel bleiben und, wenn Gott will, auch dort sterben. Es gib sehr viele Höhlen auf Santorin und da war es sicherlich sehr schwierig, ihn zu finden."

„Das tut uns leid", sagte Sylvia voller Mitgefühl. „Und er war wirklich nicht zu überzeugen, die Insel zu verlassen?"

„Leider nein. Auch Mikis konnte ihn nicht dazu bewegen."

Die Eschlis waren sichtlich betroffen, direkt mit den Folgeproblemen des Vulkanausbruchs konfrontiert worden zu sein. Meist waren solche Katastrophen auch weit weg. Und die Menschen dort mussten allein mit ihren Problemen fertig werden.

„Sylvia, ich habe gehört, dass die Asche sogar bis China getragen wurde und zu erheblichen Schäden in der Landwirtschaft geführt hat?", fragte Richard.

„Das stimmt nicht. Es war schwarze Asche, die, wie die chemischen Analysen zeigten, von den Vulkanausbrüchen auf Kamtschatka stammte. Die Schäden waren sehr lokal begrenzt, an einigen Stellen kam es allerdings bis zum Totalausfall der Ernte."

Richard wiegte nachdenklich seinen Kopf: „China. Das gefällt mir gar nicht. Dort sind schon genug soziale Spannungen entstanden. Wenn jetzt noch die Landwirtschaft ausfällt, kann das Land sehr schnell kollabieren. Es soll bereits eine neue Sekte im Kommen sein, die immer aggressiver agiert."

„Ach, du weißt ja, das gab es in der Geschichte Chinas schon öfter. Du solltest vielleicht doch etwas weniger die Sensationspresse studieren", stichelte Sylvia.

Richard lachte. „Du hast mich auf dem falschen Fuß erwischt. Aber lassen wir das, es war ein wunderschönes Abendessen, ein unvermutetes Wiedersehen und eine vielleicht zu inhaltsschwere Diskussion."

Sie bezahlten und verabschiedeten sich von dem alten Mann und Mikis. Sie versprachen, nach der Entbindung wieder vorbeizuschauen.

Draußen angekommen, kuschelte sich Sylvia an Richard. „Weißt du, warum kommen wir immer wieder auf dieses Thema Santorin? Wir sind dabei, eine größere Familie zu begründen. Das ist im Moment das Wichtigste und auch Schönste in meinem Leben. Die nächsten Wochen werde ich mich mehr um Babysachen und ein Kinderbettchen kümmern müssen. Und heute Abend musst du noch einmal zu mir kommen. Ich brauche und will dich."

Richard streichelte ihre Hand. „Aber das mit deinem dicken Bauch?"

Sylvia wandte ihm ihr Gesicht zu und strahlte vor Glück: „Warte nur ab, auch dafür gibt es eine Lösung."

18. Dezember 2014, Therasia (Santorin)

Yvonne Navarre saß einsam und verlassen in der Bar auf dem Hauptdeck. Es war gegen zehn Uhr morgens und ihre Töchter nutzten das für die Vorweihnachtszeit ungewöhnliche Wetter mit herrlichem Sonnenschein zu einer ausgelassenen Tollerei im auf siebenundzwanzig Grad aufgewärmten Schwimmbassin auf dem Oberdeck. Die anderen Teilnehmer der Kreuzfahrt hatten sich zumeist auf die Sonnenseite des Schiffes begeben, um die letzten wärmenden Sonnenstrahlen zu genießen.

Yvonne hatte von ihrem Platz in der Bar einen wunderschönen Ausblick. Sie genoss trotz der Einsamkeit bei einer Tasse Capuccino das Panorama um sie herum. Das Schiff lag in der Caldera der Inselgruppe von Santorin vor Anker, hinter ihnen die Insel Therasia, vor ihnen die Lavainseln Nea und Palea Kameni, im Hintergrund die wie mit Staubzucker bedeckte Hauptinsel Thera. Man hatte ihnen erklärt, dass das der Bimsstaub der letzten Eruptionen wäre, der die Insel komplett überdeckt habe. Es war auch nicht mehr gestattet, Thera zu betreten, was alle Teilnehmer der Kreuzfahrt sehr bedauerten. Und dann noch die größte Überraschung. In den letzten Wochen war neben Nea Kameni ein neuer Krater aufgetaucht, der langsam weiterwuchs und nachts durch die ausströmende Lava hell erleuchtet wurde. Abends war auf dem Schiff die zur Hauptinsel gerichtete Seite immer voll belegt, denn niemand wollte sich die eindrucksvollen Farbspiele und das teilweise geheimnisvolle Wabern der schwefelgelben Dämpfe entgehen lassen. Aber der Höhepunkt war in jedem Fall ein Abendbad in der Caldera. Man hatte sie in Booten in die Nähe der kleineren Lavainsel gebracht und dort mit Schwimmwesten ins Wasser gelassen. Einfach phantastisch. Pudelwarmes Wasser, mit Dampfblasen im Untergrund und kochender Lava nur wenige Kilometer entfernt.

Es war die letzte Etappe ihrer Abenteuerreise zu den Toren der Hölle. So war die Reise von dem spanischen Reisebüro reißerisch tituliert worden, bei dem Pierre, ihr Mann, die Kreuzfahrt gebucht hatte. Die Kinder und auch sie selbst hatten sich außerordentlich gefreut, als ihnen Pierre eröffnete, dass sie zwar nicht den Mt. St. Helens, dafür die Mittelmeervulkane besuchen würden. Immerhin war es seit Jahren der erste Urlaub, den sie als Familie gemeinsam verbrachten. Es hatte zwar zunächst noch einigen Ärger mit der Schule gegeben, da die Weihnachtsferien erst am 15. Dezember begannen, aber Pierre hatte es dann doch in seiner eloquenten Art geschafft, eine Freistellung für alle drei zu erreichen. So waren sie am 9. Dezember in Vancouver abgeflogen und am 10. Dezember in Neapel an Bord des Kreuzfahrtschiffes *Olympos* gegangen. Pierre hatte insgesamt drei Kabinen gebucht, eine Suite für sie beide, was sie himmlisch genoss, eine Einzelkoje für die große Tochter, die das auch hinreißend fand, und eine Doppelkoje für die beiden Kleinen, die nach drei Tagen erklärten, dass sie nicht wieder ausziehen würden.

Pierre hatte alles getan, um nicht nur die Kinder, sondern auch sie zu verwöhnen. Er verbrachte die meiste Zeit mir ihr zusammen und nutzte alle Möglichkeiten für gemeinsame Unternehmungen. Und abends, nach einigen Gläsern Champagner, hatten sie dann, und das war auch eine neue Situation für Yvonne, die Zeit ganz allein für sich in einer abgeschlossenen Suite, ohne Kinder und ohne gestört zu werden. Yvonne hatte es in vollen Zügen genossen, von ihrem Pierre äußerst zärtlich Stück für Stück ausgezogen und dann mit Küssen verwöhnt zu werden. Wenn Pierre merkte, dass sie langsam begann, sich ihrer Lust hinzugeben, und sich ihm öffnete, brachte er sie in ihr Schlafzimmer, um sie weiter zu verwöhnen. Er schaffte es immer wieder, sie fast bis zur Ekstase zu bringen, bevor er in sie eindrang. Und sie gab sich ihm hin mit jeder Zelle ihres Körpers bis zum Höhepunkt, in dem sie, von Glückshormonen umspielt, stets glaubte, in ihm aufzugehen.

Allerdings fiel es ihr schwer zu verstehen, was ihr Mann in dieser Situation fühlte. Denn sie wusste, dass er sie betrog. Er hatte sich wenig Mühe gemacht, das zu verbergen. Er sagte immer zu ihr: „Ich bin wie ein Schmetterling. Lieben tue ich nur die Rose, und die bist du. Sehe ich jedoch andere Blumen am Weg, werde ich mich ihnen nicht verwehren."

Sie hatte durchaus das Gefühl, dass er sie wirklich liebte, aber was war mit den anderen Frauen? Welches Spiel trieb hier die Natur? Sie wusste es nicht, hatte sich jedoch mehr oder weniger mit ihrer Situation abgefunden. Gab es das, dass manche Männer einfach nicht monogam sein konnten? Wie würde er sich verhalten, wenn sie sich den anderen Schmetterlingen ebenfalls nicht verwehren würde? Auf jeden Fall hatte sie die Nächte seit Neapel in vollen Zügen genossen und wollte nicht eine Stunde davon missen.

Leider war sie nun schon wieder allein. Pierre musste in Messina noch vor dem Besuch des Ätna das Schiff und seine Familie verlassen. Er war telefonisch gebeten worden, kurzfristig als unabhängiger

Gutachter für den Bewilligungsausschuss des Katastrophenfonds der EU in der Sache Santorin tätig zu sein. Immerhin war er Sprecher der Expertenkommission gewesen, die vom griechischen Gesundheitsministerium berufen worden war, kannte sich also in der Problematik bestens aus. Wie man ihm erklärte, wollte die Vorsitzende, eine gewisse Frau Johannson, in jedem Fall vermeiden, dass es nach Bewilligung neuer Gelder infolge der Evakuierung der Insel Santorin neuerliche Vorwürfe einer ungerechtfertigt hohen Zuwendung für Griechenland gibt. Deshalb auch die dringende Bitte an Professor Navarre, doch sofort nach Brüssel zu kommen und sie in dieser diffizilen Situation zu unterstützen. Selbstverständlich würde die Kommission alle Unkosten übernehmen und auch ein entsprechendes Honorar bezahlen.

Yvonne musste allerdings anerkennen, dass Pierre wirklich keine Lust hatte, diesen Auftrag anzunehmen. Auch er schien die Reise mit den Kindern, und hoffentlich mit ihr, zu genießen. Er hatte deshalb versucht, Frau Doktor Eschli als weitere unabhängige Spezialistin ins Spiel zu bringen und sie sogar selbst in Zürich angerufen. Leider war diese hochschwanger und hatte es strikt abgelehnt, noch einmal zu reisen. Wie Pierre Yvonne erzählte, hatte Frau Doktor Eschli ihm lapidar mitgeteilt, dass sie gedenke, sich in den nächsten Wochen nur noch mit Babywäsche und Kinderbettchen zu beschäftigen. Vulkane seien im Moment tabu. Höchstens aufgestickt auf Kinderlätzchen würde sie ihr Mann noch akzeptieren. Sie hatte Pierre auch erzählt, dass sie in Zürich ihren früheren Reisebegleiter von Santorin wiedergetroffen hatte, der mit seiner Familie die Heimat verlassen musste. Wie eben manchmal der Zufall so spielt.

Mittlerweile waren sie an der vierten und letzten Etappe ihrer Abenteuerreise angekommen. Sie würden noch einen Tag in Santorin bleiben und anschließend nach Neapel zurückfahren. Es war geplant, am 23. Dezember von dort aus nach Hause zu fliegen. Pierre hatte fest versprochen, nach seinem Auftritt in Brüssel, wie er es nannte, sofort nach Vancouver zu kommen.

Die Reise insgesamt hatte Yvonne gut gefallen. Das Schiff war luxuriös eingerichtet, sie hatten für Dezember noch wunderbares Wetter und, wie gesagt, Pierre hatte alles getan, die Reise zu einem Erlebnis zu machen. Die Vulkane hatten Yvonne weniger interessiert, obwohl sie mit Pierre einen außerordentlich sachkundigen Führer hatte, der mit seinem Wissen selbst die Reiseleiter stets aufs Neue verblüffte. Zumindest so lange, bis diese erfuhren, dass er ausgebildeter Vulkanologe war und als der Experte weltweit angesehen wurde.

Yvonne hatte schon, wenn sie die Vulkane sah, kein gutes Gefühl und noch weniger, wenn sie die Krater bestiegen. Es war zwar schön, die Naturschauspiele zu bewundern, aber sie tat es doch lieber aus der Ferne. Nach ihrer Auffassung waren alle lebensmüde, die in der Nähe solcher Gefahren leben konnten. Für sie war trotz der fruchtbaren Böden und sonstigen Schätze ein ständiges Leben in Angst undenkbar. Dazu kamen noch die gruseligen Geschichten über die vielen Vulkanausbrüche. So hatten sie auch Pompeji besucht, wo es ihr kalt über den Rücken gelaufen war, als sie die Löcher gesehen hatte, die früher einmal Menschen gewesen waren. Durch Ausfüllen mit Gips hatte man die Unglückseligen wie versteinert wieder sichtbar gemacht. Das war nichts für die empfindliche Seele von Yvonne. Am Stromboli war es ihr nicht anders ergangen. Dort brach der Vulkan alle zehn bis fünfzehn Minuten aus und pustete Dampf mit feiner Asche in die Luft. Das Ganze hörte sich dann immer an wie der Start eines Düsenjägers und ließ Yvonne erzittern. Auch hier die wenig erfreulichen Geschichten über Eruptionen mit vielen Toten. Warum nur lebten die Menschen dort? Zum Ätna war Yvonne schon gar nicht mehr mitgefahren. Ihr reichten die Erläuterungen von Pierre während des Abendessens zwei Tage vorher, wobei der es sich nicht nehmen ließ, die schrecklichen Ausbrüche noch in den schillerndsten Farben zu schildern.

Was ihr gefallen hatte, war eine für Pierre ungewöhnliche Zusammenfassung ihrer Reise. „Der gefährlichste Vulkan ist der Vesuv. Der nächste große Ausbruch wird kommen, unter Umständen bald. Der beständigste Vulkan ist der Stromboli, aktiv seit fast fünftausend Jahren, der mächtigste der Ätna, mehr als eintausendachthundert Quadratkilometer groß, und der schönste der Santorin, allerdings mit einer für den Menschen gefährlichen Schönheit, weil unberechenbar." Alle anderen Zahlen und Fakten hatte sich Yvonne nicht gemerkt. Es war auch einfach zuviel, was da binnen weniger Tage auf sie eingeströmt war.

Und nun lagen sie inmitten des Archipels von Santorin. Yvonne hatte in der Zwischenzeit ihren Capuccino ausgetrunken und die Rechnung auf ihre Zimmernummer buchen lassen. Sie verließ das Restaurant und lief in Richtung Sonnenseite, von der aus man am Morgen einen wundervollen Blick über die gesamte Caldera hatte. Vielleicht hatte sie Glück und würde noch einen freien Liegeplatz oder Stuhl finden. Sonnenschein vor Weihnachten, das war schon etwas Besonderes. Langsam lief Yvonne die Treppe zum Oberdeck hinauf und bummelte dann entlang des Decks, das fast vollständig von den Urlaubern in Besitz genommen war.

Yvonne lehnte sich mit den Armen auf die Brüstung und schaute auf die Uhr: 10.45 Uhr. Es war doch noch etwas Zeit bis zum Mittagessen. Sie hatte mit den Mädchen vereinbart, dass sie sich kurz vor zwölf Uhr in ihrer Suite treffen wollten. Plötzlich hatte sie das Gefühl, als würde sie schlingern. Oder wurde ihr etwa schwindlig? Sie sah, wie die ganze Insel Thera wie eine Fata Morgana in der Luft zu schwimmen begann. Sie hörte ein Knirschen und Poltern, ein Geräusch, das sie als äußerst unangenehm empfand.

„Ein Erdbeben", hörte sie. „Ach, wie spannend."

Yvonne fand es gar nicht spannend, denn sie sah, dass ganze Kraterränder wie Papier gefaltet wurden und ins Meer abrutschten. Riesige Wellen bildeten sich und liefen durch die Caldera.

„Hier spricht Ihr Kapitän. Bitte bleiben Sie ruhig. Sichern Sie sich ab. Die Wellen werden uns nichts anhaben können, aber uns mächtig durchschütteln."

Und da begann es auch schon. Es war kein Durchschütteln, das Schiff wurde trotz seiner riesigen Ausmaße zirka zehn Meter hoch gehoben, auf die Seite gelegt, um dann die gleiche Strecke wieder herunterzufallen. Yvonne hielt sich krampfhaft am Geländer fest. Hinter sich hörte sie die Schreie der Passagiere, die offensichtlich keinen Halt mehr gefunden hatten und nun über das Deck geschleudert wurden. Yvonne sah voller Schrecken, dass mehrere Gäste und Besatzungsmitglieder, die sich auf den unteren Decks aufgehalten hatten, über Bord gespült wurden. Dann kam schon die zweite Welle, die dritte... Yvonne hatte nur einen Gedanken, festhalten. Ihre Hände hatten sich in die Brüstung verkrampft, sie kniete davor und kauerte sich hinter das schützende Blech. Wo waren ihre Kinder? Hoffentlich war ihnen nichts passiert. Zum Glück waren sie auf dem Oberdeck gewesen.

Abrupt war es vorbei. Das Flimmern von Thera hatte aufgehört, nur noch das Poltern einzelner Felsbrocken, die ins Meer stürzten, war zu hören. Yvonne richtete sich auf und schaute auf die Uhr: 10.48 Uhr. Nur drei Minuten. Ihr war es wie eine Ewigkeit vorgekommen. „Das muss ein unheimlich schweres Erdbeben gewesen sein", dachte sie. „Thera sieht ja völlig verändert aus. Ganze Felsformationen sind ins Meer gestürzt. Da haben wir Glück gehabt, dass die Wellen nicht noch höher waren. Aber wo sind die Kinder?"

Yvonne wollte gerade zum Schwimmbecken loslaufen, als sie ein Pfeifen hörte, dass immer mehr anschwoll und unerträglich laut wurde. Sie musste sich die Ohren zuhalten. Und dann sah sie es. Ein riesiger Schlund hatte die Insel Nea Kameni gespalten, Meerwasser stürzte hinein und es brodelte und zischte. Von dort kam auch das unerträgliche Pfeifen. Sie war wie erstarrt. Das Tosen war nun übergegangen in ein Poltern und Stöhnen, als würde ein Zug auf sie zugefahren kommen. Erst kamen kleine Mengen Dampf aus dem Krater, dann immer mehr, gewaltige Explosionen erschütterten die kleine Insel. Weißer Staub und Dampf in ungeheuren Mengen, nach oben geschleudert bis in gigantische Höhen, nahmen die Sicht.

„Bitte gehen Sie unverzüglich auf Ihre Zimmer. Hier spricht Ihr Kapitän. Wir lichten in wenigen Minuten die Anker und verlassen die Caldera. Bitten gehen Sie schnell."

Yvonne spürte die Anspannung in den Worten des Kapitäns, sie glaubte sogar, Angst herausgehört zu haben. Sie sah auch sofort, warum. Die Eruption, die sie miterlebten, war so stark, dass mächtige Lavabrocken aus dem Krater herausgeschleudert wurden. Die ganze Caldera brodelte durch aufschlagendes Gestein. Die ersten kleineren Stücke hatten auch bereits ihr Schiff getroffen. Sie wurde an den Schultern berührt: „Madame, gehen Sie sofort auf Ihr Zimmer. Hier draußen sind Sie nicht geschützt."

In diesem Moment sah sie einen riesigen Brocken. Er raste auf ihr Schiff und auf sie zu. „Wie der Zufall eben manchmal so spielt", dachte sie lakonisch „Catharine, Lucie, Helen, wo seid ...?"

19. Dezember 2014, Alexandria

Ismail Mousra lachte und lachte. Ihm liefen schon die Tränen übers Gesicht. Vor ihm stand sein Sekretär mit unbewegter Miene. „Fünfzehn Zentimeter. Eine Riesenwelle. Ich habe es doch gleich gesagt, die spinnen, die Griechen. Dreißig Meter sollten es werden und nun fünfzehn Zentimeter. Da hätte ich mir am Strand ja die Füße spülen lassen können."

„Herr Oberbürgermeister, vielleicht war es nur Glück, dass wir nicht mehr abbekommen haben. Besser eine übertriebene Warnung als gar keine. Überraschungen sind nichts für mich. Vielleicht mal eine zum Geburtstag."

Ismail Mousra hatte sich wieder beruhigt und lehnte sich zurück. „Na ja, es scheint für uns überstanden zu sein. Was ist denn nun eigentlich passiert?"

Der Sekretär suchte eine Weile in seinen Papieren, um dann vorzulesen: „Am 18.12.2014 wurde im Bereich der Insel Thera ein Erdbeben der Stärke 8,8 auf der Richterskala registriert. Es war eines der schwersten Erdbeben in der Ägais seit Menschengedenken. In der Folge kam es zu einer heftigen Eruption des Vulkans auf einer der Lavainseln von Santorin, verbunden mit dem Austrag riesiger Mengen an Bimsstein und Lava. Erste Schätzungen gehen von einer Austragsmenge von zehn Kubikkilometern aus. Durch Felsrutsche und infolge des explosionsartigen Ausbruchs entstanden Tsunamis, die auf den Nachbarinseln Riesenwellen bis in eine Höhe von dreißig Meter auslösten. Ein Gesamtüberblick ist noch nicht möglich, aber es sind mehr als eintausend Menschen der Katastrophe zum Opfer gefallen und Schäden in Milliardenhöhe eingetreten. Diese sind allerdings weitgehend auf die griechische Ägäis begrenzt."

„Das ist die Meldung von CNN von heute morgen acht Uhr." erklärte der Sekretär.

„Die Aussage mit dem Spinnen ziehe ich zurück", sagte Ismail Mousra. „Da hat es Griechenland doch schwer getroffen. Zum Glück ist Santorin seit langem evakuiert, wie ich mich erinnere. Zumindest sollte die Katastrophe dort nicht zu viele Menschenleben gefordert haben."

„Wir haben noch keine näheren Informationen. Die wirklichen Zahlen werden sicherlich viel höher ausfallen. Unser Seefahrtsamt hat mitgeteilt, dass SOS-Rufe von Kreuzfahrtschiffen aufgefangen wurden, die sich zum Zeitpunkt des Ausbruchs in der Caldera aufhielten, und dann plötzlich abbrachen. Es ist von zwei Schiffen mit mehr als dreitausend Gästen und Besatzungsmitgliedern die Rede. Wenn sich das bestätigt, wäre das eine Tragödie."

„Was hatten die dort auch zu suchen? Die Griechen hatten ausdrücklich darauf hingewiesen, das Seegebiet von Santorin zu meiden", entrüstete sich Ismail Mousra.

„So ist das eben mit Warnungen. Manche sind real und manche nicht. Manche nehmen sie ernst und manche nicht", entgegnete der Sekretär mit leicht süffisantem Ton. „So wie ich es sehe, war es ein spannendes Abenteuer, einen aktiven Vulkan zu erleben. Man will den zahlenden Gästen schon etwas bieten. Aber das wird das Seefahrtsgericht schon noch klären. Vielleicht hat auch die Beruhigung des Vulkans im letzten Monat dazu beigetragen, dass die Kapitäne glaubten, kein Risiko mehr einzugehen."

„Die armen Menschen. Da waren sicherlich auch Familien an Bord", brachte Ismail Mousra, der als Familienmensch mit sechs Söhnen und drei Töchtern bekannt war, sein Mitgefühl zum Ausdruck. „Ich bin doch richtig froh, dass wir keine Vulkane haben."

„Dafür haben wir genug andere Probleme. Die reichen völlig aus. Die Stadtreinigung funktioniert seit Wochen nicht, im Trinkwasser wurden Typhusbakterien nachgewiesen, letzten Monat hatten wir erneut einen Zuzug von mehreren Tausend Menschen,..."

„Hören Sie auf, ich weiß schon selbst, dass wir keine Vulkanausbrüche brauchen. Und bevor Sie mich wieder überschütten mit Hiobsbotschaften, könnten wir etwas für die armen Menschen auf den betroffenen Inseln tun? Ich hatte an eine Geldspende gedacht."

„Lieber Herr Oberbürgermeister, wie Sie wissen, sind unsere Kassen mehr als leer. Falls es das überhaupt gibt. Wir würden selbst Solidaritätsspenden brauchen", entgegnete der Sekretär. „Aber um ein Zeichen zu setzen, könnten wir das Sponsoring des Sommerfestivals für nächstes Jahr streichen und so einhunderttausend Dollar locker machen. Das wäre das Einzige, was man tun könnte."

„Also tun wir es", legte Ismail Mousra fest. „Vielleicht wird es nicht vergessen, wenn wir diese Hilfe auch einmal brauchen."

20. Dezember 2014, Athen

Fernsehansprache des Ministerpräsidenten der Republik Griechenland, Nikola Papandreou, übertragen auf allen Kanälen der öffentlichen und privaten Fernsehanstalten:

„Liebe Landsleute, verehrte Gäste unseres schönen Landes, liebe Freunde weltweit.

Ich habe die traurige Pflicht, Ihnen mitzuteilen, dass unser geliebtes Vaterland zum zweiten Mal innerhalb eines Jahres von einer Naturkatastrophe größten Ausmaßes heimgesucht wurde. War es im April das schwere Erdbeben im Bereich der Insel Amorgos, das große Schäden auf den Nachbarinseln Naxos, Paros und Mykonos anrichtete und zwanzig Mitbürger das Leben kostete, wurde unser Heimatland vor zwei Tagen erneut von einem schweren Erdbeben auf dem Inselkomplex Santorin erschüttert, dem sich ein gewaltiger Ausbruch eines der Inselvulkane anschloss. Ein genauer Überblick über alle Schäden und Opfer liegt bisher noch nicht vor, allerdings ist schon jetzt absehbar, dass es sich um eine der größten Katastrophen handelt, die unsere Heimat jemals betroffen hat. Besonders schwer zu leiden hatten die Nachbarinseln Ios, Milos, Sifnos und Amorgos. Dort drangen, durch das Erdbeben ausgelöst, bis zu dreißig Meter hohe Flutwellen weit ins Land ein und richteten große Verwüstungen an. Wir müssen leider davon ausgehen, dass von den zehntausend Einwohnern dieser Inseln zirka jeder Zehnte in Folge der Riesenwellen entweder verletzt wurde oder die Flut mit dem Leben bezahlen musste. Zum Glück hatten sich diese so genannten Tsunamis nur in nördlicher Richtung ausgebreitet, so dass die kretische Nordküste vor schwereren Schäden bewahrt wurde. Aber auch dort erreichte die Flutwelle noch eine Höhe von zwei Metern.

Die Inseln Thera und Therasia im Archipel Santorin wurden durch die Erdbeben und die nachfolgenden Vulkanausbrüche fast völlig zerstört, was dazu führen wird, dass diese über längere Zeit nicht wieder besiedelbar sein werden. Unter anderem wurden riesige Mengen Bimsstein mit einer Mächtigkeit von bis zu zwanzig Metern auf den Inseln abgelagert, die alles unter sich begraben haben. Menschenleben haben wir dort glücklicherweise nicht zu beklagen, da die griechische Regierung, veranlasst durch die hohe vulkanische Aktivität auf Santorin seit Mitte letzten Jahres, im September die Evakuierung angewiesen hatte. Mitte November waren zudem aufgrund der kritischen

Lage auch die letzten Forscher, die sich zur Beobachtung des Vulkans noch auf Santorin befanden, von der Insel abgezogen worden.

Liebe Landsleute. Lassen Sie mich an dieser Stelle mein tiefes Mitgefühl für die früheren Bewohner des Archipels Santorin ausdrücken. Sie haben ihre Heimat verloren und werden die nächsten Generationen nicht zurückkehren können. Wir werden als Regierung alles tun, dass die Evakuierten auf anderen Inseln ein neues Zuhause finden und alle notwendige Unterstützung bei der Linderung materieller Probleme erhalten.

Tragischerweise befanden sich zum Zeitpunkt des Vulkanausbruchs zwei Kreuzfahrtschiffe der spanischen Reisegesellschaft *Mediterran Travel* in unmittelbarer Nähe der Vulkaninseln von Santorin, eingeschlossen zwischen den Inseln Thera und Therasia. Nach den bisherigen Erkenntnissen wurden die Schiffe von der ausbrechenden Bimssteinwelle überrollt und sanken innerhalb kürzester Zeit. Es ist auch nicht auszuschließen, dass die Schiffe von riesigen Lavabrocken getroffen wurden und dabei Leck schlugen. Aufgrund der extremen Bedingungen waren keinerlei Rettungsaktionen möglich, so dass wir davon ausgehen müssen, dass alle dreitausendeinhundertvierundsiebzig Gäste und Besatzungsmitglieder der beiden Schiffe den Vulkanausbruch mit ihrem Leben bezahlen mussten. Den Angehörigen und Familien der Opfer sprechen wir unser Beileid aus und versichern sie unserer tiefsten Anteilnahme. Warum sich die Schiffe allerdings bis auf eine so gefährliche Distanz dem Vulkan genähert haben, wird noch zu untersuchen sein, da wir als griechische Regierung allen Schiffen empfohlen hatten, das Seegebiet um Santorin zu meiden und weiträumig zu umfahren. Dennoch berührt uns das Unglück und das Leid der Betroffenen zutiefst, denen wir, soweit es in unserer Verantwortung liegt, alle erforderliche Hilfe und Unterstützung gewähren werden.

Wie bereits erwähnt, wurden während der Eruption auf Santorin riesige Mengen an Bimsstein, entweder als Suspension in Form einer riesigen Welle oder als Staub, ausgetragen. Da wir am 18. Dezember eine östliche beziehungsweise südöstliche Windrichtung hatten, wurden größere Mengen an Bimssteinstaub als Aschefächer bis in die Türkei getragen. Besonders betroffen wurden die Inseln Rhodos und Kos, die mit einer bis zu zwanzig Zentimeter dicken Staubschicht bedeckt sind. Für unsere wunderschönen Urlaubsinseln ist das eine Katastrophe. Wir wissen noch nicht, ob und wie wir es schaffen werden, sie bis zur nächsten Saison so herzurichten, dass Touristen ihren Urlaub dort genießen können. Unsere Spezialisten denken bereits über die Entsorgung des Bimssteins nach, der allerdings auf dem Wasser schwimmt und sich bei Regen so verdichtet, dass die darunter liegenden Pflanzen ersticken.

Wir haben inzwischen das Seegebiet um Santorin weiträumig für den gesamten Schiffsverkehr gesperrt. Dafür gibt es zwei Gründe. Zum einen treiben riesige Mengen Bimsstein auf dem Meer, was zu Behinderungen und Problemen insbesondere bei kleineren Schiffen führen kann. Zum anderen müssen wir leider zur Kenntnis nehmen, dass unsere Vulkanologen weitere Ausbrüche auf Santorin nicht ausschließen, die sich in ähnlicher Stärke wie die Eruption vom 18. Dezember bewegen können. Es gibt Befürchtungen, dass die Ausbrüche das Ausmaß der minoischen Katastrophe, 1600 Jahre vor Christus, erreichen und überschreiten können. Die Präfekten der Inseln in der Ägais sowie von Kreta sind deshalb angewiesen, alle Vorkehrungen zu treffen, dass keine weiteren Menschenleben gefährdet und Sachschäden auf ein Minimum begrenzt werden.

Liebe Landsleute. Das griechische Volk hat sich in seiner langen Geschichte immer als stark und solidarisch erwiesen, wenn es darum ging, den Feinden Griechenlands oder den Herausforderungen der Natur die Stirn zu bieten. Unsere hohe Kultur und tief verwurzelte Tradition sind die Fundamente dafür, auch diese neue Heimsuchung unseres Landes zu überwinden. Und wir sind nicht allein. Im Hause Europa können wir uns der Solidarität des Staatenbundes gewiss sein. So wurden bereits nach dem Erdbeben auf Amorgos und der Evakuierung von Santorin Milliardenbeträge zur Verfügung gestellt, um Not zu lindern und Schäden zu beseitigen.

Nachdem das Ausmaß der neuerlichen Naturkatastrophe immer mehr sichtbar wird, ist nicht nur in Griechenland und im vereinigten Europa eine Hilfswelle riesiger Dimension angelaufen. Wir bekommen stündlich neue Solidaritätsbekundungen aus allen Ländern der Erde, die uns die große Anteilnahme weltweit zeigen. Lassen Sie mich hier beispielhaft das Telegramm des Oberbürgermeisters von Alexandria, Herrn Mousra, zitieren, der mir folgendes schreibt:

Sehr geehrter Herr Ministerpräsident. In enger historischer Verbundenheit unserer beiden Völker fühlen wir in dieser bitteren Stunde mit Ihnen und dem griechischen Volk. Seien Sie unserer tiefen Anteilnahme und des schmerzlichen Mitgefühls für die Opfer gewiss. Naturkatastrophen sind leider nicht vermeidbar und deshalb Heimsuchung und Herausforderung zugleich. Sie verlangen immer wieder ein Nachdenken über uns selbst, über die Werte der menschlichen Gesellschaft, über Solidarität und uneigennützige Hilfe. Wir, als

Stadt Alexandria, mit einer Geschichte, die bis in die früheste Pharaonenzeit zurückreicht, bekennen uns zu diesen Werten und versichern Ihnen und Ihren Landsleuten, dass wir zum griechischen Volk stehen und ihm die entsprechende Unterstützung gewähren werden. Wir haben entschieden, Ihnen in den nächsten Tagen einhunderttausend Dollar zu überweisen, die speziell für den Wiederaufbau von Schulen und Kindergärten auf den betroffenen Inseln eingesetzt werden sollen. In tiefer Verneigung vor den Opfern verbleibt Mousra, Oberbürgermeister.

An dieser Stelle möchte ich allen danken, die uns bereits ihre Solidarität bekundet haben beziehungsweise dies noch tun werden. Es ist ein schönes Gefühl, Ministerpräsident eines Landes zu sein, das offensichtlich hohes Ansehen in der Weltgemeinschaft genießt. Sei uns dies, liebe Landsleute, Ansporn dafür, die Folgen der Herausforderungen der Natur in der Ägäis gemeinsam zu überwinden und erneut die Stärke unseres Volkes unter Beweis zu stellen. Und lassen Sie uns alle die Möglichkeit neuerlicher Erdbeben und Eruptionen nicht vergessen. Wir Griechen leben in einer tektonisch sehr aktiven Zone und dürfen das nie aus den Augen verlieren.

22. Dezember 2014, Rhodos

Ilias Sirimis, Präfekt der Insel Rhodos, und Satiris Thanassis, Bürgermeister der Stadt Rhodos, saßen auf der Dachterasse des kleinen und stilvollen Restaurants *Archantiko* in Lindos, etwas windgeschützt und abseits der wenigen anderen Gäste. Normalerweise bot dieses Lokal einen wunderschönen Ausblick auf die Akropolis von Lindos auf der einen und auf das Meer auf der anderen Seite, doch dafür hatten sie im Moment keinen Blick übrig. Beide waren am Morgen in Rhodos-Stadt gestartet, um sich einen Überblick darüber zu verschaffen, welche Auswirkungen das schwere Erdbeben auf Santorin und der nachfolgende Vulkanausbruch mit Austrag einer riesigen Aschewolke für ihre Insel gehabt hatte.

Sie hatten im Hafen von Rhodos, Mandraki, begonnen, waren durch die Altstadt zum Handelshafen gefahren, um ihre Inspektion der Insel dann über den Monte Smith, den früheren Standort der Akropolis von Rhodos, fortzusetzen. Von dort waren sie über die Ortschaften Faliraki, Archangelos und Charaki bis nach Lindos vorgedrungen, wo sie bei einer Tasse Mokka ein erstes Resümee erarbeiten wollten. Vordringen war dabei das richtige Wort, denn nicht überall war von den Straßen bereits der Lavastaub entfernt oder an die Seite geschoben worden, so dass an einigen Stellen selbst ihr Geländewagen Schwierigkeiten gehabt hatte, vorwärts zu kommen. „Satiris, was ist dein Eindruck?", fragte Ilias Sirimis seinen guten Freund und langjährigen Wegbegleiter.

„Im Großen und Ganzen haben wir im Vergleich zu Milos oder Amorgos noch Glück gehabt. Die Flutwelle hat zwar einige Schäden im Yachthafen angerichtet, allerdings dürften die sehr schnell behoben sein. Na ja, und die Asche, es ist so, als ob es geschneit hätte. Sie wird uns sicherlich etwas länger beschäftigen. Aber du hast gesehen, man hat die Asche zunächst an die Straßenseite geschoben, so dass zumindest die Versorgung aufrecht erhalten werden kann."

„Siehst du das nicht etwas zu positiv?", wandte Ilias Sirimis ein. „Wohin ich schaue, überall ist es weiß. Wirf nur einen Blick zur Akropolis. Sie sieht aus wie im Winter, zugedeckt mit Schnee. Nur dass es keiner ist."

„Es ist die große Menge an Staub, die mich stört. Da wartet eine riesige logistische Aufgabe auf uns. Zum Glück ist das Material nicht aggressiv, so dass zumindest die Bäume, Büsche und Sträucher kaum leiden sollten. Ich erwarte, dass im Frühjahr sehr schnell wieder das

Grün durchbricht, denn normalerweise ist die Staubschicht nicht höher als dreißig Zentimeter. Im Schnitt dürfte sie bei zwanzig Zentimetern liegen."

„Was sagen denn unsere Biologen dazu?", setzte Ilias Sirimis nach.

„Von denen habe ich ja meine Weisheiten. Sie sagen, wir hatten Glück, dass uns die Aschefahne im Winter erwischt hat. Auf den Feldern kann man das Zeug untergraben. Und Bäume und Sträucher müssen nur so frei gemacht werden, dass sie austreiben können. Sie haben mir sogar erklärt, dass der Staub sehr viele Mineralien enthält und die Fruchtbarkeit der Böden erhöhen wird. Wir müssen nur aufpassen, dass mit dem nächsten Regen das Zeug nicht verhärtet."

„Weißt du, Satiris, wir sollten unsere Spezialisten dazu auffordern, eine einfache, verständliche Erklärung zu erarbeiten, die wir auf der Insel als Anleitung verteilen können. Denn die Menschen sind verunsichert und wissen nicht, was sie tun sollen."

„Ob unsere Herren Wissenschaftler das wohl fertig bringen? Meist kommen solche Exkurse heraus, dass sie keiner versteht."

„Dieses Mal haben wir keine Zeit für Wissenschaft. Es muss einfach sein und verständlich. Und ist es das nicht, gibt es Ärger. Wie groß schätzt du denn die Menge an Staub, die auf uns herabgerieselt ist? Hast du dafür schon einen Anhaltspunkt?", fragte der Präfekt.

„Oh, das ist sehr einfach", antwortete Satiris Thanassis. „Unsere Insel hat eine Fläche von etwa eintausendvierhundert Quadratkilometern. Rechnet man im Schnitt mit zwanzig Zentimetern Staub ergibt sich eine Menge von 0,28 Kubikkilometern oder zweihundertachtzig Millionen Kubikmetern. Da wir aber Täler und Hügel haben, kommt ein geometrischer Faktor von etwa zwei hinzu, so dass wir mit etwa fünfhundert Millionen Kubikmetern Staub rechnen müssen. Bei einer Dichte von etwas 0,3 Tonnen pro Kubikmeter entspricht das einer Menge von etwa einhundertfünfzig Millionen Tonnen", rechnete der Bürgermeister von Rhodos vor.

„Das ist eine unglaublich hohe Zahl. Wenn wir das alles abtransportieren müssten, wären das 7,5 Millionen Lastkraftwagenladungen bei zwanzig Tonnen pro Fahrt", zeigte sich Ilias Sirimis überrascht.

„Du hast noch einen Fehler in deiner Rechnung. Durch die geringe Dichte kannst du höchstens sieben Tonnen pro Fahrt abtransportieren, das heißt, wir würden über zwanzig Millionen Fahrten reden. Zum Glück ist das rein theoretisch. Auf dem Land bleibt das Zeug liegen. Wir müssen die Straßen beräumen, die Häuser und sicherlich unsere Kulturdenkmäler. Es wird trotzdem viel Arbeit auf uns zukommen und auch einiges kosten. Aber du siehst, viele unserer Mitbürger haben bereits mit der Räumung begonnen. Wir sollten es schon packen, bis die ersten Touristen kommen."

„Nur, unsere Kassen sind leer. Athen wird wohl erneut helfen müssen. Oder vielleicht sogar Brüssel", wandte der Präfekt ein.

„Wir werden es versuchen. Ich bin mir nur nicht sicher, ob wir höchste Priorität haben, wenn ich an die Probleme der direkt betroffenen Inseln denke. Dennoch werden wir einige schöne Bilder mit Schneelandschaften nach Athen schicken, das wird schon Wirkung zeigen. Etwas wird auch für uns abfallen", antwortete Satiris Thanassis.

„Ich bin trotzdem erschrocken über die riesige Menge an Staub, die allein auf Rhodos gefallen ist. Wenn ich mir erst vorstelle, welche Flächen im Meer betroffen wurden, dann muss das ein gigantischer Ausbruch gewesen sein. Es müssen mehrere Kubikkilometer vulkanisches Material in die Luft geflogen sein. Von Santorin ist bestimmt nicht viel übrig geblieben", setzte der Präfekt das Gespräch fort.

„Du hast ja vorgestern die Fernsehansprache unseres Ministerpräsidenten gesehen. Santorin ist fast völlig zerstört. Es wird Generationen dauern, bis die Inselgruppe wieder bewohnbar sein wird. Wenn überhaupt. Denn solche Ausbrüche können stets aufs Neue auftreten. Wie fandest du denn die Rede von Papandreou?"

Ilias Sirimis überlegte eine Weile, bevor er antwortete: „Unser lieber Nikola. Du weißt, ich kenne ihn persönlich. Etwas pathetisch, ansonsten sehr staatsmännisch. Vielleicht etwas übertrieben, teilweise falsch, wenn ich an seine Situationsbeschreibung unserer Insel denke. Aber es ist auch nicht leicht, nach einer solchen Katastrophe die richtigen Worte zu finden, zumal das ganze Ausmaß der Schäden noch gar nicht klar erfasst werden konnte."

„Ich glaube doch, dass es eine sehr ausgewogene und dennoch emotionale Rede war. Sie wird dazu beitragen, das Selbstbewusstsein der Betroffenen zu stärken und weitere Solidarität zu wecken. Was ich nicht so richtig verstanden habe, war die Bemerkung, dass das Ganze noch nicht vorbei sei und weitere schwere Eruptionen zu erwarten sind. Wie hast du das interpretiert?"

„Etwas anders als du. Er sagte, es sei nicht auszuschließen, dass noch weitere Ausbrüche folgen, aber nicht, dass sie weitere schwere Ausbrüche erwarten. Im Politjargon ist das ein großer Unterschied. Man muss sich eben gegen alle Eventualitäten absichern."

„Hoffentlich hast du Recht. Denn langsam trifft es den Nerv unserer Insel. Noch so ein Ereignis und ich weiß auch nicht mehr weiter. Wenn ich das weiße Zeug da draußen sehe und stelle mir vor, es käme noch einmal die gleiche Menge dazu, schrecklich."

Ilias Sirimis beugte sich vor und tätschelte leicht die auf dem Tisch liegende Hand seines Freundes: „So kenne ich dich doch gar nicht. Seit wann hast du Angst vor Herausforderungen?" Dabei lächelte er leicht spöttisch, setzte dann jedoch konzentriert fort: „Lass uns bei dem bleiben, was heute ist. Wir können nur auf Gott hoffen, dass nichts weiter kommt. Was mir nur aufgefallen ist, das Zeug schwimmt im Meer und wird immer wieder an die Küste angetrieben. Das wird viele Touristen abschrecken, zu uns zu kommen. Was ein schwerer ökonomischer Verlust für uns alle wäre."

Nun lächelte Satiris Thanassis vor sich hin, denn er wusste natürlich, dass der Familie des Präfekten mehrere Hotels auf der Insel gehörten und weniger Urlauber zunächst die Hotels treffen würden. Na ja, die Familie Sirimis würde das schon überstehen. Immerhin war sie eine der reichsten auf der Insel, dachte er, sagte es aber nicht laut. „Da werden wir kaum etwas tun können. Das Zeug ist nicht giftig, sieht weiß aus wie Schnee und erinnert an groben Sand. Es kommt nur auf die richtige Werbung an, und die Menschen finden es vielleicht sogar interessant. Allerdings wird es eine ganze Weile dauern, bis das Meer wieder sauber ist. Hoffen wir, dass bis Mai der Hauptteil des Staubes in die Türkei abgetrieben und dort an Land geschwemmt wurde."

Beide lachten. Denn ihr Verhältnis zu den türkischen Nachbarn war noch immer aus der Historie belastet, so dass man diesen durchaus etwas mehr von dem eingetretenen Übel wünschen konnte.

Ilias Sirimis bezahlte die Mokka und die kleinen Häppchen, die sie während ihres Gespräches zu sich genommen hatten. Er gab wie immer großzügig Trinkgeld und klopfte zum Abschluss dem Wirt mit den Worten auf die Schultern: „Lasst euch nicht unterkriegen. Räumt das Zeug von den Straßen und falls es Probleme gibt, wendet euch direkt an mich. Bis zur Saison haben wir alles im Griff."

Der Wirt antwortete nicht, sein Gesicht zeigte jedoch deutlich, dass er die Situation nicht ganz so optimistisch sah wie der Präfekt. Offensichtlich dachte er an die vielen Stunden und auch das viele Geld, das zunächst sie würden aufbringen müssen, um ihre Stadt wieder attraktiv für Urlauber zu machen.

Nach dem Verlassen des Restaurants bestiegen beide den Geländewagen und beschrieben dem Fahrer die weitere Route ihrer Tour über die Insel. Der Präfekt forderte diesen auf, zunächst bis Gennadi weiterzufahren und dann in das Inselinnere abzubiegen. Der nächste Halt war in Kamiros vorgesehen, den Ausgrabungen einer alten antiken Stadt. Dort wollten sie sich einen Eindruck verschaffen, wie diese touristische Attraktion unter dem Ascheregen gelitten hatte und was zu tun war, das Ganze wieder einigermaßen herzurichten.

Der Fahrer startete den Wagen und fuhr vorsichtig aus Lindos heraus in Richtung Lardos. Die Straße war hier nur teilweise geräumt und es hatten sich vermutlich durch starken Wind während des Aschefalls Verwehungen gebildet, die bis zu anderthalb Meter Höhe erreichten. Aber es ging vorwärts und die beiden Freunde setzten ihr Gespräch aus dem Restaurant fort.

„Unser lieber Nikola hatte schon Recht. Eine Frage bleibt offen: Wohin mit diesem ganzen Zeug? Ins Meer schütten können wir es nicht, da es schwimmt“, begann der Präfekt. „Wir werden wohl einige Bergtäler füllen müssen. Ich hatte an das Gebiet des Atavyros gedacht, unseren Tausender, der in seinen Flanken stark zerklüftet ist und auch große Bergeinschnitte aufweist. Dort können wir den Staub hinbringen. Das wird zwar einigen Naturfreunden nicht gefallen, aber wir haben im Moment wirklich nicht den Nerv, uns auch noch damit herumzuärgern. Wir sollten nach unserem Stop in Kamiras den Atavyros besuchen und uns selbst ein Bild davon machen, wo wir den Staub loswerden können“, schlug Satiris Thanassis vor.

„Kein schlechter Vorschlag“, bestätigte Ilias Sirimis. „Nur sollten wir verschiedene Deponieflächen festlegen, denn alles zum Atavyros zu fahren, das würde die Transportkosten erheblich erhöhen. Mein Umweltamt soll mir einige Vorschläge erarbeiten.“ Der Präfekt schrieb schnell eine kurze Notiz, um diesen Auftrag nicht zu vergessen, und setzte dann fort: „Heute morgen hatte ich einen Anruf von einem verrückten Deutschen, der es geschafft hat, meine Vorzimmerdame zu überwinden. Und du weißt, bei Helena will das schon was heißen. Er wollte, und nun lach bitte nicht, den ganzen Staub von uns kaufen. Er wäre bereit, pro Tonne zehn Euro zu bezahlen. Die Asche wäre nach seiner Information reiner Bimsstein, der mit Kalk oder Zement verpresst die Produktion hoch wärmedämmender Mauerwerksbaustoffe ermöglicht. Er hat mir einen langen Vortrag gehalten, dass Bimsstein zu fünfundachtzig Prozent aus Luft besteht und deshalb bestens zur Herstellung von Leichtbaustoffen geeignet sei. Allerdings verlangte er von mir eine weitgehend zentrale Lagerung des Bimssteinstaubes, um dann später auch eine rentable Verarbeitung aufbauen zu können. Deshalb wäre dein Vorschlag einer weitgehend zentralen Deponie am Atavyros gar nicht so schlecht. Was meinst du dazu?“

Satiris Thanassis überlegte eine Weile. „Vielleicht ist das irre, vielleicht auch nicht. Ich weiß, dass es auf Santorin riesige Steinbrüche gab, wo Bimsstein in großen Mengen und sehr rentabel abgebaut wurde. Wegen der Touristen war dieses Geschäft fast völlig zum Erliegen gekommen. Zehn Euro pro Tonne, das ist eine Masse Geld. Wenn das stimmt, was dir der Deutsche erzählt hat, wären das einige Hundert Millionen Euro, die auf uns herabgerieselt sind." Satiris Thanassis blickte den neben ihm sitzenden Freund skeptisch an. „Lad diesen Typ doch einfach einmal ein. Vielleicht ist seine Idee gar nicht so dumm."

„Weißt du, ich hatte echt Schwierigkeiten, diesen Menschen loszuwerden. Er hat mir auch erklärt, dass er eine Methode entwickelt hat, wie man Dreck aus dem Bimssteinstaub auf einfache Weise entfernen kann. Wir könnten also alles zusammenfegen, er würde es schon in ein Wertprodukt überführen. Es hörte sich fast an wie ein Märchen aus Tausend und einer Nacht. Aber ich werde deinen Vorschlag aufgreifen und die Sache weiter verfolgen. Ich hatte den Anrufer bereits aufgefordert, mir eine Art Exposé zu schicken, damit wir uns etwas näher mit seinem Vorschlag auseinandersetzen können. Er war dazu sofort bereit und hat versprochen, dieses innerhalb von vierzehn Tagen zu erstellen und an uns zu übergeben. Einfach irre, wie Dinge manchmal laufen können."

Beide lehnten sich zurück und schauten in die vorbeiziehende Umgebung. Das Bild war stets das gleiche. Weiß, weiß, weiß. Überall war tiefer Winter, zumindest sah es so aus. Plötzlich sahen sie am Straßenrand einen herumstreunenden Fuchs. „Mit den Tieren werden wir auch ein Problem bekommen", seufzte der Präfekt. „Es gibt schon Klagen, dass die Füchse und Marder in die Häuser eindringen. Sie suchen offensichtlich nach Fressen. Besonders schlimm dürfte es für das Damwild und die Ziegen werden. Wir werden nicht umhinkommen, Futterstellen einzurichten, denn im Moment ist alles Fressbare mehr oder weniger zugedeckt."

„Glücklicherweise haben wir nicht viel Damwild, und die Ziegen sind clever, die scharren so lange, bis sie etwas gefunden haben. Wenn ich mir Sorgen mache, dann schon mehr um die Insekten und Schmetterlinge im Frühjahr. Aber hier können wir nichts tun. Wir können einfach nur warten und sehen, wie weit alles austreibt."

Mittlerweile waren sie in Kamiros angekommen. Ilias und Satiris stiegen aus und baten den Fahrer, auf dem oberen Parkplatz auf sie zu warten. Die Ruinen waren mit bis zu einem Meter hohen Staubdünen zugedeckt, und es bereitete beiden große Schwierigkeiten vorwärts zu kommen. Auf dem sogenannten Festplatz blieben beide stehen.

„Wenn ich das so sehe, spüre ich die Gewalten der Natur. Kamiros, eine alte dorische Stadt, wurde 600 Jahre vor Christus erbaut, 100 Jahre nach Christus durch ein Erdbeben zerstört, danach über die Jahrhunderte mit einer drei Meter hohen Schicht belegt, 1930 ausgegraben und jetzt erneut wie mit einem Leichentuch zugedeckt. Immer wieder hat die Natur den hier lebenden Menschen ihre Macht gezeigt, sie um ihre Existenz gebracht. Und stets kamen sie zurück. Aber am Ende war die Natur der Stärkere“, konstatierte Ilias Sirimis.

„Ich glaube, so einfach ist es nicht“, entgegnete Satiris Thanassis. „Hierher ist niemand zurückgekommen. Kamiros wurde nach dem großen Erdbeben aufgegeben, trotz seiner idyllischen Lage. Der Mensch versucht immer, sich mit der Natur zu arrangieren und von ihren Früchten zu profitieren. Dabei will er die Spielräume in seinem Sinne verschieben und Terrain gewinnen. Bis er schmerzhaft erfahren muss, dass die Natur dem Grenzen gesetzt hat und jederzeit zurückschlagen kann. Mit unserem enormen technischen Fortschritt haben wir ein Gefühl der Allmacht des Menschen und der Beherrschung der Welt aufgebaut, das sich noch als sehr gefährlich erweisen kann.“

Nun lachte der Präfekt laut auf. „Jetzt werden wir richtig philosophisch. Aber deshalb sind wir nicht hierher gekommen. Was meinst du, wie groß wird der Aufwand sein, die Ausgrabungsstätte wieder einigermaßen zugänglich zu machen?“

Der Bürgermeister von Rhodos überlegte nur kurz: „Eine Kompanie Soldaten räumt das in einer Woche auf.“

„Dann lass es uns organisieren. Bitte bereite einen Brief an das Verteidigungsministerium vor, damit wir entsprechende Unterstützung erhalten“, legte Ilias Sirimis fest. „Noch etwas beunruhigt mich, wenn ich an die Geschichte dieses Ortes denke. Was ist, wenn doch noch eine stärkere Eruption auf Santorin folgt? Der Ministerpräsident hat die Präfekten der Inseln dazu aufgefordert, alle Vorkehrungen zu treffen, dass in einem solchen Fall keine größeren Schäden eintreten, materiell und personell. Was rätst du mir, was soll ich tun? Den Gedanken, den Küstenstreifen zu evakuieren, halte ich für lächerlich.“

„Da fällt mir auch nicht viel ein. Allerdings sollten wir in Erfahrung bringen, wie groß die Vorwarnzeit ist, falls auf Santorin doch noch etwas passiert. Und wir sollten eine Direktverbindung zum Institut für Vulkanologie in Athen aufbauen, das uns sofort informiert, falls das Unmögliche geschieht. In diesem Fall könnten wir mit Sirenen und

Kirchenglocken zumindest der Bevölkerung ein Signal geben, höher gelegenes Terrain aufzusuchen und sich zu schützen. Lass uns eine Katastrophenkommission bilden, die entsprechende Schritte vorbereitet. Als gefährlich sehe ich nur eine neue Flutwelle an. Mehr Staub heißt nur mehr Arbeit und, vielleicht, mehr Geld von diesem irren Deutschen."

Anerkennend klopfte der Präfekt seinem Freund auf die Schultern: „Du verstehst dein Handwerk. Sobald wir zurück sind, werde ich eine entsprechende Weisung erteilen. Lass uns zum Auto gehen und zurückfahren, damit wir keine Zeit verlieren."

Beide stapften los.

15. Januar 2015, Oslo

Marit Johannson war es eindeutig zu kalt. Nachdem sie über Wochen nicht mehr zu Hause gewesen war und, wie sie schuldbewusst anerkennen musste, Ehemann und Tochter sträflichst vernachlässigt hatte, war es ihr nun endlich gelungen, sich zwei Tage im Terminkalender zu reservieren. Da sie sich selbst über Weihnachten nur einen Tag von den Amtsgeschäften hatte fernhalten können, war sie richtig froh, wieder einmal zu Hause zu sein und die Füße hochzulegen. Nur hatten ihr dieses Mal ihre beiden Liebsten einen Strich durch die Rechnung gemacht und ihr ohne jede Chance des Widerspruches mitgeteilt, dass sie an diesen Tagen schon lange eine Skitour in die Berge geplant hatten, die sie nicht zu verschieben gedachten. Sie könne ja mitkommen, wurde ihr großmütig angeboten.

Normalerweise liebte Marit den Langlauf über verschneite Seen oder idyllische Waldwege, nur hatte sie sich eben auf Faulenzen eingestellt. Und dann noch dieses Wetter, extrem selbst für Norwegen. Es war schon seit Wochen bitterkalt, verbunden mit einem eisigen Wind aus Nordost, der zeitweise Sturmstärke erreichte. Das sind fast sechzig Grad Minus, dachte Marit, zumindest als gefühlte Temperatur.

Selbst Ehemann und Tochter fanden es ziemlich unangenehm, hatten sich jedoch auf einen Wettkampf mit Freunden über vierzig Kilometer festgelegt, der sie offensichtlich so wärmte, dass sie die Kälte nicht mehr spürten. Marit allerdings hatte nach fünf Kilometern aufgegeben und sich entschieden, zur Baude zurückzulaufen. Im Übrigen konnte sie sich nicht des Eindrucks erwehren, dass auch ihre Sicherheitsbegleiter diese Entscheidung gar nicht so schlecht fanden, denn sie liefen nun vor ihr, während sie sich normalerweise dezent hinter ihr gehalten hatten.

Ach war das doch angenehm warm auf Kreta, im Palast von Knossos, erinnerte sie sich. Je mehr sie fror, umso deutlicher kamen die Bilder von Kreta und Santorin zurück. Das gemütliche Frühstück morgens im Hotel, auf der Terrasse direkt am Meer, und das herrliche Abendessen auf Santorin mit Blick auf die Caldera, schwelgte Marit in ihren Erinnerungen. Aber da spürte sie auch schon einen Stich direkt ins Herz. Santorin, das war mittlerweile fast zum Trauma geworden. Noch im Juli hatten sie die Naturgewalten auf Santorin vom Kraterrand aus beobachtet, ohne zu ahnen, dass das nur das Vorspiel gewesen war. Ein halbes Jahr später gab es den Platz, von dem aus sie die glutrote Lava und deren Spiel mit dem Meer hatten beobachten können, nicht mehr. Und die freundlichen Menschen, die sie getroffen hatten, waren jetzt heimatlos, denn es war inzwischen absehbar, dass der Archipel über Generationen nicht wieder besiedelbar sein würde.

Sie war inzwischen mehr mit dieser Inselgruppe verbunden, als sie sich je an diesem wunderschönen Abend im Kraterranddorf Oia hätte vorstellen können. Begonnen hatte alles mit dem schweren Erdbeben auf Amorgos. Zu dem Zeitpunkt hatte niemand an eine Verbindung zum Vulkan auf Santorin gedacht, aber offensichtlich war es die Initialphase für all das gewesen, was danach folgte, die ersten Signale der wieder erwachten Vulkanität, die Lavaaustritte, die Stauberuptionen mit sich ständig verstärkender Intensität, der erste große Ausbruch Mitte August und dann die Katastrophe am 18. Dezember. Wenn sie daran dachte, wurde ihr noch kälter. Es war nicht nur die Konfrontation mit den vielen Toten und den schweren Schäden, mit denen sie sich als Vorsitzende der Bewilligungskommission der EU für Beihilfen aus dem Katastrophenfonds auseinandersetzen musste, sondern ein persönliches Schicksal, das sie in seiner Tragik sehr berührte.

Nachdem man ihr nach der Bewilligung der Gelder zur Linderung der Not der Bevölkerung auf den kykladischen Inseln vorgeworfen hatte, sie hätte sich von Griechenland übervorteilen lassen und zu hohe Beträge genehmigt, war sie noch vorsichtiger geworden. Als Griechenland weitere Mittel im Zusammenhang mit der Evakuierung der Inselgruppe Santorin beantragte, hatte sie ihren Beraterstab erweitert und sich bemüht, international anerkannte Spezialisten in die Begutachtung einzubeziehen. In diesem Zusammenhang war ihr Professor Navarre vorgeschlagen worden, der bereits eine Expertenkommission der griechischen Regierung geleitet hatte. Dieser hatte sich zunächst gesträubt, an den Beratungen vom 14. bis 16. Dezember in Brüssel teilzunehmen, war dann aber doch angereist. Marit hatte Professor Navarre als sehr sachkundigen, gleichzeitig sehr attraktiven Wissenschaftler kennen gelernt, der sehr sicher war, wenn es um die bekannten Fakten, jedoch sehr vorsichtig, wenn es um die Voraussage der Zukunft ging. Das war für ihn immer nur Spekulation. Marit hatte manchmal den Eindruck, dass das, was Professor Navarre nicht berechnen konnte, für ihn nicht gesichert war. Sie hatte trotzdem die Zusammenarbeit mit ihm als sehr angenehm empfunden, denn er wusste bestens über die Situation auf Santorin Bescheid und konnte so klare Empfehlungen geben. Denen sie dann auch folgte.

Was sie nicht wusste, war, dass Professor Navarre eine Urlaubsreise mit seiner Familie unterbrochen hatte, um an den Beratungen in

Brüssel teilzunehmen. Es hatte sie zutiefst getroffen, als sie von ihren Mitarbeitern Anfang Januar die Mitteilung bekam, dass sich Professor Navarre am 25. Dezember in Vancouver das Leben genommen hatte, weil er seine Familie auf einem der Kreuzfahrtschiffe zurückgelassen hatte, die in der Caldera vor Santorin verunglückt waren. Professor Navarre hatte ein schriftliches Bekenntnis hinterlassen, in dem er sich schwere Vorwürfe machte, seine Familie allein gelassen zu haben und im Tod nicht mit seinen geliebten Töchtern und seiner Ehefrau vereint gewesen zu sein. Das habe er nun nachgeholt. Welche Ironie des Schicksals, dachte Marit. Wie weit doch der Todeshauch dieses Vulkans gekommen war.

Endlich hatte Marit die Baude erreicht, die Skier abgeschnallt und sich in das angenehm warme Innere der Hütte begeben. Marit setzte sich neben den großen, mit Holz befeuerten Kachelofen, um sich aufzuwärmen. Sie ließ sich einen großen Pott Grog bringen und kuschelte sich an die heißen Kacheln. Wie angenehm nach dieser bitteren Kälte, dachte sie. Dazu noch der viele Schnee. Ob es jetzt auf Rhodos auch so schön weiß aussieht? Sie schämte sich sofort für diesen Gedanken. Man hatte ihr in der letzten Sitzung der Bewilligungskommission Bilder von Rhodos gezeigt, die die Dramatik der Situation mehr als deutlich aufzeigten. Regelrecht erschüttert war sie über die Zahl, die man ihr genannt hatte. Einhundertfünfzig Millionen Tonnen an Staub waren allein auf Rhodos vom Himmel gefallen. Man hatte ihr vorgerechnet, dass diese Menge dreißigtausend Güterzügen mit je einhundert Waggons von je fünfzig Tonnen Fassungsvermögen entspricht. Trotz knapper Kassen wurden dann auch sehr hohe Beihilfen genehmigt, die sowohl für die von den Flutwellen betroffenen als auch für die mit großen Mengen Vulkanstaub bedeckten Inseln vorgesehen waren. Hoffentlich kam dieser verdammte Vulkan endlich wieder zur Ruhe. Er hatte schon unermesslichen Schaden angerichtet. Sie hatte auch Professor Navarre gefragt, wie es denn weitergehen würde, und etwas spöttisch formuliert: „Wenn dieser Vulkan so weiter macht, frisst er den Katastrophenfonds allein."

Professor Navarre hatte darauf etwas pikiert reagiert und ihr gesagt: „Wenn unsere junge Kollegin aus Zürich Recht hat, steht uns das Schlimmste noch bevor. Diese Katastrophe kann das Ausmaß des minoischen Ausbruchs erreichen und sogar überschreiten. Aber dieser Fall muss nicht eintreten. Wir haben leider noch keine zuverlässigen Simulations- oder Rechenprogramme, um solche Dinge vorhersagen zu können."

Das war am 16. Dezember gewesen. Zwei Tage später hatte sich diese Voraussage leider als entsetzliche Tatsache bewahrheitet.

Marit schauderte es, trotz der Wärme um sie herum. Das ist sicherlich nur der Übergang von der extremen Kälte in diese mollige Wärme, dachte sie. Oder...? Auch nach der großen Eruption hatte der Vulkan keine Ruhe gegeben. Die Stärke der Ausbrüche hatte sich zwar deutlich vermindert, aber noch immer wurden große Mengen Asche in die Atmosphäre befördert. So hatte man es ihr wenigstens in den Besprechungen der letzten Woche, wo es um weitere Beihilfen für die Opfer der neuerlichen Katastrophe ging, geschildert. Jedoch was bedeutete das? Abklingen oder ein neuer Anlauf für eine noch stärkere Eruption? Alle Spezialisten hatten eine Antwort auf diese Frage verweigert. „Wir wissen es nicht. Es kann noch etwas kommen, vielleicht beruhigt er sich ja auch schon", war die stereotype Entgegnung, die Marit erhielt. Was sie besonders störte, war die Aussage, dass durchaus noch eine Eruption minoischen Ausmaßes folgen konnte. Nur, was verbarg sich hinter dieser Floskel? Diese Frage hatte sie sich in letzter Zeit öfter gestellt. Es musste eine gigantische Explosion gewesen sein mit extremen Auswirkungen im gesamten Mittelmeergebiet. Aber das war vor über dreitausendfünfhundert Jahren. Was würde eine solche Naturkatastrophe heute auslösen? Sie wusste es nicht und hatte auch große Schwierigkeiten, es sich vorzustellen. Über eins war sie sich jedoch im Klaren, die Welt wäre danach nicht mehr wie vorher. Dabei hatten die modernen Gesellschaften, und das spürte sie immer wieder in den Besprechungen in Brüssel, schon genug Probleme. So war unverkennbar, dass der in den letzten Jahrzehnten stark gestiegene Wohlstand zu Verwöhnung und zu einer enormen Zunahme des Egoismus geführt hatte. Da jede Art von Verwöhnung nach dem Verständnis von Marit eine unberechtigte Vorteilnahme war, sie erinnerte sich, einmal die Formulierung *aggressiver Akt* gelesen zu haben, war in allen Ländern eine verstärkte Hinwendung zu Gewalt und ein Verlust an Bindung auf allen Ebenen der Gesellschaft eingetreten. Diese Massenverwöhnung betraf dabei nach Marits Beobachtung auch, manchmal sogar vor allem die Eliten, die immer mehr nur ihren eigenen Vorteil im Auge hatten und das Prinzip, dass der Bessere in Führungspositionen gelangen muss, mit Füßen traten. So hasste sie die sogenannten Kinder reicher Familien, die für sich ableiteten, dass ihnen die gleiche Stellung von vornherein zustand, meist ohne Verständnis für die in der Vergangenheit von den Vorfahren erbrachte Leistung. Sie wollten die Position ihrer Eltern, aber eigentlich Surfen, Segeln, Golf spielen oder Partys besuchen. Das wurde natürlich vom Großteil der Gesellschaft als Verstoß gegen die Gerechtigkeit betrachtet und führte zu den logischen Konsequenzen wie Neid, Aggression, innerer Abkehr, Resignation oder Zerstörung traditioneller Bindungen. In Norwegen hatten sie schon längst gegengesteuert, zum Beispiel durch die öffentliche Auslegung der Steuererklärungen, die Anpassung der Gehälter von Managern an die von Beamten oder eine konsequente Vermögenssteuer auf Geldvermögen. Allerdings hatte Norwegen nur vier Millionen Einwohner und den Reichtum des Erdgases. In Zentraleuropa war das viel komplizierter und eine einfache Antwort nicht möglich. Was sie in Norwegen jedoch nicht angetastet hatten, war das freie Unternehmertum. Wer persönlich das Risiko einer Unternehmung einging, mit der Gefahr des persönlichen Untergangs, sollte auch die Früchte seiner Arbeit ernten können.

Und dann das Problem der ständig effizienteren Produktion, die immer weniger Menschen erforderte. Das wurde zwar von den Politikern als positive Umwandlung von der Industrie- zur Dienstleistungsgesellschaft dargestellt, erwies sich aber in der Realität als brutale Ausgrenzung vor allem des weniger intelligenten Teils der Bevölkerung. Denn gerade die einfachen Tätigkeiten wurden mehr und mehr von Maschinen übernommen. Was also tun mit den früheren Landarbeitern, Straßenfegern oder Maurern? Es war auf jeden Fall feststellbar, dass das Arbeitsvolumen für die Höherqualifizierten immer größer und für die niedriger Qualifizierten immer kleiner geworden war. Aber dieser Teil der Bevölkerung wollte auch gebraucht werden, Anerkennung in der Gesellschaft finden, am allgemeinen Wohlstand teilhaben. Marit, und da sah sie keinen Unterschied zu ihren Politikerkollegen, hatte keine Vorstellung, wie dieser Widerspruch, der zu Tendenzen der Radikalisierung und Polarisierung geführt hatte, aufgelöst werden konnte. Marit hatte hierzu jedoch eine klare Meinung. Egoismus war nicht die Zukunft der Menschheit. Denn eine Gesellschaft von Egoisten konnte nicht mehr gemeinsam handeln, sie würde sich auflösen. Und das war am Schluss auch der für sie tröstliche Gedanke. Eine Überlebensgemeinschaft konnte keinen Egoismus dulden. Sollte es wirklich zu einer minoischen Katastrophe kommen, würde das dem Egoismus an vielen Stellen Grenzen setzen und den Zwang erhöhen, die Krise kooperativ zu bewältigen. Oder? Sie war sich nicht sicher. Gab es in der Vergangenheit nicht auch puren Egoismus in der Not? Die Herrscher im Dreißigjährigen Krieg lebten in Saus und Braus, während die Hälfte der Bevölkerung Mitteleuropas krepierte. Sie hatte keine Antwort. Hoffentlich würde auch nie der Zwang entstehen, auf diese Frage eine Antwort finden zu müssen. Dieser Vulkan, sollte er doch endlich Ruhe geben. Sie sah ihn vor sich, in der Mitte der Caldera mit leichten Rauchwölkchen. Bunt geschmückte Boote mit lachenden Menschen umfuhren ihn, Delphine schwammen im Wasser, mit bunten Bällen im Maul, kleine Kinder ritten auf ihnen...

„Mutti, Mutti, bist du etwa eingeschlafen?"

Marit schreckte auf. Vor ihr stand ihre Tochter. Sie musste in der Wärme eingeschlafen sein. „Ja, ich hatte einen süßen Traum. Von einem netten Vulkan, der die Menschen um sich herum duldet und ihnen Reichtum spendet."

„Du und dein Vulkan", entrüstete sich ihre Tochter. „Hast du nichts anderes mehr im Sinn? Komm mit, wir wollen mit unseren Freunden einen Spielenachmittag veranstalten. Draußen ist es wirklich viel zu kalt und richtig hell geworden ist es auch nicht. So dunkel habe ich keinen Januar in Erinnerung."

Marit seufzte. „Wenn es nicht gerade das Spiel *Tanz auf dem Vulkan* ist, komme ich mit." Sie erhob sich, legte ihrer Tochter den Arm über die Schultern und lief mit ihr in Richtung des Fernsehzimmers, wo sich ihre Freunde schon fröhlich versammelt hatten.

7. Februar 2015, Agios Nikolaos (Kreta)

Markos Vlachos hatte die Stirn gerunzelt und dachte intensiv nach. Er hatte nur noch zwei Steine, einen Doppelsechser und einen Sechs/Einser. Damit hatte er beste Chancen zu gewinnen, da seine drei Mitspieler noch drei beziehungsweise vier Dominosteine anlegen mussten. Es war ihm gelungen, seine Konkurrenten über eine Dreierkombination abzublocken und sich den Vorteil von einem beziehungsweise zwei Steinen zu erkämpfen. Nun wurde es richtig spannend. Er wusste, dass noch ein Sechser im Spiel war, leider mit einer Vier. Wenn er jetzt den Doppelsechser legte und einer der anderen legte den Sechs/Vierer, konnte er nur hoffen, dass ein Einserstein gelegt wurde. Andererseits, legte er jetzt den Sechs/Einser, musste er darauf hoffen, dass erst ein Vierer und dann der Sechs/Vierer...

Plötzlich rüttelte ihn jemand an der Schulter und unterbrach ihn abrupt in seinen Überlegungen: „Markos, ich muss dich sprechen. Gleich." Markos reagierte unwirsch. Er liebte es überhaupt nicht, bei seinem geliebten Dominospiel gestört zu werden, und noch weniger, wenn er gerade beim Gewinnen war. Er hatte schon an der Stimme gehört, dass es sein Bruder Costa war. Der konnte ruhig warten. „Lass mich in Ruhe. Du siehst ja, ich bin beschäftigt", knurrte Markos.

Aber sein Bruder ließ nicht locker. „Blödmann, es gibt Wichtigeres als Domino. Ich brauche dringend dein Boot und dich auch." Costa fasste über die Schulter seines Bruders und legte für ihn den Doppelsechser an.

Und es kam wie erwartet. Natürlich legte Tassos den Sechs/Vierer, es kam keine Eins und Markos verlor noch. Er war stinksauer auf seinen Bruder, wagte jedoch nicht, es zu deutlich zu zeigen. Denn Costa war das Gegenteil von ihm, ein Hüne von Gestalt und mit enormen Kräften ausgestattet. Wie war das beim gleichen Vater nur möglich, hatte sich Markos schon oft gedacht angesichts seiner Körpergröße von 1,62 m und einem Gewicht von knapp fünfzig Kilogramm.

Dafür war sein Bruder etwas langsam im Denken, während sich Markos als sehr pfiffig und auch sehr geschäftstüchtig erwiesen hatte. Immerhin hatte er es bis zum stolzen Besitzer eines größeren Bootes gebracht, mit dem er Touristen bis nach Santorin bringen konnte. Leider war damit im Moment erst einmal Schluss, denn es schwamm einfach zu viel weißer Stein auf dem Meer, und außerdem hatte die griechische Regierung das Seegebiet von Santorin für alle Schiffe gesperrt. Zum Glück war jetzt keine Urlaubssaison, so dass er im Moment kein Geld verlor. Zudem gab es noch immer Kreta selbst mit seinen vielen schönen Buchten und zum Teil idyllischen kleinen Inseln. Er konnte seinen Touristen immer etwas Eindrucksvolles bieten. Es musste nicht unbedingt Santorin sein.

Markos erhob sich und verabschiedete sich von seinen Mitspielern. „Ihr seht, da habe ich keine Chance. Dann bis morgen." Er bezahlte seinen Kaffee und seinen Rotwein beim Wirt des *Aqua*, einer einfachen Grilltaverne, allerdings mit einem schönen Garten, wo es ihm vom Frühjahr bis zum Spätherbst besonders viel Freude bereitete, mit seinen Kumpels Domino zu spielen. Außerdem war das Essen äußerst preiswert und die Bedienung sehr hübsch. Markos hatte schon lange ein Auge auf die Tochter des Hauses geworfen, ohne jedoch bisher erhört worden zu sein. Kaum hatten sie die Taverne verlassen, fauchte Markos seinen Bruder an: „Selber Blödmann. Was gibt es denn so Wichtiges?"

„Deine Schwester Minea", antwortete sein als maulfaul bekannter Bruder.

„Und was ist mit ihr? Ist sie schwanger? Wen müssen wir umbringen?", stichelte Markos.

„Sie hat Angst um Jannis."

„Was geht mich das an? Ich bin nicht der Aufpasser von Jannis, zudem ich den Kerl sowieso nicht richtig leiden kann. Ein Fischer", setzte Markos verächtlich nach. „Nun lass dir nicht jedes Wort aus deinem viel zu großen Maul ziehen. Was ist mit Minea und Jannis? Und warum brauchst du mein Boot?"

„Jannis ist seit drei Tagen weg und Minea macht sich Sorgen."

„Was heißt weg? Sie fahren doch täglich zum Fischen und sind manchmal tagelang auf dem Meer. Und selbst wenn ich ihn nicht leiden kann, sein Handwerk versteht er."

„Minea wollte sich gestern mit Jannis ihr Brautkleid aussuchen. Aber er ist nicht zurück und hat sich auch nicht gemeldet."

Markos wurde langsam ärgerlich. „Also, was willst du nun eigentlich von mir. Soll ich Jannis in der Ägäis suchen? Das dürfte wohl eine Weile dauern. Oder was hast du dir so gedacht?"

„Minea hat gesagt, sie sind zur Kolumbobank gefahren."

„Ach so, zur Kolumbobank. Also mitten in das Sperrgebiet von Santorin und quer durch die schwimmenden Steine. Und da soll ich also hinfahren und nachsehen, was die dort treiben?"

„Ja", antwortete Costa unerschütterlich.

Markos wusste auch, dass es um die Kolumbobank herum, die nur eine Wassertiefe von etwa sechzehn Meter hatte, besonders viele und große Tintenfische gab. Wenn man den richtigen Platz kannte, waren

Superfänge möglich. Ob es an den heißen Quellen lag, die man bei stiller See sehen konnte oder dem hohen Gehalt an Salzen, die noch immer aus dem früheren Vulkan austraten, wusste niemand. „Ich denke gar nicht daran. Das ist mir viel zu riskant. Erwischt mich die Seepolizei so nah an Santorin, darf ich auch noch Strafe bezahlen, nur weil dieser Idiot vielleicht einen Abstecher nach Heraklion gemacht hat, um seine andere Freundin zu besuchen."

„Blödmann, Jannis liebt Minea. Und Minea will, dass wir ihn suchen. Hast du verstanden?"

Markos seufzte. Damit war alles klar. Wenn Minea, oder besser Costa, es wollten, hatte er keine Chance. „Dann lass uns gehen", knurrte er nur kurz und begann in Richtung See zu laufen, wo er am Ufer sein Boot liegen hatte. Die beiden Brüder sprachen kein Wort. Costa sagte sowieso nur etwas, wenn es unbedingt sein musste, und Markos dachte darüber nach, worauf er sich eingelassen hatte. Sicherlich war es nicht gefährlich, diese Fahrt zu unternehmen, denn der weiße Stein war mehr störend als behindernd. Er würde jedoch einige Schrammen am Boot hinterlassen, was Markos überhaupt nicht gefiel. Er hatte es erst vor zwei Wochen komplett erneuert, mit Mitteln aus Brüssel. Irgendwie hatte es ihr Bürgermeister geschafft, Geld zu ergattern, das zur Beseitigung der Schäden infolge der Flut am 18. Dezember vorgesehen war. Zwar war die Flut in Agios Nikolaos nur einen Meter hoch gewesen und hatte außer ein paar Kratzern kaum Schäden angerichtet, aber wenn das Geld schon da war, dann musste es auch ausgegeben werden. Zunächst sollte Markos nichts abbekommen. Es bedurfte schon eines persönlichen Besuches beim Bürgermeister und des sanften Hinweises, dass dessen Yacht keinerlei Schaden genommen hatte, jedoch als erste einer kompletten Renovierung unterzogen worden war. Da Markos zudem Bilder vorweisen konnte, die er kurz nach der Flut aufgenommen hatte, war er sich sehr schnell mit dem Bürgermeister einig geworden, dass auch sein Boot „erhebliche Schäden" erlitten hatte. Und nun sollte er mit diesem Prachtstück bis nach Santorin fahren? Nein, nein und nochmals nein, dachte Markos mehrfach. Aber nachdem er jedes Mal einen Blick auf das grimmige Gesicht seines Bruders geworfen hatte, wagte er es nicht, sein Nein auch auszusprechen.

So erreichten beide schweigend die Uferzone an der Brücke über dem schmalen Kanal, der See und Meer miteinander verbindet. Dort lag das schnittige Motorboot von Markos, mit strahlend weißen Aufbauten und rundum in leuchtendem Blau gehalten. „Du weißt, dass wir zirka zehn Stunden unterwegs sind und ohne Funkgerät fahren werden.

Denn wir wollen nicht von der Seepolizei aufgriffen werden", erklärte Markos seinem Bruder.

„Minea weiß Bescheid", war alles, was Costa dazu sagte. Markos brauchte für die Fahrt zur Kolumbobank keine Seekarte. Diese lag etwa sieben Kilometer nordöstlich von Thera und war von Markos schon mehrfach mit Touristen aufgesucht worden. Nach einem Besuch von Santorin hatte er vor allem bei Windstille öfter einen Abstecher dorthin gemacht, da man eindrucksvolle Impressionen von den heißen Quellen mit ihren Farbenspielen erhalten konnte. Wenn man Glück hatte, konnte man zudem riesige Tintenfische sehen, die um die Bank herum in großen Gruppen auftraten und immer wieder wegen ihrer eleganten Schwimmbewegungen und ausgefallenen Farben, von weiß bis leuchtend rot, seine Gäste in ihren Bann zogen.

Markos kontrollierte noch einmal den Tankstand, obwohl er sich auch so sicher war, genügend Diesel an Bord zu haben, da er erst vorgestern mehr als eintausend Liter getankt hatte. „Und wer bezahlt diese Fahrt?", versuchte er noch einmal seinen Bruder umzustimmen.

„Du natürlich, Blödmann. Das sollte dir deine Schwester wert sein", war die einzige Antwort, die er erhielt.

Markos nahm Platz auf dem oberen Steuersitz und startete die beiden Motoren. Sie liefen sofort an und begeisterten Markos wie immer durch ihren ruhigen, gleichmäßigen, enorme Stärke andeutenden Lauf. Costa hatte in der Zwischenzeit die Leinen losgemacht, so dass Markos rückwärts stoßen konnte, um das Boot zu drehen und Fahrt in Richtung Mirabello-Golf aufzunehmen.

Nach etwa vier Stunden tauchte langsam die Silhouette von Santorin vor ihnen auf. Den Weg zu finden, war sehr leicht gewesen, da Markos sich nur nach der Staub- und Dampfsäule richten musste, die noch immer aus dem Vulkan aufstieg und bei wolkenlosem Wetter bis nach Kreta zu sehen war. Costa hatte die ganze Zeit geschwiegen, während Markos mehrfach vor sich hingeflucht hatte, was er doch für ein Idiot gewesen war, sich auf ein solches Abenteuer einzulassen. Zum Glück gab es deutlich weniger schwimmende Steine als erwartet. Offensichtlich war die Meeresströmung vor Santorin so stark, dass sie vor allem die größeren Stücke schon nach Osten abgetrieben hatte. Schiffe der griechischen Seepolizei oder der Marine waren auch nicht zu sehen, so dass sich Markos Stimmungslage langsam gebessert hatte und er etwas lockerer über das Ziel ihrer Reise nachdenken konnte. Im Gegenteil, er wurde sogar ein bisschen neugierig, wie Santorin nach dem großen Unglück wohl aussehen würde. Denn es war schon seit langem untersagt, das Seegebiet zu befahren und die

Insel zu betreten. Und im eigenen Interesse wurde auch kaum gegen diese Anordnung verstoßen. Aber nun war er hier und konnte sich selbst ein Bild machen.

Je näher sie kamen, desto deutlicher wurde sichtbar, dass diese Insel, die sie beide von früher kannten, mit dem fröhlichen, bunten Santorin nichts mehr gemein hatte. Überall weiß oder rostbraun, das war das Einzige, was man weit und breit sehen konnte. Keinerlei Grün, keine Häuser, keine Straßen, alles war offensichtlich von dieser weißen Masse, die wie eine Welle angeordnet war, zugedeckt. Selbst Costa zeigte sich beeindruckt.

„Wir sind etwa da, wo früher Perissa lag. Ich habe mir sehr genau das Gebiet des Berges eingeprägt, der mir bei früheren Fahrten oft als Orientierungsmerkmal gedient hat. Wenn ich mir den Berg jetzt anschaue, sind da mindestens zwanzig bis dreißig Meter von diesem weißen Zeug draufgekommen und alle Spalten und Klüfte zugedeckt worden. Als hätte jemand Hirsebrei darüber geschüttet."

Markos schaute verblüfft auf. Er konnte sich nicht erinnern, schon einmal einen so langen Beitrag seines Bruders in einem Stück gehört zu haben. Es zeigte ihm, dass Costa trotz seines ansonsten dicken Felles innerlich erschüttert war und Schwierigkeiten hatte, das Gesehene zu verstehen und zu verarbeiten. Es war grandios und gespenstisch zugleich. Der Ausbruch musste riesige Massen an Material über die Insel verteilt haben, denn außer dem wellenförmig angeordneten Weiß war nichts mehr zu sehen. Welch ein Glück, dass die Bevölkerung evakuiert worden war. Diese Naturgewalt hätte niemand überlebt, dachte Markos.

Langsam fuhren sie an der Küste entlang Richtung Nordosten, denn das Kap Kolumbo mit der vorgelagerten unterseeischen Bank lag zwar an der Ostküste von Thera, aber fast im nördlichsten Teil der Insel. Als sie an der Inselspitze, wo sich früher Monolithos befunden hatte, auf fast nordwestlichen Kurs wechselten, gefror Markos plötzlich das Blut in den Adern. Was war das?, dachte er völlig konsterniert, als er einen Blick nach vorn geworfen hatte. Bislang hatte er geglaubt, dass der Ausbruch in der Caldera stattfand und die noch immer aufsteigende Staub- und Dampfsäule aus diesem Teil des Inselkomplexes stammte. Nun jedoch sah er, dass die Wolke in Wirklichkeit aus zwei Säulen bestand, die sich erst oberhalb der Insel zu einer vereinigten. Links von ihnen war deutlich der Teil zu sehen, der offensichtlich noch immer in der Caldera gebildet wurde, vor ihnen aber, mitten im Meer, eine zweite, deutlich stärkere Säule, die in dem Gebiet austrat, wo früher die Kolumbobank gewesen war.

„Was ist das?“, fragte Markos fassungslos seinen Bruder und zeigte nach vorn.

„Mist“, murmelte der nur und schüttelte nachdenklich seinen Kopf. „Lass uns hinfahren. Wenn Jannis da reingeraten ist, ...“ setzte Costa dann noch nach.

Markos allerdings war völlig verunsichert. Er hatte bereits die Geschwindigkeit reduziert, da immer mehr schwimmende Steine vor ihnen auftauchten, und sah deutlich, dass dort, wo der Dampf austrat, das Meer zu kochen schien. Er glaubte sogar, rote Flecken im Wasser zu sehen. Und da sollte er hin? Aber es würde ihm nichts anderes übrig bleiben, als weiter zu fahren, bis sein Bruder überzeugt war, dass Jannis und sein Vater dort nicht waren.

Vorsichtig näherten sie sich dem Zentrum der Dampfbildung. Lange werden wir das nicht aushalten, überlegte Markos. Auch sein Bruder zeigte deutlich, dass ihm der intensive Gestank nach faulen Eiern absolut zuwider war.

„Wir müssen doch nicht näher ran?“, fragte Markos in Richtung Costa. „Es gibt keine Kolumbobank mehr. Und von Jannis ist weit und breit nichts zu sehen.“

„Lass uns noch herumfahren“, wies ihn jedoch sein Bruder an.

Widerwillig ging Markos auf östlichen Kurs. Die Luft war jetzt gelblich gefärbt und es stank immer infernalischer. Zudem konnte er sehen, dass dort, wo früher die Kolumbobank gewesen war, eine Insel entstand, die wie ein kleiner Vulkankrater Asche und Dampf ausstieß. Er konnte sich dunkel erinnern, dass sein Großvater einmal erzählt hatte, dass die Kolumbobank vor vielen, vielen Jahren schon einmal eine Insel gewesen war und diese auch für einen großen Ausbruch auf Santorin gesorgt hatte. Hoffentlich war das nicht das Anzeichen für eine neuerliche Katastrophe. Langsam reichte es.

„Da hinten“, rief plötzlich sein Bruder ganz aufregt, eigentlich völlig gegen seine Natur. Markos konnte zunächst nichts erkennen. Dann sah auch er einen roten Fleck inmitten des Weiß der schwimmenden Steine.

„Das könnte ein Boot sein“, bestätigte Markos seinem Bruder und ging auf Kurs. Der Gestank war mittlerweile so intensiv, dass sie es kaum noch aushielten. Markos hatte bereits starke Kopfschmerzen und spürte, wie ihm übel wurde. Aber jetzt wollte auch er wissen, was da passiert war. Und wirklich, es war ein Boot. Zunächst erkannten sie den weißen Mast, dann den roten Rumpf und am Schluss den weißen Aufbau der kleinen Kajüte.

„Das ist das Boot von Jannis und seinem Vater“, stellte Markos mit einem Beben in seiner Stimme fest.

„So ein Mist. Lass uns nachschauen", brachte sein Bruder nur heraus.

Markos hatte zwar einige Mühe, war aber dann doch in der Lage, an dem Boot des Fischers anzulegen. Hier waren einfach noch zu viele schwimmende Steine. Zum Glück hatte sein Boot sehr tief liegende Antriebsschrauben, so dass die Gefahr einer Beschädigung nur gering war. Bei dem Fischerboot sah das ganz anders aus. Nachdem sie festgemacht hatten, sprang Costa sofort in das Boot von Jannis, um zu sehen, wo die beiden Fischer waren. Es dauerte nur wenige Sekunden und Costa tauchte kreidebleich wieder auf.

„Sie sind beide tot." Das war alles, was er sagte. Er sprang zurück auf ihr Boot und übernahm das Ruder.

Markos überwand seinen aufkommenden Ekel und stieg über die Bordwand in das Nachbarboot. Das Bild war noch schlimmer, als er vermutet hatte. Die Leichen der beiden Fischer lagen direkt vor der Kajüte, waren aufgedunsen und leicht bläulich verfärbt. Offensichtlich waren diese erstickt, nachdem sie Probleme mit der Antriebsschraube bekommen hatten. Schlagartig wurde Markos bewusst, dass sie sich in großer Gefahr befanden. Der Gestank, die Kopfschmerzen, die Übelkeit. Sie mussten so schnell wie möglich hier weg. Aber was sollten sie tun? Wenn sie das Boot abschleppten, wusste jeder, dass sie im verbotenen Seegebiet waren. Dalassen und darauf hoffen, dass die Marine die Leichen vielleicht entdecken würde, gefiel Markos noch weniger. Zumindest ein christliches Begräbnis sollten die beiden erhalten.

Markos erklärte seinem Bruder kurz, was er tun wollte, und fand sich durch ein Nicken von Costa bestätigt. Es dauerte nur wenige Minuten, bis sie das Fischerboot ins Schlepptau genommen hatten und langsam in Richtung Süden davonfuhren. Hinter ihnen grummelte und grollte es, als ob der Vulkan sein Missfallen darüber äußern wollte, dass sie ihm seine Opfer genommen hatten.

Costa war noch bleicher als vorher und murmelte immer wieder: „Die arme Minea."

11. Februar 2015, Doha (Qatar)

Jens-Peter Schneider hatte sich Gummistiefel besorgt. Gummistiefel in Qatar, er konnte es selbst nicht glauben, aber irgendwie spielte das Wetter verrückt. Seit Wochen regnete es wie aus Kannen und das in einem normalerweise um diese Zeit extrem trockenen Land. Dazu kam noch, dass, wenn die Sonne dann doch einmal schien, es auch nicht richtig warm wurde. Man hatte den Eindruck, dass sich ein Schleier vor die Sonne gelegt hatte, der die wärmenden Strahlen zurückhielt. Eben einfach verrückt. So blieb ihm nichts anderes übrig, als in Gummistiefel zu schlüpfen, wenn er über seine Baustelle laufen wollte. Laufen war dabei nicht der richtige Ausdruck, besser war schon schlittern oder rutschen. Denn der sandige Boden war durch den vielen Regen so aufgeweicht, dass man kaum noch festen Grund finden konnte. Jens-Peter wunderte sich immer wieder, dass die vielen Montagearbeiter vor allem aus Pakistan und von den Philippinen noch nicht das Handtuch geworfen hatten. Er selbst hatte schon daran gedacht, die Arbeiten zu unterbrechen, denn unter diesen widrigen Umständen litt auf jeden Fall die Qualität. Aber sie waren sowieso schon mindestens zwei Monate in Verzug. Er konnte sich vorstellen, was ihn im nächsten Review in Houston erwartete. Und wenn er dann noch den starken Regen als Grund für weitere Verzögerungen anführen würde, sah er die Gefahr, ausgelacht oder, noch schlimmer, sofort gefeuert zu werden. Regen in Qatar gab es nicht und damit basta. Jens-Peter hatte bei seinem Partner von *Qatar Petroleum* schon einmal vorgefühlt, ob man diese Zeit nicht unter *Höhere Gewalt* verbuchen konnte. Es war ja nun wirklich nicht normal, wenn in drei Wochen so viel Regen fiel wie ansonsten in drei Jahren. Eine Antwort hatte er noch nicht erhalten. Man hatte ihm vielmehr freundlicherweise eine juristische Prüfung zugesagt. Allerdings konnte in Qatar so etwas dauern und der Ausgang war wie immer ungewiss. Vielleicht war es doch besser, wenn er eine schriftliche Änderungsmeldung an den Kunden veranlasste, damit die Sache später nicht einfach unter den Tisch gefegt werden konnte.

Der Projektdirektor verließ den Container, der seiner Mannschaft als Arbeitsraum auf der Baustelle zur Verfügung stand. Draußen war es wie immer. Es regnete nicht, sondern es goss in Strömen. Trotz Regenüberwurfes und Gummistiefel fühlte sich Jens-Peter nach wenigen Schritten von oben bis unten nass. Bei dem Wetter wollten sie ihre drei größten Kolonnen, jede eintausendzweihundert Tonnen schwer, aufrichten und auf die vorbereiteten Fundamente setzen? Es blieb ihnen jedoch gar nichts anderes übrig. Die Kolonnen lagen im Terminplan auf dem kritischen Pfad, das heißt, jede Verspätung hier würde direkt zu einer Verzögerung des Gesamtprojektes führen. Bei diesem Wetter musste man allerdings besonders vorsichtig sein. Ein Unfall hätte ihnen gerade noch gefehlt. Deshalb wollte er auch selbst dabei sein, wenn diese diffizilen Arbeiten durchgeführt wurden.

Unter einem kleinen Vorbau sah er seinen Bauleiter vor Ort, John Hewitt, der heftig mit dem Vorarbeiter der Kranfirma diskutierte und offensichtlich erneut einen seiner vielen Wutausbrüche auslebte. „Hey John, was ist los? Wann können wir mit dem Setzen der Kolonne beginnen?“, fragte Jens-Peter.

„Überhaupt nicht“, antwortete John kurz und bündig. „Diese ahnungslosen Kanaken haben das Fundament für den Kran zu schwach ausgelegt und nun hat er sich auf der Nordseite um zwanzig Zentimeter gesenkt, als er die erste Kolonne anheben wollte. Unter diesen Umständen wäre eine Fortsetzung der Arbeiten viel zu riskant. Erst muss das Fundament in Ordnung gebracht werden, bevor es hier weitergehen kann.“

„Mister, Mister“, mischte sich der Vorarbeiter der Kranfirma ein. „Das ist alles nicht wahr. Das Fundament war richtig ausgelegt, nur der viele Regen. Der Boden ist so aufgeweicht, dass wir keinen festen Halt mehr finden. Das ist nicht unsere Schuld. Wir haben auf den Daten aufgebaut, die Sie uns mitgeteilt haben. Und da stand nichts von Regen in solchen Mengen.“

Jens-Peter Schneider musste diese Hiobsbotschaft erst einmal verdauen. Das hatte ihm gerade noch gefehlt. „John, was können wir tun, um das Fundament so zu verstärken, dass wir die Kolonnen setzen können? Wie lange wird es dauern? Über die Kosten reden wir später, wenn klar ist, wer die Schuld an der Misere hat.“

„Wir müssen an den Seiten des Fundaments Bohrungen setzen, die wir mit Beton verfüllen und das Ganze mit Stahlträgern überbauen. Wenn nicht dieses Mistwetter wäre, könnten wir es in vier Wochen schaffen.“

Jens-Peter wollte es nicht glauben: „Vier Wochen. Und das auf dem kritischen Pfad. Ich werde verrückt.“

„Das hilft auch nichts. Wir müssen das Fundament verstärken, anders geht es nicht. Lass uns nachher einen Blick auf den Terminplan werfen. Vielleicht können wir etwas Zeit retten, wenn wir jetzt schon die Rohrleitungen an die Kolonnen montieren und damit die später geplanten Montagearbeiten vermeiden“, schlug John Hewitt vor. Für ihn als Manager vor Ort war das eine alltägliche Situation. Die Planung war das eine, die Realität oft ganz anders. Da musste man flexibel sein. Jens-Peter hatte sich auch sofort wieder beruhigt. Er hatte volles Vertrauen in John, dass der auch diese Situation meistern würde, zumindest was die Vermeidung eines weiteren Zeitverlustes betraf. Nur die Kosten, die sind wie immer mein Bier, dachte Jens-Peter. Wenn es ihm nicht gelang, die *Höhere Gewalt* vom Kunden bestätigt zu bekommen, würden die Mehrkosten erneut bei ihm hängen bleiben.

„Aber wenn du schon da bist, Jens-Peter, ich habe ein viel größeres Problem. Wir haben zwar ein Regenwassersystem geplant, jedoch nicht für solche Wassermassen. Unsere Drainage schafft es einfach nicht mehr. Selbst die befestigten Straßen stehen inzwischen zwanzig Zentimeter unter Wasser. Wenn wir hier nicht schnell eine Lösung finden, laufen uns die Firmen weg. Es hat mich schon Zusatzprämien gekostet, dass sie überhaupt weitermachen."

Schon wieder nicht geplante Ausgaben, konstatierte Jens-Peter genervt. Wie sollte er das nur in Houston verständlich machen? „Was schlägst du vor? Du hast dir doch sicherlich schon etwas überlegt", fragte Jens-Peter Schneider zurück.

„Na sicher. Nur sollst du es abnicken. Wir heben drei zusätzliche Wassersammler an den tiefsten Stellen des Geländes aus, setzen dort drei große Pumpen und befördern die Brühe ins Meer. Dafür können wir die bereits verlegte Kühlwasserleitung verwenden, das heißt, wir brauchen keine neue Leitung zu bauen. Irgendwann wird dieser Regen mal aufhören."

Jens-Peter überlegte eine Weile, aber ihm fiel auch nichts Besseres ein. Die Mehrkosten schienen sich in Grenzen zu halten und es ging weiter. Das war zunächst das Wichtigste. „Mach es, John. Eine Unterbrechung können wir uns nicht leisten."

Jens-Peter stiefelte zurück zum Container. Dort stellte er fest, dass ihm das Wasser in die Stiefel gelaufen war. Zwanzig Zentimeter, da hatte John noch untertrieben. Woher kamen nur diese Regenmengen? Ob es vielleicht mit diesem Vulkanausbruch in der Ägäis zusammenhing, mit dieser Insel, wie hieß sie doch gleich? Santorin, jetzt erinnerte er sich. Vielleicht war es doch ganz sinnvoll, sich einmal mit dieser Frage zu beschäftigen. Denn zunächst würde es sehr dumm klingen, aber wenn er es gut begründen konnte, war es ein ernst zu nehmendes Argument. Und er könnte dann darstellen, was er alles getan hatte, um diesen Unbilden der Natur zu begegnen. Aber was wusste er wirklich? Noch immer machten die Flugzeuge einen großen Bogen um Santorin, denn der Vulkan spuckte weiter große Mengen Asche und Dampf in die Atmosphäre. Er erinnerte sich an die Nachrichten von gestern, in denen berichtet worden war, dass sich jetzt ein zweiter aktiver Vulkan ausgebildet hatte. Östlich der Insel war ein neuer Krater aufgetaucht, der vor zwei Tagen mit ähnlicher Stärke explodiert war wie der in der Caldera. Erneut hatte es Erdbeben und eine Flutwelle gegeben. Die armen Menschen. Wie lange das Ganze jetzt schon anhielt.

Konnte das alles mit seinem Wetter in Doha zusammenhängen? Wie er verstanden hatte, war mit den Vulkaneruptionen der Transport riesiger Staub- und Dampfmengen in die Stratosphäre verbunden. Vielleicht wirkten diese dort wie Keime und führten zu einer verstärkten Tröpfchenbildung und damit zu Regen in der Hauptwindrichtung? Oder es waren solche Wassermengen verdampft worden, dass es einfach woanders stark regnen musste? Er würde sich noch heute Abend an den Computer setzen und im Internet alles nachlesen, was es zu diesen Vulkanausbrüchen und ihrem Einfluss auf das Wetter gab. Vielleicht gelang es ihm dann sogar, eine spannende Verteidigungsstrategie für das nächste Review bei seinem großen Oberboss aufzubauen. Denn es würde auch so schon reichen, um ihn in größte Verlegenheit zu bringen. Es war ihm nicht gelungen, die bisherigen Verspätungen auszugleichen, die Kosten waren weiter aus dem Ruder gelaufen und der Kunde hatte fast keine Änderungsmeldungen akzeptiert.

Was für ein Projekt. Womit hatte er das nur verdient? Aber das Handtuch werfen wollte er auch nicht. Neben viel Frust war es natürlich auch Befriedigung, Projektdirektor eines solch riesigen Vorhabens mit enormer Bedeutung für den ganzen Konzern zu sein. Und trotz aller Kritik und Angriffe hatte man ihn bisher nicht gefeuert, so schlecht konnte seine Arbeit also gar nicht sein. Wobei er sein Topmanagement durchaus verstehen konnte.

Der Weltenergiemarkt hatte sich seit der großen Ölkrise 2005 und 2006 praktisch nie wieder richtig erholt. Die Ölpreise waren nicht, wie von allen erwartet, erneut gesunken, sondern hatten sich in der Größenordnung von sechzig bis siebzig Dollar pro Barrel eingepegelt. Das lag vor allem an dem noch immer enorm steigenden Energiebedarf in China und Indien, allerdings auch daran, dass alle Ölkonzerne im letzten Jahrzehnt ihre Reserven geschönt hatten und nun mit der Realität, nämlich immer weniger neu erkundeten Ölvorkommen, konfrontiert worden waren. Dazu kam der äußerst kritische politische Aspekt, dass sich die vorhandenen Reserven mehr und mehr im arabischen Raum konzentriert hatten, wo in vielen Ländern fundamentalistisch ausgerichtete Regimes an die Macht gelangt waren. Das hatte in allen Industriegesellschaften, die durch die hohen Ölpreise in große wirtschaftliche Schwierigkeiten geraten waren, die Suche nach Alternativen enorm intensiviert. Sein Konzern hatte sich auf die Nutzung der riesigen Gasvorkommen weltweit und die Aufarbeitung der Ölsande in Kanada konzentriert. Er war der absolute Marktführer bei verflüssigtem Erdgas sowie in der Verarbeitung von Gas zu Plastmaterialen.

Jens-Peter war sogar ein bisschen stolz, die bisher größte Anlage dieser Art bauen zu dürfen. Und es war ihm mehr als verständlich, dass bei einer Investition von einigen Milliarden Dollar erwartet wurde, dass die Fabrik so schnell wie möglich zum Laufen kam. Der Druck war enorm. Er hatte sich auch vorgenommen, nach der Inbetriebnahme ein halbes Jahr auszusteigen, denn er hatte schon zwei Jahre keinen richtigen Urlaub mehr gehabt. Nur musste er es erst einmal bis dahin geschafft haben.

Es klopfte an die Tür seines Zimmers und John Hewitt stapfte herein. „Du, Jens-Peter, wir müssen uns unbedingt noch über den Report zum Monatsende abstimmen. Ich habe die Teilprojektleiter bereits aufgefordert, ihre Beiträge bis zum nächsten Freitag fertig zu stellen und an dich zu schicken. Was mir Sorgen bereitet, ist dieses verdammte Wetter. Wie kann man das den Fuzzies in Houston erklären? Wenn es hier so weitergeht, schwimmen uns im wahrsten Sinne des Wortes alle Termine davon."

„Unsere Situation ist wirklich dramatisch. Sollte der Regen nicht aufhören, werden wir die Arbeiten abbrechen müssen. Das ist einfach nicht mehr zu verantworten. Ich habe mich auch schon bei den Meteorologen der Universität Doha erkundigt, wie lange das noch so weiterregnen soll. Die Antwort ist schlicht und einfach, sie wissen es nicht. Das Wetter ist so ungewöhnlich, dass sie sich auf nichts mehr festlegen wollen oder können. Sie haben uns nur mitgeteilt, dass es keinerlei Aufzeichnungen darüber gibt, dass es schon einmal eine ähnliche Situation gegeben hat."

John hatte sich inzwischen gesetzt und ebenfalls den Regenumhang abgelegt. „Was glaubst du, Jens-Peter? Was steckt dahinter? Irgendwie spielt die Natur verrückt. Nur warum? Ist dir da schon etwas eingefallen?"

Jens-Peter Schneider schob seinem Bauleiter den Aschenbecher hin, denn er sah, dass sich dieser eine Zigarette anstecken wollte. Er bemerkte, dass dessen Hände zitterten. Der Stress ging eben auch an John nicht spurlos vorüber. „Willst du einen Kaffee?", fragte Jens-Peter. „Nach dem Hieb mit dem Kran brauche ich jetzt einen besonders starken."

„Bevor du mich schlägst, nehme ich lieber einen“, antwortete John.

Jens-Peter wählte die Nummer des Kaffeeboys und bestellte zwei große Tassen extra starken Kaffee. Dann griff er den Faden wieder auf. „Die einen haben mir erklärt, das wäre einfach eine Laune der Natur. So etwas käme einfach einmal vor. Die anderen betrachten es als Beweis für die globale Erwärmung, die sich in so was äußert. Die Dritten machen die Atombombentests der Chinesen dafür verantwortlich.“

„Und du?“, fragte John mit leicht spöttischem Unterton. „Was gedenkst du unserem großen Boss zu erzählen?“

„Ich, ich werde das Gefühl nicht los, dass das alles irgendwie mit den Vulkanausbrüchen in der Ägäis zusammenhängt. Ich weiß zwar nicht warum, aber ich habe im August die riesige Wolke aus Staub und Wasserdampf vom Flugzeug aus gesehen, die der Vulkan bis in vierzig Kilometer Höhe geschleudert hat. Und mittlerweile sind es zwei Vulkane geworden. Vielleicht kommt hier nur das Wasser herunter, dass dort verdampft worden ist.“

„Jens-Peter, das klingt doch recht abenteuerlich. Da bin ich schon mehr für die globale Erwärmung. Das mit den Vulkanausbrüchen, das ist schon eindrucksvoll. Ich habe die Bilder im Fernsehen gesehen, einfach Klasse. Was mir Sorgen bereitet, ist, dass dort riesige Mengen giftiges Gas austreten. Es sollen schon viele Schiffsbesatzungen vergiftet worden sein. Wenn diese Wolke nach Osten zieht und die Türkei erreicht, dann gute Nacht.“

„Diese Gefahr sehe ich nicht. Soweit ich es verstanden habe, waren es nur einige Fischer, die sich zu nahe an den Vulkankrater herangewagt hatten. Die giftigen Gase sind im Wasser löslich, das heißt, sie werden die Küste nie erreichen. Zudem wären sie auch so verdünnt, dass sie keine Gefahr mehr darstellen.“

„Du bist der Verfahrenstechniker, du musst es ja wissen. Ich bin nur ein Rohrleitungsbauer, der etwas von Bögen und Flanschen versteht.“

Jens-Peter schmunzelte, denn John hatte damit sehr tief gestapelt. Der wusste sehr wohl sehr viel mehr, denn das erforderte die Führung einer solch riesigen Baustelle. „Die Griechen haben jetzt einige Probleme. Diese Vulkane halten sie ganz schön in Trab. Nur lösen müssen sie sie alleine, so wie wir auch. Womit wir wieder beim Thema wären. Sind das die aktuellen Terminpläne, die du mir auf den Tisch gelegt hast, John? Was machen wir mit den Kolonnen? Wie hast du dir das gedacht?“ Die beiden Männer beugten sich über den Stapel von Diagrammen und begannen eine intensive Diskussion. Sie merkten nicht, wie der Kaffeeboy leise die Tür öffnete und ihnen den Kaffee auf Jens-Peters Arbeitstisch stellte.

18. Februar 2015, Beijing

Es war kurz vor Mittag und eiskalt. Liu lag zugedeckt mit drei Decken auf seiner Matratze und versuchte, seine wild durcheinander gehenden Gedanken zu sammeln und zu ordnen. Er hatte am Abend ein Treffen mit Zhang und einigen anderen Freunden aus der Organisation des *Pfades des Lichtes* vereinbart und versprochen, einige Ideen zur Straffung und Stärkung der Bruderschaft vorzutragen und zur Diskussion zu stellen. Das ganze ideologische Geschwätz rundherum war ihm zwar völlig zuwider, aber darüber nachzudenken, die Organisation mehr militärisch aufzuziehen, das machte ihm Spaß, forderte und befriedigte ihn. Er war jetzt schon mehr als zwei Monate in der Hauptstadt und hatte sich voll der Sache der Bruderschaft angenommen. Die Zeit als Bauer war endgültig vorbei. Nur selten dachte er noch an Baotou und seine Reise von dort nach Beijing. Nachdem ihm klar geworden war, dass die Zwangsvollstreckung mit dem völligen Verlust all seines bisherigen Eigentums enden würde, hatte er alles, was noch einigermaßen Wert hatte, an die anderen Bauern des Dorfes verschenkt, mehrere Kanister Benzin in seinem kleinen Häuschen sowie dem anliegenden Stall ausgegossen und ein brennendes Streichholz hineingeworfen. Er war gegangen, ohne noch einmal einen Blick hinter sich zu werfen.

Da er nur noch sehr wenig Geld hatte, war er per Anhalter gereist. Was ihn überraschte, war, wie viele der LkW-Fahrer sich als zur Bruderschaft gehörend zu erkennen gegeben hatten. So hatte er es auch in nur drei Tagen geschafft, bis nach Beijing zu kommen. Dennoch hatte die Zeit gereicht, um ihm deutlich zu zeigen, wie sehr sein Land unter dem Hochmut der Reichen und Mächtigen zu leiden hatte. Er spürte, dass er nicht allein war in seiner Not und viele andere wie er unter der Demütigung der Armut sowie des *Sich verkaufen müssen* litten. Er hatte in diesen wenigen Tagen das Elend gesehen, das die AIDS-Epidemie, die nie richtig unter Kontrolle gekommen war, auslöste, begriff das System der Ausbeutung der LkW-Fahrer, die für ein paar Dollar Tag und Nacht schuften mussten und ihre Familien kaum noch kannten, und sah die vielen, vielen Bauern, die wie er an die Küste strebten, in der Hoffnung, vielleicht dort etwas vom Glück dieser Welt zu erhaschen.

In Beijing angekommen, hatte er sehr schnell die enormen Widersprüche dieses Molochs erkannt. Natürlich sah er die Prachtstraßen, die neuen Villenviertel für die Gewinner des ökonomischen Aufstiegs, die großen luxuriösen Autos, die riesigen Kaufhäuser, vollgestopft mit Luxuswaren aus der ganzen Welt. Aber er sah auch die Schattenseite dieser Entwicklung, die Spaltung der Gesellschaft in die, die alles und noch mehr hatten, und die, die tagtäglich um das nackte Überleben kämpfen mussten. Und das waren nicht wenige. Allein die Zahl der sogenannten Wanderarbeiter, die niedrigste Arbeiten für Hungerlöhne verrichten mussten, ging in die Millionen. Sie wohnten, oder besser vegetierten, in slumähnlichen Barackensiedlungen, wo sie sich mehr oder weniger selbst überlassen waren. Am Morgen strömten sie alle in die Stadt, um spät abends völlig erschöpft zurückzukehren.

Liu war bei diesem Bodensatz der Gesellschaft untergekommen. Die Bruderschaft hatte hier den besten Nährboden für ihre Aktivitäten gefunden, denn nichts konnte unter diesen Menschen mehr Anklang finden als die Ankündigung der Rache des Herrn an den Maßlosen und Gierigen. Liu war jedoch überrascht, dass auch in Polizei und Armee offensichtlich viele mit seiner Organisation sympathisierten, denn auch dort war die Bezahlung der niedrigen Ränge extrem schlecht. Die Widersprüche zu den zum Teil sehr hoch vergüteten Spitzenbeamten hatten enorm zugenommen. Es bestanden also beste Voraussetzungen dafür, die Bruderschaft aus ihrem Dornröschenschlaf zu wecken und zu einem Machtfaktor mit dem Ziel der völligen Umverteilung des gesellschaftlichen Reichtums umzubauen. Liu hatte für sich selbst drei Aufgaben für die nächsten Monate definiert, zum ersten brauchten sie eine ideologische Basis, eine Art Kampfschrift, die den Erniedrigten eine Hoffnung gab, sie erhöhte, zum zweiten musste die Bruderschaft weg von einer reinen Hilfsorganisation und zum dritten musste er es schaffen, Aggressionslust zu wecken und diese in erste Aktionen mit Symbolwirkung umzusetzen. Er erwartete, dass ihm dabei seine ausgezeichnete Ausbildung in militärischer Organisation während seines Studiums an der Militärakademie zugute kommen würde. Dort hatte er auch viel über Manipulation und Aggressionslust des Menschen gelesen, was er nun glaubte, praktisch nutzen zu können.

Er hatte trotz der Kälte und seiner fürchterlichen Behausung, es war eine Baracke ohne Fenster mit nur einer Glühbirne sowie einem wackeligen Tisch, bereits mit der Kampfschrift begonnen. Heute Abend würde er seinen Mitstreitern die ersten Kapitel vortragen. Er hatte sehr lange über den Titel nachgedacht, sich dann für *Flammen des Maitreya* entschieden. Es war eine Hetzschrift, darüber war er sich selbst im Klaren, aber wenn er etwas bewegen wollte, war seiner Meinung nach die extreme Polarisierung notwendig. Er hatte mit nationalistischen Ergüssen wie *Wir Chinesen sind das erwählte Volk des Maitreya* begonnen, den kleinen Leuten wieder Selbstwertgefühl gegeben unter dem Motto *Ihr seid die Schöpfer des Reichtums und die wahren Kinder des Maitreya* und die Feinde definiert. Das waren für ihn in erster Linie die Ausländer, die mit ihrer Unkultur die chinesische Gesellschaft verdorben hatten, und natürlich die, die sich von den ausländischen Hunden hatten blenden und in Versuchung führen lassen. Liu war selbst überrascht gewesen, wie leicht ihm dieses Machwerk aus den Fingern geflossen war. Seine ganze Wut und sein ganzer Zorn auf die Privilegierten, die Mächtigen, die Reichen hatten sich hier entladen. Er war sich sicher, die Seele der Getretenen und Hoffnungslosen getroffen zu haben. In maximal drei Wochen würde das Gesamtwerk fertig sein und in der Bruderschaft verteilt werden.

Viel wichtiger war ihm die zweite Aufgabe, die straffere Führung des *Pfades des Lichtes.* Er hatte sich ein Organisationsschema überlegt, das auf der Schaffung von Gruppierungen beruhte, die sich aus jeweils zehntausend Mitgliedern zusammensetzen und autark agieren sollten. Dazu wollte er vorschlagen, dass aus dem ihm bekannten Kreis jeder zehn Mitglieder unter sich vereint, diese jeweils wieder zehn und so weiter, bis eine Stärke von Zehntausend erreicht war. Eine übergeordnete Struktur sollte es nicht geben, um das Entstehen neuer Macht und neuer Eliten zu verhindern. Vielmehr war vorgesehen, dass die Führer der Zehntausender-Einheiten, auch Tjumen genannt, sich auf der Basis des allgemeinen Programms über Aktionen abstimmen und diese mehr oder weniger konzertiert durchführen sollten. Sich selbst hatte Liu allerdings eine Sonderstellung als *Beauftragter des Maitreya* zugeordnet. Er sah sich in der Rolle des geistigen Führers und Organisators der Bruderschaft. Die Ziele hatte er jedenfalls klar vorgegeben, Ausländer raus aus China, Zerstörung der Paläste und Aufbau des Reiches des Erlösers in China. Letztlich wollte Liu die Macht, um Rache an all denen ausüben, die ihn und seinesgleichen gedemütigt hatten. Wie diese neue Gesellschaft aussehen oder funktionieren könnte, darüber hatte er sich noch nicht den Kopf zerbrochen. Dafür war später genug Zeit.

Lius führende Stellung in der Bruderschaft war ein eigenartiges Phänomen. Vielleicht war es seine körperliche Statur, vielleicht auch sein Aussehen. Liu wusste nicht genau, warum man auf ihn hörte und ihm folgte. Er hatte jedoch bemerkt, dass er andere Menschen begeistern und mitreißen konnte. Und dann hatte es noch eine Situation gegeben, über die Liu immer wieder schmunzeln musste, die ihm aber sehr zupasse kam. Im Verlauf eines Treffens mit einer Familie, die sich voll zur Bruderschaft bekannte, hatte die Großmutter sich plötzlich vor Liu niedergeworfen und gerufen: „Die Narbe, seht ihr nicht die Narbe. Das ist der Maitreya. Er ist es. Die Buddhastatue im Himmelstempel hat die gleiche Narbe. Er muss es sein."

Liu hatte die alte Frau sanft aufgehoben und ihr gesagt, dass dies nur ein Zufall sei. Diese war jedoch nicht zu beruhigen.

„Das ist er. Unser Erlöser. Der Gott der Gerechtigkeit." Liu war es zunächst peinlich gewesen. Als er aber spürte, dass ihm seit dieser Zeit alle, die von dieser Geschichte hörten, ehrfurchtsvoll betrachteten, ging er darauf nicht mehr ein und schwieg, wenn darüber berichtet wurde.

Trotz der drei Decken fror Liu. Die Kälte zog durch alle Ritzen des baufälligen Hüttchens. Es war draußen extrem kalt, selbst für Nordchina ungewöhnlich. Schon seit Wochen wehte ein bissiger Nordwind, der direkt aus den Eiswüsten des Nordpolarmeeres zu kommen schien. So eine Kälte hatte Liu noch nie erlebt. Zudem war es außergewöhnlich trocken. Nur ganz am Anfang waren einige Schneeflocken vom Himmel gefallen, nun aber herrschte schon seit zwei Monaten absolute Trockenheit. Als Bauer wusste Liu, dass das einer Katastrophe gleich kam. Denn vor allem die Winterweizenkulturen waren sehr empfindlich, wenn sie starken Frösten ohne Schneedecke ausgesetzt waren. Irgendetwas stimmt hier nicht. Auch in anderen Gegenden wurden inzwischen Wetterextreme beobachtet, an die sich selbst die ganz Alten nicht mehr erinnern konnten. So hatte Liu ein Bild in einer Zeitschrift gesehen, mit Kamelen, die im Dauerregen standen und aussahen wie riesige begossene Pudel. Das Bild stammte aus einem kleinen arabischen Land, es hieß wohl Qatar. Liu hatte noch nie von einem solchen Staat gehört, aber wie er verstanden hatte, war nicht nur dieses Land, sondern die ganze arabische Welt plötzlich in aller Fülle mit etwas beglückt worden, was sie normalerweise kaum kannte, nämlich ausgiebigen Regen.

Nur ein einziger Gedanke war jetzt noch in der Lage, Liu zu wärmen. Er hatte sich vorgenommen, nach seinem Treffen in der Bruderschaft Rose zu besuchen. Rose war Prostituierte, die in einem der noch verbliebenen Hutongs von Beijing ihrem Geschäft nachging. Da sich andere Frauen nicht für ihn zu interessieren schienen, hatte er schon in Baotou begonnen, seinen Trieb mit Prostituierten zu befriedigen. Für ihn war das immer ein Akt ohne jedes Gefühl. Er nahm die Frauen brutal, ohne sie anzuschauen, fast wie ein Tier. Er wusste noch nicht einmal, ob es ihn wirklich befriedigte. Er brauchte es, obwohl er sich manchmal dieses animalischen Zwangs schämte. So hatte er auch nach seiner Ankunft in Beijing bereits nach kurzer Zeit begonnen, sich in den sogenannten Friseurläden umzuschauen und sich eine Prostituierte als Partnerin für einsame Stunden der Nacht zu suchen. Und er hatte seiner Meinung nach eine außergewöhnliche Frau, sie nannte sich Rose, gefunden. Sie war sehr zierlich gebaut, hatte ein fein geschnittenes Gesicht mit einer für Chinesen großen Nase, schwieg fast immer und gab sich ihm ohne jede Einschränkung hin. Zunächst hatte er sich wie immer verhalten. Brutal war er in sie eingedrungen, hatte sie zerschunden, bis er zum Höhepunkt kam, zog sich dann an, ohne sie anzuschauen, warf Geld auf das kleine Tischchen neben der Matratze und ging. Bis er eines Nachts nach einer erneuten Befriedigung, die mehr einer Vergewaltigung glich, vor Erschöpfung eingeschlafen war und aufwachte, als Rose seinen Kopf in ihren Schoß gelegt hatte, seine rot leuchtende Narbe sanft streichelte und mit Tränen im Gesicht fragte: „Warum bist du so geworden? Wer hat dich zum Tier werden lassen?“ Als sie merkte, dass er wach geworden war, hatte sie sich sofort in eine Ecke zurückgezogen, den Kopf gesenkt und wieder geschwiegen. Liu hatte sie in diesem Moment zum ersten Mal richtig angesehen, bemerkte ihre Tränen und ihren zerschundenen Körper. Und er sah, dass Rose eine wirklich hübsche Frau war, jedoch mit dem Leid ihrer Welt in den Augen. Er schämte sich ob seines Verhaltens, gab ihr deutlich mehr Geld und sagte: „Ich werde wiederkommen, jedoch nichts mehr tun, was dich verletzt.“

Seit dieser Nacht hatte er sie in regelmäßigen Abständen besucht, war allerdings bemüht, ihr nicht mehr wehzutun, und war danach immer länger geblieben, nur um bei ihr zu sein. Er fühlte, dass in ihm etwas wuchs, was er jedoch nicht richtig beschreiben konnte. Vielleicht hatte er endlich etwas Geborgenheit gefunden. Denn lieben konnte man eine Prostituierte nicht. Rose streichelte meist seinen Kopf und seine Narbe, wenn er bei ihr blieb und fragte ihn über sein Leben, seine Sehnsüchte und Ängste. Das hatte ihn gezwungen, über vieles intensiv nachzudenken und ihm geholfen, seine Wut zu offenbaren und zu artikulieren. Rose hatte ihn auch gefragt, warum er so unruhig schlief und Blut in seinen Traumerlebnissen dominierte. Er hatte Rose erklärt, dass er selbst nach Jahren, sobald er die Augen schloss, die grausamen Taten als Fallschirmjäger vor sich sah, das Blut der von ihm Getöteten. Diese Last würde er nie wieder ablegen können.

Liu stand plötzlich auf. Er verdrängte die schönen Gedanken an die kommende Nacht mit Rose. Ihm war etwas eingefallen, was er im heutigen Treffen unbedingt ansprechen musste. Die Organisation brauchte Geld, Geld für mehr Hilfe untereinander, aber auch Geld für die Öffentlichkeitsarbeit, für die Führung und natürlich für Waffen. Liu machte sich einige Notizen. Er hatte sich überlegt, dass jeder Bruder pro Monat zehn Yuan an ihren Bund abführen musste. Das war zwar nicht viel, allerdings ein Anfang und für den Einzelnen manchmal schon ein Problem. Er grinste diabolisch, als er an seinen zweiten Vorschlag dachte. Ein Tjumen sollte nur dazu aufgebaut werden, Spenden bei den neuen Reichen einzufordern. Das würde zunächst auf rein freiwilliger Basis erfolgen, aber … Liu hatte sich eine Reihe von Möglichkeiten ausgedacht, wie man den Druck auf die da oben deutlich erhöhen konnte. Denn diese Herren hatten etwas zu verlieren, Kinder, die Familie, ihr Leben, während sie da unten nur noch gewinnen konnten. Zu verlieren hatten sie nichts mehr. Und Liu war sich sicher, dass einige Exempel reichen würden, um zu einem ergiebigen Spendenfluss zu kommen. Er merkte, wie ihn diese Gedanken erwärmten, setzte sich an seinen wackligen Tisch und begann zu schreiben. Er war wieder in seiner neuen Welt angekommen.

17. März 2015, Zürich

Es klingelte. Sylvia Eschli stürzte zur Tür. Offensichtlich war ihr angekündigter Besuch eingetroffen. Sylvia öffnete. Sie erkannte Professor Wanner, den Spezialisten für Klimatologie und Meteorologie der Universität Bern, sofort. Er war ein älterer Herr, der sie schon mehrfach auf Kongressen durch hervorragende wissenschaftliche Beiträge begeistert hatte.

„Kommen Sie bitte herein, Herr Professor. Es ist mir eine große Ehre, dass Sie mich besuchen. Sicherlich war es eine Zumutung, von Ihnen zu verlangen, nach Zürich zu kommen. Aber unser Sohn ist erst zwei Monate alt und ich stille ihn", begrüßte Sylvia ihren Gast.

„Wir haben zu danken, dass Sie uns dieses Treffen ermöglicht haben. Uns beunruhigen, wie ich Ihnen bereits geschrieben habe, einige Messergebnisse, die wir gern mit Ihnen diskutiert hätten. Darf ich Ihnen für die Zeit, die wir Ihnen stehlen werden, bereits jetzt ein kleines Dankeschön überreichen." Mit diesen Worten zauberte Professor Wanner einen riesigen Blumenstrauß hinter seinem Rücken hervor und überreichte ihn Sylvia. „Ich möchte Ihnen auch gleich meinen Begleiter vorstellen, es ist Hans Bertrand, mein wissenschaftlicher Oberassistent."

„Das war wirklich nicht notwendig mit den Blumen. Ich freue mich vielmehr, dass Sie das Gespräch gerade mit mir gesucht haben. Kommen Sie doch bitte herein. Nach links geht es ins Wohnzimmer, wo ich die Sitzecke für unser Gespräch vorbereitet habe. Kann ich Ihnen etwas anbieten?" Professor Wanner entschied sich für eine Tasse Kaffee, sein Begleiter für Wasser. Sylvia bat die Herren Platz zu nehmen. Sie entschuldigte sich für einige Minuten. Ihr Sohn, die Blumen und der Kaffee würden noch etwas Zeit in Anspruch nehmen.

Nachdem Sylvia alles erledigt hatte, setzte auch sie sich in einen der bequemen Sessel. „Was führt Sie zu mir, Herr Professor? Ihr Brief hat meine Neugier geweckt, denn er klang doch recht beunruhigend."

„Liebe Kollegin, sicherlich können Sie es sich schon denken, warum wir gerade Sie kontaktieren. Es geht um den Ausbruch des Santorin. Hier sind Sie die anerkannte Spezialistin, die uns sicherlich genauere Details mitteilen kann", begann Professor Wanner vorsichtig das Gespräch. „Wie Sie wissen, unterliegt das sehr komplexe System Klima großen Schwankungen. Es gibt eine Vielzahl von Faktoren, die dafür verantwortlich sind und sich leider sehr oft überlagern. Wir unterscheiden zwischen natürlichen und anthropogenen, also durch den Menschen ausgelösten Faktoren, wobei wir uns weltweit in den letzten beiden Jahrzehnten, vor allem getrieben durch die Politik, mit dem anthropogen bedingten Antriebssystem für das Klima beschäftigt haben. Seit Ende des letzten Jahres haben wir eine abrupte Änderung festgestellt, die nicht mit anthropogenen Faktoren korreliert. Dazu später mehr. Vielleicht können Sie uns erst einmal zusammenfassen, was auf Santorin passiert ist", wandte sich Professor Wanner an Sylvia. Diese überlegte eine Weile, was für die Meteorologen von Belang sein könnte, und begann, zunächst stockend, dann immer flüssiger, ihren Wissensstand vorzutragen.

„Sicherlich wissen Sie schon das meiste, denn es ist fast alles in den verschiedensten Medien veröffentlicht. Am 19. August hatten wir den ersten großen Ausbruch, bei dem riesige Mengen an Dampf und Staub bis in die Stratosphäre getragen wurden. Dem folgten weitere Eruptionen bis zur großen Katastrophe am 18. Dezember, einer phreatomagmatischen Explosion mit Ausbildung einer riesigen Strömungswelle, die den ganzen Archipel überrollte. Für uns alle überraschend kam es am 9. Februar zu einer erneuten gewaltigen Eruption, dieses Mal allerdings nicht in der Caldera, sondern östlich von Thera im Gebiet der sogenannten Kolumbo-Bank. Erneut wurden riesige Mengen an Dampf und Staub bis in fünfzig Kilometer Höhe transportiert. Insgesamt schätzen wir, dass bisher etwa sechzig Kubikkilometer Asche und Bimsstein ausgetragen wurden, das ist fast schon das Doppelte der minoischen Katastrophe."

„Warum sagen Sie *bisher*, Frau Doktor Eschli?", unterbrach Herr Bertrand Sylvia.

„Während die Magmakammer unter der Caldera offensichtlich bereits geleert ist, gehen wir davon aus, dass sich unter der Kolumbobank noch immer riesige Magmamengen befinden, die trotz des ersten Ausbruchs weiter unter enormen Drücken stehen."

„Sie erwarten also weitere Ausbrüche?", fragte der junge Mann nach.

„Leider ja, es wird weitere Eruptionen geben. Da die Kolumbo-Bank zudem fast auf Meereshöhe liegt, ist die Wahrscheinlichkeit einer erneuten phreatomagmatischen Explosion sehr hoch. Wir wissen nicht, ob das Deckgebirge über den leeren Magmakammern dem hohen Druck des Meerwassers standhält."

„Das hört sich gar nicht gut an. Wie groß ist denn Ihrer Meinung nach die verbliebene Magmamenge?", brachte sich Professor Wanner wieder in die Diskussion ein.

„Nach meinen Messungen auf Santorin sind mindestens noch fünfzig bis siebzig Kubikkilometer Magma vorhanden. In der Summe müssen wir also damit rechnen, dass wir die Stärke der Eruption des

Tambora aus dem Jahr 1815 erreichen, in dessen Verlauf zirka einhundertfünfzig Kubikkilometer Material ausgeworfen wurden“, setzte Sylvia fort.

„Womit wir beim Grund unseres heutigen Besuches bei Ihnen angelangt wären.“ Mit diesen Worten übernahm Professor Wanner das weitere Gespräch. „Es ist nur wenigen, leider auch in der Wissenschaft, bekannt, dass explosive Vulkaneruptionen das globale Klima sehr abrupt beeinflussen können. Dabei handelt es sich nicht so sehr um den Einfluss von Staub oder Asche, die schnell wieder abgelagert werden, sondern um den der schwefelhaltigen Gase. Diese werden in kürzester Zeit zu Schwefelsäure oxidiert und bilden in der Folge Aerosole, die die Sonnenstrahlung zurück ins All reflektieren. Im Ergebnis kommt es zu einer Abnahme der globalen Temperatur und zu Wetterkapriolen weltweit. Bestes Beispiel dafür ist der von Ihnen bereits genannte Ausbruch des Tambora im Jahr 1815, dem ein Jahr ohne Sommer folgte. England und Kanada hatten in diesem Sommer mit Frost zu kämpfen, Mitteleuropa versank in riesigen Niederschlagsmengen. Missernten und Hungersnöte folgten. In vielen Chroniken Deutschlands oder Frankreichs können Sie noch heute nachlesen, wie schlimm die beiden Jahre nach dem Tambora-Ausbruch waren.“

Sylvia schaute Professor Wanner fragend an. „Wollen Sie damit sagen, dass uns mit dem Ausbruch des Santorin etwas Ähnliches bevorsteht?“

Professor Wanner ließ sich jedoch nicht beirren und setzte fort: „Sehr hohe Niederschlagsmengen an einer Stelle heißt nicht zwangsläufig, dass diese überall auftreten. Es ist durchaus möglich, dass an anderen Orten sogar Dürren zu beobachten sind. Genau diese Tendenz erkennen wir zurzeit weltweit. Nordeuropa und Kanada versinken im Schnee, in der arabischen Welt regnet es wie seit Jahrhunderten nicht und in China deutet sich eine enorme Dürre an. Aber überall bei signifikant niedrigeren Temperaturen. All das kann noch Zufall sein. Was uns wirklich beunruhigt, sind Messungen des Säuregehaltes im Grönlandeis oder besser, im dort gefallenen Schnee. Von drei Stationen, *Camp Century, Summit und Dye 3,* wird uns gemeldet, dass die Säuregehalte im Schnee fast zehnmal höher liegen als normal und selbst das Niveau des Tambora-Ausbruchs um dreißig Prozent übersteigen.“

Sylvia schüttelte den Kopf. „Ich habe zwar schon von den Messungen im Grönlandeis gehört, aber gibt es wirklich eine gesicherte Korrelation zwischen Vulkanausbrüchen, Säuregehalt im Eis und dem Klima?“

Professor Wanner nickte seinem Oberassistenten zu und der setzte fort: „Die Bohrungen im Grönlandeis ermöglichen uns Aussagen zu den Klimaschwankungen auf der Erde in den letzten zweihunderttausend Jahren. Sie haben sich nicht verhört, zweihunderttausend Jahre. Säuresignale treten immer wieder auf und können sehr gut eruptiven Explosionen von Vulkanen zugeordnet werden. So hat sich auch der minoische Ausbruch mit einem deutlich höheren Säuregehalt des Eises in den beiden darauf folgenden Jahren verewigt. Es ist also ein sehr ernst zu nehmendes Signal, wenn wir so stark erhöhte Säuregehalte bereits im Schnee messen. Und deshalb sind wir auch bei Ihnen. Wir verstehen nicht, dass das Signal noch deutlich höher ist als beim Ausbruch des Tambora, obwohl dort viel mehr Material ausgetragen wurde.“ Hans Bertrand schaute Sylvia Eschli fragend an.

„Natürlich gibt es gewaltige Unterschiede“, begann Sylvia zurückhaltend. „Die Schwefelgehalte in den Gesteinen müssen nicht gleich sein, wobei jedoch nach meiner Kenntnis keine wesentlichen Unterschiede bestehen. Dazu kann ich Ihnen entsprechendes Material zur Verfügung stellen. Der Tambora liegt auf zweitausendachthundert Meter Höhe, das heißt, der Kontakt mit Meerwasser ist auszuschließen, während sich Santorin auf Meereshöhe befindet und die Ausbrüche durch die bereits angesprochenen phreatomagmatischen Eruptionen gekennzeichnet sind. Offensichtlich sind die dabei entstehenden riesigen Dampfmengen in der Lage, zusätzlich schwefelhaltige Verbindungen zu bilden, freizusetzen und in die höhere Atmosphäre zu befördern.“

„Das macht Sinn“, pflichtete ihr Professor Wanner mit einem Seitenblick auf seinen Assistenten bei. „Wenn wir den minoischen Ausbruch mit dem des Tambora vergleichen, ergibt sich die Hälfte des Säuresignals bei nur einem Fünftel des Materialaustrages. Ein klares Indiz dafür, dass bei den Santorinausbrüchen spezifisch deutlich mehr schwefelhaltige Gase ausgetragen werden als zum Beispiel im Vergleich zum Tambora. Die globalen Auswirkungen auf das Wetter sind dann umso schwerwiegender.“

„Mir ist nicht bekannt, dass die minoische Katastrophe mit extremen Wetterkapriolen verbunden war“, wandte Sylvia Eschli ein.

„Lassen Sie es mich so sagen, es gibt keine schriftlichen Quellen. Aber die Historiker sprechen in dieser Zeit von einem dunklen Jahrhundert, eine klare Indikation dafür, dass es neben der Eruption dramatische Nachfolgen, zum Beispiel auch durch Missernten oder Dürren, gegeben haben muss“, antwortete Professor Wanner.

„Das hört sich dramatisch an, wenn Sie von einem Jahrhundert sprechen.“ Sylvia war sichtlich bewegt.

Professor Wanner beruhigte sie. „So schlimm ist es nun wirklich nicht. Die Aerosole sind nicht unbegrenzt haltbar und verbleiben in der Regel maximal zwei Jahre in der Atmosphäre, das heißt, mit zwei Jahren verrücktem Wetter und deutlich tieferen Temperaturen müssen wir rechnen. Ich habe vor, nach unserem Gespräch einen Brief an die Europäische Kommission zu schicken, in dem ich aufzeige, dass Auswirkungen auf Landwirtschaft, Energieerzeugung und die gesamte Volkswirtschaft möglich sind, die dramatische Ausmaße annehmen können. Unsere Diskussion mit Ihnen hat dabei sehr geholfen." Professor Wanner schaute auf die Uhr. „Wir haben Ihnen ja auch schon genug Zeit gestohlen. Ihr Sohn wartet bestimmt schon auf Sie." Die Besucher erhoben sich, bedankten sich für die nette Bewirtung und verabschiedeten sich von Sylvia. Mit einem Lächeln machte Professor Wanner noch eine kurze Nachbemerkung: „Wissen Sie, junge Frau, das Ganze wird auch etwas Schönes haben. Wir werden wunderbare Sonnenuntergänge sehen, blutrot, mit den schönsten Farbenspielen. Das wissen wir von den Ausbrüchen des Tambora und Krakatoa. Im Übrigen gemalt von Edvard Munch in seinem berühmten Bild *Der Schrei*. Genießen Sie diese schönen Momente gemeinsam mit Ihrem Mann. Viele Grüße unbekannterweise auch an ihn."

Nachdem die beiden Herren gegangen waren, ließ sich Sylvia eine Weile auf dem Sofa nieder. Ihr Sohn schlief ganz ruhig. Sie hatte also noch etwas Zeit, über das Gespräch mit Professor Wanner nachzudenken. Zunächst seufzte sie tief. Ja, ihr Mann, der fehlte ihr doch sehr. Leider war Richard in seiner Firma aufgestiegen. Leider, dachte Sylvia, weil er zum Leiter des Regionalbüros China ernannt worden war und sich aufgrund dessen zum Teil über mehrere Wochen in Beijing aufhalten musste. So war er seit der Geburt ihres Sohnes die meiste Zeit weit weg von zu Hause und sie allein mit George. Das war ihr, wie sie sich eingestehen musste, sehr schwer gefallen, obwohl sie in der Vergangenheit diejenige gewesen war, die öfter längere Dienstreisen unternommen hatte. Aber jetzt, mit ihrem Sohn allein, das war doch etwas ganz anderes. Es strömte soviel an Neuem auf sie ein, dass sie manchmal froh gewesen wäre, Richard bei sich gehabt zu haben. Dazu kam, dass ihre Eltern in Genf wohnten, das heißt, sie in Zürich ganz allein auf sich gestellt war. Zum Glück gab es das Handy und das Internet mit verbundener Digitalkamera. So konnte sie abends zumindest das Gefühl haben, dass ihr Mann bei ihr war. Zum Teil verbrachten sie bis zu einer Stunde gemeinsam im Netz. Richard fehlte ihr trotzdem, aber er würde ja in vierzehn Tagen wieder nach Hause kommen.

Zwar sollte es nur für zwei Wochen sein, allerdings konnte das ihre Freude auf Richard nicht trüben. Er würde erstaunt sein, welche Fortschritte George mittlerweile gemacht hatte. Ihr Liebling konnte jetzt schon den Kopf in der Bauchlage heben und lächelte immer fröhlich, wenn sie mit ihm sprach. Ein wahrer Sonnenschein.

Das Gespräch selbst hatte sie als angenehm empfunden. Es hatte bei ihr jedoch ein Gefühl der Beunruhigung hinterlassen. Zum ersten Mal hatte sie vor Dritten so deutlich geäußert, dass sie weitere Eruptionen erwartete. Ansonsten war sie stets sehr vorsichtig gewesen und hatte sich wie Professor Navarre verhalten, der ihr erklärt hatte, dass man als seriöser Vulkanologe immer nur von Wahrscheinlichkeiten reden sollte. Leider war Professor Navarre tot. Welch ein Schicksal. Er hatte ihr noch stolz am Telefon erzählt, dass er seine Familie für diese Reise begeistert hatte, die dann in der Katastrophe geendet war. Ja, dieser Vulkan, sein tödlicher Odem schien weiter zu reichen, als sie je geglaubt hatte.

Vor kurzem hatte sie auch den jungen Mann wiedergetroffen, der in das Geschäft seines Onkels mit eingestiegen war und den sie von Santorin her kannte. Dieser hatte ihr erzählt, dass er das Lokal übernehmen musste, da sein Onkel einen Schlaganfall erlitten hatte und sich kaum noch bewegen konnte. „Er hat einfach nicht verkraftet, dass sein Bruder auf der Insel geblieben war. Erst die Evakuierung und dann die Eruption, die seinen Bruder irgendwo auf der Insel begraben hat. Das war einfach zu viel für ihn." Der junge Mann hatte sie auch gefragt, was es denn geworden wäre, ein Junge oder ein Mädchen. Er konnte sich sehr wohl noch an ihre Schwangerschaft erinnern, als sie zusammen mit Richard das griechische Lokal besucht hatte.

„Ein Junge", hatte sie ihm voller Stolz und Freude erklärt. „Und wir haben ihn George genannt, so wie Ihr Großvater hieß. Ich war begeistert von Ihrer Insel und Ihrem Land und wollte auf jeden Fall einen griechischen Namen. Da uns Ihr Großvater durch seine Liebe zu seiner Heimat beeindruckt hat, haben wir uns dann beide für George entschieden."

Der junge Mann war sichtlich gerührt und hatte ihr mit Tränen in den Augen die Hände gedrückt. „Vielen Dank, Frau Eschli. Das ist eine große Freude für mich. So lebt das Andenken an meinen Großvater weiter in einem kleinen Schweizer Jungen. Das muss ich unbedingt meinem Onkel erzählen. Und sollten Sie jemals Hilfe brauchen, mit der Unterstützung der Familie Kypris können Sie immer rechnen."

Weiter kam Sylvia nicht in ihren Gedanken. Bevor sie erneut über Wetterkapriolen oder Sonnenaufgänge nachdenken konnte, wurde sie lautstark an ihre neue Pflicht erinnert. Ihr Sohn George hatte angefangen, sich in seinem Körbchen bemerkbar zu machen. Er hatte Hunger. Es wurde langsam Zeit, dass er seine nächste Mahlzeit erhielt. Sylvia stand auf und lief ins Schlafzimmer.

22. April 2015, Frankfurt am Main

Jens-Peter Schneider hatte es sich in der Senatorlounge der Lufthansa im Frankfurter Flughafen bequem gemacht. Er war in einem der weichen Sessel direkt gegenüber der großen Fernsehwand, an der man vier Fernsehprogramme gleichzeitig verfolgen konnte, versunken und hatte die Beine auf seinen Aktenkoffer gelegt. Neben ihm standen ein Glas Rotwein und ein Teller mit belegten Brötchen, die er sich am wie immer reichhaltigen Büfett geholt hatte.

Die genaue Startzeit stand bis jetzt nicht fest, da aufgrund des starken Nebels in Verbindung mit Nieselregen erhebliche Verspätungen bei fast allen Flügen eingetreten waren. Jens-Peter nahm es mit stoischer Ruhe. Zum einen war er so etwas schon gewohnt, zum anderen fühlte er sich in der Senatorlounge bestens aufgehoben. Und ausgesprochen eilig hatte er es auch nicht, wieder in das verregnete Doha zu kommen. Es war wirklich nicht zu glauben. Der Regen hatte immer noch nicht aufgehört. Er hatte zwar in der Intensität nachgelassen, aber Qatar war mehr denn je weit davon entfernt dem zu entsprechen, wie er es vor drei Jahren kennen gelernt hatte, extrem trocken, sehr heiß und mit Sonnenschein von morgens bis abends. Die großen, schönen Hotels, gebaut für die Sonnenhungrigen aus Europa, waren verwaist, nur noch ein paar Geschäftsleute, so wie er, mussten ausharren. Qatar erinnerte ihn zurzeit mehr an Deutschland im Herbst als an ein arabisches Land.

Und Deutschland? Er überlegte eine Weile. Auch in Deutschland war nichts, wie es sein sollte. Von Frühling war nichts zu spüren, obwohl es auf Anfang Mai zuging. Es war mehr wie Ende November, nasskalt, mit viel Nebel und zum Teil kräftigen Schauern, nachts frostig. Er wusste nicht, wie er dieses Wetter einordnen sollte. Er war schon viel in der Welt herumgekommen, aber so etwas hatte er noch nicht erlebt. Vielleicht kam das Ganze Nordsibirien im Oktober nahe. Es fröstelte ihn, wenn er nur daran dachte. Da war es in Qatar doch noch etwas besser, es war zumindest wärmer. Was ihn jedoch am meisten störte, war die Dunkelheit. Selbst um die Mittagszeit herum blieb alles grau in grau. Und wenn die Sonne schien, hatte man das Gefühl, jemand hatte einen Schleier davor gelegt. Richtig wärmen konnte sie einen nicht.

So war auch der Besuch bei seinem Cousin, der in Ostdeutschland in der Nähe von Erfurt einen früheren Gutshof übernommen und auf Vordermann gebracht hatte, mehr oder weniger ins Wasser gefallen. Er hatte es schon lange versprochen, Knut und dessen Familie einmal zu besuchen, es dann aber immer wieder verschoben. Nun hatte es endlich geklappt, und dann dieses Wetter. Es war schön gewesen, am offenen Kamin im Warmen zu sitzen, einen köstlichen Rotwein zu schlürfen und über alte Zeiten zu plaudern. Aber das, was sich Jens-Peter eigentlich vorgenommen hatte, einmal zu reiten, die Wasservögel am See zu beobachten und eine Kutschfahrt im Grünen zu unternehmen, war dem ekligen Nieselregen und der Kälte zum Opfer gefallen. Sein Cousin war schon sehr besorgt, wie das Ganze weitergehen sollte. Denn fast alle Arbeiten in der Landwirtschaft waren zum Erliegen gekommen.

Jens-Peter verstand davon nicht viel, aber wenn Ende April die Kartoffeln noch nicht im Boden lagen, war irgendetwas faul. Sein Cousin hatte ihm erklärt, dass aufgrund der Nässe und der Kälte die Getreidepflänzchen bereits zu verfaulen begannen und ein Totalausfall beim Wintergetreide zu befürchten war. Das Sommergetreide hatten sie bisher gar nicht erst in den Boden gebracht. Schon jetzt war für Knut absehbar, dass sein Hof erhebliche wirtschaftliche Einschnitte würde hinnehmen müssen. Er hatte auch schon Schreiben an das Landwirtschaftsministerium des Landes Mitteldeutschland und nach Brüssel geschickt, in denen er auf die absehbare kritische Situation aller Bauern hingewiesen und auf einem finanziellen Ausgleich bestanden hatte. Eine Antwort hatte er bisher nicht erhalten, er würde jedoch im nächsten Schritt versuchen, gemeinsame Aktionen im Bauernverband zu organisieren, denn mit jedem neuen Tag Regen wurde die Situation immer bedrohlicher. Als Knut erzählte, dass er das Futter für das Vieh würde kaufen müssen, wenn es so weiterging, spürte Jens-Peter schon Verzweiflung. Er konnte seinen Cousin dabei kaum trösten, und wenn er ehrlich gegenüber sich selbst war, überhaupt nicht aufmuntern. Denn er hatte sich vor seinem Review in Houston, das vor zwei Wochen stattgefunden hatte, intensiv mit den Wetterkapriolen und ihrer möglichen Ursache beschäftigt.

Er fühlte sich nach seinen Recherchen mehr denn je darin bestätigt, dass die weltweit zu beobachtenden Wetterextreme mit dem gewaltigen Vulkanausbruch in der Ägäis zusammenhingen. Unter anderem hatte er einen sehr informativen Artikel von einem Professor Wanner aus der Schweiz gefunden, der aus der Sicht des Meteorologen die Eruptionen auf Santorin bewertet hatte. Nach Auffassung dieses augenscheinlich renommierten Wissenschaftlers waren im Verlauf der Ausbrüche sehr große Mengen schwefelhaltiger Gase in die höhere Atmosphäre getragen worden. Dort hatten sie

Aerosole gebildet, die das Sonnenlicht reflektierten und als Keime für Wolkenbildung sowie Regen wirkten. Es hatte Jens-Peter geschockt, als er las, dass diese Aerosole zirka zwei Jahre in der Stratosphäre verbleiben würden und es in der Geschichte schon vergleichbare Fälle gegeben habe.

Jens-Peter hatte seinem Cousin davon nichts erzählt, denn er war sich sicher, dass Knut ihm das nicht geglaubt hätte beziehungsweise in Hoffnungslosigkeit versunken wäre. Da kam auf alle Bauern in Deutschland oder besser in Europa etwas zu, das nicht dramatischer sein konnte.

Dabei hatte er selbst genug Probleme. Zum Glück war sein Review sehr gut gelaufen, so dass er zumindest von der Seite gegenwärtig nichts zu befürchten hatte. Jens-Peter nahm einen großen Schluck Rotwein, wie er fand etwas zu süß und viel zu kalt, und erinnerte sich genüsslich, wie er zusammen mit John Hewitt das Review aufgezogen hatte. Am Anfang stand natürlich ihre ausgezeichnete Bilanz in Arbeitssicherheit und Qualität. Hier zahlte sich aus, dass John knüppelhart die hohen Standards des Konzerns durchgesetzt hatte, was zu einer sehr kleinen Zahl von Unfällen führte. Sie lagen weit unter dem Durchschnittswert, der im letzten Jahr für die amerikanische Bauindustrie ermittelt worden war. Und sie hatten bisher keinen tödlichen Arbeitsunfall. Darauf war John besonders stolz. Bei dieser riesigen Baustelle und der Vielzahl von Arbeitern, zurzeit waren es fast fünftausend, wollte das schon etwas heißen. Und hoffentlich blieb das so. Er würde John Druck machen, in den Anstrengungen bezüglich der Arbeitssicherheit nicht nachzulassen.

Das zweite Thema war schon brisanter gewesen, Einhaltung des Terminablaufplans und Bestätigung des vorläufigen Inbetriebsetzungstermins. Jens-Peter hatte die Präsentation dazu so aufgebaut, dass er zunächst sehr klar die Verspätung von drei Monaten auswies. Als Hauptursache dafür hatte er die Wetterunbilden ausgemacht und diese mit gelungenen Fotos, die die Dramatik der Situation verdeutlichten, unterstrichen. Als besonders eindrucksvoll betrachtete Jens-Peter das Bild von sich selbst, mit Gummistiefeln, in die von oben das Wasser, das sich auf der Hauptstraße gesammelt hatte, hineinlief. Wie erwartet waren alle beeindruckt von so viel Regen in Qatar und es kam automatisch die Frage, ob das nicht vorauszusehen gewesen sei.

Jetzt war Jens-Peters große Stunde gekommen. Er hatte ausgeführt, dass diese Situation nicht vorhersehbar war und er stolz darauf sei, dass er unter diesen Bedingungen gegenüber dem letzten Review nur eine geringfügige Verschlechterung im Terminplan hatte hinnehmen müssen. Und hatte dann kurz und präzise all das aufgelistet, was er zum Vulkanausbruch von Santorin recherchiert und wie das seine Baustelle beeinflusst hatte.

Von seinem großen Oberboss war er nur gefragt worden: „Hast du dir das ausgedacht, oder ist das wirklich so? Das klingt wie ein Märchen. Wenn es allerdings wahr ist, was du erzählst, müssen wir uns als Konzern auf diese Situation unbedingt einstellen. Denn eine Absenkung der mittleren Temperatur der Erde von drei Grad Celcius hat enorme Auswirkungen auf die Energiewirtschaft, unseren Hauptkunden.“ Scott Welsh hatte sofort eine Arbeitsgruppe initiiert, die die Aussagen von Jens-Peter nachprüfen und Strategievorschläge für das Vorgehen des Konzerns im Markt unterbreiten sollte. Zudem hatte Scotty, wie er von allen genannt wurde, angekündigt, dass er die Baustelle innerhalb der nächsten zwei Monate besuchen würde, um sich selbst ein Bild von dieser außergewöhnlichen Situation zu machen. Am Schluss war Jens-Peter nur aufgefordert worden, alles zu tun, die Rückstände im Terminplan wieder aufzuholen. Aber die Kritik fiel sehr milde aus und niemand widersprach, als er konstatierte, dass eher noch weitere Verspätungen zu erwarten waren, wenn sich die Wettersituation nicht grundlegend änderte. Mit der gleichen Strategie war er dann auch im dritten Komplex, der Darstellung der Kosten, mit einem blauen Auge davongekommen. Er hatte John gebeten, all die Mehrkosten aufzulisten, natürlich erhöht, die mit dem Regen zusammenhingen, die Zusatzprämien für die Arbeiter, das erweiterte Regenwassersystem, der zusätzliche Regenschutz für die Schweißer, die Stabilisierung des Kranfundamentes und alles, was ihm noch so einfiel. So waren seine anderen Mehrkosten mehr oder weniger nicht mehr aufgetaucht. Scotty hatte diesen Trick sicherlich gemerkt, denn er lächelte, als Jens-Peter das Ganze zusammenfasste, sagte jedoch nichts. Von seinem direkten Chef wurde er daran erinnert, dass es seine Aufgabe sei, die Erstattung dieser Kosten durch den Kunden im Rahmen der sogenannten *Höheren Gewalt* auch durchzusetzen. Es wäre seine verdammte Pflicht, das Projekt im vorgegebenen Kostenrahmen abzuwickeln. Jens-Peter konnte hier darauf verweisen, dass er eine entsprechende Änderungsmeldung bereits an den Kunden geschickt und dieser eine juristische Prüfung zugesagt hatte. Zu den Erfolgsaussichten hatte er sich nicht festgelegt, jedoch angedeutet, dass es sehr schwer werden würde. Vielleicht könnte Scotty, wenn er nach Qatar kommt, das Thema beim Emir ansprechen und ihn bei der Durchsetzung dieser berechtigten Forderung unterstützen.

Alles andere war dann nur noch bla, bla, bla gewesen. Selbst John hatte ihm nach dem Review bestätigt, dass es sehr gut gelaufen war. Und das wollte bei ihm schon etwas heißen. Beim nachfolgenden gemeinsamen Dinner hatte Scotty Jens-Peter gebeten, sich neben ihn zu setzen. Scotty fand es sehr interessant, was Jens-Peter herausgefunden hatte. Er wollte noch mehr dazu erfahren, woher die Informationen stammten und wie sicher diese Verbindung zwischen den Vulkanausbrüchen und dem globalen Wetter sei.

„Bist du dir im Klaren, was es bedeutet, wenn das stimmt, was du sagst. Die Welt wäre nicht mehr die gleiche wie vorher, denn der Energieverbrauch würde drastisch steigen und das bei schon sinkender Ölförderung", erklärte ihm Scott kauend. Jens-Peter konnte nur das wiederholen, was er schon präsentiert hatte. Für ihn selbst war der beste Beweis das Jahr ohne Sommer 1816 nach dem Ausbruch des Tambora, nachlesbar in vielen Chroniken und Tagebüchern. Und der Dauerregen in Qatar war auch ein Fakt. Scotty hatte ihm am Ende auf die Schultern geklopft und unter vier Augen gesagt: „Du machst keinen schlechten Job. Hast du mich allerdings mit deiner Geschichte nur verarscht, schmeiß ich dich raus."

Jens-Peter lächelte und nahm genussvoll einen weiteren Schluck Rotwein. Das würde nicht passieren, denn er war sich inzwischen sicher, dass es diesen Zusammenhang zwischen Vulkanausbrüchen und abrupten Klimaänderungen gab. Die Eruptionen auf dem Archipel Santorin waren gewaltig gewesen und nach den Aussagen dieses Schweizer Professors mit einem Schwefelgasaustritt verbunden, der noch größer war als beim Ausbruch des Tambora. Für ihn schockierend war, wie lange diese Eruptionen anhielten.

Und wie es der Zufall wollte, zeigten sie gerade auf einem der Monitore Satellitenaufnahmen vom Archipel Santorin. Man konnte deutlich die noch immer riesige Dampf- und Staubwolke sehen, die weit bis Asien reichte. Jens-Peter erkannte, was ihm John schon erzählt hatte. Es gab jetzt zwei Ausbruchszentren, eines mehr westlich, inzwischen recht klein, und ein deutlich größeres mehr östlich. Jens-Peter glaubte, rot glühende Lava zu sehen, die noch immer ins Meer floss. Zudem hatte man den Eindruck, dass große Gebiete um Santorin herum, vor allem in Richtung Türkei, mit Eis bedeckt waren. Jens-Peter wusste, dass es sich hier um schwimmenden Bimsstein handelte, der noch immer auf dem Meer trieb. Es würde lange dauern, bis diese Riesenmengen an die Küsten angeschwemmt oder im Meer versunken waren.

Es knackte im Lautsprecher. „Herr Schneider, gebucht für den Lufthansaflug LH 1324 nach Doha, kommen Sie bitte zum Desk. Wir haben eine Fluginformation für Sie." Jens-Peter erhob sich und schlenderte langsam in Richtung der beiden Damen, die am Schalter neben dem Eingang zur Senatorlounge saßen. „Was gibt es?", fragte er mit dem strengen Ton eines Projektdirektors.

„Herr Schneider, es tut uns leid. Ihr Abflug wird sich weiter verzögern. Wir rechnen jetzt mit einer Verspätung von vier Stunden. Bitte haben Sie Verständnis, aber wir können nichts für das Wetter."

„Ja, ja, das sind die Vulkane", sagte Jens-Peter leicht spöttisch. Die Damen am Schalter schauten ihn nur verständnislos an.

28. April 2015, Brüssel

Marit Johannson betrat kurz vor dreizehn Uhr das Sitzungszimmer Nr. 116 im Gebäude der EU-Kommission. Sie wurde bereits von fünfzehn Damen und Herren erwartet. Draußen war es wie immer düster, so dass alle Lampen im Raum eingeschaltet waren. Marit kannte nicht alle Anwesenden persönlich, da sie dieses Mal nicht nur die Mitglieder des Bewilligungsausschusses für den Katastrophenfonds, sondern auch Repräsentanten anderer Kommissariate der EU eingeladen hatte. Marit ließ sich an der Stirnseite der im Rechteck angeordneten Tische nieder und bat zunächst alle, sich noch einmal kurz vorzustellen. Sie schrieb sich die Namen der Anwesenden auf und registrierte für sich selbst, dass fast alle Kommissariate ihrer Einladung gefolgt waren. Nur das Kommissariat für Verbraucherangelegenheiten fehlte.

Marit stellte sich selbst noch einmal kurz vor. Sie war vor kurzem zur Vizepräsidentin der EU-Kommission ernannt worden, leitete jedoch in Personalunion weiterhin das Kommissariat für Entwicklungs- und humanitäre Hilfe, dem seit einiger Zeit auch die Verwaltung des Katastrophenfonds der EU übertragen worden war.

„Meine Damen und Herren, wie Sie sicherlich schon festgestellt haben, handelt es sich heute um eine erweiterte Sitzung des Bewilligungsausschusses. Ich freue mich, dass die Vertreter der Bereiche Verkehr und Energie, Landwirtschaft und Fischerei, Umwelt, Forschung und Binnenmarkt meiner Einladung gefolgt sind. Der Kommissar für Verbraucherangelegenheiten hat sich entschuldigt, wird jedoch ebenfalls ein Protokoll dieser Veranstaltung erhalten." Mit diesen Worten eröffnete Marit die Sitzung. Sie hatte ihren PC in Betrieb genommen und Teile einer vorbereiteten Präsentation in *Powerlive* geöffnet.

„Sie sind sicherlich überrascht über diesen großen Rahmen. Aber mehrere Schreiben, die mich in den letzten Wochen erreichten, haben mich tief beunruhigt und letztlich diese Veranstaltung ausgelöst. Kurz zur Agenda. Ich habe vier Tagesordnungspunkte vorgesehen:

1. Mögliche globale Auswirkungen des Vulkanausbruchs auf Santorin
2. Kann sich die Lage in der Ägäis noch weiter verschärfen?
3. Finanzielle Ausstattung des Katastrophenfonds
4. Diskussion und Vorschläge für die EU-Kommission

Marit hörte sofort mehrere Teilnehmer stöhnen. „Schon wieder Santorin. Da haben wir bereits so viel Geld hingeschoben." Sie ließ sich aber nicht von ihrer Linie abbringen.

„Hat jemand Einwände oder Ergänzungen? Wenn nicht, lassen Sie mich mit dem ersten Tagesordnungspunkt beginnen.“ Marit startete mit einer kurzen Statistik. Sie hatte mittlerweile etwa einhundertfünfzig Schreiben aus verschiedenen Gebieten der EU erhalten, die alle mehr oder weniger auf die Beantragung von Beihilfen aufgrund von prognostizierten Ernteausfällen in der Landwirtschaft hinausliefen. Als Grund waren immer extreme Wetterbedingungen genannt, die entweder gar nicht erst das Auslegen der Saaten zugelassen hatten beziehungsweise schon heute den Totalausfall der Ernte erwarten ließen. Marit hatte eine Karte der EU vorbereitet, in die die Herkunft der verschiedenen Schreiben und die Charakteristik der Wetterunbilden eingetragen waren.

„Reine Panik“, unterbrach sie der Vertreter des Kommissariats für Landwirtschaft und Fischerei. „Das kennen wir schon seit Jahren. Ist es zu trocken, haben wir ein Problem. Ist es zu feucht, auch. Es gibt in der EU nie das richtige Wetter. Das sollten Sie nicht so ernst nehmen, Frau Präsidentin. Wir haben sicherlich ein sehr kaltes und feuchtes Frühjahr, allerdings kann noch viel passieren. Unsere Bauern sind sehr kampferprobt, wenn es darum geht, Subventionen zu erstreiten.“

Marit lächelte vor sich hin, denn diesen Einwand hatte sie schon erwartet. „Glauben Sie mir, Herr Mira, ich leite den Bewilligungsausschuss jetzt seit acht Jahren und kenne, wie man so schön sagt, meine Pappenheimer. Nur gibt es leider Hinweise, dass diese Extreme nicht zufällig sind, sondern wir sie als direkte Folge des Vulkanausbruchs oder besser der Ausbrüche auf Santorin anzusehen haben. Das klingt zwar völlig phantastisch, hat jedoch, wie ich mich belehren lassen musste, einen wissenschaftlichen begründbaren Hindergrund.“ Marit verteilte jetzt eine Kopie eines Schreibens, das sie von einem Professor aus der Schweiz erhalten hatte, und fasste auf zwei Seiten ihrer Präsentation die wichtigsten Aussagen dieses Briefes zusammen.

„Glauben Sie mir, ich verstehe nicht alles, was der Herr Professor mir geschrieben hat, aber das Beispiel der Jahre 1816 und 1817 hat mich doch sehr schockiert. Wenn damals die mittlere Temperatur auf der Erde um drei Grad Celsius abgesunken ist, dann war das gewaltig. Wir reden heute bei der durch Kohlendioxid ausgelösten Klimaänderung über ein Grad Celsius in fünfzig Jahren. Und hier von drei Grad Celsius in einem halben Jahr. Oder vielleicht sogar noch mehr, wie dieser Professor vorhersagt.“

Marit lehnte sich zurück. Sie beobachtete die Reaktion der Teilnehmer, die schon während ihrer Präsentation begonnen hatten, den ihnen übergebenen Brief zu lesen.

Als Erster meldete sich fast empört der Vertreter des Kommissariats Umwelt zu Wort. Marit kannte ihn als fanatischen Grünen, der ihr schon mehrfach durch überzogene Forderungen oder Statements aufgefallen war. „Liebe Frau Präsidentin. So einen Unsinn habe ich schon lange nicht mehr gehört. In den letzten fünf Jahrzehnten ist die mittlere Temperatur auf der Erde um ein Grad Celsius angestiegen und nicht etwa gesunken. Offensichtlich will dieser Professor nur ein zufälliges Phänomen benutzen, um auf sich aufmerksam zu machen und Fördermittel zu ergattern. Vergessen Sie es."

Der Vertreter der Landwirtschaft war offensichtlich ins Grübeln gekommen, denn er sagte leise mehr zu sich selbst: „Wenn das stimmt, laufen wir in eine Katastrophe."

Der Komissar für Verkehr und Energie wandte sich direkt an Marit. „Wie sicher sind die Aussagen dieses Herren? Kann der höhere Schwefelsäuregehalt im Grönlandeis nicht auch andere Ursachen haben? Wie können wir nachweisen, dass die derzeitigen Wetterkapriolen, die wir alle spüren, nicht zufällig sind?"

„Soweit ich weiß, hat Herr Professor Wanner seine Thesen in das Internet gestellt und sehr viel Zustimmung erfahren. Dennoch bleiben viele Fragen offen. Nur was mich bewegt, sollte es stimmen, haben wir nicht mehr viel Zeit für Forschung. Dann wären wir schon in der Katastrophe und müssten sofort reagieren", antwortete Marit. Sie merkte deutlich, dass die Mehrzahl der Anwesenden Schwierigkeiten hatte, ihr zu folgen. Herr Larsen von der Umwelt brachte es auf den Punkt. „Erst müssen wir mehr wissen. Wenn übermorgen wieder die Sonne scheint, haben wir uns alle gnadenlos lächerlich gemacht. Da kann sehr wohl etwas dran sein, jedoch lassen Sie es uns erst genau untersuchen. Die Meinung eines einzelnen Wissenschaftlers ist mir hier zu wenig."

Marit war innerlich über diese Reaktion enttäuscht, ließ es sich aber nicht anmerken. „Heißt das, dass Sie vorschlagen, dieses Thema in die Förderliste für die Forschung mit aufzunehmen und die Öffentlichkeit noch nicht über diese mögliche Gefahr zu informieren?"

„Ja", antwortete Herr Larsen kurz und bündig. Und die meisten der Anwesenden zeigten durch Kopfnicken, dass sie ihm beipflichteten.

Marit beugte sich der Mehrheit, indem sie ebenfalls Herrn Larsen zustimmte und ihren persönlichen Referenten bat, es auch so in das Protokoll der Sitzung aufzunehmen. Sie war sich im Innersten sicher, dass sie sich schneller, als ihnen allen lieb war, erneut mit dieser Angelegenheit würden beschäftigen müssen. Denn sie hatte in den Zeilen von Professor Wanner die Ernsthaftigkeit und die Sorge zu deutlich gespürt. Der war weder ein Wichtigtuer noch ein Fördermitteljäger.

„Dann kommen wir zum zweiten Tagesordnungspunkt, der Situation in der Ägäis. Die Folgen der bisherigen Ausbrüche sind noch dramatischer als bisher angenommen, und, was das Schlimmste ist, ein Ende ist nicht in Sicht. Dazu wird uns Hans Wallström etwas mehr sagen." Mit diesen Worten übergab Marit die Leitung des zweiten Teils der Veranstaltung an ihren persönlichen Referenten, der sich im Vorfeld der Sitzung bereit erklärt hatte, diesen Part zu übernehmen.

Hans hatte ebenfalls eine kurze Computer-Präsentation erstellt, in der er die Historie des Geschehens auf Santorin aus der Sicht des Bewilligungsausschusses zusammengefasst hatte. Bereits viermal hatten sie schon Beihilfen für Griechenland genehmigt, was nicht nur auf Wohlwollen, selbst im Kreis des Ausschusses, gestoßen war.

„Sollen wir etwa weitere Gelder genehmigen?", fragte auch sofort Pedro Sanchez, der nicht unbedingt zu Marits Freunden gehörte.

„Im Moment haben wir nur einen weiteren Antrag von der Insel Rhodos, die nach dem letzten großen Ausbruch im Februar nun mit einer durchschnittlich vierzig Zentimeter hohen Bimssteinschicht belegt ist. Zunächst war angedacht, das Ganze wie Schnee zu entfernen und in Deponien im Gebirge abzulagern. Man hatte jedoch übersehen, dass der Bimsstein nach dem ersten Regen total verhärtete und Krusten bildete, die alles Leben darunter erstickten", setzte Hans Wallström sachlich seine Ausführungen fort.

„Also ja, wir sollen wieder blechen", kritisierte sofort Herr Sanchez.

„Wir haben einen Antrag auf Hilfe auf dem Tisch. Nur bitte, stellen Sie sich vor, Sie haben eine Insel mit einer vierzig Zentimeter hohen Betonschicht belegt, die Sie entfernen müssen. So etwa stellt sich die Situation auf Rhodos zurzeit dar."

Marit merkte, dass Hans es geschafft hatte, die Anwesenden von der Dringlichkeit und der Kompliziertheit des Problems zu überzeugen. Dieser hatte offensichtlich den gleichen Eindruck gewonnen, denn er setzt sofort nach: „Wenn es keine Einwände gibt, schlage ich vor, vom Grundsatz her die beantragte Hilfe zu bewilligen, über die Höhe und Modalitäten jedoch im dritten Tagesordnungspunkt zu entscheiden."

Clever gemacht, dachte Marit. So hat er die Sach- von der Gelddiskussion getrennt.

Wie erwartet, gab es keinen Widerspruch, so dass Hans diesen Punkt abschließen konnte. Er meldete sich noch einmal zu Wort.

„Was mir persönlich große Sorgen bereitet, ist die Tatsache, dass der leider verstorbene Professor Navarre bereits im Dezember weitere große Ausbrüche vorhergesagt hatte. Wir glaubten, der verheerende Ausbruch am 18. Dezember wäre es gewesen. Nur am 9. Februar kam die nächste gigantische Eruption östlich von Santorin. Und bisher ist keine Ruhe eingetreten. Im Gegenteil, die Satellitenaufnahmen zeigen, dass es grummelt wie eh und je. Ich frage mich, ob wir in der Katastrophenprävention schon genug getan haben, falls doch weitere große Eruptionen eintreten?"

„Das kann nun wirklich nicht die Aufgabe des Katastrophenfonds sein", meldete sich sofort Pedro Sanchez. „Wir können helfen, wenn Katastrophen mehr als eine Milliarde Euro an Schäden verursacht haben und der Gesamtschaden sich auf mehr als ein halbes Prozent des jeweiligen Inlandprodukts beläuft. So steht es zumindest in unserer Satzung. Katastrophenprävention gehört zu den Aufgaben der Länder und Regionen. Oder wollen wir Herrn Alexandros helfen, sich als großer Geldbeschaffer zu profilieren?"

Marit schaute auf. Das war ein eindeutiger Seitenhieb, der direkt auf sie gerichtet war. Denn Odo Alexandros war bisher immer ihr Verhandlungspartner gewesen, zu dem sie im Laufe der Zeit sogar ein Vertrauensverhältnis aufgebaut hatte. Sie merkte jedoch, dass den anderen Teilnehmern der Sitzung die letzte Bemerkung ebenfalls nicht gefallen hatte, und entschloss sich deshalb, darauf nicht einzugehen. Sie übernahm trotzdem das Wort: „Pedro. Es ist doch legitim von Hans, zu fragen, ob es manchmal nicht besser wäre, vorher etwas zu tun, um die Kosten nachher zu vermeiden."

Marit merkte sofort, dass ihre Argumentation nicht zog.

„Wir wissen ja gar nicht, ob wirklich noch so ein großer Ausbruch kommen wird", wandte Anna ein.

Hans pflichtete ihr bei und unterstützte die Aussage von Pedro Sanchez, dass die Vorbeugung nicht Aufgabe des Katastrophenfonds sein könne. Er hatte auch realisiert, dass auf der Grundlage der Satzung Ausgaben für die Prävention nicht bewilligt werden konnten. Er beendete deshalb den zweiten Tagesordnungspunkt abrupt und bat Marit, wieder zu übernehmen. Diese hatte sich mehrere Bilder vorbereiten lassen, die das Aufkommen und den Verbrauch der Mittel in den letzten Jahren zeigten. Hatte der Zugang noch Anfang 2000 bei fünfhundert Millionen Euro im Jahr gelegen, war er dann schrittweise bis auf drei Milliarden Euro angehoben worden. Stark zugenommen hatten in den letzten Jahren vor allem Stürme und Überschwemmungen. Selbst in Deutschland wurden mittlerweile Tornados beobachtet, die über ein enormes Zerstörungspotential verfügten. Nach Ansicht der Wissenschaft war das eine eindeutige Folge der globalen Erwärmung, die mehr denn je mit der Wirkung des Menschen, vor allem seiner Gier nach fossilen Rohstoffen, in Verbindung gebracht wurde.

„Im Januar 2015 haben wir sehr schnell und unbürokratisch dreihundertzwanzig Millionen Euro an Soforthilfe für die erneut von Flutwellen betroffenen Inseln in der Ägäis bewilligt. Das waren etwa zehn Prozent des verfügbaren Fonds." Bei diesen Worten schaute Marit auf Pedro Sanchez, der immer den Eindruck vermittelte, Griechenland erhalte zu viel und Spanien zu wenig Geld. „Wir haben diese Beihilfe auch in der Kommission durchgesprochen und bestätigt. Sie reicht bei weitem nicht aus, die entstandenen Schäden, die auf fünf Milliarden Euro insgesamt geschätzt werden, abzudecken. Vielmehr hat die Kommission eine Vielzahl von anderen Möglichkeiten angeboten, die den Geschädigten helfen soll. Diese reichen von der Gewährung zinsverbilligter Kredite bis zur Stundung von Zahlungen für die betroffenen Länder. Unsere Beihilfe ist eine Soforthilfe, die die gröbste Not lindern soll." Marit fühlte sich jetzt auf sicherem Terrain. „Wir haben also nur einen Bruchteil des Fonds in Anspruch genommen und Griechenland keinesfalls übervorteilt. Aus dieser Sicht schlage ich Ihnen auch vor, für Rhodos eine weitere Hilfe von achtzig Millionen Euro zu gewähren."

Mehr sagte Marit nicht. Es begann sofort eine Zahlendiskussion, die Marit schon mehrfach in dieser Art erlebt hatte. Jetzt konnte jeder mit diskutieren und argumentieren. Sie hatte allerdings einen Pflock eingeschlagen, um den herum nun die Schafe weiden konnten. Hans war zur Tafel gegangen und hatte die verschiedenen Vorschläge, die von zwanzig Millionen Euro, natürlich gebracht von Pedro, bis einhundertdreißig Millionen Euro reichten. Nach etwa einer Stunde hin und her einigten sich die Mitglieder des Ausschusses auf fünfundsiebzig Millionen Euro, was von Marit kommentarlos akzeptiert wurde.

Nach der Besprechung blieben Marit und Hans noch einige Minuten im Sitzungsraum. Hans war sehr beunruhigt. „Weißt du, Marit, ich habe mich jetzt sehr intensiv mit dem ganzen Material über Santorin beschäftigt. Und wenn ich das so lese, steht den armen Griechen der große Ausbruch erst noch bevor."

„Lass uns nicht den Teufel an die Wand malen", antwortete Marit. „Wir haben keinerlei Möglichkeit es zu beeinflussen oder zu ändern. An dieser Stelle ist die Natur noch immer mächtiger als wir. Wir können nur hoffen und beten."

2. Mai 2015, Madrid

Jorge Maron lief zum Telefon, drückte die Sprechtaste und sagte mit eisiger Stimme: „Wie lange sollen wir noch auf den Kaffee warten? Können Sie sich nicht so organisieren, dass Sie es schaffen, auch einmal zwei Dinge gleichzeitig zu erledigen?"

Er hörte die fast weinerliche Stimme seiner Sekretärin. „Aber ich sollte doch erst das Protokoll der gestrigen Sitzung schreiben. Außerdem wollten Sie, dass ich Ihren Flug nach London bestelle."

„Lernen Sie denn nie, Prioritäten zu setzen. Das Wichtigste ist im Moment der Kaffee. Also, ein bisschen flink."

Langsam lief Maron zurück zu seiner Sitzecke in dem riesigen Arbeitszimmer, das er sich im neuen Hauptgebäude seiner Reisegesellschaft *Mediterran Travel* eingerichtet hatte. Dort saß sein Personalchef und schaute ihn fragend an.

„Hast sie wohl nicht richtig im Griff? Nun warten wir schon fünfzehn Minuten auf unseren Kaffee."

„Ach, die ist noch nicht lange hier. Und so, wie sie sich gibt, wird sie auch nicht lange bleiben."

„Du hast einen ganz schönen Verschleiß", stichelte der Personalchef, der natürlich wusste, dass allein im letzten Jahr die Sekretärin bei seinem Chef schon dreimal ausgetauscht worden war.

„Es ist ja auch kaum noch brauchbares Material am Markt zu bekommen. Unfähigkeit und Dummheit, wohin man nur schaut", fauchte Jorge Maron. Die Sekretärin, ein noch junges Mädchen mit allerdings exzellenter Ausbildung, hatte mittlerweile den Kaffee gebracht und die letzten Worte gehört. Sie wurde knallrot und begann leicht zu zittern. Die Tassen aus bestem Porzellan klapperten, als sie sie auf den Tisch stellte.

„Können Sie nicht aufpassen", fuhr sie Maron an, als beim Eingießen des Kaffees ein paar Tropfen auf die Untertasse spritzten. „Stellen Sie die Kanne hin, das machen wir lieber allein. Wir wollen den Kaffee in der Tasse und nicht auf der Untertasse." Maron lachte höhnisch und winkte seiner Sekretärin zu verschwinden.

„Also, über meine Sekretärin wollte ich nicht mit dir reden." Maron hatte sich zurückgelehnt und begonnen, eine seiner geliebten Havanna-Zigarren mit der Zunge anzufeuchten, die Spitze abzuknipsen und ganz langsam mit einem großen Streichholz in Gang zu bringen. „Dieser Schwächling aus Griechenland hat mir nach unserem letzten Review die Kündigung geschickt. Und dazu noch ein freches Schreiben, in dem er mir psychopathisches Verhalten vorwirft.

Zwei Fragen an dich: Wen können wir jetzt dort hinschicken? Und können wir juristisch gegen diesen Kerl vorgehen? Das mit dem Psychopathen betrachte ich als Beleidigung."

Der Personalchef bat Maron, ihm das Schreiben zu zeigen, da er bisher keine Kopie erhalten habe. Maron stand auf, lief langsam zu seinem Schreibtisch, auf dem sich fast keine Unterlagen befanden, suchte dennoch eine Weile, kam wieder zurück und knallte eine einzelne Seite vor seinem Personalchef auf den Tisch.

„Eine einzige Frechheit. Was denkt sich dieser Bursche? Ich bin für dieses Unternehmen verantwortlich, reibe mich Tag und Nacht auf und lasse mich dafür auch noch beleidigen."

Der Personalchef nahm sich Zeit, den Brief in aller Ruhe zu lesen. „Ich kann nichts finden, was juristisch von Belang sein könnte. Er hat uns gekündigt und als Grund dein Verhalten an sich, nicht nur im letzten Review, angeführt. Und das mit dem Psychopathen ist so vorsichtig formuliert, das wird niemand als Beleidigung gelten lassen."

„Trotzdem empört mich dieser Kerl. Anstatt seine Arbeit ordentlich zu machen, beschmeißt er mich mit Dreck."

„Vielleicht hast du es auch etwas übertrieben. Du hast ihn im letzten Review nur beschimpft und kaum zu Wort kommen lassen."

Nun fauchte Maron seinen Personalchef an: „Was soll ich auch mit jemandem machen, der alle Vorgaben verfehlt hat und dann nur mit billigen Ausreden kommt? Empfindlichkeiten sind da fehl am Platze."

„Also, was ich gehört habe, war gar nicht so schlecht. In Anbetracht der Probleme in der Ägäis waren ein Minus von drei Prozent im Umsatz und anderthalb Prozent im Profit gegenüber den Vorgaben fast anerkennenswert. Immerhin lag sein Return on Sales bei fast sieben Prozent, eine sehr gute Zahl in unserem Geschäft."

„Wir hatten zehn Prozent vorgegeben. Und die hat er verfehlt. Also hat er nicht genug getan. Und dafür habe ich ihn kritisiert."

„Du hast einfach überzogen. Noch im November sah es viel schlechter aus. Die Idee mit den Abenteuerkreuzfahrten war hier einfach grandios."

„Und, wer hatte diese Idee. Natürlich ich." Jorge Maron strahlte jetzt über das ganze Gesicht. Er war stolz auf sich. „Eintausendfünfhundert Euro pro Person Extraprofit. Das waren pro Fahrt 1,8 Millionen Euro. Wenn nicht dieses Malheur am 18. Dezember gewesen wäre, hätten wir so gut dagestanden."

„Deshalb verstehe ich auch nicht, warum du den jungen Mann so heruntergeputzt hast. Wäre nicht diese Katastrophe gewesen, hätte er alle Vorgaben erfüllt."

„Jetzt fängst du auch schon an mit wäre und hätte. Er hat die Vorgaben nicht erreicht. Das ist alles. Mich fragt auch keiner im Aufsichtsrat, warum ich die Zahlen nicht geschafft habe. Und ein bisschen Kritik müssen diese jungen Kerle aushalten können. Du kennst mein Gleichnis: Wie wird aus Kohlenstoff ein Diamant? Durch Druck. Und wie wird ein Diamant zum Brillant? Durch Schleifen, Schleifen, Schleifen."

Der Personalchef schmunzelte vor sich hin. Dieses Gleichnis wurde von seinem Chef immer dann bemüht, wenn er wieder einmal wild zugeschlagen hatte. Er wusste auch, dass es nicht von Jorge Maron stammte. Er konnte sich erinnern, es schon mehrfach in der Managerzeitung gelesen zu haben. „Ein bisschen Kritik halten diese Burschen auch aus. Nur leider ist es bei dir manchmal mehr als ein bisschen. Aber es lohnt sich nicht, weiter darüber zu philosophieren. Unser Regionaldirektor in Griechenland hat gekündigt und wir brauchen dringend einen Nachfolger. Was hast du dir gedacht, Jorge?"

„Schalte einen Headhunter ein. Es sollte ein junger Bursche sein, möglichst unter vierzig. Er sollte die richtige Power haben. Und ich will den Kerl sehen, bevor wir ihm ein Vertragsangebot machen. Nicht dass wir wieder so ein Weichei einstellen wie beim letzten Mal."

„Darf ich dich daran erinnern, dass du den jungen Mann selbst eingestellt hast?", warf der Personalchef ein.

„Erinnere mich nicht daran. Da habe ich sicherlich einen schlechten Tag gehabt und mich täuschen lassen. Das wird mir dieses Mal nicht passieren. Denn wir brauchen einen Burschen, der Druck machen kann und unter den schwierigen Bedingungen in Griechenland die Vorgaben erfüllt. Ich erwarte die zehn Prozent Return on Sales. Ansonsten gibt es Ärger."

„Jorge. Ist das nicht eine zu hohe Hürde? Du verschleißt den nächsten."

„Na und, es sind ja genug da", antwortete Jorge lakonisch. „Er muss eben Ideen haben. Auf das richtige Marketing kommt es an. Wenn es Santorin nicht mehr gibt, müssen wir uns eben auf Kreta konzentrieren. Für viele Leute ist es aufregend, den Ort einer Katastrophe zu sehen. Man muss es nur richtig verkaufen. Was hältst du zum Beispiel von *Rhodos unter Asche. Fahren Sie hin.*"

„Nicht viel. Fast etwas makaber. Die Leute dort werden sich über solche Sprüche nicht gerade freuen."

„Natürlich werden sie sich freuen. Denn sie leben vom Tourismus und es kommt Geld in die Kasse."

„Bitte Jorge, wir sollten dennoch vorsichtig sein. Diese Katastrophe auf Santorin hat viel Not und Elend gebracht und man kann sich viel Ärger einhandeln."

„Das sehe ich nicht so. Ich sehe vielmehr riesige Chancen für uns." Jorge Maron kam sichtlich in Fahrt. „Mir ist gestern eine Pressemitteilung in die Hand gefallen, die eine enorme Abkühlung weltweit vorhersagt. Angeblich soll sich schon Brüssel damit beschäftigt haben. Es wird erwartet, dass es in Mitteleuropa nur noch regnet. Das wäre das Beste, was uns als *Mediterran Travel* passieren könnte. Denn dann wollen die Leute raus, sie suchen die Sonne. Und wir werden ihnen das ermöglichen. Allerdings mit zehn Prozent Aufschlag."

„Ich habe diesen Artikel ebenfalls gelesen. Mitteleuropa heißt aber auch Spanien, Italien und Griechenland. Auch dort soll es Dauerregen geben."

„Na und, dann bieten wir eben die Sonnenreisen in die blühende Sahara, Libyen, Niger, Tschad, Marokko. Was für Geschäftsaussichten. Und alles im Gebiet von *Mediterran Travel.* Es ist doch immer wieder gut, mit dir zu schwatzen. Ich werde ein entsprechendes Angebot gleich erarbeiten lassen." Jorge Maron stand auf, lief zu seinem Schreibtisch und machte sich eine kurze Notiz. „Ich habe noch ein zweites Problem", erklärte er, als er zur Sitzecke zurücklief.

Da aber klingelte das Telefon. Sichtlich wütend lief Maron zurück. „Was soll das? Sie wissen doch, dass ich nicht gestört werden will", bellte er ins Telefon. „Ach so, meine Gattin. Dann stellen Sie mal schleunigst durch. Schatzilein, was ist los? Die Handwerker sind nicht erschienen und der Hahn im Bad tröpfelt noch immer? Schatzilein, ich kümmere mich darum. So eine Sauerei."

Jorge Maron drückte auf den Knopf mit der Direktverbindung zu seiner Sekretärin. „Verbinden Sie mich sofort mit dem Chef der Firma *SanEsp.* Ein bisschen schneller als beim Kaffee." Es dauerte auch weniger als eine Minute, als es klingelte. Jorge Maron hatte sich gesetzt und übernahm das Gespräch.

„Herr Segura, wissen Sie, wieviel Aufträge Sie von der *Mediterran Travel* im letzten Jahr erhalten haben?... Da müssen Sie nicht nachschauen. Denn Sie werden keinen mehr bekommen, wenn Sie nicht bis heute Abend diese Sauerei in meinem Bad beseitigt haben. Haben Sie mich verstanden?"

Maron knallte den Hörer auf das Telefon und lachte laut auf. „Dem habe ich es gegeben. Ich bin mir sicher, da brennt jetzt der Wald." Er erhob sich und lief zurück. „Wo waren wir stehen geblieben? Ach ja, mein zweites Problem. Man hat unseren Regionaldirektor in China verhaftet. Angeblich haben sie bei ihm große Mengen Rauschgift gefunden. Was soll ich machen? Ihn fallen lassen oder sollen wir ihm Anwälte schicken?"

„Wenn ich es in unserem Review richtig verstanden habe, war unsere neue Abenteuerreise *Auf den Spuren Marco Polos - von Venedig bis nach Beijing* ein voller Erfolg, nicht zuletzt auch wegen des großen Engagements unseres Regionaldirektors in China. Er hat das hervorragend gemanagt. Und Rauschgift bei ihm? Das will ich nicht so recht glauben. Als früherer Leistungssportler und strenger Vegetarier erscheint mir das sehr unwahrscheinlich."

„Es muss ja nicht zum Eigenverbrauch gewesen sein. Vielleicht wollte sich unser Freund ein zweites, attraktives Geschäftsfeld aufbauen. Aber wenn ich dich richtig verstehe, sollten wir ihn nicht fallen lassen und anwaltlichen Beistand organisieren. Kannst du das in deine Hände nehmen? Und mich auf dem Laufenden halten, wie sich die Sache weiterentwickelt. Hat er wirklich mit Rauschgift zu tun, ist er weg vom Fenster."

Jorge Maron stand auf und gab zu erkennen, dass für ihn das Gespräch zu Ende war. Sein Personalchef blieb jedoch sitzen und druckste herum. „Jorge, es tut mir leid, aber ich muss auch noch etwas ansprechen." Maron drehte sich um und schaute ihn fragend an. „Wir haben noch die Geschichte mit den beiden Kreuzfahrtschiffen. Du weißt, die in der Caldera verunglückt sind. Beide Schiffe waren von uns geleast."

„Na und, die Verantwortung war bei der Reederei geblieben. Und die hatte eine sehr gute Versicherung."

„Du weißt, dass mehrere Angehörige Klage gegen dich persönlich eingereicht haben. Angeblich sollst du den Kapitänen die Anweisung erteilt haben, sich dem Vulkan so weit wie möglich zu nähern. Und du sollst ihnen gedroht haben, für ihre sofortige Entlassung zu sorgen, wenn sie es nicht tun."

Jorge Maron blieb völlig ruhig. „Dann lass sie mal klagen. Es gibt von mir ein Schriftstück, in dem ich die Kapitäne auffordere, so nah wie möglich an die Vulkane heranzufahren. Bitte beachte die Mehrzahl. Und es gibt einen wichtigen Nachsatz. Jede Gefahr für das Leben der Urlauber ist auszuschließen."

„Gab es eine zusätzliche mündliche Anweisung von dir an die Kapitäne?", fragte der Personalchef nach.

Jorge Maron lachte jetzt höhnisch: „Da werden die Richter zum Meeresboden fahren müssen, um die Kapitäne zu befragen. Ich habe das Ganze schon unseren Anwälten übergeben und eine Gegenklage in Aussicht gestellt. Üble Nachrede und Verleumdung. Wir werden schon sehen, wer hier den Kürzeren zieht."

11. Mai 2015, Beijing

Rose hatte sich an Liu gekuschelt und schlief fest. Dieser hatte die Augen geöffnet und dachte nach. Liu wartete auf ein Zeichen. Es war an der Zeit, das Leid endlich aus eigener Kraft zu überwinden und den Gierigen und Verkommenen zu zeigen, dass ihre Stunde geschlagen hat. Liu hatte dem ihm zugeordneten Tjumen die ehrenvolle Aufgabe übertragen, als erster Aktionen gegen die verhassten Langnasen und ihre Helfershelfer durchzuführen. Das sollte das Symbol für die gesamte Bruderschaft sein, aus der Resignation zu erwachen und den rechten Weg zur Überwindung des irdischen Martyriums zu beschreiten. Es war geplant, acht Hotels in Beijing zu besetzen und die dort befindlichen Ausländer, so wie Liu es ausdrückte, dem kommenden Licht zu opfern. Nur, wann war der richtige Zeitpunkt?

Sie konnten nicht mehr zu lange warten, denn Partei und Regierung hatten sehr wohl bemerkt, dass in der Bewegung *Pfad des Lichtes* eine Radikalisierung eingetreten war, die gewaltsame Aktionen nicht mehr ausschloss. Liu war sich sicher, dass in die Bewegung auch Maulwürfe eingebaut worden waren, die dem Geheimdienst berichteten. Zum Glück hatten sie die gesamte Organisation dezentral strukturiert, so dass es sehr schwer war, die autark agierenden Gruppierungen unter Kontrolle zu halten. Nach Lius Auffassung war es sogar unmöglich. Denn sie hatten inzwischen zweihundert Tjumen aufgebaut, von denen sich der Großteil weiterhin rein karitativen Aufgaben widmete.

Liu war überrascht gewesen, wie groß die Anhängerschaft des *Pfades des Lichtes* allein in Beijing war. Immerhin hatten sie mehr als zwei Millionen Menschen hinter sich gebracht. Und im ganzen Land waren es prozentual an der Gesamtbevölkerung bestimmt nicht weniger. Was für ein Potential und was für eine Kraft, wenn es gelang, passive Resignation in aktive Wut zu überführen. Die Aktion mit den Hotels sollte der erste Schritt sein, das zu erreichen. Liu hatte seinen Führern im Tjumen bisher nur mitgeteilt, dass eine Aktion unmittelbar bevorstünde, ohne jedoch die konkrete Zielstellung preiszugeben. Es war von der ersten Schlacht die Rede gewesen, von Waffen, die sie benötigten und der Symbolwirkung für die gesamte Bewegung. Liu hatte die Zahl der Teilnehmer an der Aktion auf einhundert pro Hotel begrenzt, das heißt, seine Unterführer konnten die Aktivsten und Geeignetsten auswählen und diesen den göttlichen Auftrag als besondere Auszeichnung nahe bringen.

Liu rückte den Arm von Rose, den diese um seinen Hals gelegt hatte, sanft zur Seite. Er konnte einfach nicht schlafen. Es strömte jetzt auch so viel auf ihn ein, dass kaum noch Zeit zum Schlafen blieb. Wenn er darüber nachdachte, dass er erst seit sechs Monaten in Beijing war und was sich seit dieser Zeit bereits alles getan hatte, war er begeistert und erschrocken zugleich. Es erfüllte ihn mit Stolz, dass er die Organisation in kürzester Zeit umgebaut, ihr eine religiöse oder besser ideologische Basis gegeben und eine finanzielle Grundversorgung aufgebaut hatte. Gleichzeitig fürchtete er die Konsequenzen seines Tuns. Denn die Herrschenden würden ihre Pfründe nicht kampflos aufgeben, viel Blut würde fließen und das Ende war ungewiss. Zum Glück kamen ihm diese Gedanken sehr selten. Sie standen noch ganz am Anfang und Zweifel zum derzeitigen Zeitpunkt waren völlig fehl am Platz.

Liu musste plötzlich lächeln. Nicht alles hatte er vorher überlegt, aber immer hatte der Zufall oder vielleicht die Vorsehung dafür gesorgt, dass es sich am Schluss als richtig erwies. So war sein Vorschlag, autarke Tjumen zu bilden, zunächst auf Unverständnis gestoßen, denn in diese Einheiten würden sich auch alte Menschen, Frauen und Kinder einordnen. Es hatte sich jedoch sehr schnell gezeigt, dass man in diesen Gruppierungen einen kämpfenden Kern sehr gut verstecken konnte. Zudem war es möglich, überschaubar Solidarität auszuüben und finanzielle Mittel gerecht zu verteilen. Nicht nur Unterstützung hatte zunächst sein Machwerk *Flammen des Maitreya* erhalten. Einigen seiner Mitstreiter war es zu radikal, zu offen und zu gefährlich, da es sehr wohl als Begründung für ein Verbot der Organisation dienen konnte. Sehr schnell hatte sich aber gezeigt, dass Liu den Nerv der kleinen Leute bis weit in den Mittelstand hinein getroffen und die Schrift sich wie ein Lauffeuer verbreitet hatte. Das Ganze war mit einer solchen Geschwindigkeit abgelaufen, dass ein Bann nunmehr ohne Wirkung bleiben würde.

Als erstaunlich ertragreich hatten sich seine Ideen zur Geldbeschaffung erwiesen. Er hatte völlig unterschätzt, wie viele Menschen sich zur Bruderschaft bekennen würden. Allein in Beijing beliefen sich die Beiträge auf 20 Millionen Yuan pro Monat. Sehr schnell hatte sich zudem herausgestellt, dass auch die Aktionen zur Gewährung *freiwilliger Spenden* viel besser gelaufen waren als zunächst gedacht. Liu war selbst überrascht gewesen, dass Teile der Oberschicht sogar freiwillig Gelder an die Organisation abtraten. Offensichtlich gab es auch in den Eliten Unzufriedene, die sich mit seinem extremen Nationalismus und seiner Ausländerfeindlichkeit identifizierten. Vielleicht waren sie von ausländischen Konzernen an die Wand gedrückt worden oder einfach nur neidisch, dass die Ausländer den größten Teil des in China erwirtschafteten Reichtums für sich in Anspruch nahmen. Und bei all den anderen hatte mehr oder weniger Druck ausgereicht, sie ebenfalls zur Zahlung eines Obolus zu veranlassen. Liu war dabei so vorsichtig gewesen, Spendengelder nur für karitative Zwecke zu verwenden. Sie wurden auf Konten eingezahlt, die dann den einzelnen Tjumen für Schulgeld, Gemeinschaftsküchen, Medikamente, Altersversorgung und Ähnliches zur Verfügung standen. Das hatte es den Erpressten sehr schwer oder fast unmöglich gemacht, im Nachhinein die Zuwendung als kriminellen Akt zu entlarven. Nur in wenigen Fällen war es notwendig gewesen, härtere Saiten aufzuziehen. Aber selbst dann hatte Liu immer darauf geachtet, dass zwischen der Spendenaufforderung für karitative Zwecke und einem Vorkommnis, das die Familie oder das Unternehmen desjenigen betraf, kein Zusammenhang hergestellt werden konnte.

Liu erinnerte sich an einen Fall besonders gern, weil zwei Fliegen mit einer Klappe geschlagen worden waren. Der Direktor eines Reisebüros, das einem spanischen Unternehmen namens *Mediterran Travel* gehörte, hatte sich strikt geweigert, an den sozialen Anstrengungen der Bruderschaft teilzuhaben. Nach etwa vier Wochen wurden ihm fünfhundert Gramm Heroin untergeschoben und die Polizei anonym über den vermeintlichen Händler informiert. Der Mann wurde festgenommen und in Untersuchungshaft gebracht. Natürlich beteuerte er, wie jeder andere auch, seine Unschuld. Da aber inzwischen Zeugen aufgetaucht waren, die beeiden wollten, von ihm schon seit Jahren mit Rauschgift versorgt worden zu sein, war für ihn mit dem Schlimmsten, der Todesstrafe, zu rechnen. In dieser für ihn so kritischen Situation hatte man ihn und er sich an seine soziale Verantwortung erinnert und eine größere Spende an die Bruderschaft überwiesen.

Nach weiteren drei Wochen waren die Zeugen plötzlich wie vom Erdboden verschwunden und neue aufgetaucht, die beweisen konnten, dass ihm einer seiner Konkurrenten im Reisemarkt die Drogen untergeschoben hatte, um einen lästigen Wettbewerber loszuwerden. Es war nur ein Zufall, dass auch dieser Konkurrent sich bisher strikt geweigert hatte, eine Spende an den *Pfad des Lichtes* zu übergeben. Erst vor wenigen Tagen war er von der Einsicht erleuchtet worden, dass nur göttliche Hilfe, erreicht durch eine milde Gabe, ihm helfen konnte. Aber er würde noch einige Wochen in Haft bleiben müssen. Etwas Strafe musste dann doch sein.

Insgesamt hatte die Bruderschaft über Spenden schon mehr als zweihundert Millionen Yuan eingenommen, mehr als sich Liu je hätte erträumen lassen. Da dieses Geld über die Bruderschaft an die Ärmsten der Armen verteilt wurde, bekam der *Pfad des Lichtes* noch mehr Zulauf und wurde immer stärker. Das Geld, das über die Beiträge in die Organisation floss, wurde nirgendwo erfasst und direkt für Waffen, Druckschriften und die Finanzierung der Führung ausgegeben. Die Führer der Tjumen hatten Liu allerdings veranlasst, in seiner Kampfschrift die Aufforderung an alle Mitglieder der Bruderschaft aufzunehmen, weder Edelmetalle noch Edelsteine zu besitzen. Denn wie im ursprünglich reinen Buddhismus bereits verankert, konnte das Leiden nur durch Überwindung aller Begierden und Triebe beendet werden. Liu hatte sich dem gebeugt, obwohl er kaum Möglichkeiten sah, diese Forderung auch durchzusetzen.

Liu schreckte plötzlich aus seinen Gedanken auf. Rose hatte sich zur Seite geworfen und begann zu phantasieren. Es mussten schreckliche Träume sein, denn ihr Gesicht war dann immer schmerzverzerrt und sie hob beide Arme, so als wolle sie sich vor Schlägen schützen. Es passierte fast jede Nacht. Liu hatte zunächst versucht, Rose in solchen Situationen sanft zu streicheln und so die Träume aufzulösen, musste jedoch sehr schnell feststellen, dass diese nur aufwachte und sich völlig verängstigt in eine Ecke ihres Zimmers zurückzog. Es dauerte dann zumeist mehr als eine halbe Stunde, bis sie wieder zu sich fand und ins Bett zurückkehrte. Liu hatte noch nie erlebt, dass jemand im Traum weinen konnte. Aber Rose tat es.

Er war inzwischen zu Rose gezogen, die aus ihren Einkünften in einem der riesigen Wohnbunker mit mehr als eintausend Wohnungen ein kleines Appartement gekauft hatte. Liu wollte, dass sie sich nicht mehr prostituierte, aber Rose hatte das abgelehnt. „Ich habe nichts anderes gelernt und du, du bist morgen vielleicht schon wieder weg", war ihre stete Antwort. Liu gefiel das nicht, aber was sollte er tun. Er mochte Rose und fand bei ihr so etwas wie Geborgenheit. Sie gab sich ihm auch hin, wie er glaubte, mit etwas Zuneigung, war sich jedoch nicht sicher, ob es nicht nur Professionalität war.

Rose sprach nicht über ihre Beziehung zu ihm. Es hatte ihn schon viel Mühe gekostet, überhaupt zu erfahren, woher Rose stammte und wie sie zur Prostitution gekommen war. Es war eine traurige Geschichte, die ihn immer wieder wütend machte und all seine Zweifel hinsichtlich der Richtigkeit seines Weges hinwegfegte. Rose war erst dreiundzwanzig Jahre alt. Sie kam aus der Provinz Yunnan. Ihre Eltern waren arme Bauern, die es zu acht Kindern gebracht hatten. Rose war das achte. Sie hatte sechs Schwestern, die wie sie selbst vom Vater als Unglück betrachtet wurden. Wenn sie nicht ihre Mutter gehabt hätten, die sich immer wieder vor sie gestellt hatte, hätten sie nicht überlebt. Mit fünfzehn Jahren wurde Rose, wie es vom Vater hieß, an einen der neuen Großgrundbesitzer „zur Lehre“ übergeben. Es zeigte sich bereits am ersten Tag, was darunter zu verstehen war. Sie musste die niedersten Arbeiten verrichten, wurde mehrfach wegen Nichtigkeiten geschlagen und in der Nacht von dem fetten Sohn des Herren vergewaltigt. Denn Rose war ein schönes Mädchen, schlank gebaut, mit einer sportlichen Statur, langen Haaren und einem stolzen Lächeln auf den Lippen. Aber das Lachen sollte ihr schnell vergehen. Es blieb nicht bei der einen Vergewaltigung. Im Gegenteil, ihr Peiniger brachte es sogar fertig, einige seiner sogenannten Freunde einzuladen und sich daran zu ergötzen, wie sich die anderen an ihr vergingen. Rose wusste nicht, wie ihr geschah. Nach fünf Tagen hatte sie versucht, nach Hause zu flüchten, wurde jedoch sehr schnell aufgespürt und auf den Gutshof zurückgebracht. Dort bekam sie solche Schläge, dass sie mehrere Wochen krank war und seitdem auf einem Ohr nicht mehr richtig hören konnte. Was ihren Peiniger nicht daran hinderte, sie weiter nachts aufzusuchen und seine Lust an ihr auszulassen. Rose hatte manchmal den Eindruck, dass er sie als Sexsklavin betrachtete, denn er schlug sie gnadenlos, wenn sie nicht seinen Wünschen folgte, die oft ausgefallen waren und ihr wehtaten. Als sich herausstellte, dass sie schwanger war, hatte man sie zunächst einige Wochen in Ruhe gelassen, dann jedoch eine Abtreibung veranlasst und sie, wie sie später erfuhr, an einen Zuhälter in Wuhan weiter verkauft.

Aus einer Vergewaltigung pro Tag wurden nun viele. Sie wurde nicht gefragt, sondern hatte zu gehorchen. Zum Glück hatte ihr Zuhälter sie trotz allem als wertvolle Ware betrachtet, so dass sie immer auf geschütztem Verkehr bestehen konnte und sich nicht mit AIDS infiziert hatte. Das wenigstens war ihr erspart geblieben. Dafür hatte ihr ein Arzt, der sie hin und wieder untersuchte, mitgeteilt, dass sie als Folge der Abtreibung nie Kinder bekommen würde. Das hatte sie nicht sonderlich betrübt, denn was sollte sie mit einem Kind. Sie wurde ohnehin wie eine Sklavin gehalten, rechtlos und ohne jede Hoffnung auf Veränderung. Und dann geschah ein Wunder. Ihr Zuhälter war zwischen die Fronten rivalisierender Banden geraten und verschwand plötzlich spurlos. Rose hatte so nach wenigen Tagen genug Geld, um Wuhan zu verlassen und sich wie so viele andere nach Beijing abzusetzen. Dort hatte sie es geschafft, sich ohne

Zuhälter zu prostituieren und damit einigermaßen über die Runden zu kommen. Aber es blieb das Leben einer Dirne, ihr Körper war die Ware, die sie feilhielt und verkaufen musste.

Rose hatte Liu nie Details über ihre Zeit auf dem Gutshof und in Wuhan erzählt. Was er wusste, stammte aus den Alpträumen der Nacht, in denen Rose das von sich preisgab, was sie ansonsten verschwieg. Liu ging nie darauf ein. Er wollte die alten Wunden bei ihr nicht wieder aufbrechen. Ihre Träume waren schon schlimm genug. Was Rose erlitten haben musste, zeigte sich daran, dass sie sich eines Tages an ihn geschmiegt hatte und ihm sagte: „Liu, wenn du es geschafft haben wirst, du weißt, was ich meine, sorge bitte dafür, dass ich dieses fette Schwein aus Yunnan in meine Hände bekomme. Meine Rache wird fürchterlich sein, aber hoffentlich meine Alpträume beenden." Liu hatte es ihr versprochen, denn er sah das Leid und den Schmerz in ihren Augen. Vielleicht war es für sie wirklich die einzige Möglichkeit, wieder zu sich selbst zu finden.

Rose hatte ihre Träume mittlerweile hinter sich gelassen und war in ihre bequeme Stellung neben Liu zurückgekehrt. Dieser deckte sie behutsam zu und drehte sich zur Seite. Auch er wollte noch ein bisschen schlafen, obwohl ihm noch immer die Gedanken durch den Kopf rasten. Er hatte vergessen, seinen Mitbrüdern den Auftrag zu erteilen, sich stärker um die vielen Bauern zu kümmern, die jetzt tagtäglich in Beijing eintrafen. Viele kamen, weil sie Hunger hatten, viele, weil es ihnen so ergangen war wie Liu, viele aber auch, weil sie keine Hoffnung mehr hatten. Der Winter war fürchterlich gewesen, einen Frühling gab es bis jetzt noch nicht und Regen kannten sie fast nicht mehr. Ihre einzige Hoffnung war die Stadt. Und die Bruderschaft war dazu da, sie aufzunehmen und ihnen eine neue Heimat zu geben. Was für ein neues gewaltiges Reservoir für ihre Organisation tat sich hier auf. Sie mussten es nur richtig anpacken.

Liu merkte, dass er nun doch langsam müde wurde. Er dachte noch einmal über den günstigsten Zeitpunkt für ihre erste Aktion gegen die Langnasen nach. Wann endlich erhielt er ein Zeichen? Und es war klar für ihn, dass er sich selbst an die Spitze dieses Unternehmens stellen würde. Er fühlte sich als der Racheengel der vielen Entrechteten, als Beschützer von Rose, sah sich, mit einem riesigen Schwert bewaffnet, im Blute seiner Feinde baden, hörte Posaunen des Sieges und der Glorie, spürte, wie Blumen auf ihn herabfielen...

12. Mai 2015, Athen

Odo Alexandros hatte sich in die dunkelste Ecke der Atelierwohnung zurückgezogen und sich in einem der weichen Sessel niedergelassen. Er war erschöpft. Was für ein Tag lag hinter ihm. Früh die Kabinettssitzung, am Nachmittag das Treffen mit den Präfekten der Regionen, ab siebzehn Uhr ein persönliches Gespräch mit Professor Vovola, das ihn noch immer beschäftigte, und nun die Party seiner Frau. Er war erst gegen einundzwanzig Uhr zu Hause erschienen und hatte so auch den Höhepunkt des Abends, die Versteigerung dreier Bilder seiner Frau zugunsten des Santorin-Hilfsfonds, verpasst. Es waren noch immer vierzig bis fünfzig Personen präsent, von denen er die meisten zwar vom Sehen her kannte, aber ansonsten keinerlei Bezugspunkte zu ihnen hatte. Es waren zumeist Freunde seiner Frau, die sich mit Kunst oder was man im weitesten Sinne darunter verstehen konnte beschäftigten, sowie Vertreter der reichsten Familien Athens, die als Mäzene und Kunsthändler agierten. Odo liebte diese Partys nicht, konnte aber nicht umhin, den guten Zweck der Veranstaltung zu respektieren. So hatte er seine Gattin Elena auch mit einem großen Blumenstrauß und einer kleinen, mit Smaragden geschmückten Brosche überrascht, als er nach Hause gekommen war. „Für dich, mein Schatz, und für deine Anstrengungen für die Opfer der Katastrophe von Santorin", hatte er ihr ins Ohr geflüstert und ihr einen bedeutungsvollen Kuss auf die Lippen gegeben. Und gleich noch nachgefragt: „Wie viel ist denn zusammengekommen bei deiner Versteigerung?"

Elena hatte auch sofort vergessen, dass er wieder einmal viel zu spät nach Hause gekommen war. Sie strahlte über das ganze Gesicht und teilte ihm stolz mit: „Siebenunddreißigtausend Euro für drei Bilder von mir. Ist das nicht grandios?"

„Das sind deine Bilder auch wert. Fast ein Schnäppchen."

Elena fiel ihm um den Hals. „Du Schmeichler. So gut sind meine Bilder wirklich nicht." Und dann schwebte sie auch schon wieder davon. „Odo, in der Küche steht noch das Buffet, und Getränke werden noch mehr als genug serviert. Ich sehe dich dann später."

Odo hatte kaum Zeit gehabt, seine Frau in Ruhe zu betrachten. Sie war heute komplett in Lindgrün gekleidet, was sehr gut zu ihrem braunen Haar passte. Er kannte sich in diesen Dingen zu wenig aus, jedoch schien es ihm, dass Elena ein Seidenkleid trug, das ihren anmutigen Körper umspielte wie ein sanfter Wind und ihre Schönheit voll zur Geltung brachte. Was habe ich doch für ein Glück gehabt mit dieser Frau, dachte Odo zum wiederholten Male. Attraktiv, klug und engagiert.

Dazu eine exzellente Malerin. Wenn es doch mit Kindern geklappt hätte. Aber das war leider nicht mehr zu ändern. Sie hatten schon mehrfach daran gedacht, ein Kind zu adoptieren. Für ihn als Minister wäre es kein Problem gewesen, das zu organisieren. Letztendlich waren sie dann immer wieder vor dem entscheidenden Schritt zurückgeschreckt. Denn für sie beide hätte eine Adoption einen erheblichen Umbruch bedeutet, zu dem sie dann doch nicht bereit gewesen waren.

Nachdem Elena sich in das Getümmel verabschiedet hatte, war Odo langsam in Richtung Küche vorgedrungen. Er hatte das Buffet noch nicht erreicht, als ihm eine große, etwas dickliche Brünette, geschminkt wie eine Tänzerin der Peking Oper, um den Hals fiel: „Mein lieber Odo. Hast du wieder so lange arbeiten müssen? Wir haben dich schon vermisst."

Der Minister hasste dieses seichte Gesäusele und versuchte, seiner Urheberin sofort zu entwischen. „Magdalena, welche Freude, dich zu sehen. Aber lass mich doch bitte erst etwas essen. Ich bin völlig ausgehungert. Du weißt ja, die Kabinettssitzungen dauern immer ewig."

„Du Ärmster. Warte, ich begleite dich. Allein schmeckt es doch nicht."

Odo war überhaupt nicht begeistert, aber Magdalena hatte seinen Arm ergriffen und zog ihn in Richtung Küche. Es dauerte dann auch eine halbe Stunde, in der Odo zwar etwas essen konnte, jedoch die ganze Zeit das Geschwätz der gleichzeitig vor sich hinkauenden Dame über sich ergehen lassen musste.

„Hast du schon gehört, Odo, dass Nikola in seinem Haus ein Extraschlafzimmer für sich eingerichtet hat? ... Die Boutique von Liza ist neu eröffnet. Da solltest du einmal mit Elena hingehen. Topmode. ... Unser Dienstmädchen aus Mazedonien ist schwanger und das von einem Albaner ... Wir wollen diesen Sommer nach Südafrika. Bei dem schlechten Wetter hier kann man es nicht aushalten. Aber ich habe solche Angst, dass ich Malaria bekomme... Mein Psychiater hat mir eine neue Therapie vorgeschlagen, die aus Indonesien kommt. Sie soll mich seelisch stabilisieren."

Odo hörte nur mit halbem Ohr zu, nickte aber immer wieder verständnisvoll. Was sollte er auch sonst tun? Magdalena gehörte zu einer der reichsten Familien in Athen und hatte schon mehrfach Bilder von Elena gekauft. Sie bezeichnete sich als Freundin, obwohl das bei ihr nichts bedeutete. Magdalena hatte nur Freundinnen, vorausgesetzt, deren Männer waren reich oder hatten großen politischen Einfluss. Zudem war es ein offenes Geheimnis, dass Magdalena sich zu kräftigen jungen Männern, wie Tennistrainern oder Skilehrern, hingezogen fühlte und sich von diesen gern in das seelische Gleichgewicht bringen ließ, von dem sie gerade gesprochen hatte. Zum Glück hatte Elena Odo irgendwann vermisst und in der Küche aufgespürt.

„Magdalena, meine Liebe, du kannst doch Odo nicht den ganzen Abend in Beschlag nehmen. Er wird überall schon vermisst. Komm mit mir, ich muss dir etwas zeigen. Dein Kunstverstand ist gefragt." Mit diesen Worten zerrte sie Magdalena hinter sich her, die jedoch nur missmutig folgte.

„Ich habe mich so gut mit Odo unterhalten. Aber wenn du meinen Sachverstand brauchst, wird mir nichts anderes übrig bleiben. Odo, ich sehe dich später bestimmt noch einmal. Es macht so viel Spaß, mit dir zu plaudern."

Odo hatte es seitdem verstanden, einen Sicherheitsabstand zwischen sich und Magdalena zu legen. Was ihm allerdings nur wenig geholfen hatte. Denn nun konnten die anderen Gäste die Gunst der Stunde nutzen, dem Hausherren das Neueste vom Neuen mitzuteilen oder zu versuchen, Odo die Geheimnisse der letzten Kabinettssitzung zu entlocken. Was durfte er sich da alles anhören.

„Die Bilder von Elena sind wunderschön, nur eben das Rot, zu grell, oder wie man so schön sagt, zu rot ... Die Versteigerung war unfair. Ich wollte gerade bieten, da war mein Lieblingsbild schon weg ... Wir waren mit unserem Sohn am Wochenende auf der Rennbahn. Mittags gab es Kaviar und er konnte uns nach dem Kosten sofort die Sorte sagen. Es war Beluga ...Weißt du, Odo, kannst du nicht im Kabinett ansprechen, dass wir viel zu viel Steuern bezahlen. Wir mussten schon unseren zweiten Koch entlassen ... Seitdem ich mich mit dem Hinaruja beschäftige, habe ich mein Leben besser im Griff ... Der kosmopolitische Sog des Extravaganten löst seelische Wellen aus, die uns zu Gefangenen des Konsums machen, zu hilflosen Knechten des Verbraucherterrors ..."

Irgendwann hatte Odo genug. Er hatte nun fast alle Gäste begrüßt und sah keine Notwendigkeit mehr, sich die immer mehr alkoholgeschwängerten Schwätzereien weiter anzuhören. Denn er hatte ganz andere Sorgen. Deshalb auch sein Rückzug in eine dunkle Ecke, etwas verdeckt von einem riesigen Feigenbaum. Fast wie bei Adam und Eva, dachte Odo leicht spöttisch, das Feigenblatt verbirgt die Männlichkeit. Er hatte Kopfschmerzen, obwohl er kaum etwas getrunken hatte. Das Gespräch mit Professor Vovola wollte ihm einfach nicht aus dem Kopf gehen. Dieser hatte ihn vorgestern angerufen und dringendst um einen Termin gebeten. Er hatte sich nicht abweisen lassen, sondern wäre am liebsten sofort bei Odo erschienen. Aus seinen Worten klang große Sorge, Odo glaubte sogar Verzweiflung herauszuhören. Erst als Professor Vovola mitteilte, dass es um Santorin ginge, hatte sich der Minister erweichen lassen und einem Vier-Augen-Gespräch schon am nächsten Tag zugestimmt.

Der Professor war dann auch überpünktlich erschienen und entschuldigte sich wortreich für seine Aufdringlichkeit. An das dann folgende Gespräch konnte sich Odo selbst Stunden danach noch fast wörtlich erinnern. So hatte es ihn erschüttert. Professor Vovola war ohne Umschweife zu seinem Anliegen gekommen.

„Herr Alexandros, es gibt ernsthafte Anzeichen dafür, dass die letzte und vielleicht schwerste Eruption auf Santorin unmittelbar bevorsteht. So zeigen unsere Satellitenmessungen, dass die Vulkaninseln in der Caldera immer stärker absinken, während gleichzeitig die Gebiete um die Kolumbobank angehoben werden. Das weist auf enorme Spannungen hin, die sich in einem erneuten starken Erdbeben entladen können. Und was dann mit Thera passiert, können wir nur ahnen. Es könnte der dritten Phase der minoischen Katastrophe ähneln, das heißt, das Becken der Caldera stürzt in die leer gewordene Magmakammer und löst durch das Eindringen von Meerwasser eine erneute phreatomagmatische Explosion aus. Aber es kann auch noch viel schlimmer kommen."

„Was meinen Sie damit, Herr Professor?", hatte er nachgefragt.

„Wir haben im Moment zwei Magmakammern im Santorin-Archipel, eine bereits geleert, die in der Caldera, und eine zweite, in der Nähe der Kolumbobank, noch weitgehend gefüllt und kurz vor einem erneuten großen Ausbruch stehend. Sollte das Zusammenbrechen der einen mit dem Ausbruch der anderen zusammenfallen, wäre das der Supergau."

„Inwiefern, Herr Professor?"

„Wir müssten mit einer riesigen Flutwelle rechnen, die alles Bisherige weit übertrifft. Und es ist auch nicht auszuschließen, dass erneut riesige Mengen an Asche und Staub ausgetragen werden."

Er war schockiert gewesen. Sie hatten die Folgen der letzten Ausbrüche bei weitem nicht verkraftet, geschweige denn überwunden, und nun sollte es noch schlimmer kommen. Es reichte so schon.

„Wie sicher sind Sie denn dieses Mal mit Ihrer Voraussage? Ich kann mich sehr wohl an die Worte von Professor Iskarin erinnern, der mir im Rahmen des Workshops erklärt hatte, Vulkane sind sehr eigensinnig und kaum berechenbar. Und leider konnten wir die bisherigen Ausbrüche im Vorfeld weder erkennen noch zeitlich bestimmen."

Professor Vovola hatte auf diese Bemerkung von ihm bedrückt reagiert. „Sie haben Recht, in der Anfangsphase haben wir uns wirklich nicht mit Ruhm bekleckert. Aber wir haben das Ganze immer besser verstanden und sind uns nun leider sicher. Die große Explosion steht unmittelbar bevor."

Die Eindringlichkeit, mit der der Leiter des Lehrstuhls für Vulkanologie an der Universität Athen diese Aussage gebracht hatte, überzeugte ihn endgültig von der Ernsthaftigkeit der Situation. „Was schätzen Sie, wie lange haben wir noch Zeit? Können Sie dieses Mal ein Zeitfenster benennen, in dem die neue Eruption eintreten wird?"

„Es kann schon morgen passieren. Wir sind jedoch sicher, dass die nunmehr angestauten Spannungen sich in den nächsten drei Wochen entladen müssen."

„Womit haben wir das nur verdient?", war zunächst das Einzige gewesen, was er hervorbringen konnte. Dann aber hatte wieder das Rationale in ihm die Oberhand gewonnen und er hatte weiter gefragt: „Was sollen, oder besser, können wir noch tun? Wo liegt die größte Gefahr, in den Flutwellen oder im Austrag riesiger Mengen an Staub und Dampf?"

Der Professor hatte ohne zu zögern und im Gegensatz zu früheren Treffen klar und deutlich geantwortet: „Wir erwarten Tsunamis, die auf den Nachbarinseln eine Höhe von mehr als fünfzig Metern erreichen können. Als besonders gefährdet sehen wir die Nordküste von Kreta an, da dort die Vorwarnzeit maximal eine Stunde beträgt. Immerhin bewegen sich die Tsunamis mit einer Geschwindigkeit von sechzig bis neunzig Meter pro Sekunde."

Er hatte sich noch einmal vergewissert: „Mit Tsunamis meinen Sie sicherlich Riesenwellen? Oder habe ich da etwas verwechselt?"

„Nein, das haben Sie nicht. Wichtiger ist Ihre Frage, was wir tun können. Wir sollten den gesamten Schiffsverkehr weiträumig um Santorin herum unterbinden, alle Häfen auf den Inseln, die sich in Richtung Santorin befinden, räumen und schnellstens auf allen Inseln ein Warnsystem installieren, das den Menschen ermöglicht, auf höhere Inselpunkte zu fliehen. Wir haben bereits solch ein System auf der Insel Rhodos aufgebaut und halten das für ein nachahmenswertes Beispiel."

„Und das Erdbeben? Wissen wir schon, wo das Epizentrum liegen wird?"

„Lassen Sie mich es so sagen, es wird nicht schlimmer als das, was wir schon kennen. Es kann nur Auslöser der viel größeren Katastrophe werden. Eine Warnung der Einwohner der Nachbarinseln ist dennoch angebracht. Das Epizentrum wird mit hoher

Wahrscheinlichkeit wieder im Bereich der Insel Amorgos liegen, dort, wo auch alles begonnen hat.“

Sie hatten sich dann noch eine Weile über die Gefahren unterhalten, die von einem erneuten Asche- und Dampfaustrag ausgehen konnten. Hier hatte Professor Vovola aber deutlich gemacht, dass diesmal nur der Archipel Santorin betroffen sein würde, und dann lakonisch angefügt: „Und dort ist sowieso nichts mehr zu zerstören, weil schon alles zerstört ist.“

Odo hatte die Unterredung nach fast zwei Stunden beendet. Sie hatte begonnen, sich im Kreis zu drehen. Der Minister hatte sich bei Professor Vovola für das ihm entgegengebrachte Vertrauen bedankt und die Hoffnung geäußert, dass es vielleicht doch nicht ganz so schlimm kommen würde.

Im Anschluss an das Gespräch hatte er zunächst eine Notiz angefertigt, um nichts zu vergessen und dann seinen Staatssekretär angerufen. Er hatte ihm in aller Kürze die Situation erläutert und festgelegt, welche Maßnahmen spätestens morgen in Angriff genommen werden mussten. Sein Staatssekretär war zwar nicht begeistert, aber Odo hatte keinen Widerspruch zugelassen. Der überraschende Besuch von Professor Vovola hatte in ihm regelrecht Angst aufkommen lassen. Und das wollte bei ihm schon etwas heißen. Vielleicht hing es auch nur damit zusammen, dass in der morgendlichen Kabinettssitzung das Thema Santorin bereits eine große Rolle gespielt hatte. Die Kosten der Erdbeben und Eruptionen waren so ausgeufert, dass sie einen harten Sparkurs hatten einläuten müssen. Viele waren betroffen, jedoch häufig fehlte die Einsicht. Also war die Gefahr sehr groß, die nächste Wahl zu verlieren. Entsprechend gereizt war auch die Stimmung in der Runde gewesen. Und jetzt vielleicht eine noch größere Katastrophe? Odo hatte sich vorgenommen, morgen früh als erstes den Ministerpräsidenten über die neue Situation zu informieren. Der würde sich „freuen“.

In der Kabinettssitzung waren noch zwei weitere Punkte aufgekommen, die Odo im Nachhinein immer mehr beunruhigten. Zunächst waren sie vom Minister für Forschung und Technologie darüber informiert worden, dass Brüssel ein neues Forschungsprogramm aufgelegt habe, das sich mit der Untersuchung der Ursache für die weltweit beobachteten Wetterextreme beschäftigen soll. Angeblich hatten renommierte Wissenschaftler den Vulkanausbruch im Archipel Santorin als Schuldigen ausgemacht. Odo hatte es nicht so recht glauben wollen, aber nach Professor Vovolas Besuch war sein Unbehagen auch in dieser Richtung gewachsen.

Dazu kam dann noch die Information des Außenministers, der über Tendenzen einer zunehmenden Ausländerfeindlichkeit in China berichtete. Es war schon zu tätlichen Angriffen auf Touristen und Geschäftsleute gekommen, so dass das Außenministerium bereits über eine Reisewarnung nachgedacht hatte. Das Gesamtbild, das der Botschafter in Beijing an seinen Minister geschickt hatte, war aber so diffus, dass keine Entscheidung möglich war. So wurde unter anderem angedeutet, dass es eine neue Geheimorganisation gäbe, die extrem nationalistisch argumentiere und enormen Zulauf aus den ärmsten Schichten des Landes habe. Näheres zur Mitgliederzahl und zu möglichen Zielen war jedoch nicht bekannt. Odo hatte diese Information nicht überrascht. China war nach seinem sehr schnellen wirtschaftlichen Aufschwung in große politische Schwierigkeiten geraten. Wenige waren sehr reich geworden, während die Masse nur noch ums Überleben kämpfte. Extreme Armut auf Dauer konnte nach Odos Überzeugung enorme Kräfte freisetzen. Und das wiederum beunruhigte ihn. Denn ein instabiles China mit anderthalb Milliarden Menschen war das Letzte, was diese Erde brauchte. Warum nur waren die Eliten so gierig und in ihrem Streben nach immer mehr auch nicht zu bändigen? Konnten oder wollten sie nicht verstehen, dass sie damit die Gesellschaften destabilisierten und sich selbst infrage stellten? Odo hatte schon oft darüber nachgedacht, jedoch keine Antwort gefunden.

„Schatz, sie sind alle weg." Mit diesen Worten war Elena zu ihm getreten und hatte sich auf die Lehne neben ihn gesetzt. „Du sieht richtig geschafft aus. Vielleicht war die Party doch nicht die beste Idee."

Odo nahm sie in seine Arme und beruhigte sie. Dann begann er zu erzählen. Endlich hatte er jemanden, der ihm zuhörte und dem er seine Sorgen anvertrauen konnte.

14. Mai 2015, Agios Nikolaos (Kreta)

Markos Vlachos las den Handzettel, den man am gestrigen Abend an alle Haushalte in Agios Nikolaos verteilt hatte, wieder und wieder. Er hatte sein Frühstück mit Bauernbrot, Schafskäse und starkem Kaffee bereits beendet und wollte hinunter zum Hafen. Mehrere Touristen hatten sich bei ihm für eine Bootstour durch den Mirabello-Golf, verbunden mit einem Besuch der kleinen Festungsinsel Spinalonga, angemeldet. Es war vereinbart, pünktlich neun Uhr abzulegen. Und nun das. „Verstehst du, was die von uns wollen?", fragte er seinen Bruder Costa, der noch immer kauend neben ihm saß.

„Mist", war aber das Einzige, was der herausbrachte.

„Du bist heute wieder besonders gesprächig", seufzte Markos. „Auf diesem Blatt steht, dass wir uns auf eine große Katastrophe vorbereiten sollen. Und du sitzt hier und stopfst Unmassen an Käse in dich rein."

„Katastrophen hatten wir schon genug. Minea ist völlig verzweifelt."

Markos wusste sofort, was Costa meinte. Erst hatten sie die Leichen von Mineas Zukünftigem und seinem Vater gefunden, und nur zwei Tage später war dieser verdammte Vulkan erneut ausgebrochen. Es hatte wie schon im Dezember mit einem schweren Erdbeben begonnen und mit einer riesigen Explosion, wie man vermutete, im Bereich der Kolumbobank geendet. Markos dachte nicht gern an diese Stunden und Tage zurück. Es war wirklich keine Freude gewesen, der eigenen Schwester den Verlobten tot zurückbringen zu müssen. Aber Minea hatte sich tapfer gehalten, so wie er das von einer kretischen Frau erwartete. Vielleicht hatte sie es auch schon im Innersten geahnt. Ob sie allerdings je darüber hinwegkommen würde, war fraglich.

Und dann der Ärger mit den Behörden. Es war mehr als offensichtlich, dass sowohl Jannis und sein Vater als auch Markos und sein Bruder in das gesperrte Seegebiet um Santorin herum eingedrungen waren. Zum Glück war er zum Schluss mit einer Ermahnung davongekommen. Denn im nachfolgenden Ausbruch wäre das Boot von Jannis mit Sicherheit untergegangen und niemand hätte erfahren, was wirklich passiert war. Bei den Fischern hatte das Ansehen der Brüder Vlachos sogar erheblich zugenommen, da man den Mut bewunderte, sich so nahe an den neuen Vulkankrater herangewagt zu haben. Allerdings war das Erdbeben, das dem erneuten Ausbruch vorangegangen war, nicht so schwer gewesen, und auch die Aschefahne hatte einen Bogen um Kreta gemacht. Wenn eben nicht die Geschichte mit

Jannis und seinem Vater gewesen wäre. Aber diese waren in die kretische Erde zurückgekehrt und die Zeit würde die Wunden bei den Hinterbliebenen heilen.

Markos schaute auf die Uhr. Es war 8.27 Uhr. Langsam wurde es Zeit, dass er sich in Richtung Hafen in Bewegung setzte. Er war gerade dabei aufzustehen, als die Gläser auf dem über dem Herd angebrachten Regal anfingen zu klirren. Sein Bruder Costa war sofort aufgesprungen, schnappte seine Jacke und fluchte laut vor sich hin: „Mist. Schon wieder ein Erdbeben."

Alle rannten nach draußen bis zur Straßenmitte. Markos hatte das Gefühl, als würde der Boden unter ihm schwimmen. Die Berge hinter ihnen schienen zu zittern und die Bäume schwankten wie im Sturm. Ein leises Knirschen war zu hören, sehr durchdringend und schmerzhaft empfunden. Markos musste sich setzen, so stark waren die Erschütterungen. Nur seinem Bruder schien es nichts auszumachen. Der hatte die Arme um seine ganz in Schwarz gekleidete Schwester gelegt und stand wie ein fest verwurzelter Olivenbaum. Zum Glück waren in ihrem Viertel alle Häuser mit Stahlbeton errichtet worden, so dass keine Mauern einstürzten. Man hörte allerdings das Zerspringen von Glasscheiben und das Zerbersten von Dachziegeln, die auf die Straße herabfielen.

Markos sah die Risse, erst in den Häuserwänden, dann auf der Straße. Also ein starkes Erdbeben, dachte er. Was haben wir den Göttern nur angetan, dass sie uns einfach nicht in Ruhe lassen. Markos nahm nun auch erste Schreie wahr, von hysterischen Frauen sowie erschrockenen Kindern. Und es wollte nicht aufhören. Die Schwingungen waren jetzt so stark, dass die Luft zu vibrieren schien und einem alles wie elektrisch geladen vorkam. Plötzlich war es vorbei. Zunächst Stille, absolute Stille, dann das Wimmern der Kinder, das Erwachen der Tiere und die zweifelnde Frage der Menschen: „Haben wir es überstanden?"

„Wo ist Vater?", war die erste Frage ihrer Mutter, die mit Minea auch sofort nach draußen gelaufen war.

„Ich glaube, er wollte zum Weinberg. Es wird ihm schon nichts passiert sein", beruhigte Minea ihre Mutter.

Markos schaute in Richtung Hafen. Dort war eine Staubwolke aufgestiegen, die sich aber schon wieder absetzte. Größere Schäden oder Brände gab es offensichtlich nicht. Dabei hätte es seit langem wieder einmal ein schöner Tag werden können. Sogar die Sonne hatte am Morgen ein bisschen geschienen, zwar wie immer leicht verschleiert, aber sie war da und wärmte die Erde. Markos warf einen erneuten

Blick auf die Uhr. Das Erdbeben hatte nur zwei Minuten gedauert, obwohl es vom Empfinden her mindestens fünfzehn Minuten gewesen waren.

„Lasst uns noch eine Weile hier warten“, schlug Markos vor. „Manchmal kommen die Nachbeben sehr schnell.“

Auch die Nachbarn hüteten sich davor, wieder in die Häuser zurückzukehren. So begann ein Palaver mitten auf der Straße, das sich zumeist um mögliche Folgen des Erdbebens drehte.

Markos hatte gerade begonnen, ihre Hauswand und ihr Dach von außen zu inspizieren, als er es hörte. Zunächst ein Pfeifen, dann ein zunehmendes Dröhnen, dann ein erstickter Knall, der wie eine Druckwelle empfunden wurde. Was war das, dachte er und schaute fragend zu Costa. Aber auch dieser zuckte nur mit den Schultern. Es folgte ein zweiter Knall, etwas lauter und noch unangenehmer. Markos hätte es nicht beschreiben können, jedoch er empfand Schmerz und Übelkeit zugleich. Zum Glück hielt das Ganze nur wenige Sekunden an. Dann war erneut Stille und alles wie zuvor. Bis er die Stimmen hörte.

„Da, schaut da hin. Santorin ist explodiert.“

Markos schaute in Richtung Norden, dort, wo die Insel Santorin lag. Und wirklich, was er sah, war unglaublich. Eine riesige Wolke war aufgestiegen, sie wurde von grellen Blitzen erhellt und war im Unterteil blutrot. Auch früher schon hatten sie bei guter Sicht die Dampf- und Staubwolken gesehen, die der Vulkan in die Höhe geschleudert hatte. Aber das hier, das musste einfach gigantisch sein, so als ob die Hölle ihre Tore geöffnet hätte. Nur gut, dass sie das Seegebiet um Santorin herum gesperrt haben. Wer da rein geraten ist, hat keine Chance, dachte er. Und erschrak. War nicht auch in dem Handzettel, den sie gestern Abend erhalten hatten, davor gewarnt worden, das Seegebiet von Santorin zu befahren? Aber es hatte noch mehr darauf gestanden. Es könnte in Verbindung mit dem Ausbruch zur Ausbildung riesiger Flutwellen kommen, hatte er gelesen. Und das jetzt war nicht nur ein Ausbruch, das war Urgewalt mit unvorstellbaren Ausmaßen.

Die Glocken begannen zu läuten. Auch das hatte auf dem Handzettel gestanden. Wenn die Gefahr einer Flutwelle bestand, sollten die Einwohner mit den Glocken gewarnt werden.

„Costa, was sollen wir tun? Die Glocken läuten. Das ist das Signal, dass eine Flutwelle kommt.“

„Abhauen“, war dessen lakonische Antwort. „Wir haben fünfundvierzig Minuten, um in die Berge zu kommen. Einhundert Meter über dem Meer sollten es schon sein.“

Markos war verblüfft. Sein Bruder hatte den Handzettel also doch gelesen, denn genau diese Angaben standen darauf. „Das ist nur sehr wenig Zeit. Costa, nimmst du Minea und die Mutter. Halt einfach das nächste Auto an und ab in die Berge. Wir treffen uns auf dem Parkplatz kurz vor Kritsa", schlug Markos entschlossen vor.

„Und du?", fragte Minea.

„Ich werde mit dem Motorroller zu Athena fahren, ihre Familie warnen und sie mitnehmen", antwortete Markos.

Es tauchte jedoch sofort eine Schwierigkeit auf. Mutter war nicht bereit, ohne Vater das Haus zu verlassen. Und sie wollte zumindest einige der wertvollsten Dinge, den Schmuck und einige Erinnerungsstücke, mitnehmen. Costa überlegte nicht lange. „Dann packt ein. Sobald Vater zurück ist, müsst ihr verschwinden."

Minea und ihre Mutter liefen ins Haus, um die wichtigsten Sachen zusammenzusuchen. Costa war zur Straße gerannt, um ein Auto für die Flucht aufzutreiben. Markos hatte mittlerweile den kleinen Motorroller aus dem Stall geholt, war jedoch noch nicht losgefahren. Hoffentlich nicht nur blinder Alarm, dachte er zunächst, korrigierte es dann aber in hoffentlich nur ein blinder Alarm. Was würde aus ihrem Haus werden, das etwa zwanzig Meter über Meereshöhe stand, wenn wirklich eine Riesenwelle kam? Und erst sein Boot." Markos mochte nicht daran denken. Auch er gebrauchte jetzt das Lieblingswort seines Bruders.

Nachdem er die Maschine gestartet hatte, fuhr Markos los. Es war nicht weit bis zur Taverne *Aqua*, wo er entweder Domino spielte oder Athena, der Tochter des Wirtes, den Hof machte. Jetzt war endlich die Gelegenheit, Athena zu zeigen, dass er bereit war, alles für sie zu tun. Draußen war allerdings von der Familie nichts zu sehen. Markos lief in die Taverne und sah, wie die Eltern, Athena und die Angestellten, alle möglichen Gegenstände nach oben transportierten.

„Was soll das?", fragte Markos Athenas Eltern. „Wenn wirklich eine Riesenwelle kommt, hilft das auch nichts. Verrammelt alles und verschwindet. Wir alle haben maximal dreißig Minuten Zeit."

„Kümmere dich lieber um deine Angelegenheiten", knurrte Athenas Vater. „Was willst du überhaupt hier?"

Markos ließ sich nicht beeindrucken. „Ich bin mit dem Motorroller hier und könnte Athena mitnehmen. Und noch einige wertvolle Sachen." Zunächst schien es so, als ob Markos unverrichteter Dinge würde verschwinden müssen. Der Vater war strikt dagegen und auch Athena schaute nicht allzu begeistert. Die Mutter jedoch unterstützte Markos: „Nimm sie mit und bringe sie in Sicherheit. Ich weiß nicht, wie lange wir hier noch brauchen. Im Auto haben wir sowieso nicht genug Platz für alle." Athena drückte kurz ihre Eltern und bat sie, nicht zu spät zu flüchten. Sie hatten ja ein Auto und konnten in wenigen Minuten in Sicherheit sein.

Athena stieg auf den Rücksitz und Markos fuhr los. Es war nicht einfach, vorwärts zu kommen. Die Warnung mit den Glocken hatte dazu geführt, dass Unmassen von Autos und unzählige Menschen zu Fuß versuchten, in die Berge zu kommen. Ein Motorrad war das Beste, was man in dieser Situation haben konnte. Markos umfuhr immer wieder hupende Autos, die sich teilweise kaum vorwärts bewegten, und wich geschickt zum Teil hysterischen Menschengruppen aus.

Nach zehn Minuten Fahrt in Richtung Kritsa war sich Markos sicher, dass ihm keine Flutwelle mehr etwas anhaben konnte, und fuhr nun langsamer zum vereinbarten Treffpunkt. Links von ihm lag der Mirabello-Golf, ganz still und ruhig. Ein wundervoller Blick. Wenn nicht im Hintergrund das Bild der Hölle gewesen wäre, hätte man es genießen können. Aber noch immer tobten über Santorin die Götter. Die Wolke war weiter angewachsen, inzwischen weiß mit roten, zuckenden Strähnen durchsetzt. Man konnte es deutlich sehen, obwohl die Insel einhundertzwanzig Kilometer entfernt war.

Auch Athena war jetzt beeindruckt. „Das hat man von uns aus gar nicht gesehen. Hoffentlich nehmen die Eltern die Warnung ernst."

Markos spürte die Angst von Athena, als sie sich enger als vorher an ihn drückte und sich an ihm festhielt. Wenige Minuten später hatten sie dann auch schon den Parkplatz erreicht, den Markos seinem Bruder als Treffpunkt vorgeschlagen hatte. Costa und Minea warteten bereits.

Markos fuhr zu ihnen. 9.03 Uhr, es waren erst fünfunddreißig Minuten seit Beginn des Erdbebens vergangen. Athena wurde von Minea freundlich begrüßt, die die Freundin ihres Bruders zwar schon vom Sehen her kannte, aber noch nicht persönlich kennen gelernt hatte. Costa erwies sich wie immer als echter Gentleman, indem er Athena kaum anschaute und nur knurrte: „Wurde Zeit, dass ihr endlich kommt."

„Wie habt ihr es so schnell bis hier hoch geschafft?", fragte Markos.

Sein Bruder lachte nur verächtlich, während Minea erklärte: „Costa hat sich einfach vor das nächste Auto gestellt, das nur mit zwei Personen besetzt war und gesagt, er würde nicht weggehen, wenn sie uns nicht mitnähmen."

Markos konnte sich sehr wohl vorstellen, wie das abgelaufen war. Sein hünenhafter Bruder wie ein Fels vor einem Auto, mit einem verängstigten Fahrer und vielen Autos dahinter, die ein Hupkonzert veranstalteten, weil sie weiter wollten. Aber sie alle hatten es geschafft.

Sie waren in Sicherheit. Der Parkplatz war schon fast völlig belegt und ständig fuhren weitere Autos, Motorräder und Motorroller vorbei. Sogar Traktoren mit Anhängern quälten sich die Berge hinauf. Das Ganze sah so aus, als hätte ein Ameisenhaufen plötzlich beschlossen, in wenigen Minuten umzuziehen.

Markos schlug vor, an die Felskante zu laufen, die den Parkplatz begrenzte. Von dort konnte man den gesamten Mirabello-Golf überblicken.

„Vielleicht war es doch nicht ganz so schlimm“, sagte Markos, schwieg jedoch sofort wieder, nachdem er einen erneuten Blick auf die riesige Wolke geworfen hatte, die links von ihm noch immer aus dem Meer ausgeworfen wurde.

Und plötzlich wurde es ganz still. Alle Gespräche erstarben. Aus nordöstlicher Richtung, scheinbar direkt auf sie zulaufend, kam die Welle. Von oben sah sie sehr klein aus.

„Großer Mist“, murmelte Costa, der seine Schwester umarmt hatte, so als wollte er sie vor der Welle schützen. Athena hatte sich an Markos geschmiegt und blickte ängstlich nach unten.

„In zwei Minuten ist sie da“, erklärte Markos, der von den vergangenen Flutwellen wusste, dass sie etwa drei Minuten gebraucht hatten, um den etwa sieben Kilometer breiten Golf zu durchlaufen. Und er wusste auch, dass sich die Welle immer mehr auftürmen würde. Da man sie jetzt schon deutlich erkennen konnte, befürchtete Markos das Schlimmste.

Mein Boot, die Eltern, das Haus, dachte er. Hoffentlich konnten die meisten noch fliehen.

Immer näher kam die Welle. Sie türmte sich mehr und mehr auf. Keinerlei Geräusch ging von ihr aus. Sie kam still und leise wie der Tod. Sie war der Tod. Was sie sahen, war etwas Unfassbares, etwas, das sich unauslöschlich in ihren Köpfen einbrennen sollte. Die Welle hatte solche Ausmaße erreicht, dass sie selbst von ihrem Standort aus wie eine riesige Wand erschien, die höher als jeder Kirchturm sein musste. Fast wie in Zeitlupe sahen sie, wie das Wasser die Küstenlinie überrollte und alles, was sich ihm in den Weg stellte, unter sich begrub. Boote, Autos, Häuser, alles wurde durcheinandergewirbelt. In völliger Stille.

Es dauerte, so schien es wenigstens, eine Ewigkeit, dann hörten sie, wie ein leises Rauschen begann, das sich immer mehr steigerte, durchsetzt von einem durchdringenden Stöhnen. Und endete im Brüllen des Meeres, das alles verschlang, was sich ihm in den Weg gestellt hatte.

Athena begann zu weinen. „Meine Eltern. Meine Eltern“, klagte sie. Minea hatte sich von Costa gelöst und Athena umarmt.

„Es wird ihnen schon nichts passiert sein. Hab keine Angst, es ist bald vorbei.“

Die beiden Brüder schauten schweigend nach unten. Die Welle hatte sich weit unter ihnen gebrochen und stürzte nun zurück ins Meer. Sie musste mindestens fünfzig Meter hoch gewesen sein, denn vom Hafenviertel von Agios Nikolaos hatten sie nichts mehr sehen können. Aber es war noch nicht zu Ende. Weitere Wellen folgten nach. Sie erreichten zwar nicht mehr die Höhe der ersten, setzten jedoch das Zerstörungswerk fort. Markos konnte erkennen, dass Lastkraftwagen hin und her geschoben wurden, so wie sonst kleine Wellen mit Treibholz spielten.

„Dieser verdammte Vulkan“, knirschte Costa. Er hatte seine rechte Pranke auf Markos´ Schulter gelegt und so fest zugedrückt, dass Markos dachte, der bricht mir ja bald das Schlüsselbein. Der aufkommende Schmerz ließ ihn zu sich kommen. Sie hatten wie erstarrt in den tosenden Schlund unter sich geschaut, gebannt von den Kräften der Unterwelt.

„Lasst uns bis Kritsa laufen und dort sehen, was wir tun können“, schlug Markos vor. „Denn es muss irgendwie weitergehen. Und es wird weitergehen.“

14. Mai 2015, Rhodos-Stadt

Ilias Sirimis saß in seinem großen Dienstzimmer der Präfektur in Rhodos-Stadt und las den zusammenfassenden Bericht zu den Schäden, die durch die Ablagerung von Bimssteinmehl auf der Insel entstanden waren. Zunächst hatte es so ausgesehen, dass sie recht glimpflich davongekommen waren. Es waren bis Ende Dezember etwa zwanzig Zentimeter Staub auf sie herabgerieselt, die sich zunächst auch sehr leicht entfernen ließen. Aber eben nur zunächst. Kaum war der erste Regen gefallen, hatte sich das Zeug verfestigt und harte Krusten gebildet. Wer es bis zu diesem Zeitpunkt nicht beseitigt hatte oder beseitigen konnte, hatte nun ein Problem. Und dann waren im Februar weitere fünfzehn Zentimeter hinzugekommen. Mittlerweile konnte Ilias dieses vermaledeite Weiß schon nicht mehr sehen. Es hatte alles wie Beton zugedeckt, die Pflanzen darunter erstickt und vielen Tieren die Ernährungsgrundlage entzogen. Es war allen klar geworden, dass es Jahre dauern konnte, bis sich die Vegetation von dieser Katastrophe wieder erholen würde. Aus einer einstmals grünen Insel war eine weiße geworden.

Die wirtschaftlichen Folgen waren unübersehbar. Vor allem der Tourismus, aber auch Landwirtschaft und Fischerei waren spürbar betroffen. Es kamen zwar noch immer Touristen, jedoch deutlich weniger als in den Jahren zuvor. Und der Präfekt vermutete, dass viele auch nur aus reiner Sensationsgier erschienen waren. Sie würden nicht wiederkommen. In der Landwirtschaft war in diesem Jahr mit einem Totalausfall zu rechnen. Wie die vielen Olivenbäume und Weinstöcke reagieren würden, war noch völlig offen. Die Bauern hatten sie zwar per Hand freigeschaufelt oder besser freigehackt, aber die Pflanzen waren zum Teil über Wochen, wenn nicht Monate zugedeckt gewesen. Allein die Verluste im Tourismus wurden im Bericht auf fünfhundert Millionen Euro pro Jahr abgeschätzt, für Rhodos und seine Bewohner eine enorm große Zahl.

Ilias Sirimis war aufgestanden und hatte begonnen, im Zimmer auf und ab zu gehen. Auch für seine Familie war es ernst geworden. Mehrere der im Familienbesitz befindlichen Hotels liefen nicht mehr richtig und waren zu weniger als fünfzig Prozent ausgebucht, und das im Mai, ansonsten einem der besten Monate auf Rhodos. Sie würden nicht umhinkommen, Personal zu entlassen, was die wirtschaftlichen Probleme auf der Insel weiter verschärfen würde. Zum Glück hatten sie einige Mittel aus Brüssel erhalten, die es ihnen ermöglichten, zumindest die größte Not zu lindern. Wobei er an erster Stelle an seine eigene Verwandtschaft dachte, die bereits nicht unerhebliche Summen in Anspruch genommen hatte. Aber er hatte für 9.30 Uhr seinen engen Freund Satiris Thanassis, den Bürgermeister von Rhodos-Stadt, zu sich eingeladen, um mit ihm über weitere Maßnahmen nachzudenken, die den Tourismus schneller wieder beleben könnten. Denn zum Staub war auch noch dieses scheußliche Wetter dazugekommen. Seit Wochen ließ sich die Sonne fast nicht mehr sehen, und wenn sie schien, dann nur matt und schwach. Das Schlimmste war jedoch dieser Nieselregen, der ständig vom Meer her gezogen kam und jeden Aufenthalt im Freien äußerst ungemütlich machte. Es war kein Wunder, dass die Touristen nicht nur immer seltener kamen, sondern auch noch eher als geplant abreisten, wenn sie die Insel besuchten.

Der Präfekt wurde in seinen Gedanken unterbrochen. Seine Sekretärin hatte die Tür geöffnet und schaute ihn fragend an: „Wollen Sie mit Professor Vovola sprechen? Es scheint sehr dringend zu sein."

„Stellen Sie ihn bitte durch. Hoffentlich nicht schon wieder schlechte Nachrichten."

Ilias Sirimis lief zurück zum Schreibtisch und übernahm das Gespräch. „Hallo, Herr Professor. Was gibt es?"

„Ich wollte Ihnen nur persönlich mitteilen, dass vor wenigen Minuten ein schweres Erdbeben Amorgos erschüttert hat, was wiederum eine gewaltige Eruption im Archipel Santorin auslöste. Die Satellitenaufnahmen zeigen eine verheerende Explosion, die die Insel Thera enorm in Mitleidenschaft gezogen hat. Da offensichtlich die Caldera in die Magmakammer eingebrochen ist, rechnen wir damit, dass das schlagartig eingeströmte Meerwasser einen Tsunami von ungewohnter Stärke auslösen wird. Sie erhalten, wie alle anderen Inseln auch, in den nächsten Minuten eine Katastrophenwarnung. Es tut mir leid, Ihnen eine solch schreckliche Mitteilung machen zu müssen, aber ich glaube, es ist der letzte Akt im Drama Santorin. Passen Sie bitte auf sich auf."

Der Präfekt bedankte sich kurz bei Professor Vovola und lief zu seiner Sekretärin hinaus. „Bitte rufen Sie sofort Herrn Thanassis an. Ich hole ihn in wenigen Minuten ab und wir fahren gemeinsam in unser Flutwarnzentrum. Wir haben leider einen erneuten, extrem starken Ausbruch auf Santorin, der nach Erwartung unserer Vulkanologen eine große Flutwelle im Mittelmeer auslösen wird. Sie wissen, was Sie zu tun haben. Und rufen Sie bitte danach meine Frau an. Sagen Sie ihr, dass wir eine neue Flutwelle erwarten und sie sich wie vereinbart verhalten soll."

Ilias Sirimis nahm eine bereitstehende Tasche, in der er seit der

Vorwarnung wichtige Dokumente aufbewahrte, übergab den Schlüssel für den Panzerschrank an seine Sekretärin und verließ mit schnellen Schritten sein Büro. In wenigen Minuten erreichte er die Tiefgarage, wo sein Fahrer schon auf ihn wartete. In diesem Moment ertönten auch bereits die Alarmsirenen und begannen die Kirchenglocken zu läuten. Hoffentlich kein Fehlalarm, dachte sich der Präfekt. Immerhin kostete die ganze Aktion mehr als zwanzig Millionen Euro, und sie hätten sich gründlich blamiert. Denn eins war klar, sie hatten sich nach der Anweisung des Ministerpräsidenten so gut wie noch nie auf dieses Ereignis vorbereitet. Bis nach Hawai waren sie geflogen, um die dortigen Erfahrungen mit Tsunamis nutzen zu können.

Der Präfekt stieg ein und sie fuhren los. Erwartungsgemäß ging es nur sehr langsam vorwärts, denn nun versuchten alle, sich so schnell wie möglich auf höheres Terrain zu begeben. Dennoch erreichten sie nach drei Minuten das Rathaus, wo der Bürgermeister schon sichtlich nervös wartete.

„Ilias. Wir müssen uns beeilen. Wenn das stimmt, was sie in den Nachrichten ständig durchsagen, kommt eine Riesenwelle." Mit diesen Worten stieg Satiris Thanassis ins Auto und sie fuhren sofort los.

Das Flutwarnzentrum hatten sie auf dem Monte Smith eingerichtet, der etwa einhundertzehn Meter hoch lag und sich damit außerhalb jeder Gefahr befand. Die Begrüßung fiel sehr kurz aus und der Bürgermeister kam sofort zur Sache. „Wie viel Zeit haben wir?", fragte er als erstes seinen Freund.

„Die Explosion ist zwischen 8.35 Uhr und 8.45 Uhr eingetreten. Da wir etwa zweihundertfünfzig Kilometer von Santorin entfernt liegen, wird die Welle bei sechzig Meter pro Sekunde in etwa einer Stunde und zehn Minuten hier eintreffen. Das ist zumindest der Erwartungswert. Allerdings wurden im Mittelmeer auch schon Geschwindigkeiten von neunzig Meter pro Sekunde beobachtet. Wäre das der Fall, hätten wir nur noch vierzig Minuten. Denn zehn Minuten sind schon weg."

„Wie groß soll denn die Welle ausfallen?"

„Dazu hat Professor Vovola keine Aussage gemacht. Das soll bei Tsunamis auch sehr schwer sein. Die Explosion war allerdings gewaltig. Auslöser war erneut ein Erdbeben im Gebiet von Amorgos, von dem wir zum Glück wenig gespürt haben. Ich hatte zwar zwischendurch einmal das Gefühl, dass meine auf dem Schreibtisch stehende Kaffeetasse klapperte, nur an ein Erdbeben war da wirklich nicht zu denken."

„Meinst du, dass wir alles getan haben, um eine größere Katastrophe für unsere Insel zu vermeiden?"

„Da bin ich mir absolut sicher. Dieses Mal haben wir alles getan, um Opfer in der Bevölkerung und größere Schäden zu vermeiden. So haben wir alle Schiffe an die Ostküste umgelagert, Häuser und Hotels direkt an der Küste mit Sandsäcken und Holzverschlägen geschützt, die Bevölkerung aufgefordert, wertvolle Gegenstände in höhere Gebiete auszulagern, das Parken großer Lastkraftwagen nur noch auf höher gelegenen Parkplätzen gestattet und alle Schulen in gefährdeten Arealen geschlossen. Sehr zur Freude unserer Kinder. Weißt du, ich habe bald schon mehr Angst, dass die Flut nicht kommt. Wir haben solch einen Aufwand betrieben ....“

Der Bürgermeister fasste seinen Freund am Arm und drückte ihn fest: „Wir haben uns in jedem Fall nichts vorzuwerfen. Im Gegenteil, ich kann mir sehr wohl vorstellen, was passieren würde, wenn wir nichts getan hätten. Die Presse würde uns zerreißen.“

„Wir sind schon da. Lass uns schnell im Lagezentrum einen Überblick gewinnen. Dann wissen wir mehr.“

Beide stiegen aus dem inzwischen geparkten Auto aus und liefen in Richtung des kleinen Gebäudes, das sie als Flutwarnzentrum eingerichtet hatten. Und plötzlich hörten und spürten sie es: Erst ein dumpfer Knall, dann das Gefühl einer Druckwelle, anschließend ein Dröhnen und Stöhnen. Es klang, als wäre in großer Entfernung eine riesige Sprengladung gezündet worden. Der Präfekt schaute auf die Uhr. „Wir haben es jetzt 8.55 Uhr. Da der Schall etwa vierzehn Minuten von Santorin bis Rhodos benötigt, muss die Explosion exakt um 8.41 Uhr erfolgt sein. Wir müssen also damit rechnen, dass der Tsunami zwischen 9.30 Uhr und 9.50 Uhr Rhodos erreichen wird. Oder hoffentlich nur kann.“

„Wieso bist du dir so sicher, dass wir diese Explosion bis hierher hören können?“, fragte der Bürgermeister.

„Das habe ich irgendwo gelesen. Als der Krakatau im 19. Jahrhundert explodierte, war der Knall noch auf Madagaskar und in Australien zu hören, also in Entfernungen bis zu fünftausend Kilometer. Die Druckwelle, die gleichzeitig auftrat, konnte selbst noch in Deutschland registriert werden. Und du weißt, der Krakatau liegt in Indonesien.“

Beide hatten in der Zwischenzeit den Raum erreicht, wo sich das Lagezentrum befand. Dort erwartete sie bereits der örtliche Polizeichef, den sie zum Leiter des Katastrophenstabes ernannt hatten.

„Herr Präfekt, Herr Bürgermeister. Alles läuft nach Plan. Die Bevölkerung ist gewarnt. Es erfolgen jetzt regelmäßige Durchsagen im örtlichen Radio, die über den jeweils aktuellen Stand informieren.

Wir haben mit der Evakuierung der kritischen Hotels begonnen und Sammelplätze für die Touristen eingerichtet. Der Verkehr wird von Polizisten geregelt. Alle Ampeln wurden außer Betrieb genommen. Ein Flugzeug ist gestartet und kontrolliert das Seegebiet vor uns. Die Fernsehkameras an verschiedenen Stellen der Küste wurden aktiviert und zeigen bisher nichts Ungewöhnliches."

„Haben Sie auch die Inseln benachrichtigt?", fragte der Präfekt nach.

„Natürlich, Herr Präfekt. Alle bewohnten Inseln sind in unseren Katastrophenplan einbezogen."

„Ist die Bevölkerung darüber informiert, dass ein Tsunami in mehreren Wellen eintreffen kann? Nicht, dass die Bewohner versuchen, zu früh zurückzukehren."

„In den Radiosendungen wurde immer wieder besonders auf diesen Punkt hingewiesen. Die Polizei hat die Anweisung, nach der Flut Rückkehrer so lange zurückzuhalten, bis die Sirenen Entwarnung gegeben haben."

„Sehr gut", lobte der Präfekt. „Dann fahren Sie bitte fort, wie im Ablaufplan festgelegt. Ich habe volles Vertrauen in Ihre Fähigkeiten. Wir werden Sie jetzt auch nicht weiter stören. Sie finden uns in der Nähe der Bildschirme, falls Sie uns benötigen."

Der Präfekt und der Bürgermeister zogen sich in eine Ecke des Raumes zurück, in der ein Tisch mit mehreren Stühlen stand und von wo man einen guten Überblick über die verschiedenen Bildschirme hatte. Beide setzten sich und betrachteten neugierig die Bilder der direkt an der Küste installierten Kameras.

„Wie hoch sind sie angebracht?", fragte der Bürgermeister einen der Polizisten, der die Monitore überwachte.

„Einige sind auf Meereshöhe, andere in fünfzig Meter Höhe montiert", antwortete dieser.

„Wie viele sind insgesamt in Betrieb?", wollte der Präfekt wissen.

„Insgesamt zwölf. Je sechs auf der West- und Ostseite der Insel, jeweils die Hälfte auf Meereshöhe beziehungsweise an Berghängen. Bisher ist aber nichts Ungewöhnliches festzustellen. Bevor der Tsunami kommt, gibt es zunächst immer eine größere Ebbe, die die ansonsten vom Meer bedeckten Felsen, Korallen und Pflanzen freilegt. Und darauf warten wir jetzt. Nach dieser Ebbe kommt die Welle als Brecher oder fast vertikale Wand."

„Wenn ich sehe, wie viel Bimsstein noch im Meer schwimmt und in welchem Zustand sich die Strände befinden, wird mir schlecht. Wie wollen wir jemals wieder Touristen auf unsere Insel bekommen?

Aber darüber reden wir, wenn das hier endlich vorbei ist. Zumindest eine gute Nachricht hatte Professor Vovola, es scheint der letzte Akt der Tragödie auf Santorin gewesen zu sein. Wenn das vorüber ist, kommen zumindest keine neuen Überraschungen mehr", bemerkte der Präfekt in Richtung Bürgermeister.

„Weißt du, ich kann noch gar nicht daran glauben. Mehr als ein Jahr bringt uns dieser Vulkan nun schon zur Verzweiflung. Lieber Gott, lass es bitte endlich aufhören", seufzte der Bürgermeister.

Da sie auf den Bildschirmen keine Veränderungen beobachten konnten, lehnten sich beide etwas zurück und ließen sich zwei Tassen Mokka bringen.

„Weißt du, Satiris, dass die Meeresteilung Moses in der Bibel durch einen Tsunami erklärt werden könnte? Es ist zwar sehr umstritten, jedoch die Geschichte wäre so denkbar gewesen. Als sich das Meer zurückzog und die Israeliten durchwanderten, war das Wasser gerade in der Phase der Ebbe. Als die Ägypter folgten, kam die Tsunamiwelle und überrollte sie. Alle ägyptischen Soldaten ertranken. Und auch die Sintflut soll ..."

„Es tut sich etwas", hörten sie plötzlich aufgeregt rufen. Auf den Bildschirmen war zwar nicht viel zu sehen, aber offensichtlich war eine erste Warnung vom aufgestiegenen Flugzeug eingegangen.

„Erste Wellen haben die Insel Chalki erreicht. Wir beobachten das erwartete Vorspiel von Flut- und Ebbeperioden", erklärte ihnen der Polizeichef, der zu ihnen getreten war. „Sehen Sie, da auf der Kamera nahe Ialyssos. Die erste größere Welle ist gerade aufgelaufen. Ich würde sie auf zwei bis drei Meter schätzen. Und danach die Ebbe, das typische Merkmal für einen kommenden Tsunami."

Alle schauten jetzt voller Anspannung auf die Bildschirme. Während sich im Ostteil der Insel fast nichts tat, wechselten sich auf der Westküste in fünfminütigem Abstand größere Wellen und Ebbetäler ab.

„Hoffentlich hatten wir Recht mit unserer Erwartung, dass die zur Strömungsrichtung abgewandte Seite der Insel nicht viel abbekommen wird. Denn dort liegen jetzt alle Schiffe und auch die Sicherheitsmaßnahmen sind nur gering", gab der Bürgermeister zu Bedenken.

„Da habe ich keine Sorgen. Bei bisher allen Fluten, die von Santorin ausgelöst wurden, war die Ostküste nur gering betroffen. Die Insel wirkt wie ein Wellenbrecher", erklärte ihm der Präfekt.

„Sieh mal, jetzt geht das Wasser wirklich stark zurück. Das ist der Vorbote des Tsunami."

Plötzlich, wie aus dem Nichts, türmte sich das Wasser vor ihnen auf den Bildschirmen auf. Höher und höher stieg die Welle. Die tiefer gelegenen Kameras fielen aus und die anderen zeigten eine riesige Wassergischt, die vor ihnen aufbrodelte. Auch auf der Ostküste waren die Kameras überspült worden, allerdings war die Wasserwand merklich kleiner.

„Dreißig Meter auf der Westküste, fünf Meter auf der Ostküste", konstatierte der Polizeichef kurz und bündig. Man konnte deutlich sehen, wie sich nach dem Brechen der Welle ein Rücksog ausbildete, der alles mitriss, was sich ihm in den Weg stellte. Alle Anwesenden waren erschüttert, was sie sahen. Vor allem die Kamera, die auf Rhodos-Stadt herabblickte, zeigte grauenvolle Bilder. Was beim ersten Ansturm noch standgehalten hatte, wurde nun durch die Rückströmung zerstört. Welche enorme Energie musste da auf Santorin freigesetzt worden sein.

„Noch haben wir es nicht überstanden", sagte der Polizeichef. „Es ist nicht ungewöhnlich, wenn nach einer Stunde eine zweite, manchmal noch größere Welle auftaucht. Wir müssen vorsichtig sein und verhindern, dass sich die Bewohner zu früh in Sicherheit wiegen. Der Radiosender ist angewiesen, ständig darauf hinzuweisen."

„Was ist denn das?", fragte plötzlich Ilias Sirimis erstarrt. „Fallen jetzt alle Kameras aus? Man kann fast nichts mehr erkennen. Das hätte uns gerade noch gefehlt."

Die Männer blickten auf die Monitore, die noch Bilder zeigten. Es war alles nur schemenhaft zu erkennen, wie eine Skiübertragung im tiefsten Winter bei beginnendem Schneefall.

„Die Kameras sind in Ordnung. Wenn mich nicht alles täuscht, ist das wieder Bimssteinstaub, der während der Eruption ausgetragen wurde und bereits unsere Insel erreicht hat", erklärte der Polizeichef.

Niemand sagte mehr etwas. Das hatte gerade noch gefehlt. Als ob sie nicht schon genug gestraft waren mit der Flut und dem niedergegangenen Bimsstein.

14. Mai 2015, Luxor (Ägypten)

Ismail Mousra lehnte sich zurück und wischte sich genüsslich die Lippen ab. „Ein ausgezeichnetes Frühstück, Hassan. Viel besser als im Hotel."

Der Diener hatte bereits begonnen, die Reste der üppigen Mahlzeit abzuräumen und den Tisch für Tee und Kuchen vorzubereiten. „Leider muss ich in zwanzig Minuten los, du weißt, meine Konferenz hat schon begonnen."

Hassan Mousra lächelte, denn er wusste, dass sein Bruder nur seinetwegen an dieser Konferenz in Luxor teilnahm. Es ging dort um das sehr konkrete Thema *Abfallverbrennung oder Abfallverwertung - wie sollen sich die großen Städte entscheiden?*, also etwas, um das sich sein Bruder normalerweise drückte. Dazu hatte er seine Spezialisten. Aber da die Konferenz in Luxor stattfand, wo Hassan als Direktor des Stadtmuseums eine wichtige Position einnahm, hatte es sich Ismail dann doch nicht nehmen lassen, selbst zu erscheinen. Was ihn nicht davon abhielt, schon am ersten Abend zu verschwinden und bei seinem Bruder zu übernachten. Und so saßen sie jetzt gemeinsam auf dessen großer Dachterrasse direkt am Nilufer mit Blick auf das Westgebirge. Es war noch recht frisch, eigentlich ungewöhnlich für Mitte Mai, wo normalerweise schon Temperaturen von über vierzig Grad Celsius in der Mittagszeit auftraten.

Ismail hatte auch ein sehr konkretes Anliegen gehabt, das ihn zu seinem Bruder führte. Sein zweitältester Sohn, schon neunundzwanzig Jahre alt, machte keinerlei Anstalten, sich zu verehelichen oder zumindest auf die Suche nach einer Zukünftigen zu gehen. Deshalb hatte Ismail jetzt das Heft des Handelns in die Hand genommen und seinen Bruder um Vermittlung gebeten. Denn da gab es ein ansehnliches Mädchen, das zur Familie Habachi gehörte, einer der angesehensten Familien in Luxor. Ihr Vater war Direktor des Hotels Mina Palace und verfügte über größeren Landbesitz nördlich von Luxor, also eine wirklich gute Partie. Und die Bemühungen schienen erfolgreich gewesen zu sein. Nun durfte sein Sohn die Auserwählte einmal sehen und musste sich dann entscheiden. Ein Nein würde es nicht geben, dafür würde Ismail sorgen, notfalls mit etwas Druck über die Geld- und Fleischtöpfe.

„Hast du schon den neuesten Witz über unseren Präsidenten gehört?", fragte Hassan seinen Bruder.

„Nein, erzähl mal", ermunterte ihn Ismail.

„Du weißt doch, unser Präsident ist sehr eitel und geht alle drei Wochen zu seinem Leibfriseur. Der fragt ihn jedes Mal zu Beginn: ‚Herr Präsident, wie steht es mit der Volkswirtschaft in Ägypten?', bekommt jedoch keine Antwort und schweigt, bis er fertig ist. So geht es jedes Mal, bis unserem verehrten Präsidenten der Kragen platzt. ‚Mahmud, was interessiert dich, wie es um die Wirtschaft in Ägypten bestellt ist?' Der antwortet ganz gelassen: ‚Herr Präsident. Das interessiert mich überhaupt nicht, aber da sträuben sich bei Ihnen immer so schön die Nackenhaare.'"

Ismail prustete los. Sein ganzer Körper bebte, so musste er lachen. Obwohl selbst ein hohes Mitglied der Politikerkaste und einer der einflussreichsten Familien in Ägypten zugehörig, freute er sich immer wieder, wenn ihrem manchmal fast allmächtigen Präsidenten eins ausgewischt wurde. Wenn es auch nur mit einem Witz war. Und die wirtschaftliche Situation war wirklich dramatisch. Die Betriebe nicht nur in Alexandria waren total veraltet und international absolut nicht konkurrenzfähig. Steuerausfälle waren die Folge. Dadurch wiederum fehlten den Städten die Mittel, Ordnung und Versorgung auch nur einigermaßen aufrecht zu erhalten. Manchmal war es zum Haare ausraufen. Denn eins war Ismail klar, noch weiter nach unten durfte sich die Spirale nicht mehr drehen. Die Spannungen hatten bereits dramatisch zugenommen und drohten, sich in einer Explosion zu entladen. Und das war das Allerletzte, was sie in Alexandria oder Ägypten brauchten.

„Hast du das gemerkt?", fragte Hassan plötzlich. „Da muss ein Schwerlaster vorbeigefahren sein, das ganze Haus hat vibriert."

„Ja, es kam mir vor, als hätte mich jemand geschaukelt. Aber ich habe nichts von einem Lastkraftwagen gehört", antwortete Ismail Mousra.

„Komisch, so leicht ist mein Haus nicht zu erschüttern. Aber die Fahrer hier rasen eben wie die Wilden. Und wenn sie über die Bordsteinkanten fahren, dann kann es schon einmal ganz schön krachen."

Beide erhoben sich. Ismail hatte erneut auf die Uhr geschaut und mit dieser Geste verdeutlicht, dass er nun gehen müsse. Die Brüder umarmten sich, denn Ismail würde schon am Abend nach Alexandria zurückfahren.

„Vielen Dank, Bruderherz, für deine Vermittlung. Vielleicht kann ich dir beim nächsten Mal helfen. Und deine gefüllten Tauben, hervorragend. Sage deinem Koch, besser kann man sie nicht machen."

„Das fehlte noch, den Kerl zu loben. Der trägt jetzt schon die Nase wer weiß wie hoch. Ich habe übrigens meinen Fahrer beauftragt, dich zum Mövenpick zu bringen. Er hat genügend Zeit, denn ich muss erst gegen zehn Uhr im Museum sein."

Ismail stieg in den wartenden Wagen und der Fahrer fuhr sofort los. Es herrschte schon ziemlich viel Verkehr, denn die Touristen strömten bereits in Richtung Theben-West, um die dortigen Sehenswürdigkeiten, wie das Tal der Könige, die Gräber der Noblen, das Tal der Königinnen oder den Tempel der Hatschepsut, zu besuchen. Das waren zumindest die Hauptattraktionen auf der Westseite, die den Touristen gezeigt wurden. Ismail kannte sehr viel mehr, aber dafür hatten all die ausländischen Gäste meist keine Zeit. Dabei dachte er vor allem an Deir el-Medina, die Siedlung der Künstler und Handwerker, die im Tal der Könige gearbeitet hatten. Dort gab es wunderschöne Gräber, zwar klein, jedoch sehr gut erhalten und mit Alltagsszenen, zum Teil voller Humor, dekoriert.

Jetzt aber fuhren sie auf der Ostseite die Hauptstraße entlang direkt am Nil in Richtung Süden, zunächst vorbei am Amun-Tempel von Luxor, dann an den großen Hotels, wie dem berühmten Winter Palace Hotel, einem der stilvollsten Häuser Ägyptens, anschließend an Einkaufsstraßen und Zuckerrohrfeldern, um am Schluss über eine hölzerne Brücke die Insel zu erreichen, auf der sich das Hotel befand, in dem der Kongress abgehalten wurde. Ismail Mousra gefiel die Anlage sehr gut. Sie lag zwar etwas abgeschieden, aber inmitten eines riesigen Gartens mit wunderschönen Bungalows und Blumen, wohin man nur schaute. Der Fahrer hielt vor dem Gebäude mit der Rezeption, stieg aus und öffnete die Tür für Ismail Mousra. Der würdigte den Fahrer keines Blickes und lief direkt zur Rezeption.

„Bitte Bungalow D, Appartment 12."

Er wollte schnell noch einmal in sein Zimmer, um die Unterlagen für die heutige Sitzung zu holen. Da aber klingelte sein Handy. Er sah an der Nummer im Display, dass es sein Sekretär war.

„Ahmed, du weißt, du sollst mich hier nicht stören. Ich bin in einer Konferenz und die mögen das überhaupt nicht. Was ist los?"

Ismail Mousra hörte die wie immer gelassene Stimme seines Sekretärs: „Herr Oberbürgermeister. Wir haben soeben eine Warnung des griechischen Gesundheitsministers erhalten, dass sich gegen 8.30 Uhr erneut eine riesige Explosion im Archipel Santorin ereignet hat, in deren Folge wiederum mit Riesenwellen zu rechnen sei. Was sollen wir tun?"

„Natürlich nichts", antwortete Ismail Mousra leicht verärgert. „Erinnerst du dich nicht an die letzte Riesenwelle. Ich glaube, es waren fünfzehn Zentimeter. Wollen oder können die nicht verstehen, dass wir viel zu weit weg liegen."

„Wenn Sie das so wollen, werde ich nichts veranlassen, Herr Oberbürgermeister. Und entschuldigen Sie bitte die Störung."

Mit diesen Worten hatte der Sekretär das Gespräch beendet und den Hörer aufgelegt. Ismail Mousra verstaute das Handy in seiner Hosentasche und lief zu seinem Bungalow, der sich nicht weit vom Kongresszentrum entfernt befand. Es würde nicht auffallen, wenn er etwas später kommen würde.

Gegen 9.15 Uhr erreichte Ismail Mousra das große Glasgebäude, in dem die Plenarvorträge gehalten wurden. Es war gerade eine kurze Pause eingelegt worden, da der nächste Vortragende beabsichtigte, einen Film zu zeigen, und dafür noch verschiedene Vorbereitungsarbeiten erledigen musste. So standen die Teilnehmer vor dem Gebäude an aufgebauten Tischen und tranken Kaffee oder Tee mit Pfefferminzblättchen darin. Ismail Mousra holte sich eine Tasse Tee, um sich dann einer Gruppe um den Bürgermeister von Ismailiya anzuschließen, in der sehr lebhaft darüber diskutiert wurde, wer denn die Kosten der Müllverbrennung übernehmen sollte.

Die Diskussion wurde kurz unterbrochen, als es auf einmal einen dumpfen Knall gab, so als ob ein Flugzeug gerade die Schallmauer durchbrochen hatte, nur etwas länger und scheinbar von mehreren Flugzeugen ausgelöst. Alle schauten nach oben, nur dort war nichts.

„Da muss irgendwo etwas auseinandergeflogen sein", stellte einer aus der Runde fest, den Ismail Mousra nicht persönlich kannte. „Dieses Geräusch kenne ich von der Armee, wenn wir Brücken gesprengt haben. Gibt es hier so etwas?"

„Hoffentlich kein neuer terroristischer Anschlag", bemerkte ein anderer. Aber dann war das Interesse an diesem Ereignis schon wieder verflogen.

Die Gespräche kehrten zurück zu ihrem Hauptproblem: Wohin mit dem Müll? Und was sollte man am besten damit tun? Es war leider ein Fakt, dass der Müllanfall in allen Städten weiter angestiegen war. Die Kosten allerdings auch. Ismail Mousra hatte sich noch keine abschließende Meinung gebildet. Natürlich war eine Verbrennungsanlage eine gute Lösung. Sie erzeugte Strom und war in der Lage, riesige Mengen Müll in ein kleines Häufchen Schlacke umzuwandeln, das sogar noch im Straßenbau verwendet werden konnte. Nur waren diese Anlagen nicht billig und letztlich war es Wertstoffvernichtung. Fast alles im Müll war wiederverwertbar, so wie es tagtäglich von Tausenden praktiziert wurde, die auf den Müllhalden lebten und dort die für sie wertvollsten Dinge aus den Abfällen heraussuchten. Ismail Mousra war deshalb mehr für Aufbereitungsanlagen, in denen eine

Auftrennung in die verschiedenen Materialien wie Papier, Glas, Plaste oder Eisen erfolgte. Die sollten dann weitgehend recycled werden. Das würde die Kosten der Anlage deutlich senken und viele neue Arbeitsplätze, zwar schlecht bezahlt, aber eben Arbeitsplätze schaffen. Ismail Mousra hatte schon daran gedacht, Müll von Hafenstädten aus Italien, Griechenland oder der Türkei zu übernehmen und in Alexandria zu sortieren. Man müsste doch einmal durchrechnen lassen, was denn die Inhaltsstoffe einer Tonne Müll so wert waren.

„Meine Damen, meine Herren. Es geht weiter."

Mit diesen Worten wurden die Teilnehmer zurück in den Kongresssaal gebeten. Dieser war jetzt abgedunkelt und der Film konnte beginnen. Ismail Mousra hatte sich ziemlich weit hinten niedergelassen und merkte schon nach wenigen Minuten, wie ihm die Augen zufielen. Eine Müllverbrennungsanlage hatte er schon gesehen und die technischen Details interessierten ihn wirklich nicht. Zudem war es gestern Abend sehr spät geworden, so dass er froh war, noch ein bisschen vor sich hinnicken zu können. Bis er plötzlich spürte, dass das Handy in seiner Tasche begonnen hatte, zu vibrieren. Schon wieder ein Anruf.

Ismail Mousra lief nach draußen und schaute auf das Display. Erneut ein Anruf von Ahmed. Ismail drückte den grünen Knopf und zischte, nun schon nicht mehr nur leicht verärgert: „Ahmed. Jetzt reicht es aber. Du hast mich gerade aus der Konferenz geholt. Was gibt es denn so Dringendes, dass du unbedingt anrufen musst?"

„Herr Oberbürgermeister, ich habe vor wenigen Minuten mit Ihrem Stellvertreter zusammengesessen. Wir haben die Nachricht erhalten, dass Kreta von einer fünfzig Meter und Rhodos von einer vierzig Meter hohen Welle getroffen wurden. In Kreta war es die Nordküste, in Rhodos die Westküste. Mittlerweile berichten auch die Küstenorte der Türkei und die anderen Inseln der Ägäis über Flutwellen ungeahnten Ausmaßes. Dort muss die Hölle ausgebrochen sein. Wir wissen nicht, wie wir uns verhalten sollen. Wäre es nicht vielleicht doch besser, Katastrophenalarm auszulösen?"

„Larifari, Ahmed. Woher sollen bei uns die Riesenwellen kommen? Kümmere dich lieber um die wirklich wichtigen Dinge, die ich dir alle übertragen habe. Und lass gefälligst meinen Stellvertreter in Ruhe. Der hat andere Aufgaben, als sich um imaginäre Wellen zu kümmern."

„Wenn Sie das so wollen, Herr Oberbürgermeister, werde ich das Thema jetzt vergessen." Mit diesen Worten legte der Sekretär auf.

Was für eine Nervensäge, dachte Ismail Mousra. Er war ansonsten sehr zufrieden mit diesem jungen Mann, engagiert, kenntnisreich, gelassen und für ihn sehr hilfreich, aber sein Tick mit den Riesenwellen war bald nicht mehr zu ertragen. Ismail Mousra stellte mit einem genüsslichen Grinsen das Handy ab und lief zurück in den Saal.

Nachdem er drei weitere, ihn kaum interessierende Vorträge über sich hatte ergehen lassen, wurde endlich die Mittagspause verkündet und zum Buffet im großen Restaurant geladen. Plötzlich eine Durchsage: „Herr Mousra, bitte dringend an der Information melden. Wir haben eine Eilmeldung für Sie." Ismail Mousra lief sofort los.

Hoffentlich war nichts zu Hause passiert. An der Information wurde ihm ein Fax überreicht. Schon wieder Ahmed. „Bitte sofort anrufen. Dringend", konnte er da lesen. Jetzt reichte es. Er nahm sein Handy in Betrieb und wählte die gespeicherte Nummer seines Büros. „Ahmed, sollte es sich wieder um eine Riesenwelle handeln, schmeiße ich dich raus. Ich will davon nichts mehr hören."

„Herr Oberbürgermeister, leider muss ich Sie erneut behelligen", hörte er die völlig unbeeindruckte Stimme seines Sekretärs. „Soeben wird von der Hafenbehörde gemeldet, dass seit dreißig Minuten das Wasser im Hafenbecken immer weiter zurückgeht und viele der Yachten bereits auf dem Trockenen sitzen. Man hat mich gefragt, ob das etwas zu bedeuten hat? Was soll ich ihnen antworten?"

Ismail Mousra überlegte. Das war ihm noch nicht vorgekommen. Er hatte sein ganzes Leben in Alexandria zugebracht, jedoch noch nie so etwas erlebt. „Vielleicht eine sehr starke Ebbe", sinnierte er.

Aber sein Sekretär widersprach sofort: „Sie wissen, dass wir im Mittelmeer kaum Gezeiten spüren. Wenn die See um mehrere Meter absinkt, muss etwas anderes dahinter stecken. Nach allem, was ich bisher in Erfahrung gebracht habe, ist eine solch ungewöhnliche Ebbe das ernsthafteste Zeichen dafür, dass ein Tsunami im Anrollen ist. Ihr Stellvertreter ist deshalb der Auffassung, Katastrophenalarm auszulösen, und bittet Sie, dem zuzustimmen."

„Langsam habe ich den Eindruck, ihr seid völlig verblödet", brüllte jetzt Ismail Mousra ins Telefon. „Nun habe ich aber genug. Ich habe auch etwas gelesen, und zwar, dass wir im letzten Jahrtausend nicht eine größere Flut in Alexandria hatten, die man als Tsunami bezeichnen könnte. Wir hatten Sturmfluten, aber das ist etwas völlig anderes."

„Da haben Sie Recht, Herr Oberbürgermeister. Eine Sturmflut ist kein Tsunami. Wir machen uns jedoch Sorgen. Es wäre besser gewesen, Sie wären jetzt hier, um sich selbst ein Bild zu machen."

„Aber ich bin nun mal in Luxor, weil das eine wichtige Veranstaltung ist. Es wird sich schon eine Antwort finden, warum das Meer so weit zurückgegangen ist."

Da aber hörte Ismail Mousra den erstaunten Ausruf seines Sekretärs: „Das gibt es nicht."

„Was gibt es nicht?", herrschte er ihn an.

„Eine Wasserwand. Riesig. Und sie wächst und wächst. Sie kommt mit großer Geschwindigkeit auf uns zu. Sie ist viel höher als die Hafengebäude, sie überschlägt sich und rast auf uns zu. Allah sei mit uns. Beschütze alle ..."

Ismail Mousra hörte plötzlich das Splittern von Glas, das Tosen von Wasser, den Aufschrei einer Stimme und dann nichts mehr. Was ist passiert?, dachte er. Er rief sofort noch einmal bei seinem Sekretär an. Aber er bekam keinen Anschluss. Und wählte dann die Nummer seiner Frau. Auch dort bekam er jedoch nur die Auskunft: „Keine Verbindung möglich."

16. Mai 2015, Beijing

Richard Eschli hatte sich in seinem bequemen Sessel zurückgelehnt und dachte wehmütig an zu Hause. Bis vor wenigen Minuten hatte er die alltägliche Videokonferenz mit seinen beiden Lieben in Zürich abgehalten, aber das war eben nicht das Gleiche, wie sie zu spüren, zu riechen, zu schmecken oder zu liebkosen. Er war nun schon wieder die vierte Woche in Beijing, um seinen neuen Pflichten als Leiter des Regionalbüros China nachzukommen. Das machte ihm trotz aller Probleme, die sie zurzeit in China hatten, viel Spaß, wenn nicht die Trennung von der Familie gewesen wäre. Sylvia war zwar nicht abgeneigt, mit nach Beijing zu kommen, Richard hielt das jedoch für zu früh. Ihr Sohn war noch zu klein und er war viel zu sehr in seine Arbeit eingespannt, um auch Zeit für seine beiden Lieblinge zu haben. So war es doch besser, jeweils vier bis fünf Wochen in Beijing zu bleiben und dafür dann die zwei bis drei Wochen in Zürich richtig zu genießen. Vielleicht war das für ihre Ehe sogar besser. Denn beide, oder indes alle drei, freuten sich immer auf das Wiedersehen und taten alles, in dieser Zeit füreinander da zu sein und das harmonische Miteinander zu pflegen. Zum Glück war es ja in vierzehn Tagen wieder so weit. Richard träumte schon davon, seine geliebte Sylvia in die Arme nehmen zu können und die Fortschritte zu sehen, die ihr kleiner Sohn gemacht hatte.

Aber noch war er in Beijing, und das war Anspannung pur. Er fuhr immer 7.30 Uhr in die Filiale seiner Bank und kehrte meist erst gegen einundzwanzig Uhr ins Hotel zurück, das heißt, zwischen Frühstück und Abendbrot lagen jeweils vierzehn bis fünfzehn Stunden Hektik und Druck. Und richtig erholen konnte er sich im Hotel auch nicht. Dazu war die Zeit einfach zu kurz. Wenn er ehrlich gegenüber sich selbst war, hatte er meist auch keine Lust mehr, sich noch im Fitnessraum auszutoben oder einen Spaziergang zu machen. Mit dem Hotel selbst, dem Kempinski, war er sehr zufrieden. Es war zwar eines der teuersten in Beijing, lag aber sehr günstig sowohl zum Flughafen als auch zur Innenstadt und war nur zwanzig Minuten von Richards Bankfiliale entfernt. Man hatte ihm schon angedeutet, dass das auf Dauer keine Lösung wäre und er sich endlich eine Wohnung suchen solle. Bisher sah er dafür jedoch keine Notwendigkeit, da er noch immer mindestens ein Drittel seiner Arbeitszeit in Zürich benötigt wurde.

Insgesamt hatte sich die Lage in ihrem chinesischen Tochterunternehmen als viel schwieriger erwiesen, als Richard vorher gedacht oder geahnt hatte. Die Boomzeiten waren vorbei und erste faule Kredite waren auf dem Weg zu platzen. Dennoch, oder vielleicht gerade deshalb, bestand mehr denn je ein riesiger Finanzbedarf, der jedoch zunehmend mit unkalkulierbaren Risiken verbunden war. Jeder neue Kredit musste deshalb auf das Genaueste geprüft werden, was wiederum auf Unverständnis bei vielen chinesischen Geschäftspartnern stieß, die Geld möglichst schnell, am besten sofort, benötigten, um Löcher in den Budgets zu stopfen. Das hatte schon zu einigen sehr unangenehmen Auseinandersetzungen geführt, in denen Richard Arroganz und Missachtung der chinesischen Kultur vorgeworfen worden waren. Aus Gesprächen mit anderen Kollegen wusste Richard allerdings, dass es nicht nur ihm allein so ging. Man hatte den Eindruck, dass sich in ganz China eine latente Ausländerfeindlichkeit breit machte, die eigene Fehler den anderen, also den Ausländern, zuschob. Es war auch unverkennbar, dass China große Schwierigkeiten hatte, die entstandenen sozialen Spannungen noch abzufangen. Immer mehr Chinesen drängten an die Küste und brachten damit die großen Städte an den Rand des Kollapses.

Es war nicht nur die große Zahl an Menschen, die Arbeit und ein menschenwürdiges Dasein suchten, es waren auch die damit verbundenen Umweltprobleme, die kaum noch beherrschbar waren. Beijing zum Beispiel versank im Smog. Die Sonne war kaum noch zu sehen und die Luft so dreckig, dass viele Einwohner sich nur mit Atemmaske bewegen konnten. Zu lange hatte nur der Maximalprofit im Vordergrund gestanden. Das hatte zwar einen einstelligen Prozentsatz der Chinesen unermesslich reich werden lassen, aber auch die Zahl an Verlierern drastisch erhöht. Richard war das erst heute wieder deutlich aufgefallen. Er hatte gegen vierzehn Uhr das Büro verlassen, um mit einem seiner chinesischen Geschäftsfreunde die Ming-Gräber zu besuchen, die er bisher noch nicht gesehen hatte. Richard war von dieser Einladung zunächst nicht begeistert gewesen, da er seiner Meinung nach für so etwas keine Zeit hatte. Allerdings war der Geschäftsfreund sehr eindringlich und auch einflussreich, so dass ihm letztendlich nichts anderes übrig geblieben war. Und er hatte es auch nicht bereut. Was für ein imposantes historisches Denkmal war da erhalten geblieben. Es war eindrucksvoll für Richard, das chinesische Verständnis von Architektur auf der Basis der Geomantik zu sehen, das in den Ming-Gräbern streng umgesetzt worden war. Alle Gräber hatten einen schützenden Hügel im Rücken und öffneten sich ins Tal nach Süden. Wie viel Bedeutung lag allein in dieser Anordnung.

Es hätte ein wunderschöner Nachmittag sein können, wenn nicht das Erlebnis in der Geisterallee gewesen wäre, das Richard sehr betroffen gemacht hatte. Dort hatte zunächst einer der bettelnden Chinesen vor ihm ausgespuckt und begonnen, wütend auf ihn einzureden. Richard war nicht darauf eingegangen und hatte versucht, den Bettler schnell hinter sich zu lassen. Der aber hatte plötzlich mehrere Gefährten um sich versammelt, die Richard körperlich bedrängten. Selbst sein chinesischer Geschäftsfreund wurde bedroht, als er versuchte, sich schützend vor Richard zu stellen. Am Schluss war beiden nichts anderes übrig geblieben als wegzurennen.

Später hatte Richard den Geschäftsfreund gefragt, warum der Bettler denn so wütend auf ihn gewesen war. Er bekam nur eine ausweichende, fast verschämte Antwort: „Es gibt Kräfte in unserem Land, die machen euch, also die Ausländer, für unsere Probleme verantwortlich. Sie werfen euch vor, unsere Kultur zerstört und durch die westliche Unkultur des Egoismus und der Gier ersetzt zu haben.“ Richard konnte diesen Vorwurf zum Teil verstehen, denn China war weit davon entfernt, demokratische Verhältnisse zu haben, geschweige denn, Ansätze für einen sozialen Ausgleich zu finden. Die wachsende Armut in einem immer größeren Teil der Bevölkerung wurde zunehmend zur Gefahr hinsichtlich der Stabilität der gesamten chinesischen Gesellschaft. Richard konnte sich erinnern, dass der UNO-Generalsekretär schon mehrfach auf die Sprengkraft der weltweit größer werdenden Armut hingewiesen hatte, war jedoch noch nie direkt mit ihren Auswirkungen konfrontiert worden. Er hatte zwar die Slums und die vielen Armen, die auch um das Hotel herum bettelten, zur Kenntnis genommen, aber war sich der Kraft und der Dynamik, die hieraus erwachsen konnten, nicht bewusst gewesen.

„Sie sollten in den nächsten Wochen das Hotel aus Sicherheitsgründen besser nicht allein verlassen. Sicherlich hat das extreme Wetter mit seinen Folgen für die Kleinbauernschaft die Situation noch weiter verschärft, aber es wird sich im Verlauf des Sommers wieder beruhigen“, wurde ihm von dem Geschäftsfreund nach der Rückkehr beschieden.

Und so saß er nun im Hotel und dachte noch einmal über den Nachmittag nach. Was ihn im Nachhinein besonders betroffen gemacht hatte, war die Tatsache gewesen, dass sich mehrere Polizisten in der Nähe befunden, jedoch nicht eingegriffen hatten. Das verstand er nicht. Entweder hatten sie selbst schon Angst oder sie sympathisierten sogar mit den ausländerfeindlichen Banden. Beides ließ Richard einen Schauder über den Rücken laufen. Na ja, er würde sich in den nächsten Tagen nur noch bis zum Büro und zurück bewegen. Er war nicht der Typ, der irgendwelche Risiken einging, weder im Geschäft noch im normalen Leben.

Richard stand auf und lief zum Fernseher. Die deutsche Welle brachte einundzwanzig Uhr immer ihre Sendung in Deutsch. Die ließ er sich, wenn er um diese Zeit schon im Hotel angekommen und seine Videokonferenz mit Sylvia bereits beendet war, nicht entgehen. Richard hatte die Kissen des Doppelbettes so aufgestapelt, dass er sich bequem anlehnen konnte und den Fernseher direkt vor sich hatte.

Die Nachrichten hatten gerade begonnen. Im Mittelpunkt standen wie schon gestern der erneute große Vulkanausbruch in der Ägäis sowie die damit verbundenen Folgen. Die armen Menschen, dachte Richard, als er die Bilder aus Alexandria sah. Dort war ein Tsunami offensichtlich ohne jede Vorwarnung über die Stadt hereingebrochen und hatte mehr oder weniger das gesamte Hafenviertel zerstört. Von mehreren hunderttausend Toten war die Rede. Was für eine Katastrophe. Er erinnerte sich an Sylvias Messungen vor anderthalb Jahren auf Santorin. Leider hatten sich diese später als richtig herausgestellt und zu Konsequenzen geführt, die zum damaligen Zeitpunkt völlig unvorstellbar gewesen waren. Sehr große Naturkatastrophen trafen nicht jedes Menschengeschlecht und waren deshalb vielleicht in großen Werken, wie der Bibel oder dem Gilgamesch-Epos, aber nicht mehr im Bewusstsein der jeweils lebenden Generation verankert. Umso härter trafen dann diese Launen der Natur die Menschheit. Auch bei der Santorinexplosion war es wieder einmal so gewesen. Alle wussten, dass erneut ein großer Ausbruch kommen würde. Aber eben nur alle zehntausend Jahre, das heißt, keinesfalls jetzt. Zum Glück schien es die letzte Explosion auf Santorin gewesen zu sein, zumindest für diesen Ausbruchszyklus.

Die Satellitenaufnahmen zeigten, dass der Austritt von Staub und Dampf völlig aufgehört hatte und die riesige Eruptionssäule in sich zusammengebrochen war. Von Santorin war allerdings nicht viel übrig geblieben. Es war zu erkennen, dass Teile der Insel im Meer versunken waren und sich neue Inselstrukturen herausgebildet hatten. Einzelheiten waren jedoch nicht zu erkennen, da die Aufnahmen noch immer sehr undeutlich waren. Während der vielen Eruptionen mussten so große Mengen an Staub und Aerosolen in die Stratosphäre befördert worden sein, dass selbst die Satellitenkameras Schwierigkeiten hatten, diese Wolken zu durchdringen. So war es auch kein Wunder, dass in vielen Gegenden der Erde, vor allem aber auf der Nordhalbkugel, das Wetter verrückt spielte. Eine deutliche Abkühlung weltweit deutete sich schon an und würde erhebliche Nachbeben in den betroffenen Ländern auslösen. Wie eben auch in China, dachte Richard. Selbst in seiner geliebten Schweiz hatte er während seines letzten Besuchs die Wetterkapriolen spüren können. Ende April, sonst die Zeit der ersten Blumen und des frischen Grüns, hatte es noch einmal kräftig geschneit und strenge Nachtfröste gegeben. Es hatte keinen Spaß gemacht, mit dem Kinderwagen unterwegs zu sein. Und George mussten sie richtig einpacken, so kalt war es draußen. So wie Sylvia heute angedeutet hatte, war bis jetzt auch keine Änderung eingetreten. Es war noch immer ekelhaftes Wetter, mehr März als Mai. Sylvia gefiel das gar nicht. Sie hätte viel lieber mit George lange Spaziergänge gemacht. Denn frische Luft war noch immer das Beste, was man diesen kleinen Wichten geben konnte.

Im Fernsehen zeigten sie eine Computeranimation, wie das Ganze auf Santorin abgelaufen war. Am Anfang etwas Staub und etwas Dampf, dann die erste Eruption mit reinem Staubaustrag, die zweite mit überkochender Lava, die dritte in der Kolumbobucht und nun die vierte mit dem Zusammenbruch der gesamten Magmakammer. Wirklich eindrucksvoll. Insgesamt waren fast einhundertsiebzig Kubikkilometer Material ausgetragen worden, so schätzte man zumindest. Das war noch mehr als beim Ausbruch des Tambora 1815. Was für eine gewaltige Energie schlummerte doch in diesen Vulkanen, überlegte Richard. Und dabei war der Santorinausbruch bei weitem nicht der größte. Sylvia hatte ihm einmal erzählt, dass vor etwa zwei Millionen Jahren im Gebiet des heutigen Yellowstone Nationalparks in Wyoming innerhalb von Stunden zweitausendfünfhundert Kubikkilometer Material in die Luft geflogen waren.

Aber war die Armut nicht auch wie ein Vulkan, überlegte er. Die Oberschicht wurde immer dünner, geschmolzen von der nach oben drängenden Glut, bis der Druck so hoch geworden war, dass die Oberschicht weggeschleudert wurde und die Glut Besitz ergreifen konnte von allem rundherum. Bis sie ebenfalls erstarrte, eine neue Oberschicht bildete und der Kreislauf von neuem begann.

Plötzlich wurde seine Aufmerksamkeit durch Lärm abgelenkt, der im unteren Teil des Hotels aufgekommen war. Es hörte sich sogar nach Schüssen an. Richard lief zur Tür und schaute auf den Flur. Andere aufgeschreckte Gäste waren ebenfalls nach draußen gelaufen und blickten fragend umher.

„Wissen Sie, was los ist?“, fragte er seinen Zimmernachbarn, einen bärtigen Griechen, den er schon mehrfach während des Frühstücks im großen Restaurant getroffen hatte.

„Nein. Hört sich nicht gut an. Wir sollten uns in unsere Zimmer zurückziehen“, antwortete dieser.

Richard hatte keine Zeit, darauf weiter einzugehen, da er hörte, wie in seinem Raum das Telefon klingelte. Er schloss die Tür, verriegelte sie und hastete zum Telefon. „Mister, ein Überfall. Wir haben einen Überfall. Terroristen haben das Hotel besetzt. Bitte bleiben Sie in Ihrem Zimmer und lassen Sie niemanden herein. Die Polizei ist informiert."

Obwohl in schlechtem Englisch vorgebracht, hatte Richard sofort verstanden. Er hörte im Telefon weitere Schüsse, dann einen wütenden Dialog in Chinesisch, den er nicht verstand, dann wurde abrupt aufgelegt. Richard hatte keine Erklärung dafür, was hier ablief. Er hatte die Chinesen nie gewalttätig erlebt. Ob es sich um einen Überfall mit kriminellem Hintergrund handelte? Er selbst hatte nichts Wertvolles im Zimmer. Sollten sie nur kommen. Bei ihm gab es nichts zu holen.

Richard setzte sich in seinen Sessel, nachdem er den Fernseher ausgeschaltet hatte. Den brauchte er jetzt wirklich nicht. Er lauschte den Geräuschen im Hotel, die mal anschwollen, mal wieder abklangen. Es fielen weitere Schüsse. Richard glaubte, kleinere Explosionen zu hören. Und der Lärm kam näher. Sogar auf seinem Flur waren nun laute Stimmen zu hören, die auf chinesisch Befehle oder Ähnliches umherbrüllten. Plötzlich hörte er ein brutales Klopfen an seiner Tür und in einem für Chinesen erstaunlich guten Englisch: „Machen Sie die Tür auf. Wir wissen, dass Sie im Zimmer sind."

Richard rührte sich nicht. Er war wie erstarrt. Das konnte nicht wahr sein. Träumte er nur oder war das wirklich real? Aber das Klopfen ließ nicht nach, im Gegenteil, es war in Versuche übergegangen, die Tür aufzubrechen. Diese war jedoch sehr stabil, so dass Richard schon glaubte, alles überstanden zu haben. Dann jedoch sah er es. Ein Stück Eisen war durch die Tür gedrungen und hatte sie aufgeschlitzt. Jemand bearbeitete sie mit einer Axt. Größer und größer wurde das Loch, bis Richard einen hünenhaften Chinesen erkannte, der mit wutverzerrtem Gesicht die Tür zerschlug.

Als die Öffnung groß genug erschien, drückte der Hüne die Holzreste beiseite und trat in das Appartement. Richard konnte jetzt sehen, dass der Mann eine riesige Narbe im Gesicht hatte und blutverschmiert war. Es war allerdings nicht zu erkennen, ob die Wunden nicht erst beim gewaltsamen Öffnen der Tür entstanden waren. Richard war aufgesprungen und schrie den Eindringling auf Englisch an: „Was soll das? Verlassen Sie sofort den Raum."

Aber der Chinese lachte nur höhnisch. „Langnase, deine letzte Stunde hat geschlagen. Lange genug haben wir euch ertragen. Der Erleuchtete hat uns das Signal gesendet, dass die Zeit der Vergeltung gekommen ist."

Richard dachte nur noch: Ein Verrückter. Aber was sollte er tun. Er war hinter den Sessel getreten und hatte die Stuhllehne neben sich fest ergriffen, um sich notfalls wehren zu können.

„Was wollen Sie? Wollen Sie Geld?“, fragte er den immer näher kommenden Mann.

„Was sollen wir mit eurem Geld. An dem klebt nur das Blut unserer Kinder. Wir wollen Rache, Rache dafür, dass ihr uns behandelt habt wie Tiere, uns unseren Stolz und unsere Kultur genommen habt. Dafür werdet ihr sterben.“

Richard sah noch, wie der Hüne die Axt in die linke Hand genommen und aus seinem Gürtel eine Pistole gezogen hatte. Richard bemerkte ein kurzes Aufblitzen, spürte einen Schlag auf der Brust, hob noch einmal die Hände, so als ob er sich vor der nächsten Kugel schützen wollte und sah vor sich nicht mehr das Bild seines Mörders, sondern Sylvia, seine geliebte Sylvia ...

17. Mai 2015, Kreta

Odo Alexandros war froh, dass ihn im Moment niemand ansah. Der Hubschrauber flog im Tiefflug über Agios Nikolaos und alle schauten wie gebannt nach unten. Zum Glück für Odo, denn ihm liefen die Tränen über das Gesicht. Er schämte sich dafür, denn er als Minister durfte sich normalerweise solche Emotionen nicht leisten, aber er konnte einfach nicht mehr. Das, was er in den letzten beiden Tagen auf Rhodos und Kreta gesehen hatte, hatte ihn zutiefst aufgewühlt und erschüttert. Als promovierter Mediziner war er schon einiges gewöhnt, doch diese Katastrophe war selbst für einen Politprofi wie ihn zu viel.

Tausende Tote, noch immer viele Vermisste und Sachschäden, die in die zig Milliarden gingen, das war die traurige Bilanz des hoffentlich letzten Aktes in der Tragödie Santorin. Es war ihm von den Forschern versichert worden, dass nun auf absehbare Zeit keine neue Eruption im Archipel Santorin zu erwarten sei. Allerdings war sich Odo nicht sicher, ob er den Vulkanologen noch glauben konnte. Zu oft hatten sie mit ihren Prognosen danebengelegen oder die kommende Entwicklung falsch eingeschätzt. Aber was hätten sie auch tun können? Gegen Riesenwellen gab es praktisch keinen Schutz und der Bimssteinstaub kam von oben, ob man ihn nun wollte oder nicht. Sie waren einfach Opfer einer Naturkatastrophe geworden, wie sie in tausend Jahren nur einmal vorkommt. Und es war Schicksal oder Zufall, dass gerade seine Generation daran erinnert wurde, dass die Natur Kräfte freisetzen kann, die das normale Vorstellungsvermögen bei weitem übertreffen. Oder war es vielleicht göttliche Strafe für Hochmut und Missachtung der Natur? Mussten die Menschen immer wieder daran erinnert werden, dass sie nur im Einklang mit der Natur und nicht gegen sie leben konnten? Odo wusste es nicht und wollte im Moment darauf auch keine Antwort finden. Denn er hatte das Jetzt, und das belastete ihn schon genug. Die Menschen waren geschockt und deprimiert, sie brauchten den Zuspruch, die Hoffnung, den Glauben an sich selbst. Und er, Odo, musste ihnen das alles geben, egal, wie es in ihm selbst aussah.

Er wischte die Tränen vom Gesicht und raffte sich auf. Sei kein Schwächling, sagte er sich immer wieder. Vielleicht lag seine Gemütsverfassung aber auch nur daran, dass er seit vier Tagen fast nicht mehr geschlafen hatte. Er war seit der Explosion am 14. Mai nicht mehr zur Ruhe gekommen und wusste, dass sich daran in den nächsten Wochen und Monaten auch nicht viel ändern würde.

Begonnen hatte alles am 14. Mai gegen neun Uhr. Professor Vovola hatte ihn persönlich darüber informiert, dass die von ihm angekündigte letzte und schwerste Eruption auf Santorin schneller erfolgt war, als sie alle gedacht hatten. Sie war gegen 8.35 Uhr in Verbindung mit einem vorhergegangenen Erdbeben eingetreten und noch stärker als erwartet. Zum Glück waren alle Inseln vorgewarnt worden, so dass Professor Vovola optimistisch war bezüglich einer Begrenzung der Zahl der Opfer und der Höhe der Schäden. Leider hatte sich, wieder einmal, diese Hoffnung sehr schnell als eine trügerische erwiesen.

Schon am Nachmittag war klar, dass es sich dieses Mal um eine Katastrophe ungeahnten Ausmaßes gehandelt hatte, die nicht nur Griechenland, sondern auch die anderen Anrainerstaaten in der Ägäis, wie die Türkei, Ägypten, Zypern und Libyen, in Mitleidenschaft gezogen hatte. Bereits um fünfzehn Uhr fand dann die erste Krisensitzung des Kabinetts statt. Die Nachrichten, die aus der Ägäis und vor allem von Kreta und Rhodos gekommen waren, hatten eine Dramatik offenbart, die sofortiges Handeln erforderte. Es hatte bis dreiundzwanzig Uhr gedauert, bis sie sich einen einigermaßen realen Überblick verschafft, die wichtigsten Aufgaben fixiert und den einzelnen Ministern übertragen hatten. Odo war erwartungsgemäß die Aufgabe zugefallen, die Bergung und medizinische Betreuung der Verletzten abzusichern. Außerdem war er dafür verantwortlich gemacht worden, dass Notunterkünfte für die Obdachlosen errichtet und die wichtigsten Dinge zum Überleben, wie Wasser, Strom, Nahrung und Medikamente, in ausreichender Menge und an allen betroffenen Orten zur Verfügung gestellt wurden. Die Leitung des Katastrophenstabes hatte der Ministerpräsident selbst übernommen. Gegen Mitternacht hatte Odo dann seine Mitarbeiter bei sich versammelt, um die ihm erteilte generelle Aufgabenstellung in konkrete Maßnahmen umzusetzen. Morgens acht Uhr war der Maßnahmenplan fertig, der in einer erneuten Kabinettssitzung zwei Stunden später abgesegnet wurde. Nikola Papandreou hatte auf diesem Termin bestanden, da er in der für vierzehn Uhr festgesetzten Pressekonferenz bereits über die eingeleiteten Schritte berichten wollte. Nikola hatte auch festgelegt, dass Odo mit teilnahm, da er von Anfang an in diese unselige Geschichte mit Santorin eingebunden gewesen war.

Die Pressekonferenz hatte dann fast drei Stunden gedauert, da der Ministerpräsident zunächst eine etwas ausführlichere Darstellung der Situation in der Ägäis gegeben hatte, bevor Fragen gestellt werden konnten. Wie erwartet zielten sie in der Hauptsache auf Opfer und Schäden. Allerdings klang auch an, warum erst so spät eine Warnung erfolgt war und ob man nicht im Vorfeld deutlich mehr hätte tun können. Hier war Odo zur Wort gekommen und hatte sehr persönlich und aus tiefster Überzeugung geantwortet, dass niemand mit einem solchen Ausmaß der Katastrophe rechnen konnte und alles Menschenmögliche unternommen worden war, Opfer und Schäden zu begrenzen. Diese Antwort war zunächst akzeptiert worden, jedoch war sich Odo im Klaren darüber, dass diese Frage noch öfter auch an die Herren Wissenschafter gestellt werden würde. Mit sich selbst war Odo im Reinen. Er hatte alles getan, allerdings immer auf der Basis der ihm zur Verfügung stehenden Informationen. Und die waren leider nicht immer ausreichend und präzise genug.

Nach der Pressekonferenz war er noch einmal in sein Ministerium zurückgekehrt, um sich über die bereits angelaufenen Aktionen zu informieren und für den 16. und 17. Mai eine Reise auf die am schwersten betroffenen Inseln Rhodos und Kreta zu organisieren. Er wollte sich selbst ein Bild von der Situation vor Ort machen. Der Ministerpräsident hatte etwas Ähnliches vor, wollte jedoch mit den ebenfalls leidgeprüften Inseln Naxos, Paros, Milos und Amorgos beginnen.

Gegen dreiundzwanzig Uhr war Odo völlig übermüdet zu Hause eingetroffen, hatte nur sehr wenig gegessen, zum Ärger seiner Frau kaum gesprochen und sich sofort hingelegt. Er schlief auch gleich ein, allerdings war es ein schwerer, von Alpträumen beherrschter Schlaf. Gegen fünf Uhr musste er schon wieder aufstehen, da für 6.30 Uhr sein Flug nach Rhodos vereinbart war.

Neun Uhr war er bereits in Rhodos Stadt, wo ihn der Präfekt und der örtliche Polizeichef erwarteten. Sie hatten einen Rundflug mit einem Helikopter organisiert, um Odo einen schnellen Gesamtüberblick zu ermöglichen. Und der war erschütternd. Es waren weniger die Auswirkungen der Flutwelle, sondern die erneut niedergegangenen Bimssteinmengen, die die Bewohner von Rhodos verzweifeln ließen. Fünfzig Zentimeter Staub hatten sich als Folge von drei Eruptionen auf der Insel abgelagert, im Westen etwas mehr, im Osten etwas weniger. Von oben sah es aus, als würde man über Grönland fliegen. Überall wunderschöner weißer Schnee, nur dass es eben kein Schnee war, der irgendwann einmal wegtauen würde. Im Gegenteil, der Präfekt hatte ihm erklärt, dass der Staub im Zusammenhang mit Regen hart wie Beton wurde und dann kaum noch zu entfernen war.

Odo war zutiefst betroffen, denn er hatte mit seiner Frau Rhodos schon mehrfach besucht und liebte die vielen kleinen Kirchen und Klöster in der Mitte der Insel. Wie schön waren die Bergdörfer gewesen, mit ihren bunten Häusern und grünen Pinienwäldern. Nun war alles nur noch weiß.

„Wir wissen nicht, was wir tun sollen“, hatte ihm der Präfekt unumwunden erklärt. „Wegräumen ist unmöglich. Wir können froh sein, wenn wir die Orte reinigen können.“

Odo hatte versprochen, den Verteidigungsminister zu bitten, Räumtechnik und zusätzliches Personal bereitzustellen. Aber die Aufgabe blieb gigantisch. Nur die Natur selbst würde hier in der Lage sein, die Folgen ihres Tuns wieder zu überwinden. Das hatte Odo dem Präfekten erklärt, dem das allerdings nicht gefiel.

„So viel Zeit haben wir nicht. Bis dahin sind wir pleite. Wir leben vom Tourismus und der vom Grün der Insel. Wir sind am Ende.“

Odo hatte versucht, Optimismus zu vermitteln, aber selbst gemerkt, dass ihm das nicht gelungen war.

Zum Glück waren die Folgen der Flut weniger dramatisch ausgefallen als zunächst angenommen. Hier hatte der Präfekt eine ausgezeichnete Arbeit geleistet. Er hatte die Warnungen des Ministerpräsidenten, vielleicht auch Vorahnungen, ernst genommen und sich intensivst auf die Möglichkeit eines erneuten Tsunami eingestellt. Die Zahl der Opfer war gering und die Schäden auf die Hauptorte im Westen, Rhodos Stadt und Ialyssos, begrenzt. Dennoch waren rund zwanzig Prozent der Bewohner von Rhodos Stadt, das heißt etwa zehntausend Menschen, obdachlos geworden und bedurften der Unterstützung. Viele von ihnen würden jedoch bei Verwandten oder auf dem Land unterkommen, so dass der Präfekt darauf kaum eingegangen war. Sein Problem war weiß und hieß Bimsstaub.

Da sah es auf Kreta ganz anders aus. Die Nordküste war von einem Tsunami mit der unvorstellbaren Höhe von sechzig Metern getroffen worden. In Buchten, wo die Welle noch stärker auflief, war sie zum Teil bis achtzig Meter hoch. Odo schaute jetzt auch nach unten. Agios Nikolaos war einer der am stärksten betroffenen Orte. Von oben sah es chaotisch aus. Schiffe lagen irgendwo zwischen Häusern verklemmt mehrere hundert Meter von der Küste entfernt. Dafür türmten sich Autos am Strand, dazwischen demoliertes Mobiliar. Von den Häusern standen oft nur noch die Stahlbetonwände, alles andere war verschwunden. Neunzig Prozent der Einwohner hatten innerhalb von Minuten alles verloren, was sie vorher besessen hatten. Und das Schlimmste war, die Vorwarnung kam zu spät. Es war praktisch nichts organisiert, jeder war auf sich angewiesen. Eintausendzweihundert Tote waren bereits geborgen, weitere siebenhundertfünfzig Bewohner wurden noch vermisst. Bei zehntausend

Einwohnern eine schreckliche Bilanz. Es würde Jahre dauern, bis sich hier das Leben normalisieren würde und die Wunden verheilt waren. Und das gleiche Bild hatte er auch schon in Chania, Rethimnon und Heraklion gesehen. Was für eine Tragödie. Der Hubschrauber drehte ab und flog nun in Richtung der Berge.

„Wir wollen Ihnen zeigen, wo wir Auffanglager errichtet haben, um die vielen, die Haus und Hof verloren haben, zunächst unterzubringen", erklärte ihm der für die Insel zuständige Präfekt. „Da hinten ist Kritsa, ein kleines Bergdorf. Auf der Ebene hinter dem Ort haben wir begonnen, eine Zeltstadt zu errichten, in der wir die Überlebenden versorgen werden, zumindest so lange, bis sie bei Verwandten unterkommen oder zurück können. Aber das Ganze gestaltet sich sehr schwierig. Wir haben keinen Strom, zu wenig Zelte, kein Abwassersystem, keine befestigten Wege."

Odo hörte schweigend zu. Hier würden sie ohne internationale Hilfe nicht auskommen. Sie hatten das Internationale Rote Kreuz bereits informiert und auch die EU um Unterstützung gebeten. Wieder einmal, dachte er. Ob man ihnen noch glauben würde? Und dieses Mal war es am schlimmsten. Selbst der ganze Katastrophenfonds der EU war nur ein Tropfen auf den heißen Stein. Er würde schon morgen Nikola vorschlagen, alle Investitionen im sonstigen Griechenland zu sperren und die freigewordenen Mittel für zinsverbilligte Kredite zur Verfügung zu stellen. Und ein Notopfer sollte es geben, von allen. Er hatte an einen Solidarbeitrag von zehn Prozent auf alle privaten Geldvermögen gedacht. Es würde zwar einen Aufschrei der Empörung geben, vor allem bei denen, die mehr als genug hatten, jedoch würde er sich nicht davon abbringen lassen. Die Menschen hier und auf den anderen Inseln brauchten diese Hilfe.

Odo dachte noch einmal an gestern zurück. Er hatte am Abend noch lange mit dem Präfekten und anderen Honoratioren von Rhodos zusammengesessen und über Maßnahmen zur Wiederbelebung des Tourismus diskutiert. Man war sich sehr schnell einig geworden, dass man sich zunächst auf den weniger betroffenen Osten und die Häfen konzentrieren sollte. Und am Strand würde ihnen nichts anderes übrig bleiben, als den Bimsstein liegen zu lassen und zu warten, bis er vom Wasser zerrieben war.

Überraschenderweise hatte dann gegen dreiundzwanzig Uhr noch der Außenminister angerufen. Er hatte Odo informiert, dass am Abend in Beijing Terroristen mehrere Hotels besetzt und Hunderte Ausländer, darunter auch einige Griechen, umgebracht hatten. Er wollte von seinem

Kollegen wissen, ob es einen Zusammenhang zu dem Geschehen auf Santorin geben könnte. Immerhin war die zeitliche Nähe der beiden Ereignisse überraschend. Das konnte nicht nur Zufall sein. Odo hatte den Außenminister beruhigt. Er sah da keinerlei Verbindung. Das eine war ein etwas zu stark geratener Vulkanausbruch, das andere Zeichen zunehmender sozialer Spannungen in China.

Erst nach dem Gespräch war Odo aufgefallen, dass es doch eine Gemeinsamkeit gab. Den Angriff auf die Hotels konnte man im weitesten Sinne auch als Ausbruch ansehen, als einen Ausbruch von Wut und Verzweiflung. Und der konnte fast noch schlimmere Folgen zeitigen als der Ausbruch des Santorin in der Ägäis. Denn die Volkwirtschaften der ganzen Welt hatten vom Boom in China, von den dortigen niedrigen Löhnen und dem unbegrenzten Arbeitsmarkt profitiert. Im Übrigen hatte das Gespräch dann bis kurz nach Mitternacht gedauert, da der liebe Kollege auch wissen wollte, wie es denn so auf Rhodos aussah.

Am Morgen war Odo um 6.30 Uhr nach Heraklion geflogen und dort sofort in den startbereiten Helikopter umgestiegen. Der Flug ging zunächst nach Westen und dann wieder zurück, die ganze Nordküste entlang. Und nun waren sie in Agios Nikolaos, oder besser, was von diesem schönen Ort übrig geblieben war. Der Hubschrauber hatte mittlerweile zur Landung angesetzt. Man hatte eine Fläche beräumt, die sich etwa hundert Meter von den letzten Zelten des Auffanglagers entfernt befand. Nur einige Polizisten warteten.

Kaum gelandet, sprang als erster der Präfekt aus dem Hubschrauber, um Odo zu helfen, aus der Reichweite der sich noch immer drehenden Rotoren zu kommen. In etwa zwanzig Meter Entfernung vom Helikopter wurden sie von zwei Polizeioffizieren empfangen, die ihnen einige Erläuterungen zur Organisation des Lagers und zur Versorgung der Verletzten und Obdachlosen geben sollten. Odo winkte ab. „Lassen Sie uns zunächst kurz das Lager besichtigen. Danach ist genügend Zeit, über den Stand aller Maßnahmen und weitere Schritte zu beraten."

Odo lief langsam durch das, was einmal ein Notaufnahmelager werden sollte. Wohin er sah, saßen Menschen, erschöpft, deprimiert, niedergeschlagen. Sie hatten offensichtlich die ersten beiden Tage im Freien zugebracht und bedurften dringend medizinischer und seelsorgerischer Hilfe.

„Gibt es für alle genügend zu essen und zu trinken?", fragte Odo einen der Offiziere.

„Wir tun, was wir können. Wir haben Notrationen der Armee verteilt, nur, Sie sehen ja selbst, es sind mehr als fünftausend Menschen allein auf diesem Platz. Es reicht nicht vorn und nicht hinten."

Der Minister gab dem Offizier eine Telefonnummer. „Bitte rufen Sie dort an. Das ist mein Staatssekretär. Sagen Sie ihm, was Sie bis morgen dringend benötigen. Er wird es organisieren."

Odo lief weiter. Er drückte mehreren Frauen, die klagend auf ihn zugelaufen waren, die Hände und versuchte, das erneute Aufkommen von Tränen bei sich selbst zu verhindern. Nicht weit weg vom Weg sah er einige Männern und Frauen, die sich verzweifelt bemühten, ein Armeezelt aufzubauen. Ein stämmiger junger Mann, deutlich größer als Odo, hämmerte wütend Metallhalterungen in den steinigen Boden und schimpfte laut vor sich hin. „So ein Mist. Nur Aluminium. Das verbiegt sich sofort."

Odo war zu dem Mann gelaufen und hatte sich vorgestellt. Der Hüne reichte ihm die riesige Pranke und drückte Odos Hand fast zu Brei. „Freut mich. Wir brauchen Strom, Wasser und etwas zum Kochen. Können Sie das organisieren?"

Odo erzählte kurz, was sie alles schon eingeleitet hatten und versprach, dass sie alle sehr schnell spüren würden, dass sie in ihrem Unglück nicht allein gelassen werden. Odo fragte auch nach, wie es denn den anderen Familienmitgliedern ergangen war. Hier verdüsterte sich die Miene des Riesen. Er zeigte nach hinten, wo zwei Frauen versuchten, etwas zu essen herzurichten, und sagte: „Minea, meine Schwester, hat ihren Verlobten verloren. Den hat der Vulkan vergiftet. Und Athena, die jüngere von beiden, macht sich Sorgen um ihre Eltern. Wir haben bisher keine Nachricht von ihnen. Sie hat alles verloren, was sie vorher besessen hat."

Der Minister schaute sich das Mädchen etwas näher an. Sie schien noch immer zu weinen und sah fürchterlich aus. Unter normalen Umständen war sie gewiss eine Schönheit und der Traum aller jungen Männer. „Hat sie keine anderen Verwandten, die sich um sie kümmern?", fragte er nach.

„Nein, auch Onkel und Tante werden vermisst. Aber wir sind jetzt ihre Verwandten. Minea und Markos, mein Bruder, kümmern sich um sie. Machen Sie sich keine Sorgen."

Odo lief langsam weiter. Er sah noch, wie der andere junge Mann, deutlich kleiner und schmächtiger, zu dem Hünen gelaufen war und ihm anerkennend auf die Schulter klopfte.

„Costa. So kenne ich dich gar nicht. So viele Worte auf einmal hast du noch nie von dir gegeben."

Odo musste schmunzeln, als er das hörte. Das Leben ging weiter. Mit der Hilfe aller würde es gelingen, den Naturgewalten zu trotzen und neuen Lebensmut zu finden. Und er hatte sich vorgenommen, sofort nach seiner Rückkehr mit Elena zu sprechen. Das Schicksal der jungen Frau hatte ihn zutiefst berührt. Vielleicht war das der richtige Zeitpunkt, sich für eine Adoption oder zumindest Patenschaft zu entscheiden. Er wusste, das Elena ihn dabei unterstützen würde.

10. Juni 2015, Doha (Qatar)

Jens-Peter Schneider atmete tief durch. Er hatte es geschafft. Soeben hatte er seinen großen Chef am Flughafen von Doha abgeliefert, wo dessen Privatmaschine schon auf ihn wartete. Der Big-Boss war zwar nur für dreißig Stunden erschienen, aber die hatten Jens-Peters ganze Aufmerksamkeit erfordert. Zum Glück war es vorbei und, so sah er es zumindest, es war nicht schlecht gelaufen. Dabei hatte alles mit einer Katastrophe begonnen. Gerade als Scott Welsh sich angekündigt hatte, war das Wetter umgeschlagen, von Regen keine Spur mehr. Es war zwar bei weitem nicht so heiß wie sonst im Juni, aber die Sonne schien. Und er hatte alle seine Probleme mehr oder weniger auf die Wetterkapriolen geschoben. Scotty hatte aber nur gelacht, als er ankam.

„Du siehst, Peter, wenn Engel reisen. Du hättest mich eben eher einmal einladen sollen." Erst später hatte ihm Scotty offenbart, dass er sich die meteorologischen Daten des letzten halben Jahres in Doha im Vergleich zum Durchschnitt der letzten zehn Jahre hatte zuarbeiten lassen. Dieser Bericht hatte die Aussagen von Jens-Peter, viel zu kalt und ungewöhnlich viel Regen, voll bestätigt. Das mit dem Engel, darüber konnte Jens-Peter nicht einmal schmunzeln. Wenn Scotty alles war, ein Engel war er nicht. Er vermittelte manchmal den Eindruck, einfühlsam und verständnisvoll zu sein, blieb jedoch in Wirklichkeit immer ein knallharter Geschäftsmann. Wie wäre er sonst auch an die Spitze des noch immer weltweit größten Konzerns gekommen?

Jens-Peter hatte, so wie es sich gehörte, seinen Chef am Flughafen abgeholt und zunächst ins Hotel gebracht. Er hatte dort mit Scotty gefrühstückt und einen ersten kurzen Bericht erstattet, wie es auf der Baustelle aussah. Scotty hatte allerdings kaum zugehört, da er mehrfach von Houston angerufen wurde und kaum zum Essen gekommen war. Nach zwei Stunden und weiteren endlosen Telefonaten seines Chefs waren sie dann endlich in Richtung Baustelle gestartet, wo sein Baustellenleiter John Hewitt schon ganz unruhig auf sie gewartet hatte. Scotty hatte darauf bestanden, mit einem ausführlichen Rundgang zu beginnen und erst danach die Berichterstattung abzuhalten. Nachdem sie Scott Welsh entsprechend Baustellenordnung eingekleidet hatten, stapften sie los.

John hatte es sich nicht nehmen lassen, die Baustelle selbst zu zeigen und geschickt auf die Hauptprobleme, die sich durch den vielen Regen ergeben hatten, hinzuweisen. Er hatte alles tipptopp aufräumen lassen und dafür gesorgt, dass auch wirklich überall gearbeitet wurde.

Das hinterließ einen sehr positiven Eindruck bei ihrem Oberboss, denn eine solch riesige Anlage auf Bildern zu sehen, war das eine, in ihr zu stehen und sie zu fühlen, das andere. Scotty schien richtiggehend beeindruckt, denn er hatte John am Schluss des Rundgangs auf die Schultern geklopft und anerkennend gesagt: „Das ist keine einfache Anlage. Wenn ich sie mit unseren Gasverflüssigungsterminals vergleiche, die etwa genau so viel kosten, ist das hier die hohe Schule des Chemieanlagenbaus. Vielleicht mehr vergleichbar mit unseren Raffinerien, aber noch anspruchsvoller. Wenn ich nur an eure Gaserzeugung denke. Flüssiger Sauerstoff bei achtzig Bar und eintausend Grad Celsius. Das ist nicht schlecht. Erinnert mich allerdings mehr an einen Raketenantrieb als an eine Produktionsanlage. Viele Fehler könnt ihr euch da nicht leisten."

Im Sitzungszimmer ihres Hauptcontainers war dann der kritische Augenblick des Besuches gekommen, die Berichterstattung. Zum Glück hatte der Rundgang so viel Zeit in Anspruch genommen, dass Scott Welsh bereits drängte, sich kurz zu fassen, da für vierzehn Uhr das Treffen mit dem Emir von Qatar angesetzt war. So ging fast etwas unter, dass sie weitere acht Wochen Verzug hatten in Kauf nehmen müssen und auch die Kosten erneut überzogen worden waren. John hatte als Hauptgrund einen vierwöchigen Streik der philippinischen Arbeiter angeführt, die sich geweigert hatten, die Schweißarbeiten im Dauerregen fortzusetzen. Sie wollten deutlich mehr Geld, was aus Kostengründen abgelehnt worden war, dann aber letztlich zum Streik geführt hatte.

Scotty sah das gelassen. „Ein klarer Fall von *Force Majeure*. Das habt ihr doch sicherlich im Vertrag so geregelt."

Jens-Peter war froh, so gut davongekommen zu sein. Jedoch er wusste, dass das noch gar nichts besagte. Scott Welsh hatte ein sehr gutes Gedächtnis und würde wie immer nachstoßen. Die wichtigste Frage kam am Schluss: „Peter. Wann kommt die Anlage in Gang? Wir brauchen die Produkte dringend."

Notgedrungen hatte sich Jens-Peter zum März des nächsten Jahres bekannt, übersah dabei aber nicht das zweifelnde Kopfschütteln seines Bauleiters. Es würde noch verdammt schwer werden, diesen Termin zu halten.

Dann mussten sie auch schon los. Der Emir wartete nicht. Punkt zwei Uhr betraten sie dessen riesiges Büro. Von dort hatte man einen wundervollen Blick auf den Golf, bei dem sich die Anlieger ja stritten, ob es der arabische oder der persische sei. Jens-Peter war das allerdings völlig egal. Nach dem obligatorischen Küssen nahmen sie auf einem mit Goldfäden durchwirkten Sofa Platz und es begann wie üblich ein allgemeines Palaver über das Wetter, die Kamelrennen von letzter Woche, die internationale Situation, die Kinderchen, die nur Sorgen bereiteten, und ähnlich wichtige Dinge. Nur zweimal klangen sehr kurz ernsthafte Themen an. Zum einen war deutlich zu spüren, dass sowohl der Emir als auch Scotty die Situation in China als sehr kritisch ansahen, und zum anderen, als es um den Zeitverzug und die Mehrkosten auf ihrer Baustelle ging. Scott Welsh hatte sehr wohl den Streik und die extremen Bedingungen vor Ort angesprochen und angemahnt, die eingereichten Änderungsmeldungen nun endlich zu bestätigen. Aber in arabischer Grandezza hatte der Emir nur verständnisvoll genickt, letztlich jedoch keinerlei konkrete Zusagen gemacht. Das wäre die Aufgabe der Spezialisten, und die wären schon intensivst beim Prüfen. Dann war das Meeting auch schon wieder vorbei, denn der Emir hatte sie zum Essen in eines der besten arabischen Restaurants eingeladen. Jens-Peter war erstaunt, dass sein Chef diese Art von Konversation mitgemacht hatte. Denn normalerweise hielt er es kurz, präzise und einfach. Und dass Scotty etwas von Kamelrennen verstand, war Jens-Peter auch neu.

Das Essen hatte sich über fast zwei Stunden hingezogen und die blumige, nichtssagende Unterhaltung wurde fortgesetzt. Jens-Peter bekam wie immer viel zu viel zu essen, leider allerdings nicht seinen geliebten Rotwein. Beim Emir gab es nur Wasser und Säfte. Zum Glück war es zumindest den Hotels gestattet, alkoholische Getränke zu verkaufen. Ansonsten wäre es auch nicht auszuhalten.

Am Abend hatte Scott Welsh ein Vier-Augen-Gespräch mit dem Vizepräsidenten von Exxon in der Region angesetzt. So konnte Jens-Peter noch einmal zurück auf die Baustelle und mit John über eine Vielzahl von Problemen reden, die sich angestaut hatten. Es fehlte plötzlich Rohrleitungsmaterial, obwohl angeblich geliefert. Eine große Zahl von Rohrleitungen musste neu verlegt werden, weil sie zuviel Spannung hatten. Ein Trafo war beim ersten Test abgebrannt und so weiter und so weiter. Eben wie auf einer Baustelle.

Scotty hatte Jens-Peter gebeten, mit ihm am nächsten Morgen noch einmal zu frühstücken. Und im Nachhinein hatte sich dieses Treffen als interessantester Teil des Besuches herausgestellt. Punkt acht Uhr war Jens-Peter im Nobelhotel seines Chefs. Der kam nicht ganz pünktlich, wegen der vielen Telefongespräche, wie er erklärte. Und dann wurde es richtig spannend. Scotty fragte und Jens-Peter versuchte, nach bestem Wissen und Gewissen zu antworten. Vor lauter Fragen kam er fast gar nicht zum Essen. Sogar seine heiß geliebten

Spiegeleier waren kalt geworden. Scotty hatte mit der Frage begonnen: „Wie siehst du die Situation in der Ägäis? Hat das, was dort geschieht, irgendeine Bedeutung für unseren Konzern."

Jens-Peter brauchte hier nicht lange zu überlegen. „Es war eine Naturkatastrophe unvorstellbaren Ausmaßes. Aber es ist vorbei. Ich bin letzte Woche wie immer von Frankfurt nach Doha geflogen. Und seit einem Jahr konnten wir zum ersten Mal wieder die Route über Santorin nehmen. Es war alles ruhig, so als hätte es den Ausbruch nie gegeben. Zwei Dinge sind mir jedoch aufgefallen, das weiße Meer, so als wäre es mit Eisbergen übersät, und die großen Zeltstädte, die man auf Kreta errichtet hat und die man sogar vom Flugzeug aus erkennen kann. Die letzte Flut muss eine riesige gewesen sein und unermesslichen Schaden angerichtet haben. Das sollte dennoch überstanden sein. Was mir größere Sorgen bereitet, sind die Auswirkungen auf das globale Klima, denn das wird auch uns als Konzern berühren", hatte er erklärt.

Scotty wollte mehr dazu hören, obwohl Jens-Peter sehr schnell merkte, dass er schon über das Ganze informiert war. „Mit dem Ausbruch des Santorin wurden riesige Mengen an Schwefelverbindungen bis in die Stratosphäre geschleudert. Dort wurden sie oxidiert und bilden Aerosole, die die Sonneneinstrahlung vermindern. Das wiederum führt zu einer weltweiten Abkühlung und zu einer Veränderung der globalen Windzirkulation. Im Ergebnis kommt es zu den beobachteten Wetterkapriolen, die vom Regen in Qatar, über die Dürre in China bis zur Kälte in Mitteleuropa reichen."

Scotty unterstützte ihn mit seinen Erfahrungen aus den USA. „Bereits der März war außergewöhnlich kalt. Im April und Mai hatten wir in den gesamten Vereinigten Staaten ungewöhnlich viel Regen, der sich immer an der Grenze zum Schnee bewegte. Im Juni gab es bisher jede Nacht Frost. In New York fiel sogar Schnee. Aber was heißt das für uns?"

Jens-Peter hatte hierzu eine klare Meinung: „Wird es weltweit kälter, wird der Energieverbrauch weiter anwachsen. Der Druck auf den Markt wird sich erhöhen und die Preise werden steigen. Das wird zwei Tendenzen auslösen, zum einen die Entwicklung von Alternativen in der Energieversorgung und zum anderen die Suche nach neuen Lösungen zur Senkung des Energieverbrauchs. Und hier sind wir als Konzern bereits sehr gut positioniert. Unsere langfristige Ausrichtung auf Gas wird sich jetzt auszahlen."

Scotty hatte nur gegrinst und leicht spöttisch bemerkt: „Das sagst du nur, weil du diese schöne Anlage bauen darfst", dann aber sofort sehr ernst nachgefragt: „Welche anderen Alternativen hast du im Kopf? Die Sonne ist wohl im Moment nicht die Lösung, denn wie ich gelernt habe, ist die Sonneneinstrahlung deutlich zurückgegangen."

„Das ist übertrieben", hatte ihm Jens-Peter erklärt. „Schon ein bis zwei Prozent weniger Energieeinstrahlung weltweit reichen aus, um das Klima durcheinander zu bringen. Die Sonne bleibt also eine interessante Alternative. Ich sehe die Zukunft allerdings mehr in der Nutzung der Geothermie, vor allem für die Stromerzeugung, und in der Kernfusion, trotz aller Probleme, die es noch gibt. Vor allem die Geothermie wird immer mehr an Stellenwert gewinnen, wenn die Aussage stimmt, dass sich der Erdkern zurzeit aufheizt und insgesamt der Vulkanismus zunehmen wird. Zumindest hat das ein Professor aus Kanada herausgefunden. Und bisher konnte keiner das Gegenteil beweisen."

„Was hältst du von der Nutzung von Biomasse und der Erzeugung von Biokraftstoffen?", war die nächste Frage von Scott Welsh gewesen.

Hier war sich Jens-Peter nicht sicher: „Ich weiß es nicht. Biomasse zur Energieversorgung, damit ist die Menschheit groß geworden. Nur, den heutigen Energiebedarf damit abzudecken, ist unmöglich. Sicherlich ist ein größerer Anteil an der Gesamtenergieversorgung noch möglich, mehr jedoch nicht. Von Biokraftstoffen halte ich als Ingenieur gar nichts. Durch die vielen chemischen Zwischenschritte mit niedrigen Wirkungsgraden sind sie einfach nicht sinnvoll. Dann ist es besser, bei der Stromerzeugung zu bleiben und den Strom als hochwertige Energie zu nutzen. Du weißt, Scotty, dass ich ein Verfechter des Elektroautos bin."

Scotty hatte an dieser Stelle mit dem Finger gedroht. „Du willst wohl unsere Raffinerien killen?"

Aber Jens-Peter war bei seiner Meinung geblieben. „Wenn die fossilen Rohstoffe einmal alle sein werden, und das wird in einer absehbaren Zeit so sein, wird der Strom der Energieträger der Zukunft. Wir müssen neue Speicher und neue Übertragungssysteme entwickeln, die den Verbrennungsmotor mit seinem schlechten Wirkungsgrad ablösen."

Die nächste Frage kam sofort. „Kann es stimmen, dass der Vulkanismus zunehmen wird? Santorin war nun wirklich keine Freude."

„Dieser Professor aus Kanada hat das zumindest herausgefunden. Aber es gab in der Geschichte der Menschheit schon öfter Perioden mit einer höheren vulkanischen Aktivität. Zum Beispiel, als der Tambora 1815 explodierte, waren vorher bereits andere Vulkane ebenfalls wieder aktiv geworden. Es gibt sogar einige Wissenschaftler, die die Eiszeiten mit solchen Perioden in Verbindung bringen."

„Und was hältst du von der Situation in China?" Mit dieser Frage hatte Scotty plötzlich das Thema gewechselt.

„Dazu fehlen mir detaillierte Informationen", hatte Jens-Peter ausweichend geantwortet. „Aber es ist dramatisch, wie sich offensichtlich eine Front gegen den Westen aufbaut. Die Regierung hat zwar inzwischen gegengesteuert und, wie ich verstanden habe, auch einige der Terroristen inhaftiert. Aber das Problem an sich bleibt. Sollte China sich wirklich abschotten, wäre das eine Katastrophe."

„Warum?", wollte Scotty wissen. „Der Energieverbrauch würde sinken, die Preise ebenfalls."

„Ein großer Teil des Welthandels würde erst einmal zusammenbrechen, eine weltweite Wirtschaftskrise wäre die Folge. Und über mehr will ich nicht nachdenken. Der letzte große Weltkrieg ist auch infolge einer solchen Krise ausgebrochen."

Weitere Fragen folgten. Jens-Peter hatte sich bemüht, seine persönliche Sichtweise darzulegen und diese auch zu vertreten, selbst wenn sie im Gegensatz zur Firmenphilosophie stand. Aber Scott Welsh fand das gut und hatte sich am Ende bei ihm für die Offenheit der Diskussion bedankt. Das hieß noch lange nicht, dass er alles genauso sah.

Und nun war er zurück auf dem Weg in sein Hotel. Er wollte noch heute nach Frankfurt fliegen, da er dringend im Büro zu Hause erwartet wurde. In zehn Tagen hatte er zudem ein Treffen mit seinem Cousin vereinbart, der ihn um Unterstützung gebeten hatte. Jens-Peter war sich nicht im Klaren, wie er sich verhalten sollte. Da er keine Familie hatte und gut verdiente, hatte er Rücklagen. Aber würde sein Geld bei Knut nicht nur in einem Topf ohne Boden landen? Es hatte sich richtig dramatisch angehört, als er vor wenigen Wochen wieder einmal mit seinem Cousin gesprochen hatte. Erneut war es das Wetter. Knut hatte ihm unmissverständlich erklärt, dass er kurz vor der Insolvenz stand. Er hatte so viel Geld in den übernommenen Gutshof gesteckt, dass er wegen der Kredittilgungen auf regelmäßige, hohe Einnahmen angewiesen war. Und die drohten fast völlig auszufallen. Das Wintergetreide war verfault, Kartoffeln und Sommergetreide viel zu spät in den Boden gekommen, der Mais zwar aufgegangen, jedoch bei einem der schlimmen Nachtfröste erfroren. Eine neue Ernte war demzufolge nicht in Sicht. Knut wusste nicht mehr, wie er das Futter für seine Tiere zusammenbringen sollte. Und zum Kaufen fehlte ihm das Geld, zudem die Preise aufgrund der wachsenden Nachfrage bereits begonnen hatten zu steigen. Umgekehrt fielen die Preise für Fleisch, denn vielen Bauern blieb nichts anderes übrig, als ihr Vieh zu verkaufen beziehungsweise zu schlachten. Spätestens im Herbst würde sich das Ganze dann umdrehen, zumindest was die Fleischpreise anging, aber bis dahin würde es Knut ohne Hilfe nicht schaffen. Nur musste es unbedingt das Geld von Jens-Peter sein? Er würde seine Entscheidung von dem Gespräch mit Knut und einem Besuch in Thüringen abhängig machen. Bis dahin war es noch etwas Zeit.

Er näherte sich inzwischen dem Hotel und begann sich gedanklich auf seine Abreise einzustellen. Schnell noch etwas essen, noch einmal unter die Dusche, Koffer packen, auschecken, Transfer zum Flughafen, einchecken, warten, eben wie jedes Mal.

17. Juni 2015, Madrid

In der Konferenzzone der Reisegesellschaft *Mediterran Travel* knisterte es vor Spannung. Jorge Maron war gerade wieder zu Hochform aufgelaufen und dabei, seinen Regionaldirektor China in der bleischweren Luft zu zerreißen. „Wissen Sie, wer so blöd ist, sich Rauschgift unterjubeln zu lassen, und es dann fertig bringt, sich vier Wochen im Gefängnis auszuruhen, der hat allerdings keine Zeit für das Geschäft. Fünfunddreißig Prozent unter Budget, das ist mir schon lange nicht mehr untergekommen.“

Fast weinerlich rechtfertigte sich der kleine, zierliche Chinese: „Man hat versucht, uns zu erpressen. Was sollte ich denn machen, bezahlen? Und dann noch diese zunehmende Ausländerfeindlichkeit in meinem Land. Die Zahl der Buchungen nimmt von Woche zu Woche ab.“

Maron schaute zu seinem Personalchef und sagte eisig zu ihm: „Ich war schon immer gegen China. Das ist nicht das Gebiet der *Mediterran Travel*. Und was erzählt der eigentlich? Am Schluss haben wir doch bezahlt. Einfach unfähig der Mann.“

Der Personalchef lächelte süffisant, um dann anzumerken: „Wenn ich mich recht erinnere, war es deine Idee mit der Abenteuerreise *Auf den Spuren Marco Polos*. Und der war nun mal bis China gekommen.“

Jorge Maron war jedoch nicht zu bremsen und konzentrierte jetzt seinen Zorn auf die Herren des Vorstands, die alle bemüht waren, nicht in das Blickfeld ihres Chefs zu geraten: „Warum muss auch immer ich die Ideen haben? Hier sitzen lauter hochbezahlte Leute. Meine Herren, wo ist eigentlich Ihr Beitrag zum Geschäft? So geht es nicht weiter. Wir sind in diesem Jahr weit davon entfernt, auch nur annähernd unsere Ziele zu erreichen. Da brauchen wir Ideen sowie Engagement und keine Weicheier und Schlappschwänze. Wissen Sie, mein Sohn wird jetzt achtzehn Jahre alt. Wenn ich sehe, wie clever der schon zu Geld kommt, da können Sie sich alle eine Scheibe davon abschneiden. Erst letzte Woche hat er im Internet ...“

„Jorge“, unterbrach ihn der Personalchef, „wir haben in diesem Jahr auch eine verdammt schwierige Situation. Griechenland und die Türkei sind in großen Teilen ausgefallen. Dazu dann noch das schlechte Wetter überall.“

„Nur gut, dass Ihr diesen Vulkan habt. Aber ich explodiere auch gleich“, brachte der Vorstandsvorsitzende nun sichtlich wütend hervor. „Ich brauche keine Gründe, warum etwas nicht geht. Ihr werdet immer welche finden, wenn es nicht geklappt hat. Was wir brauchen, sind tatkräftige Macher, die das Geldverdienen und nicht nur das Ausgeben im Kopf haben. Verdienen, meine Herren“, setzte Maron mit einem verächtlichen Blick über die Runde nach.

„Bitte, Jorge, lass uns zu China zurückkommen. Wir sollten uns die Berichte zu den einzelnen Regionalgesellschaften erst anhören und dann zu Festlegungen kommen“, schlug der Personalchef vor.

„China ist für mich erledigt. Das Büro wird verkauft oder geschlossen. Was sollen wir in einem Land, wo die Ausländer gekillt oder entführt werden? Wir konzentrieren uns nur noch auf unser Kerngeschäft im Mittelmeergebiet. Da ist genug Potential für die Verdoppelung des Geschäftes.“

Jorge Maron winkte in Richtung des Regionaldirektors China und signalisierte ihm, dass für ihn die Konferenz beendet war. Dieser erhob sich, packte seine Sachen ein und verließ offensichtlich zutiefst getroffen den Raum. „Wer ist der nächste?“, fragte Jorge Maron ungerührt.

„Griechenland wäre der nächste“, stammelte fast das zuständige Vorstandsmitglied für das operative Geschäft. „Der Regionaldirektor hat leider gekündigt und einen neuen haben wir noch nicht.“

„Was heißt hier leider, dieser Schwächling ist kein Verlust. Wir werden mit Leichtigkeit einen Besseren finden. Also, wer trägt vor?“

„Wir haben die Ägäis dem Regionaldirektor Italien kommissarisch mit übertragen und der wird auch Bericht erstatten“, informierte der Personalchef seinen Vorgesetzten.

Ein älterer Herr mit fast völlig grauen Haaren lief nach vorn. Er hatte nur wenige Folien mit und offensichtlich auch keine Computerpräsentation vorbereitet. „Herr Maron, meine Herren. Ich möchte mich kurz fassen. Lassen Sie mich mit Italien beginnen. Wir liegen zurzeit etwa zwei Prozent unter Budget, aber wie Sie sehen, es wird von Monat zu Monat besser. Das schlechte Wetter in Zentral- und Nordeuropa hat den Drang nach dem Süden spürbar erhöht und kommt unserem Geschäft sehr zu passe. Wir konnten sogar die Preise leicht erhöhen und so auch den Gewinn in Richtung Vorgabe bewegen.“

Man merkte deutlich, dass der Regionaldirektor Italien nicht zum ersten Mal berichten musste und auch die Marotten von Herrn Maron schon kannte, denn er bemühte sich, möglichst wenig Ansatzpunkte für eine Diskussion zu liefern. Jorge Maron beruhigte sich augenscheinlich auch wieder und hörte zumindest zu.

„Wir hatten eine sehr gute Skisaison in Norditalien. Sehr viel Schnee und sehr kaltes Wetter bis in den April waren hier ideal. Dafür weniger Geschäft mit Städtereisen. Da störte der viele Regen. Und jetzt die Sonnenreisen nach Süditalien und Sizilien. Auch Sardinien ist stark gefragt. Wir sind optimistisch, bis Jahresende die Vorgaben noch zu erreichen."

„Was heißt hier erreichen? Wer solch günstige Bedingungen hat, muss einfach mehr bringen. Ich erwarte von Ihnen mindestens fünf Prozent mehr als geplant. Das wird auch die Vorgabe für Ihre neue Zielerreichungsprämie", legte der Vorstandsvorsitzende fest.

Da widersprach der Regionaldirektor. „Damit bin ich nicht einverstanden. Die Vorgaben können Sie erhöhen, aber die Zielerreichungsprämie bleibt an das ursprüngliche Budget gebunden. So steht es in unserer Betriebsvereinbarung. Und die ist auch für Sie bindend."

Man merkte deutlich, dass diese Aussage Jorge Maron nicht passte, aber er sagte dazu nichts mehr. „Wann kommen Sie endlich zu Griechenland?", brachte er stattdessen unwirsch hervor.

„Bisher hatte ich noch nicht die Zeit, mich näher mit diesem Büro zu beschäftigen. Ich habe mir die Zahlen von den Mitarbeitern dort zusammenstellen lassen und sie ohne Kommentar übernommen."

Der Regionaldirektor hatte eine neue Folie aufgelegt und las mehr oder weniger den geschriebenen Text vor. „Wie Sie alle hier lesen können, sieht es in Griechenland sehr schlecht aus. Wenn sich der Trend der letzten beiden Monate fortsetzt, werden wir bis Jahresende vierzig Prozent unter Budget liegen, sowohl im Umsatz als auch im Ergebnis."

Jorge Maron lief schon wieder rot an und knirschte mit den Zähnen. Sein Kommentar kam fast zischend: „Jetzt weiß ich, warum dieser Bursche gekündigt hat. Einfach unfähig. Vierzig Prozent unter Budget, das ist nicht zu glauben."

Nun jedoch griff der Personalchef ein. „Jorge, auch wenn es dir nicht gefällt, wir hatten in Griechenland eine Naturkatastrophe unvorstellbaren Ausmaßes. Und diese Katastrophe hat nicht nur die umliegenden Länder und Millionen Menschen betroffen, sondern eben auch uns. Darf ich dich nur an unsere zwei Kreuzfahrtschiffe erinnern."

Eisige Stille trat ein. Jorge Maron saß wie erstarrt und schaute nach oben. Das war ein Schlag gewesen, gegen ihn. Und der hatte gesessen.

„Kümmere dich lieber darum, dass wir endlich einen Nachfolger finden. Das ist deine Aufgabe. Das andere geht dich nichts an", trat Jorge Maron zurück.

Nun konnte zumindest der Regionaldirektor Italien seine Präsentation in Ruhe abschließen. Er hatte zwei weitere Folien vorbereitet, die sich mit den Chancen beschäftigten, das Ergebnis noch zu verbessern. Natürlich war Jorge Maron unzufrieden, aber er bemerkte jetzt deutlich ruhiger: „Im Internet gibt es einige hervorragende

Beiträge darüber, was in der Ägäis wirklich passiert ist. Vielleicht sollten Sie alle einmal einen Blick hineinwerfen. Dann wüssten Sie nämlich, dass auf Kreta nur die Nordküste und auf Rhodos nur die Westküste von der Flut getroffen wurden. Dort wird es auch mehr als ein Jahr dauern, bis die Infrastruktur so weit hergestellt sein wird, dass erneut Touristen kommen können. Aber, wie Sie vielleicht schon gemerkt haben, Kreta hat auch eine Südküste und Rhodos eine Ostküste. Zumindest ist das anzunehmen. Und dort müssen wir hin. Die Hotels sind in Ordnung und wir müssen einfach die schnellsten sein, diese Kapazitäten für uns zu buchen. Die Inselbewohner werden es uns danken, denn ohne Tourismus ist dort tote Hose."

Jorge Maron lächelte selbstzufrieden über seinen Beitrag und schaute erwartungsvoll auf den Regionaldirektor. Dieser blieb jedoch völlig gelassen: „Wir tun, was wir können. Aber die anderen sind auch nicht auf den Kopf gefallen und versuchen das Gleiche wie wir. Wie mir unsere Mitarbeiter aus Athen berichtet haben, verhandeln sie zurzeit direkt mit dem Präfekten der Insel Rhodos, dessen Familie eine Reihe von Hotels gehört. Wenn wir hier zu einer vertraglichen Vereinbarung auf exklusiver Basis kommen könnten, hätten wir einen klaren Vorsprung vor der Konkurrenz, was sich sehr positiv auf die weitere Entwicklung unseres Geschäftes in Griechenland auswirken würde. Hat sonst noch jemand Fragen oder Bemerkungen? Wenn nicht, dann bedanke ich mich für die Aufmerksamkeit." Mit diesen Worten schob der Regionaldirektor Italien seine Folien zusammen, blickte kurz in die Runde und lief zurück zu seinem Platz.

„Wer kommt jetzt?", knurrte Jorge Maron.

„Tunesien und Libyen", wurde ihm aus der Vorstandsrunde zugerufen.

„Oh, da wird es richtig spannend. Auf den freue ich mich schon. Noch so eine Flasche."

Begleitet von diesen Worten seines Vorstandsvorsitzenden lief ein junger Mann nach vorn, dem schon jetzt die Schweißtropfen auf der Stirn standen. Es dauerte auch nur drei Bilder, bis Jorge Maron die Präsentation mit eisigem Blick unterbrach. „Sie sind also derjenige, der das Ergebnis um fünfzehn Prozent verfehlt und eine Verdopplung der Reklamationskosten zugelassen hat."

Der junge Mann schaute seinen Boss entgeistert an und stammelte nur: „Das, das stimmt so nicht. Wir erwarten zurzeit, dass wir achtundneunzig Prozent der Ergebnisvorgabe erreichen werden und die Reklamationskosten maximal zwanzig Prozent höher liegen als im Vorjahr. Und das bei einer Umsatzsteigerung von fünfzehn Prozent."

Mit ungerührtem Gesicht nahm Jorgen Maron diesen Kommentar zur Kenntnis und griff zu einem Blatt Papier, das er vor sich abgelegt hatte. „Wissen Sie, ich habe mir Zahlen vom Controlling zuarbeiten lassen. Und aus diesen geht hervor, dass Sie Ihr Ergebnis um fünfzehn Prozent verfehlen und sich die Reklamationskosten verdoppeln. Einer von Ihnen muss also lügen, entweder Sie oder derjenige, der mir das zugearbeitet hat. Wissen Sie, was ich jetzt mache. Wie holen denjenigen ran, der dieses Papier verfasst hat. Wir werden sehr schnell sehen, wer gelogen hat. Und der fliegt raus. Bis dahin unterbrechen wir die Veranstaltung und trinken eine Tasse Kaffee."

Jorge Maron stand auf und lief langsam zu dem Obstbuffet, das extra für ihn aufgebaut worden war. Selbst seine Vorstandskollegen wagten es nicht, sich davon zu bedienen. Nur der Personalchef war aufgestanden und seinem Chef gefolgt. „Jorge, ich muss dringend mit dir sprechen. Könnten wir die Pause nutzen?", fragte er.

„Warum nicht? Lass uns nach draußen gehen. Wir müssen sowieso warten, bis dieser Kerl vom Controlling eingetroffen ist." Jorge Maron lud sich einen Berg Ananas auf seinen Teller und lief nach draußen.

„Was gibt es so Dringendes?"

„Jorge, es wird ernst. Man hat uns heute mitgeteilt, dass gegen dich Anklage wegen Beihilfe zum Totschlag in eintausendfünfhundert Fällen erhoben wird. Der Staatsanwalt ist zu der Überzeugung gelangt, dass du die Kapitäne der Kreuzfahrtschiffe genötigt hast, unvertretbare Risiken einzugehen. Angeblich gibt es eine bei einem Notar hinterlegte Niederschrift über ein Gespräch, das du mit einem der Kapitäne geführt hast. Aus dieser geht hervor, dass du gedroht hast, für seine Entlassung zu sorgen, falls er sich weigert, in die Caldera von Santorin einzufahren."

„Was ist daran ernst?", fragte Jorge Maron kalt. „Hast du das Ganze unseren Juristen übergeben? Die sollen eine entsprechende Verteidigungsstrategie erarbeiten und meine zu erwartende Aussage vor Gericht vorbereiten. Es gibt nichts Schriftliches von meiner Seite, und alles andere ist Verleumdung. Was gibt es noch?"

„Wir haben große Schwierigkeiten, einen Nachfolger für unseren Regionaldirektor in Griechenland zu finden. Deine manchmal gar nicht zimperliche Art hat sich herumgesprochen und ist offensichtlich nicht gerade Anreiz, zu uns zu kommen. Was soll ich tun?"

„Biete einfach mehr Geld. Dann wird sich schon einer finden. Ich war schon immer der Auffassung, dass diese Gesellschaft mehr und mehr verweichlicht. Alle wollen nur noch surfen oder haben Partys im Kopf, harte Leute braucht das Geschäft."

„Bist du dir sicher, dass mehr Geld der richtige Weg ist, einen guten Mann zu finden?“, fragte der Personalchef zweifelnd zurück.

„Was heißt hier gut? Ich brauche jemanden, der sich durchsetzt und der Druck macht. Und wenn jemand viel Geld möchte, dann ist er zumindest von sich überzeugt.“

Mittlerweile war ein hagerer Mann mittleren Alters, völlig grau im Gesicht, an ihnen vorbeigehuscht und hatte fast devot den Vorstandsvorsitzenden gegrüßt. „Aha, unser Controlling ist da. Es geht weiter.“ Mit diesen Worten beendete Jorge Maron sein Gespräch mit dem Personalchef. Bereits im Gehen bemerkte er jedoch noch fast beiläufig: „Lass diese blöden Bemerkungen. Auch du bist nicht unersetzlich.“

Der Personalchef nahm es völlig ungerührt und lief ebenfalls zurück in das Besprechungszimmer. Dort standen jetzt zwei total eingeschüchterte Personen vor dem Auditorium und versuchten, sich zu rechtfertigen. Bereits nach wenigen Minuten zeigte sich jedoch, dass das Controlling Kosten eines Versicherungsfalles in die Berechnung einbezogen hatte, der schon Jahre zurücklag und erst vor kurzem per Gerichtsbeschluss zu ungunsten der *Mediterran Travel* ausgegangen war, während der Regionaldirektor sich auf das reine operative Geschäft im laufenden Jahr bezogen hatte.

„Ich bin jetzt drei Jahre im Amt und kann doch nicht für das verantwortlich gemacht werden, was vor fünf Jahren verschlampt worden ist. Unsere Bilanz ohne diesen Sondereffekt ist wirklich nicht schlecht“, argumentierte am Ende der Diskussion der Regionaldirektor Tunesien und Libyen.

Jorge Maron ließ das nicht gelten. „Sie mögen persönlich daran keine Aktien haben, dann wären Sie auch nicht mehr hier. Nur das Ergebnis ist, wie es ist. Die Kosten sind da und müssen getragen werden. Es tut mir leid, junger Mann, aber es bleibt in Ihrer Verantwortung, alles zu tun, auch solche Einbrüche auszugleichen. Also, was werden Sie tun, um Ihr Ergebnis doch noch zu erreichen?“

Nun jedoch zeigte sich, dass der junge Mann die bisherige Veranstaltung sehr wohl verfolgt hatte und so auch in der Lage war, besser auf seinen großen Chef einzugehen. „Wir sehen das, was momentan in Mitteleuropa passiert, als Riesenchance für uns. Die Kälte dort, der andauernde Regen, das treibt die Touristen regelrecht dorthin, wo noch die Sonne scheint. Und da es bei uns nicht mehr so heiß ist und wir sogar Regen hatten, vielleicht nicht ganz so viel wie in Qatar und Saudi Arabien, können wir beste Bedingungen für die Sonnenhungrigen bieten. Das Risiko für die einen ist eben die Chance für die anderen. So habe ich Sie jedenfalls verstanden. Deshalb haben wir auch große Anteile an den Hotelkapazitäten in Tunesien und Libyen bereits vorsorglich an uns gebunden. Und in der Wüste sind wir dabei, sogenannte Erlebniscamps zu errichten, Zelte in Beduinenart, jedoch mit einem akzeptablen Komfort für verwöhnte Mitteleuropäer. Stellen Sie sich vor, alles mit Teppichen ausgestattet, rundherum grün, Pferde für den Ausritt direkt neben dem Zelt, ein kleiner Badesee, angelegt in der Mitte des Camps und gespeist von Regenwasser, das Essen zubereitet auf dem Holzofengrill, entweder Lamm, Huhn oder Rind."

Sogar Jorge musste jetzt schmunzeln. „Ich sehe, junger Mann, dass Sie sich für Ihre Idee begeistert haben. Nur denken Sie daran, es geht nicht darum, was wir alles so Schönes machen, wir müssen Geld damit verdienen. Vergessen Sie nicht den Profit, den diese Reisen abwerfen müssen."

Der junge Mann war jetzt voll in seinem Element. „Das ist es ja gerade. Wir haben so viele Anfragen, dass wir den Preis in der Hauptsaison schon um acht Prozent erhöhen konnten. Und für die Nachsaison haben wir bereits mehr Buchungen als sonst im Hochsommer."

Jorge Maron stoppte ihn abrupt. „Wenn Sie trotz des erhöhten Preises noch immer so viele Anfragen haben, ist Ihr Preis weiterhin zu niedrig. Sie scheinen mir immer noch zu viel als Reiseleiter zu denken. Da mögen Sie ganz gut sein, aber beim Geldverdienen müssen Sie noch einiges lernen." Mit diesen Worten beendete er gleichzeitig die Präsentation des jungen Mannes. „Wer ist jetzt dran?", fragte er in die Runde.

„Die Kanarischen Inseln."

Jorge Maron lehnte sich zurück. Das war sein Lieblingsgebiet, nicht nur, weil es dort sehr gut lief, sondern auch weil er im Vorstand für diesen Bereich verantwortlich war und so doch öfter seine Häuser auf La Palma und Teneriffa besuchen konnte. „Also, fangen wir an."

15. Juli 2015, Kritsa (Kreta)

„So ein Mist“, fluchte Costa leise vor sich hin. „Wir sind hier nicht im Zoo.“

Wütend schaute er auf eine Gruppe von Touristen, die das Notaufnahmelager, mit Fotoapparaten bewaffnet, besichtigten. Natürlich waren sie alle froh, dass nach der Katastrophe wieder Besucher auf die Insel kamen, aber die Not und das Elend derjenigen, die fast alles in der großen Flut verloren hatten, waren sicherlich keine touristische Attraktion. Besonders eine spanische Reisegesellschaft, Costa wurde durch die Werbung an den Bussen immer wieder an den Namen *Mediterran Travel* erinnert, hatte sich hier unrühmlich hervorgetan, indem sie seit kurzem Reisen zur Lasithi-Hochebene mit einem Besuch des Lagers gekoppelt hatte.

Katastrophentourismus war nun wirklich das Letzte, was sie brauchten. Sie waren froh, einfach überlebt und ein Dach über dem Kopf gefunden zu haben. Zum Glück hatte die griechische Regierung sehr schnell reagiert und gemeinsam mit dem Internationalen Roten Kreuz mehrere Zeltstädte errichtet, in denen die Obdachlosen unterkommen konnten. Allein in Kritsa hatten sich fast siebentausend Menschen eingefunden, die mit allem Lebensnotwendigen versorgt werden mussten. Zunächst war alles chaotisch abgelaufen, jedoch nach drei Wochen begann sich das Leben im Lager langsam zu normalisieren. Die ersten verließen es sogar bereits wieder, da sie bei Verwandten untergekommen waren.

Costa hatte mit seiner Familie ein Armeezelt bezogen, das sie geteilt hatten, die eine Hälfte für die Frauen, die andere für die Männer. Gekocht wurde unter einer Plane, die vor dem Zelt errichtet worden war und Schutz vor immer wieder auftretenden Regenfällen bot. Es war absehbar, dass sie noch einige Monate mit diesen Verhältnissen würden leben müssen, denn von ihren Häusern, dem der Familie Vlachos sowie dem Elternhaus von Athena, war außer den Wänden nichts übrig geblieben. Als sie zum ersten Mal zurückgekehrt waren, hatte es selbst dem sonst immer so gesprächigen Markos die Sprache verschlagen. Die Straße war aufgerissen, teilweise unterspült und übersät mit Trümmern jedweder Art. Weder Fenster noch Dächer waren erhalten geblieben. Die Flut hatte es geschafft, Autos oder besser, was von ihnen übrig geblieben war, bis in die obersten Stockwerke der Häuser zu transportieren und aus ihnen avantgardistische Skulpturen zu formen.

Markos hatte sein Boot auch wieder gefunden. Es war von der

Wasserwand unter die große Brücke zum See gedrückt und dort völlig zerstört worden. Costa hatte die Tränen in den Augen seines Bruder gesehen, denn das Boot war sein Ein und Alles gewesen. Aber was war das im Vergleich zum Schmerz von Minea und Athena. Costa hatte seinem Bruder deshalb auch keinerlei Trost gespendet, sondern nur gesagt: „Sei ein Mann. Es gibt Wichtigeres im Leben."

Erschüttert waren sie alle, als sie mit Athena zum ersten Mal deren Elternhaus, die Taverne *Aqua*, besichtigten. Von Athenas Eltern, ihrem Bruder, ihrem Onkel und ihrer Tante fehlte noch immer jede Spur. Offensichtlich hatten sie die Warnung von Markos nicht ernst genommen und geglaubt, dass die Flut sie in den oberen Etagen des Hauses nicht erreichen würde. Eine tragische Fehleinschätzung. Athena war beim Anblick der Reste ihres Hauses mit einem Weinkrampf zusammengebrochen und danach über Tage nicht ansprechbar. Zum Glück hatte sich Minea ihrer angenommen und Athena mit ihrem eigenen Schmerz über die schwersten Stunden hinweggeholfen. Inzwischen verstanden sich die drei Frauen, Minea, Athena und die Mutter, sehr gut. Trotzdem war Athena noch immer bedrückt und weinte oft vor sich hin. Sie kam nicht darüber hinweg, dass das Meer ihre Verwandten mitgerissen und nicht wieder freigegeben hatte.

Wie viel Glück hatten dagegen die Eltern Vlachos gehabt. Als die Glocken begonnen hatten zu läuten, war der Vater vom Weinberg sofort nach Hause gelaufen. Das hatte etwa fünfzehn Minuten gedauert. Dort hatte er etwa zehn Minuten benötigt, seine Frau dazu zu bringen, wirklich nur das Notwendigste mitzunehmen. Was nicht ganz so einfach gewesen war. Denn am liebsten hätte seine Gattin auch noch die Wäsche, das gute Geschirr, die Gläser und ... und ... und ... mitgenommen. Am Schluss war es beim Schmuck, einigen wichtigen Papieren und den Fotoalben geblieben. Mehr hätten sie sowieso nicht tragen können. Zum Glück kannte der Vater alle Wege, auch die Schleichwege, in die Berge, so dass beide trotz ihres vorgerückten Alters schnell vorangekommen waren. Dennoch war es am Schluss mehr als knapp.

Sie hatten gerade den oberen Teil ihres Weinberges erreicht, als sie in der Bucht die Welle kommen sahen. Völlig außer Atem waren sie wie gebannt stehen geblieben und konnten sich von dem Grauen, das auf sie zurollte, nicht mehr lösen. Sie mussten mit ansehen, wie zunächst lautlos ihr so schöner Ort von der Welle überrollt wurde, diese sich immer mehr auftürmte und auch sie fast noch erreicht hätte. Vater hatte im Nachhinein geschätzt, dass sie nur fünf Meter über dem Scheitel der Welle gestanden hatten. Es waren schreckliche Bilder, die sich unauslöschlich bei ihnen eingeprägt hatten. Am schlimmsten hatten die Eltern den Rücksog des Tsunami empfunden. Viele Menschen waren zunächst nach vorn mitgerissen worden und glaubten, sich irgendwo festhalten zu können. Aber die zurücklaufende Welle hatte so viel Kraft freigesetzt, dass viele dem nicht standhalten konnten und einfach in der nun brüllenden Gischt verschwanden. Vater hatte auch noch Tage danach immer wieder gesagt: „Wir haben die Hölle gesehen. Sie hatte ihren Schlund geöffnet und alles verschlungen, was ihr im Wege stand."

Zum Glück waren die beiden Alten so betroffen, ja geschockt gewesen, dass sie zunächst nichts weiter getan hatten, als dorthin zu schauen, wo früher Agios Nikolaos gewesen war. Andere waren bereits umgekehrt, um zu sehen, was von ihren Häusern übrig geblieben war. Und wurden von der nächsten Welle, die fast noch höher war als die erste, überrollt. Weitere Wellen kamen, nicht mehr ganz so hoch, jedoch noch immer mit einer gewaltigen Zerstörungskraft.

Es hatte Stunden gedauert, bis sich das Meer wieder beruhigt hatte. Dann jedoch war nur noch Stille. Costa hatte seinen Vater noch nie mit Emotionen gesehen. Als sie sich aber wiedergefunden hatten, war dieser in Tränen ausgebrochen und hatte seine Kinder umarmt: „Was wir mit ansehen mussten, war das Schlimmste, was einem passieren kann. Wenige Meter unter uns wütete der Tod. Und wir konnten nur zusehen und nicht helfen."

Etwa zwei Tage nach der Flut war mit den Aufräumarbeiten in ihrem Ort begonnen worden. Als erstes wurden die Straßen beräumt und notdürftig befahrbar gemacht. Das Stromnetz wurde, beginnend am Berg, langsam wieder in Richtung Küste instandgesetzt. Nach drei Wochen konnten die Bewohner damit anfangen, den Schutt aus ihren Häusern zu räumen und erste Reparaturarbeiten in Angriff zu nehmen. Hauptproblem war jetzt das erforderliche Geld, das für Material und Werkzeug benötigt wurde. Deshalb war Markos heute auch nach Heraklion gefahren, da sie gehört hatten, dass Anträge auf Hilfe eingereicht und kurzfristig zinsverbilligte Kredite erhalten werden konnten. Zudem sollte er klären, wie Athena ermöglicht werden konnte, Zugriff auf die Gelder ihrer Eltern zu bekommen, denn wie es aussah, war sie die einzige Überlebende ihrer Familie.

Costa schaute auf. Einer der Touristen hatte begonnen, die Frauen, die gerade Kleidungsstücke zum Waschen vorbeibrachten, zu fotografieren. Das konnte doch nicht wahr sein. Costa musste sich beherrschen, denn am liebsten hätte er diesem Kerl ein paar geknallt. Er lief langsam auf den Touristen zu und richtete sich in seiner ganzen Größe auf. „Verschwinde, du Dreckskerl", knurrte er nur. Er wusste nicht, ob der andere Griechisch verstand, aber die Worte von Costa waren nicht misszuverstehen. Hastig packte der Mann seine Kamera ein und lief zu der Gruppe der anderen Touristen. Er wagte es nicht, sich noch einmal umzudrehen. Offensichtlich hatte er sich Athena als Motiv ausgesucht. Denn sie war trotz ihrer Trauer ein außerordentlich hübsches Mädchen. Aber Fotomotiv, das war nun wirklich das Letzte, was Athena im Moment sein wollte.

Costa lief zurück zu den Frauen und fragte sie freundlich: „Kann ich euch helfen?"

Minea schaute kurz auf und warf ihrem Bruder einen liebevollen Blick zu. „Ach Costa, du bist schon eine Perle. Aber das ist Frauenarbeit. Bleib du lieber bei deinem Schrank. Du wirst sicherlich ein Schmuckstück daraus machen."

Der hatte im Moment jedoch keine Lust mehr. Seit Tagen beschäftigte er sich jetzt schon mit diesem alten Schrank, den sie von einem Bauern aus Kritsa geschenkt bekommen hatten. Er hatte ihn geschliffen, beschädigte Stücke ersetzt, von innen ausgekleidet und begonnen, ihn zu lackieren. Das Erneuern alter Möbelstücke machte Costa normalerweise Spaß, jedoch dieser Schrank war das Schlimmste, was er in den letzten Jahren wieder herausputzen sollte. Er wollte ihn Minea schenken, als erstes Möbelstück, das in ihr renoviertes Haus einziehen würde. Allerdings würde das noch einige Monate dauern. Sie hatten gerade mit dem Dach begonnen und neue Fenster bestellt. Allein das Trocknen des extrem feuchten Hauses würde sich bis zum Jahresende hinziehen, was auch hieß, dass sie bis dahin weiter in diesem Zelt hausen mussten.

Costa setzte sich auf eine Kiste, die neben seinem Schrank stand, und schaute den Berg hinab in Richtung Mirabello-Golf. Für Mitte Juli war die Insel außergewöhnlich grün. Überall blühte es. Man merkte deutlich, dass es nicht so heiß war und viel mehr regnete als sonst üblich. Ihr Vater, der sein ganzes Leben als Weinbauer gearbeitet hatte, war nicht unglücklich über das Wetter. Noch nie waren die Kartoffeln und der Mais so gut gewachsen wie in diesem Jahr. Und erst das Gemüse. Während sonst die Möhren und der Kohl vertrocknet waren, erreichten sie in diesem Sommer fast riesige Ausmaße. Nur der Wein würde nicht so gut werden wie in den Jahren zuvor. Der viele Regen hatte zu Mehltau geführt und den Zuckergehalt begrenzt. Aber bis September war noch Zeit. Costa konnte schon verstehen, dass die Touristen wiedergekommen waren. Die Insel war schön wie schon lange nicht mehr, so als wolle die Natur die Wunden überdecken, die sie den hier lebenden Menschen zugefügt hatte. Da man an der Südküste nur leichte Schäden beseitigen musste, vor allem durch das Erdbeben verursacht, waren auch viele Hotels schon wieder so hergerichtet, dass sie Touristen beherbergen konnten.

Costa schaute jetzt nach Norden. Wo noch vor zehn Wochen eine riesige Wolke über dem Meer gestanden hatte, war nichts mehr zu sehen. Der Vulkan hatte sich ausgetobt und wieder in die Tiefen des Hades zurückgezogen. Was übriggeblieben war, hatte mit dem ursprünglichen Santorin nichts mehr zu tun. Davon hatte sich Costa persönlich ein Bild machen können, als er vor zwei Wochen mit seinem Bruder und einem früheren Bewohner der Insel, der jetzt in Zürich lebte, zum Archipel Santorin gefahren war. Markos war von einem der Fischer gefragt worden, ob sie nicht diese Tour machen wollten, denn noch immer sprachen alle mit Hochachtung von ihrer Fahrt zum gerade ausgebrochenen Vulkan auf der Kolumbo-Bank. Die Fischer hatten Markos einen alten Kahn geliehen, der noch so scetüchtig war, dass sie eine Reise bis Santorin wagen konnten. Der junge Mann aus Zürich hatte dic Fischer angesprochen, da Bootsfahrten für Touristen wegen der großen Menge an Bimsstein im Meer bisher nicht wieder aufgenommen worden waren. Diese allerdings hatten nur abgewinkt. Sie hatten selbst genug Probleme, denn die Netze wurden durch den scharfkantigen Bimsstein zerstört und auch die Bootswände litten sehr, wenn sie in ein Gebiet mit schwimmenden Steinen gerieten.

Santorin selbst war nicht wiederzuerkennen. Der ganze nördliche Teil der Insel bis zum Profitis Ilias war im Meer versunken. Dafür war die frühere Meerenge zwischen Thirasia und Thera, die die Einfahrt in die Caldera bildete, mit Bimsstein zugeschüttet worden, der sich nun wellenförmig über eine neue Insel ausbreitete, die, hufeisenförmig von Gestalt, eine sich nach Norden öffnende Caldera umrahmte. Die Vulkaninseln Nea Kameni und Palea Kameni waren völlig verschwunden. Es war nicht mehr zu erkennen, wo sie sich einmal befunden hatten. Von vulkanischer Aktivität, wie dem Auftreten von Gasblasen oder schwefelhaltigen Quellen, war nichts mehr zu sehen.

Ihr Fahrgast war erschüttert gewesen, als er sah, was aus seiner Insel geworden war. Er hatte sichtlich Mühe gehabt, seine Tränen zurückzuhalten. Erst auf der Rückfahrt hatte er ihnen erzählt, dass sein Großvater auf der Insel geblieben war und dort sein Grab gefunden hatte. Markos konnte nicht verstehen, dass sich jemand der Evakuierung entzogen hatte, aber Costa zeigte sein Verständnis mit den Worten: „Ohne Kreta könnte ich auch nicht leben.“

Sie hatten an der Südküste, dort wo sich früher Perissa befand und jetzt Bimsstein bis zum Meer vorgedrungen war, angelegt und waren über die Steinwellen geklettert. Aber außer dem Weiß des Bimssteins war nichts zu sehen. Alles war zugedeckt wie mit einem Leichentuch. Die Schicht musste stellenweise bis achtzig Meter dick sein, denn die ursprüngliche Oberflächenstruktur mit Höhen und Tiefen war nicht mehr zu erkennen.

„Wer soll das je wieder besiedeln?“, hatte der junge Mann aus Zürich sie am Schluss der Reise traurig gefragt. Aber Costa hatte das viel rationaler gesehen: „Ach, sie werden schon wiederkommen. Schnell sind die Opfer vergessen, und es locken erneut Fruchtbarkeit und gute Lage.“ Costa fühlte sich in seiner Aussage noch dadurch bestätigt, dass sie bei ihrer Kletterei in Richtung Messo Vouno einige Pflänzchen gefunden hatten, die erste grüne Inseln im Weiß des Bimssteins bildeten. Costa war nicht wirklich gläubig, aber auf Santorin hatte er die göttliche Zweieinigkeit gesehen, auf der einen Seite das Vergehen, den Tod, auf der anderen die beginnende Wiedergeburt, das Leben.

Costa schreckte zusammen. Er hatte ein Geräusch hinter sich gehört. Es war Minea, die zu ihm getreten war und ihn fragend anschaute: „Costa, Athena hat ein Problem. Was soll sie tun? Sie hat einen Brief von dem Minister erhalten, der uns hier einige Tage nach der großen Katastrophe mit dem Hubschrauber besucht hat. Er hat ihr geschrieben, dass er und seine Ehefrau mit tiefer Trauer von ihrem großen Unglück gehört haben und sehr gern die Patenschaft übernehmen würden. Sie haben sie nach Athen eingeladen und gefragt, wie sie ihr möglichst schnell helfen können. Sie hätten selbst keine Kinder und würden sich sehr freuen, auf diese Weise etwas Gutes tun zu können.“

„Sie sollen Athena hunderttausend Euro schicken“, antwortete Costa unprosaisch. „Das wäre eine echte Hilfe.“

Minea schüttelte den Kopf. „Costa, darum geht es doch gar nicht. Noch hat Athena die Hoffnung, dass ihre Eltern vielleicht doch noch leben. Wie kann sie dann diese Patenschaft annehmen? Und vielleicht meint dieser Minister das auch gar nicht richtig ernst und will Athena nur für seine politischen Ziele ausnutzen?“

„Der Bursche scheint nicht der schlechteste zu sein“, beschied nun Costa seiner Schwester. „Ihre Eltern hätten sicherlich nichts gegen eine solche Patenschaft, selbst wenn sie noch leben würden.“

„Was soll ich ihr also raten?“, fragte Minea nach.

„Die sollen mal herkommen. Dann kann ich sie mir näher anschauen und feststellen, ob sie wirklich Athena verdienen."

Minea streichelte ihrem Bruder leicht den Arm: „Ich bin mir sicher, dass du sie genauso beschützen wirst wie mich auch. Sie ist für mich schon wie eine Schwester."

Costa schüttelte nur unwirsch den Kopf: „Weibergeschwätz. Markos liebt sie und ich hoffe, sie werden ein Paar. Soll der sie doch beschützen." Costa stand auf und lief zu seinem Schrank. Er hatte genug nachgedacht, es wurde Zeit, zur Arbeit zurückzukehren.

17. Juli 2015, Zürich

Ein leichter Duft nach Maiglöckchen war zurückgeblieben. Noch vor wenigen Minuten hatte sie ihm gegenüber gesessen, Sylvia Eschli. Seit Monaten hatte er sie nicht mehr gesehen. Umso mehr war er erschüttert, als er sie kurz vor Mittag getroffen hatte. Sie war ganz in Schwarz gekleidet, stark abgemagert, die Augen traurig und praktisch ohne jeden Blick für ihre Umgebung. Sie schob einen Kinderwagen vor sich her, der wegen des fast alltäglichen Nieselregens mit einer Plane abgedeckt war, und kam offensichtlich vom Einkauf.

Mikis hatte sie angesprochen. Sie hatte ihn zunächst nicht erkannt, dann aber war doch ein leichtes Lächeln über ihr Gesicht gehuscht.

„Herr Kypris, es freut mich, Sie zu sehen."

Mikis war noch mehr erschrocken, als er sie aus der Nähe betrachtete. Ihre Wangen waren grau und eingefallen, ihr ehemals leuchtendes Haar nur noch ein strähniges, stumpfes Etwas. Es konnte nicht nur an dem Sauwetter liegen, das sie alle schon seit Monaten in Depressionen trieb. Mikis hatte zunächst einen Blick in den Kinderwagen geworfen. Der kleine Kerl mit dem Vornamen seines Großvaters war prächtig gewachsen und freute sich, dass sich jemand für ihn interessierte. Mikis hatte den Eindruck, dass er am liebsten hochgenommen worden wäre.

Er hatte Sylvia gefragt, wie es ihr denn so ginge. Inzwischen war ja so viel passiert. Sylvia hatte ihm mit Tränen in den Augen erzählt, dass ihr Mann ums Leben gekommen war und sie sich jetzt allein durchschlagen musste. Mikis war geschockt und hatte ihr sein Beileid ausgesprochen. Er hatte in seinem Restaurant gespürt, dass Sylvia und ihr Mann, wie hieß er doch gleich, Richard, sich offensichtlich liebten und eine sehr gute Ehe führten. Da er bemerkte, wie die junge Frau unter dem Verlust ihres Mannes litt und froh war, wieder einmal ein bekanntes Gesicht zu sehen, hatte er sie zu einer Tasse Kaffee eingeladen. Sie hatte ihren Sohn mit in das kleine Café genommen und auf ihren Schoß gesetzt. Er war ein lieber Junge, denn er strahlte die ganze Zeit. Voller Begeisterung spielte er mit den Bierdeckeln, die auf dem kleinen Marmortisch lagen.

Sylvia hatte mit Tränen in den Augen Mikis erzählt, dass ihr Mann ermordet worden war. Er war leider einer der Unglücklichen, die sich in Beijing befanden, als dort mehrere Hotels von Terroristen besetzt wurden. Richard Eschli war erschossen worden, drei Schuss aus nächster Nähe, jeder tödlich. Vielleicht hatte er damit sogar noch Glück gehabt, denn andere waren brutal erschlagen, einige gefoltert worden.

Was war nur in China passiert, dass plötzlich solch eine Welle von Gewalt freigesetzt worden war? Sylvia wusste es auch nicht. Ihr Mann hatte nie viel von seiner Arbeit und von der Situation in China erzählt. Die Spannungen dort mussten enorm zugenommen haben, denn die gesamte Weltwirtschaft litt bereits unter der Krise in diesem Land, die zu einem deutlichen Rückgang der Investitionen weltweit geführt hatte. Selbst in der Schweiz zeigten sich schon erste negative Auswirkungen. Mehrere Banken mussten Kredite abschreiben und hohe Verluste in China vermelden. Das hatte einige Kreditinstitute an den Rand des Ruins gebracht.

Mikis hatte versucht, sich vorzustellen, was Richard passiert war. Einfach nur schrecklich! Und nun stand Sylvia mit ihrem George allein da. Weil man den Tod als Folge bürgerkriegsähnlicher Zustände deklariert hatte, was nicht versichert war, hatte sie nur eine kleine Rente erhalten, mit der sie jedoch kaum über die Runden kommen konnte. Sie würde wieder arbeiten müssen, hatte sie ihm erklärt. Aber sie wusste nicht, wie sie das mit der Betreuung ihres Sohnes in Einklang bringen sollte. Hier hatte Mikis sie daran erinnert, dass die Familie Kypris ihr immer helfen würde, und ihr angeboten, dass seine Schwester Sophia, die er vor etwa zwei Monaten nach Zürich geholt hatte, die Betreuung von George übernehmen könne. Sie sei mittlerweile siebzehn Jahre alt und hätte genügend Zeit, Sylvia zu unterstützen. Frau Eschli hatte ihm versprochen, auf das Angebot zurückzukommen. Mikis war sich jedoch nicht sicher gewesen, ob sie sich melden würde.

Er hatte ihr erzählt, dass sein Onkel Ende Mai verstorben war. Nach dem Schlaganfall Anfang des Jahres war es mit ihm rapide abwärts gegangen. Und geschäftlich sah es sehr schlecht aus. Aufgrund der sich abzeichnenden Krise lief das Restaurant kaum noch. Deshalb war er schon dabei, sich beruflich umzuorientieren. Das war auch der Grund, warum er eine seiner Schwestern zu sich geholt hatte, die die Betreuung der immer hinfälligeren Tante übernehmen sollte. Er hatte Sylvia ebenfalls von seiner Reise nach Kreta berichtet und natürlich von seinem Abstecher nach Santorin. Trotz der erschütternden Eindrücke, die er schilderte, hatte er an dieser Stelle gemerkt, wie Sylvia aufgelebt war. Ihre Augen blitzten plötzlich wieder für einen Moment auf, und er sah die junge Frau, in die er sich auf Santorin fast oder vielleicht sogar richtig verliebt hatte. Sie hatte ihm in diesem Zusammenhang erzählt, dass sie von der Vizepräsidentin der EU-Kommission angesprochen worden war, ihr für eine geplante Rede fachlich zuzuarbeiten. Diese hatte sie angerufen und ihr eine weitere größere Beauftragung in Aussicht gestellt. Immerhin hatte sie sich als Vulkanologin international einen Namen gemacht. Natürlich wollte Sylvia möglichst genau wissen, wie es denn nach der Katastrophe auf Santorin aussah. Sie hatte zwar schon Satellitenaufnahmen gesehen, jedoch ein Augenzeuge, das war doch noch etwas ganz anderes.

Mikis hatte ihr dann auch in allen Details die Reise mit Markos und Costa Vlachos geschildert. Sie hatte gelacht, als er ihr von den zwei so unterschiedlichen Brüdern berichtete. „Der eine, ein Hüne von Gestalt, maulfaul, aber handwerklich sehr geschickt, klein und zierlich der andere, dafür mit einer großen Klappe gesegnet."

Und nun war sie gegangen. Ob sie sich wieder melden würde? Er wusste es nicht. Auf jeden Fall war die Zeit im Café sehr schnell vergangen und er hatte zumindest zeitweise die Frau gesehen, an die er so schöne Erinnerungen hatte. Mikis lehnte sich zurück und bestellte noch einen Kaffee. Er sah Sylvia erneut vor sich, mit im Wind wehendem Haar, leuchtend rot durch die Sonne, die gerade dabei war unterzugehen. Um sie herum das helle Blau der Caldera, voller Ruhe das Meer, zu hören nur das Tuckern des Motors ihres Bootes. Dazu Sylvias Lachen und ihre offensichtliche Freude über die Fortschritte ihrer Arbeit auf Santorin. In diese Frau musste man sich einfach verlieben. Aber wie viel hatte sich doch seit dieser Zeit ereignet? Wie viele Menschen waren seitdem schicksalhaft mit diesem Vulkan verknüpft? Und sein zerstörerisches Werk ging noch weiter. Mikis dachte vor allem an das Klima, das durch den Vulkanausbruch außerordentlich negativ beeinflusst wurde. In der Schweiz hatte die spürbare Abkühlung zu Dauerregen und in der Folge zu einem Ausfall der Heuernte geführt. Die wirtschaftlichen Konsequenzen waren enorm. Die Futter- und Energiepreise stiegen fast wöchentlich, im Gegenzug kamen fast keine Touristen mehr. Deshalb auch die geschäftliche Umorientierung.

Er hatte Sylvia nicht erzählt, dass Santorin nicht das Hauptziel seiner Reise gewesen war. In der Hauptsache hatte er nach Geschäftspartnern für seine neue Frucht-Import-Gesellschaft gesucht und diese letztlich auch gefunden. Denn für Mikis war klar, dass, sollten die Wetterunbilden so anhalten, auch die Lebensmittelpreise weiter steigen würden. Er ging fest davon aus, dass in Zentraleuropa keine Überschüsse mehr erwirtschaftet werden konnten, im Gegenteil sogar ein Mangel an Nahrungsmitteln zu erwarten war. Da der Mittelmeerraum von den Wetterkapriolen profitierte, denn es war nicht mehr so heiß und regnete ungewöhnlich viel, hatte er sich zunächst auf Kreta konzentriert, wo er sich sehr gut auskannte. Zwischenzeitlich hatte er auch schon Reisen nach Tunesien und Libyen unternommen, wo die Landwirtschaft ebenfalls ungewohnten Erträgen entgegensteuerte. Es war ihm gelungen, mehrere Exklusivverträge mit dörflichen Gemeinschaften abzuschließen, die sich in der Nähe der Großflughäfen in Tunis und Bengasi befanden. Auch auf Kreta war er letztlich sehr erfolgreich gewesen. Der Flughafen von Heraklion war schon wieder eröffnet und es gab eine direkte Flugverbindung nach Zürich. Sicherlich waren die Flugkosten auch gestiegen. Aber bei den inzwischen erreichten Preisen in der Schweiz spielten sie dann doch fast keine Rolle mehr.

Ein Glücksfall war für ihn die Begegnung mit den Brüdern Vlachos gewesen. Der jüngere der beiden, Markos, hatte sich als außerordentlich beweglich oder besser pfiffig erwiesen. Er hatte nicht nur geholfen, wichtige Kontakte zu knüpfen, sondern auch in den Verhandlungen Ergebnisse erreicht, die Mikis vorher nicht erwartet hatte. Dazu kam, dass beide eine ähnliche Vorgeschichte hatten und sich deshalb vom ersten Moment an sympathisch gewesen waren. Immerhin hatten sie als Bootsführer gearbeitet und am Schluss durch diesen vermaledeiten Vulkan ihre Boote und damit ihre Lebensgrundlage verloren. Aber neue Möglichkeiten taten sich auf. Warum sollten sie diese nicht gemeinsam nutzen und sich eine sichere Existenz schaffen?

Mikis hatte während seines Besuches auf Kreta die ganze Familie kennen gelernt, wobei sich der Vater von Markos noch als zusätzlicher Gewinn herausgestellt hatte. Er war ein alter, erfahrener Landwirt, der auf der ganzen Insel bekannt war und Mikis viele Türen öffnen konnte. Denn normalerweise waren gerade die kretischen Bauern sehr verschlossen und standen Neuerungen nicht sonderlich offen gegenüber. Aber wenn der alte Vlachos das unterstützte, konnte es nicht schlecht sein.

Mikis war zutiefst betroffen gewesen, als er die Familie Vlachos in Agios Nikolaos besucht hatte. Natürlich hatte ihm Markos erzählt, dass ihr Ort besonders schwer unter der Flut gelitten hatte, jedoch es dann selbst zu sehen war doch ein gewaltiger Unterschied. Dennoch bewunderte er, mit wie viel Kraft und Zielstrebigkeit die Einwohner von Agios Nikolaos daran gegangen waren, ihren Ort wieder aufzubauen. Und er hatte auch die Freundin von Markos getroffen, eine ziemlich junge Frau, mit schwarzen Haaren und einem Gesicht, wie aus Marmor gehauen. Allerdings hatte das Schicksal ihr übel mitgespielt. Es sah so aus, dass ihre ganze Familie während der großen Flut ums Leben gekommen war. Mikis hatte die tiefe Trauer des Mädchens gespürt, das zum Glück in der Familie Vlachos Mitgefühl und Aufgeschlossenheit gefunden hatte.

Markos hatte allerdings Schwierigkeiten, mit der Situation umzugehen. Er wusste nicht, wie er sich gegenüber Athena, so hieß die junge Frau, verhalten sollte. Er hatte Mikis erklärt, dass er immer Angst hatte, dass bei Athena der Eindruck entstehen könnte, er würde ihre Situation nur für sich ausnutzen. Obwohl er sie offensichtlich liebte und alles für sie tun würde, hatte er sich ihr in den letzten Wochen kaum noch genähert, sogar eine gewisse Distanz aufgebaut. Mikis hatte Markos geraten, einfach mit Athena darüber zu sprechen, aber der hatte nicht den Mut dazu. Obwohl sonst sehr redegewandt, hatte er sichtlich Schwierigkeiten, Athena zu erklären, was er dachte und wie er ihre Beziehung sah. Allerdings konnte Mikis ihm auch nicht helfen. Das würde Markos schon allein regeln müssen.

Zum Glück war von dieser Unsicherheit im privaten Bereich beim Aufbau ihres neuen, gemeinsamen Geschäfts nichts zu spüren. Markos hatte fast Tag und Nacht gearbeitet und auch die ersten Transporte nach Zürich organisiert. Es hatte perfekt geklappt und nach Abzug aller Kosten zu einem schönen Gewinn geführt. Sie hatten sich auf Kartoffeln sowie Gemüse spezialisiert, was sich mehr und mehr als richtig erwies. Denn durch das schlechte Wetter gab es kaum Frühkartoffeln in Mitteleuropa und das Gemüse wuchs entweder gar nicht erst oder verfaulte auf den Feldern. Mikis hatte sich bemüht, bei fairen Preisen zu bleiben und die Not der Menschen nicht auszunutzen. Er wusste aus eigener Erfahrung, was es hieß, von heute auf morgen alles zu verlieren, auf die Hilfe anderer angewiesen zu sein. Trotzdem betrug ihr Profit pro Tonne Kartoffeln mehr als fünfhundert Euro, pro Tonne Kohl sogar fast achthundert Euro. Und sie hatten schon achtzig Tonnen Kartoffeln sowie fünfzehn Tonnen Kohl in Zürich und Umgebung verkauft.

Wie zu erwarten hatte das den Großhändlern nicht geschmeckt. Aber was konnten diese tun? Es gab einfach nicht genug Nahrungsmittel, das heißt, die Politiker waren froh über jede neue Quelle, die zur Versorgung beitragen konnte. Mikis hatte gestern erst wieder mit Markos über das Internet konferiert, ob es nicht möglich sei, den Umsatz schneller zu steigern. Vor allem Kartoffeln fehlten an allen Ecken und Enden. Markos hatte versprochen, noch einmal die Bauern darauf hinzuweisen, dass alle produzierten Produkte abgenommen werden würden, völlig im Gegensatz zu dem, was in den letzten Jahren gelaufen war. Mikis hatte Markos als Ziel einhundert Tonnen

Kartoffeln und zwanzig Tonnen Gemüse pro Monat vorgegeben, allein von Kreta. Da auch die Lieferanten aus Libyen und Tunesien langsam in Gang gekommen waren, konnte Mikis außerordentlich optimistisch in die Zukunft sehen. Er hatte sich fest vorgenommen, einen Teil des verdienten Geldes an seine Familie zu schicken, die noch immer große Not litt und den Verlust der Heimat nicht verwunden hatte.

Noch einmal dachte Mikis an Sylvia. Wie sie wohl über die Runden kam? Er würde ihr Kartoffeln sowie etwas Obst und Gemüse schicken. Der kleine George würde sich gewiss über einige Erdbeeren oder Himbeeren freuen. Jedoch machte er sich keine Hoffnungen in Bezug auf Sylvia. Sie hatte ihren Mann geliebt, und da war kein Platz für einen Dritten. Aber sie hin und wieder zu sehen, ihr ansteckendes Lachen zu genießen, würde ihm schon reichen. Und der Sohn war so ein freundliches Kerlchen, am liebsten hätte er ihn auch einmal hochgenommen, aber er hatte es dann doch nicht gewagt, Sylvia danach zu fragen.

Mikis rief die Kellnerin und bat sie, ihm die Rechnung zu bringen. Überrascht musste er feststellen, dass Sylvia ihren Teil bereits selbst bezahlt hatte, obwohl sie von ihm eingeladen worden war. Was für eine Frau! Mikis bezahlte seinen Kaffee und stand auf. Auch schon wieder teurer geworden, dachte er. Wo sollte das enden? Die Krise, ausgelöst durch die starke Abkühlung, war immer offenkundiger. Und dann noch diese Unsicherheit, wie es in China weitergehen würde. Sylvias Schicksal hatte ihm deutlich vor Augen geführt, dass dort irgendetwas aus dem Ruder lief, mit fatalen Auswirkungen auf die gesamte Weltwirtschaft. Vor allem die großen Exportnationen litten bereits deutlich unter der Krise Chinas. In Deutschland war die Industrieproduktion um zehn Prozent gesunken, mit dramatischen Folgen für die Steuereinnahmen und damit den Staatshaushalt. Es begann, politisch zu gären. Sowohl am rechten als auch linken Rand des Parteienspektrums tauchten die ersten Scharlatane auf, die alles versprachen, jedoch ohne Hinweis darauf, wie sie es bewerkstelligen wollten. Es wurde eine Gefahr für die Demokratie sichtbar, die keiner mehr für möglich gehalten hatte. Aber dazu waren die Politiker da, dachte Mikis. Er musste sehen, wie er klarkam.

Mikis verließ das Café und lief langsam nach Hause. Seine Tante würde schon auf ihn warten und wie immer mit ihm schimpfen, dass er das Restaurant aufgegeben hatte. Sie war so krank, dass sie nicht mehr verstehen konnte, wieso es einfach nicht mehr gegangen war.

Die Menschen hatten kein Geld mehr, um in ein Restaurant zu gehen. Aber wie sollte er das einer alten, kranken Frau erklären, die ihr ganzes Leben dem *Hellas* geopfert hatte? Zum Glück war jetzt seine Schwester da, die sich liebevoll um die Tante kümmerte und von dieser auch akzeptiert wurde. Irgendwie sah sie in Sophia ihre eigene Schwester wieder und sprach sie oft auch so an. Das machte das Zusammenleben noch erträglich. Dennoch war es für Mikis nicht leicht, der Tante stets erklären zu müssen, dass die Umorientierung unumgänglich war. Sie hatten schon seit Monaten nur noch vom Ersparten gelebt und waren auf dem besten Weg gewesen, Restaurant und Haus zu verlieren. Wenn er nicht diese Eingebung gehabt hätte, eine Handelsbeziehung nach Kreta aufzubauen, hätte es trüb ausgesehen. Aber jetzt war sein neues Geschäft gut angelaufen und er konnte seiner Tante Mut machen. Vielleicht bot sich irgendwann doch wieder einmal die Möglichkeit, das Restaurant aufs Neue zu betreiben. Mikis träumte jetzt ein bisschen vor sich hin. Er sah Sylvia als seine Frau, die ihn auf seinen Reisen begleitete, den Sohn, der groß geworden war...

Da jedoch hupte es laut und ein Mann brüllte aus einem Auto: „Kannst du nicht aufpassen, du Idiot. Seit wann latscht man bei Rot über die Kreuzung?“ Mikis schrak zusammen. Was für einen Unsinn hatte er vor sich hingesponnen. Sylvia war Wissenschaftlerin und würde nie in sein Geschäft einsteigen. Und neben Richard war sowieso kein Platz für ihn.

20. Juli 2015, New York

Rede von Marit Johannson, Ministerpräsidentin von Norwegen und Vizepräsidentin der EU-Kommission, vor der UN-Vollversammlung:

„Sehr verehrter Herr Generalsekretär, meine Damen und Herren.

Über mehr als ein Jahr wurde das Gebiet der Ägäis von Naturkatastrophen heimgesucht, die in einer Tragödie wahrhaft biblischen Ausmaßes endeten. Griechenland, die Türkei und Ägypten haben mehr als dreihundertsiebzigtausend Tote in Folge der Erdbeben beziehungsweise der durch die Vulkaneruptionen ausgelösten Flutwellen sowie mehr als achthunderttausend Verletzte zu beklagen. Die Zahl der Menschen, die all ihr Hab und Gut verloren haben, liegt in der Größenordnung von acht Millionen. Die wirtschaftlichen Schäden sind unübersehbar und lassen sich mit einer Zahl allein nicht mehr beschreiben. An vielen Küstenabschnitten in der östlichen Ägäis ist die Infrastruktur fast völlig zerstört und es wird Jahre, wenn nicht Jahrzehnte dauern, bis die Narben verheilt sein werden. Lassen Sie mich schon jetzt all jenen danken, die uns in dieser schicksalhaften Stunde sofort uneigennützig ihre Hilfe haben zukommen lassen, personell, finanziell und materiell. Die betroffenen Menschen haben diese Hilfe dankbar angenommen. Sie wird ihnen Unterstützung sein bei der schweren Aufgabe, das Leben wieder zu normalisieren und das Geschehene zu verarbeiten.

Aber was ist geschehen? Warum war unsere hochzivilisierte und technisierte Welt nicht in der Lage, die bevorstehende Katastrophe zu erkennen und ihre Auswirkungen zu begrenzen? Ausgangspunkt war, wie mir eine junge Schweizer Vulkanologin erklärt hat, etwas Normales, an das wir uns alle gewöhnt haben, die Bewegung der Erdplatten. Diese setzt enorme Kräfte dort frei, wo Platten aufeinander treffen, wie zum Beispiel in der Ägäis, die sich in Erdbeben oder Vulkanausbrüchen entladen. Nur, wir Menschen vergessen, dass die Natur in ihrer Vielfalt und Zufälligkeit auch gigantische Eruptionen zulässt, die das normale menschliche Vorstellungsvermögen bei weitem übertreffen. Sie treten alle fünf- oder zehntausend Jahre ein, vielleicht manchmal auch nur einmal in fünfzigtausend Jahren. Wann es geschieht, wissen wir nicht und wir haben auch verdrängt, dass es geschehen kann. Trotz der Warnungen in den Werken der frühen Hochkulturen. Und dann plötzlich betrifft es eine Generation, wie jetzt die unsere, die fast staunend den Urgewalten der Natur ausgeliefert ist und nicht wahrhaben will, dass der Mensch die Natur nie wirklich beherrschen kann, denn er ist nicht mehr als eine ihrer Launen. Um Ihnen eine Vorstellung davon zu geben, was über uns hereingebrochen ist, eine Zahl zur Illustration. Die Sprengkraft aller Eruptionen im Archipel Santorin dürfte in der Größenordnung von fünfhunderttausend Wasserstoffbomben gelegen haben, eine unvorstellbare Größe. Und ich musste mir von unseren Vulkanologen sogar sagen lassen, dass es vor erdgeschichtlich kurzen Zeiten bereits noch gewaltigere Explosionen gegeben hat.

Dieser Teil der Tragödie liegt hinter uns. Insbesondere die griechische Regierung hatte alles getan, die möglichen Folgen des Santorinausbruchs zu begrenzen, jedoch auch sie wurde letztendlich vom Ausmaß der freigesetzten Kräfte überrascht. Dennoch war so viel Vorsorge getroffen worden, dass die letzte, schwerste Eruption, die zum Zusammenbruch des ganzen Inselkomplexes geführt hat, nicht im Inferno endete. Tragisch wurde es in der Regel nur dort, wo die Warnungen in den Wind geschlagen wurden oder einfach die Vorwarnzeiten zu gering waren.

Es gibt allerdings zwei Erscheinungen im Zusammenhang mit der Katastrophe, die uns sehr beunruhigen und fürchten lassen, dass das Drama noch nicht abgeschlossen ist und noch Herausforderungen auf uns zukommen, deren Tragweite wir nur erahnen können. Zum einen gibt es kaum noch angezweifelte Untersuchungen, die einen Zusammenhang zwischen einer erhöhten Sonnenaktivität und verstärktem Vulkanismus auf der Erde nachgewiesen haben, zum anderen hat der Ausbruch des Santorin mit seinem gewaltigen Staub- und Aerosolaustrag das Klima extrem negativ beeinflusst. So schlimm es auch klingen mag, weitere Vulkanausbrüche santorinischen Ausmaßes sind zu erwarten, mit noch negativeren Auswirkungen auf das Klima unserer Erde. Und ob wir wollen oder nicht, wir müssen uns darauf einstellen, denn das ist eine Bedrohung unserer modernen Zivilisation, all dessen, worauf wir stolz sind, Demokratie, Menschenrechte, freier Welthandel.

Wir haben uns in der EU-Kommission sehr intensiv mit dieser Problematik beschäftigt und sind uns auch mit den Regierungschefs der Länder darüber einig, dass wir alles tun müssen, die gegenwärtig in der Erdkruste ablaufenden Prozesse besser zu verstehen und die existierenden Vorwarnsysteme für Vulkanausbrüche weiter zu vervollkommnen. Wir werden kurzfristig mit einer Gefahrenanalyse aller europäischen Vulkane beginnen und erhebliche Mittel für die Erforschung der Plattentektonik zur Verfügung stellen. Nur, der Vulkanismus ist ein globales Problem. Wir bitten Sie deshalb, uns bei der Erweiterung des Programms auf alle kritischen Regionen unserer Erde zu unterstützen und dafür entsprechende finanzielle Mittel zu gewähren.

Fast noch dramatischer stellen sich momentan für uns die Auswirkungen einer globalen Klimakatastrophe dar. Bereits jetzt müssen wir auf der Nordhalbkugel eine durchschnittliche Abkühlung um fünf Grad Celcius feststellen, die unsere Gesellschaften bis in ihre Grundfesten erschüttern kann. Denn dort, wo wir bisher Überschüsse erzeugt und mit hohen Kosten verwaltet haben, wird es über längere Zeit kein Zuviel mehr geben. Wir erwarten, dass wir von einer Überschuss- in eine Mangelgesellschaft übergehen, mit allen Konsequenzen, die damit verbunden sind. Wie sollen wir zukünftig gesellschaftlichen Reichtum verteilen, ohne die Gesellschaft in sich zu spalten oder zu zerstören? Wo liegen die neuen wirtschaftlichen Herausforderungen und können diese sogar in einen wirtschaftlichen Aufschwung umgelenkt werden? Können wir uns den Egoismus noch leisten, in den die Wohlstandsgesellschaften abgeglitten sind, und wie werden geprägte Egoisten wieder zu solidarisch agierenden Individuen?

Viele dieser Fragen stürmen gleichzeitig auf uns ein. Auf viele haben wir noch keine Antwort. Aber wir alle müssen uns ihnen stellen, denn es ist ein globales Problem, dem sich letztlich keine Gesellschaft dieser Erde wird entziehen können. Was schlagen wir vor? Als erstes regen wir eine kurzfristig durchzuführende Weltklimakonferenz an, die sich mit der Analyse und den Folgen der derzeitig beobachteten Abkühlung beschäftigt. Immerhin sind wir in den letzten Jahrzehnten immer vom Gegenteil, einer möglichen Erwärmung um mehrere Grad, ausgegangen. Die Basis aller Betrachtungen hat sich also grundsätzlich geändert. Zum Glück ist die Südhalbkugel bei weitem nicht so stark von der Belastung der Stratosphäre mit Aerosolen betroffen, jedoch wir wissen nicht, wie sich diese weiter verteilen werden.

Parallel zur Weltklimakonferenz empfehlen wir im Rahmen der UN die Erarbeitung von Vorschlägen zur Sicherung der Welternährung, denn wir werden weniger Nahrungsmittel produzieren. Oder ist diese These vom Grundsatz her falsch? Wird nicht nur eine Verlagerung der Produktionszentren in südlichere Regionen erfolgen? Wir sehen ja schon, dass viele Wüstengebiete plötzlich ungewohnten Regen bekommen haben und wieder landwirtschaftlich genutzt werden können. Aber was heißt das für die bisherigen Produzenten, wie zum Beispiel Kanada, die USA oder Europa? Oder denken wir an China. Dieses Land leidet unter einer extremen Dürre, die viele unserer Experten als Folge der Klimaänderung betrachten. Denn globale Abkühlung, so habe ich mich belehren lassen, heißt nicht automatisch mehr Regen überall. Das zeigt zumindest die historische Erfahrung beim Ausbruch des Tambora im Jahre 1815, der bereits ähnliche Wetterkapriolen, wie jetzt beobachtet, verursachte.

Der dritte große Komplex, mit dem wir uns auseinandersetzen müssen, ist die zukünftige Energieversorgung. Öl ist bereits knapp und der weltweite Verbrauch wird weiter steigen. Aber was sollen wir tun? Die Suche nach alternativen Energieträgern verstärken oder Verschwendung bekämpfen oder den Individualverbrauch einschränken? Wir glauben, dass wir an allen Fronten gleichzeitig werden arbeiten müssen. Den Schwerpunkt sehen wir allerdings in der Suche nach alternativen Energieträgern. Gerade die Nutzung der Sonnenenergie hat einen Rückschlag erlitten, denn in vielen Gebieten ist die Sonne fast nicht mehr zu sehen. Aber was ist die Energiequelle der Zukunft? Der Vulkanausbruch in der Ägäis hat mehr als deutlich gezeigt, welche Energie in der Erdkruste beziehungsweise im Erdinneren schlummert. Aber wie sie nutzbar machen und verteilen? Wann endlich kommt die Kernfusion? Können wir Solartechnik in das Weltall verlagern mit einer Laserübertragung der Energie zur Erde? Fragen über Fragen, die wir als Politiker nicht beantworten können. Dafür braucht es mutige und entschlossene Unternehmer, die sich diesen Herausforderungen stellen. Und Politiker, die die notwendigen Impulse geben und die Mittel für die wissenschaftliche Begleitung zur Verfügung stellen. Wir als EU-Kommission haben uns bereits entschlossen, das Energieforschungsprogramm deutlich auszuweiten. Alle Länder dieser Erde sind aufgefordert und willkommen, sich daran zu beteiligen.

Die schwierigste Fragestellung im Zusammenhang mit der santorinischen Katastrophe sehen wir in der Vermeidung sozialer Verwerfungen, die alle weiteren Bemühungen zur Stabilisierung gefährden würden. Mit großer Sorge verfolgen wir insbesondere die Situation in China, wo die Krise der Landwirtschaft die sozialen Spannungen im Land so weit aufgeheizt hat, dass mit einer sozialen Eruption gerechnet werden muss, die in ihrer Dramatik selbst den Ausbruch des Santorin weit übertreffen kann. Wir appellieren sowohl an die chinesische Regierung als auch an die Vertreter der neuen Opposition, politische Lösungen zu suchen und sich um einen Ausgleich der unterschiedlichen Positionen zu bemühen. Ob das gelingt, wird nicht zuletzt davon abhängen, wieder solidarische Beziehungen im Land aufzubauen und die Gier einer Oberschicht soweit zu begrenzen, dass sie von der großen Masse der Armen akzeptiert werden kann. Um keinen Zweifel aufkommen zu lassen, wir haben ähnliche Tendenzen auch in Europa. Wenn es uns nicht gelingt, aus der Individualgesellschaft wieder eine Solidargemeinschaft zu machen, die in der Lage ist, als Notgemeinschaft die neuen Herausforderungen zu bewältigen, werden wir uns bald von China nicht mehr unterscheiden.

Lassen Sie mich zurückkommen auf das Jetzt, die Linderung der Not der Betroffenen der Santorinkatastrophe. Wir, die EU-Kommission, haben kurzfristig zwei Milliarden Euro aus dem Katastrophenfonds zur Verfügung gestellt und in wesentlichen Teilen bereits an die am schwersten in Mitleidenschaft gezogenen Länder übergeben. Weiterhin haben wir ein Programm aufgelegt, das die Inanspruchnahme zinsverbilligter Kredite durch Betroffene ermöglicht. Hier stehen Mittel bis zu einem Betrag von dreizehn Milliarden Euro abrufbereit. Aber glauben Sie mir, auch diese großen Beträge können nicht mehr sein als ein Tropfen auf den heißen Stein. Bei acht Millionen Menschen, die alles verloren haben, werden zwischen sechzig und achtzig Milliarden Euro notwendig sein, um zu einigermaßen akzeptablen Bedingungen zurückzufinden. Deshalb die Bitte an Sie alle, die betroffenen Gebiete weiter zu unterstützen und in Ihrer Solidarität nicht nachzulassen. Auch innerhalb Europas sind wir im Moment dabei, weitere finanzielle Mittel umzuwidmen, die für zusätzliche Hilfsfonds zur Verfügung stehen werden.

Ernsthafte Sorgen bereitet uns die medizinische Versorgung in den Katastrophengebieten. Insbesondere in den am schwersten betroffenen Küstenstädten Ägyptens werden dringend spezielle Antibiotika benötigt, um die Ausbreitung von Cholera und Typhus unterbinden zu können. Die hygienischen Verhältnisse sind leider noch immer außerordentlich schlecht, so dass in Verbindung mit andauerndem Regen ständig neue Ausbruchsherde der genannten Seuchen auftreten. Es fällt uns immer schwerer, die Ausbreitung der Krankheiten auf die lokalen Quellen zu begrenzen, weil sich die Erreger mittlerweile als völlig resistent gegenüber den bekannten Antibiotika erweisen. Hier erwächst eine Gefahr für uns alle, denn eine Ausbreitung zum Beispiel der Cholera nach Indien oder China würde die Probleme vervielfachen. Wir bitten Sie alle, Reisen in die Seuchengebiete strikt zu unterbinden und, sollten Krankheitsfälle außerhalb der betroffenen Länder auftreten, diese sofort zu isolieren. Dringend gebraucht werden neue Antibiotika. Selbst die bisher wirksame Kombination von zwei oder drei Produkten führt kaum noch zum Erfolg. Hier ist die medizinische und mikrobiologische Forschung gefordert. Sollten wir nicht kurzfristig neue Lösungen finden, drohen Epidemien ungeahnten Ausmaßes.

Sicherlich wird sich jetzt mancher von Ihnen fragen, müssen wir die Situation wirklich ernst nehmen? Ich warne uns alle davor, die Prozesse, die gegenwärtig ablaufen, zu unterschätzen. Es hilft sicherlich nichts, sie zu dramatisieren, aber sie bedrohen uns stärker, als mancher von uns wahrhaben will. Ich war persönlich von Beginn an in die Problematik der santorinischen Katastrophe einbezogen und habe selbst erlebt, wie weit wir von einer realen Einschätzung der Situation entfernt waren. Also lassen Sie uns die Kräfte bündeln und auf die Fragen konzentrieren, die uns die größten Sorgen bereiten. Wir brauchen eine realistische Bewertung dessen, was noch auf uns zukommen kann, und Maßnahmenpakete, dem, wenn möglich, zu begegnen. Wir sind optimistisch, dass die Völker der Erde gemeinsam diese neuen Herausforderungen bewältigen können. Es wird jedoch nicht so weitergehen wie bisher. Auch das ist sicher. Denn wenn wir nicht in der Lage sind, neue Lösungen zu finden, wird es zu Verteilungskämpfen mit dramatischen Folgen kommen. Und das wäre das Ende jedweder Politik.

Wir als europäische Regierung setzen auf die Karten Demokratie und Soziale Marktwirtschaft, denn man kann die Krise durchaus auch als Chance für neue Wege und Denkansätze betrachten. Zwingt sie uns doch, den fast unverschämten Raubbau der natürlichen Ressourcen infrage zu stellen und uns wieder stärker im Einklang mit der Natur zu bewegen. Die Demokratie wird uns dabei helfen, den Streit unterschiedlicher Auffassungen friedlich auszutragen und aus Fehlern zu lernen, während die soziale Marktwirtschaft die Kräfte freisetzen wird, die notwendig sind, um neue Erkenntnisse auch umzusetzen. Und beides zusammen bildet die Grundlage dafür, die geschaffenen Werte so zu verteilen, dass die Starken nicht in ihrem Tatendrang gehemmt werden, jedoch auch die Schwachen ein erfülltes Leben führen können. Wir müssen also den Egoismus als Triebkraft nutzen, ihn aber gleichzeitig bremsen, um ein Auseinanderfallen der Gesellschaften zu verhindern.

Meine sehr geehrten Damen und Herren. Ich persönlich hätte mir noch vor zwei Jahren nicht vorstellen können, eine solche Rede halten zu müssen. Aber der Zufall gehört zur Natur, er ist die Natur. Und dieser Zufall hat uns Herausforderungen beschert, die wir nie für möglich gehalten haben, denen wir jedoch nicht ausweichen können. Lassen Sie uns gemeinsam an die Arbeit gehen und uns der Verantwortung gerecht werden, die uns viele Menschen mit ihrer Wahl übertragen haben.

Ich bedanke mich für Ihre Aufmerksamkeit und hoffe auf Ihre Unterstützung in dem Kampf, der uns bevorsteht.“

4. August 2015, Beijing

Liu war wütend. Er schlug mehrmals mit der Faust auf den kleinen Tisch in seiner Zelle. „Was für ein Unsinn", murmelte er. „Diese Frau ist nichts weiter als eine Marionette der Reichen", sagte er zu sich selbst. Liu hatte gerade seine tägliche Zeitungslektüre begonnen und war auf einen Artikel gestoßen, der sich mit der Rede einer Marit Johannson vor der UN beschäftigte. Die Problematik der Folgen des Vulkanausbruchs im Mittelmeer interessierte ihn kaum, obwohl auch China unter den dadurch ausgelösten Wetterunbilden litt, aber die Aussagen zu Demokratie und sozialer Marktwirtschaft regten ihn auf. Als ob die Reichen und Mächtigen schon jemals freiwillig bereit gewesen wären, von den zusammengerafften Werten, die sie selbst noch nicht einmal geschaffen hatten, etwas abzugeben. Und den Egoismus der Raffer zu bremsen oder zu regulieren, das war seiner Meinung nach reine Träumerei. Das Einzige, was wirklich etwas verändern konnte, war der Aufstand gegen diese Art von moderner Sklaverei. Ausgebeutete hatten nur noch ein Recht, nämlich sich gegen ihre Ausbeuter zu erheben und alles zu vernichten, was sie selbst als Menschen zerstörte.

Es war nicht nur die Gier allein, die Liu so empörte. Es waren auch die Herrschaftssysteme, die die Reichen errichtet hatten, um die Aneignung des gesellschaftlichen Reichtums durch eine kleine Minderheit zu sichern und zu rechtfertigen. Es ging nicht mehr um Leistung oder um gerechte Verteilung der Werte, es ging allein um die Erhaltung der Macht und die Sicherung des Wohlstandes einer kleinen Gruppe. Die sogenannte Elite rekrutierte sich nur noch aus sich selbst und agierte völlig skrupellos, ohne jedes Verständnis für die Probleme derjenigen, die ihnen den Reichtum erst ermöglichten. Wie sollten es die Schwachen unter solchen Bedingungen schaffen, ein erfülltes Leben zu führen, so wie von Frau Johannson kundgetan? Liu knirschte vor Wut mit den Zähnen. Diese Frau lebte als Politikerin offensichtlich sehr gut von den Brosamen der Reichen. Aber hatte sie je einen Slum gesehen, die Hoffnungslosigkeit der darin lebenden Menschen gespürt? Liu wusste, was es bedeutete, ohne Sozialversicherung, ohne einen Rentenanspruch, ohne ärztliche Betreuung, von einem Dollar pro Tag leben zu müssen. Hatten die da oben völlig vergessen, dass sie nur so leben konnten, weil es anderen schlecht ging?

Liu war aufgestanden und lief in der kleinen Zelle hin und her. Sie würden die verkrusteten Strukturen zerbrechen und eine neue Gesellschaft aufbauen, in der Leistung an moralische Verpflichtungen gebunden war. Ob er es allerdings noch erleben würde, das war zweifelhaft. Denn nur eine Woche nach ihrer spektakulären Aktion gegen die verhassten Fremden war Liu verhaftet und in ein Hochsicherheitsgefängnis nahe Beijing gebracht worden. Es war ihm und seinen Mitstreitern zwar zunächst gelungen, den Polizeiring um das Hotel zu sprengen und in den Elendsvierteln unterzutauchen. Aber sicherlich waren so viele Videokameras in Betrieb gewesen, dass der Geheimdienst sehr schnell in der Lage gewesen war, den Großteil der Teilnehmer der Aktion zu identifizieren und auch zu verhaften. Einigen war bereits der Prozess gemacht worden. Fast alle Verfahren endeten mit dem Todesurteil, so dass Liu auch für sich selbst mit nichts anderem rechnete.

Allerdings war er bisher sehr zurückhaltend behandelt worden. Der Geheimdienst hatte ihn mehrfach befragt, jedoch nicht gefoltert, obwohl sich Liu zu Personen und Strukturen der Bruderschaft nichts entlocken ließ. Wozu er gern redete, waren die Ziele seiner Organisation, ein starkes, unabhängiges China, mit einer neuen Moral und ohne Gier der Oberschicht. Liu hatte manchmal den Eindruck, dass selbst die Verhörenden Respekt vor ihm hatten und ihm in vielem, was er sagte, zustimmten. Das galt erst recht für die Wärter, die ihm offen ihre Sympathie zeigten, sowie die Mitgefangenen, die fast zu ihm aufschauten. Viel Kontakt zu anderen hatte Liu allerdings nicht. Man hatte ihn in Einzelhaft gesteckt und selbst bei den unregelmäßigen Spaziergängen im Gefängnishof mögliche Gespräche mit anderen strikt unterbunden. So blieben ihm nur das Lesen und das Schreiben. Es war ihm erlaubt worden, Bücher aus der Bücherei zu entleihen und Abhandlungen zu schreiben. Zudem erhielt Liu täglich zwei Zeitungen und einmal pro Woche eine Zeitschrift. Er hatte das genossen. Jetzt hatte er endlich Zeit, seine Gedanken zu bündeln und noch besser zu Papier zu bringen. Er hatte sein zweites Buch *Licht und Moral* fast fertig, in dem er die Grundzüge der von ihm angestrebten neuen Gesellschaft entwickelt hatte. Außerdem hatte er mehrere Artikel verfasst, die speziell an die Mitglieder seiner Organisation gerichtet waren und sich mit den nächsten Schritten bis zur Machtübernahme beschäftigten. Diese Artikel waren nach draußen geschmuggelt worden und bereits in Umlauf gelangt, während sein Buch, davon ging Liu aus, erst nach seinem Tod an Rose übergeben werden würde.

Liu hatte seine Aktion gegen die Ausländer nicht bedauert. Im Gegenteil, er war stolz, seinen Brüdern gezeigt zu haben, dass die

Ohnmacht ihrem Ende entgegenging. Natürlich dachte er manchmal daran, dass die, die sie hingerichtet hatten, auch Familien haben konnten, vielleicht noch nicht einmal zur Oberschicht gehörten. Sie waren eben leider zufällige Opfer, die jedoch notwendig waren, um sein Volk aufzurütteln und eine neue Zeit einzuläuten. Rose, die ihn seit seiner Gefangennahme schon dreimal besuchen durfte, hatte ihm erzählt, dass die Signalwirkung ihrer Aktion gewaltig war. Ausländer konnten sich im ganzen Land fast nicht mehr frei bewegen. Sie mussten von der Polizei geschützt werden und waren auf wenige, streng bewachte Hotels konzentriert worden. Ständig gab es neue Aktionen, die von den autark agierenden Einheiten durchgeführt wurden und sich nun mehr und mehr auch gegen die Herrschenden, die Vasallen der Langnasen, richteten. Liu war stolz, dass er die Organisation dezentral aufgebaut hatte, denn es war den Regierenden unmöglich, die unabhängig voneinander zuschlagenden Gruppierungen unter Kontrolle zu halten. Im ganzen Land brodelte es. Richtig war auch gewesen, sich um die vielen armen Bauern zu kümmern, die infolge der gewaltigen Dürre an die Küste drängten und solidarisch in die Bruderschaft integriert worden waren.

Liu wurde plötzlich in seinen Gedanken unterbrochen. Das Schloss an seiner Zellentür quietschte leicht, die Tür wurde geöffnet und zwei Wärter und ein Mann, den Liu noch nicht kannte, betraten den kleinen Raum. Der Fremde stellte sich nicht vor, musterte allerdings Liu intensiv.

„Herr Wu", begann er eine offensichtlich vorbereitete Rede, „als früheres Mitglied des Geheimdienstes haben Sie keinen Anspruch auf ein öffentliches Gerichtsverfahren, sondern unterliegen dem Standrecht. Der Sicherheitsrat der Provinz hat unter diesem Aspekt entschieden, die Todesstrafe ohne weiteres Verfahren auszusprechen und sie standrechtlich zu erschießen. Sie haben, wie Zeugen eidesstattlich erklärt haben, mehrere Ausländer im Kempinski Hotel eigenhändig umgebracht und, wie wir glauben beweisen zu können, die gesamte Aktion auch geplant und vorbereitet. Das Urteil wird noch heute vollstreckt. Ich bin beauftragt, Ihnen diesen Beschluss zu übermitteln und die Exekution zu überwachen. Haben Sie noch Fragen?" Liu schaute den Fremden, offensichtlich ein Offizier des Geheimdienstes, lächelnd an. Er hatte mit einem solchen Ende gerechnet und war im Innersten stolz, dass er nun eine Märtyrerrolle übernehmen würde. „Darf ich noch einen letzten Brief an meine Lebensgefährtin schicken?", fragte Liu.

„Das Urteil wird siebzehn Uhr vollstreckt. Bis dahin können Sie einen Abschiedsbrief schreiben und eine letzte Mahlzeit einnehmen", antwortete ihm der Offizier und verließ sofort wieder die Zelle. „Sie werden 16.45 Uhr hier abgeholt", waren seine letzten Worte beim Verlassen des Raumes.

Liu schaute auf die Uhr. Er hatte noch drei Stunden Zeit. Das würde reichen, um sich von Rose zu verabschieden und der Bruderschaft seine letzten Gedanken niederzuschreiben. Liu nahm Papier und begann, sich Notizen dafür zu machen, was er am Schluss in zwei Briefen zusammenfassen wollte.

Gegen 16.30 Uhr öffnete sich seine Zellentür erneut. Zwei junge Offiziere, die Liu schon aus den Verhören kannte, betraten seine Zelle. Während der eine sofort begann, Lius Hände auf dem Rücken zu fesseln, packte der andere die Briefe von Liu ein und verließ noch einmal den Raum. Plötzlich flüsterte der hinter ihm stehende Offizier ganz leise: „Herr Wu, viele Grüße von Zhang. Bitte vertrauen Sie mir. Wir haben alles organisiert."

Liu schaute ihn zweifelnd an, mehr konnte der junge Mann allerdings nicht sagen, da sein Begleiter wieder den Raum betreten hatte.

Was soll das?, dachte Liu. In wenigen Minuten würde alles vorbei sein. Drei Wächter warteten vor der Tür. Einer postierte sich vor Liu, die anderen beiden links und rechts neben ihm. Die Offiziere liefen hinter Liu mit gezückter Pistole. Die Gruppe setzte sich langsam in Bewegung. Liu hörte, wie die Tür seiner Zelle hinter ihm zugeschlagen wurde. Einige Gefangene standen an der Tür und schauten zu, wie Liu abgeführt wurde. Mehrere hatten Tränen in den Augen, andere beteten offensichtlich. Liu lief mit erhobenem Haupt den Gang entlang und grüßte mit einem leichten Nicken die ihm bekannten Gesichter.

Und er begann, noch einmal an Rose zu denken. Was würde wohl aus ihr werden? Sicherlich brauchte sie ihn nicht, aber sie hatten doch mehr und mehr zueinander gefunden und sich gegenseitig Halt gegeben. Zum Glück hatte Rose die Prostitution aufgegeben und eine neue, sie enorm erfüllende Aufgabe gefunden. Unterstützt von der Bruderschaft hatte sie ein kleines Kinderheim gegründet, in dem AIDS-Waisen betreut wurden. AIDS war völlig außer Kontrolle und führte unter den Armen zu immer neuen Opfern und damit leider auch zu vielen Kindern, die am Schluss beide Eltern verloren hatten. Es war zwar nicht viel Geld, das Rose erhielt, aber sie gab den Kleinen ihre ganze Liebe und zumindest wieder ein bisschen Geborgenheit. Vielleicht half ihr das auch über die Gewissheit hinweg, dass sie selbst nie Kinder bekommen würde. In der dann noch verbleibenden Zeit engagierte sie sich mit voller Kraft für die Bruderschaft, die nach Lius Eindruck ihre neue Familie geworden war. Er war erstaunt, welche Kräfte diese zierliche Frau freisetzen konnte. Sie war inzwischen Chefin eines Tjumen, der sich mit der Organisation der sozialen Arbeit und der Entwicklung der ideologischen Basis der Bruderschaft beschäftigte. So hatte sie nicht nur den Druck von Lius Schriften ermöglicht, sondern auch die Verteilung übernommen. Was für eine Frau.

Nur beiläufig registrierte Liu, fast wie im Film, wie sie Tür auf Tür, Treppe um Treppe, hinter sich ließen und sich dem Gefängnishof näherten. In Gedanken war er noch einmal bei seinen Eltern, ließ sein Leben an sich vorüberlaufen. Wie schön waren die Jahre als Kind in der Inneren Mongolei gewesen. Seine Eltern liebten ihn abgöttisch und hatten alles getan, um ihm eine gute Schulausbildung zu ermöglichen. Die Schule war zwar straff organisiert, aber das Lernen war ihm leicht gefallen, und die Lehrer mochten ihn. Da er zudem sehr groß und kräftig war, genoss er viel Ansehen unter seinen Mitschülern, ohne es jedoch je für sich ausgenutzt zu haben. Im Gegenteil, er hatte sich schon als Kind oft vor die Schwachen gestellt und sie vor den Starken in Schutz genommen. Zur Armee war er mit Begeisterung gegangen, die Offiziersschule empfand er als Bereicherung, die ersten Jahre als Fallschirmjäger als spannend und für sein weiteres Leben prägend. Aber er war härter und unduldsamer geworden. Er hatte zu viel gesehen und erlebt, was ihn empörte. Und er hatte das Blut von Unschuldigen an seinen Händen, auf Geheiß von Leuten, die nur an den Erhalt ihrer Macht gedacht hatten. Er war jedoch nicht zum Handlanger der Reichen geworden und hatte sich nicht mit einem schönen Posten kaufen lassen. Darauf war er stolz und deshalb ging er jetzt auch hoch erhobenen Hauptes zu seiner Hinrichtung. Er war auf der Seite der Schwachen geblieben und hatte versucht, diesen ein neues Selbstverständnis zu vermitteln. Andere würden nach seinem Tod den Stab übernehmen und das fortsetzen, was er initiiert hatte.

Als Liu den Gefängnishof betrat, wurde er von der untergehenden Sonne geblendet. Man hatte in der Mitte des Platzes einen Pfosten errichtet, an dem er offensichtlich angebunden werden sollte. Im Abstand von etwa fünfzehn Metern standen zehn Soldaten mit Karabinern, sein Erschießungskommando. Auf der rechten Seite des Platzes stand der fremde Offizier, der ihm das Todesurteil verkündet hatte, sowie der Gefängnisdirektor, der bekümmert aussah, so als ob ihm die Vollstreckung des Urteils in seinem Objekt nicht gefallen würde. Auf der linken Seite war eine Gruppe von Wärtern zu sehen, über deren Aufgabe sich Liu nicht im Klaren war. Vielleicht sollten sie seine Leiche nach der Hinrichtung entfernen oder einfach nur als Zeugen agieren. Während der Offizier, der die Briefe an sich genommen hatte, zu dem Fremden getreten war und ihm offensichtlich Bericht erstattete, hatte der andere begonnen, die Fesseln an Lius Händen zu lösen und ihn laut gebeten, an den Pfosten zu treten.

Plötzlich hörte Liu ganz leise: „Es wird nur eine Scheinhinrichtung. Lassen Sie sich sofort zu Boden sinken, wenn die Schüsse fallen. Alle Karabiner sind mit Platzpatronen geladen."

Liu wusste nicht, was er davon halten sollte. Er konnte sich nicht umdrehen, um den Offizier anzuschauen. Was sollte das? Wollte man ihn nur verunsichern? Woher wusste der junge Mann den Namen von Zhang? Liu richtete sich in seiner ganzen Größe auf. Er sagte laut, so dass es alle hören konnten: „Ich brauche diesen Pfosten nicht. Ich werde mit erhobenem Haupt und mit Stolz sterben." Liu lief drei Schritte nach vorn und hielt die Hände vor sich, damit sie ihm wieder gefesselt werden konnten. Er winkte sofort ab, als man ihm eine Binde vor die Augen legen wollte. „Ich will euch in die Augen schauen, denn ihr werdet einen aufrechten und ehrlichen Chinesen töten."

Der fremde Offizier war neben das Erschießungskommando getreten und schaute auf die Uhr. „Das Urteil wird in fünf Minuten vollstreckt", sagte er. „Wollen Sie die Gelegenheit nutzen, um Abbitte zu leisten und sich bei Ihren Opfern zu entschuldigen?"

Liu schaute ihn verständnislos an, schüttelte den Kopf und sprach dann in Richtung der Wärter, die betreten den Vorbereitungen zur Hinrichtung gefolgt waren: „Mein Vermächtnis heißt ein gerechtes China, ein blühendes China, stolz auf seine Geschichte und seine Kultur, nicht beherrscht von Fremden, die uns nur die Unkultur, die Habgier und die Unmenschlichkeit gebracht haben. Jedweder Fortschritt ist nichts wert, wenn er zu größerer Armut und zu größerer Ungerechtigkeit führt. Ich werde in dem Bewusstsein sterben, nicht geschwiegen zu haben, nicht käuflich gewesen zu sein. Und den Armen und Entrechteten ein Signal gegeben zu haben, dass die Zeit gekommen ist für den Maitreya und seine Rache an denen, die ihre Pflicht gegenüber der Gemeinschaft vergessen haben und sich an ihrem Egoismus berauschen."

Er wurde von dem Fremden abrupt unterbrochen: „Genug. Das reicht. Haben Sie denn kein Wort des Bedauerns gegenüber ihren Opfern? Wer Gewalt sät, wird Gewalt ernten."

Mit diesen Worten trat er zurück zum Gefängnisdirektor und bedeutete dem jungen Offizier, dem, der Liu diese seltsame Nachricht zugeflüstert hatte, das Urteil zu vollstrecken. Dieser lief in Richtung Liu, zückte seine Pistole und gab den Befehl: „Gewehr anlegen. Laden." Liu hörte das klackende Geräusch der Karabiner und schaute jetzt nach oben. Die Sonne stand hinter ihm und er sah ein Stück des wie immer verschleierten Himmels. Einige Vögel flogen vorbei.

„Gebt Feuer."

Liu spürte einen Schlag in der linken Schulter, einen stechenden Schmerz und dann nichts mehr. „Sie haben mich betrogen", war das Letzte, was er noch dachte.

25. August 2015, Alexandria

Ismail Mousra standen die Schweißtropfen auf der Stirn. Er schwitzte, obwohl es gar nicht übermäßig heiß war. Was hatte er nur falsch gemacht? Er war doch alles so gut angegangen und nun das. Vor ihm lagen einige Tageszeitungen, die sich mit seiner Rolle während der großen Flut beschäftigten und zu dem Ergebnis gekommen waren, dass er, Ismail, völlig versagt hatte und schuld daran war, dass so viele Opfer zu beklagen waren. Wo hatten diese Schreiberlinge das nur ausgegraben? Dabei hatte er sich außerordentlich geschickt verhalten und keine Blöße gegeben. Das hatte er zumindest gedacht. Denn als ihn die Nachricht von der großen Flutwelle in Luxor überraschte, war er sofort in das nächste Flugzeug gestiegen und nach Alexandria zurückgeflogen. Dort hatte er die Leitung des Katastrophenstabes übernommen und sich als tatkräftiger Macher profiliert. Bereits in seiner ersten Pressekonferenz hatte er von tiefen Einschnitten vor allem bei den Reichen gesprochen und sich selbst in den Vordergrund gerückt, indem er verkündete, ein Jahr auf sein Gehalt zu verzichten und einhunderttausend Dollar aus seinem Vermögen für den Wiederaufbau zur Verfügung zu stellen. Das hatte, wie zu erwarten, große Wirkung gezeigt und seine Position als Oberbürgermeister fast unantastbar gemacht.

Dazu kam, dass er sich sehr öffentlichkeitswirksam in den am meisten betroffenen Stadtteilen immer wieder sehen und von Fernsehkameras aufnehmen ließ. Bis nach einigen Tagen die ersten dieser Widerlinge die Frage aufgeworfen hatten, warum den Warnungen der griechischen Regierung so wenig Beachtung geschenkt worden war. Hier war er sofort in die Offensive gegangen und hatte alle Schuld seinem Sekretär zugeschoben, denn er, Ismail Mousra, war zu diesem Zeitpunkt dienstlich in Luxor und hatte seinem Sekretär klare Instruktionen gegeben, wie der sich zu verhalten hatte. Schon am Morgen des Eintreffens der Nachricht von der Explosion der Insel Santorin habe er seinen Sekretär von Luxor aus angewiesen, sofort einen Krisenstab einzuberufen und Maßnahmen zum Schutz vor der Flut einzuleiten. Dieser habe jedoch offensichtlich nichts getan und seine Untätigkeit selbst mit dem Leben bezahlt. Damit schien das Ganze erledigt zu sein, denn wie konnte er für etwas verantwortlich gemacht werden, das sich ergeben hatte, als er auf einer wichtigen Dienstreise und damit nicht anwesend war. Und Probleme gab es so schon mehr als genug.

Er war zutiefst erschüttert gewesen, als er seine Stadt erreichte und sah, was eine dreißig Meter hohe Flutwelle, oder besser mehrere

Flutwellen, mit mehr als zwanzig Meter Höhe angerichtet hatten. Er hatte später auch die Wissenschaftler befragt, wie es überhaupt zu diesem Unglück kommen konnte, wo Santorin doch so weit von Alexandria entfernt explodiert war. Man hatte ihm erklärt, dass Tsunamis ihre Wirkung über Tausende von Kilometern aufrechterhalten können und selbst in unvorstellbaren Entfernungen, je nachdem wie sich die Welle bewegte, riesige Schäden anrichten konnten. In ihrem Fall war die Welle durch die Meerenge zwischen Kreta und der Insel Karpathos gedrängt und von dort wie in einer Düse in Richtung Alexandria gepresst worden. Das hatte den Tsunami sogar noch verstärkt.

Die Auswirkungen waren furchtbar. Zwar wirkte das Häusermeer der am Ufer errichteten Neubauten wie ein Wellenbrecher, aber dennoch war die Flut bis zum Hauptbahnhof vorgedrungen, um danach mit gleicher Kraft alles wieder ins Meer zurückzuziehen. Ismail Mousra hatte sich nicht seiner Tränen geschämt, als er sehen musste, was von der Ibrahim Terbana Moschee, den Museen, der Bibliothek oder dem Theater von Kom ed-Dik übrig geblieben war. Aber noch schlimmer waren die Auswirkungen auf die Menschen. Er hatte bis heute keinen klaren Überblick über die Zahl der Opfer. Mehr als einhundertfünfzigtausend Tote waren bisher geborgen, jedoch mindestens die gleiche Zahl an Einwohnern wurde noch immer vermisst. Die Flutwelle war in Sekunden durch das gesamte Hafenviertel gerast und hatte alles mitgerissen, was sich ihr in den Weg gestellt hatte. Nur wer sich in einer der oberen Etagen der Hochhäuser aufhielt, hatte eine Chance. In festen Gebäuden gab es Opfer vor allem dort, wo die Welle frontal auf Häuserflächen auftraf und Fenster einfach zersplittern ließ. So war mit großer Wahrscheinlichkeit auch sein Sekretär ums Leben gekommen. Seine Leiche war allerdings nie gefunden worden, so dass Ismail Mousra nur ahnen konnte, was sich wirklich abgespielt hatte.

Die ersten Tage war es fast unmöglich gewesen, sich im Hafenviertel zu bewegen. Überall lag Schutt, dazwischen Leichen von Menschen, oft bis zur Unkenntlichkeit entstellt, und Tierkadaver. Aufgetürmte und quergelegte Autos, umgedrehte Lastwagen und Busse sowie weggespülte Eisenbahnzüge erschwerten jeden Versuch, Verletzte zu bergen und mit den Aufräumarbeiten zu beginnen. Selbst nach Wochen und trotz des Einsatzes von Armee und vieler freiwilliger Helfer auch aus dem Ausland, war die Situation noch immer chaotisch. Immerhin hatte Alexandria sechs Millionen Einwohner, von denen fast die Hälfte in irgendeiner Weise von der Flut betroffen war.

Was war nicht alles gleichzeitig auf Ismail eingestürmt. Es gab weder Strom noch Wasser. Es fuhren keine Busse und Bahnen, es fehlten Medikamente und Ärzte. Die Helfer wollten organisiert sein. Gelder waren freizuschaufeln und zu verteilen. Und die Menschen wollten etwas zu essen. Aber wie sollten sie die Nahrungsmittel in die Stadt bringen und dort verteilen? Ismail Mousra hatte bereits nach wenigen Tagen den Appell an alle Einwohner gerichtet, Kinder und ältere Familienangehörige zu Verwandten zu schicken, um so die Versorgungsprobleme einigermaßen in den Griff zu bekommen. Was dann zum Teil auch gelungen war, aber eben nur zum Teil. Es war zu Plünderungen der großen Supermärkte gekommen und die Versorgungskriminalität war enorm angestiegen. Ismail war noch jetzt empört, wenn er an die vielen Plünderer dachte, die ihm immer wieder in der Altstadt begegnet waren. Könnte ich es doch so machen, wie es die Chinesen mit ihren Terroristen handhaben, einfach standrechtlich erschießen, hatte er manchmal gedacht. Aber dann im Innersten akzeptiert, dass es die Not war, die die Menschen dazu trieb zu stehlen und zu plündern, oder einfach der Kampf ums Überleben. Sicherlich gab es auch einzelne, die es taten, um sich zu bereichern, aber das war eine kleine Minderheit. Und in China, so hatte er sich überlegt, musste auch etwas falsch laufen. Denn wenn Menschen andere, ihnen völlig Unbekannte umbringen, sind sie entweder krank oder außerordentlich verzweifelt, wenn nicht sogar ohne jede Hoffnung.

Mit Hilfe der Armee war es ihnen dann doch gelungen, die Plünderungen weitgehend zu unterbinden und eine einigermaßen gerechte Verteilung der Hilfssendungen und Spenden zu erreichen. Als viel größer erwies sich das Problem der Versorgung mit Trinkwasser. Es war einfach nicht möglich, genug sauberes Wasser per Tankwagen anzutransportieren und zu verteilen. Und so lange noch kein Strom anlag, gab es kein Wasser aus der Leitung. Also hatten viele Einwohner Wasser aus dem Mahmudija-Kanal entnommen und versucht, daraus durch Kochen und Filtrieren Trinkwasser zu gewinnen. Manche hatten es in ihrer Not sogar ohne jede Aufbereitung getrunken. Da in den Kanal alle Abwässer aus den überfluteten Gebieten einliefen, kam, was kommen musste. Typhus und Cholera traten auf und breiteten sich mit enormer Geschwindigkeit aus. Nun potenzierten sich die Probleme. Denn gerade bei Cholera bestand die Behandlung in erster Linie im Ersatz von Flüssigkeit und Salzen, nur eben die waren nicht genügend vorhanden. Zudem flackerten immer wieder neue Erregerherde auf, die sich durch noch höhere Virulenz der Bakterien und Resistenz gegenüber Antibiotika von ihren

Vorgängern unterschieden. Trotz Einsatzes aller möglichen Medikamente und der weltweiten Unterstützung bei deren Bereitstellung starben in einigen Stadtteilen bis zu sechzig Prozent der Infizierten innerhalb von drei bis vier Tagen.

Erschütternde Bilder hatten sich Ismail Mousra eingeprägt, total entwässerte Männer, Kinder, die nur noch ein Strich waren, Frauen, die sich vor Schmerzen krümmten, und Menschen, die die Infektionsgebiete verlassen wollten, aber nicht durften. Denn am Schluss war ihnen nichts anderes übrig geblieben, als bestimmte Bereiche mit Hilfe der Armee abzuriegeln, um eine weitere Ausbreitung der so gefährlichen Cholera zu verhindern. Inzwischen hatten sie den Flughafen gesperrt, um eine Internationalisierung der Seuche zu vermeiden. Dennoch war es ihnen bis jetzt nicht gelungen, die Epidemie wirklich unter Kontrolle zu bekommen. Das hing unter anderem damit zusammen, dass ganz Alexandria von einer Fliegenplage ohnegleichen gequält wurde, die mit der Vielzahl der noch immer nicht geborgenen Kadaver zusammenhing. Von diesen Fliegen wurden vermutlich die Erreger der Cholera im ganzen Stadtgebiet verteilt. Ismail Mousra wusste nicht, was sie noch tun konnten.

Sie kämpften jetzt an mehreren Fronten gleichzeitig, gegen die Fliegen, gegen die Antibiotikaresistenz, für besseres Wasser, jedoch war der Erfolg bisher ausgeblieben. Hoffentlich konnten sie wenigstens das Überspringen der Cholera auf Kairo oder andere große Städte verhindern. Die ersten Fälle in der Umgebung von Alexandria waren schon aufgetreten, sicherlich verschleppt durch Einwohner, die zu ihren Verwandten geflohen waren. In den letzten Tagen hatte ihn allerdings eine neue Hiobsbotschaft erreicht. Aus dem Gebiet der Kam esh Shuqafa-Katakomben, die während der Flut komplett überschwemmt worden waren und mittlerweile von Heerscharen von Ratten heimgesucht wurden, waren Kranke in die Kliniken eingeliefert worden, die blaue und schwarze Beulen am Körper aufwiesen und Blut husteten. Die Ärzte befürchteten, dass es sich um einen Ausbruch der Beulenpest handeln könnte, und hatten die Patienten mit den dafür geeigneten Antibiotika behandelt. Zum Glück hatten diese auch gewirkt, denn eine Resistenz der Beulenpest gegenüber den gebräuchlichen Medikamenten würde einer neuerlichen Katastrophe gleichkommen.

Und was war nun der Lohn für all seine Mühen, für seinen Kampf, Alexandria zu retten und wieder bewohnbar zu machen? Man hatte ihn erneut verunglimpft, die alten Geschichten aufgewärmt und eine heiße Story daraus gemacht. Einige der Journalisten hatten sich mit seiner ersten Erklärung nicht abgefunden und weiter recherchiert. Dabei waren ihnen zwei Dinge aufgefallen, die im Widerspruch zu der von ihm vorgebrachten Version des Geschehens am 14. Mai standen. Zum einen hatten sie heraus gefunden, dass Ismail Mousra nach der angeblichen Weisung an seinen Sekretär, einen Krisenstab einzuberufen, in die Konferenz zurückgekehrt war, um dort, wie diese Fieslinge geschrieben hatten, ein Nickerchen abzuhalten, zum anderen war bekannt geworden, dass gegen zehn Uhr die gesamte Familie Mousra aus Alexandria abgereist war. Darauf hatten sich die Journalisten ihren Reim gemacht und ihm unterstellt, dass er zwar seine Familie gewarnt, ansonsten die Situation nicht wirklich ernst genommen hatte. Dazu war noch die Aussage des Hafenkommandanten, der überlebt hatte, gekommen, dass der Sekretär des Herrn Oberbürgermeisters ihn besucht hatte, aber nicht, um einen Krisenstab zu begründen. Er hatte vielmehr die Bedenken wegen des sehr stark zurückgehenden Meerwassers zerstreut und die Aussage seines Chefs zitiert, dass schon einmal blinder Alarm ausgelöst worden war. Zum Glück stand hier Meinung gegen Meinung. Wirklich ärgerlich war die Sache mit seiner Familie. Seine Frau hatte, ohne es mit ihm abzustimmen, ausgerechnet am Tag der Katastrophe eine Reise zu ihrem Cousin nach Damanhûr unternommen. Angeblich, um ihn zu seinem Geburtstag zu überraschen. Nur war der Geburtstag eine Woche vorher gewesen und er wusste nicht, was sich sein Weib da in den Kopf gesetzt hatte.

Es war natürlich schön, dass so seine ganze Familie vor Schlimmerem bewahrt worden war, nur fiel ihm diese Sache jetzt auf die Füße. Von Egoismus, Leichtfertigkeit, Arroganz und Ähnlichem war die Rede. Sicherlich, ganz im Innersten machte er sich Vorwürfe. Er hatte das mit dem Tsunami wirklich nicht ernst genommen, nur zugeben würde er das nie. Was für ein Zufall musste auch mitgespielt haben, dass die Welle gerade auf die Meerenge zwischen Kreta und Karpathos zugerast war und sich dort sogar noch verstärkt hatte. Er konnte es heute noch nicht so recht glauben, was geschehen war. Aber er brauchte nur aus dem Fenster zu schauen, um zu wissen, es war passiert. Und er hätte nichts tun können. Er war davon überzeugt, dass auch ein Krisenstab nicht viel hätte bewegen können. Denn wie sollte man drei Millionen Menschen in zwei Stunden evakuieren und wie eine solche riesige Stadt, direkt am Meer gelegen, vor einer dreißig Meter hohen Flutwelle schützen. Er glaubte, sich nichts vorwerfen zu müssen. Es tat ihm allerdings ein bisschen Leid, dass er seinen

Sekretär so in Misskredit gebracht hatte, wo dieser die Katastrophe doch mit dem Leben bezahlt hatte. Aber sicherlich war dem das jetzt egal, und es war auch wichtig, dass Alexandria in dieser extrem schwierigen Situation einen starken, unbelasteten Oberbürgermeister hatte. Da war eine kleine Verdrehung der Tatsachen sicherlich erlaubt.

Das mit seiner Familie, wirklich ärgerlich. Es war die Ironie des Schicksals. Er hatte nichts getan, und trotzdem sprach alles gegen ihn. Sicherlich hatte seine Frau seine Version bestätigt, aber der Zweifel blieb. Was konnte er nur tun? Er musste einfach diese Kampagne unterbinden, denn wenn die Journalisten weiter graben würden, war nicht auszuschließen, dass sie doch noch etwas fanden. Da konnte nur der Onkel helfen. Dieser hatte in Kairo eine wichtige Stellung im Innenministerium und direkten Kontakt zum Präsidenten. Man musste die Sache einfach von oben her angehen. Ein kleiner Hinweis des Präsidenten an die Verleger dieser Schmierblätter würde sicherlich reichen, diese unselige Kampagne gegen ihn zu beenden und endlich seine Leistungen bei der Bewältigung der Katastrophe zu würdigen.

Ismail Mousra lehnte sich zurück und wischte sich den Schweiß von der Stirn. Das war es. Warum war er nicht gleich darauf gekommen? Dann wäre das Ganze gar nicht erst hochgekocht. Mehr oder weniger beruhigt griff er zu der Mappe, die sein neuer Sekretär vor ihm auf den Tisch gelegt hatte. Es ging um Vorschläge, wie die Verteilung der reichlich fließenden Hilfsgelder organisiert werden sollte. Diese Problematik war so heikel, dass er sie selbst entscheiden wollte. Er hatte an eine Bewilligungskommission gedacht, die von einem nahen Verwandten geleitet werden sollte und nur Mitglieder hatte, die ihm und seiner Familie wohlgesonnen waren. Die Beantragung sollte auf der Basis umfangreicher Formulare erfolgen, die ohne die Hilfe Sachverständiger kaum ausgefüllt werden konnten. Damit würde er verhindern, dass jeder mit einem solchen Antrag angelaufen kam, und absichern, dass das Geld wirklich bei den Großinvestoren der Stadt landen würde. Er gedachte, sich mit dieser Regelung einige neue Freundschaften zu sichern beziehungsweise gute, alte zu bekräftigen.

Was hatte ihm da sein Sekretär hingelegt? Ismail Mousra lief rot an und schrie laut nach seinem Untergebenen. Dieser erschien jedoch nicht. Der Oberbürgermeister wurde noch wütender und lief nach draußen, um diesem Schnösel die Leviten zu lesen. Aber dort war keiner. Er lief in das gegenüberliegende Sekretariat eines seiner Dezernenten und brüllte den dort sitzenden jungen Mann an: „Wo ist dieser Bursche? Was denkt der sich eigentlich?“

Die Antwort kam völlig eingeschüchtert, aber sie traf Ismail Mousra zutiefst: „Ihr Sekretär hatte heute morgen Brechdurchfall und starke Bauchschmerzen. Es sieht so aus, als ob ihn die Cholera erwischt hätte. Wir haben ihn zum Arzt geschickt, und er ist bisher nicht zurückgekommen."

27. August 2015, Hamburg

„Jens-Peter, schmeckt dir meine Suppe nicht?“ Vorwurfsvoll schaute seine Mutter auf den noch immer halbvollen Teller, der vor ihrem Sohn stand. „Ich habe dir extra deine Lieblingssuppe gekocht und du, du lässt sie einfach stehen.“

Fast schuldbewusst schaute Jens-Peter Schneider auf: „Aber Mutti, sie schmeckt hervorragend und ich werde sie auch aufessen. Ich war so in Gedanken versunken, da habe ich nicht mehr ans Essen gedacht.“

Frau Schneider, groß und stämmig, verwitwet seit fünfzehn Jahren und nur noch auf eine Aufgabe fokussiert, die Betreuung ihres einzigen, noch nicht verheirateten Sohnes, war aufgestanden und schaute ihn ärgerlich an: „Du weißt genau, dass kalte Ochsenschwanzsuppe nicht schmeckt. Anstatt dich mit mir zu unterhalten und deine Suppe zu essen, hast du sicherlich wieder nur die Mädchen im Kopf.“ Mit diesen Worten schnappte sie sich den Teller ihres Sohnes und verschwand grummelnd in der Küche. Jens-Peter stöhnte gequält auf. Seine Mutter war ja eine Perle und sie konnte auch hervorragend kochen, aber dass sie ihn noch immer wie einen Fünfzehnjährigen behandelte, ging ihm mehr und mehr auf die Nerven. Wäre nicht das gute Essen gewesen und die Bequemlichkeit, er hätte sich schon längst eine eigene Wohnung gesucht. Diese Eifersucht. Er war achtunddreißig Jahre alt und brauchte sich nun wirklich keine Vorhaltungen bezüglich einer möglichen Freundin machen zu lassen. Obwohl sich in dieser Hinsicht nicht viel tat. Seine viele Reiserei und jetzt auch noch das Jahr in Qatar waren wirklich kein Anreiz für eine Frau, es auf längere Zeit mit ihm auszuhalten. Er hatte schon zweimal Freundinnen zu Hause vorgestellt, allerdings jedes Mal mit vernichtendem Erfolg.

Im Moment war er ganz froh, dass er ungebunden war, denn so konnte er sich voll auf seinen Job konzentrieren. Und wenn er einmal in Hamburg war, hatte er seine Mutter. So komfortabel würde er es nie wieder haben, davon war er fest überzeugt. Na ja, ein schöner Schluck Rotwein würde helfen, den Ärger herunterzuspülen. Er griff zu der bereitgestellten Flasche, öffnete sie und schenkte sich ein. Ein ausgezeichneter Tropfen, dachte er. Da hatte ihm sein Cousin Knut doch etwas Gutes zukommen lassen, eine Flasche Dornfelder aus dem nördlichsten Weinanbaugebiet Europas. Es überraschte ihn, dass der Wein zwar sehr trocken, aber nicht wirklich sauer war. Denn für ihn lagen Saale und Unstrut, wo dieser Tropfen herstammte, fast auf einer Linie mit Hamburg, zumindest wenn man es von Qatar aus betrachtete. Allerdings war es Wein von vor drei Jahren. Bei dem Wetter dieses Jahr würden infolge des Dauerregens die Trauben wohl so sauer ausfallen, dass man sie eher zu Essig verarbeiten sollte.

„Du sollst nicht immer Rotwein vor dem Essen trinken. Das bekommt deinem empfindlichen Magen nicht. Zudem könntest du ruhig einmal mit deiner Mutter anstoßen, die sich so für dich aufopfert."

Jens-Peter hatte zwar noch nicht bemerkt, dass er einen empfindlichen Magen hatte, zumindest beim Genuss von Rotwein, lenkte jedoch sofort ein. „Aber Mutti, ich habe nur gekostet. Das ist ein Wein aus Ostdeutschland, von Knut, und ich wollte sicher sein, dass er nicht zu sauer für dich ist."

Seine Mutter hatte eine Platte mit Spanferkelbraten vor ihm hingestellt und bereits zwei riesige Knödel, die sie noch immer selbst zubereitete, auf seinen Teller geladen. Er hatte sich Schweinekrustenbraten gewünscht, denn Hammel und Huhn konnte er nicht mehr sehen. Die bekam er fast täglich in Qatar. Und dieses Hotelessen hing ihm sowieso schon lange zum Halse heraus. Nach einer Woche hatte alles begonnen, sich zu wiederholen.

„Nimm dir richtig, Jens-Peter. Ich habe extra für dich ein besonders großes Stück gekauft, obwohl es horrend teuer war." Mit diesen Worten setzte sich seine Mutter ihm gegenüber und lud sich eine nicht gerade kleine Portion auf ihren Teller. Jens-Peter hatte ihr ein Glas Rotwein eingeschenkt und sein eigenes Glas nachgefüllt.

„Wie geht es eigentlich Knut?", fragte seine Mutter, kauend und gerade ein Stück Spanferkel in den Mund schiebend. „Du warst doch gerade dort. Ich kann zwar seine Frau nicht leiden, aber Knut war immer sehr höflich und zuvorkommend zu mir", setzte sie nach. Jens-Peter verdrehte die Augen. Schon wieder diese Eifersucht und selbst bei seinem Cousin. Dabei war die Frau von Knut eine ganz nette, die sich immer um ein gutes Verhältnis zur Tante bemüht hatte.

„Knut hat große Probleme. Er steht kurz vor dem Bankrott", erklärte er.

„Das ist nur diese Frau. Die hat ihn ruiniert", war der einzige Kommentar seiner Mutter.

Nun aber wurde Jens-Peter ärgerlich. „Hör endlich auf. Das hat mit Verena überhaupt nichts zu tun. Du siehst selber, was wir für ein Sauwetter haben und das ist für alle Landwirte eine Katastrophe. Es gibt kaum noch Futter und die Ernte wird dieses Jahr fast völlig ins Wasser fallen. Da Knut viel Viehzucht hat, muss er das Futter teuer kaufen, bekommt aber kaum noch Geld für das Fleisch. Infolgedessen drücken natürlich die Kredite, die er beim Kauf dieses riesigen Gutes aufnehmen musste."

„Ich habe es ja gesagt, warum musste es auch ein so großes Gut sein. Das war nur diese Frau, die konnte nicht genug kriegen. Knut war immer so bescheiden und so nett", beharrte seine Mutter auf ihrer Meinung, noch immer kauend.

Jetzt reichte es Jens-Peter. Er fuhr sie an: „Verena war dagegen, das Gut zu kaufen. Es war allein Knuts Idee. Du hast schon eine Psychose, wenn es um junge Frauen geht. Vergiss nicht, du warst auch einmal jung." Jens-Peter wusste schon, was jetzt kommen würde.

Fast weinerlich rechtfertigte sich seine Mutter: „Ich mache mir nur solche Sorgen um euch. So ist nun mal eine richtige Mutter. Und dafür werde ich auch noch von dir angefahren." Trotzig schob sie das nächste Stück Spanferkel in den Mund und spülte mit einem kräftigen Schluck Rotwein nach. „Was soll nur aus Knut werden?", fragte sie.

„Wir haben lange zusammen gesessen und alles im Detail diskutiert. Knut hat mir seine Bilanzen gezeigt und seine Bankverbindlichkeiten offenbart. Ihm fehlen vierzigtausend Euro. Kann er die bis Anfang September nicht aufbringen, muss er Konkurs anmelden", erläuterte Jens-Peter. „Ich habe ihm mehrere Vorschläge unterbreitet. Er will bis morgen anrufen und mir mitteilen, ob er darauf eingeht."

Seine Mutter war jetzt neugierig geworden. „Willst du das Gut übernehmen? Dann brauchtest du nicht mehr so weit zu reisen und ich könnte zu dir ziehen. Das habe ich mir schon immer gewünscht, meinen Lebensabend auf dem Land zu verbringen."

Das hätte mir gerade noch gefehlt, dachte Jens-Peter, setzte jedoch sachlich fort: „Ich habe drei Forderungen an Knut gestellt. Wenn er sie erfüllt, werde ich ihn mit fünfzigtausend Euro unterstützen. Zum ersten habe ich von ihm verlangt, dass er keine Tiere mehr verkauft beziehungsweise schlachtet, zumindest bis Ende des Jahres, zum zweiten, dass er auf die Schafzucht umsteigt, und zum dritten, dass er mir seine Mastbullen überschreibt als Sicherheit für meine Einlage bei ihm."

Seine Mutter schaute ihn fragend an: „Das dritte verstehe ich noch, aber warum die Forderungen eins und zwei?"

Jens-Peter schob den mittlerweile geleerten Teller mehr in die Mitte des Tisches und lehnte sich selbstzufrieden zurück: „Du hast selbst schon bemerkt, dass die Fleischpreise anziehen. Nur, die Futterpreise sind viel schneller und viel stärker gestiegen, eben, weil die Ernte dieses Jahr ausfallen wird. Viele Bauern müssen deshalb jetzt ihr Vieh verkaufen, denn sie haben nicht die Rücklagen, um das teure Futter zu erwerben. Deshalb ist im Moment noch genügend Fleisch im Angebot und es ist auch nicht zu teuer. Aber das wird sich sehr schnell ändern. Spätestens im November wird es nicht mehr genug Fleisch geben und der Preis wird kräftig anziehen. Bis dahin muss Knut durchhalten. Dafür bekommt er mein Geld."

„Warum dann der Wechsel zur Schafzucht? Wenn die Fleischpreise steigen, kann er doch bei seinen Mastbullen bleiben."

Jens-Peter schmunzelte, um dann in belehrendem Ton fortzufahren: „Das Futter wird teuer bleiben, unter Umständen noch weiter im Preis steigen. Schafe suchen es sich selbst und können jeden Grashalm nutzen. Die brauchen deutlich weniger Zusatzfutter und kommen auch mit diesem Scheißwetter besser zurecht."

„Jens-Peter", hörte er sofort vorwurfsvoll, „du sollst nicht immer diese Kraftausdrücke gebrauchen. Du weißt, dass ich das nicht mag." Frau Schneider war aufgestanden und hatte begonnen, die Reste des Spanferkels sowie die übrig gebliebenen Knödel in die Küche zu bringen. „Hat es dir geschmeckt, mein Junge?", fragte sie beim Hinausgehen, ohne seine Antwort abzuwarten. Sie wusste, dass es ihm zu Hause immer schmeckte. Jens-Peter nahm einen großen Schluck Rotwein und schenkte sich sofort wieder nach. Einfach ein Genuss nach dieser prächtigen Mahlzeit.

Seine Mutter kam zurück, mit einer Schüssel und einem Kännchen in den Händen. „Schokoladenpudding mit Mandeln und Vanillesoße, extra für dich gekocht. Du weißt, ich würde das auch gern mitessen, aber mein Blutzucker." Sie setzte sich dieses Mal neben ihn und schaufelte ihm eine große Portion Pudding in ein Porzellanschälchen.

„Mutti, du bist wirklich ein Schatz. Mein Lieblingspudding. Möchtest du auch noch einen Schluck Rotwein?" Jens-Peter hatte selbst erst noch einmal kräftig zugelangt und dann seiner Mutter und sich selbst wieder eingeschenkt.

„Jens-Peter, woher kommt eigentlich dieses scheußliche Wetter? So etwas habe ich noch nicht erlebt und ich gehe auf die Siebzig zu."

„Man ist sich ziemlich sicher. Das alles sind die Folgen des Vulkanausbruchs im Mittelmeer", erklärte er. „Du hast bestimmt die Bilder im Fernsehen gesehen. Dort wurden riesige Mengen Staub und Wasser in die Atmosphäre befördert, wo sie jetzt die Sonneneinstrahlung unterbinden. Ich habe übrigens einen der Ausbrüche vom Flugzeug aus direkt gesehen. Gigantisch. Wir flogen in zehntausend Meter Höhe, aber die Eruptionssäule war noch weit, weit höher."

Seine Mutter streichelte ihm den Arm: „Ja, ja, mein Junge, du siehst schon etwas von der Welt. Wenn ich nur nicht immer solche Angst um dich hätte. Das viele Fliegen, die Terroristen und nun auch noch die Cholera. Man hat den Eindruck, die ganze Welt ist durcheinander.“ Jens-Peter konnte ihr nur zustimmen. „Ich habe mich auf meiner Baustelle sehr intensiv mit diesem Vulkanausbruch und seinen Folgen beschäftigt. Es sprengt wirklich jede Vorstellungskraft, was eine solche Naturkatastrophe auslösen kann, riesige Flutwellen, Störungen im Klima weltweit, Staubablagerungen, die alles bedecken und ersticken. Und in der Folge Millionen betroffener Menschen, hunderttausende Tote, Seuchen und wirtschaftliche Probleme.“

„Zum Glück sind wir weit weg vom Mittelmeer“, wandte seine Mutter ein.

„Du solltest besser sagen, wir waren weit weg vom Mittelmeer, was die unmittelbare Katastrophe anging, aber die Folgen spüren wir auch. Du brauchst nur nach draußen zu schauen. Und es ist kein Ende abzusehen. Die Wissenschaftler sagen, dass sich dieser Dreck bis zu drei Jahren in der Atmosphäre halten kann. Und was die Cholera angeht, da ist in Alexandria die Hölle los. Wir können nur hoffen, dass eine Ausbreitung der Seuche verhindert werden kann.“

„Jens-Peter, was heißt eigentlich Resistenz gegen Antibiotika? Das haben sie schon mehrfach im Fernsehen erzählt, aber richtig verstanden habe ich das nicht.“

„Ach, das ist ganz einfach. Normalerweise lässt sich die Cholera mit Penicillin bekämpfen. Die extrem schlechten Verhältnisse in Alexandria haben jedoch für die Erreger so günstige Bedingungen geschaffen, dass sie sich außerordentlich schnell vermehrt und dabei auch eine Unempfindlichkeit gegen Penicillin entwickelt haben. Sollten sich diese resistenten Erreger über Alexandria hinaus ausbreiten, wäre das eine neuerliche Katastrophe.“

„Und du bist so nahe an Ägypten“, sorgte sich jetzt seine Mutter.

Jens-Peter beruhigte sie: „Es sind noch fast eintausend Kilometer dazwischen.“

„Möchtest du ein zweites Mal Pudding?“, fragte sie, sofort bereit nachzuladen. Aber Jens-Peter winkte ab. „Ich bin wieder einmal gemästet. Du kochst einfach zu gut.“ Seine Mutter strahlte über das ganze Gesicht und begann, den Tisch abzuräumen. „Bitte setz dich jetzt an das Kaffeetischchen. Ich bringe dir noch einen wunderschönen Capuccino mit viel Sahne, so wie du ihn magst, und frisch gebakkene Plätzchen.“ Jens-Peter tat, wie ihm geheißen, versäumte es allerdings nicht, sein schon wieder nachgefülltes Rotweinglas und die nun fast leere Flasche mitzunehmen. Er ließ sich in einem der Sessel nieder und legte seine Füße auf das Tischchen vor sich. Wie angenehm es doch war, verwöhnt zu werden und einmal nicht an diese verdammte Baustelle denken zu müssen. Dabei lief es im Moment recht gut. Sie hatten den Rückstand im Terminplan zwar nicht reduzieren können, aber er war auch nicht mehr angewachsen. Wenn alles gut ging, bestand die Chance, bereits im Januar in Gang zu kommen.

„Bitte nimm sofort die Füße vom Tisch, Jens-Peter. Diese amerikanischen Manieren solltest du dir schnell abgewöhnen." Seine Mutter war mit zwei Tassen herrlichstem Cappuccino zurückgekehrt und hatte auch einen Teller noch herrlichere Plätzchen mitgebracht. „Stimmt es, dass die Leute in Qatar die Heuschrecken essen?", fragte sie plötzlich unvermittelt. „Es soll dort so viele von diesen Biestern geben."

Jens-Peter blieb das erste Plätzchen fast im Halse stecken. Musste das gerade beim Kaffee sein, wo es ihn schon schüttelte, wenn er nur daran dachte. Da musste er doch gleich erst noch einmal mit einem großen Schluck Rotwein nachspülen. Er füllte vorsorglich sein Glas nach und verzog das Gesicht: „Einfach ekelhaft. Die werden geröstet und wie Scampis gegessen. Und du hast Recht. Es gibt zurzeit Massen von Wanderheuschrecken, die fast alles auffressen, was gerade gewachsen ist. Auch das ist eine Folge der Klimaänderung. Als es so viel geregnet hatte, du erinnerst dich, ich hatte dir davon erzählt, haben sich die Heuschrecken enorm vermehrt, weil sie beste Ernährungsmöglichkeiten hatten. Da es inzwischen recht trocken geworden ist, vielleicht nicht ganz so heiß wie sonst, sammeln sich diese Tierchen an feuchten und nahrhaften Stellen. Dort geht es ihnen wie den Menschen. Wenn es zu viele werden, gehen sie sich auf die Nerven. Es kommt zu hormonalen Änderungen, die mit einer Neigung zur Schwarmbildung verbunden sind. Haben sie alles aufgefressen, wandern sie zunächst zu Fuß. Sind die Larven flugfähig, erhebt sich der Schwarm und sucht sich neue, noch nicht abgeweidete Gebiete. Solche Schwärme können einhundertzwanzig Kilometer lang und zwanzig Kilometer breit sein. Es ist enorm, was die Heuschrecken wegfressen und wie viele es sind. Ich habe in Qatar miterlebt, als solch ein Schwarm angeflogen kam. Es wurde regelrecht dunkel." Jens-Peter bekam schon langsam eine schwere Zunge. Es war vielleicht doch etwas zu viel Rotwein in einer zu kurzen Zeit gewesen.

Aber seine Mutter war noch nicht zufrieden: „Und sie essen sie wirklich?"

„In Afrika und Indien ist das eine Delikatesse. Es sind jedoch so viele, dass sie gar nicht alle aufgegessen werden können", erklärte er seiner Mutter. „Und übrigens, da esse ich schon lieber deine Plätzchen“, witzelte er.

Nach dem Kaffee und einem Teller voller Verführung spürte Jens-Peter eine leichte Müdigkeit aufkommen. Es wurde Zeit, dass er sich auf sein Sofa zurückzog und ein kurzes Mittagsnickerchen hielt. Seine Mutter hatte sich mit den Resten in die Küche zurückgezogen und würde ihn in den nächsten dreißig Minuten nicht behelligen. Sie wusch nämlich noch immer mit der Hand auf, weil sie sich aus ökologischen Gründen strikt weigerte, eine Geschirrspülmaschine anzuschaffen. Jens-Peter war das egal, so lange er nicht abtrocknen musste. Zudem war er sowieso die meiste Zeit nicht da. Er hatte den Eindruck, dass diese Marotte seiner Mutter ein Überbleibsel war, das sich aus deren stürmischer Zeit als engagierte Grüne erhalten hatte. Jens-Peter genoss die letzten Schlucke dieses exzellenten Rotweines, die Namen Dornfelder und Saale/Unstrut würde er sich merken, und begab sich in Richtung Sofa.

Er nahm die Decke, die seine Mutter vorsorglich auf einem der Sessel platziert hatte, und legte sich hin. Herrlich, dachte er. Aber was war das? Mit einem Mal fing alles an zu schwimmen. So viel hatte er doch gar nicht getrunken. Und dann klirrten auch noch die Gläser in der Schrankwand. Ein Erdbeben, durchzuckte es ihn. Nicht stark, jedoch deutlich zu spüren. Und das in Hamburg? So schnell wie es gekommen war, war es auch wieder vorbei. Jens-Peter nahm es nicht weiter tragisch und drehte sich zur Seite. Morgen würde schon in der Zeitung stehen, was passiert war.

31. August 2015, Lindos (Rhodos)

Ilias Sirimis schaute seinen Freund an. „Weißt du, Satiris, dass wir hier kurz vor Weihnachten des letzten Jahres schon einmal gesessen haben? Nur wenige Tage, nachdem wir mit den ersten zwanzig Zentimetern Bimsstein beglückt worden waren?"

„Wie kann ich das vergessen", antwortete der schon fast ärgerlich. „Das war damals ein Schock für mich zu sehen, wie unsere schöne Insel unter diesem verdammten Staub begraben worden war. Daran werde ich mich sicherlich bis an meine letzten Tage erinnern."

„Und, wie ist dein Eindruck heute?"

Satiris Thanassis, der Bürgermeister von Rhodos-Stadt, kratzte sich am Kinn, blickte erst noch einmal in Richtung der Akropolis von Lindos und schaute dann seinen Freund, den Präfekten der Insel, fest an. „Es hat uns schwer getroffen. Ein halber Meter Bimsstein, fast gleichmäßig verteilt, das war einfach zu viel. Und auch noch diese Flutwelle, die, dem Himmel sei Dank, nur die Westküste in Mitleidenschaft gezogen hat. Vergleiche ich uns allerdings mit den anderen Inseln oder Alexandria, dann hatten wir noch Glück im Unglück. Wenn ich mir vorstelle, dass die unmittelbar in der Nähe von Santorin gelegenen Inseln Flutwellen bis achtzig Meter Höhe ertragen mussten oder Alexandria ungeschützt vom Tsunami getroffen wurde, dann sind unsere Probleme klein dagegen.

Ilias Sirimis nickte und lobte sich zunächst erst einmal selbst: „Ich habe aber auch alles getan, um die Auswirkungen der Flutwelle so gering wie möglich zu halten. Mein Katastrophen- und Evakuierungsplan war doch einfach klasse." Er merkte jedoch sofort, wie der Freund etwas pikiert reagierte und wiegelte ab: „Du hast recht, wir alle haben im Vorfeld sehr viel getan, um Opfer zu vermeiden und Schäden zu minimieren. Wenn ich uns mit Ios oder Kreta vergleiche, waren wir richtig Spitze."

„Ilias, wie erklärst du dir, dass es Amorgos enorm, Milos dagegen fast überhaupt nicht erwischt hat, obwohl beide gleich weit von Santorin entfernt liegen?"

„Unsere Wissenschaftler können das im Nachhinein wunderbar erklären. Amorgos lag direkt in der Ausbreitungsrichtung der Welle, nicht weit vom Ausgangspunkt entfernt, und wurde unmittelbar getroffen, während Milos von Therasia geschützt wurde", erläuterte der Präfekt sarkastisch. „Das ist auch der Grund, warum unsere Nachbarinsel Kos fast völlig unberührt blieb. Die auf sie gerichtete Welle wurde nämlich von Astypalaia umgelenkt, unter anderem auch auf uns. Deshalb hatten wir eine vergleichsweise hohe Flutwelle."

„Meinst du nicht auch, dass wir glimpflich davon gekommen sind?"

Der Präfekt runzelte die Stirn. „Ja, wenn ich ehrlich bin, ja. Wir haben nur fünfundfünfzig Tote zu beklagen und selbst die Schäden in Rhodos-Stadt halten sich in Grenzen. Und mit dem Bimsstein können wir, wie sich mittlerweile zeigt, sogar leben."

Beide schwiegen und ließen offensichtlich ihre Fahrt von Rhodos-Stadt nach Lindos noch einmal Revue passieren. Es war schon beeindruckend, wie aus einer grünen Insel eine weiße geworden war. Aber, und das war das Verblüffende, überall kam das neue Grün schon wieder hervor, da, wo der Staub entfernt worden war, jedoch auch an Stellen, wo niemand etwas getan hatte. Zum Beispiel hatten die Olivenbäume und Palmen die sie störende Kruste einfach platzen lassen und abgeworfen. Da sich die Einwohner zudem bemüht hatten, überall, wo es möglich war, Blumen anzupflanzen, sah die Insel im Bereich der unzerstörten Ostküste aus wie zugedeckt mit einem großen weißen Tischtuch, das die Großmutter mit Blumen und grünen Blättern bestickt hatte. Es ergab sich ein eigenartiges Flair, das man sogar als reizvoll bezeichnen konnte, sicherlich auch einer der Gründe, warum die Touristen keinen Bogen um die Insel mehr machten und die Hotels im Osten zum Teil schon voll ausgebucht waren.

Ilias Sirimis begann plötzlich laut zu lachen. Sein Gegenüber schaute ihn fragend an. Was war jetzt passiert? „Kannst du dir vorstellen, dass sich dieser verrückte Deutsche wieder gemeldet hat? Der, der uns den Bimsstaub abkaufen will? Er hat mir wirklich so etwas wie einen Businessplan geschickt. Ich habe ihn meine Bauleute prüfen lassen und die sagen, dass der Kerl gar nicht so verrückt ist, wie es zunächst scheinen mag. Er hat ein einfaches Verfahren entwickelt, den Staub zu reinigen, mit Zementleim zu binden und daraus hochwärmedämmende Bimssteinplatten herzustellen."

Satiris Thanassis schaute zweifelnd. „Also, ein bisschen verstehe ich davon auch. Bimsstein wird seit Jahrzehnten als Baumaterial verwendet. Und die hervorragende Wärmedämmung ist schon seit langem bekannt. Was soll daran so gut oder so neu sein?"

„So weit ich verstanden habe, ermöglicht das neue Verfahren einen K-Wert von 0,1 W/m^2K bei einer Wanddicke von sechsunddreißig Zentimetern, das soll noch dreißig Prozent über dem liegen, was heute üblich ist. Diese Wärmedämmung wird dadurch erreicht, dass sehr dünne Platten gegossen werden, die man anschließend verklebt, wodurch zwischen ihnen eine zusätzliche Luftschicht verbleibt. Man schafft es auf diese Weise Mauerwerkstoffe herzustellen, die zu mehr als neunzig Prozent aus Luft bestehen und hervorragend isolieren.

Sehr gut soll auch sein Verfahren sein, den Staub aufzunehmen und zu reinigen."

Der Bürgermeister war jedoch weiterhin nicht überzeugt. „Wir haben nur leider keinen Staub mehr. Das Zeug hat sich, und das weißt du auch, verfestigt und richtige Blöcke gebildet."

Sein Freund lächelte: „Das hat der Deutsche schon berücksichtigt. Er hat zunächst eine Vermahlung vorgesehen, der sich dann erst die Reinigung anschließt. Angeblich hat er schon Versuche mit unserem Bimssteinstaub durchgeführt und kann seine Angaben mit Produktmustern belegen."

„Und wie will er den Bimsstein nach Deutschland bringen?", fragte Satiris Thanassis weiter zweifelnd.

„Gar nicht, so wie ich es verstanden habe, will er ein Werk für solche Platten auf unserer Insel errichten und die fertigen Mauerwerkstoffe nach Europa verkaufen. Nach seiner Auffassung wird das bei der sich abzeichnenden weltweiten Abkühlung ein glänzendes Geschäft, denn bessere Wärmedämmung heißt niedrigerer Energieverbrauch beim Heizen. Wenn wir ihm helfen, zinsverbilligte Kredite für sein Vorhaben zu erhalten, würde er selbst sich an der Investition mit zehn Prozent beteiligen und mit dem Bau der Anlage sofort beginnen."

„Das sollte doch möglich sein. Denn soweit ich weiß, kann ein Teil der bereitgestellten Mittel auch zur Wiederbelebung der Industrie im Katastrophengebiet eingesetzt werden."

„Das lasse ich gerade prüfen", erwiderte Ilias Sirimis. „Ich will mich keinesfalls in die Nesseln setzen, zudem meine Familie beschlossen hat, in dieses Vorhaben mit einzusteigen, sollte es zu der geplanten Förderung kommen. Und wenn du Lust hast, kannst du auch mitmachen. Überleg es dir doch einmal."

„Schicke mir bitte die Unterlagen. Ohne eine tiefgründige Prüfung lasse ich mich auf nichts ein", erwiderte Satiris Thanassis. „Aber noch einmal zurück zu unseren Problemen auf der Insel. Was machen wir mit dem Bimsstein, der an die Küste angespült wurde beziehungsweise noch immer anlandet? Viele Touristen werden sicherlich nicht wiederkommen, wenn sie nicht einmal baden können?"

Der Präfekt schüttelte den Kopf. „Dazu ist mir auch nichts eingefallen. Reinigen können wir die Strände nicht, zudem weiterhin riesige Mengen auf dem Meer treiben. Wir müssen einfach warten, bis die Wellen das Ganze zerrieben haben. In der Nähe der Hotels haben wir den Versuch unternommen, zumindest ein Stück des Strandes zu beräumen, jedoch es war völlig umsonst. Allerdings teile ich deine

Befürchtungen bezüglich der Touristen nicht. Baden ist bei dem kühlen Wetter sowieso keine Freude, und das Meer war noch nie so kalt wie in diesem Sommer. Sie kommen, weil ihnen das Besondere unserer Insel, das Grün im Weiß, gefällt oder sie suchen einfach etwas Sonne. In Mitteleuropa scheint es nur noch zu regnen. Da kann ich sehr wohl verstehen, dass sie froh sind, zumindest hin und wieder die Sonne zu sehen und etwas Wärme zu spüren."

„Ich habe den Eindruck, dass mehr Touristen kommen würden, wenn wir mehr Hotelkapazitäten zur Verfügung hätten."

„Dein Eindruck, Satiris, ist richtig. Man merkt deutlich, dass auf den anderen Inseln, wie zum Beispiel Kreta, viele Hotels noch nicht wieder in Betrieb genommen werden konnten. Zudem ist der gewachsene Bedarf aufgrund des schlechten Wetters in Deutschland oder Frankreich zu spüren. Wir hatten mehrere Angebote von renommierten Reisebüros, mit uns exklusiv zusammenzugehen und die volle Auslastung zu garantieren, eben wegen der sehr großen Nachfrage."

„Und, seid ihr zu einem Abschluss gekommen?", fragte der Bürgermeister neugierig.

„Ja, nach langen, zähen Verhandlungen. Wir hatten mit der spanischen Gesellschaft *Mediterran Travel* begonnen und mit denen auch gute Fortschritte erzielt. Am Schluss haben wir uns aber für das Reisebüro *Ibero-Enjoy* entschieden, das uns auch Finanzhilfen bei der Wiedereinrichtung der während der Flut zerstörten Hotels angeboten hatte. Die andere Gesellschaft war zunächst ebenfalls zu solchen Hilfen bereit gewesen, hatte ihre Offerte dann aber aufgrund einer Weisung ihres Vorstandsvorsitzenden zurückgezogen. Es war den Verhandelnden sehr peinlich gewesen, als sie ihre schon gegebene Zusage zurücknehmen mussten. Wir sind mit der jetzt erreichten Lösung sehr zufrieden. *Ibero-Enjoy* hat bisher alle vertraglich zugesicherten Verpflichtungen strikt eingehalten und tut alles, dass unsere noch beschädigten Hotels so schnell wie möglich wieder genutzt werden können. Natürlich in erster Linie von ihnen."

Der Präfekt hatte plötzlich den Eindruck, dass sein Freund nicht mehr zuhörte. „Was ist los mit dir?", fragte er.

„Ich brauche etwas zu essen, aber denkst du, der Wirt reagiert auf mein Zeichen? Ich verstehe ja, dass es sehr voll ist und darüber freuen wir uns auch, nur so kann er uns nicht behandeln."

Ilias Sirimis schaute sich um. Es waren wirklich alle Tische besetzt und die Bedienung kam kaum noch nach. Jetzt winkte der Präfekt. Und siehe da, sofort war der Wirt zur Stelle.

„Herr Sirimis, was kann ich für Sie tun?"

„Wir haben Hunger. Bitte für mich Spanakopitta, das reicht mir. Was möchtest du, Satiris?“

Der schien beleidigt, dass man auf ihn nicht reagiert hatte, jedoch auf den Herrn Präfekt sofort zugesprungen war, denn er knurrte nur unwirsch: „Erst Fava, dann Moussaka.“

„Gräm dich nicht“, beruhigte Ilias seinen Freund, nachdem der Wirt die Bestellung aufgenommen hatte und in Richtung Küche verschwunden war. „Meine Familie ist in Lindos bestens bekannt. Mir geht es hier so wie dir in Rhodos-Stadt.“

Satiris Thanassis blickte zwar nicht sonderlich glücklich, setzte aber dann doch die Konversation fort. „Was hast du an Informationen über den Heuschreckeneinfall in Zypern. Kann hier die nächste Katastrophe auf uns zukommen?“

„Weißt du, wir sollten nicht immer den Teufel an die Wand malen. Sicherlich haben alle bei der Vorhersage der Katastrophe im Archipel Santorin daneben gelegen, aber es muss so nicht weitergehen. Lass es mich ironisch sagen, sollten diese Biester es wirklich bis zu uns schaffen, hätten sie großes Pech gehabt, denn hier gibt es wirklich nicht viel zu fressen. Aber im Ernst. Ich weiß auch nur aus dem Fernsehen, dass es dieses Jahr so viele Heuschrecken gibt wie noch nie und sich riesige Schwärme ausgebildet haben. Und es ist auch nicht auszuschließen, dass einigen der Sprung über das Mittelmeer gelingt. Der aus Zypern ist für uns uninteressant, da wir zurzeit starken Westwind haben und die Zugrichtung fast immer windbedingt ist. Mit diesem Thema sollten wir uns, so denke ich wenigstens, nicht beschäftigen.“ Es kam kein Widerspruch von seinem Freund, der begonnen hatte, seine Vorspeise, die man schon gebracht hatte, in Angriff zu nehmen. „Viel mehr Sorgen bereitet mir das, was mir Professor Vovola vor wenigen Tagen noch einmal bestätigt hat. Ich konnte mich erinnern, in dem Abschlussbericht der Expertenkommission, die unseren Gesundheitsminister in allen Fragen zum Vulkanausbruch auf Santorin beraten hat, gelesen zu haben, dass der Vulkanismus auf der Erde weiter zunehmen wird. Es gibt immer mehr Anzeichen dafür, dass das stimmt und sich die Vorhersage eines kanadischen Wissenschaftlers letztendlich als richtig herausgestellt hat.“

„Das hat für uns doch keine Bedeutung. Santorin gibt es nicht mehr und es dürfte einige Jahrhunderte dauern, bis wieder Magma die Erdoberfläche erreicht. Und welche Anzeichen meinst du?“

Der Präfekt überlegte eine Weile, setzte dann aber fort: „Ich bin kein Spezialist. Die Zahl der aktiven Vulkane weltweit soll bereits um etwa einhundert auf nunmehr siebenhundert zugenommen haben, oft nicht spektakulär oder in wenig bewohnten Gebieten gelegen. Besonders auffällig soll das Phänomen auf Kamtschatka sein, wo innerhalb kürzester Zeit sechs schlafende Vulkane ausgebrochen sind. Außerdem noch dieses schwere Erdbeben in Deutschland, das eine Stärke von 6,1 auf der Richterskala erreichte. Absolut ungewöhnlich für Mitteleuropa. Professor Vovola vermutet, dass das ein Zeichen für den wieder erwachenden Vulkanismus in der Eifel sein könnte."

Satiris Thanassis hatte seine Vorspeise inzwischen aufgegessen und sich zurückgelehnt. „Was beunruhigt dich? Deutschland ist weit und Kamtschatka noch viel weiter. Was soll uns passieren? Und das Wetter? Das mag in Mitteleuropa sehr schlecht geworden sein, bei uns hat sich die Klimaänderung positiv ausgewirkt. Es regnet mehr und ist nicht mehr so heiß."

„Auch hierüber habe ich mich von Professor Vovola beraten lassen. Santorin ist nur eines der fünf Vulkanzentren, die auf dem ägäischen Vulkanbogen sitzen. Nicht weniger gefährlich für uns sind die Verwerfungen im Gebiet der Insel Nisyros, die ganze einhundert Kilometer von Rhodos entfernt liegt. Sollte es dort zu einem ähnlichen Ausbruch wie im Archipel Santorin kommen, würden wir uns in allernächster Nähe befinden und der wahrscheinlichen Flutwelle direkt ausgesetzt sein."

„Gibt es dafür irgendwelche Anzeichen?", fragte Satiris seinen Freund, nun sichtlich betroffen.

„Zum Glück nicht. Nisyros wird mit allen möglichen Methoden überwacht. So etwas wie bei Santorin soll nicht noch einmal passieren. Man hat auch dieses neue Verfahren eingesetzt, ich glaube, es heißt Schwerkrafttomographie, und keine wirkliche Magmakammer gefunden. Es gibt zwar Kanäle zur Oberfläche, aber noch völlig unkritisch."

„Darf ich jetzt deine Worte von vorhin wiederholen. Lass uns nicht den Teufel an die Wand malen. Wenn es keine Anzeichen für eine Eruption gibt, sollten wir uns nicht damit beschäftigen. Wir haben genug Probleme mit dem, was uns der Santorin aufgeladen hat."

Der Präfekt nickte. „Ich stimme dir zu. Aber du weißt, ich bin ein vorsichtiger Mensch. Lieber einmal zu viel gesorgt, als einmal zu wenig." Man merkte ihm deutlich an, dass damit das Thema für ihn erledigt war. „Wie kommen wir mit den Reparaturarbeiten in Rhodos-Stadt voran?", fragte er den dafür verantwortlichen Bürgermeister.

„Es macht Spaß zu sehen, wie sich alle engagieren und sich das Leben wieder normalisiert. An vielen Stellen fehlt jedoch das Geld, trotz aller Hilfen. Es geht viel zu langsam voran mit der Bewilligung der zugesagten zinsverbilligten EU-Kredite. Wenn wir die Abläufe beschleunigen könnten, wäre das ein großer Schritt nach vorn."

„Wo gibt es Probleme?", zeigte sich der Präfekt erstaunt. „Ich war der Meinung, dass alles gut angelaufen ist."

„Vielleicht bei deiner Familie", entgegnete Satiris Thanassis etwas bissig. „Ihr habt die Anwälte und Fachleute, die euch helfen, den vielen Papierkram zu bewältigen, der mit der Beantragung verbunden ist. Aber viele der kleinen Leute, und das sind die meisten, haben diese Unterstützung nicht. Geld ist in ausreichender Menge vorhanden, wir schaffen es nur nicht, an den Topf heranzukommen."

„Warum hast du mich nicht schon eher einmal auf dieses Problem hin angesprochen?", fragte der Präfekt seinen Freund vorwurfsvoll. „Hier können wir doch etwas tun. Ich kann mich erinnern, dass auf der Insel Milos in einer ähnlichen Situation Bürgerberatungsbüros eingerichtet wurden, die bei der Antragstellung geholfen haben. Wir sollten so schnell wie möglich ähnliche Anlaufstellen schaffen, die wir dann auch mit geeigneten Spezialisten besetzen. Meine Familie wird sicherlich mithelfen, solltest du dir Sorgen bezüglich der Finanzierung machen." Bei diesen Worten klopfte er seinem Freund auf den Arm. „Wir sind doch ein gutes Paar. Wir haben schon ganz andere Probleme gelöst. Und nun kann ich endlich meine Spanakopitta und du deine Moussaka essen. Es ist zwar nicht viel, aber langsam habe auch ich so etwas wie Hunger." Beide lachten und begannen mit ihrer Mahlzeit.

15. September 2015, Amsterdam

Marit war müde. Sie fühlte sich erschöpft und hätte am liebsten geschlafen, nur geschlafen. In letzter Zeit war es einfach zu viel gewesen. Was inzwischen auf sie, die Vizepräsidentin der EU, einstürmte, war kaum noch zu bewältigen. Ihr Körper und auch ihre Familie begannen bereits zu rebellieren. Aber was sollte sie tun? Seit ihrer viel beachteten Rede am 20. Juli vor der UN-Vollversammlung war sie nicht mehr zur Ruhe gekommen. Nur zweimal hatte sie es geschafft, nach Oslo zu fahren. Und beim letzten Mal hatte sie sich mit Kurt in den Haaren gelegen. Sie bedauerte den Streit zutiefst und hatte auch wie immer jeden Abend zu Hause angerufen. Kurt war jedoch noch immer verschnupft und hatte kaum etwas gesagt.

Dabei verstand sie ihn sehr gut, denn er machte sich nur Sorgen um sie. Er war der Meinung, dass sie dieses Höllentempo nicht mehr lange durchstehen würde und Gefahr lief, sich ein Herz-Kreislauf-Problem einzuhandeln. Sie hatte versucht, ihn zu beruhigen und die Belastung herunterzuspielen. Erreicht hatte sie allerdings das Gegenteil. Kurt wurde noch skeptischer und am Schluss sogar böse, weil sie einfach nicht einsehen wollte, dass sie dabei war, ihre Gesundheit zu ruinieren. Marit war sehr traurig, dass sie den Konflikt nicht hatte lösen können, bevor sie wieder abgefahren war. Nun schwelte er ständig weiter und belastete sie zusätzlich. In ihrer Ehe mit Kurt hatte sie solche Auseinandersetzungen sehr selten gehabt. Im Gegenteil, Kurt hatte sie darin unterstützt, in die Politik einzusteigen, und klagte auch nie, dass er einen Großteil ihrer familiären Pflichten übernehmen musste. Er war davon überzeugt, dass Frauen, vor allem wenn sie Mütter waren, eine verantwortungsvollere Politik betrieben als Männer. Bei ihnen stand die Lösung, der Kompromiss, im Vordergrund und nicht der Wille, sich um jeden Preis zu behaupten, wie bei den meisten Männern. Und nun dieser unselige Streit. Sie hatte sich fest vorgenommen, heute Abend länger mit Kurt zu reden und sich ihm zu öffnen, seine Sorgen zu akzeptieren. Es war ihr klar geworden, dass sie auch in ihrem eigenen Interesse wieder etwas mehr Zeit für ihn und ihre Tochter aufbringen musste. Für das nächste Wochenende hatte sie schon einen Flug nach Oslo gebucht, um ihr Problem zu Hause endgültig aus der Welt schaffen zu können. Sie war sich sicher, dass sie weiter mit Kurts Unterstützung rechnen konnte, wenn sie hin und wieder auch einmal an sich selbst denken würde.

Aber dafür war im Moment wirklich fast keine Zeit. Der Bewilligungsausschuss des Katastrophenfonds tagte nun schon wöchentlich und es war kein Ende abzusehen. Ständig kamen neue Hiobsbotschaften und verzweifelte Rufe nach Unterstützung. Das Geld für 2015 war längst alle, und zur Umverteilung der Mittel innerhalb der EU war kaum jemand bereit. Alle Länder kämpften mit den Folgen der Klimakatastrophe und waren nicht zu solidarischem Handeln zu bewegen. Marit appellierte zwar immer wieder an die Regierungschefs, gerade in der jetzigen Notsituation zusammenzurücken, stieß jedoch zumeist auf taube Ohren. Sie konnte es zum Teil verstehen, denn viele standen kurz vor Wahlen und wollten auch wiedergewählt werden. Dieser Egoismus gefährdete jedoch die gesamte Gemeinschaft und verschlechterte ihrer Meinung nach sogar die Chancen, die Krise zu bewältigen. Marit forderte deshalb auch in jeder Rede zusammenzustehen und zitierte in vielen Veranstaltungen die Ringparabel aus dem Schauspiel *Nathan der Weise.* Wie lange sie die Kraft aufbringen würde, diesen Kampf fortzusetzen, wusste sie nicht. Der Verschleiß war enorm und der Erfolg zumeist nicht sofort sichtbar.

Es war aber auch verflixt, welche Dynamik diese Naturkatastrophe im Mittelmeer entwickelt hatte. Ein ganzes Jahr hatte sie die Menschen in der Ägäis das Fürchten gelehrt, mit Folgen, die noch Generationen beschäftigen würden. Und als sie dachten, alles wäre überstanden, fing es erst richtig an. Die Veränderungen im Klima waren schon so drastisch, dass sie die Gesellschaften bis in die Grundfesten erschütterten. Aus Überschuss war plötzlich Mangel geworden, den niemand mehr kannte und auch nicht mehr für möglich gehalten hatte. Das war eine Herausforderung ohnegleichen, denn der Hunger war wieder da mit einer Sprengkraft, die man nur ahnen konnte. Dabei war nach Marits Auffassung weiterhin genug vorhanden, um alle satt zu bekommen, es war allein eine Frage der Verteilung und der Stellung zur sozialen Gerechtigkeit.

Denn was war passiert? Die Lebensmittelpreise stiegen und stiegen infolge der Verknappung. Das obere Drittel der Gesellschaft merkte davon fast gar nichts, da die Kosten für die Ernährung immer nur einen kleinen Bruchteil der Ausgaben ausgemacht hatten. Das mittlere Drittel kam auch noch klar, da durch Umschichtung zumindest Essen und Trinken gesichert werden konnten. Was aber sollte das untere Drittel machen, das weder über Rücklagen noch über die Möglichkeit des Sparens an anderer Stelle verfügte? Die einzelnen Länder hatten versucht, unterschiedliche Lösungen zu finden, die von der Subventionierung der Nahrungsmittel bis zur Rationierung reichten. Alle waren letztendlich jedoch darauf hinausgelaufen, dass zusätzlich Geld benötigt wurde, was nicht vorhanden war. Ein Teufelskreislauf.

Marit hatte darauf nur eine Antwort. Die Leistungsträger der Gesellschaft, die Starken, mussten sich solidarisch zeigen und einen größeren Teil der Last tragen, eben wie es der Name Leistungsträger besagte.

Sie fand auch zunehmend Unterstützung für ihre Forderung, brachliegende Geldvermögen wieder in Umlauf zu bringen und die Starken in die Schranken zu weisen. Allerdings taten diese alles, genau das zu verhindern, und nutzten alle Machtmittel, jede Veränderung zu bekämpfen. Sicherlich einer der Gründe, warum Marit an den Grenzen ihrer Leidensfähigkeit angelangt war, denn viele Angriffe waren mittlerweile auch gegen sie persönlich gerichtet, was ihr besonders wehtat.

Marit wollte alles tun, um chinesische Verhältnisse zu verhindern. Dort drohte wegen des Egoismus der Herrschenden die gesamte Gesellschaft zu explodieren mit Folgen, die die des Vulkanausbruchs im Archipel Santorin bei weitem übertreffen würden. Partei und Regierung in China hatten zwar mit aller Härte auf Versuche des Umsturzes reagiert, jedoch war sich Marit sicher, dass der Druck bleiben würde. Sie erwartete nach der Vielzahl an politisch motivierten Todesurteilen eine Eskalation der Gewalt. Das würde die Probleme auch in Europa weiter verschärfen, da die auf den Export ausgerichteten Gesellschaften einen weitgehenden Ausfall des Handels mit China kurzfristig nicht würden verkraften können. Bereits jetzt mussten die großen Exportnationen einen Rückgang der Industrieproduktion und damit weiter sinkende Steuereinnahmen vermelden. Aber das Hauptproblem im Moment war die Sicherung der Ernährung der Bevölkerung, die Vermeidung von Hunger.

Deshalb war Marit heute auch unterwegs. Sie war von ihrer Freundin Grete van der Werf, der Ministerpräsidentin der Niederlande, eingeladen worden, um einen neuen riesigen Gewächshauskomplex in der Nähe von Amsterdam in Betrieb zu nehmen. Die Förderung des Baus neuer Gewächshäuser und die Umrüstung vorhandener von der Blumenproduktion auf die Nahrungsmittelerzeugung war eine der ersten Reaktionen der Gemeinschaft auf die Verknappung der Lebensmittel gewesen. Und die Holländer, mit ihrer Freundin Grete an der Spitze, hatten das als Chance für ihr Land verstanden und in kürzester Zeit die erste riesige Anlage zur Erzeugung von Gemüse mit mindestens zwei Ernten im Jahr errichtet. Da sie zudem nur Abwärme zur Beheizung der Gewächshäuser verwendeten, hatten sie zusätzlich den Vorteil, nicht den gestiegenen Energiepreisen ausgeliefert zu sein. Marit freute sich auf dieses Treffen, denn diese Aktivität der Holländer war das, was sie immer forderte: „Seht die Chance im Risiko und nutzt sie."

Dieses Mal war sie von Brüssel nach Amsterdam nicht geflogen, sondern hatte sich für einen Dienstwagen entschieden. Sie sparte zwar keine Zeit, konnte aber im Auto noch ihre Post lesen und einige dringende Schreiben diktieren. Bis jetzt war sie allerdings kaum dazu gekommen, etwas von dem zu erledigen, was sie sich vorgenommen hatte. Viel zu viele Gedanken gingen ihr gleichzeitig durch den Kopf. Und die Unstimmigkeiten mit Kurt musste sie zuerst ausräumen, um wieder unbelastet agieren zu können.

Unvermittelt wurde sie aus ihren Gedanken gerissen. Der Chauffeur hatte sich nach hinten gedreht, um ihr mitzuteilen, dass sie bald da wären. „Zu diesem riesigen Komplex dort drüben müssen wir", erklärte er ihr. Und setzte dann nach: „Ich finde es gut, was die Holländer machen. Denn wir brauchen etwas zu essen. Wir einfachen Leute können bei den Preisen fast nicht mehr überleben."

Marit stimmte ihm zu und erläuterte die Anstrengungen der EU, trotz der weltweit starken Abkühlung mehr Nahrungsmittel zu produzieren. Allerdings kam sie nicht weit, denn sie hatten bereits den Eingangsbereich der neuen Anlage erreicht, bunt geschmückt und mit vielen, festlich gekleideten Menschen davor. Sie wurden offensichtlich schon erwartet, denn Marit sah Grete direkt vor dem Eingang stehen, umringt von mehreren Damen und Herren, die sie nicht kannte. Ihr Chauffeur stoppte unmittelbar an einem roten Teppich, stieg aus und öffnete für Marit die Tür.

Viel zu viel Aufwand meinetwegen, dachte sie und stieg aus. Grete war sofort auf sie zugeeilt und begrüßte sie freundlich mit einem Küsschen auf die Wange.

„Marit, wie schön, dich zu sehen. Vielen Dank, dass du gekommen bist. Wie geht es zu Hause? Was macht die Tochter, sie muss jetzt kurz vor dem Abitur stehen."

Grete war eine sehr aufgeschlossene Frau. Sie liebte es, im Mittelpunkt zu stehen und große Reden zu halten. Ganz im Gegensatz zu Marit, die normalerweise etwas spröde und wortkarg wirkte. Dennoch mochten sich die beiden und hatten sich auch schätzen gelernt. Denn hinter Gretes Redseligkeit verbarg sich eine ernsthafte Frau, die von vielen Zweifeln geplagt war und sich Entscheidungen außerordentlich schwer machte. Sie gehörte zur Garde der nordischen Politikerinnen, die in den letzten Jahren wichtige Ämter errungen und neuen Wind in die Politik der EU gebracht hatte. „Komm mit nach drinnen. Sie warten schon auf uns. Wir sollen auf den grünen Knopf drücken, damit die Anlage in Betrieb gehen kann."

Grete hakte Marit unter und führte sie in die große Eingangshalle, wo ein Rednerpult mit einem riesigen grünen Knopf installiert war. Ein älterer Herr mit grauen Haaren, sichtlich nervös, bat sie zu sich und begann mit einer kurzen, vorbereiteten Rede. Marit hörte zunächst nur mit halbem Ohr zu und bewunderte lieber die Anlage, die sie links und rechts von sich sehen konnte. Glas, wohin man schaute, dazu jede Menge Elektronik und Technik. Es war schon beeindruckend, was die Ingenieure hier in wenigen Monaten aufgebaut hatten. Als der Redner einige Zahlen präsentierte, wandte Marit sich ihm dann doch zu. „Wir haben in den Niederlanden eine Gewächshausfläche von vierzehntausend Hektar installiert mit einer durchschnittlichen Betriebsgröße von einem Hektar. Bis zur Klimakatastrophe hatten wir eine Blumenproduktion von vier Milliarden Euro und eine Gemüseproduktion von 1,8 Milliarden Euro pro Jahr. Innerhalb der letzten drei Monate haben wir das Verhältnis bereits umgekehrt und liefern jetzt schon erheblich mehr Obst und Gemüse als Blumen. Die gestiegenen Preise haben zudem dazu geführt, dass sich die Erlöse fast verdoppelt haben. Das ermöglicht uns auch weitere Investitionen, von denen Sie heute eine sehen. Wir glauben, dass wir die Gewächshausfläche allein in unserem Land im nächsten Jahr verdoppeln können."

Marit registrierte das mit Genugtuung. Hier waren ihre Fördermittel gut eingesetzt. Und wenn die Wissenschaftler Recht hatten, würde sich in zwei Jahren das Klima wieder normalisieren, das heißt, sie mussten dieses und nächstes Jahr überstehen. Sie mussten schnell reagieren, eben so, wie es die Holländer getan hatten. Es war einfach keine Zeit für ewige Debatten und hinausgeschobene Entscheidungen.

Dann war es auch schon so weit. Der Redner wurde mit viel Beifall verabschiedet und Grete zum Pult gebeten. Sie hatte ebenfalls eine Ansprache vorbereitet, in der sie die Anerkennung der Regierung bezüglich der schnellen Realisierung des Projektes zum Ausdruck brachte. Marit musste innerlich etwas schmunzeln, denn sie wusste natürlich, dass das Projekt schon über längere Zeit gelaufen und nur seine Fertigstellung extrem beschleunigt worden war. Aber es waren zwanzig Hektar mehr, die dringend benötigte Nahrungsmittel erzeugen konnten. Am Ende ihres Beitrages, der kürzer ausgefallen war als sonst üblich, hatte Grete die Honoratioren, unter anderem auch Marit, nach vorn gebeten. Sie alle legten ihre Hand auf den großen grünen Knopf und drückten ihn auf Anweisung von Grete nach unten. In den Gewächshäusern ging daraufhin das Licht an und die Klimaanlagen begannen leicht surrend zu arbeiten. Beifall brandete auf.

Der feierliche Teil der Veranstaltung war damit beendet. Der Leiter des neuen Komplexes hatte mitgeteilt, dass alle zu einem Imbiss eingeladen waren. Für die Interessierten war zudem noch ein Rundgang durch die neuen Gewächshäuser organisiert. Grete und Marit entschieden sich, zunächst an der Besichtigung teilzunehmen und anschließend gemeinsam etwas zu essen. Grete hatte sie schon während ihrer telefonischen Einladung gefragt, ob einige Minuten für ein Vier-Augen-Gespräch frei bleiben könnten. Sie müsste unbedingt mit Marit reden.

Marit bedauerte es nicht, sich für den Rundgang entschieden zu haben. Sie war ehrlich überrascht darüber, was sie dort zu sehen bekam. Das hatte nichts mehr mit dem zu tun, was sie kannte beziehungsweise wie sie es sich vorstellte. Überall Hochtechnologie. Man erklärte ihnen, dass man mit dieser neuen Generation von Gewächshäusern drei Etagen übereinander und gleichzeitig bepflanzen konnte. Bei zwei Ernten im Jahr bedeutete das mindestens die sechsfache Produktion gegenüber der gewöhnlichen Landwirtschaft auf gleicher Fläche. Da zudem die Erträge deutlich höher waren als im Freiland, kamen die Betreiber am Ende auf das Achtfache der Produktion im Vergleich zur konventionellen Erzeugung von Nahrungsmitteln.

Obwohl Marit die Rechnung nicht richtig verstanden hatte, war sie sehr beeindruckt, als sie hörte, dass die Anlage die Versorgung von einhunderttausend Menschen mit Kartoffeln absichern konnte. Neu für sie war auch, dass in diesem Komplex eine innovative Methode der Schädlingsbekämpfung praktiziert werden sollte, eine, bei der auf die chemische Keule verzichtet wurde. Man hatte die Gewächshäuser so gestaltet, dass jeweils kleine Einheiten unter leichtes Vakuum gesetzt werden konnten. Das, so hatten viele wissenschaftliche Untersuchungen belegt, schadete den Pflanzen nicht, vernichtete allerdings die Schädlinge. Und dann noch die Technik. Alles war bis aufs Letzte ausgeklügelt, angefangen von einer auf drei Etagen installierten Beleuchtung, über die gleichmäßige Beheizung des gesamten Hauses bis zur automatischen Bepflanzung und Ernte. Jedes Detail der Anlage wurde elektronisch überwacht. „Hier hört man die Pflanzen wachsen“, hatte Grete etwas spöttisch bemerkt, aber niemand konnte darüber lachen. Vielleicht war auch das schon morgen möglich.

Am Ende der Führung angekommen, hatten sich die beiden Ministerpräsidentinnen für die eindruckvollen Impressionen bedankt und dem Betreiber allen kommerziellen Erfolg gewünscht. Man hatte die Führung in dem Gewächshaus beendet, wo das Buffet aufgebaut war, so dass alle Teilnehmer des Rundgangs noch etwas essen konnten. Auch die beiden Frauen nutzten die Chance für eine kleine Mahlzeit. Sie hatten sich an einem Tisch in einer Ecke niedergelassen, weit weg von dem sonstigen Trubel, denn sie wollten, wie von Grete gewünscht, einige Worte unter vier Augen wechseln. Ihre Personenschützer hielten sich dezent im Hintergrund, so dass sie wirklich in Ruhe miteinander reden konnten. Grete kam auch sofort zur Sache: „Marit, wie sieht es in Brüssel aus? Was ich von unseren Vertretern höre, beunruhigt mich zutiefst. Wenn in dieser schwierigen Situation nur Verteilungskämpfe ausgetragen werden, wird es die Gemeinschaft nicht mehr lange geben. Dann fällt sie einfach auseinander."

Marit erläuterte ihr in kurzen Worten ihre Sichtweise, die sich nicht wesentlich von Gretes Einschätzung unterschied. „Wir müssen es schaffen, die spaltenden Kräfte zurückzudrängen, und wir müssen wieder lernen, auch in kritischen Situationen solidarisch zu handeln. Für Anfang Dezember haben wir eine Kommissionssitzung einberufen, die sich speziell mit dieser Frage beschäftigen soll. Du kannst mir helfen, indem du deine Vertreter beauftragst, mich zu unterstützen."

Grete versprach es, kam aber sofort auf ihre zweite Sorge zu sprechen: „Was tun wir, um ein Überspringen der Cholera auf Europa zu verhindern? Ich habe gehört, dass die Krankheit bereits auf die ganze arabische Halbinsel übergegriffen hat, sicherlich ausgelöst durch die Pilgerreisen nach Mekka. Ich habe wirklich Angst, denn Antibiotika sollen inzwischen unwirksam sein."

„Wir können die Reisetätigkeit kaum einschränken. Damit besteht auch bei uns die Gefahr, dass einzelne Fälle von Cholera eingeschleppt werden. Allerdings sind unsere hygienischen Verhältnisse so gut, dass die mich beratenden Ärzte nicht die Gefahr einer Ausbreitung der Seuche als Epidemie sehen. Wenn Erkrankungen auftreten, müssen die Betroffenen sofort isoliert und gezielt behandelt werden. Kontaktpersonen müssen in strengste Quarantäne. Und bezüglich der Resistenz bin ich auch nicht mehr in so großer Sorge, weil zwei neue Antibiotika entwickelt wurden, die in Kombination miteinander die Erreger abtöten können. Allerdings werden bisher nur sehr kleine Mengen dieser Stoffe produziert, so dass wir vorerst bei der strengen Isolation und der klassischen Behandlung mit Salz, Wasser und Blutwäsche bleiben müssen. Es gibt jedoch wieder Hoffnung."

Sie plauderten noch eine Weile über ihre Familien und ihre Mitarbeiter, die ihnen nicht nur Freude bereiteten, kamen aber dann sehr schnell zu einem Ende, denn Grete hatte am Abend eine

Kabinettssitzung und musste deshalb unbedingt zurück nach Den Haag. Sie ließ es sich trotzdem nicht nehmen, Marit bis zu ihrem Auto zu bringen und sie persönlich wieder mit einem Küsschen zu verabschieden.

Der Chauffeur fuhr auch sofort los, wobei er darauf achtete, dass ihre Begleiter im Auto hinter ihnen folgen konnten. Marit winkte Grete noch einmal freundlich zu und widmete sich dann dem Stapel Papier, den ihr die Chefsekretärin zur Bearbeitung mitgegeben hatte. Gleich ganz oben lag eine Analyse des Mittelabflusses bezüglich der versprochenen zinsverbilligten Kredite. Marit konnte einfach nicht verstehen, dass bei all der Not nicht schneller agiert wurde. Bisher waren weniger als zehn Prozent der bereitgestellten Gelder abgerufen worden. Jemand hatte handschriftlich eine Notiz auf der Analyse hinterlassen: „Viel zu viel Formalismus. Vereinfachen."

Marit konnte sich denken, worauf angespielt wurde. Es waren sechsunddreißig Seiten auszufüllen, bevor überhaupt mit der Bearbeitung der Anträge begonnen wurde. Hier bestand Handlungsbedarf. Sie überlegte kurz und entschied sich dann für ein Rundschreiben an die zuständigen Ministerpräsidenten. Sie wollte vorschlagen, Beratungsstellen einzurichten, die Antragstellern beim Ausfüllen der Formulare helfen konnten. Sie hatte gehört, dass das auf einzelnen Inseln in der Ägäis bereits praktiziert wurde, und fand es gut. Marit nahm ihr Diktiergerät und begann, das Schreiben zu formulieren.

28. September 2015 Kritsa (Kreta)

Costa war wütend. Er hatte wirklich genug andere Dinge zu tun, als auf diese Dame aufzupassen. Nun saß er schon seit drei Stunden auf dieser Klippe und schaute zu, wie Frau Alexandros den Mirabello-Golf mit aufgehender Sonne malte. Er musste zugeben, dass das Farbenspiel beeindruckend war, denn seit der Katastrophe auf Santorin hatten sie immer eine rötlich gefärbte Sonne, die, wenn sie schien, den blauen Golf in einen violetten Schleier hüllte. Vor allem am Morgen ergaben sich Farbkontraste, die man einem Fremden nicht hätte beschreiben können. So konnte er durchaus verstehen, dass die Künstlerin begeistert von diesem Motiv war. Nur, warum dauerte es so lange und warum musste unbedingt er sie begleiten? Aber Minea hatte ihn darum gebeten. Deshalb war ihm nichts anderes übrig geblieben, als in den sauren Apfel zu beißen.

Er hatte auch schon einmal einen Blick auf das entstehende Kunstwerk geworfen. Malen konnte sie, das musste er neidlos anerkennen. Wenn er an seine Kindheit dachte und die kläglichen Versuche, einen Olivenbaum zu zeichnen... Was ihn allerdings überraschte, waren die Farben. Das ganze Bild hatte nur Rottöne, Grün gab es überhaupt nicht. Sicherlich hatte die aufgehende Sonne mit ihrem strahlenden Rot diese Farbe zur dominierenden werden lassen, aber dennoch war das Grün im Kontrast zu Rot und Blau das, was Costa am meisten beeindruckte. Jedoch gerade dieser Gegensatz war auf dem Bild von Frau Alexandros nicht zu sehen. Er konnte verstehen, dass Künstler ihren eigenen Blick hatten, aber nur Rot, das musste wirklich nicht sein. Oder war sie einfach nur farbenblind? Er hatte diesen Verdacht, seit er gesehen hatte, wie sie viel Rot und wenig Grün vermischte, um den Grundton für die grünen Inseln im Golf zu erzeugen. Das würde doch erklären, warum in ihrem Bild die Farbe Rot vorherrschte.

Er hatte sich allerdings nicht getraut, diese Frage direkt an sie zu stellen, denn sie war eine Dame und er nur der Sohn eines einfachen Bauern. Er hatte sowieso bisher kaum ein Wort mit Frau Alexandros gewechselt und die Konversation zumeist auf die Worte ja, nein und Mist beschränkt. Dabei fand er sie sympathisch und keineswegs etwas verrückt, so wie er sich normalerweise einen Künstler vorstellte. Sie war eine Frau, die mit beiden Beinen im Leben stand und auch wusste, was sie wollte. Was ihn störte, war, dass sie fast zerbrechlich wirkte. Entweder aß sie nicht genug oder sie war krank. Sie war sicherlich eine sehr schöne Frau, aber eben so verdammt dünn. Völlig das Gegenteil von dem, was Costa sonst liebte.

Sie war nun schon eine Woche bei ihnen. Überraschend für Costa war Frau Alexandros der Einladung von Athena gefolgt. Vielleicht war es dem Ehepaar Alexandros doch ernst mit der Patenschaft. Der Ehemann, den Costa kurz nach der Katastrophe kennen gelernt hatte, war nicht mitgekommen. Seine Ehefrau hatte ihnen erklärt, dass er als Minister gegenwärtig enorm unter Druck stand und nicht einen Tag für eine Reise nach Kreta erübrigen konnte. Frau Alexandros wohnte nicht bei ihnen im Zeltlager. Sicherlich hätte sie das auch akzeptiert, aber sie war der Auffassung, dass es für sie alle so schon schwer genug war und sie nicht noch im Weg herumstehen wollte. Also hatte sie sich ein Zimmer in einer kleinen Pension in Ierapetra auf der Südseite der Insel genommen und kam jeden Tag mit einem Mietauto hinauf nach Kritsa. Es war auch nicht so, dass sie die Familie nur von der Arbeit abhielt. Sie konnte sehr wohl zufassen und war sehr geschickt in allem, was handwerkliche Fertigkeiten erforderte. Das hatte ihr sehr schnell Costas Sympathie eingebracht, der in ihr eine Hilfe bei der Wiederherrichtung alter Möbel gefunden hatte.

Sie hatten ihr auch Agios Nikolaos und das gezeigt, was von ihren Häusern, dem der Familie Vlachos und dem von Athenas Eltern, übrig geblieben war. Frau Alexandros war zutiefst erschüttert gewesen und hatte Athena unter Tränen fest an sich gedrückt. „Armes Mädchen", hatte sie mehrfach gesagt. Dabei sah es nach Costas Auffassung bereits recht gut aus. Der Schutt war weitgehend weggeräumt, die Straßen waren zugänglich und überall konnte man erste Aktivitäten zum Wiederaufbau der Häuser sehen. Sie hatten auch schon begonnen, das Dach auf ihrem Haus zu erneuern sowie Fenster und Türen bestellt. Die Eltern und Minea waren fast Tag und Nacht damit beschäftigt zu reinigen, zu beräumen und zu reparieren, während sich Costa die Instandsetzung alter Möbel, die er in der Umgebung zusammengetragen oder geschenkt bekommen hatte, auf die Fahnen schrieb.

Markos drückte sich dagegen nach Auffassung von Costa um die Arbeit, so gut er nur konnte. Er war kaum noch da und kümmerte sich, wie er betonte, um das Geld, das sie für die Renovierung des Hauses unbedingt benötigten. Costa musste neidlos anerkennen, dass sein Bruder in dieser Beziehung wirklich außerordentlich pfiffig war. Er hatte in kürzester Zeit die Geldtöpfe ausgemacht, die notwendigen Formulare besorgt und ausgefüllt sowie den nötigen Druck ausgeübt, dass das Geld dann wirklich zur Verfügung stand. Und er bemühte sich auch, die Angelegenheiten von Athena zu klären. Zumindest hatte er es geschafft, dass diese auf die nicht unerheblichen Ersparnisse ihrer

Eltern zurückgreifen und über ihren Besitz verfügen konnte. Er hatte zudem veranlasst, dass eine Baufirma die Sanierung der Taverne übernahm. Dazu wären sie als Familie Vlachos einfach nicht in der Lage gewesen. Das war eine kluge Entscheidung, denn man konnte jeden Tag sehen, dass einer Firma ganz andere Möglichkeiten zur Verfügung standen als ihnen. Finanziell war alles gut abgesichert, sowohl über die Rücklagen von Athenas Eltern als auch eine größere Versicherungssumme, die Athena bereits ausgezahlt worden war. Und Frau Alexandros hatte ihnen erklärt, dass sie und ihr Ehemann Athena ebenfalls einen größeren Betrag zukommen lassen würden, der in die Renovierung der Taverne mit einfließen sollte.

Offensichtlich hatte diese Frau, die, wie sie ihnen erzählt hatte, selbst keine Kinder bekommen konnte, bereits nach wenigen Tagen so etwas wie ein mütterliches Gefühl für die Waise entwickelt. Sie kümmerte sich rührend um Athena, die sich auch zunehmend öffnete und diese Zuneigung erwiderte. Oft saßen die beiden Frauen zusammen, redeten ein wenig und weinten vor Trauer. Was musste das arme Mädchen auch aushalten?

Costa verfluchte dieses verdammte Meer. Erst hatte es tausende Menschen in den Tod gerissen, regelrecht verschluckt, um sie nun ganz langsam wieder freizugeben. Fast täglich wurden am Strand Leichen angespült, total verstümmelt und furchtbar anzusehen. Eine dieser Leichen war als Athenas Vater identifiziert worden. Damit war es grausame Gewissheit, dass Athenas Verwandte nicht mehr hatten fliehen können und von der Flut verschlungen worden waren. Costa konnte bis heute nicht verstehen, dass die Behörden darauf bestanden hatten, dass Athena selbst ihren Vater identifizieren musste. Eine DNA-Analyse hätte es doch auch getan. Das Mädchen war danach zusammengebrochen und musste fast eine Woche von Minea gepflegt werden, bis sie wieder ansprechbar war. Es war vielleicht doch gut, dass diese Frau gekommen war und mit ihrem sensiblen künstlerischen Empfinden Zugang zu Athena gefunden hatte. Vielleicht war sie in der Lage, ihr Mut zu machen und ihr ein neues Lebensgefühl zu vermitteln. Sein Bruder, der Athena letztendlich durch seine Liebe vor der Flut bewahren konnte, hatte sich, so schien es wenigstens, fast völlig von ihr gelöst. Er sprach kaum noch mit ihr, und wenn, dann zumeist nur über ihre geschäftlichen Belange. Costa hatte den Eindruck, dass Athena auch darunter litt, aber was sollte er tun? Markos wollte einfach nicht das Gefühl aufkommen lassen, die Situation auszunutzen. Denn inzwischen ging es auch um viel Geld. Athena war immerhin die Alleinerbin der Taverne, die mit größerem Grundbesitz verbunden war.

„Herr Vlachos, noch zwanzig Minuten, dann bin ich fertig. Ich hoffe, ich stehle Ihnen nicht Ihre wertvolle Zeit“, hörte er mit einem Mal hinter sich.

„Nein“, brummelte der wie immer in seiner gesprächigen Art.

„Ich werde Ihnen dann auch fleißig helfen, die Stühle wieder in Ordnung zu bringen“, setzte Frau Alexandros nach und schenkte Costa ein freundliches Lächeln.

Noch zwanzig Minuten, dachte der, sagte aber nichts. Er wollte am letzten Tag des Besuches auch nicht zu unfreundlich erscheinen. Frau Alexandros würde morgen abreisen, im Übrigen mit Athena. Costa wusste zunächst nicht, was er davon halten sollte, jedoch hatte es Minea unterstützt und das reichte ihm. Sie hatte es ihm dann auch am Abend unter vier Augen erklärt: „Athena ist völlig verzweifelt. Sie braucht jetzt einen Anker, den wir ihr nicht geben können. Elena ist ein sehr empfindsamer Mensch, dem Athena ohne Scheu ihre Gefühle offenbaren kann. Schon das ist sehr wichtig. Sie muss über ihre Probleme reden, wieder zu sich selbst finden. Und es ist auch gut, jetzt etwas anderes zu sehen. Hier wird sie ständig an den Tod erinnert, so dass sie einfach nicht zur Ruhe kommen kann. Und Elena ist eine Frau, die weiß, wie sie mit der Situation umgehen muss. Ihr Mann ist, wie sie uns erzählt hat, Arzt von Beruf. Es ist vielleicht ganz gut, dass da jemand ist, der Athena diesbezüglich betreut.“

Sein Bruder Markos war nach der Nachricht von der Abreise Athenas herumgelaufen wie ein begossener Pudel, hatte aber nichts gesagt. Costa hatte ihn nach seinem Gespräch mit Minea gefragt, was denn los sei. Aber Markos war ihm ausgewichen und hatte Probleme in seinem neuen Geschäft, dem Handel mit Obst und Gemüse, vorgeschoben. Angeblich sei ihnen jetzt Konkurrenz in Holland erwachsen. Dort würde ein Gewächshaus nach dem anderen gebaut. Costa hatte nur schallend gelacht. Deswegen wie ein Häufchen Elend herumzulaufen, das war nun wirklich das Letzte. Er hatte dann sogar ein bisschen gestichelt: „Wird wohl mehr Liebesleid sein.“ Aber Markos hatte nur abgewinkt: „Athena, die kann ich vergessen. Wenn sie erst in Athen ist, bin ich völlig abgemeldet.“

Costa warf einen Blick auf die Uhr. Noch immer zehn Minuten. Wie langsam hier die Zeit verging. Zum Glück schien seine Künstlerin doch zum Ende zu kommen, zumindest konnte er keinen Fleck mehr auf dem Bild erkennen, der noch nichts vom leuchtenden Rot abbekommen hatte. Er schaute zurück in Richtung Berge. Man konnte von der Klippe aus das Zeltlager sehen, in dem sie nun schon mehr als vier Monate hausten. Zum Glück waren zumindest die Touristenbesuche in der Zwischenzeit unterbunden worden. Die Bewohner hatten sich beim Präfekt beschwert, als jeden Tag mehr als fünfzehn Busse mit Touristen zum Lager gebracht wurden, um sie wie wilde Tiere zu bestaunen und zu fotografieren. Dieser hatte auch sofort reagiert und der Reisegesellschaft *Mediterran Travel* diesen Katastrophentourismus untersagt. Aber es bedurfte erst noch härterer Maßnahmen, bis die Reisegesellschaft der Forderung nachkam. Der Präfekt war am Schluss gezwungen gewesen, die Vertreter des Reisebüros von der Insel zu verweisen, so uneinsichtig hatten sich diese gezeigt. Costa war sich ziemlich sicher, dass *Mediterran Travel* auf Kreta nicht so schnell wieder Fuß fassen würde.

Für das Lagerleben war es eine Wohltat, dass die Touristen nicht mehr kamen. Es war auch so schon schwer genug für alle. Und wie es aussah, würden sie noch einige Monate in diesen Notunterkünften verbringen müssen. Costa dachte schon jetzt mit Grausen an den kommenden Winter. In den Bergen konnte es ganz schön kalt werden. Selbst Schnee war nichts Ungewöhnliches. Sie taten zwar alles, um so schnell wie möglich in ihr Haus zurückkehren zu können, jedoch vor dem Frühjahr würde es wohl nichts werden. Die armen Frauen, dachte Costa. Die hatten am meisten zu leiden. Kochen im Freien, Waschen im Freien, ein immer kaltes Zelt. Er hatte sich fest vorgenommen, in den nächsten Wochen einen Bretterverschlag um die Kochstelle herum zu errichten, damit seine Mutter und Minea wenigstens beim Zubereiten der Mahlzeiten vor dem eisigen Wind geschützt waren. Er würde zudem alles tun, so schnell wie möglich die untere Etage ihres Hauses herzurichten, damit zumindest die Frauen zurückkehren konnten.

Das Hauptproblem war im Moment die Stromversorgung. Weil während der Flut das große Kraftwerk in Heraklion zerstört worden war, hatte man überall Notstromaggregate aufgestellt, die aber das gesamte Netz nicht aufrechterhalten konnten. So kam es ständig zu Stromausfällen und in deren Folge zu Unterbrechungen bei den Arbeiten. Und was das Schlimmste war, sie kamen mit dem Austrocknen des Hauses viel zu langsam voran. Das war auch der Hauptgrund, warum sie insgesamt kaum Fortschritte machten. Es hatte einfach keinen Zweck, bei der noch immer vorhandenen Feuchtigkeit irgendetwas in die Häuser zu räumen. Markos hatte zwar große, beheizbare Gebläse besorgt, um die Trocknung zu beschleunigen, nur ohne Strom liefen die eben nicht.

Costa staunte hier immer wieder über die Eltern, die alles um sie herum mit fast stoischer Ruhe über sich ergehen ließen. „Warum sollen wir uns aufregen. Dadurch geht es auch nicht schneller", hatte ihm seine Mutter mehrfach erklärt. „Wir haben doch viel Glück gehabt. Wir alle haben überlebt und werden irgendwann in unser Haus zurückkehren können. Sieh dir doch die arme Athena an. Selbst wenn ihr Haus erneuert sein wird, es wird nie wieder so wie vorher."

Costa hatte diese Sicht seiner Mutter akzeptiert, dennoch ödete ihn das Lager mehr und mehr an.

„Herr Vlachos", hörte er Frau Alexandros. „Ich bin jetzt fertig. Möchten Sie noch einen Blick auf mein Bild werfen, bevor ich es verpacke." Costa stand auf und lief langsam zu der Staffelei.

„Na, wie gefällt es Ihnen?"

Costa hatte schon sein Lieblingswort auf den Lippen, hielt sich dann aber doch zurück. Er hätte der Künstlerin auch unrecht getan, denn es war ein eindrucksvolles Bild. Jedes Detail war exakt wiedergegeben, nur waren alle Farben der Natur durch Rot in irgendeiner Nuance ersetzt worden. Das gab dem Ganzen den Anschein, als hätte die Sonne ein riesiges Feuer entfacht, ohne jedoch zu brennen.

„Habe ich die Impressionen dieses Morgens nicht gut getroffen?"

Costa schaute sie etwas zweifelnd an. „Etwas zu viel Rot. Sonst sehr hübsch."

Frau Alexandros schien das kleine Lob zu reichen, denn sie packte das Bild sorgfältig ein und räumte ihre Sachen zusammen. Plötzlich und unvermittelt sagte sie jedoch zu Costa: „Wissen Sie eigentlich, dass Sie goldene Hände haben. Ich habe gesehen, wie Sie aus fast zerfallenen Gegenständen die schönsten Dinge zaubern."

Costa schaute auf seine Hände. Diese Pranken sollten etwas Besonderes sein?

„Ja, diese Hände. Vielleicht nicht zum Malen geeignet, aber Sie sind der geborene Restaurator", setzte Frau Alexandros lächelnd nach. Sie hatte Costas erstaunten Blick auf seine Hände sehr wohl registriert. „Ich habe viele reiche Freunde in Athen, die sehr alte Möbel besitzen. Zum Teil sind sie in einem solch schlechten Zustand, dass sie niemand mehr reparieren will. Wenn Sie Interesse hätten, könnte ich bestimmt einige Aufträge für Sie besorgen. Von Ihren Fertigkeiten haben Sie mich in dieser Woche mehr als überzeugt." Sie strahlte Costa noch immer mit ihrem besonderen Lächeln an.

Wenn sie nicht so dürr wäre, könnte ich mich fast in sie verlieben, dachte der, stellte aber nur lakonisch fest: „Warum nicht? Ich kann es einmal ausprobieren."

Frau Alexandros freute sich offensichtlich über seine Antwort, denn sie hakte sich bei ihm ein und sagte: „Ich bin sehr froh, dass ich hierher gekommen bin. Ich habe das normale Leben gesehen, einfache Menschen, die für ihr tägliches Brot schwer kämpfen müssen und dafür noch von der Natur bestraft werden. Wie weit sind wir da oben doch oft von der Realität entfernt."

Costa verstand nicht, was sie ihm damit sagen wollte. Sie führten ihr Leben, so wie sie es immer geführt hatten, nur dass ihnen die Natur wieder einmal einen Stein in den Weg gerollt hatte. „Lassen Sie uns gehen", sagte er mürrisch, „ich habe heute noch viel zu tun. Davon verstehe ich nichts."

5. Oktober 2015, Madrid

Gemächlich drehte Jorge Maron seine Runden. Er hatte gerade sechs Bahnen Schmetterling hinter sich, die seine ganze Kraft erfordert hatten. Nun trudelte er beim Brustschwimmen aus. Er liebte die Einsamkeit am Morgen und genoss das Gefühl, diese riesige Schwimmhalle eine halbe Stunde ganz allein für sich zu haben. Er hatte sie für einen horrenden Preis gemietet, allerdings mit der strikten Forderung, dass niemand anderes von 7.00 Uhr bis 7.30 Uhr die Halle betreten durfte. Nur ein einziges Mal war es bisher zu einer Störung gekommen. Eine ältere Dame wollte einfach nicht einsehen, dass er das Schwimmbecken um diese Zeit allein benutzte. Es war eine öffentliche Einrichtung und es konnte nicht so schlimm sein, wenn noch jemand auf der anderen Seite des Beckens schwimmen wollte. Aber da war sie bei ihm an den Richtigen gekommen. Er hatte sie heruntergeputzt und, wie man im Fußball sagen würde, des Feldes verwiesen. Als ihm dieses Weib dann noch dumm gekommen war, hatte er den Schwimmmeister gebeten, die Polizei zu rufen. Diese war auch angerückt und hatte ihn endgültig von diesem zeternden und lamentierenden Etwas befreit. Danach hatte es zwar einen kleinen Aufstand in der lokalen Presse gegeben, den er jedoch nicht weiter ernst nehmen musste. Wehret den Anfängen, war sein einziger Gedanke gewesen.

Während er Bahn für Bahn zurücklegte, dachte er an den gestrigen Tag zurück. Ein Hochgefühl durchströmte ihn. Er war vom Vorwurf der Beihilfe zum Todschlag freigesprochen worden. Und der Staatsanwalt würde keine Revision einlegen, so war zumindest über gute Freunde im Gericht zu erfahren. Da hatten seine Anwälte eine hervorragende Arbeit geleistet, aber er war auch stolz auf sich selbst. Denn er war fest davon überzeugt, dass vor allem sein Auftreten im Kreuzverhör entscheidend für den Ausgang des Verfahrens gewesen war. Er musste lächeln. Dieser Staatsanwalt war ja auch ein Trottel. Hatte der ihn doch wirklich gefragt, ob er für einen höheren Profit Menschenleben aufs Spiel setzten würde. Als ob es darauf eine andere Antwort als Nein geben konnte. Wie es dann in der Realität aussah, das war doch eine ganz andere Geschichte. Obwohl, wenn er das Verhör noch einmal Revue passieren ließ, musste er doch anerkennen, dass dieser Staatsanwalt sehr tief in den gesamten Vorgang eingedrungen war und Dinge ausgegraben hatte, an die er sich selbst schon nicht mehr richtig erinnern konnte.

So war zum Beispiel dem Richter ein Protokoll eines Reviews der Regionalgesellschaften seines Unternehmens vom November des vergangenen Jahres vorgelegt worden, in dem er die Idee der Abenteuerreise zu den Vulkanen des Mittelmeeres entwickelt hatte. Nach Auffassung des Staatsanwaltes implizierte das Wort Abenteuer bereits das Risiko, das mit der Reise eingegangen werden sollte. Da war er sofort in die Offensive gegangen. Er hatte gefragt, ob der Herr Staatsanwalt denn nicht wüsste, dass die Reise zu vier Vulkanen geführt und bei allen die Sicherheit der Urlauber an erster Stelle gestanden hatte. Seine Anwälte hatten hier mehrere Zeugen präsentiert, die belegen konnten, mit wie viel Sorgfalt die Reiseführer am Stromboli und am Ätna vorgegangen waren. Und warum sollte es beim Santorin anders gewesen sein? Fast höhnisch hatte er erklärt, dass das Wort Abenteuer im Reisegeschäft nichts weiter bedeutete als geschicktes Marketing, um Kunden anzulocken. Zudem solle ihm der sehr verehrte Herr Staatsanwalt im Protokoll doch zeigen, wo er seine Mitarbeiter aufgefordert habe, aus Profitgründen ein höheres Risiko einzugehen. Das konnte der selbstverständlich nicht, denn so etwas schrieb man nicht in Protokolle. Also am Ende ein klarer Punkt für ihn.

Schwieriger wurde es schon bei der Auseinandersetzung mit den Auslassungen dieses Schwächlings aus Griechenland, der als Zeuge der Anklage gehört worden war. Er hätte es nicht für möglich gehalten, dass dieser Bursche, sein früherer Regionaldirektor, noch einmal auftauchte und sogar gegen ihn aussagte. Zunächst waren hier seine Anwälte aktiv geworden und hatten alles getan, diesen Kerl in die Schranken zu weisen. Von einem gestörten Verhältnis zur Firma, Unfähigkeit und maßloser Selbstüberschätzung war die Rede. Das hatte schon gewirkt. Aber dann kam er, Jorge Maron. Er forderte den Staatsanwalt auf, den Zeugen unter Eid beschwören zu lassen, dass er auf dessen Hinweis zur Gefährlichkeit des Santorin gesagt habe, dass mit der Reise Menschenleben gefährdet werden sollen, um den Profit zu erhöhen. Sein ehemaliger Angestellter war natürlich eingeknickt, denn er konnte sich nicht mehr Wort für Wort an das erinnern, was damals gesagt worden war. Jorge Maron war sich sicher, dass er, wenn überhaupt, so etwas nur indirekt angedeutet, jedoch niemals so klar gesagt hatte. Mehrere Mitglieder des Vorstandes waren im Übrigen bereit gewesen, als Zeuge für ihn aufzutreten und das Geschwätz dieses Schwächlings zu entkräften. Damit war auch dieser Punkt erledigt.

Dann aber kam das zur Sprache, was ihm und seinen Anwälten im Vorfeld die größten Sorgen bereitet hatte. Es betraf den Inhalt eines Schreibens, das einer der beiden Kapitäne der verunglückten Kreuzfahrtschiffe bei seinem Anwalt hinterlegt hatte. In diesem machte er dem Chef der *Mediterran Travel* den persönlichen Vorwurf, ihn mit der Drohung der Kündigung dazu genötigt zu haben, in die Caldera von Santorin einzufahren, obwohl die griechische Regierung vor dem Befahren des Seegebietes um den Archipel herum ausdrücklich gewarnt hatte. Zum Glück konnten seine Anwälte zwei Schreiben von Jorge Maron an die beiden Kapitäne präsentieren, in denen er ausdrücklich darauf hinwies, keinerlei Risiko einzugehen und jede Gefährdung der Urlauber auszuschließen. Eins war vor der Notiz des Kapitäns datiert, das andere danach. Der Kapitän musste irgend etwas falsch verstanden haben, oder es war sogar ein Akt der Böswilligkeit gegenüber dem Vorstandsvorsitzenden der *Mediterran Travel.* Denn Jorge Maron konnte ein Schreiben seines Unternehmens an den Kapitän vorlegen, in dem diesem wegen Alkoholproblemen während der Kreuzfahrten eine Abmahnung angedroht worden war. Mehrere Zeugen waren zudem bereit zu bestätigen, dass sie selbst mehrfach Alkoholexzesse dieses Mannes miterlebt hatten. Damit war es seinen Anwälten gelungen, die Glaubwürdigkeit des Kapitäns infrage zu stellen. Für den Richter war allerdings ausschlaggebend gewesen, dass in seinem zweiten Schreiben, das nach dem Telefongespräch zwischen dem Kapitän und Jorge Maron abgeschickt worden war, ausdrücklich auf die Vermeidung jedes Risikos hingewiesen wurde. Der Kapitän hatte die Pflicht, sich an dieses Schreiben zu halten, und es offensichtlich nicht getan.

Jorge Maron grinste vor sich hin. Manchmal musste man eben der Gerechtigkeit etwas nachhelfen. Seine Anwälte hatten einen guten Job gemacht. Zum Glück konnte die Kapitäne keiner mehr befragen, die hatten ihre Geheimnisse mit in die Tiefe des Meeres genommen. Etwas befremdet hatte ihn der hysterische Auftritt der Frau des Kapitäns, die bei der Offenlegung der Alkoholprobleme ihres Mannes in einen Weinkrampf ausgebrochen war und immer wieder laut geschrien hatte: „Das ist doch alles nicht wahr!" Man hatte einen Arzt kommen lassen müssen, der ihr zunächst ein Beruhigungsmittel gab und ihre stationäre Einweisung wegen akuter Herzprobleme veranlasste. Die arme Frau. Er würde sich hier großzügig erweisen und ihr noch einmal eine größere Geldsumme zukommen lassen.

Das war jetzt zum Glück vorbei. Er war freigesprochen und die Sache damit vom Tisch. Jorgen Maron hatte die zwanzig Bahnen geschafft, die er sich jeden Morgen vorgenommen hatte. Jetzt waren noch einige gymnastische Übungen zur Stärkung der Rückenmuskulatur im Wasser zu absolvieren, die ihm sein Arzt empfohlen hatte. Ab heute konnte er sich endlich auch wieder auf das

Geschäft konzentrieren, stellte er erleichtert fest. Diese Geschichte mit dem Gericht kostete ihn am Ende doch mehr Kraft, als er zunächst gedacht hatte. Und es wurde auch Zeit, dass er wieder voll einstieg. Er hatte den Eindruck, dass er nur noch von Idioten umgeben war, die alles taten, die Budgetzahlen für dieses Geschäftsjahr nicht zu erreichen. So ärgerte er sich maßlos, dass der Exklusivvertrag mit der Familie Sirimis auf Rhodos nicht zustande gekommen war. Man hatte ihm einfach nicht gesagt, dass die Konkurrenz auch Finanzhilfen für den Wiederaufbau zerstörter Hotels angeboten hatte. So hatte er diese bis zum Schluss kategorisch abgelehnt. Es war schmerzlich, dass sie damit ihre bisherige gute Position auf Rhodos verloren hatten, zudem sich zeigte, dass trotz aller Probleme auf der Insel die Touristen in Scharen kamen und sehr gute Preise für die Reisen erzielt werden konnten. Und dann diese Trottel auf Kreta. Sie hatten sich auf einen Streit mit dem Präfekten eingelassen, den sie nur verlieren konnten. Er hatte zwar persönlich diesen Sensationstourismus angeregt, jedoch so flexibel mussten die Leute vor Ort schon sein, sich ergebenden Zwängen anzupassen. Vielleicht hing alles aber auch damit zusammen, dass sie immer noch keinen Nachfolger für dieses Weichei gefunden hatten, das nun auch noch gegen ihn ausgesagt hatte. Er würde wohl einige ernste Worte mit seinem Personalvorstand wechseln müssen. Es war dessen Aufgabe, endlich einen geeigneten Mann für die Position des Regionaldirektors in Griechenland zu finden und ihm vorzustellen. Vielleicht war es doch an der Zeit, auch den Personalvorstand auszuwechseln. Ihm war sein Vorstandskollege nicht bissig genug, zudem neigte er dazu, ihm öffentlich zu widersprechen. Das mochte Jorge Maron überhaupt nicht.

Im Moment hatte er sowieso den Eindruck, als ob sich alles gegen ihn und seine Reisegesellschaft verschworen hätte. In China lief überhaupt nichts mehr, die Idee mit den Erlebniscamps in der Wüste hatte sich als Flop herausgestellt und Reisen in die arabische Welt waren wegen der sich ausbreitenden Choleraepidemie fast völlig zum Erliegen gekommen. Und das, obwohl der Drang zur Sonne und die Suche nach Wärme in Mitteleuropa noch nie so groß gewesen waren wie in diesem Jahr. Aber er war ja im Vorstand auch nur von Flaschen umgeben. Alle hatten die Idee mit den Erlebniscamps klasse gefunden. Es hatte nur keiner daran gedacht, dass eine grüne Wüste mit viel Wasser beste Voraussetzungen für die Entwicklung von Ungeziefer jedweder Art bot. Fliegen und Mücken in Unmassen waren das Ergebnis. Niemand hielt es länger als drei Tage in dieser Umgebung aus. Dabei hatten sie sehr viel in die Errichtung dieser Camps investiert. Das war alles verloren. Außerdem diese unselige Entwicklung in China. Er hatte auf Empfehlung seines Personalvorstandes das Büro in Peking dann doch nicht geschlossen und dem Regionaldirektor eine Chance gegeben, sein Geschäft wieder zu beleben. Am Schluss war es nur herausgeworfenes Geld, denn die Ausländerfeindlichkeit in China hatte solche Ausmaße angenommen, dass niemand mehr in dieses Land reisen wollte. Wirklich niemand. Demzufolge war ihm einfach nichts anderes übrig geblieben, als endlich einen Schlussstrich unter dieses Kapitel zu ziehen und das Büro endgültig aufzulösen. Er hatte es sich nicht nehmen lassen, letzte Woche den Regionaldirektor in China selbst anzurufen und diesem seinen sofortigen Rausschmiss zu verkünden.

Zum Glück lief wenigstens sein Verantwortungsgebiet, die Kanarischen Inseln, blendend. Hier konnten alle sehen, dass er sein Geschäft verstand. Vor allem die Wanderungen auf den grünen Inseln La Palma und Gomera waren beliebter denn je. Unterkünfte waren für ihn kein Problem. Kleinere oder größere Zuwendungen hatten geholfen, die Türen zu öffnen und die Konkurrenz vom Markt fernzuhalten. Leider reichte das boomende Geschäft dort nicht aus, die Verluste an den anderen Stellen auszugleichen. Es war schon jetzt absehbar, dass es ein schlechtes Jahr werden würde. Vielleicht sollte er doch noch etwas mehr Druck auf seine Mitarbeiter, die auf den Kanaren tätig waren, ausüben. So, wie es dort lief, war bestimmt mehr herauszuholen. Er hatte sich fest vorgenommen, den zuständigen Regionaldirektor nächste Woche nach Madrid zu zitieren und ihm die Leviten zu lesen. Wenn es schon die anderen nicht brachten, dann sollte wenigstens der zeigen, was ein explodierender Markt alles hergab.

Jorge Maron hatte seine Gymnastikübungen beendet und war aus dem Wasser gestiegen. Langsam, fast hoheitsvoll, lief er am Schwimmmeister vorbei, dem er gnädig fünf Euro zukommen ließ. Dieser, in leicht gebückter Haltung, lächelte devot und fragte nach, ob es irgendwelche Beanstandungen gegeben habe. „Das Wasser war heute etwas zu stark gechlort. Sie sollten besser auf die Dosierung achten", war aber das Einzige, was er vernahm.

Jorge Maron ging wie immer nach dem Schwimmen ausführlich duschen. Er liebte es, mehrere Duschen zu benutzen, die zum Teil heiß, warm oder kalt eingestellt waren. Diese Wechselbäder ermöglichten ihm, seinen Körper abzuhärten. Er war stolz darauf, in den letzten Jahren nicht einmal krank gewesen zu sein. Auch darin konnten sich seine Mitarbeiter eine Scheibe von ihm abschneiden. Immerhin fehlten in seiner Firma von einhundert Mitarbeitern immer fünf, die sich krank gemeldet hatten. In letzter Zeit hatte er deshalb begonnen, Detektive einzusetzen, die die Krankmeldungen nachprüften. So viele Kranke, das konnte nicht mit rechten Dingen zugehen. Sollten sie sich eben auch abhärten, so wie er es tat.

Heute behagte ihm das Duschen überhaupt nicht. Er hatte einfach keine Lust, nachher nach Hause zu fahren, um dort zu frühstücken. Das tat er sonst jeden Morgen, sofern er nicht auf Dienstreise war, und genoss es normalerweise auch, nach dem Bad zu Hause verwöhnt zu werden. Aber heute erwartete ihn nur Stress. Seine Frau würde ihm wieder Vorwürfe machen und das schöne Frühstück verderben. Dabei hatte er ihre älteste Tochter nur zur Ordnung gerufen. Vor zwei Tagen hatte er sie abends in ihrem Zimmer beim Koksen erwischt und war ausgerastet. Er hatte sie gnadenlos verprügelt. Als sie zum Abendessen herunterkommen sollte, war sie verschwunden. Sie hatte einige ihrer Sachen eingepackt und war über das Dach nach unten geklettert. Seine Frau hatte ihm eine riesige Szene gemacht, obwohl sie diejenige war, die diese Göre so verwöhnt hatte. Das Verhältnis zu seiner großen Tochter war schon seit langem gestört. Sie war aufsässig und wollte einfach nicht auf das hören, was er ihr sagte; ganz im Gegensatz zu seinem Sohn, der sein ganzer Stolz war und der von ihm alles bekam, was er sich wünschte. So hatte er ihm, gerade achtzehn Jahre alt geworden, den neuesten Porsche gekauft, sehr zur Freude aller Freundinnen seines Sprösslings. Dabei war sein Goldstück nicht immer der Fleißigste in der Schule, gefürchtet von den Lehrern wegen seiner Arroganz und Großmäuligkeit. Da hatte er als Vater schon so manche Empfindlichkeit mit einer kleinen Zuwendung für die Schule zudecken müssen. Sein Filius war allerdings sehr geschäftstüchtig. Er hatte eine Internetfirma gegründet, die Utensilien für den überzeugten Porschefahrer vertrieb. Jorge Maron hatte es zunächst nicht glauben wollen, dass man damit Geld verdienen konnte. Aber sein Sohn hatte ihm gezeigt, dass es funktionierte. Der wird einmal in meine Fußstapfen treten, dachte er öfter.

Was sollte er jetzt mit seiner Tochter machen? Sie war erst einmal weg, sicherlich in der Drogenszene von Madrid versumpft. Von ihm hatte sie das auf jeden Fall nicht, diese Charakterschwäche und Ziellosigkeit. Es würde ihm nichts anderes übrig bleiben, als einen der Detektive, die auf der Krankenjagd waren, zu beauftragen, nach seiner Tochter zu suchen und diese zurück nach Hause zu bringen. Er war sich darüber im Klaren, dass es ohne eine Entziehungskur nicht mehr gelingen würde, sie von den Drogen wegzubekommen. Seine Frau hatte völlig versagt. Sie war eben viel zu weich und hatte dem lieben Töchterchen immer wieder nachgegeben. Leider war er zu selten zu Hause gewesen, um schon früher hart durchzugreifen. Hoffentlich gelang es ihm wenigstens, die jüngste Tochter, gerade erst zehn Jahre alt geworden, davor zu bewahren, sich ähnlich zu entwickeln. Bis jetzt gab es dafür zum Glück noch keine Anzeichen, aber in ein bis zwei Jahren konnte sich sehr viel ändern. Vielleicht sollte er mit seiner Frau reden und für die Kleine einen Internatsplatz in einer der strengen katholischen Privatschulen besorgen. Dort war sie auf jeden Fall unter Kontrolle.

Jorge Maron hatte sein Wechselduschen beendet, sich abgetrocknet und angezogen. Vor dem Schwimmbad wartete bereits sein Chauffeur, der ihn trotz der kurzen Entfernung wie immer abholte und zum Frühstück nach Hause fuhr. Er hatte die hintere Tür des neuesten Mercedes bereits für ihn geöffnet und begrüßte ihn freundlich: „Guten Morgen, Herr Direktor. Ich hoffe, das Schwimmen ist Ihnen wie immer gut bekommen."

Er erhielt keine Antwort.

22. Oktober 2015, Beijing

Rose war glücklich. Eines der Kinder hatte sie gefragt: „Bist du meine Mama?"

Rose wusste zunächst nicht, was sie antworten sollte, hatte dann jedoch ehrlich erklärt. „Song, mein Schatz, deine Mama ist da oben im Himmel. Aber ich habe dich auch ganz lieb."

Das kleine Mädchen hatte sich trotzig vor sie hingestellt und sie ernst angeschaut: „Du bist meine Mama. Song ist sonst sehr böse." Dann hatte es angefangen zu weinen und sich an Rose geschmiegt. Der waren die Tränen ebenfalls in die Augen geschossen. Es war einfach zu schön, etwas von der Liebe zurückzubekommen, die sie den Kleinen bisher gegeben hatte.

Heute war sie mit ihrer Gruppe, die aus zwölf Waisenkindern im Alter zwischen drei und sechs Jahren bestand, mit dem Bus zum Sommerpalast gefahren, um ihren Schützlingen etwas frische Luft und einen schönen Spaziergang im Garten zur Kultivierung der Harmonie, so hieß der Sommerpalast auf chinesisch, zukommen zu lassen.

In Peking war die Luft schlechter denn je und fast alle ihre Zöglinge litten unter asthmatischen Anfällen. Rose kam deshalb so oft wie möglich mit den Kindern hierher. Sie waren doch einige Kilometer vom Zentrum der Stadt entfernt, die Luft war schon deutlich besser und es machte allen, auch ihr, immer wieder viel Spaß, durch die riesige Anlage zu spazieren und Neues zu entdecken. Leider war es schon den ganzen Sommer so trocken, dass fast alle Blumen eingegangen waren und auch das Gras sich gelbbraun gefärbt hatte. Die Kinder störte das jedoch nicht. Für sie war wichtig, dass sie herumtoben oder am Strand des Kunming-Sees spielen konnten. Dort musste Rose immer gut aufpassen, da die Jungen am Wasser sehr ausgelassen waren und die Gefahr bestand, dass einer der Bengel ins Wasser fiel. Vor wenigen Tagen war es auch schon einmal passiert. Was für eine Aufregung hatte es gegeben. Denn es war nicht mehr sonderlich warm und das kleine Kerlchen war klatschnass. Rose hatte den Kleinen zur Freude der anderen in ihren Pullover gewickelt und ihn so ohne Erkältung nach Hause gebracht.

Heute waren sie allerdings dem Wasser ferngeblieben. Es war einfach schon zu kalt, um das Risiko einzugehen, dass erneut einer ihrer Zöglinge ein unfreiwilliges Bad nahm. Rose hatte sich deshalb mit ihren Kindern in den Garten der Harmonischen Freuden begeben, wo sie sich austoben und frei bewegen konnten. Zurzeit spielten sie gerade Verstecken, so dass Rose sich etwas ausruhen konnte. Sie hatte sich auf eine Bank gesetzt und genoss die letzten wärmenden Strahlen einer rot angehauchten Sonne. Rose liebte diesen Teil des Palastes besonders, denn er trug paradiesische Züge in seiner Reinheit und Klarheit. Und er war verbunden mit dem Wirken einer sehr starken Frau, Cixi, die hier ihre Teestunden verbracht hatte. Rose bewunderte diese Frau, die es von einer Konkubine zur de facto Alleinherrscherin Chinas gebracht hatte. Jeder in China kannte die Geschichte vom Aufstieg einer Prostituierten zur *Kaiserin hinter dem Vorhang*. Manchmal wollte Rose so sein wie diese Frau, stark und unbeugsam. War nicht auch sie Prostituierte gewesen und hatte sich jetzt einer starken, aufstrebenden Bewegung angeschlossen? Aber Rose wusste, dass niemand vorhersagen konnte, wie es weitergehen würde. Die vielen Todesurteile gegen Mitglieder der Bruderschaft hatten diese zunächst geschwächt, dann jedoch ein trotziges *Und jetzt erst recht!* ausgelöst. Noch nie hatten sich so viele Menschen zum *Pfad des Lichtes* bekannt und waren bereit, selbst ihr Leben für eine Veränderung der Gesellschaft zu geben. Die Aktionen gegen Ausländer waren nach den Verhaftungen nicht etwa abgeebbt, sondern noch intensiviert worden. Das war auch einer der Gründe, warum es im Sommerpalast weitgehend leer war, denn Touristen kamen nicht mehr. Und die meisten Chinesen hatten andere Sorgen, als sich Paläste anzuschauen. Rose war mehrfach verhört, jedoch nie verhaftet worden. Natürlich wusste der Geheimdienst, dass sie mit Liu liiert gewesen war, aber sie konnten ihr weder eine Beteiligung an der Vorbereitung noch an der Aktion selbst nachweisen. Sie hatte in den Verhören die Ziele ihrer Organisation nie geleugnet, im Gegenteil offen vertreten. Und es war nicht nur ein Gefühl, dass ihr einige der Verhörenden sogar Sympathie entgegenbrachten. Liu hatte ihr das Gleiche berichtet. Auch er war davon überzeugt, dass sie viele Anhänger in Armee und Polizei hatten, die im Ernstfall zu ihnen stehen würden.

Inzwischen hatte die Bruderschaft begonnen, sich neu zu organisieren und den Kampf in den Provinzen aufzunehmen. Dort sollte der wirkliche Aufstand beginnen. Rose erwartete schon bald die Nachricht, dass eine Rebellenarmee aufgestellt war und diese mit der Eroberung der ersten Provinz begonnen hatte.

„Mama, wir haben Hunger." Rose schreckte auf. Vor ihr stand die kleine Song und schaute sie fragend an. Rose streichelte ihr das Haar und griff nach dem Korb, der hinter ihr stand. „Dann rufe bitte jetzt alle zusammen", bat sie das Mädchen. Dieses lief auch sofort los, um lauthals zu verkünden: „Unsere Mama hat das Essen fertig. Alle herkommen." Es dauerte jedoch eine Weile, bis sich die Kinder bei Rose eingefunden hatten. Die hatte die Zeit genutzt, um das Wenige, was sie hatten, etwas Brot und etwas Reis, aufzuteilen. Jeder bekam ein Plastiktellerchen, auf dem seine Portion angerichtet war. Rose hatte außerdem zwei Äpfel und zwei Apfelsinen geschält, die sie nun ebenfalls in kleine Stückchen teilte. Fleisch würde es wie immer nicht geben, dafür war einfach kein Geld da. Sie war schon froh, dass ihre Schützlinge nicht hungern mussten. Die Spenden, die sie von der Bruderschaft erhielt, reichten gerade für die Miete des kleinen Hauses in einem der Hutongs, wo sie untergekommen waren, sowie für etwas Brot und Reis. Ihre Kleinen störte das nicht. Sie hatten Hunger und waren froh, etwas zu essen zu bekommen. Viele hatten nach dem Tod ihrer Eltern schon Schlimmeres erlebt. Rose wusste auch, dass die Organisation viele solcher Gruppen unterstützte, denn der Staat hatte die Betreuung der AIDS-Waisen eingestellt. Sollten doch die Verwandten dafür aufkommen. Nur, viele von diesen armen Geschöpfen hatten keine Verwandten mehr und konnten sich glücklich schätzen, wenn sie von einer gnädigen Seele aufgelesen wurden.

„Tante Rose, wir haben auch Durst", drängte sie eines der kleinen Kerlchen. Man merkte deutlich, dass die Kinder so schnell wie möglich zurück zum Versteckspielen wollten. Rose verteilte kleine Plastikbecher und goss Tee hinein. Sie war froh, dass sie wenigstens Tee kochen konnte und hin und wieder sogar Milch zur Verfügung hatte.

Es dauerte weniger als fünf Minuten, da waren alle wieder weg. Die meisten hatten ihre Mahlzeit bis auf das letzte Krümelchen aufgegessen. Rose sammelte das Plastikgeschirr ein, denn sie würde es morgen erneut benötigen. Sie stellte die Plastiktassen, die zum Teil nicht ausgetrunken waren, neben sich, denn sie wusste, dass sie in der nächsten Stunde noch öfter gefragt werden würde: „Tante Rose, ich habe Durst." Das war auch zu verstehen bei all der Tollerei.

Rose lehnte sich zurück. All ihre Lieblinge waren nicht weit weg und voll beschäftigt. Was war nur aus China geworden, überlegte sie. Auf der einen Seite unermesslicher Reichtum, auf der anderen Seite unvorstellbare Armut und grenzenloses Elend. War es das gewesen, was die Kommunisten und ihre Vasallen in der Wirtschaft gewollt hatten? Rose hatte in den letzten Monaten eine Menge gesehen. Sie war schon mit Liu viel herumgekommen, hatte aber nach dessen Verhaftung an seiner Stelle mehrere Versammlungen besucht. So hatte sie die Elendsviertel der Wanderarbeiter genauso kennen gelernt wie die Wohnsilos in den Randgebieten, wo zum Teil mehr als fünftausend

Menschen in einem solchen Ghetto leben mussten. Aber das Schlimmste war, es kamen immer mehr, die eine Bleibe brauchten. Die große Dürre in diesem Sommer hatte so viele Bauern wie noch nie ruiniert, die dann keine andere Chance mehr sahen, als in die großen Städte an der Küste zu ziehen und dort zu versuchen, von den Brosamen der Reichen zu leben. Wie viele Probleme türmten sich auf, die einfach gelöst werden mussten. Rose war stolz, der Bewegung anzugehören, die bereit war, für Veränderungen einzutreten und wieder mehr soziale Gerechtigkeit durchzusetzen. Dabei war Rose nicht so naiv, absolute Gleichheit aller als Ziel des Kampfes anzusehen. Das hatte schon der große Mao in der Kulturrevolution versucht, mit schrecklichem Ergebnis. Rose wollte, dass die, denen die Natur mehr gegeben hatte, Kraft, Wissen, Stellung oder Einfluss, bereit waren zu teilen, diese Gaben im Sinne aller und nicht nur zu Befriedigung persönlicher oder familiärer Interessen einzusetzen. Bevor sie Liu kennen lernte, hatte sie noch davon geträumt, dieses Ziel durch Appelle, auf freiwilliger Basis, zu erreichen. Liu hatte sie allerdings davon überzeugt, dass die Eliten noch nie etwas freiwillig hergegeben hatten, sondern nur mit Blut dazu gezwungen werden konnten. Auf ihre Frage, wer diesen Zwang denn ausüben solle, ohne selbst Elite zu werden, hatte sie von Liu jedoch keine Antwort erhalten.

Rose war sehr froh, dass sie für ihre Zöglinge wenigstens genug zu essen hatte, denn die große Dürre hatte fast zum Totalausfall der Getreideernte in China geführt und über explodierende Preise eine Hungersnot ausgelöst. Von draußen hatten sie keine Hilfe zu erwarten. Es gab auch außerhalb Chinas plötzlich viel zu wenig Getreide und Mais. Sie hatte von Frösten im Sommer in den USA, Dauerregen in Europa und Heuschreckenschwärmen in Afrika, die alles auffraßen, gehört. All das sollte mit diesem großen Vulkanausbruch in Europa zusammenhängen. Liu hatte ihr das Ganze einmal erklärt, allerdings fehlte Rose das chemische und physikalische Wissen, es wirklich zu verstehen.

Die Bruderschaft hatte durch den Hunger und den Ruin der vielen Bauern noch mehr Zulauf erhalten. Das hatte ihre Kräfte weiter gestärkt, jedoch auch zu bisher nicht gekannten Problemen geführt. Es wurde immer schwieriger, das Wenige so zu verteilen, dass niemand hungern musste. Immer mehr Menschen wurden zudem obdachlos und mussten irgendwo untergebracht werden. Für Rose überraschend schlossen sich auch immer mehr Angehörige der früheren Mittelschicht ihrer Bewegung an, die neue Ideen und neue Strömungen in die Organisation einbrachten. Rose erinnerte sich an einen Fall, den sie selbst erst vor wenigen Tagen erlebt hatte.

Ein junger Mann hatte sie gefragt, ob sie nicht wüsste, wie er sich der im Aufbau befindlichen Rebellenarmee anschließen könne. Rose hatte zunächst an eine Provokation des Geheimdienstes gedacht und nicht reagiert. Erst als der junge Mann ihr eröffnet hatte, dass er wegen der Bruderschaft ins Gefängnis gekommen war, hatte sie ihm zugehört. Es war jener Geschäftsmann, dessen Geschichte sie bereits von Liu kannte. Er hatte sich geweigert, die von seiner Gesellschaft, dem spanischen Reisebüro *Mediterran Travel*, geforderte Spende für den *Pfad des Lichtes* zu bezahlen. Daraufhin war ihm Rauschgift untergeschoben worden und er war aufgrund dessen ins Gefängnis gelangt. Erst nachdem dann doch eine Zahlung veranlasst worden war, kam er wieder frei. Mittlerweile war er arbeitslos. Obwohl er sich für sein Unternehmen aufgeopfert hatte, war er von seinem großen Boss vor drei Wochen fristlos entlassen worden. Der junge Mann war noch immer völlig verbittert, denn er hatte weder ein Dankeschön, geschweige denn sein Gehalt für den letzten Monat bekommen. Er hatte Rose auch erzählt, wie in diesem Unternehmen mit Untergegebenen umgesprungen wurde. Er fühlte sich behandelt wie ein Stück Dreck. Rose spürte seinen Schmerz, konnte aber nicht umhin, ihm zu sagen, dass sie schon viel Schlimmeres erlebt hatte. Er solle sich doch einmal in die Lage einer Frau versetzen, die zur Prostitution gezwungen wird, oder an einen Familienvater denken, dem gerade mitgeteilt wurde, dass er alles, Hof, Haus und Acker verloren hat, ohne jede eigene Schuld. Sie hatte ihm empfohlen, bevor er in die Bruderschaft eintrat, zunächst in einen der Slums der Wanderarbeiter zu gehen und dort karitative Arbeit zu leisten. Dort würde er wirkliche Not kennen lernen. Im Nachhinein hatte sie sich ein bisschen geärgert, dass sie mit dem jungen Mann so hart umgegangen war, nur weil er aus der Mittelschicht kam. Sie konnte sich sehr wohl vorstellen, dass man Menschen auch seelisch so quälen konnte, dass sie daran zugrunde gingen. Für Rose war es auf jeden Fall ein weiterer Beweis dafür, dass die Vertreter dieser Unkultur in ihrem Land nichts mehr zu suchen hatten und verschwinden sollten. Solch ein Verhalten war unmenschlich und reiner Machtmissbrauch.

„Tante Rose, ich will nach Hause. Mir ist kalt." Ein kleiner Junge hatte sich schluchzend vor Rose gestellt. Diese schaute auf die Uhr. Es wurde wirklich langsam Zeit, dass sie zusammenpackten. Den letzten Bus mussten sie unbedingt bekommen, denn für Taxis hatten sie kein Geld und zum Laufen war es viel zu weit. Rose stand auf und rief ihre kleine Schar zusammen. Die Kinder dachten zwar zunächst gar nicht daran, mit dem Versteckspiel aufzuhören, aber Rose wusste schon, wie sie ihre Engelchen zu sich locken konnte. Sie hatte einige Bonbons mit dem Messer geteilt und zwölf Stückchen in ihre Hand gelegt. „Ich habe etwas Leckeres für euch“, verkündete sie laut. Selbstverständlich wussten die Kleinen, dass es Süßigkeiten geben würde, und kamen sofort gelaufen. Auf diese Weise hatte Rose schon mehrfach selbst die Unwilligsten diszipliniert.

Die kleine Song hatte sich ihr Stückchen bereits genommen und Rose an der linken Hand angefasst: „Mama, singst du heute Abend wieder dein schönes Lied von der Prinzessin, die so lieb zu den Kindern ist?“

Rose schaute sie mit Tränen in den Augen an und drückte fest ihre Hand. Ich habe jetzt eine Tochter, dachte sie. Was wohl Liu dazu gesagt hätte?

18. November 2015, Daun (Deutschland)

Es war ein trister Novembertag gewesen, mit Schneeregen und Temperaturen um den Gefrierpunkt, also genau das Wetter, das depressive Stimmungen erzeugt. Aber Sylvia fühlte sich nicht unwohl, im Gegenteil, seit langem spürte sie so etwas wie Zufriedenheit und Lebensmut. Vielleicht hing es damit zusammen, dass sie endlich wieder ihrer geliebten Arbeit nachgehen durfte. Aber das allein konnte es nicht sein. Oder war es der Glücksfall mit Sophia, die die Betreuung ihres Sohnes übernommen hatte, wenn sie unterwegs war, und ihr so die Wiederausübung ihres Berufes überhaupt erst möglich machte? Sylvia liebte auf jeden Fall diese Stunde nach dem Abendessen, in der sie, wie sie es früher mit Richard gehandhabt hatte, eine Videokonferenz mit zu Hause abhielt. Sophia schaltete das Kamerabild auf den Fernseher, so dass George seine Mama sehen und umgedreht Sylvia auch ihren Sprössling und seine Fortschritte beim Krabbeln und Sprechen bewundern konnte. Sophia hatte nichts Neues zu berichten. George war trotz des ersten Zahns putzmunter, aß blendend und schlief nach dem Abendlied in Griechisch durch bis sechs Uhr. Also hatte sie nicht den geringsten Grund, sich irgendwelche Sorgen zu machen. Und in zwei Tagen würde sie wieder nach Hause fahren und ihr Söhnchen selbst drücken und herzen.

Sylvia lehnte sich in dem kleinen Sessel in ihrem winzigen Zimmer zurück. Sie hatte sich vorgenommen, nachher etwas zu arbeiten, wollte aber zunächst noch einige Minuten ausspannen. Es war anstrengend, von früh sieben Uhr bis abends siebzehn Uhr Messsonden an vorgegebenen Orten zu vergraben und anschließend über ein Funknetz miteinander zu verbinden. Dabei hatte sie fast schon nicht mehr an diesen Auftrag geglaubt. Frau Johannson hatte ihr während der Zusammenarbeit Anfang Juli versprochen, sie zukünftig in die Lösung neuer wissenschaftlicher Aufgaben einzubinden. Passiert war indes zunächst gar nichts. Sie hatte nur registriert, dass die Rede von Frau Johannson vor der UNO, zu der sie zugearbeitet hatte, sehr gut aufgenommen worden war. Mitte September traf dann aber doch ein Schreiben in ihrem Institut ein, in dem dieses mit der Erstellung einer Gefährdungsanalyse aller europäischen Vulkane unter dem Aspekt des beobachteten Aufheizens des Erdkerns beauftragt wurde. Ihr Professor hatte sich über das Vertrauen in sein Institut sehr gefreut und Sylvia aufgrund ihrer Verdienste bei der Entwicklung der Schwerkrafttomographie als Projektleiterin vorgesehen. Was aber sollte mit ihrem Sohn werden? Sie würde Wochen, wenn nicht Monate verreisen müssen, und er war noch viel zu klein, um ihn mitnehmen zu können. Sie wollte schon absagen, als sie sich an den Vorschlag von Herrn Kypris erinnerte, dessen Schwester Sophia als Kindermädchen zu engagieren. Warum eigentlich nicht, hatte sie gedacht und nach einigen Zweifeln dann doch bei ihm angerufen. Der hatte sich spürbar gefreut, da er, wie er sagte, ihr endlich den versprochenen Gefallen tun konnte. Sie hatten sich schnell auf einen akzeptablen Betrag geeinigt, den Sylvia für die Betreuung ihres Sohnes bezahlen sollte, und auch vereinbart, dass Sophia bei Sylvia wohnen würde, solange sie unterwegs war. Bereits nach wenigen Tagen war Sylvia klar geworden, dass sie keine bessere Lösung hätte finden können. Sophia sprach zwar nur stockend Deutsch, konnte jedoch alles verstehen. Sie kümmerte sich rührend um George und konnte besser mit kleinen Kindern umgehen, als Sylvia vorher gedacht hatte. Und ihr Sohn war begeistert. Er strahlte immer über alle Backen, wenn Sophia auftauchte und mit ihm Griechisch sprach. Sylvia hatte zunächst nicht gewusst, wie sie sich verhalten sollte, dann aber doch akzeptiert, dass es für ein kleines Kind nicht nachteilig sein kann, zwei Sprachen zu hören. Was Sylvia allerdings nicht gefiel, war, dass Sophia ständig Lebensmittel mitbrachte, die es ansonsten kaum noch gab und die sie sehr teuer hätte kaufen müssen. Angeblich wollte ihr Bruder Sylvia damit eine Freude bereiten, aber sie war nicht willens, solche Geschenke anzunehmen. Erst nachdem sie sich mit Mikis Kypris über eine angemessene Bezahlung geeinigt hatte, stimmte sie zu, Obst und Gemüse über diesen Weg zu erhalten.

Anfang Oktober war es dann so weit. Sylvia konnte wieder arbeiten. Mit ihrem Professor hatte sie sich geeinigt und gemeinsam mit diesem ein Arbeitsprogramm aufgestellt. Das war nicht allzu schwer gewesen, da die EU-Kommission in ihrer Beauftragung klare Prioritäten gesetzt hatte. An erster Stelle stand die Bewertung des Eifelvulkanismus. Das schwere Erdbeben vom 27. August hatte die Politiker offensichtlich aufgeschreckt, denn eine santorinische Katastrophe in der dicht besiedelten Mitte Europas würde unvorstellbare Folgen nach sich ziehen. Erst danach sollten die Vulkane in Italien, Island, Spanien und der Ägäis untersucht werden, obwohl gerade der Vesuv als außerordentlich kritisch angesehen wurde. Immerhin lebten im Einflussbereich dieses Vulkans mehr als vier Millionen Menschen.

Sylvia hatte drei große Aufgabenkomplexe definiert, die sie mit ihrer Arbeitsgruppe bearbeiten wollte. An erster Stelle stand die

Sichtung und Bewertung aller Messdaten, die für die Vulkaneifel bereits vorlagen, an zweiter Stelle die Vermessung des Gebietes um die Stadt Daun mit Hilfe der Schwerkrafttomographie und an dritter Stelle die Aufbereitung aller verfügbaren Informationen zu den anderen europäischen Vulkanen. Sie hatte sich vorgenommen, die Messungen in Deutschland selbst durchzuführen und auch auszuwerten. Und so war sie nach Daun und in diese kleine Pension geraten, die ihr seit nunmehr vier Wochen Unterkunft und Heimstatt bot. Sie hatte eine online-Verbindung nach Zürich, so dass sie ihre Ergebnisse ständig dorthin übermitteln konnte, aber gleichzeitig auch sah, welche Fortschritte ihre Mitarbeiter bei der Zusammenfassung vorliegender Daten machten. Von Daun, einer kleinen Kreisstadt in der Mitte der Eifel, hatte sie bisher nicht viel gesehen. Wenn sie früh die Pension verließ, war es noch und wenn sie abends zurückkehrte schon wieder dunkel. Und an den Wochenenden fuhr sie nach Hause, so dass wirklich keine Zeit war, sich einmal diesen Erholungsort näher anzuschauen. Sie hatte sich zudem angewöhnt, nach der Arbeit kurz zu duschen und dann schnell Abendbrot zu essen. Denn für die Videokonferenz durfte es nicht zu spät werden, weil George gegen neunzehn Uhr im Bettchen liegen musste.

Da das Wetter nicht dazu einlud, noch einmal nach draußen zu gehen, genoss Sylvia die Zeit bis zwanzig Uhr in ihrem Zimmer, um etwas zu faulenzen. Danach war sie so erholt, dass sie noch zwei Stunden ihren Schreibkram erledigen konnte. Es war sehr viel aufzuarbeiten, sowohl das, was am Tag über gemessen worden war, als auch das, was ihre Kollegen über die Vulkaneifel zusammengetragen hatten. Sylvia fiel es nicht schwer, all das zu erfassen, weil sie sich in der Vergangenheit schon öfter mit dieser Problematik auseinandergesetzt hatte. Dabei hatte sie sich stets der Meinung ihrer Fachkollegen angeschlossen, dass die zahlreichen kohlendioxydhaltigen Mineralquellen im Kreis Daun Zeichen abklingender vulkanischer Aktivität und keineswegs Auftakt eines langsam auflebenden Vulkanismus waren. Und sie hätte es sicherlich weiter so gesehen, wenn nicht dieses Erdbeben gewesen wäre. Es war so stark ausgefallen, dass in Köln und Frankfurt die Hochhäuser schwankten und alte Fachwerkhäuser einstürzten. In Mainz, nur etwa einhundert Kilometer vom Epizentrum entfernt, brach sogar Panik aus. Die Menschen in dieser Gegend kannten eben solche starken Erdbeben nicht mehr. Im Übrigen konnten alle froh sein, dass nicht größere Schäden aufgetreten waren, denn eine Stärke von 6,1 auf der Richterskala war normalerweise mit schweren Zerstörungen und vielen Toten verbunden. Zum Glück hatte das Epizentrum sehr tief gelegen, so dass die Wellen weit auslaufen konnten. Das Beben war so bis in große Entfernungen zu spüren gewesen, hatte allerdings im direkten Umfeld nicht die sonst übliche gewaltige Zerstörungskraft. Eine Erklärung für das, was passiert war, hatte Sylvia mit ihren bisherigen Messungen nicht gefunden. Ihre Untersuchungen bestätigten vielmehr all die Ergebnisse, die mittels Seismologie in den letzten fünfzehn Jahren gewonnen worden waren. Die gefundenen Hot-Spots oder auch Plumes waren weder größer geworden noch hatten sie sich in ihrer Lage verändert. Sie hatten insgesamt einen Durchmesser von etwa einhundert Kilometer und lagen in einer Tiefe von einhundert bis vierhundert Kilometer. Die in ihnen vorhandene extrem heiße Gesteinsmasse drückte allerdings, wie ihre Messungen zeigten, in Richtung Erdoberfläche und unterstützte so die Ausbildung einer neuen Magmakammer in etwa zehn Kilometer Tiefe. Vom Abklingen des Vulkanismus konnte demzufolge keine Rede sein. Zur Beunruhigung bestand jedoch ebenfalls kein Anlass.

Wenn es etwas gab, das sich geändert hatte, dann war es die Form der Plume. War sie in der Vergangenheit mehr rund, nahm sie jetzt mehr die Form einer nach oben gerichteten Keule an, was offensichtlich den Druck auf die Erdkruste erhöht hatte. Ob das allerdings der Grund für das schwere Erdbeben gewesen war, blieb offen. Sylvia war schon jetzt überzeugt, dass in der Eifel trotz der zunehmenden Turbulenzen im Erdkern keine unmittelbare Gefahr drohte. Die Magmakammer war weit davon entfernt, die Größe der Kammer zu erreichen, die Sylvia im Archipel Santorin gefunden hatte, und lag auch deutlich tiefer. Dennoch waren in der Eifel wieder Ausbrüche zu erwarten, denn gerade die Erdbeben konnten sehr schnell neue Bruchzonen bilden, in denen Magma bis zur schon vorhandenen Kammer geführt wurde und dort den Druck weiter erhöhte. Wann das sein würde, konnte niemand abschätzen. Sylvia schloss aber nicht aus, dass in weniger als einhundert Jahren eine ähnliche Eruption erfolgen konnte wie vor etwa elftausend Jahren beim Ausbruch des Vulkans von Maria Laach. Dort war aufsteigendes, heißes Magma, vielleicht ausgelöst durch ein schweres Erdbeben, auf Grundwasser gestoßen und hatte eine Wasserdampfexplosion ausgelöst. Danach konnte das Magma ungebremst austreten und wurde bis in eine Höhe von vierzig Kilometer geschleudert. Durch die Täler rasten riesige Wolken aus Asche und Gas, die alles zerstörten, was sich ihnen in den Weg stellte. Sylvia hatte die mächtigen Ascheschichten von bis zu dreißig Meter

Dicke selbst gesehen, die damals innerhalb von nur drei Tagen aufgetürmt worden waren. Es war abgeschätzt worden, dass bei diesem Ausbruch etwa sechzehn Kubikkilometer Magma ausgetragen wurden, die nach der Eruption als Asche ganz Mitteleuropa überdeckten. Es wurden zudem wie beim Ausbruch des Santorin riesige Mengen an Schwefeldioxid in die Atmosphäre getragen, die das Klima in ähnlicher Weise negativ beeinflussten.

Was Sylvia beunruhigte, war die zunehmende Geschwindigkeit der Hebung der Eifel. Während diese in den letzten Jahrzehnten bei durchschnittlich einem Millimeter pro Jahr gelegen hatte, war sie nun schon auf das Dreifache angestiegen. Das musste in jedem Fall weiter beobachtet und ausgewertet werden. Es zeigte, dass sich irgendetwas tat, ohne dass es schon größere, messbare Folgen bezüglich Temperatur, Größe und Lage des Magmareservoirs gab.

Sylvia war aufgestanden und hatte begonnen, die Unterlagen auf ihrem Bett zurechtzulegen. Der Tisch in ihrem Zimmer war so klein, dass neben einen Laptop maximal noch ein Schreibblock passte, aber das war eben so in einer Pension. Dafür war sie preiswert und bot Hausmannskost auf hohem Niveau. Und das wollte in diesen schweren Zeiten schon etwas heißen. So hatte Sylvia erst gestern Abend eine große Portion Schinken verspeist, obwohl dieser sonst entweder nicht mehr zu haben oder extrem teuer war. Und mit dem kleinen Zimmer hatte sie sich sehr schnell angefreundet, da es schön warm wurde und auch über eine Duschecke verfügte. Zudem war es gemütlich eingerichtet. Das Bett mit einem Stahlrahmen wie aus einem Liebesfilm stand direkt an der Wand, daneben ein riesiger Schrank noch aus Großmutters Zeiten, farblich abgestimmt auf das Bett. Vor dem Fenster war gerade Platz für den Schreibtisch, neben dem ein Stuhl und auf der rechten Seite eine bequemer Sessel standen. Einen Fernseher gab es auch. Der war auf einer Konsole über dem Bett angebracht, wurde jedoch von Sylvia kaum genutzt. Hin und wieder hatte sie das Frühstücksfernsehen eingeschaltet, aber tagtäglich kamen die gleichen traurigen Meldungen, so dass sie sehr bald auf diese morgendlichen Depressiva verzichtet hatte. An den Wänden waren schöne Aquarelle mit Motiven aus der Eifel aufgehängt, die Sylvia so gut gefielen, dass sie ihre Wirtin schon gefragt hatte, ob sie nicht einige kaufen könnte. Aber diese hatte nur lächelnd abgewinkt. Sie hatte Sylvia erklärt, dass diese Bilder von ihrem Onkel gemalt worden waren und Erinnerungsstücke darstellten, die sie nie verkaufen würde.

Sylvia hatte sich über einen Artikel auf ihrem Bett gebeugt, der ihr von ihrem Chef gestern Abend noch einmal besonders ans Herz gelegt worden war. Er beschäftigte sich mit den geologisch-tektonischen Gegebenheiten in der Eifel und beschrieb detailliert die beiden Bruchzonen, die sich gerade hier kreuzten, zum einen der Rhône- und Rheingraben, zum anderen der Voralpenbruch, der sich von der Auvergne in Frankreich bis zu den heißen Quellen in Böhmen erstreckt. Interessant an dieser Arbeit war, dass die Spannungen der Erdkruste vermessen und in Karten zusammengestellt waren. So konnte man deutlich erkennen, dass beide Schwächezonen die gleiche Ursache haben, nämlich die Auffaltung der Alpen, die ihrerseits auf den Aufprall der afrikanischen auf die eurasische Kontinentalplatte zurückgeht. Also letztendlich das gleiche Phänomen, das auch für die Katastrophe auf Santorin verantwortlich gewesen war, ging es Sylvia durch den Kopf. Weit weg und doch miteinander verbunden. Sie seufzte und setzte sich in ihren Sessel. Wie auch bei ihrem Richard.

Sie hatte immer wieder Augenblicke, wo sie an Richard und seinen tragischen Tod in Beijing denken musste. Es war in einem Hotelzimmer passiert und sie versuchte manchmal sich in ihrem kleinen Raum vorzustellen, was abgelaufen war. Richard hatte sicherlich keine Chance gehabt, selbst wenn sein Zimmer etwas größer gewesen war als ihr jetziges. Was konnte Menschen dazu bringen, so etwa zu tun? Das fragte sie sich immer wieder. Wie viel Hoffnungslosigkeit und wütende Ohnmacht mussten vorliegen, um Unbekannte zu töten? Man hatte ihr mitgeteilt, dass man die Schuldigen gefasst und zum Tode verurteilt hatte. Sylvia empfand das zum einen als Genugtuung, hatte zum anderen allerdings Schwierigkeiten, die Todesstrafe zu akzeptieren. Würde das nicht nur neuen Hass erzeugen und die Spannungen noch mehr anwachsen lassen? Sie kannte die Situation in China zu wenig, jedoch musste mehr hinter diesem Terror stecken. Irgendwie erinnerte sie das an ihre Arbeit. Ihre Aufgabe war es zu erkennen, wo in der Erdkruste Druck entstand und die Menschen zu warnen, bevor es zur Eruption kam. War es in der menschlichen Gesellschaft nicht ähnlich? Auch in dieser konnte sehr viel Druck entstehen, der von den Politikern nicht wahrgenommen wurde oder den sie nicht wahrnehmen wollten. Und dann wunderten sie sich, wenn es zur Explosion kam. Sylvia gefiel dieser Vergleich. Denn so, wie ihre Vulkane enorme Kräfte freisetzen konnten, wenn der Druck zu hoch geworden war, ging es auch den Menschen. Was beides unterschied war die Zeit. Spannungen in der menschlichen Gesellschaft konnten in Jahrzehnten, manchmal schon in Jahren, solche Ausmaße erreichen, dass sie eine

Eruption zwangsläufig nach sich zogen. Die Natur dagegen hatte keine Eile. Sie konnte in unvorstellbaren Zeiten gigantische Kräfte entwickeln, die sich hin und wieder in gewaltigen Ausbrüchen entluden. Dafür war die Eifel ein besonders gutes Beispiel. Vulkane in der Eifel gab es seit fünfundvierzig Millionen Jahren, den letzten Ausbruch vor neuntausend Jahren. Was waren diese geologischen Zeiträume, die die Dimensionen unendlich vieler Generationen sprengten, im Vergleich zur Länge eines Menschenlebens.

Sylvia entspannte sich. Sie war erneut bei ihrer Arbeit angekommen, die sie ablenkte und erfüllte. Im Laptop hatte sie die letzten Bilder der Schwerkrafttomographie aufgerufen und mit dem der seismischen Tomographie verglichen. Sie sah nichts Beunruhigendes.

26. November 2015, Oslo

Marit Johannson war die Debatte eindeutig zu hitzig. Es fehlte nicht viel und die beiden Streithähne hätten aufeinander eingeschlagen. „Meine Herren, bitte“, schaltete sie sich in die Diskussion ein. „Wir haben sicherlich sehr konträre Standpunkte auf dem Tisch. Das ist aber noch lange kein Grund, sachliche Argumente durch persönliche Angriffe zu ersetzen.“ Professor Nordgren und Professor Hansen schauten sich betreten an und beendeten abrupt ihr Streitgespräch. Im Sitzungszimmer herrschte unversehens absolute Stille. Das Machtwort der Ministerpräsidentin hatte Wirkung gezeigt. Es war auch ungehörig, eine solch hochrangige Politikerin einzuladen, um ihre unabhängige Meinung zu hören, und dann die Contenance zu verlieren. Marit merkte, dass sie jetzt die Zügel in die Hand nehmen musste, denn offensichtlich traute sich niemand mehr, sich weiter zu äußern. „Meine Herren. Sie hatten mich eingeladen, um mit mir ein brisantes Thema, das mögliche Erliegen des Golfstromes infolge der derzeitigen Wetterkapriolen, zu diskutieren. Ich hatte das Ganze so verstanden, dass Sie mir das Für und Wider erläutern und meine Sensibilität für dieses Thema wecken wollten. Es ging also nicht um die Frage von Recht oder Unrecht, sondern allein um die Bewertung eines Risikos, das wir unter Umständen bisher nicht gesehen haben. So weit ich es verstanden habe, hat Professor Nordgren die, wie er selbst sagt, provokante These aufgestellt, dass die derzeitige extreme Abkühlung infolge des Vulkanausbruchs im Archipel Santorin zu einer Verlangsamung, wenn nicht sogar zum Stillstand des Golfstroms führen kann. Es besteht Einigkeit bei allen, dass eine solche Veränderung dramatische Folgen für Nordamerika und Europa hätte und deshalb die bisherigen Erkenntnisse und Annahmen ernsthaft diskutiert werden müssen. Herr Professor Nordgren, bitte fassen Sie noch einmal kurz Ihre Argumente zusammen, die Sie zu ihrer eindringlichen Warnung haben kommen lassen.“

Dieser räusperte sich leicht, schaute noch einmal kurz zu seinem Widerpart und sagte dann leise: „Es tut mir leid, dass wir die sachliche Ebene verlassen hatten. Bitte entschuldigen Sie, Frau Johannson. Wir wollten auch keinesfalls Ihre wertvolle Zeit stehlen, sondern hatten Sie in großer Sorge zu uns eingeladen, dass wir unter Umständen etwas übersehen. Kurz zu den Fakten. Der Golfstrom ist ein Strom warmen Wassers, der aus dem südlichen Teil des Atlantiks kommt und an der Oberfläche des Ozeans nach Norden fließt, wo er Nordamerika und Nordeuropa davor bewahrt zuzufrieren. Auf seinem Weg kühlt er sich ab, sinkt vor der Küste Grönlands auf den Meeresgrund und kehrt als kalter Fluss zurück in den Süden, wo er sich wieder erwärmt, zur Oberfläche aufsteigt und erneut nach Norden fließt. Motor dieser gewaltigen Konvektionsströmung ist die Salzdichte, die auf dem Weg von Süden in den Norden durch Verdunstung und Abkühlung ansteigt und den Strom veranlasst, nach unten zu sinken. Wenn also nun Änderungen eintreten, die zu einer Reduzierung der Salzdichte führen, muss mit einer Verlangsamung, wenn nicht sogar einem Stillstand des Golfstroms gerechnet werden. Und genau das beobachten wir im Moment. Durch die extreme Abkühlung hat die Verdunstung von Wasser auf dem Weg vom Äquator bis nach Grönland stark abgenommen. Gleichzeitig hat sich die Niederschlagstätigkeit weltweit in Richtung nördlicher Atlantik beziehungsweise Nordeuropa verschoben, was zum Beispiel in Asien zu extremer Trockenheit geführt hat. Beide Faktoren zusammen, geringere Verdunstung und größere Niederschlagsmengen, haben die Salzdichte messbar reduziert und führen dazu, dass der Golfstrom nicht mehr in solche Tiefen wie bisher absinken kann und die riesige Wärmepumpe immer langsamer wird."

Marit hörte, wie Professor Hansen murmelte: „So ein Unsinn." Sie bedeutete Professor Nordgren fortzufahren und warf Professor Hansen einen bösen Blick zu. Der hatte diesen sofort registriert, schaute jetzt nur nach unten und sagte nichts mehr.

„Eine Verlangsamung oder sogar ein Stillstand des Golfstroms hat in der Vergangenheit schon hunderte Male stattgefunden, letztmalig eine Verlangsamung um das Jahr 1300 herum. Wir wissen bis heute noch nicht, was damals passiert ist, kennen allerdings die Folgen. Es kam zu weltweiten klimatischen Veränderungen, die über fünfhundertfünfzig Jahre nie zum normalen Zustand zurückkehrten und wegen der dramatischen Abkühlung in unseren Breiten als *Kleine Eiszeit* in die Geschichte der Menschheit eingegangen sind. Noch viel dramatischer war ein Stillstand des Golfstroms vor etwa achttausendzweihundert Jahren, der nach einem Pentagonbericht aus dem Jahr 2002 ganz Nordeuropa unter einer viele Hundert Meter dicken Eisschicht verschwinden ließ und eine wirkliche Eiszeit, die etwa einhundert Jahre andauerte, auslöste. Auch hier ist die Ursache bis heute nicht klar. Sie könnte allerdings im Zusammenhang stehen mit dem letzten großen Ausbruch in der Vulkaneifel, der vor neuntausend Jahren stattgefunden hat."

Marit dankte Professor Nordgren und fasste selbst noch einmal kurz zusammen: „Sie sagen uns, dass Sie die Gefahr sehen, dass der

Golfstrom zum Erliegen kommen kann, weil durch weniger Verdunstung und größere Niederschlagsmengen die Salzdichte auf dem Weg vom Äquator bis nach Grönland nicht mehr auf das Maß ansteigt, das benötigt wird, damit der Wasserstrom nach unten absinkt und am Grund des Ozeans zum Äquator zurückfließen kann. Habe ich das richtig verstanden?"

Da Professor Nordgren nickte, schaute Marit jetzt Professor Hansen an und bat diesen, seinen offenbar völlig entgegengesetzten Standpunkt darzulegen.

„Sehr geehrte Frau Ministerpräsidentin. Selbst wenn es mir schwer fällt, werde ich versuchen, sachlich auf diese Verwirrung der Wissenschaft zu antworten. Das, was Professor Nordgren zum Prinzip des Golfstroms und zu seiner Wirkung als gigantische Wärmepumpe ausgeführt hat, ist richtig. Letztlich ist es die Veränderung in der Salzdichte, die zu dieser riesigen Zirkulation enormer Wassermengen führt. Nur, die Salzdichte hängt nicht allein von der Konzentration an Salzen im Wasser, sondern auch den Temperaturen ab. Um so geringer die Konzentration und um so höher die Temperatur, desto größer die Gefahr, dass der Golfstrom immer weniger oder am Schluss überhaupt nicht mehr absinkt. Betrachtet man diesen Zusammenhang, wird klar, dass nicht die globale Abkühlung, sondern das Gegenteil, die weltweite Erwärmung, die Gefahr des Erliegens des Golfstroms in sich birgt. Denn, wird es wärmer, schmelzen die Pole und riesige Mengen an Süßwasser fließen in den Atlantik, führen dort zu einer Verringerung der Salzdichte und letztlich zu einer Verlangsamung, wenn nicht zum Stillstand der Wasserströmung. Im Falle der weltweiten Abkühlung passiert genau das Gegenteil. Es werden große Mengen an Süßwasser an den Polen, lassen Sie es mich so sagen, eingefangen und die Salzdichte steigt. Im Übrigen, was die Folgen eines Ausfalls des Golfstroms angeht, stimme ich meinem Kollegen voll zu. Seine Ausführungen dazu sind absolut korrekt." Marit schaute Professor Hansen fragend an: „Sie sagen, dass die derzeitige Abkühlung eher einen positiven Effekt haben sollte. Nur eine globale Erwärmung stellt eine Gefahr für den Golfstrom dar. Habe ich das richtig verstanden?"

„Sicherlich haben Sie es stark vereinfacht, aber vom Grundsatz her ist es richtig. Auch der sogenannten *Kleinen Eiszeit* ging zunächst eine Wärmeperiode voraus, wobei wir nicht wissen, was deren Ursache war", antwortete Professor Hansen Marit.

Professor Nordgren hatte bei den Ausführungen seines Kollegen immer wieder den Kopf geschüttelt und sich erneut zu Wort gemeldet.

„Unsere Modelle", führte er aus, „berücksichtigen alle Faktoren, die den Umlauf des Golfstroms beeinflussen. Denn die Triebkraft ist nicht die absolute Höhe der Salzdichte, sondern die Differenz zwischen den Werten an der Oberfläche und in der Tiefe. Wenn es sich weltweit stark abkühlt, sinkt die Temperatur des Atlantiks schon am Äquator und die Differenz in der Salzkonzentration wird kleiner, das heißt, der Golfstrom verlangsamt sich. Was Sie sagen, Herr Professor Hansen, ist etwas ganz anderes. Sie postulieren, dass sich bei einer schnellen Erwärmung durch das Abschmelzen der Pole ein Süßwasserstrom bildet, der von Grönland aus in Richtung Äquator fließt und durch Vermischung mit dem Golfstrom dessen Absinken unterbricht. Das ist sicherlich eine Möglichkeit, aber eben eine, die indirekt mit der Erwärmung verbunden ist, nämlich über das Abschmelzen der Pole. Die globale Abkühlung beeinflusst dagegen die Salzdichte und den Fluss des Golfstromes direkt negativ."

Marit spürte, dass schon wieder Spannung aufkam, denn Professor Hansen war rot angelaufen und wollte offensichtlich vehement widersprechen. Deshalb übernahm sie das Wort. „Ich sehe mich außerstande, die Argumente und Gegenargumente zu erfassen und die eine oder andere Hypothese als richtig oder falsch zu bewerten. Das muss ich den Fachleuten überlassen. Leider sind sie sich oft nicht einig, wie auch jetzt. Und dann schauen sie uns, die Politiker, an und drängen zu entscheiden. Mir ist aber im Moment nur eins klar geworden, dass wir über diese Zusammenhänge viel zu wenig wissen und von Modellen ausgehen, deren Richtigkeit sich erst in der Zukunft erweisen wird. Das gilt für die globale Erwärmung genauso wie für die derzeit beobachtete weltweite Abkühlung." Marit blickte fragend in die kleine Runde. Sie hatte ihren persönlichen Referenten, Hans Wallström, mitgebracht, während die beiden Professoren von ihren Oberassistenten begleitet wurden.

Hans Wallström meldete sich als erster. „Habe ich das richtig verstanden? Wenn die Erde kälter wird, sinken die Dichteunterschiede in den Weltmeeren und alle Strömungen nehmen ab?" Der junge Mann neben Professor Nordgren nickte zustimmend und lief nach vorn. Er legte eine Folie auf und erläuterte das Modell, das ihren Überlegungen zugrunde lag. Mit einfachen Worten erklärte er die Auswirkungen einer Veränderung der Temperatur am Äquator und in Grönland auf den Dichteunterschied zwischen Oberflächen- und Untergrundwasser.

Professor Hansen widersprach sofort: „In Ihrem Modell sind zwei Annahmen enthalten, die rein hypothetisch sind, zum einen definieren Sie selbst eine größere Niederschlagsmenge im Atlantik, die Sie nicht genau kennen und zum anderen negieren Sie, dass mit der Abkühlung Trinkwasser eingefroren und damit dem Kreislauf entzogen wird." Sein Oberassistent legte nun seinerseits eine Folie auf, in der ihr Modell erläutert wurde, was wiederum Professor Nordgren zum Widerspruch veranlasste. „Ihr Modell ist rein auf die Erwärmung und das Abschmelzen der Pole gerichtet. Eine Aussage zu den Auswirkungen einer globalen Abkühlung lässt es überhaupt nicht zu. Dafür ist es überhaupt nicht konfiguriert."

Marit Johannson schaute gequält. Was sollte sie nur mit diesen Streithähnen anfangen? Da kam ihr Hans Wallström zu Hilfe.

„Ich habe heute gelernt, dass die weltweite Abkühlung infolge des Santorin-Ausbruchs unter Umständen neue Probleme auslösen kann, über die wir unbedingt nachdenken müssen. Ein Erliegen des Golfstroms würde, so habe ich es verstanden, die Menschheit in ihren Grundfesten erschüttern. Aber wir müssen mehr dazu wissen. Deshalb schlage ich vor, sofort Mittel zu bewilligen, um die Modelle zu verfeinern und aufeinander abzustimmen."

Marit sah, dass die Professoren nickten, und griff den Faden sofort auf: „Ja, Sie müssen zusammenarbeiten und zu einem Modell kommen, das beide Varianten, die Erwärmung und die Abkühlung, abdeckt. Was mich beunruhigt, ist die Tatsache, dass wir beim Erliegen des Golfstroms infolge der plötzlichen Abkühlung nur reagieren, jedoch die Ursache nicht abstellen können. Das steht im völligen Gegensatz zur globalen Erwärmung, für die allein der Mensch verantwortlich zeichnet und die er, wenn er das wollte, auch verhindern könnte. Herr Wallström wird sich der Sache persönlich annehmen. Was wir jetzt so schnell wie möglich brauchen, ist ein Forschungsantrag, den wir in Brüssel genehmigen können. Ich sehe auch keine Schwierigkeiten, da wir einen Sonderfonds eingerichtet haben, der speziell zur Lösung der Folgeprobleme des Santorinausbruchs eingesetzt werden soll. Allerdings muss ich Sie bitten, weitere Fachkollegen aus Europa einzubeziehen, da ansonsten eine Bewilligung nicht möglich ist." Marit stand auf und signalisierte damit, dass für sie die Veranstaltung beendet war. Sie bedankte sich noch einmal für die Einladung und forderte die Anwesenden auf, sich mit Hans Wallström über die Details der Beantragung der Forschungsmittel abzustimmen.

Marit bat ihren persönlichen Referenten, kurz mit nach draußen zu kommen. „Was macht die Erstellung der Gefahrenanalyse der europäischen Vulkane? Ist die Beauftragung der ETH Zürich inzwischen erfolgt?", fragte sie.

„Ja, du kannst beruhigt sein. Die Arbeiten laufen bereits. Ich habe letzte Woche mit Frau Dr. Eschli gesprochen, die, wie von uns gefordert, mit der Vermessung der Eifelvulkane begonnen hat. Zum Glück hat sie bisher nichts Beunruhigendes gefunden. Das Ganze hat mit der Bewilligung leider etwas länger gedauert, da die Deutschen mehrere Aufträge erteilen und die Eifel selbst bewerten wollten. Wir mussten erst alle davon überzeugen, dass es gewichtige Gründe gibt, sich für die ETH zu entscheiden."

„Hans, woher kam dann dieses starke Erdbeben, wenn Frau Dr. Eschli nichts gefunden hat?", fragte Marit Johannson weiter.

„Dazu gibt es bisher nur Vermutungen. Wir sollten einfach den Abschlussbericht abwarten."

„Eine zweite Frage an dich. Was macht der Mittelabfluss aus dem Notfonds der zinsverbilligten Kredite? Hat sich nach meinem Schreiben etwas getan?"

„Ja, es hat sich sehr viel bewegt", antwortete ihr persönlicher Referent. „Inzwischen sind fast sechzig Prozent der bereitgestellten Gelder abgerufen. Offensichtlich hat sich die Einrichtung von Beratungsstellen bewährt."

„Damit bin ich zufrieden. Und jetzt bin ich bis morgen früh nicht mehr erreichbar. Wir haben nämlich heute Hochzeitstag und mein Mann hat mich eingeladen." Hans gratulierte seiner Chefin und versprach ihr, die Stellung bis zum nächsten Morgen allein zu halten. Marit lief nach unten, wo bereits ihr Chauffeur wartete, und stieg ein. „Bitte bringen Sie mich in das Restaurant *Der Wikinger* am alten Hafen. Dort brauchen Sie nicht zu warten, weil ich mit meinem Mann nach Hause fahren werde." Ihr Chauffeur freute sich sichtlich darüber, einmal keine Überstunden machen zu müssen, und fuhr sofort los.

Marit lehnte sich zurück und dachte noch einmal über die gerade abgelaufene Veranstaltung nach. Dieser Vulkan, den sie selbst in der Anfangsphase der Ausbrüche bewundert hatte, war schon jetzt dabei, die Welt zu verändern. Was würde noch alles kommen? Sie glaubte bisher nicht an diese Geschichte mit dem Golfstrom. Das war ihr einfach zu vage. Nur, sollte sie sich bewahrheiten, hätte das ungeahnte Konsequenzen. Alles, was sie jetzt schon quälte und belastete, war nichts dagegen, denn auf einem der Bilder von Professor Nordgren hatte sie gelesen, dass bei einem Erliegen des Golfstroms ganze Länder evakuiert werden müssten. Ein schrecklicher Gedanke. Aber wer hatte sich vorstellen können, dass der Archipel Santorin Ausgangspunkt einer solchen Katastrophe werden würde? Marit war sich sicher, dass jeder ausgelacht worden wäre, der so etwas vorhergesagt hätte.

Zum Glück hatte sie wenigstens die Probleme in ihrer Ehe lösen können. Natürlich war es mit einem Telefongespräch und einem zusätzlichen Wochenende nicht getan, aber zumindest war sie mit ihrem Mann wieder ins Gespräch gekommen. Sie hatte dann auch konsequent alle Termine an den Wochenenden abgesagt und war dafür nach Oslo gefahren. Es war wunderbar, dass sich beide, ihr Mann und ihre Tochter, freuten, sie doch öfter zu Hause zu haben. Und sie musste Kurt Recht geben. Es war auch gut für sie selbst. Man konnte nicht nur immer rennen, man musste auch einmal laufen oder sogar stehen bleiben. Gerade in der derzeit komplizierten Situation war es für sie wichtig, mit jemandem reden zu können, dem sie absolut vertrauen konnte, der zuhörte, ohne gleich zu kommentieren, und der Verständnis hatte für das, was sie aufwühlte, der aber auch tröstete, wenn etwas nicht so lief, wie sie es sich gedacht hatte.

Es hatte noch einige Wochen gedauert, bis Kurt sie wieder in die Arme genommen hatte und alles so war wie früher. Jedoch lag das jetzt alles hinter ihnen. Kurt hatte ihr heute Morgen einen riesigen Blumenstrauß mit zweiunddreißig roten Rosen geschenkt und gemeinsam mit ihrer Tochter ein wundervolles Frühstück serviert. Sie hatten zu dritt fast eine Stunde zusammengesessen, gelacht und gescherzt. Eben so wie früher. Und jetzt freute sie sich auf das Abendessen allein mit Kurt in dem kleinen Fischrestaurant, wo sie schon als Jungverliebte sehr oft gewesen waren. Vielleicht konnten sie dann anschließend zu Hause wieder einmal eine ihrer wunderschönen Klassik-CDs hören und zusammen ein gutes Glas Wein trinken. Und all das für einige Stunden hinter sich lassen, was sie beunruhigte.

„Frau Ministerpräsidentin, wir sind da."

8. Dezember 2015, Agios Nikolaos (Kreta)

Markos spürte immer stärker ein Kribbeln im Bauch, so als hätte er heute Morgen lebende Ameisen verspeist. Bald würde sie ankommen. Er wusste einfach nicht, wie er sich verhalten sollte. Und zerbrach sich den Kopf, wie Athena wohl reagieren würde, denn er hatte ein schlechtes Gewissen. Als Athena mit Elena abgereist war, hatte er sich nicht blicken lassen und seine Arbeit vorgeschoben. Und heute war er zu feige gewesen, sie abzuholen. Zum Glück hatten Costa und Minea sowieso in Heraklion zu tun, so dass sie Athena gleich mitbringen konnten. Das war jedoch nur ein Aufschub, bald würde er ihr gegenüberstehen. Er hatte zwar nicht den Eindruck, dass sie noch böse auf ihn war, denn sie hatte ihn fast jede Woche angerufen, aber per Telefon war es doch etwas ganz anderes, als ihr in die Augen zu sehen und gestehen zu müssen: „Ich war ein Blödmann. Bitte verzeih mir." Er wusste noch nicht, wie er das Ganze hinter sich bringen würde, war sich allerdings dessen bewusst, dass er sein Verhältnis zu Athena endlich klären musste. Erst während ihrer Abwesenheit hatte er gemerkt, wie sehr sie ihm fehlte und dass mehr gewachsen war als ein bisschen verliebt zu sein. Wenn er nur wüsste, wie Athena das alles sah. Sie hatte ihm zwar noch gestern am Telefon gesagt, dass sie sich riesig freue, wieder nach Hause zu kommen, aber er fragte sich, ob das auch ihm galt. Natürlich war es schön zu hören, dass sie die Worte *nach Hause* gebrauchte, sie hatte jedoch nicht von *zu dir* gesprochen.

Wenigstens brauchte er sich keine Sorgen mehr zu machen, dass Athena denken könnte, er hätte es nur auf ihr Geld abgesehen. Das neue Geschäft mit seinem Partner in Zürich lief hervorragend und es sah so aus, dass es eine glückliche Fügung gewesen war, als Mikis Kypris und er sich auf dieser Tour nach Santorin kennen gelernt und eine Geschäftsbeziehung angebahnt hatten. Aus anfänglich kleinen Mengen waren hunderte Tonnen von Obst und Gemüse geworden, die er, Markos, jeden Monat auf Kreta und in Libyen aufkaufte und per Luftfracht nach Zürich schickte. Mikis hatte offensichtlich nicht die geringsten Schwierigkeiten, ihre Produkte zu verkaufen, und immer nur einen Wunsch: „Mehr, mehr, mehr." Es musste wirklich sehr schlecht in Mitteleuropa aussehen, wenn ein solch hoher Bedarf vorhanden war. Markos hatte letzten Monat drei neue Mitarbeiter eingestellt, da er allein nicht mehr in der Lage war, all die riesigen Mengen zu verwalten und hinsichtlich der erforderlichen Logistik zu beherrschen. Mikis war übrigens in der gleichen Situation. Auch er dachte über Angestellte nach, da er den Vertrieb der Produkte allein nicht mehr bewältigte. Immerhin hatten sie seit dem Sommer fünfhundertfünfzig Tonnen Kartoffeln und einhundertfünfundsiebzig Tonnen Obst und Gemüse umgesetzt, das heißt aus einem Zweimann-Unternehmen war schon eine richtige Firma geworden. Da die Erlöse gegenüber dem Sommer zudem noch weiter gestiegen waren, leisteten sie sich nicht nur gute Gehälter, sondern investierten auch in die Expansion ihrer Handelsgesellschaft. Als ein Glücksgriff erwies sich ihr Engagement in Libyen. Während auf Kreta schon langsam der Winter Einzug hielt und eine Lieferpause absehbar war, konnte, wie sich schon jetzt zeigte, an besonders günstigen Stellen in der Umgebung von Bengasi Gemüse durchgehend produziert und von ihnen aufgekauft werden. So mussten sie weniger einlagern und waren in der Lage, mehr frisch zu verkaufen. Das reduzierte die Kosten und erhöhte ihren Profit weiter.

Markos war sehr froh, dass er von seinem Vater unterstützt wurde. Der war ihm in den Verhandlungen mit den kretischen Bauern eine große Hilfe, da er deren Sorgen und Nöte kannte. Und er hatte die notwendige Gelassenheit, die man einfach brauchte, um bis zum Vertragsabschluss zu kommen. Markos selbst schätzte ehrlich ein, dass er viel zu ungeduldig war und ohne seinen Vater nur einen Bruchteil des Geschäftes hätte realisieren können.

Auf der Straße hupte es laut. Sie waren da. Markos rutschte nun endgültig das Herz in die Hosen. Vater und Mutter standen schon vor der Tür, um Athena zu begrüßen. Was nur sollte er tun? Er erhob sich und lief auch nach draußen. Mutter drückte gerade Athena und vergoss einige Tränen, dass ihre zweite Tochter, wie sie immer sagte, wieder nach Hause gekommen war. Und dann stand Athena vor ihm, schöner denn je. Man merkte, dass sie von Elena neu eingekleidet worden war, sicherlich nicht übertrieben, aber so, dass ihr prächtiges schwarzes Haar und ihre zarte Figur voll zur Geltung kamen. Sie fasste seine Hände und schaute ihm lächelnd in die Augen: „Markos, ich habe dich vermisst. Du hast mir sehr gefehlt."

Markos erbebte innerlich, als sie ihn berührte. Sie war endlich da und nicht mehr böse auf ihn. Er nahm ihre Hände ganz sacht, führte sie an seine Lippen und gab ihr zärtlich einen Kuss auf die Handoberfläche. „Athena, willkommen zu Hause", war jedoch das Einzige, was er herausbrachte. Im Hintergrund hörte er, wie sein Bruder murmelte: „So ein Blödmann", was ihn noch mehr irritierte und verunsicherte. Aber Athena schaute ihn nur glücklich an.

„Du kannst dir gar nicht vorstellen, wie schön es ist, das Meer zu sehen, das Rauschen der Wellen zu hören und bei euch zu sein“, sagte sie, griff nach seiner rechten Hand und zog ihn mit sich in die Straßenmitte. „Und ihr seid schon so weit gekommen mit eurem Haus. Wie habt ihr das nur alles geschafft?“

Markos schaute sie noch immer etwas verlegen an. „Wir wollten einfach weg aus dem Zeltlager. Im Winter macht es dort wirklich keinen Spaß. Deshalb haben wir die obere Etage erst einmal liegen lassen und uns auf unten konzentriert. Es ist noch feucht, aber wenn wir gut heizen und viel lüften, wird es schon gehen. Du musst erst einmal sehen, wie schön es drinnen geworden ist. Costas Möbel sind eine Augenweide. Zwar ist es noch etwas eng, da wir nur zwei Zimmer haben, aber auf jeden Fall besser als in den Bergen. Das ist jedoch nichts gegenüber den Fortschritten an der Taverne. Du wirst beeindruckt sein, wie weit die Firma schon gekommen ist.“ Markos sah, wie ein Schatten über Athenas Gesicht lief, die seine Hand fester drückte und ihn fragend anschaute. „Nach dem Essen werde ich es dir zeigen. So wie es aussieht, kannst du das Restaurant im Frühjahr wieder eröffnen. Es ist gut, dass du jetzt gekommen bist. Die Handwerker wollen von mir wissen, wie die Inneneinrichtung aussehen soll. Das solltest du besser selber entscheiden. Ich habe für übermorgen einen Termin zur Klärung der Einzelheiten vereinbart.“

Athena hatte ihn zärtlich zu sich gezogen und ihm einen Kuss auf die Wange gegeben. „Du bist ein Schatz, Markos. Wie du dich um alles gekümmert hast. Ohne dich hätte ich nicht gewusst, wie ich diese Misere überstehen soll.“ Sie drehte sich um und warf auch den anderen ein Lächeln zu. „Aber nein, ich muss euch allen danken, denn ihr habt mir in dieser schweren Zeit zur Seite gestanden. Ihr seid jetzt meine Familie, denn eine andere habe ich nicht mehr.“ Markos spürte den Schmerz, der Athena erneut zu überwältigen drohte.

Sie hatte sich jedoch sofort wieder gefangen. „Elena hat mir immer gesagt, ich muss vergessen. Damit hat sie auch Recht, nur meine Heimat und meine Liebsten möchte ich nie mehr missen.“

Costa kam in seiner ganzen Größe zu ihr gelaufen und umarmte sie. „Ich werde schon auf dich aufpassen. Genauso wie auf Minea.“ Er hob sie mit seinen Pranken fast hoch. „Komm mit rein. Du musst Mineas Schrank sehen. Und für dich habe ich eine Kommode.“ Athena fasste die beiden Brüder links und rechts an und lief mit ihnen in das Haus. Minea und die Eltern folgten. Es war wirklich beeindruckend, was die Familie geleistet hatte. Athena kam aus dem Staunen nicht heraus. Vor ihrer Abreise war zwar alles schon beräumt, innen allerdings so gut wie nichts passiert. Jetzt war alles gestrichen. Die Fußböden waren verlegt und neue Türen eingesetzt. Die kleine Küche erkannte sie fast nicht wieder. Alles war gekachelt und hübsch eingerichtet. Der neue Herd, wie früher mit Holzfeuerung, strahlte eine mollige Wärme aus.

„Komm mit, ich zeige dir die Wohnstube." Mit diesen Worten zerrte Costa sie fast in das große Zimmer. Athena wollte es nicht glauben, so schön war es geworden. Costa hatte all die alten Möbel zu Glanzstücken herausgeputzt, die jeden Antiquar erfreut hätten. In der Mitte des Raumes stand der alte Eichentisch, den Costa im Schutt am Meer gefunden hatte. Nur war dieser jetzt poliert und glänzte im Tageslicht. Und er war prächtig gedeckt.

„Athena, bitte setz dich", wurde sie von der Mutter aufgefordert. „Du bist nun schon seit dem Morgen unterwegs und hast bestimmt Hunger."

Athena zog Markos neben sich und bewunderte das schöne Geschirr und die neuen Gläser. „Wie habt ihr das nur alles geschafft? Das hat doch sicherlich sehr viel Geld gekostet."

Markos schaute sie stolz an und erklärte ihr: „Wir haben es hinbekommen, einen jener zinsreduzierten Kredite zu erhalten. Nachdem am Anfang alles kompliziert aussah und sich nichts bewegte, hatten wir schon keine Hoffnung mehr. Plötzlich kam eine Anweisung, alles zu vereinfachen und Beratungsstellen einzurichten. Diese Möglichkeit haben wir genutzt und dann ging es auch sehr schnell. Seit der Zeit schimpfe ich nicht mehr auf Brüssel. Man hat dort wirklich versucht uns zu helfen. Ich weiß nicht, wer so viel Verständnis für uns hatte, aber offensichtlich gibt es dort nicht nur Bürokraten."

Minea setzte sich auf die andere Seite von Athena und legte ihre Hand auf deren Arm. „Markos hat nicht alles erzählt. Das ganze Geschirr und die Gläser wurden von ihm bezahlt. Mit seiner neuen Firma verdient er viel Geld, was jetzt der Familie zugute kommt."

Markos war rot angelaufen. Es war ihm peinlich, dass seine Schwester seinen beruflichen Erfolg angesprochen hatte. Aber Athena strahlte ihn nur voller Freude an. „Es ist schön, dass alles hervorragend klappt. Und es ist auch etwas Gutes, was ihr da tut. Denn ich habe in Athen schon viel Not und Elend gesehen. Es gibt einfach zu wenige Nahrungsmittel, und die, die es gibt, sind extrem teuer."

„Wie war es überhaupt in Athen? Bitte erzähl doch", forderte sie Minea auf.

„Elena ist eine prächtige Frau. Sie ist so einfühlsam und verständnisvoll, eben eine Künstlerin. Sie ist weder intellektuell abgehoben, noch lebensfremd, so wie manch anderer Künstler, den ich während ihrer Partys kennen gelernt habe." Athena sah den leicht eifersüchtigen Blick, den Markos aufsetzte, lächelte und streichelte seine Hand: „Das sind keine Partys, wie du sie kennst, Markos. Dort treffen sich die Künstler, die Reichen, die Politiker, alle etwas verrückt. Es wird viel dummes Zeug geschwafelt, Neid verspritzt, über die anderen hergezogen und, so habe ich es gelernt, manch gutes Geschäft eingefädelt. Für mich war das nichts. Ich habe mich immer gelangweilt und nach Hause gesehnt. Die einfachen, deutlichen Worte von Costa sind mir doch lieber. Bei ihm weiß ich wenigstens, woran ich bin."

Costa, der ihr gegenüber saß, knurrte nur: „Alles Blödmänner. Wie war denn dieser Minister?"

Athena überlegte eine Weile. „Ich habe ihn nicht so oft gesehen. Er ist für viele Dinge verantwortlich, die im Zusammenhang mit unserer Katastrophe stehen. Das belastet ihn sehr. Ich hätte nicht gedacht, dass Politiker so viel arbeiten müssen. Wir sind doch manchmal ganz schön unfair, wenn wir allgemein auf die Politiker schimpfen. Ich habe gesehen, dass sie auch nur Menschen sind, die sich über ihren Beruf freuen, aber auch unter ihm leiden können. Odo hatte in letzter Zeit große Probleme, da er versucht hat, ein Notopfer von allen durchzusetzen. Dafür wurde er sehr angegriffen. Er hat mir manchmal richtig Leid getan, wenn er völlig erschöpft nach Hause kam. Ich glaube, ihr wisst schon, dass er eigentlich Arzt ist. Und das merkt man sehr. Immer versucht er, den anderen zu durchleuchten oder eine Diagnose zu stellen. Aber ich denke, er mag mich sehr."

„Wie haben sie es denn aufgenommen, dass du wieder nach Kreta zurück wolltest?", fragte Minea.

„Sie wussten es von Anfang an und machten sich auch nie die Hoffnung, mich in Athen halten zu können. Elena hatte allein das Ziel, mir zu zeigen, dass das Leben auch nach der größten Katastrophe weitergeht. Ich habe in beiden zwei liebe Menschen gefunden, die ich in der Zukunft nicht mehr missen möchte. Sie sind mehr denn je entschlossen, mich zu adoptieren, aber ich brauche noch etwas Zeit. Meine Heimat ist auf jeden Fall hier. Und das haben sie nie anders gesehen."

Der Vater, der normalerweise kaum etwas sagte und von dem Costa offensichtlich seine Redseligkeit geerbt hatte, schaute sie jetzt fragend an: „Mädchen, wie sieht es in Athen aus?"

„Eine große und laute Stadt ist das. Ich glaube, man muss dort geboren sein, um sie zu lieben. Elena und Odo haben eine sehr schöne Wohnung in einem der besten Wohnviertel. Dort kann man es sehr wohl aushalten, aber, wie schon gesagt, mir fehlten immer das Meer, die frische Luft und die Gelassenheit der Menschen, die hier leben. Was mich sehr beeindruckte, war die Erfahrung, dass die Folgen dieses Vulkanausbruchs nicht nur uns, sondern immer mehr auch die Menschen weit weg belasten. Odo hat einmal versucht, mir diese ganzen Zusammenhänge zu erklären, richtig verstanden habe ich sie nicht. Ich weiß nur, dass mit der Zerstörung von Santorin eine weltweite Abkühlung verbunden ist, die Landwirtschaft in vielen Gebieten unmöglich gemacht hat. Es gibt einfach nicht genug zu essen."

„Das merken wir hier auch", meldete sich Costa. „Mein Lieblingsgericht, gekochtes Lamm mit Bohnen, hatten wir schon seit Wochen nicht mehr."

„Wenn der nächste Sommer nicht normal wird, gibt es eine Katastrophe, hat mir Odo erklärt", setzte Athena fort. „Man versucht im Moment mit den Reserven über die Runden zu kommen und die Menschen dazu zu bringen, weniger Fleisch zu essen, damit es wenigstens genug Brot gibt. Trotzdem werden Lebensmittel in Athen immer knapper. Lange geht das nicht mehr gut."

„Sei froh, dass du wieder in Agios Nikolaos bist. Du siehst, wir haben noch genug Brot, und Gemüse bauen wir selbst an. Es reicht auf jeden Fall zum Sattwerden. Und den Wein machen wir selber", brummelte Costa. Alle lachten, denn sie wussten, wie mürrisch der werden konnte, wenn er zum Mittagessen und zum Abendbrot keinen Rotwein auf dem Tisch vorfand. Wein war für ihn noch wichtiger als Lamm.

„Costa, bevor ich es vergesse, viele Grüße von Elena. Sie hat mehrere Aufträge für dich. Du sollst sie unbedingt anrufen. Wenn du weiterhin Interesse hast, wird sie die Möbel hierher schicken."

Minea schaute nach diesen Worten Athenas ihrem Bruder in die Augen: „Costa, du wirst diese Frau anrufen. Du bist so geschickt, du musst das Angebot annehmen." Der aber schaute nur nach unten. Was konnte er dagegen tun, wenn es ihm seine Schwester auftrug? Mist, dachte er. Was sollte er dieser Frau morgen nur sagen?

Alle schwiegen jetzt und langten kräftig zu. Nicht nur Athena hatte offensichtlich großen Hunger. Und es schien trotz des fehlenden Fleisches allen gut zu schmecken, denn es gab genügend frisch gebackenes Brot, dazu Ziegenkäse, Butter und Zwiebeln. Zudem hatte Markos einige geräucherte Fische aufgetrieben, die zwar nicht unbedingt zum Käse passten, jedoch sehr würzig waren und das frische Brot richtig zur Geltung brachten. Nachdem alle mit einem Glas Hauswein auf Athenas Rückkehr und den Wiedereinzug in ihr Haus angestoßen hatten, erinnerte Markos Athena an sein Versprechen, ihr die Fortschritte an ihrem Elternhaus zu zeigen. Diese bedankte sich bei der Mutter für das herzliche Willkommen und das reichliche Mahl, stand auf und drückte die alte Frau, der vor Freude die Tränen in die Augen schossen. Markos erhob sich ebenfalls, zog seine Jacke über und fasste Athena an der Hand. „Zieh dir auch etwas über. Es wird immer sehr schnell frisch. Selbst hier merken wir, dass es kälter geworden ist."

Athena öffnete ihre Tasche und zog einen roten Pullover heraus. „Den hat mir Elena geschenkt. Ist er nicht hübsch?" Sie zog ihn über und drehte sich einmal herum.

Diese Frau und ihr Rot, dachte Costa, sagte dann aber nur: „Steht dir gut."

Athena bückte sich noch einmal und brachte einige Päckchen hervor. „Elena hat mir einige Geschenke für euch mitgegeben. Auspacken müsst ihr sie schon selber."

Costa knurrte nur: „Muss das sein?", begann dann trotzdem neugierig, sein Paket zu öffnen. Er war beeindruckt, denn er fand einen Satz Sticheisen, den er sich schon immer für seine Arbeit gewünscht hatte. Woher diese Frau das nur wusste? Minea erhielt einen wundervollen Wollschal, Vater eine Kiste Zigarren und die Mutter eine warme Winterjacke.

„Für dich habe ich nichts", sagte Athena schelmisch zu Markos. „Dir soll ich nur einen Kuss geben." Was sie auch sofort tat.

Markos war zunächst verlegen, fasste sich jedoch schnell. „Das war das schönste Geschenk, das ich bekommen konnte. Ich werde es auch sobald wie möglich zurückgeben." Er nahm Athena an der Hand und sagte: „Lass uns gehen. Es wird bald dunkel und du siehst von draußen nichts mehr."

Nachdem sich alle für die Geschenke bedankt und Athena noch einmal umarmt hatten, Costa besonders intensiv, fand zumindest Markos, liefen beide los. Es war nicht weit, in weniger als fünfzehn Minuten erreichten sie die Taverne. Sie liefen Hand in Hand und Markos durchströmte ein Glücksgefühl. „Wie sich alles in zehn Wochen verändert hat?", staunte die junge Frau.

„Ja, man merkt doch, dass hier viel Geld angekommen ist. Es ist sicherlich bei vielen ähnlich wie bei uns, sie wollen raus aus dem Lager und endlich wieder ihr eigenes Dach über dem Kopf haben. Und das setzt doch gewaltige Kräfte frei", erklärte Markos.

Athena war plötzlich stehen geblieben und schmiegte sich an ihn. „Unser Haus, wie schön es geworden ist. Wenn das meine Eltern sehen könnten."

Markos merkte, wie Athena mit den Tränen kämpfte. Deshalb drückte er sie an sich und zeigte nach oben. „Sieh, wir haben alles in blau und gelb gehalten, wie das Meer und die Sonne. Ich weiß nicht, wie es dir gefällt, aber die gelben Fenster passen doch sehr gut zum Blau der Wand." Athena sagte nichts. Sie war beeindruckt und geschockt zugleich. Das war nicht mehr die Taverne, die sie kannte.

Beide liefen zu der bunt bemalten Eingangstür, Markos schloss auf und sie betraten den Innenraum. Alles roch nach Farbe. Es fehlte noch die gesamte Inneneinrichtung, man sah jedoch schon, wie eindrucksvoll der Gastraum werden würde. Markos hatte Eichenbretter als Fußboden verlegen und fast alles mit Eiche verkleiden lassen.

„Komm mit. Jetzt will ich dir das Prunkstück zeigen." Markos fasste Athenas Hand und öffnete die Tür zur Küche. Diese war schon komplett eingerichtet, mit allem, was man sich nur vorstellen konnte! Da stand ein riesiger Herd, hingen Kupferkessel an der Wand, lagen blitzende Messersätze.

„Mein Geschenk für dich", sagte Markos zu Athena. Die junge Frau drehte sich zu ihm und schaute ihn an. Sie hatte Tränen in den Augen.

„Markos, das ist sehr lieb von dir. Ich brauche dich jedoch viel mehr als meinen Begleiter, als meinen Freund, als meinen Mann!" Sie legte ihren Arm um seinen Hals und gab ihm einen zärtlichen Kuss. Markos wusste nicht, wie ihm geschah. Er spürte nur, wie ihn das Begehren übermannte und er den Kuss von Athena leidenschaftlich erwiderte. „Liebe mich", hörte er Athena flüstern, die ihren heißen, bebenden Körper immer fester an ihn presste.

12. Dezember 2015, Rhodos-Stadt

Ilias Sirimis brauchte dringend einen Rat. Deshalb war er unterwegs zu seinem Vater, der zwar schon seit langem nicht mehr geschäftlich aktiv war, den seine Kinder allerdings noch immer konsultierten, wenn es für die Familie brenzlig wurde. Ilias fuhr heute selbst, weil er erwartete, von seiner Mutter zum Essen eingeladen zu werden und unter Umständen noch den Abend in der wunderschön gelegenen Villa zu verbringen. Er hatte das Dorf Ialissos bereits hinter sich gelassen und fuhr langsam den Berg in Richtung Filerimos hinauf. Die vielen Serpentinen erlaubten sowieso keine hohe Geschwindigkeit, aber Ilias Sirimis war in diesem Bereich immer besonders vorsichtig. Man musste stets damit rechnen, dass einer dieser verrückten Autofahrer, von denen es so viele auf der Insel gab, mit hoher Geschwindigkeit um die Kurven raste und diese dabei schnitt. Vor zwei Jahren kostete ihn das bald das Leben, als ihn einer dieser Wilden fast in die Schlucht gedrängelt hatte. Jetzt genoss er diese Fahrt aus der noch immer stark zerstörten Inselhauptstadt in die unberührte Berglandschaft mit mächtigen Bergkiefern und grünen Pinien. Natürlich störte ihn wie immer der weiße Überzug, der den gesamten Boden bedeckte. Zumindest die Baumwipfel waren jedoch wieder sauber und zeigten, dass die Natur begonnen hatte, die von ihr geschlagenen Wunden langsam zu heilen. Ilias' Vater hatte sich hierher zurückgezogen, weil er nach einem langen und schweren Leben die Ruhe und Beschaulichkeit suchte. Was sehr gut zu Filerimos passte, dem Freund der Einsamkeit. Angeblich sollte hier früher ein Eremit gelebt haben, der dem Berg seinen Namen gab.

Der Präfekt liebte dieses Fleckchen Erde nicht nur wegen des Ausblicks auf die Küste und das Bergland im Südwesten. Es war ein geschichtsträchtiger Ort, an dem man die Spuren der verschiedenen Herren der Insel direkt nebeneinander sehen konnte, die Klosterkirche der Kreuzritter, davor die Überreste eines frühchristlichen Athenetempels, rundherum Reste einer Mauer aus byzantinischer Zeit. Dieser Berg war eben schon immer ein strategisch wichtiger Punkt. Ilias lächelte bei diesem Gedanken vor sich hin. Wie auch heute, dachte er. Denn jetzt sitzt hier Vater Sirimis und lenkt die Geschicke seiner großen Familie auf der Insel.

Doch nun musste er aufpassen. Linker Hand war eine kurze steile Auffahrt, die bei zu hoher Geschwindigkeit fast automatisch zu einer Beule am Auto führte. Zum Glück kannte er sich ja aus. Kaum oben angekommen, öffnete sich bereits das nur etwa fünfzig Meter vor ihm liegende Tor in der das Grundstück schützenden Mauer.

Die Videoüberwachung funktionierte eben hervorragend. Er fuhr langsam den von Eichen und Kiefern gesäumten Weg entlang bis zum Eingang der Villa, wo für ihn überraschend bereits seine Mutter auf ihn wartete.

„Ilias, du bist so spät. Vater ist schon ganz aufgeregt. Du weißt, in zwei Stunden kommt der Herr Bischof zum Schachspielen und bis dahin müsst ihr fertig sein."

Ilias Sirimis umarmte seine Mutter. „So viel Zeit werden wir nicht brauchen. Ich hatte Vater gleich gesagt, dass ich zwischen drei und vier Uhr erscheinen werde."

Beide liefen in die große Eingangshalle. Ilias legte seinen Mantel ab und setzte sich sofort in Richtung Treppe in Bewegung. „Er wartet doch sicherlich im kleinen Arbeitszimmer", fragte er seine Mutter schon im Gehen.

„Natürlich, dort seid ihr ungestört, und es ist der wärmste Platz im Haus."

Ilias lief schnell nach oben und klopfte an der dritten Tür rechts an.

„Herein", hörte er die leise Stimme seines Vaters. Der saß wie immer in seinem Lieblingssessel, direkt neben dem Kamin, der mit Pinienholz befeuert wurde und einen angenehmen Geruch nach Harz im Raum verbreitete. Vor sich hatte er sein geliebtes Schachspiel und blätterte in einem dicken Buch, das auf seinen Knien lag. Es dauerte eine Weile, bis er aufschaute und seinen Sohn, der vor ihn getreten war, betrachtete.

„Was führt den Herrn Präfekten zu mir?", begann er leicht ironisch. „Seit wann brauchst du Ratschläge von einem alten, verfallenden Mann?"

Das waren fast immer die einleitenden Worte seines Vaters, so dass Ilias sie kaum beachtete. Denn es war zwar richtig, dass sein Vater körperlich hinfällig war, aber geistig war er noch voll auf der Höhe, und irgendwelche Positionen oder Stellungen hatten für ihn noch nie eine größere Bedeutung. Was allein zählte, war das Geld. Ilias ließ sich in dem Sessel gegenüber nieder und betrachtete seinen Vater. Dieser war nun schon weit über die Achtzig und noch bleicher als sonst. Jedoch wusste er, davon sollte man sich nicht täuschen lassen. „Kannst du schon zuhören oder bist du noch immer bei deiner Eröffnung?", fragte er seinen Vater.

Der schmunzelte vor sich hin. „Nein, nein. Ich bin schon fertig. Für den Herrn Bischof habe ich mir etwas besonders Schönes einfallen lassen. Hast du schon einmal etwas von der Tschigorin-Verteidigung gehört? Ich bin sicher, auch mit göttlichem Beistand wird es meinem Freund schwer fallen, darauf eine gute Antwort zu finden. Was ist deine Eröffnung heute, Ilias?"

„Ganz einfach, sizilianisch. Die Regierung in Athen beabsichtigt, eine Zwangssteuer auf Nettovermögen zu erheben. Was soll ich tun?"

Sein Vater überlegte eine Weile und rührte sich fast nicht. „Wenn die Regierung so etwas beschließt, wirst du zahlen müssen. Denn du willst nicht in den Verdacht geraten, ein schlechter Präfekt zu sein. Nur sollte zu dem Zeitpunkt dein Nettovermögen möglichst gering sein. Und, noch ist es nicht so weit. Eine solche Regelung hat auch in der Regierung nicht nur Freunde. Wer ist denn der Hauptverfechter dieser Idee? Etwa unser lieber Nikola?"

„Nein, Vorreiter ist hier unser verehrter Gesundheitsminister, Herr Alexandros. Ich habe ihn schon kennen gelernt und da machte er einen soliden Eindruck. Mit Geld wird nicht viel zu machen sein."

Ilias schaute seinen Vater fragend an, der missbilligend den Kopf schüttelte. „Das wäre auch viel zu primitiv. Hier gibt es dezentere Möglichkeiten. Wie ist es mit einem kleinen Gerücht? Notfalls kann man etwas nachhelfen. In der Umgebung dieses Mannes gibt es mit Sicherheit Leute, die ihm nicht wohlgesonnen sind. Und die werden dir den Weg zeigen."

Der Präfekt runzelte die Stirn. „Das wird nicht einfach werden. Die Gesetzesvorlage ist schon sehr weit fortgeschritten. Dein Vorschlag ist dennoch gut, und ich werde es versuchen. Sollte das Ganze dessen ungeachtet vom Parlament abgesegnet werden, kommt ein Riesenbetrag auf uns zu. Was kann ich im Vorfeld noch tun, um diese unsinnige Steuer weitgehend zu umschiffen?"

Sein Vater wiegte den Kopf hin und her. „Du brauchst eine intelligente Buchführung, oder du musst das Geld in viel versprechende Projekte investieren. Weil es letztere gegenwärtig kaum gibt, zumindest wenn ich einen Profit von zehn Prozent und mehr pro Jahr erwarte, bleibt nur die kreative Umgestaltung deiner Bilanzen."

Ilias schaute seinen Vater verständnislos an. „Was meinst du damit? Du weißt, zu mir als Präfekten kommen die Buchprüfer besonders gern."

„Also, mein Herr Sohn, jede Bilanz lässt Spielräume. Am einfachsten ist die Definition von Risiken, für die du Rückstellungen bilden musst. Und Risiken hast du im Moment mehr als genug. Sollte sich später herausstellen, dass diese nicht eingetreten sind, kannst du die Rücklagen ja wieder auflösen. Ich würde dir auch wärmstens empfehlen, dein Vorgehen mit den Steuerprüfern schon im Vorfeld abzustimmen. Du hast sehr gute Fachleute an deiner Seite, die dir helfen werden."

Ilias Sirimis hatte sich zurückgelehnt und versuchte offensichtlich das Gehörte zu verarbeiten. „Du willst also über die Erhöhung der

Rücklagen ein negatives Ergebnis kreieren, für dessen Abdeckung wir Mittel aus unserem Nettovermögen zur Verfügung stellen müssen? Habe ich dich richtig verstanden?"

Sein Vater nickte. „So kann es funktionieren. Nur die Risiken musst du genau definieren."

„Damit habe ich keine Probleme. Von der Sturmflut, über den Bimsstein bis zur Cholera, unser ganzes Leben ist nur noch ein einziges Risiko. Ich frage mich, wie wir das alles bewältigen wollen. Manchmal bin ich richtig neidisch auf Kreta. Dort war zwar eine größere Flut, dafür gab es kaum Bimsstein und keine Cholera. Im Gegenteil, die Insel blüht durch den Regen richtiggehend auf. Die Kreter verkaufen riesige Mengen an Nahrungsmitteln in der EU. Und wir? Wir sitzen auf einem halben Meter Bimsstein und haben nun auch noch die Cholera am Hals."

„Wie konnte das nur passieren?", fragte der Vater neugierig.

„Es waren einige Seeleute aus Rhodos-Stadt, die während ihrer Fahrt durch den Suezkanal einen Landgang gemacht und sich in dieser kurzen Zeit infiziert haben. Da sie unmittelbar nach dieser Reise nach Rhodos zurückkehrten, erkrankten sie erst zu Hause und nahmen das Ganze die ersten beiden Tage auch nicht ernst. Es war eben einfach ein Durchfall. Als dann das Blut kam, war es schon zu spät. Ein Infektionsherd war entstanden, den wir nur mit größter Mühe eindämmen konnten. Wir hoffen es zumindest."

„Stimmt es, dass der Erreger völlig resistent ist gegenüber Antibiotika und deshalb sehr viele Erkrankte sterben?"

„Leider ja. Wir hatten bisher zweihundertachtzig Erkrankte, von denen schon einhundertdreiundfünfzig verstorben sind. Unsere Ärzte tun alles, den Flüssigkeitsverlust der Patienten auszugleichen, aber ohne Antibiotika ist das bei der Aggressivität der Bakterien fast aussichtslos. Zum Glück sind in der letzten Woche nur noch fünf Neuerkrankungen dazu gekommen. Letztendlich hilft einzig und allein strengste Quarantäne und absolute Sauberkeit. Ich wage mir nicht vorzustellen, was passiert, wenn diese Seuche hier noch weiter um sich greift. Dann können wir die Touristen im Frühjahr völlig abschreiben."

„Siehst du, mein Sohn, da hast du schon dein Risiko. Kein Buchprüfer kann etwas dagegen sagen, wenn du dich mit höheren Rückstellungen darauf einstellst, im Gegenteil, das ist vorausschauendes Unternehmertum." Die harten Augen von Vater Sirimis waren jetzt fest auf Ilias gerichtet. „Wir haben schon genug Geld durch diese Katastrophe eingebüßt. Du solltest alles tun, unser Nettovermögen zu schützen und diese Steuer zu vermeiden."

Beide wurden in ihrem Gespräch unterbrochen. Das Dienstmädchen war hereingekommen und hatte Kaffee und Kuchen auf das Tischchen zwischen ihnen gestellt.

„Soll ich Ihnen einschenken?", fragte das Mädchen mit scheuem Blick auf Ilias' Vater. Der jedoch winkte ab.

Kaum war die Tür geschlossen, ergriff Ilias das Wort. „Weißt du, manchmal glaube ich, dass mich all diese Risiken erdrücken. Wie hat unsere Insel doch unter diesem Vulkanausbruch gelitten, und es ist kein Ende abzusehen."

Der alte Mann hatte sich zurückgelehnt und schaute seinen Sohn ruhig an. „Du solltest dich hier etwas zurücknehmen. Bevor dieser Massentourismus aufkam, war Rhodos eine arme Insel. Es gab sicherlich genug zu essen, nur reich war hier keiner. Und ich bin mir sicher, die Insel wird schnell wieder grün werden und schöner denn je. Was uns noch hilft, ist dieses schlechte Wetter in Mitteleuropa. Die Menschen dort wollen auch einmal die Sonne sehen, und das ist unsere Chance. Glaube einem alten Mann, der Krieg der Menschen ist schlimmer als jeder Schlag der Natur. Was ist ein Vulkanausbruch gegen einen Bürgerkrieg oder die blutige Schlacht verfeindeter Religionen? Ich mache mir keine Sorgen um Rhodos. Bei uns wird sich alles normalisieren. Und auch diese Extreme mit dem Wetter werden sich legen. Wenn ich eine Bedrohung für uns alle sehe, dann ist das die Situation in China. Dort leben anderthalb Milliarden Menschen. Wenn es in diesem Land zum Bürgerkrieg kommt, egal aus welchen Gründen, werden wir alle es zu spüren bekommen. Davor habe ich mehr Angst."

Ilias sah, wie betroffen sein Vater war. Es überraschte ihn, denn so hatte er ihn nur selten erlebt. „Siehst du das nicht etwas zu schwarz? Ist die dortige Entwicklung nicht auch nur eine Folge dieser Wetterkapriolen?", warf Ilias ein.

„Sicherlich zum Teil. Aber da muss vielmehr dahinter stecken. Für mich steht auf jeden Fall fest, dass ein Verfall dieses Landes enorme Auswirkungen haben wird und unter Umständen sogar zur Zerstörung unserer gesamten Kultur führen kann. Vergiss nicht, China hat Atomwaffen und verfügt über modernstes Wissen in der Militärtechnik. Wenn diese Waffen in die falschen Hände geraten, werden deine Probleme mit dem Bimsstein keine mehr sein."

„Ich bleibe dabei, dass du diese Entwicklung zu schwarz siehst. Die Regierung und die Etablierten werden sich am Schluss durchsetzen. Wenn ich ein Problem in China sehe, dann sind es die ökonomischen Auswirkungen auf Europa. Sollte in China nicht bald Ruhe einkehren, steht uns eine Wirtschaftskrise größten Ausmaßes ins Haus. Dafür gibt es auch schon die ersten ernsthaften Anzeichen. Wir wurden von Brüssel darüber informiert, dass es im nächsten Jahr keine weiteren Beihilfen geben wird. Die Töpfe sind leer. Zum Glück haben wir die bisherigen Möglichkeiten bestens genutzt, so dass ich damit rechne, dass zur nächsten Saison all unsere Hotels wieder voll funktionsfähig sein werden. Darf ich allerdings noch einmal auf den Anfang unseres Gespräches zurückkommen. Du hattest erklärt, dass man Nettovermögen auch reduzieren kann, indem man das Geld in Erfolg versprechende Projekte investiert. Hier hätte ich unter Umständen etwas, über das die Familie nachdenken sollte." Da sein Vater interessiert zuhörte, setzte Ilias fort: „Wir haben einen kauzigen Deutschen, der uns vorgeschlagen hat, eine Anlage zur Nutzung des vom Himmel gefallenen Vulkanstaubs zu errichten. Er ist sogar bereit, für den Bimsstein zu bezahlen. Das Ganze klang zunächst wie ein Märchen aus Tausendundeiner Nacht. Nachdem wir das technische Konzept erhalten und geprüft haben, sind wir jedoch zu der Überzeugung gelangt, dass die Idee aussichtsreich ist. Man kann damit aus Bimsstein völlig neuartige Bauelemente herstellen, die die Wärmedämmung von Häusern bei gleicher Wanddicke fast verdoppeln. Wir hatten deshalb entschieden, den Antrag dieses Deutschen auf EU-Beihilfen zu unterstützen. Und womit wir nicht gerechnet hatten, auch die Fachleute in Brüssel fanden die Idee verfolgenswert und förderwürdig. Allerdings ist Voraussetzung für die Bewilligung zinsverbilligter Kredite, dass dreißig Prozent der Investition von achtzig Millionen Euro von privaten Investoren aufgebracht werden müssen. Was würdest du davon halten, auch unter dem Aspekt dieser neuen Steuer, mit in das Projekt einzusteigen?"

Erneut fixierten ihn die Augen seines Vaters. „Du hattest das schon einmal angedeutet und ich hatte dir empfohlen, das Projekt weiter zu verfolgen. Mit welchem Anteil müssten wir uns beteiligen?"

„Der Deutsche würde zehn Prozent einbringen, weitere zehn bis zwölf Prozent sind gebunden an andere Investoren aus Mitteleuropa. Unser Anteil müsste die Differenz bis dreißig abdecken."

„Also acht bis zehn Millionen Euro. Das ist nicht wenig in einem Geschäft, in dem wir uns nicht auskennen. Du solltest sehr vorsichtig sein. Auf keinen Fall darfst du eine Bürgschaft für den Bankkredit übernehmen. Das könnte uns ruinieren. Am besten wäre eine Bürgschaft des Landes. Darüber solltest du einmal mit unserem Freund Nikola reden. Und unseren Anteil solltest du auf die Zulieferung des Rohstoffes beschränken. Am besten wäre, wenn wir nur die Trucks für den Transport beistellen würden. Sollte das Projekt scheitern, können wir die Lastkraftwagen immer verkaufen."

„Ich sehe, du bist nicht dagegen. Also kann ich signalisieren, dass wir mitmachen."

Sein Vater schüttelte energisch den Kopf. „Erst müssen die Bedingungen klar sein. Du kannst unser Interesse bekunden, mehr aber auch nicht. Erst will ich die Landesbürgschaft sehen und irgendeine Art von Sicherheitsübertragung. Sollte das nicht möglich sein, steigst du nicht ein."

Ilias Sirimis grinste seinen Vater an. „Es war doch gut, dass ich wieder einmal zum Alten auf den Berg gekommen bin. Es bewahrt mich immer davor, zu optimistisch zu sein."

Auch sein Vater lächelte jetzt sanft. „Das mit dem Alten vom Berge gefällt mir nicht, denn der hat die jungen Leute mit dem Messer losgeschickt, um gefährliche Kontrahenten loszuwerden. Dein Vater liebt mehr die dezente Art."

Es klopfte und das Dienstmädchen schaute herein. „Der Herr Bischof ist schon eingetroffen und fragt, ob er hochkommen kann?"

„Ja, wir sind fertig", antwortete ihr der Hausherr.

Ilias lachte noch immer: „Ich wünsche dir jetzt viel Spaß bei dieser Verteidigung. Wie hieß sie doch gleich?"

„Tschigorin, mein Sohn", witzelte sein Vater, „du solltest dich mehr mit Strategien zu deiner Verteidigung beschäftigen. Das ist gut fürs Leben."

25. Dezember 2015, Doha (Qatar)

Es war Weihnachten. Jens-Peter hatte sich eine große Tasse Kaffee bringen lassen und genoss zur Feier des Tages die Plätzchen, die ihm seine Mutter geschickt hatte. Sie hatten sich vorgenommen, heute etwas früher aufzuhören und im Hotel noch ein wenig zusammen zu sitzen. Mehr ließ ihre Anlage im Moment nicht zu. Die Heißinbetriebnahme war schon in vollem Gange und jeder Mann wurde dringend benötigt. John hatte er schon seit halb sieben nicht mehr gesehen. Der war sofort nach ihrer Ankunft in die Messwarte gegangen und hatte sich bisher nicht gemeldet. Normalerweise war das ein gutes Zeichen. Heute stand eine sehr kritische Aktivität auf der Tagesordnung. Es war vorgesehen, zum ersten Mal Erdgas in die Anlage zu nehmen und Wasserstoff zu erzeugen. Jetzt würde sich zeigen, wie gut die Qualität ihrer Arbeit gewesen war. Große Sorgen machte sich Jens-Peter allerdings nicht. In den letzten Wochen hatten sie alles geprüft, was zu prüfen war, und auch die Rohrleitungen so gründlich gereinigt wie noch nie. Es war zudem nicht zu unterschätzen, dass sie erfahrene Betriebsleute von Exxon hier hatten, die diesen Typ Anlage bestens kannten und genau wussten, was sie wann zu tun hatten.

Plötzlich klingelte das Telefon. Mutter, dachte Jens-Peter sofort. Das hatte ihm gerade noch gefehlt, denn war die erst einmal ins Palavern gekommen, half meistens nur aufzulegen. Leicht mürrisch hob er ab: „Ja, hier Jens-Peter."

Jedoch es war nicht seine Mutter. Es war völlig überraschend für ihn sein großer Boss Scotty Welsh, der ihm zunächst ein frohes Weihnachtsfest wünschte, aber eigentlich nur wissen wollte, wie sie vorankamen. Da Jens-Peter Positives berichten konnte, war das Gespräch sehr schnell beendet. Sein Chef hatte ihn noch einmal ermahnt, jetzt nicht in Hektik zu verfallen und der Sicherheit in der Anlage größtes Augenmerk zu schenken. Jens-Peter musste leicht schmunzeln. Er und hektisch. Das hatte er sich schon längst abgewöhnt. Probleme wurden nicht gelöst, indem man große Betriebsamkeit und besonderen Eifer entwickelte. Wichtig war, die Fakten zu analysieren und zu klaren Festlegungen zu kommen, wer was bis wann macht. So hatte er bisher all seine Projekte geführt und, wie er selbst stolz konstatierte, erfolgreich abgewickelt. Dass dabei nicht immer alles so lief, wie man es sich vorher dachte, war aus der Sicht von Jens-Peter völlig normal. Der Mensch neigte eben dazu, selbst extreme Herausforderungen immer sehr optimistisch anzugehen, um dann später feststellen zu müssen, dass jede noch so schöne Planung letztendlich immer von der Realität eingeholt wird. Ohne diesen Optimismus wären allerdings viele Errungenschaften der Menschheit nicht zustande gekommen. Auch darüber war sich Jens-Peter im Klaren. Er griff noch einmal kräftig in die Schachtel mit den Plätzchen. Sie schmeckten wie immer hervorragend. Eins musste er seiner Mutter lassen, kochen und backen konnte sie.

Er war überrascht gewesen, überhaupt einen solchen Weihnachtsgruß erhalten zu haben, denn er wusste, wie schwierig oder besser teuer es geworden war, an Lebensmittel beziehungsweise die Zutaten für Backwaren heranzukommen. Zum Glück hatte seine Mutter ja ihn. Er überwies ihr regelmäßig Geld und schickte ihr ab und zu auch ein Paket mit Reis, Nudeln oder Obst nach Hamburg. Er war sich sicher, dass er dabei nichts sparte, denn in Qatar hatten die Preise auch kräftig angezogen. Zunächst hatte es so ausgesehen, als ob, durch den vielen Regen begünstigt, wieder Obst und Gemüse in dieser sonst völlig ausgetrockneten Einöde angebaut werden konnten. Es wurde auch wunderbar grün, völlig ungewohnt für alle, die nur Sand und Sonne kannten. Bis die Heuschrecken in unvorstellbaren Massen kamen und alles auffraßen. Durch den Regen waren eben nicht nur günstige Bedingungen für die Pflanzen, sondern auch beste Voraussetzungen für die Vermehrung der Wanderheuschrecken geschaffen worden. Er erinnerte sich mit Ekel daran, wie sich eine solche Wolke auf der Anlage niedergelassen hatte. Überall flirrte und surrte es. Wohin man trat, waren Heuschrecken. So war aus dem grünen Land sehr schnell wieder ein gelbgraues geworden. Er hatte gelesen, dass die Schwärme schon bis in die Türkei und nach Griechenland vorgedrungen waren. Sogar die Kanarischen Inseln hatten sie bereits erreicht, trotz Unmassen von Pestiziden, die man eingesetzt hatte, um der Plage Herr zu werden. Es waren einfach zu viele und es kamen ständig neue dazu.

Eben eine der zehn biblischen Plagen, sagte sich Jens-Peter. Er konnte sich noch gut an seinen Konfirmationsunterricht erinnern, wo sie diese auswendig lernen mussten. Wenn er sich anstrengte, brachte er sie noch zusammen. Es fröstelte ihn leicht, als er sich klar machte, dass seit dem Vulkanausbruch im Archipel Santorin zumindest sieben der Plagen wiedergekommen waren: das Ungeziefer, die Mücken, die Heuschrecken, die verdunkelte Sonne, Hagel, Krankheit und der zu Blut gewordene Nil. Denn war nicht in Alexandria der Fluss rot geworden vom Blut der vielen Menschen, die während des Tsunami ihr Leben verloren hatten. Was konnte wohl der Grund dafür sein, dass Gott die biblischen Plagen geschickt hatte? Über die Ägypter waren sie gekommen, weil der Pharao sich weigerte, das israelische Volk ziehen zu lassen. Und jetzt? Allerdings fehlten noch drei. Vielleicht war das Gleichnis doch nicht ganz richtig. Zumindest das Massensterben der erstgeborenen Söhne erschien ihm doch recht unwahrscheinlich. Und von einer Froschplage und einer Ausbreitung der Viehpest hatte er auch noch nichts gehört. Also kein Grund zur Beunruhigung. Oder doch? Kam es in China zum Bürgerkrieg, starben in der Regel die erstgeborenen Söhne, und das Vieh, das litt zumindest in Europa unter dem Dauerregen und in Afrika unter den Unmassen an Ungeziefer. Jens-Peter verscheuchte den Gedanken mit einer Handbewegung. Er war sicherlich etwas melancholisch, weil Weihnachten war. Es war eine Naturkatastrophe gewesen und keineswegs eine neue Strafe Gottes für die Menschheit. Ein abwegiger Gedanke.

Voller Genuss widmete sich Jens-Peter wieder seinen Plätzchen. Er liebte vor allem die mit Zuckerguss überzogenen und hatte deswegen bereits begonnen, sie herauszusuchen. Alles, was gut schmeckt, macht entweder dick oder krank, erinnerte er sich schmunzelnd an eine alte Redewendung. Aber manchmal konnte man schon sündigen. Er bekam nicht jede Woche diese Leckerbissen. Es lief ihm das Wasser im Mund zusammen, wenn er nur daran dachte, dass er in drei Wochen nach Hause fahren konnte. Ob es wieder Spanferkel geben würde? Das war sicherlich sehr unwahrscheinlich, denn Fleisch war sehr knapp geworden. Da würde er ein Vermögen hinlegen müssen. Er liebte diese zarte Kruste, knusprig gebraten. Vielleicht würde sein Cousin Kurt auch ein Lamm für ihn opfern. Jetzt, wo er das Schlimmste überstanden hatte. Dank seiner Hilfe! Es war richtig, den Tierbestand zu halten und erst später zu verkaufen. Die Fleischpreise hatten Anfang November horrende Höhen erreicht, so dass Kurt seine Bullen fast zum vierfachen Preis im Vergleich zum Sommer verkaufen konnte. Damit war er nicht nur in der Lage gewesen, zu einer normalen Tilgung seiner Kredite zurückzukommen, sondern auch Jens-Peters Einlage mit einem satten Aufschlag zurückzuzahlen. Kurt war seinem Vorschlag gefolgt, sich auf schottische Hochlandschafe umzustellen, die mit dem noch immer ekligen Wetter klarkamen und das kleinste bisschen Grün verwerten konnten. Da er die Tiere zudem erworben hatte, als alle anderen diese aus Gründen der Futtermittelversorgung bereits verkauften, war er sehr billig zu einer großen Herde gekommen, die er, so sah es zumindest aus, auch gut über den Winter bringen würde. Kurt hatte jetzt fast tausend Tiere, die einen Wert von einhunderttausend Euro repräsentierten, und das nötige Grünland im eigenen Besitz, um vom Frühjahr bis zum Herbst fast ohne zusätzliches Futter auszukommen. Ansonsten hatte Kurt die Viehzucht drastisch reduziert, da seine eigene Futtermittelproduktion im Jahr 2015 fast völlig ausgefallen war und er nicht erneut in die Kostenfalle des Futtermittelkaufs laufen wollte. So hatte er nur noch einige Schweine, Kühe, Hühner, Gänse und Enten mehr oder weniger für den Eigenverbrauch beziehungsweise für die Versorgung seiner lieben Verwandten, wie zum Beispiel seiner Mutter und ihn.

Es klopfte leise und John kam herein. Es schien alles gut zu laufen, denn er schmunzelte und summte das alte englische Weihnachtslied *O Holy Night*. Und er bestätigte sofort Jens-Peters Eindruck. „Es sieht gut aus. Wir sind am Reformer schon bei siebzig Prozent Leistung und haben den ersten Wasserstoff erzeugt. Wenn alles gut geht, haben wir Neujahr einhundert Prozent erreicht.“

Jens-Peter stand auf und klopfte John herzlich auf die Schulter: „Das habt ihr gut gemacht. Aber toi, toi, toi. Du weißt, Murphy ist überall. Setz dich eine Weile mit zu mir. Ich habe herrliche Plätzchen von meiner Mutter, und eine Tasse Kaffee habe ich auch für dich. Eine halbe Stunde Pause mit Weihnachtsstimmung können wir uns schon leisten.“

John legte seinen Helm ab, zog die Wattejacke aus und setzte sich. „Kannst du dir vorstellen, dass Scotty vorhin angerufen hat?“, erzählte ihm Jens-Peter, nachdem er bei seiner Sekretärin einen weiteren Kaffee für sich selbst und eine große Tasse Capuccino für John bestellt hatte.

„Und, worum ging es?“, fragte John nur lapidar.

„Er war ganz freundlich und hat uns allen ein schönes Weihnachtsfest gewünscht. Und so nebenbei wollte er noch wissen, wie es bei uns läuft. Da ich nur Gutes berichten konnte, war ich ihn schnell wieder los.“

„Dieses Mal also kein Donnerwetter?“, John Hewitt wollte es nicht glauben. „Dabei hat er uns im letzten Review in Grund und Boden gestampft, weil wir gegenüber der ursprünglichen Planung bereits sieben Monate in Verzug gekommen waren.“

„Nein, kein Wort. Ich bin mir sicher, dass er inzwischen sehr wohl akzeptiert hat, dass das Projekt viel zu optimistisch angegangen wurde. Man muss immer mit dem Zufall rechnen, einkalkulieren kann man ihn jedoch nicht. Wenn ich so bedenke, was in den nunmehr vier Jahren seit dem Start des Projektes alles an Unvorhergesehenem passiert ist, können wir stolz auf das sein, was wir geschafft haben.“

John nickte bedächtig. „Ich kenne das Projekt erst, seitdem die Baustelle eröffnet wurde. Zu dem Zeitpunkt hatten wir schon drei Monate Verspätung. Und was ich dann hier erlebt habe, das war nicht von schlechten Eltern. Erst die Geschichte mit dem Kran, dann der ewige Regen, danach der Streik und jetzt diese verdammte Krankheit, die sich immer mehr ausbreitet. Scotty kann sich glücklich schätzen, dass wir dadurch nur vier Monate verloren haben."

„Du hast gerade die Cholera erwähnt. Wie sieht es aus? Haben wir weitere Krankheitsfälle unter den Filippinos?"

„Leider ja", antworte John nachdenklich. „Offensichtlich ist die Cholera von Pilgern, die nach Mekka gereist sind, aus Ägypten nach Saudi-Arabien gebracht worden und hat sich von dort über die ganze arabische Halbinsel ausgebreitet. Der Erreger muss unheimlich aggressiv sein. Die Firmen haben alles getan, Erkrankte sofort zu isolieren und sie auch so gut wie möglich medizinisch versorgen zu lassen. Dennoch greift diese Epidemie immer mehr um sich und kostet auch viele Menschenleben."

Jens-Peter Schneider zeigte jetzt deutlich sein Unbehagen. „John, wir müssen sehr aufpassen. So schlecht sind zwar die hygienischen Verhältnisse hier nicht, jedoch regnet es schon wieder seit Tagen und die Fliegen verbreiten sich wie die Pest. Bitte weise noch einmal alle auf diese alte englische Regel im Umgang mit der Cholera hin: *Cook it, peel it, boil it - or leave it.* Das gilt auch für uns. Wir sollten lieber meine Plätzchen verdrücken, als an Muscheln oder Krabben zu denken. Aber lassen wir das. Wie geht es bei dir zu Hause?" John war im Gegensatz zu Jens-Peter verheiratet und hatte drei schon große Kinder.

„Ich werde kaum vermisst. Die Hauptsache ist, dass meine Überweisungen regelmäßig eintreffen. Es sieht so aus, dass Gerald, du weißt, mein Ältester, in Kürze heiratet. Und sicherlich werde ich dann auch bald Opa. Es sind zwar schwere Zeiten, aber ein paar Kinder muss es ja noch geben. Seine Zukünftige studiert wie er Betriebswirtschaft. Sie ist ein kleines zierliches Mädchen, das genau weiß, was es will. Zumindest hat diese Frau meinen Herrn Sohn ganz gut in den Griff bekommen."

Jens-Peter wusste, dass John in Doha eine indonesische Freundin hatte, die offiziell seine Hausgehilfin war. Das brachte eben dieses Zigeunerleben mit sich. Viele Ehen scheiterten, weil die Männer über Jahre nicht nach Hause kamen, oder bestanden nur als Zweckbündnis weiter. Jens-Peter war doch froh, ungebunden zu sein. Zumal er sich zu Hause nicht beschweren konnte. Seine Mutter tat alles, dass er sich bei ihr wohlfühlte und richtig ausspannen konnte.

John unterbrach seine Gedankengänge. „Danke für den Kaffee. Ich muss wieder raus. Nachher sollen noch die Seewasserpumpen gewechselt werden. Da will ich unbedingt dabei sein. Wir sehen uns auf jeden Fall heute Nachmittag zur Sitzung der Inbetriebnehmer." John stand auf, zog sich an und verließ den Raum.

Jens-Peter lehnte sich zurück. Er hatte heute irgendwie keine Lust. Nicht, dass er müde war, er fühlte sich einfach schlapp und kraftlos. Er schob es auf die letzten Wochen, in denen er fast ohne Unterbrechung jeden Tag zwölf Stunden gearbeitet hatte. Es wurde doch Zeit, wieder einmal bei Mutter unter die Fittiche zu kriechen und einen richtigen Mittagsschlaf abzuhalten. Dabei musste er unbedingt noch einmal seinen Inbetriebnahmeplan überarbeiten. Sie kamen mit den Isolierarbeiten einfach nicht schnell genug voran, so dass sich erneut ein Verzug andeutete. Aber seine Gedanken schweiften andauernd ab. Zu Hause würden sie jetzt unter dem Tannenbaum sitzen, die Weihnachtsgeschenke bewundern, fette Ente essen und schönen Rotwein trinken. Oder auch nicht. So wie seine Mutter ihm erst letzte Woche fast eine Stunde am Telefon erzählt hatte, musste es dieses Jahr für viele Familien ein sehr trauriges Weihnachtsfest geben. Die Zeichen einer tiefen Wirtschaftskrise, gekoppelt mit inflationären Tendenzen, waren unübersehbar. Für viele Menschen, und das hätte man noch vor zwei Jahren für undenkbar gehalten, ging es derweil um das nackte Überleben. Die Sozialsysteme waren schon im letzten Jahrzehnt weitgehend demontiert worden, jetzt gab es sie nicht mehr. Der Staat war einfach pleite und der Begriff Wachstum durch Negativwachstum ersetzt worden. Manchmal war er richtig froh, nicht in Hamburg zu sein. Denn wenn die Not längere Zeit anhalten sollte, würden Kriminalität und Gewalt zwangsläufig drastisch steigen. Das war allerdings nicht sein Problem. Dafür gab es Politiker und die wurden dafür gut bezahlt beziehungsweise nahmen sich einfach das Geld, von dem sie glaubten, dass es ihnen zustand. Jens-Peter machte sich an die Arbeit.

Etwa zwei Stunden später hörte er draußen die Sirene erklingen und das Tatütata der Feuerwehr. Was war jetzt los? Es war weder Mittwoch noch fünfzehn Uhr. Er lief sofort zum Telefon und versuchte, die Messwarte zu bekommen. Aber es war ständig besetzt. Er zog sich schnell an, setzte den Helm auf und war gerade dabei, das Zimmer zu verlassen, als John mit bleichem Gesicht eintrat.

„John, was ist los?", fragte Jens-Peter ungeduldig.

„Setz dich hin, keine guten Nachrichten", fluchte John. „Wir haben einen Brand am Wärmetauscher E-160. Eine Dichtung hat eine

Leckage und Wasserstoff hat sich selbst entzündet. Und wir haben keine Möglichkeit, die Anlage abzustellen. Die Flamme ist so groß, dass sie das Hauptsteuerkabel durchgebrannt hat. Wir können also nichts tun als zu warten, bis alles Gas abgebrannt ist."

„Mist", ereiferte sich Jens-Peter. „Ist jemandem etwas passiert?"

„Zum Glück war niemand dort, als die Dichtung rausgeflogen ist. Du kannst also beruhigt sein. Der Schaden wird allerdings immens sein, weil wir die Flamme nicht löschen können. Es schmilzt alles weg, was sich im Umkreis von zehn Metern befindet."

„Was bedeutet das für die weitere Inbetriebnahme?"

John überlegte eine Weile: „Das kann ich dir noch nicht genau sagen. Aber weil das ganze Leitsystem ausgefallen ist, rechne ich mit mindestens vier Monaten bis zum Neustart. Sollte der Apparat geschädigt worden sein, reden wir über sechs bis acht Monate."

Jens-Peter war am Boden zerstört. Er lief nach draußen und bat seine Sekretärin, ihn sofort mit Scott Welsh zu verbinden. „Der wird sich freuen. Wo ich ihm noch vor fünf Stunden das Gegenteil berichtet habe." Ihm stand plötzlich der Schweiß auf der Stirn und sein Magen begann verdächtig zu rumoren. „Weißt du John, ich fühle mich hundeelend. Ich werde doch nicht krank werden. Das hätte mir gerade noch gefehlt."

John schaute ihn nachdenklich an. „Vielleicht hättest du vorgestern Abend doch auf die Shrimps verzichten sollen."

Jens-Peter antwortete nur kleinlaut: „Du weißt doch, dass ich die so gerne esse. Mit einem guten Schluck Rotwein dazu."

29. Dezember 2015, Sangdui (China)

Rose hatte ihre Kinder, wie sie sie nannte, ins Bett gebracht und ihnen, wie jeden Abend, Gute-Nacht-Lieder gesungen. Zunächst hatte es so ausgesehen, als ob einige ihrer Rabauken überhaupt noch nicht müde waren. Zumindest schienen sie putzmunter und tollten auf ihren Strohmatten herum. Aber schon beim dritten Lied merkte Rose, dass die viele Bewegung und die frische Luft doch ihre Spuren hinterlassen hatten, denn ein Kind nach dem anderen drehte sich zur Seite und schlief ein. Es war ja auch schön, nach Wochen des Herumreisens wieder so etwas wie ein Bett zu haben und zu wissen, dass sie morgen nicht schon weiterreisen mussten. Rose stand leise auf und verließ den abgeteilten Bereich der Hütte, der als Schlafraum für die Kleinen hergerichtet worden war. Obwohl selbst müde, stand ihr noch ein langer Abend bevor.

Zunächst galt es, den winzigen Aufenthaltsraum, der neben Sitzbänken über eine Kochecke verfügte, aufzuräumen und alles für morgen früh vorzubereiten. Rose hatte zwar ein junges Mädchen zugeteilt bekommen, das ihr bei der Betreuung der Kleinen half, jedoch leider nach dem Abendbrot nicht mehr zur Verfügung stand. So war Rose immer froh, wenn ihre Lieblinge schnell einschliefen und sie noch Zeit hatte für die Dinge, die sie nur abends erledigen konnte, wie Wäsche waschen, Spielzeug basteln oder reparieren, Strümpfe stopfen und Essen zubereiten für den nächsten Tag. Heute würde sie sich beeilen müssen, denn sie hatte Liu versprochen, gegen zweiundzwanzig Uhr zu ihm zu kommen.

Rose hatte schon so etwas wie ein schlechtes Gewissen, dass sie nicht mehr genug Zeit für Liu hatte. Der schien es freilich kaum zu merken, denn er arbeitete jetzt fast Tag und Nacht daran, die Bruderschaft weiter zu stärken und die Bedingungen für eine allgemeine Revolution zu schaffen. Sein Programm lief darauf hinaus, das Volk durch ständige Guerilla-Aktionen wachzurütteln und in gemeinsame Aktionen gegen ihre Unterdrücker zu führen. Er war dabei, überall Aufstände zu organisieren, die die Etablierten treffen und verunsichern sollten. Seine zentrale Basis hatte er nach seiner Befreiung wegen des traditionell starken Buddhismus und der landschaftlich außerordentlich günstigen Bedingungen für eine Rebellenarmee in die Provinz Yunnan verlegt. Zudem erlaubte die nahe Grenze zu Myanmur, sich bei Zugriffen der Armee in das Nachbarland zurückzuziehen und von dort aus zu agieren. Bisher war ein solcher taktischer Rückzug nicht notwendig gewesen, da die Bauernschaft in der

Provinz den *Pfad des Lichtes* voll unterstützte und sogar gegen Angriffe von außen absicherte. Hier dachte Liu wie Mao Tse-Tung vor dem legendären *langen Marsch*. All seine Hoffnungen lagen bei den Bauern, weil diese durch ihre Verelendung und Unterdrückung am meisten verbittert und deshalb auch bereit waren, sich selbst zu aussichtslosen Aktionen hinreißen zu lassen. Sie waren seine Hauptstütze und sein Schutz.

Rose war in ihren Gedanken nur bei Liu. Sie machte sich Sorgen um ihn. Er schlief fast nicht mehr und hatte offensichtlich auch noch immer Schmerzen an seiner Schusswunde in der Schulter. Man hatte ihm zwar die Kugel entfernt, aber dabei einen Nerv verletzt. Liu verlor darüber kein Wort. Rose merkte allerdings sehr wohl, wie er zusammenzuckte, wenn sie seine Schulter berührte. Er lachte dann meist und sagte einmal lakonisch zu Rose: „Dieser Schmerz vergeht. Nur die Wunden im Herzen verheilen nicht." Rose hatte sehr wohl die Nachricht erhalten, dass Liu befreit worden war. Man hatte ihr bewusst im Vorfeld keinerlei Informationen zukommen lassen, da man die Aktion nicht gefährden wollte. Und auch danach war ihr nur das Notwendigste mitgeteilt worden, um dem Geheimdienst nicht die Möglichkeit zu geben, sich auf Lius Spur zu setzen. Man hatte sie zunächst in Ruhe gelassen, da man vom Tod des Anführers der Rebellen ausging. Als jedoch immer mehr Gerüchte aufkamen, dass der Maitreya auferstanden sei und es der Abwehr dämmerte, dass irgend etwas falsch gelaufen war, hatte Liu Rose gebeten, Peking zu verlassen. Sie wollte zunächst nicht. Was würde wohl aus ihren Kindern werden? Als sie aber erneut zum Verhör geladen wurde und danach mehr als froh war, dass sie gehen durfte, hatte sie sofort gehandelt.

Bereits am nächsten Tag war sie mit den Kindern aufgebrochen und per Lastkraftwagen nach Tschengtschou gereist. Sie schlief mit ihren Kindern dort, wo gerade Platz war oder die Bruderschaft für Unterkunft gesorgt hatte. Zum Glück war ihr etwas Geld übergeben worden, so dass sie nicht nur von den Spenden der Brüder leben musste. Sie hatte zunächst vorgehabt, direkt zu Liu zu reisen. Da sie jedoch bemerkte, dass sich der Geheimdienst an ihre Fersen geheftet hatte und offensichtlich darauf wartete, von Rose zu den Spitzen der Bruderschaft geführt zu werden, war ihr nichts anderes übrig geblieben, als von Stadt zu Stadt zu ziehen und stets aufs Neue die Solidarität der Ärmsten der Armen in Anspruch zu nehmen. Erst als klar war, dass die Spitzel ihr nicht mehr folgten, hatte man ihr mitgeteilt, wo sich Liu aufhielt, und ihr erlaubt, sich dorthin zu begeben.

So war sie nach sechs Wochen Irrfahrt durch China erst vor einer Woche in der kleinen Gemeinde Sangdui angekommen, in deren Nähe Liu seine Zentrale eingerichtet hatte. Rose war froh, dass ihre Kinder diese Strapazen erstaunlich gut überstanden hatten, gleichzeitig auch dankbar, dass ihr noch einmal das Los der Wanderarbeiter, der neuen Sklaven Chinas, so drastisch vor Augen geführt worden war. Hunderte Millionen von ihnen mussten in überfüllten Unterkünften hausen, Drecksarbeit für wenig Geld erledigen und oft lange auf ihren kargen Lohn warten. Es war wirklich kein Wunder, dass sich die Wanderarbeiter ausgebeutet, misshandelt und hoffnungslos ungeschützt vorkamen. Sie waren allerdings weniger und weniger bereit, sich in ihr Schicksal zu fügen. Immerhin war das Wirtschaftswunder im Wesentlichen durch sie, die Billigarbeitskräfte vom Land, geschaffen worden. Zu verlieren hatten sie nichts mehr.

Liu hatte Rose am ersten Abend ihres Wiedersehens die Geschichte seiner Flucht in allen Details erzählt. „Das war mein zweiter Geburtstag", hatte er ihr erklärt. „Ich war fest davon überzeugt, dass man mich hereingelegt hatte, als mich der Schuss in die Schulter traf. Da ich sofort bewusstlos geworden war, habe ich von alldem, was dann geschah, nichts mehr mitbekommen. Aufgewacht bin ich nach drei Tagen in einem Transporter, der mich in die fast unzugänglichen Berge der Provinz Guangxi nahe der Grenze zu Vietnam brachte. Man hat mir später berichtet, dass alles ganz anders geplant war. Man wollte nur mit Platzpatronen schießen und mich dann unverletzt aus dem Gefängnis bringen. Da jedoch ein Oberst des Geheimdienstes unerwartet zur Kontrolle der Hinrichtung abgestellt worden war, hatte man sich kurzfristig etwas einfallen lassen müssen. Das Ganze musste jetzt wesentlich realistischer ablaufen, so dass man sich entschied, zwei der Schützen zu beauftragen, mich so zu verletzen, dass es dramatisch aussah, jedoch keinesfalls tödlich enden würde. Die anderen acht hatten Platzpatronen erhalten und waren auch nicht eingeweiht. Der junge Offizier, ein Mitglied der Bruderschaft, war nach meinem Zusammensinken zu mir gelaufen und hatte noch zwei Schüsse mit der Pistole auf meinen Kopf abgegeben, die mich nur streiften. Die Wunden bluteten ebenfalls stark. Als der Oberst zu mir trat, bewegte ich mich nicht mehr und war blutüberströmt, nach seiner Auffassung tot. Er gab die Anweisung, die Leiche wegzubringen und im nächsten Krematorium zu verbrennen." Liu hatte Rose die Narben am Kopf gezeigt. Sie waren inzwischen gut verheilt und zum Teil schon wieder mit Haaren bedeckt. Die Narbe in der Schulter war im Gegensatz dazu riesig.

Die Kugel hatte zum Glück keinen Knochen zerstört und war oberhalb des Schulterblattes steckengeblieben.

„Leider saß das Geschoss im Muskelgewebe. Das machte es dem Arzt sehr schwer, es zu entfernen. Deshalb habe ich jetzt auch diese große Wunde und noch immer Schwierigkeiten, den linken Arm zu bewegen." Liu zeigte ihr auch seine vierte Wunde am Hals. „Das war der zweite Schütze, der ebenfalls die Aufgabe hatte, mich zu verletzen, aber keinesfalls zu töten. Er hat seine Aufgabe am besten erledigt, denn es war ein glatter Durchschuss, ohne eine Sehne oder einen Muskel zu verletzen. An dieser Stelle spüre ich fast gar nichts mehr." Rose war den Tränen nahe gewesen, als sie den zerschundenen Körper Lius sah. Sie hatte sofort begonnen, ihn zärtlich zu massieren und ihm wärmende Umschläge auf die schmerzende Wunde an der Schulter zu legen.

„Wie hält du das nur aus?", hatte sie ihn gefragt. „Du musst wahnsinnige Schmerzen gehabt haben und sicherlich auch noch jetzt erleiden?"

Liu hatte nur abgewinkt. „Ich bin den Schmerz seit meiner Armeezeit gewohnt. Irgendwie habe ich einen Schalter im Kopf, den ich umlege und dann spüre ich nichts mehr. Denn ich habe eine Aufgabe, die mir alles abverlangt und keinen Raum für Selbstmitleid lässt. Der Kampf, der uns bevorsteht, wird noch viele Opfer fordern. Was ist schon das Leid eines Einzelnen?"

Rose hatte ihn gefragt, ob er nicht manchmal Zweifel habe, dass das, was er tat, richtig sei. Da hatte sich Liu in seiner ganzen Größe aufgerichtet und ihr mit einem gefährlichen Glitzern in den Augen erklärt: „Ich bin der Vertreter des Maitreya auf Erden, dazu berufen, den Menschen die Barmherzigkeit zurückzubringen. Ich bin die Hoffnung der Entrechteten und Gedemütigten. Ich bin die Geißel der Etablierten, der ihnen nehmen wird, was sie sich ungerechtfertigterweise angeeignet haben."

Rose spürte den fanatischen Willen ihres Geliebten. Sie verstand ihn und sie fürchtete ihn. Wo würde das Ganze enden? Wie viele Menschen würden diesen Kampf mit ihrem Leben bezahlen? Sie hatte es noch einmal versucht. „Liu, ist wirklich Gewalt notwendig, um etwas zu verändern? Kann man Leid wirklich beseitigen, indem man dafür anderen Leid zufügt?"

Er hatte nur laut gelacht und ihr kategorisch erklärt: „Nur der Arme ist bereit zu teilen. Um so mehr jemand hat, um so weniger ist er willens, etwas davon abzugeben. Im Gegenteil, er wird alle Machtmittel dafür einsetzen, dass sich der Reichtum noch vermehrt. Es ist die Gier des Menschen, die ihn blind macht für das Leid und das Elend der anderen."

Sie hatte ihn gefragt, warum das so sei. Da hatte er sie böse angeschaut und fast wütend belehrt: „Ich bin kein Philosoph, der erklärt, warum der Mensch das Böse in sich trägt. Ich bin hier, das Böse zu bekämpfen und es auszumerzen. Vielleicht kann dir ein Verhaltensforscher mit vielen schönen Worten erklären, warum das so ist. Es hilft nur denen nicht, die im Dreck liegen und wie Sklaven behandelt werden.“ Rose hatte an dieser Stelle die Diskussion mit Liu abgebrochen. Sie selbst hatte den Schmerz der Demütigung am eigenen Körper gespürt und wusste, wovon ihr Geliebter sprach. Sie würde immer zu ihm stehen, selbst auf die Gefahr hin, dabei zerstört zu werden. Liu war ihre Hoffnung auf ein besseres und gerechteres Leben. Und er würde wissen, was zu tun war.

Liu hatte sich schnell beruhigt und ihr erzählt, wie es mit seiner Flucht weitergegangen war. Man hatte ihn als de facto Leiche in einen Sack gesteckt und mit einem Leichenwagen aus dem Gefängnis gebracht. Allerdings war ein neues, fast noch größeres Problem aufgetaucht. Der Oberst des Geheimdienstes wollte bei der Verbrennung dabei sein und den Körper vorher noch einmal sehen. Seine Brüder hatten zwar bereits die Leiche eines jungen Mannes aufgetrieben, der etwa die Größe und die Statur von Liu hatte. Indes war das Gesicht von Liu durch seine große Narbe so typisch, dass die Gefahr bestand, dass der Geheimdienstmann den Austausch bemerkte. Also musste schnellstens ein Maskenbildner aufgetrieben werden, der in der Lage war, eine Narbe so im Gesicht der Leiche zu präparieren, dass sie der von Liu täuschend ähnlich sah. Mit viel Blut, nachgestellten Schusswunden und dem Einkleiden mit Lius Gefängnisanzug wurde der Tote dann so hergerichtet, das der Oberst nur einen kurzen Blick voller Abscheu auf den vermeintlichen Liu geworfen hatte und ihn zur Verbrennung freigab.

„Ich wurde offiziell für tot erklärt, mit Unterschrift und Stempel.“ Liu zeigte ihr lachend seinen Totenschein. „Das hat mir eine Ruhepause von etwa zwei Monaten verschafft. Der Geheimdienst war fest davon überzeugt, dass es mich nicht mehr gab, und hatte alle Aktionen in meine Richtung eingestellt. So konnte ich meine Wunden in aller Ruhe auskurieren und langsam beginnen, die Aktivitäten der Bruderschaft zu bündeln und zu koordinieren. Inzwischen bekennen sich fast einhundert Millionen Menschen zu uns und sind zum Kampf bereit. Schon nächste Woche werden in den verschiedensten Provinzen Aufstände ausbrechen mit dem Ziel, die Kontrolle über diese Gebiete auszuüben und eine neue Ordnung einzuführen, die mit den bisherigen korrupten Verhältnissen nichts mehr zu tun hat.

Die neuen Großgrundbesitzer werden vertrieben, der Boden wird aufgeteilt. In den großen Städten werden wir Streiks organisieren, die die Wirtschaft lahmlegen."

Rose konnte Liu bestätigen, dass der Geheimdienst sich wirklich hatte täuschen lassen. „Aber eben nur acht Wochen. Dann wurden sie misstrauisch und begannen, mich wieder zum Verhör zu holen."

„Es gibt eben doch auch Informanten des Geheimdienstes in unserer Organisation. Vielleicht manchmal näher, als wir glauben. Es war mir immer klar, dass die Tarnung nur eine bestimmte Zeit aufrecht zu erhalten war", hatte ihr Liu erläutert.

Rose musste Liu dann in allen Einzelheiten erzählen, wie sie die Zeit in Beijing und die Reise zu ihm überstanden hatte. Liu hatte sie dabei in seine Arme genommen und an sich gedrückt. „Rose, du bist eine kleine, zierliche Person, jedoch eine starke Frau", hatte er ihr erklärt und sie zärtlich auf die Haare geküsst. Sie hatte die Gelegenheit beim Schopf gepackt und ihm die Geschichte der kleinen Song erzählt, die Rose zu ihrer Mutter erklärt hatte. „Ich werde sie adoptieren", hatte sie ihm gesagt. „Ich liebe Song, so wie eine Mutter ihr Kind liebt."

„Und ich werde euch beschützen", hatte Liu hinzugefügt.

Rose war jetzt fast fertig mit ihren Arbeiten in der Küche. Es wurde auch langsam Zeit, dass sie aufbrach. Liu wartete bestimmt schon auf sie. Sie ging noch einmal in den Schlafraum. Alle ihre Schützlinge schliefen tief und fest. Die Nachbarin hatte versprochen, die nächsten Stunden aufzupassen. Rose lächelte, als sie daran dachte, wie sie ihrem Geliebten die kleine Song vorgestellt hatte. Das Mädchen war ohne Scheu zu ihm gelaufen, hatte ihn an den Händen angefasst und mit ihren großen, schwarzen Augen angeschaut: „Du bist also der Mann meiner Mutti. Da bist du jetzt mein Vati. Ich bin Song." Rose war überrascht, wie verlegen dieser große, starke Mann auf die Aussage des kleinen Mädchens reagiert hatte. Liu war eben den Umgang mit Kindern nicht gewohnt. Er selbst war Einzelkind und hatte auch keine Verwandten, die Kinder hatten. Er wusste offensichtlich nicht, wie man mit so einem kleinen, zerbrechlichen Geschöpf umgeht. Aber er schien Song sofort in sein Herz geschlossen zu haben. Denn sie durfte seit diesem Tag immer ungehindert zu ihm, wenn sie wollte, und bei ihm spielen. Meist malte sie oder bastelte kleine Puppen. Manchmal stand sie auch neben ihm und streichelte seinen Arm oder sein Gesicht. Rose hatte den Eindruck, dass die kleine Song Lius Verhältnis auch zu ihr verändert hatte. Er war jetzt sehr fürsorglich ihr gegenüber und bemühte sich, ihr etwas Zärtlichkeit zu schenken. Rose spürte, dass bei Liu etwas gewachsen war, was über rein körperliches Verlangen hinaus ging. Und bei ihr selbst? Sie wusste es nicht. Noch immer war Liu für sie wie einer ihrer Freier. Er nahm sie und sie ließ es über sich ergehen. Würde sie vergessen können und doch noch lernen, in ihm aufzugehen? Andere Frauen hatten ihr erzählt, welche Glücksgefühle sie durchströmten, wenn sie von ihrem Geliebten bis zum Orgasmus gebracht wurden. Rose kannte nur die Gleichgültigkeit oder den Schmerz. Aber sie war sich nicht mehr sicher. Sie freute sich inzwischen, von ihm in die Arme genommen und liebkost zu werden. Und seine Fürsorge zu spüren.

Erst gestern hatte er sie überrascht, als er ihr eine kleine Maschine schenkte, die, wie er ihr erklärte, Wasser keimfrei machen konnte. „Du weißt, Rose, die Cholera hat bereits Laos erreicht. Sie ist in Ägypten ausgebrochen, dann auf die arabische Halbinsel übergesprungen und wird von den Mekkapilgern über die ganze islamische Welt verteilt. Bitte pass auf dich und deine Kleinen auf. Deshalb auch dieser spezielle Filter für euer Trinkwasser, denn wir können nicht ausschließen, dass diese Krankheit morgen auch auf unser Land übergeht. Es gibt zu wenig zu essen, die hygienischen Verhältnisse werden immer schlechter und die Krankheit wird im Gegenzug immer aggressiver."

Rose trat nach draußen. Sie hatte eine Jacke übergezogen, denn nachts wurde es auf der Hochebene bitter kalt. Es waren nur wenige Schritte bis zu der Hütte, die extra für Liu eingerichtet worden war. Dieser schaute nur kurz auf, als Rose eintrat. „Bitte setz dich noch einen Moment", bat er sie. „Ich muss schnell noch eine Depesche an den Koordinierungsrat in Chongking schreiben. Die Brüder dort werden die ersten sein, die die alte Ordnung hinwegfegen und durch eine neue, auf dem Glauben an den Schöpfer beruhende Gesellschaft ersetzen werden".

10. Januar 2016, Brüssel

Marit Johannson war entsetzt. Sie verstand die Welt nicht mehr. Seit nunmehr fast zwei Stunden saß sie jetzt mit ihren Kollegen aus der EU-Kommission zusammen, um über die mehr als kritische Situation im Vereinigten Europa zu beraten. Und was taten die? Sie diskutierten über die Anhebung der Aufwandspauschale für die Abgeordneten des EU-Parlaments und natürlich für sich selbst. Marit wusste nicht mehr, wer den Anstoß geliefert hatte, aber es war schrecklich. Es wurden bereits Einzelpositionen aufgerechnet, die alle teurer geworden waren und eine Anpassung der Diäten mehr als rechtfertigen sollten. Für Marit überraschend gab es auch fast keine Streiterei, wie sonst üblich. Es schien schon klar zu sein, dass die Erhöhung sein musste, die Frage war nur noch, um wie viel.

Der Präsident der EU-Kommission, der Schotte Ian McKillock, schaute zwar nicht besonders glücklich, hatte allerdings bisher nicht in die Diskussion eingegriffen. Da wurde es Marit zu bunt. Sie schaltete ihr Mikrophon ein und meldete sich zu Wort. „Liebe Kollegen. Wir sind heute zusammengekommen, um über Maßnahmen zu beraten, wie wir diese schwere Krise, in der sich Europa und die Welt gegenwärtig befinden, meistern können. Aber was geschieht? Wir diskutieren nur über uns selbst, unsere eigenen Nöte und Sorgen, als ob es die Probleme da draußen nicht gäbe. Bitten nehmen Sie es mir nicht übel, ich kann einfach nicht verstehen, dass wir für uns etwas fordern, was für die große Mehrheit der Menschen völlig illusorisch ist. Diese muss mit dem auskommen, was sie hat, denn mehr verlangen kann sie zwar, wird es allerdings nicht bekommen. Wir sollten uns endlich bemühen, Lösungen für die anstehenden Probleme zu finden. Am Schluss können wir ja noch einmal diskutieren, inwieweit die Krise auch uns betrifft und ob das mehr Geld für uns rechtfertigt."

Marit war über die wütende Reaktion einiger ihrer Kollegen nicht erstaunt. Dennoch traf es sie, als der Vertreter Polens sie fast anschrie: „Wenn ich zwei Gehälter hätte wie Sie, dann könnte ich mir auch leisten, großmütig zu sein."

Jetzt wurde es offensichtlich selbst dem Gemütsmenschen McKillock zu viel. Er verlangte mehr Sachlichkeit und forderte seinen polnischen Kollegen ultimativ auf, sich bei Frau Johannson zu entschuldigen. „Ich teile die Auffassung von Marit", sagte er. „Wenn wir schon jammern, wie sich alles verschlechtert und verteuert hat, was sollen die vielen Männer und Frauen sagen, die viel weniger haben als wir und auch ihre Familien ernähren müssen. Ich bin nicht gegen eine Diskussion, ob unsere Aufwandsentschädigung noch den Gegebenheiten entspricht, aber bitte mit Augenmaß und zum richtigen Zeitpunkt. Lassen Sie uns erst unsere Hausaufgaben machen und anschließend darauf zurückkommen." Er griff nach der Hand von Marit, die neben ihm saß, und drückte sie fest. „Danke", sagte er leise.

Marit forderte die Kommissare für Industrie und Steuern auf, sich zum ersten Tagesordnungspunkt, der wirtschaftlichen Krise in Europa, zu äußern. Beide hatten eine kurze Präsentation vorbereitet, die in aller Deutlichkeit die Dramatik der Situation aufzeigte. Marit kannte die Zahlen schon, spürte jedoch erneut ein ungutes Gefühl in der Magengegend. Zwölf Prozent Rückgang in der Industrieproduktion, vierzig Prozent Rückgang in der Agrarproduktion und zweiundzwanzig Prozent Rückgang im Export, das waren keine Informationen, die man einfach so wegsteckte. Und es kam noch schlimmer. Verbunden damit waren die Steuereinnahmen fast überall drastisch gesunken. Im Gegenzug war die Arbeitslosigkeit signifikant angestiegen. In Deutschland zum Beispiel lag die Arbeitslosenquote bereits bei zwanzig Prozent. Die Ursachen wurden klar benannt: China, Wetter und Energiekrise. Marit fehlten allerdings Empfehlungen an die Kommission, was diese tun sollte oder besser konnte. Nur feststellen reichte nicht.

Sie meldete sich zu Wort und sagte auch, was ihr nicht gefiel. Sie erhielt sofort eine patzige Antwort ihres französischen Kollegen: „In China können wir nichts tun, das Wetter macht noch immer, was es will, und nicht, was wir wollen, und die fossilen Energieträger nehmen nun mal ab. Diese Entwicklung ist uns allen schon lange bekannt, nur getan haben wir nichts."

Wieder war es der Präsident, der eingriff und zur Sachlichkeit aufforderte. „Lassen Sie uns Punkt für Punkt genauer analysieren und gemeinsam zu Schlussfolgerungen kommen. Wir sollten mit China beginnen, denn die Situation dort hat den Welthandel schwer getroffen und bereitet uns allen größte Sorgen. Explodiert dieses Land, wird es die Wirtschaft weltweit um Jahrzehnte zurückwerfen. Ganz zu schweigen von den politischen und militärischen Folgen in dieser Region. Mir läuft es auf jeden Fall kalt den Rücken herunter, wenn ich daran denke, dass anderthalb Milliarden Menschen aufbrechen, um Arbeit und Nahrung zu suchen."

Er bat die Kommissarin für Außenbeziehungen noch einmal kurz die derzeitige Situation in China zu schildern, was diese auch tat. Ihre Ausführungen waren einfach und mehr als deutlich. „Fast alle

Ausländer haben das Land verlassen, die Außenhandelsbeziehungen zwischen China und der übrigen Welt sind weitgehend zum Erliegen gekommen, Aufstände und Streiks erschüttern das Land, extreme Dürre hat eine Hungersnot größten Ausmaßes ausgelöst, die die Spannungen weiter anheizt."

„Wo liegen die Ursachen?", fragte Ian McKillock. „Was steckt dahinter? Wer hat Interesse daran, das Land zur Explosion zu bringen? Warum ist keine politische Lösung möglich?"

„Wir wissen, dass eine buddhistische Geheimorganisation mit dem Namen *Pfad des Lichtes des Maitreya* hinter den Unruhen steckt", erklärte die Kommissarin. „Wer an der Spitze der Bewegung steht, ist noch unklar. Sicher ist nur, dass diese Organisation auf den totalen Umsturz hinarbeitet und äußerst gewaltbereit ist. Sie nutzt die im letzten Jahrzehnt extrem angewachsenen sozialen Spannungen, um verarmte Bauern sowie die sogenannten Wanderarbeiter hinter sich zu bringen und diese für ihre politischen Ziele einzuspannen."

„Aber was können wir tun?", fragte der Präsident nach.

„Wir müssen auf die chinesische Regierung einwirken, eine politische Lösung mit den Rebellen zu suchen. Nur mit gegenseitigem Verständnis und einem Ausgleich der Interessen wird die Rückkehr zur Normalität möglich sein", warf Marit Johannson ein. Und es gab erstaunlicherweise keinen Widerspruch.

Im Gegenteil, die Unterstützung für eine diplomatische Offensive der Kommission in China war unverkennbar. „Sollten wir das Land nicht auch mit Nahrungsmitteln unterstützen? Die Hungersnot ist sicher einer der Hauptgründe für die gewachsene Unzufriedenheit?", fragte der tschechische Vertreter, der für das Kommissariat Soziales zuständig war.

„Wir haben selbst nicht genug", sagte einer der Herren aus der Runde. Und fand sofort Unterstützung.

„Sie haben gehört, dass die Agrarproduktion in der Gemeinschaft um vierzig Prozent gesunken ist. Wir importieren bereits Nahrungsmittel zu wahnwitzigen Preisen, denn überall ist der Markt für landwirtschaftliche Produkte zusammengebrochen. Es ist einfach nichts mehr vorhanden, was man China zukommen lassen könnte."

Mit diesem Kommentar hatte Marits polnischer „Freund" die Mehrheit hinter sich, so dass in die Beschlussfassung allein die diplomatische Offensive der Gemeinschaft aufgenommen wurde.

„Womit wir schon beim zweiten Tagesordnungspunkt wären, den Auswirkungen der Klimaverschlechterung auf Europa." Mit diesen Worten ergriff Ian McKillock wieder die Initiative. „Lassen Sie mich mit der Frage beginnen, wie lange diese Wetterextreme anhalten werden. Denn ich bin davon überzeugt, dass von der Antwort darauf die notwendigen Maßnahmen abhängen werden. Marit, du bist hier sicherlich die Sachkundigste. Was sagt die Wissenschaft dazu?"

Marit war überrascht, dass sie angesprochen wurde, denn laut Tagesordnung sollte sich der Kommissar für Umwelt zu diesem Thema äußern. Sie antwortete deshalb äußerst vorsichtig: „Normalerweise ist der Spuk in spätestens zwei Jahren vorbei, zumindest, was die Wetterextreme angeht. Was mir Sorgen bereitet, ist die Gefahr neuer Vulkanausbrüche, die weitere Aerosole in die Stratosphäre bringen könnten. Dann stünde uns unter Umständen eine deutlich längere Abkühlung bevor. Und wenn das stimmt, was einige Wissenschaftler glauben, herausgefunden zu haben, kann das sogar in einer neuen Eiszeit enden."

„Reine Spekulation", hörte sie von mehreren ihrer Kollegen. Zu Wort meldete sich jedoch nur der normalerweise für diesen Punkt verantwortliche Kommissar für Umwelt: „Unsere liebe Kollegin sieht inzwischen alles nur noch schwarz. Ich kann das auch verstehen, denn sie hat all die Geschehnisse um den Vulkanausbruch in der Ägäis herum hautnah miterlebt. Allerdings teilen wir ihre Sorge nicht. Die historische Erfahrung lehrt, dass sich nach ein bis zwei Jahren normale Wetterverhältnisse einstellen, das heißt, wir erwarten sehr schnell eine Rückkehr zur globalen Erwärmung, die uns bis zum Ausbruch des Santorin beschäftigte. Und die Gefahr neuer Vulkanausbrüche besteht immer. Jedoch ist die Wahrscheinlichkeit, dass zwei Megaeruptionen in so kurzer Zeit hintereinander auftreten, äußerst gering. Und was die Andeutung mit der Eiszeit angeht, hier streiten sich noch die Gelehrten. Die Mehrheit ist weiterhin der Überzeugung, dass ein Erliegen des Golfstromes als Hauptursache einer neuen Eiszeit bei steigenden globalen Temperaturen viel wahrscheinlicher ist als bei einer weltweiten Abkühlung."

Marit meldete sich noch einmal zu Wort. „Leider musste ich mich in den letzten achtzehn Monaten mehr mit diesem Thema beschäftigen, als mir lieb war. Es ist als gesichert anzusehen, dass es einen Zusammenhang zwischen der gesteigerten Sonnenaktivität und der Zunahme des Vulkanismus auf der Erde gibt. Wir alle sollten die daraus erwachsende Gefahr nicht ignorieren. Wir haben deshalb auch eine Gefährdungsanalyse der europäischen Vulkane an ein renommiertes Schweizer Institut vergeben. Vielleicht wissen wir dann mehr. Ich rechne mit dem Abschlussbericht bis Ende März. Und was den Golfstrom angeht, hier war ich bis vor kurzem absolut der Meinung meines verehrten Vorredners. Nur hat man in der Zwischenzeit mit Konzentrationsmessungen im Atlantik begonnen, die anders ausgefallen sind als erwartet. Die Salzdichte sinkt, obwohl man eine Erhöhung vorhergesagt hatte."

Marit merkte, dass sich niemand für ihre Sorgen interessierte. Das Einzige, was sich festgesetzt hatte, war die Aussage, dass sich spätestens im übernächsten Jahr alles normalisieren würde. Dementsprechend fielen auch die Vorschläge zur Überwindung der Krise in der Landwirtschaft sehr dünn aus. Zumeist war von Abwarten und der Erhöhung der Staatskredite bis zur Normalisierung die Rede. Marit wollte noch einmal dagegen aufbegehren. Sie konnte einfach nicht verstehen, wie erfahrene Politiker so ignorant sein konnten.

„Liebe Kollegen", sagte sie, „ich bin davon überzeugt, dass die Situation schon jetzt viel dramatischer ist, als sie von uns erfasst wird. Es ist eben nicht nur das Wetter, es ist eine Wirtschafts- und Finanzkrise größten Ausmaßes. Diese trifft vor allem die unteren Schichten unserer Gesellschaften und führt auch bei uns zu sozialen Verwerfungen. Nach meiner Auffassung sind wir auf dem Weg in eine Notgemeinschaft, die Solidarität vor allem von den Starken einfordern muss. In der derzeitigen Situation ist es nicht mehr vermittelbar, warum in Europa zehn Prozent der Bevölkerung über sechzig Prozent des Nettovermögens verfügen und fünfzig Prozent der Bevölkerung über weniger als drei Prozent. Bei solchen Verhältnissen sind Not und Elend vorprogrammiert."

Wie erwartet, kam sofort energischer Widerspruch. Alle redeten jetzt durcheinander. Bis Ian McKillock offensichtlich genug hatte und erneut die Zügel in die Hand nahm. „Marit, du weißt, dass ich deine Sachkenntnis sehr schätze. Aber vieles, was du sagst, ist noch spekulativ und kann nicht die Basis für ernsthafte Politik sein. Du hast unsere volle Unterstützung, diese Dinge weiter untersuchen zu lassen, nur für andere Aktionen ist es viel zu früh." Er beugte sich zu Marit und flüsterte ihr ins Ohr: „Bitte hör auf. Du erreichst jetzt nichts." Marit verstand ihn sofort und verzichtete auf eine weitere Entgegnung.

„Wenn wir uns einig sind, dass wir nur eine kurze kritische Periode überbrücken müssen, können wir zum dritten Punkt der Tagesordnung übergehen: die Energiekrise", legte Ian McKillock fest. Marit hörte jetzt kaum noch zu. Sie beschäftigte sich weiterhin damit, was sie tun konnten, um aus dem sich abzeichnenden Dilemma herauszukommen, nämlich sinkenden Steuereinnahmen auf der einen Seite und höherer Arbeitslosigkeit sowie steigenden Preisen für Nahrungsmittel auf der anderen Seite. Sie hatte sich vorgenommen, morgen ihre Freundin

Grete van der Werf, die Ministerpräsidentin der Niederlande, anzurufen und mit ihr über diese Problematik zu reden. Eine höhere Verschuldung, wie von der großen Mehrheit der Mitglieder der EU-Kommission bevorzugt, kam für sie nicht in Frage, denn niemand konnte vorhersagen, wie lange die Wirtschaftskrise anhalten würde, ganz zu schweigen von den Wetterunbilden. Es war nur eine vage Hoffnung, dass in zwei Jahren alles wieder normal sein würde.

Sicherlich konnte man ein oder zwei Jahre mit einer höheren Kreditaufnahme überbrücken, mehr auch nicht. Dann würde es bei Steuerausfällen von fünfzehn Prozent und mehr zu ernsthaften Problemen kommen, die die ganze Gesellschaft erschüttern würden. Marit rechnete in erster Linie mit inflationären Tendenzen, also mit noch weiter steigenden Preisen und immer mehr Geldumlauf. Aus solch einer Situation ist im vergangenen Jahrhundert ein Weltkrieg entstanden, dachte sie. Aber was war zu tun? Einige Wirtschaftswissenschaftler hatten ihr empfohlen, die Investitionen für einen beschränkten Zeitraum zurückzufahren und so Geld für Sozialleistungen freizumachen. Marit hielt das für völlig abwegig, da dann noch mehr Arbeitsplätze in Gefahr geraten würden. Was sie brauchten, waren mehr Investitionen, neue Ideen für die Zukunft. Jedoch wie sie finanzieren? Eine Arbeitsgruppe unter Leitung ihres Staatssekretärs Hans Wallström hatte ihr ein Notopfer empfohlen, das auf alle Nettovermögen erhoben werden sollte. Marit gefiel dieser Gedanke, allerdings wusste sie von ihrem Kollegen Odo Alexandros, der in Griechenland so etwas angeschoben hatte, wie schwer ihm die Durchsetzung gefallen war. Vielleicht war es besser von einer Zwangsanleihe zu sprechen, die erhoben wurde, um neue Investitionen zu fördern und zu finanzieren. Es würde Gutscheine dafür geben, die bei wirtschaftlichem Erfolg eingelöst werden konnten. Schon bei einer zehnprozentigen Anleihe auf alle Nettovermögen würden astronomische Beträge für Investitionen zur Verfügung stehen.

Denn trotz allen Gejammers, die Länder der Gemeinschaft waren nicht arm. Riesige Geldbeträge waren gehortet und standen den wirtschaftlichen Kreisläufen nicht mehr zur Verfügung. Sie erinnerte sich an die Zahl von Deutschland, die sie erst vor kurzem gehört hatte. Dort hatte sich ein Nettovermögen von fünftausend Milliarden Euro angesammelt. Würde man nur fünfhundert Milliarden über eine Zwangsanleihe erschließen, könnten enorme Investitionen in Forschung und Entwicklung, Energietechnik, Umweltschutz und Nahrungsgüterproduktion getätigt werden. Zudem würde eine solche

Anleihe als gerecht empfunden werden, denn dem kleinen Mann taten zehn Prozent unter Umständen mehr weh als dem, der schon mehr als genug hatte. Marit war überzeugt, dass eine Solidargemeinschaft zu einer derartigen Maßnahme in der Lage war. Allerdings erwartete sie Widerstand, vor allem von den oberen zehn Prozent der Bevölkerung, aber das war ihr egal. Notfalls würde sie anregen, über ein Volksbegehren die Ermächtigung zu einem solchen Schritt zu erhalten. Für Marit war das gelebte Demokratie in einer sozialen Marktwirtschaft. Nicht umsonst stand in der deutschen Verfassung *Eigentum verpflichtet.* Leider wurde das zu oft von denen, die das Schicksal begünstigt hatte, vergessen.

„Ich darf zusammenfassen", hörte sie Ian McKillock sagen. Offensichtlich war die Diskussion zur zukünftigen Energiepolitik zum Ende gekommen. „Wir alle sind uns einig, dass die Zukunft den alternativen, sauberen Energieträgern gehört. Sonne und Wind spielen eine wichtige Rolle, werden jedoch aufgrund der zeitlich beschränkten Verfügbarkeit nur Teillösungen ermöglichen. Die Herausforderungen für die kommende Generation werden Erdwärme, Gezeiten, Biomasse und Kernfusion heißen. Auch die Installation von Sonnenkraftwerken im All mit Energieübertragung über Laser halten wir für machbar. Und es müssen neue Lösungen gefunden werden zur Reduzierung des spezifischen Energieverbrauches. Verschwendung muss teuer sein. Ich glaube, dass wir den Vorschlägen unseres verehrten Kollegen zum neuen Förderprogramm auf dem Energiesektor und zu den gesetzgeberischen Schritten zur Energieeinsparung uneingeschränkt zustimmen können."

Da kein Widerspruch erkennbar war, lehnte sich der Präsident zurück und eröffne die Diskussion zum Punkt Sonstiges. Sofort meldete sich der polnische Kommissar zu Wort. „Ich komme zurück auf den Beginn unserer Diskussion. Wir alle sehen, welchen Problemen und Belastungen wir ausgesetzt sind. Das rechtfertigt mehr denn je eine Anpassung unserer Aufwandspauschale. Ich hatte an eine Erhöhung um etwa fünfzehn Prozent gedacht."

Marit seufzte. Das würde noch ein langer Nachmittag werden.

18. Januar 2016, Athen

Elena ging ihrer Lieblingsbeschäftigung nach, sie malte. Sie stand an ihrer Staffelei und übertrug die Skizze vom gestrigen Tag auf Leinwand. Das Bild war wie immer ganz in Rot gehalten und zeigte den Sonnenaufgang über der Akropolis. Während alle anderen diesen Vulkan und das Wetter verfluchten, liebte Elena die rote Sonne, die noch nie gesehene Farbenspiele hervorrief. Insbesondere in den Morgen- und Abendstunden schien der Himmel zu glühen. Die Strahlen bündelten sich zu gelbroten Flammen und die Wolken sahen aus wie Federn der Flamingos. Gestern war seit langem wieder einmal ein Tag gewesen, an dem die Sonne geschienen hatte, und sie war so rot wie schon lange nicht mehr. Elena war begeistert gewesen. Sie hatte sofort eine Skizze für ihr neues Gemälde angefertigt. Wenn alles gut ging, würde sie schon morgen fertig sein, denn sie hatte sofort am Morgen, Odo hatte kaum das Haus verlassen, mit dem Malen begonnen und ihre Arbeit bisher auch nicht unterbrochen. Wenn sie dieses Fieber spürte, diese Besessenheit, brauchte sie nichts zu essen. Ihrer Figur tat das auf jeden Fall gut, zumindest so lange sie es nicht übertrieb.

Im Moment war sie gerade bei der farblichen Gestaltung der Felsen, die am Morgen noch im Schatten lagen, aber dennoch von reflektiertem Rot getroffen wurden. Das ergab eine eigenartige Mischung aus Schwarz, Grau und Rot, die ein sehr behutsames, zartes Auftragen der Farben erforderte. Elena war bisher sehr zufrieden mit ihrer Arbeit. Sie hatte die Sonne in der Mitte des Bildes platziert, und damit eine Dreieckskomposition erreicht, die dem klassischen Vorbild von Leonardo da Vinci folgte. Schon ihr Bild auf Kreta, der Sonnenaufgang am Mirabello-Golf, war ihr bestens gelungen. Dieses Gemälde heute würde es noch übertreffen.

Sie spürte selbst, dass sie kreativ war wie noch nie. Vielleicht lag es wirklich nur an der roten Sonne, die sie so inspirierte. Odo war indessen ganz anderer Meinung. Er hatte ihr lächelnd gesagt, dass sie die Sonnenstrahlen von Athena male und er in ihren Bildern die Wärme mütterlicher Empfindungen erkennen könne. Es war nicht von der Hand zu weisen, dass ihr Gemälde von Kreta etwas Besonderes hatte, das nicht in Worte zu fassen war. Jeder Betrachter stand ehrfurchtsvoll davor, schweigend und in sich gekehrt. Ihr wurden schon astronomische Summen dafür geboten, aber Elena hatte bisher jede Offerte abgelehnt. Das Gemälde war ihre Erinnerung an Athena, das sie ohne Not nicht verkaufen würde. Fast jeden Abend lief sie selbst zu ihrem Bild und dachte an diese kleine, zierliche Frau, die ihr so ans Herz gewachsen war. Leider war sie nun schon seit sechs Wochen wieder auf Kreta. Elena vermisste sie sehr. Athena rief zwar zweimal die Woche an und Elena ebenso, jedoch das war nicht dasselbe, wie sie um sich zu haben. Zum Glück ging es ihr gut. Es sah so aus, als hätte sie ihre schweren Depressionen überstanden. Die Zeit in Athen war doch sehr hilfreich gewesen. Elena hatte sogar den Eindruck, dass Athena glücklich verliebt war, denn sie berichtete in jedem Gespräch mit flammenden Worten von Markos und dessen Bemühungen um sie. Wie es aussah, konnte die Taverne zudem in etwa zwei Monaten wieder eröffnet werden, so dass Athena eine unabhängige Lebensgrundlage haben würde. Odo und Elena hatten ihr eine größere Geldsumme für die Inneneinrichtung zukommen lassen, denn sie war jetzt ihr Patenkind. Athena hatte ihr erzählt, dass sie beabsichtigte, die Taverne gemeinsam mit ihrer zukünftigen Schwägerin Minea zu betreiben. Markos würde nicht einsteigen, weil ihn sein neues Geschäft bereits voll in Anspruch nahm.

Elena widmete sich noch immer mit voller Hingabe den rot angehauchten Felsen der Akropolis. Plötzlich hörte sie das Klappern von Schlüsseln. Sie schaute überrascht auf die Uhr. 15.30 Uhr. So früh. Was ist passiert?

Sie legte vorsichtig den Pinsel zur Seite, wusch ihn noch einmal gründlich aus und lief nach draußen in die Diele. Es war wirklich Odo. Allerdings war er bleich wie selten und sah völlig verstört aus.

„Odo, Liebling, was ist los mit dir? Bist du krank?“

Sie hatte ihre Arme um seinen Hals gelegt und sich an ihn geschmiegt. Odo schaute sie lange an, ohne etwas zu sagen. Sie spürte, dass er erst seine Erregung überwinden musste. Deshalb fasste sie ihn an der Hand und zog ihn sanft in das Wohnzimmer, wo sie sich neben ihn auf der Chaiselongue niederließ. Ruhig streichelte sie seinen Arm. So hatte sie ihren Mann noch nie erlebt. Ansonsten allen Widrigkeiten gewachsen, nie Schwäche zeigend, war er jetzt offensichtlich völlig am Boden zerstört.

„Odo, bist du krank?“, fragte sie ihn erneut voller Sorge.

Odo drückte sie an sich und sagte nun endlich etwas: „Elena, du kannst beruhigt sein, das ist es nicht. Dein Mann ist ein Verbrecher und deshalb wird er morgen sein Entlassungsgesuch beim Ministerpräsidenten einreichen.“

Elena war schockiert und schaute ihren Mann völlig entgeistert an. „Du, Odo, ein Verbrecher, ich kenne keinen ehrlicheren Politiker als dich. Manchmal fast zu idealistisch. Niemals ein Verbrecher.“ Sie schüttelte immer wieder den Kopf.

„Meine Gegner haben es geschafft. Sie haben endlich etwas gefunden, das mich diskreditiert. Heute ist in fast allen Zeitungen ein Bericht erschienen, in dem behauptet wird, dass ich Geld aus dem Katastrophenfonds für mich beiseite geschafft habe. Natürlich ist das nicht wahr. Allerdings habe ich einen kapitalen Fehler gemacht. Ich hatte zehn Millionen Euro für die Betreuung von Waisenkindern abgezweigt und diese auf ein Extrakonto mit persönlicher Verfügungsberechtigung überwiesen. Aus dieser Unregelmäßigkeit dreht man mir jetzt einen Strick. Wer wird mir nach dieser Pressemeldung noch glauben, dass das Geld nicht für mich bestimmt war."

„Ich glaube dir", sagte Elena fest und streichelte ihm das fast völlig graue Haar. „Ich weiß, dass du so etwas nie tun würdest, zumal wir selbst mehr als genug haben. Wer hat diese Geschichte aufgebracht und warum?"

Ihr Mann brauchte nicht lange zu überlegen. „Ich habe mir viele Feinde gemacht, indem ich auf einem Notopfer bestanden und es auch durchgesetzt habe. Immerhin mussten alle Bürger zehn Prozent ihres Nettovermögens abgeben, um die Not nach der Katastrophe in der Ägäis lindern zu können. Du hast selbst gemerkt, wie kontrovers die Diskussion in unserer Gesellschaft gelaufen ist und wie knapp letztlich die Entscheidung war, es auch zu tun." Nachdenklich setzte er hinzu: „Vielleicht wäre es doch besser gewesen, es so anzugehen wie Marit. Du weißt, die norwegische Ministerpräsidentin. Sie hat mich vorige Woche angerufen und nach meinen Erfahrungen mit dem Notopfer befragt. Sie hat vor, das Ganze über eine Zwangsanleihe laufen zu lassen, die später eingelöst werden kann. Das hätte es vielleicht einfacher gemacht."

„Das ist doch kein Grund, dich abzuschießen", gab Elena zu bedenken.

„Du glaubst nicht, wie viele reiche Leute mich angerufen und direkt bedroht haben. Bis zum Ministerpräsidenten sind sie gelaufen, um das Gesetz zu Fall zu bringen. Sie haben mir einfach nicht verziehen, dass ich diese Idee hatte und sie auch durchgezogen habe. Man hat eben nicht nur Freunde, selbst im engsten Kollegenkreis. Sie haben einfach so lange gesucht, bis sie etwas gefunden hatten. Das wurde dann der Presse zugespielt, die es jetzt dementsprechend ausschlachtet."

„Meinst du nicht, dass sich das Ganze aufklären lässt? Du hattest doch immer ein gutes Verhältnis zu Nikola?" Odo schüttelte energisch den Kopf.

„Es ist nichts zu machen. Mir bleibt nur der Rücktritt. Die Situation in Griechenland und der ganzen Welt ist schon angespannt genug, da braucht man nicht noch solche Krisen. Nikola wird mein Gesuch voller Bedauern annehmen, in Wirklichkeit jedoch nur froh sein, wenn ihn die Sache nicht weiter belastet. Man wird mir mit Sicherheit irgendwo ein Pöstchen anbieten, aber ich habe vor, ganz aus der Politik auszusteigen."

Elena hatte sich auf den Schoß ihres Mannes gesetzt und ihn liebevoll auf die Stirn geküsst. „Erwarte bitte jetzt nicht, dass ich mich darüber ärgere. Du weißt, was ich von Politik im Allgemeinen und von vielen deiner Kollegen halte. Ich habe sie zur Genüge auf meinen Partys erlebt, in ihrer Machtgeilheit, Selbstzufriedenheit und Arroganz. Und wenn sie betrunken waren, wurden sie auch noch unverschämt. Ich habe dich immer dafür bewundert, was du auf dich genommen hast. Gefallen hat es mir nie." Elena sah, dass ihr Mann feuchte Augen bekam. Es hatte ihn doch viel mehr getroffen, als sie zunächst gedacht hatte.

„Weißt du, Elena, es war Befriedigung und Verbrennen zugleich. Es hat sehr wohl Spaß gemacht, Macht zu haben und Macht auszuüben, eben Dinge zu bewegen. Gleichzeitig war es jedoch frustrierend zu sehen, wie langsam manches voranging und wie wenig man letztendlich bewirken konnte. Damit ist jetzt Schluss. Ich kann und ich will nicht mehr." Elena küsste ihn ein weiteres Mal zärtlich.

„Ich verstehe dich, mein Schatz. Mach es so, wie du es dir vorgenommen hast. Sorgen um die Zukunft brauchen wir nicht zu haben. Ich bin so erfolgreich wie nie und du wirst etwas anderes finden."

Odo drückte sie fest an sich und lächelte sogar ein wenig: „Es fehlte noch, dass du mich aushalten musst. Ich habe vor, meine Approbation als Arzt zu nutzen, um eine eigene Praxis zu eröffnen. Mit Politik will ich jedenfalls nichts mehr zu tun haben."

Elena stand auf und schaute ihn strahlend an. „Du weißt, ich habe mir schon immer gewünscht, dass du wieder deinen Beruf ausübst. Auch dort kannst du vielen Menschen helfen, aber viel direkter und persönlicher. Außerdem bin ich etwas egoistisch. Wir werden endlich auch einmal Zeit für uns haben. Wie lange hatten wir schon keinen gemeinsamen Urlaub mehr. Wir können als erstes gleich Athena besuchen, wenn sie ihre Taverne eröffnet. Sie hat uns herzlich eingeladen. Wir sollen unbedingt alle beide kommen."

Odo war auch aufgestanden. Er fasste seine Frau an den Händen und küsste sie zärtlich auf den Mund. „Nur gut, dass ich eine solche Perle geheiratet habe. Weißt du was, ich werde eine gute Flasche

Rotwein öffnen, damit wir auf mein nächstes Leben anstoßen können. Vielleicht machst du in der Zwischenzeit ein paar Häppchen, denn viel gegessen habe ich heute vor lauter Aufregung nicht.“

Nur wenige Minuten später saß Odo in der Küche an dem kleinen Tisch und sah Elena zu, die mehrere Dosen geöffnet hatte und dabei war, die schönsten Leckerbissen auf frisch geröstetem Toastbrot zu platzieren.

„Bitte übertreibe es nicht. Du machst ja ein Festessen“, spöttelte Odo. Seine Frau lächelte nur still vor sich hin. Für sie war es ein Feiertag geworden. Nun brauchte sie sich keine Sorgen mehr um ihren Mann zu machen.

Odo fragte plötzlich: „Du hast eben von Athena gesprochen. Was hältst du davon, noch einmal mit ihr über die Adoption zu reden. Ich will nicht sagen, dass ich schon väterliche Gefühle entwickelt habe, jedoch ich mag sie sehr. Sie ist ein aufgeschlossenes, nettes Mädchen, das mit beiden Beinen im Leben steht und keine Eltern mehr hat.“

„Bitte Odo, sie ist eine junge Frau, die schon ans Heiraten denkt. Ich glaube, dass diese Entscheidung nicht bei uns liegt. Athena muss dazu bereit sein. Du weißt, ich habe schon mit ihr darüber gesprochen. Sie hat uns um etwas Zeit gebeten. Wir sollten sie auch nicht bedrängen. Ich habe mir auf jeden Fall vorgenommen, sie während des nächsten Besuches auf Kreta zu porträtieren. Dann haben wir sie immer bei uns.“

Elena reichte Odo einen Teller mit Toaststückchen, die sie mit Krebsfleisch und Garnelen belegt hatte. Garniert hatte sie das Ganze mit Gurke, Tomate und Radieschen. „Wo hast du das nur her?“, fragte Odo erstaunt. „Das gibt es kaum noch zu kaufen und wenn, dann ist es sündhaft teuer.“

„Du weißt, Salina, die Frau des Direktors der Großmarkthalle, möchte unbedingt das Bild haben, das ich auf Kreta gemalt habe. Weil ich es nicht verkaufen will, versucht sie, mich mit kleinen Geschenken, die fast alle aus der Markthalle stammen, umzustimmen. So komme ich eben zu diesen Raritäten“, klärte Elena ihren Gatten auf.

Auch sie hatte sich inzwischen gesetzt und begonnen, etwas zu essen. „Weißt du, Odo, es ist schlimm für die kleinen Leute. Nahrungsmittel sind so teuer geworden. Man kann zwar noch alles bekommen, aber zu horrenden Preisen. Die Zahl der Bettler hat deutlich zugenommen und viele haben Hunger. Die Suppenküche der orthodoxen Kirche gleich um die Ecke kommt nicht mehr hinterher, so viel Andrang herrscht dort jetzt. Und immer mehr Kinder sind dabei. Es ist eine Krise, die ich nicht für möglich gehalten hätte.“

Odo schaute sie nachdenklich an. „Das war einer der Gründe, warum ich das Notopfer wollte. Nur, es kann nicht alle Wunden bedecken. Wir haben eine Weltwirtschaftskrise als Folge sowohl dieses unseligen Vulkanausbruchs als auch der sozialen Spannungen in China. Wobei sich die Situation dort sicherlich durch die Klimaveränderungen noch verschärft hat. Im vergangenen Jahr muss eine solche Dürre geherrscht haben, dass weniger als die Hälfte einer normalen Ernte eingebracht wurde."

„Also war es letztlich der Vulkan auf Santorin, der das alles bewirkt hat", stellte Elena erstaunt fest.

Odo widersprach. „In der Ägäis war es ohne Zweifel die Eruption im Archipel Santorin, die die Krise ausgelöst hat. In China ist es die Armut. Ich erinnere mich, dass ein UN-Sekretär vor vielen Jahren einmal gesagt hat, dass die Armut die größte Gefahr für den Frieden auf Erden ist. Und jetzt zeigt sich, dass er Recht hatte. Das, was sich dort abspielt, ist die Eruption der Besitzlosen, die in ihrer Sprengkraft jeden Vulkanausbruch übertrifft. Dieser Vergleich stammt nicht von mir. Aber er gefällt mir."

„Wie wird es in China weitergehen?", fragte Elena.

„Marit hat mir letzte Woche am Telefon erzählt, dass die Europäische Gemeinschaft auf eine politische Lösung setzt. Sie werden alles tun, einen Bürgerkrieg zu verhindern. Hoffentlich ist es nicht schon zu spät, denn überall in China gibt es Aufstände, die brutal niedergeschlagen werden. Wie es weitergeht, weiß niemand." Odo hob sein Glas und schaute seiner Frau liebevoll in die Augen. „Lass uns anstoßen, auf ein schnelles Ende der Krise, die Rückkehr zu meinen beruflichen Wurzeln und auf unsere Patentochter Athena, die wir hoffentlich bald wiedersehen werden."

23. Januar 2016, Santorin

Sylvia Eschli saß vor der kleinen Kapelle und war überwältigt. Was sie heute gesehen hatte, überstieg jede Vorstellungskraft. Sie hatte schon an vielen Stellen der Erde die Auswirkungen der Spiele der Natur studieren können, aber das, was hier auf Santorin abgelaufen war, verdiente wirklich die Bezeichnung gigantisch.

Der gesamte nördliche Teil von Thera, dort wo das Kraterranddorf Oia gelegen hatte, war im Meer versunken. Dafür war zwischen Therasia und Thera eine Landbrücke aufgeschüttet worden, die offensichtlich die kleine Insel Aspo als Stützpfeiler verwendete. Die Lavainseln Palea Kameni und Nea Kameni gab es nicht mehr. Im Gegenzug war eine neue Insel nördlich der Kolumbobank entstanden.

Wie überall im Universum, dachte Sylvia. Zerstörung und Schöpfung bilden immer eine Einheit. Sichtbar in den Sternen, jedoch auch hier auf diesem kleinen Stück Erde.

Sie hätte ihre Gefühle, die sie während der Besichtigung der Insel durchtosten, nicht wirklich beschreiben können. Zum Teil war es Staunen, zum Teil Andacht, ein bisschen Angst und auch etwas Wehmut. Nicht hässlich, nein, völlig harmonisch und beklemmend in seiner Reinheit. Alles war weiß und man konnte deutlich die wellenförmige Ausbildung der Bimssteinablagerungen erkennen. Die neu entstandenen Höhenunterschiede waren gewaltig. Sylvia schätzte den höchsten Punkt der Welle auf vierhundert Meter. Und dort, wo die Insel im Meer versunken war, hatten sich Bruchkanten in ähnlicher Höhe ausgebildet. Alles sah aus wie erstarrt, wie gegossen für die Ewigkeit.

Dieser erste Eindruck hatte sich bald verloren. Denn die Natur war schon längst dabei, das Ganze wieder zu verändern. Man sah bereits Erosionsrinnen im weichen Bimsstein und das Spiel der Wellen am Fuß der neu gebildeten Kraterwände. Einige Vögel waren auch schon da. Sie lebten vom Meer, und ihnen reichte das Süßwasser, das sich in Senken und Spalten sammelte, um zu überleben. Sogar das erste Grün hatte Sylvia entdeckt. Es waren Moose, die mit der Besiedlung der Insel begannen.

Am meisten war Sylvia jedoch davon überrascht, dass dort, wo früher der kleine Ort Manolas auf Therasia gelegen hatte, nach so kurzer Zeit die kleine Kapelle errichtet worden war, vor der sie jetzt saß. Sie war ganz in Weiß gehalten, schlicht im Äußeren und auch im Inneren. Man hatte sie zur Erinnerung an alle gebaut, die bei dem großen Unglück, das die beiden Kreuzfahrtschiffe in der Caldera getroffen hatte, ums Leben gekommen waren. Mikis und sie selbst hatten Blumen in der Kapelle abgelegt und einige Minuten in stillem Gedenken und Gebet verweilt. Sylvia hatte die Tränen in den Augen des jungen Mannes gesehen. Dieser dachte sicherlich in diesem Moment an seinen Großvater, der beim großen Ausbruch ums Leben gekommen war. Markos, der Geschäftspartner von Mikis, der sie zur Insel gebracht hatte, erzählte ihr nach dem Besuch der Kapelle, dass es großen Ärger wegen deren Errichtung gegeben hatte. Der Boss der Reisegesellschaft, die die Schiffe in die Caldera geschickt hatte, wollte fünfzig Prozent der Kosten übernehmen, was auf empörte Proteste der Angehörigen der Opfer gestoßen war. Diese warfen dem Unternehmen noch immer vor, aus Profitgier bewusst das Risiko einer Katastrophe eingegangen zu sein. Zwar war der Chef des Reiseveranstalters von einem Gericht freigesprochen worden, aber der Zorn und das Unverständnis waren geblieben. Am Schluss hatte jener Herr sein Angebot zurückgezogen und die Kapelle war allein von Betroffenen finanziert worden.

Im Nachhinein war Sylvia froh, dass sie auf den Vorschlag von Mikis Kypris, gemeinsam die Insel Santorin zu besuchen, eingegangen war. Zunächst war sie davon überhaupt nicht begeistert, da sie ihren Sohn in der letzten Zeit schon mehr als genug vernachlässigt hatte. Zudem war sie in der Endphase der Erstellung ihres Berichtes für die EU-Kommission, so dass sie kaum einen Tag entbehren konnte. Erst nachdem es Mikis Kypris gelungen war, ihre Neugier zu wecken, die Folgen der Katastrophe mit eigenen Augen sehen zu können, hatte sie zugestimmt. Sicherlich überzeugte sie auch, dass das Ganze insgesamt nur drei Tage dauern würde und ihr Sohn George bei Sophia in besten Händen war. Mikis Kypris hatte ihr zudem erklärt, dass er die Reise sowieso unternehmen musste, da er verschiedene Dinge mit seinem Geschäftspartner auf Kreta bereden wollte. Er tat es also keinesfalls für sie. Es bot sich einfach an, die Gelegenheit zu nutzen, noch einmal gemeinsam den Archipel Santorin zu betreten.

So waren sie gestern Morgen von Zürich nach Heraklion geflogen. Von dort holte sie Markos Vlachos mit dem Auto ab. Er hatte sie zunächst nach Ierapetra gebracht, wo sie in dem kleinen Hotel *Coriva Beach* einchecken und sich etwas frisch machen konnten. Herr Vlachos hatte ihnen fast etwas beschämt gesagt, dass sie ihnen in Agios Nikolaos noch keine ordentliche Unterkunft bieten konnten. Dann aber stolz hinzugefügt, dass spätestens in drei Monaten die Taverne seiner zukünftigen Frau wieder eröffnen würde. „Alles neu, auf höchstem Niveau“, hatte er ihnen erklärt.

Nach einem kurzen Imbiss im Hotel waren sie nach Agios Nikolaos gefahren, wo die beiden Männer sich zu ihrer Besprechung zurückzogen. Sie hatten die Freundin von Markos Vlachos gebeten, Sylvia in ihre Obhut zu nehmen und ihr den Ort und die Fortschritte in ihrer Taverne zu zeigen, was die auch mit Freude tat. Sylvia empfand die junge Frau als aufgeschlossen und lebenslustig, obwohl sie von Mikis wusste, wie schwer diese das Schicksal getroffen hatte. Sie war eine sehr attraktive Frau. Nach Sylvias Auffassung eine typische Griechin mit fast klassischer Figur, eben so wie die Frauen, die in den altertümlichen Marmorstatuen verewigt waren. Die junge Frau, sie hieß Athena, hatte ihr zunächst die Stadt gezeigt. Sylvia war begeistert. Sie hatte im Fernsehen Bilder von Agios Nikolaos nach der großen Flut gesehen und erwartet, dass alles noch in Schutt und Asche lag. Aber es war ganz anders. Es war aufgeräumt und man sah, wie überall fleißig renoviert und gebaut wurde.

„Unsere Stadt wird ein Schmuckstück sein, wenn wir fertig sind", hatte ihr Athena in ihrem gebrochenen Englisch erklärt. „Dank der Hilfsbereitschaft vieler Menschen haben wir genügend Geld bekommen, was uns beim Wiederaufbau sehr hilft. Ansonsten hätten wir es nicht geschafft."

Besonders beeindruckt hatte Sylvia der Besuch der Panagia Kirche mit ihren berühmten Fresken aus dem 14. Jahrhundert. Dort hatten beide Frauen Kerzen für ihre verstorbenen Lieben angezündet und gemeinsam der Toten gedacht. Wie ähnlich war doch ihr Schicksal. Als Sylvia ihrer Begleiterin erzählte, dass ihr geliebter Mann in China umgebracht worden war, hatte Athena sie umarmt und zu weinen begonnen. Die Wunden waren einfach noch zu frisch.

Schweigend waren die Frauen nach dem Besuch der Kirche zur Taverne *Aqua* gelaufen. Beide waren in Gedanken versunken und mit ihren Erinnerungen beschäftigt. Zum Glück war Athena von den Fortschritten in ihrem Restaurant so begeistert, dass sie auch bei Sylvia den aufgekommenen Schmerz lindern konnte.

„Sehen Sie, Frau Eschli, wie schön alles geworden ist. Markos hat alles geplant und organisiert."

Athena zeigte ihr zuerst ihr Prunkstück, die neue Küche. „Wir haben sie so eingerichtet, dass alle Speisen frisch zubereitet werden können. Hier gibt es keine Mikrowelle", erklärte sie Sylvia. „Die Schwester von Markos wird die Küche übernehmen und typisch griechisch kochen. Ihre Mutter hat Köchin gelernt und wird uns mit vielen Rezepten helfen. Ich werde die Taverne leiten und selbst mit bedienen. Es soll auch bleiben, wie es vorher war, preisgünstig für die Einheimischen und die Touristen."

Sylvia war von der neuen Inneneinrichtung des Restaurants beeindruckt. Alles war mit dunklen Balken ausgestattet und zwar so, dass weitgehend ungestörte Sitzbereiche entstanden waren. „Wenn alles eingerichtet ist, wird es richtig gemütlich."

Athena strahlte bei diesen Worten über das ganze Gesicht. „Leider ist der Garten noch nicht fertig. Er hat sehr gelitten, und es wird noch einige Zeit brauchen, bis er wieder so bunt wird, wie er vorher war."

Ein Schatten legte sich sofort über das Gesicht des Mädchens. Sylvia spürte, wie Athena mit ihren Erinnerungen kämpfte und versuchte, das Vergangene zu vergessen. Deshalb legte sie den Arm auf die Schulter der jungen Frau und drückte sie sanft an sich. „Athena, es gibt kein Zurück. Denke an die Zukunft. Sie wird auch schöne Stunden bringen."

Athena hatte sich sofort gefasst und Sylvia in ihre zukünftige Wohnung im ersten Stock des Hauses geführt. „Wird es nicht schön?", fragte sie Sylvia. „Ich bekomme ein wunderschönes Wohnzimmer mit Blick aufs Meer und eine große, ruhige Schlafstube. Ein Kinderzimmer haben wir auch vorgesehen. Abgetrennt haben wir einen Bereich für Gäste, der über einen separaten Aufgang erreicht werden kann. Beim nächsten Besuch könnt ihr dann schon hier übernachten."

Sylvia hatte sie lächelnd angeschaut. „Wer weiß, ob es ein nächstes Mal geben wird. Ich will mir nur Santorin ansehen, wie es nach der Katastrophe aussieht. Kurz vor dem Ausbruch war ich schon einmal hier und habe den Vulkan vermessen. Dabei hatte sich schon gezeigt, dass irgendetwas nicht stimmte. Dass es dann so schlimm gekommen ist, konnte auch ich nicht vorhersehen."

Athena hatte Markos vor dessen Unterredung mit Mikis versprochen, ein kleines Abendbrot in der Taverne vorzubereiten. Sie hatte deshalb Sylvia nach der Besichtigung des Hauses gebeten, mit in die Küche zu kommen und dort mit ihr auf den Rest der Familie zu warten. Der Tisch war auch schnell gedeckt und es dauerte nicht lange, bis alle eintrafen. Sylvia fühlte sich den ganzen Abend nicht wohl in ihrer Haut, denn es wurde nur Griechisch gesprochen und sie verstand fast nichts. Mikis hatte sich bemüht, ihr die Gespräche zu übersetzen. Dennoch verlor sie öfter den Faden der Diskussion.

Dafür hatte sie die Zeit genutzt, die Unterschiedlichkeit der drei jungen Männer, die ihr am Tisch gegenüber saßen, gründlich zu studieren. Auf der einen Seite der quirlige, redselige Markos, der kaum ruhig sitzen konnte, auf der anderen sein Bruder Costa, schon von der Gestalt das völlige Gegenteil, der während der ganzen Mahlzeit nicht ein Wort herausbrachte und sie nicht einmal ansah. Und dann noch

Mikis Kypris. Welch ein Kontrast zu seinem Geschäftspartner. Ruhig und sachlich lenkte er die Diskussion, immer mit einem freundlichen Lächeln. So hatte sie Mikis noch nie gesehen. Im Übrigen musste sie später zugeben, dass sie sich in Costa, den sie für einen mürrischen Muffel hielt, getäuscht hatte. Denn nach dem Abendbrot hatte Athena ihren zukünftigen Schwager gebeten, dem Gast doch einmal die schöne Truhe zu zeigen, die er für Athena hergerichtet und ihr geschenkt hatte. Costa hatte zwar zunächst nur geknurrt, aber Sylvia dann doch in die obere Diele geführt, wo ein herrliches Möbelstück aus feinstem Nussholz stand. Sylvia war sofort begeistert. Jedes Detail war beachtet worden. Sogar die Intarsien hatte Costa perfekt erneuert. Und er öffnete sich plötzlich und begann Sylvia zu zeigen, was er alles an der Truhe repariert hatte. Mehr wie ein brummiger Bär, dachte Sylvia, allerdings ein sehr gutmütiger.

Sehr großen Eindruck hatte die Schwester der beiden Brüder auf sie gemacht. Sie war wesentlich stämmiger gebaut als Athena und hatte auch nicht deren fein geschnittenes Gesicht. Sie hatte freundliche, liebevolle Augen und strahlte innere Ruhe und Gelassenheit aus, und das, obwohl auch sie vom Schicksal hart getroffen war. Mikis hatte Sylvia schon während der Anreise die fast abenteuerliche Geschichte erzählt, wie Markos und sein Bruder nach Mineas Verlobtem gesucht hatten.

Nach dem Abendessen waren Mikis und Sylvia von Markos ins Hotel gebracht worden. Sylvia hatte sich sofort von Mikis verabschiedet und war auch gleich ins Bett gegangen. Eingeschlafen war sie hingegen erst weit nach Mitternacht. Die beiden Frauen, die sie heute kennen gelernt hatte, gingen ihr einfach nicht aus dem Kopf. Wie eng doch Schicksale miteinander verknüpft sein können, dachte sie. Dieser Vulkan hat sie und mich auf eine unheimliche und tragische Weise miteinander verbunden. Das Ganze erinnerte sie an den Krieg. Waren doch nicht auch dort viele Frauen durch den Verlust ihrer Männer und Väter geprägt? Aber konnte man das überhaupt vergleichen? Die Natur kennt keinen Krieg. Für sie ist es die ewig währende Veränderung, die schmerzlich für die Lebewesen sein kann. Der Krieg ist eine Schöpfung der Menschen, seine schlimmste. Mit diesem Gedanken schlief sie ein, wachte jedoch zwischendurch mehrere Male schweißgebadet auf. Selbst im Traum war sie nicht weggekommen von dem, was ihr so viel Schmerz bereitete.

Am nächsten Morgen waren sie schon sehr früh von Markos abgeholt worden, der bei den Fischern ein Schnellboot ausgeliehen hatte. Sylvia hatte Kopfschmerzen, die glücklicherweise auf See sehr schnell verschwanden. Es war nicht sonderlich warm, aber sie hatte sich entsprechend angezogen, und die frische Brise bekam ihr bestens. Dafür war Markos schweigsam wie selten. Er zog ein Gesicht wie sieben Tage Regenwetter. Es dauerte eine Weile, bis er mit der Sprache herausrückte. Am späten Abend hatte ihm Athena erzählt, dass Odo Alexandros zurückgetreten war. Sie hatte ihm empört berichtet, dass man ihm unterstellte, Geld aus dem Katastrophenfonds unterschlagen zu haben. Als er ihr erwiderte, dass sie sich nicht aufregen sollte, denn Politiker wären nun mal korrupt, hatte sie ihm eine Ohrfeige gegeben und war weinend in ihr Schlafzimmer gelaufen. Sie hatte die Tür vor ihm verschlossen und auch am Morgen kein Wort mit ihm gewechselt. Dabei war es von ihm doch gar nicht so gemeint gewesen. Er wollte keinesfalls damit sagen, dass Odo war wie alle anderen auch, denn er kannte diesen Mann nicht. Es tat ihm schon richtig Leid, dass er Athena so getroffen hatte, und er wollte das Missverständnis nach ihrer Rückkehr sofort aufklären. Mikis und Sylvia hatten zunächst nicht verstanden, warum Athena so empfindlich reagierte. Erst nachdem Markos ihnen erzählt hatte, dass das Ehepaar Alexandros die Patenschaft von Athena übernommen hatte und sogar beabsichtigte, sie zu adoptieren, war ihnen alles klar geworden.

Nach dieser Beichte ging es Markos sofort besser und er erreichte in kürzester Zeit seine normale Redseligkeit. Interessant fand Sylvia, was er über die Besitzverhältnisse auf Santorin berichtete. Die griechische Regierung hatte beschlossen, den früheren Eigentümern eine kleine Entschädigung für ihr verlorenes Land zu zahlen und die neue Insel in genau vermessenen Parzellen zu verkaufen. Die Vergabe sollte über eine öffentliche Ausschreibung im Internet erfolgen. Man hatte sich für dieses Procedere entschieden, da der Archipel seine Gestalt völlig verändert hatte und damit die Anerkennung alter Rechte zu riesigen Streitereien geführt hätte. Mikis lachte an dieser Stelle laut auf.

„Damit ist doch eine Prophezeiung meines Großvaters eingetreten. Unser lieber Bürgermeister wollte besonders schlau sein und kaufte den Evakuierten sehr preiswert ihr Land gegen Vergünstigungen bei der Unterbringung ab. Nun hat er auch nichts mehr davon. Wie sagte doch Großvater so schön. Bei allen Irrungen und Wirrungen, am Ende ist der liebe Gott doch gerecht, auch gegenüber denjenigen, die den Rachen nicht voll genug bekommen können."

Markos hatte für zwei Parzellen ein Angebot abgegeben. Er wollte sich langfristig ein Stück Besitz auf der Insel sichern. Mikis hatte interessiert zugehört. Er wusste davon bisher nichts.

„Vielleicht sollte ich es auch versuchen“, deutete er Sylvia gegenüber an. „Es ist meine Heimat, und die nächsten dreihundert Jahre sollte nichts wieder passieren.“

Sylvia war auf der kleinen Bank vor der Kapelle sitzen geblieben, weil sie keine Lust hatte, mit den beiden Männern noch einmal über den Bimsstein zu klettern. Es war auch so eindrucksvoll genug, was sie sah. Wenn sie nicht gewusst hätte, wie es vorher gewesen war, hätte sie es als schön bezeichnet in seiner Harmonie und Gleichförmigkeit. Ihr jedoch fehlten die Inseln in der Caldera, die Häuser, die wie Perlen am Kraterrand aufgereiht waren, und das satte Grün auf den Feldern und Berghängen. Wie schön waren doch die Fahrten mit Mikis gewesen, die sie zu den Messorten unternommen hatte, und erst recht die Rückfahrten, mit der Sonne im Rücken und dem lebendigen Antlitz der Insel vor Augen. Wie lange war das jetzt schon her? Zwei Jahre? Nein, es musste eine Ewigkeit gewesen sein, so viel war in dieser Zeit geschehen.

12. Februar 2016, Madrid

Jorge Maron hörte schweigend zu. Was sollte er sich auch dazu äußern, es war einfach vorbei. Eigentlich hätte er schon längst den Hörer auflegen müssen, aber er war derartig konsterniert, dass er wie erstarrt dem folgte, was ihm der Anrufer mitteilte. Zum Glück war es dann schnell vorüber. Nur im Unterbewusstsein nahm er gerade noch wahr, wie der andere sagte: „Bis heute Nachmittag sechzehn Uhr musst du das Büro verlassen haben. Deine persönlichen Dinge darfst du natürlich mitnehmen." Dann klickte es, und der Anrufer hatte aufgelegt. Jorge Maron lehnte sich zurück. Nun war doch passiert, womit seit zwei Wochen zu rechnen war. Er hatte versucht, noch gegenzuhalten, jedoch es war zu spät gewesen. Das war nur dieses unselige Gerichtsverfahren wegen des Untergangs der Kreuzfahrtschiffe, dachte er. Es hat mich dermaßen abgelenkt, dass ich einfach nicht bemerkt habe, was José da treibt. Nun gut, es war eben so gelaufen. In seiner Position musste man immer damit rechnen, gefressen und ausgespuckt zu werden. Und er hatte ein gutes Angebot von José erhalten, das ihm ermöglichte, sich in Ruhe ein neues Geschäft aufzubauen.

Jorge Maron stand auf und lief zur Tür, öffnete diese und schaute seine Sekretärin freundlich an. Zum ersten Mal registrierte er, dass sie sehr attraktiv war und genau über die Formen verfügte, die er normalerweise liebte. „Würden Sie bitte den Personalvorstand anrufen und ihm mitteilen, dass ich ihn gern sprechen würde. Es gibt einige Neuigkeiten, die ich ihm persönlich übermitteln möchte. Er kann sich Zeit nehmen, es ist nicht dringend. Und wenn Sie so freundlich wären, uns eine große Kanne Kaffee zu kochen, wäre ich Ihnen sehr dankbar." Mit einem genüsslichen Grinsen sah er, wie der jungen Frau fast die Kinnlade herunter fiel. Derart freundlich hatte die ihren großen Vorsitzenden noch nie erlebt.

„Bitte bestellen Sie außerdem einige große Kisten für mich. Ich werde nach dem Mittagessen meine persönlichen Dinge einpacken und das Büro noch heute Nachmittag verlassen. Übrigens, bevor Sie es von anderen erfahren, ich bin mit sofortiger Wirkung von meiner Funktion als Vorstandsvorsitzender der *Mediterran Travel* entbunden und scheide aus dem Unternehmen aus. Sollte Sie jemand nach den Gründen fragen, antworten Sie bitte, dass unser Unternehmen von der Reisegesellschaft *Ibero Enjoy* übernommen wurde und der neue Eigentümer auf meine weitere Mitarbeit verzichtet. Seien Sie bitte auch so nett und versuchen Sie, meine Frau zu erreichen. Vielen Dank."

Damit drehte sich Jorge Maron um, schloss hinter sich die Tür und lief zurück zu seinem großen Sessel. Bevor er sich setzte, streichelte er noch einmal den schwarzen Lederbezug der Rückenlehne. Sieben Jahre habe ich hier gesessen, dachte er. Hier war ich der Kapitän, der mit Blitz und Donner regiert und stets den Matrosen die Richtung gewiesen hat. Es war nie leicht, denn wie oft musste ich mich gegen Faulheit, Feigheit und Ignoranz meiner Mitarbeiter durchsetzen.

Noch immer in schweren Gedanken versunken, ließ er sich nieder. Langsam kam in ihm ein Gefühl der Empörung auf. Er hatte sich für dieses Unternehmen aufgeopfert, es zur Blüte geführt und nun das. Er, der geistige Kopf, der Führer und Inspirator, musste gehen, während all die Unfähigen bleiben würden. Warum nur hatte er den Übernahmeversuch viel zu spät bemerkt? Es konnte nur das Gerichtsverfahren gewesen sein, das ihn blind gemacht hatte für die wirklichen Gefahren. Und weshalb hatte ihn keiner seiner Vorstandskollegen gewarnt? Entweder waren sie einfach zu blöd oder schon zum Feind übergelaufen.

Das Telefon klingelte. Er hörte die ganz freundliche, plötzlich gar nicht mehr verängstigte Stimme seiner Sekretärin: „Ihre Frau, Herr Maron."

Bevor er etwas sagen konnte, hatte seine Frau schon losgelegt. „Es wird Zeit, dass du endlich anrufst. Du weißt, ich muss zum Friseur und du wolltest mir sagen, wann der Innenarchitekt kommt. Bis Ostern muss der ganze Salon neu eingerichtet sein. Meine Freundinnen würden mich auslachen, wenn unsere große Osterparty zum dritten Mal hintereinander im gleichen Interieur stattfinden würde."

Jorge Maron musste sich zusammenreißen. Als ob er jetzt für so etwas Zeit hatte. „Schatz, sei bitte zwei Minuten ruhig. José hat gerade angerufen und mir mitgeteilt, dass er die Mehrheit an der *Mediterran Travel* erworben hat und er auf meine weitere Mitarbeit verzichtet. Ich muss noch heute meinen Posten verlassen. Ab morgen hast du mich zu Hause. Du wirst dich doch sicherlich freuen", fügte er leicht ironisch an.

„Das hat mir gerade noch gefehlt. Ich habe schon unsere älteste Tochter zu Hause mit all ihren Problemen. Und José hat unser Unternehmen übernommen? Da brauche ich mich bei seiner Frau nicht mehr blicken zu lassen. Isabel wird es eine Freude sein, mich damit zu hänseln, dass du José unterlegen bist. Was soll jetzt aus uns werden?"

Jorgen Maron gab es einen Stich, als er von seiner Frau hören musste, dass er den Kampf gegen seinen Studienkollegen und Dauerkonkurrenten José Munoz verloren hatte.

„José hat mich aus dem laufenden Vertrag ausgezahlt und mir eine Abfindung angeboten. Alles zusammen werde ich 8,6 Millionen Euro erhalten. Du brauchst also den Dekorateur nicht abzubestellen.“ Er hörte, wie seine Frau aufatmete.

„José ist eben doch ein Grandseigneur. Er weiß, was sich gehört. Und um dich mache ich mir sowieso keine Sorgen. Du wirst etwas Neues finden. Notfalls muss Papa etwas nachhelfen. Dann bis heute Abend, mein Schatz.“ Jorge Maron hörte, wie seine Frau auflegte. Natürlich hatte sie Recht. Leitwölfe wie er wurden immer gebraucht. Sollte es nicht gleich klappen, würde sein Schwiegervater, der frühere Aufsichtsratsvorsitzende des Chemiegiganten Repsol, schon dafür sorgen, dass er einen neuen, seinen Fähigkeiten entsprechenden Job bekam.

Es klopfte leise. Der Personalvorstand hatte die Tür geöffnet und fragte: „Kann ich reinkommen? Oder soll ich noch etwas warten?“

Jorge Maron stand auf und winkte ihn herein. „Nein, nein, es ist gut, dass du gleich gekommen bist. Lass uns noch einmal eine Tasse Kaffee trinken und ein bisschen schwatzen.“

Sein Personalvorstand schaute ihn überrascht an. Er hatte die Worte *noch einmal* sehr wohl aufgenommen und sofort verstanden. „Jorge, was ist passiert?“, fragte er.

„Tu nicht so, als ob das eine Überraschung für dich wäre. Aber lass uns erst einmal Platz nehmen.“ Die beiden Männer ließen sich in der Sitzecke nieder. Sie hatten sich gegenüber gesetzt und schauten sich ruhig an.

„José Munoz hat vorhin angerufen und mir meine sofortige Entlassung mitgeteilt. Das Ganze war absehbar, seitdem ich erfahren habe, dass dieser Schuft still und leise die Aktienmehrheit an unserer Gesellschaft erworben hat.“

Man merkte jetzt deutlich, wie sehr Jorge Maron diese Aktion seines Konkurrenten getroffen hatte. „Wir haben einfach nicht aufgepasst. Es war zu spät, als wir anfingen, unsere Aktien zurückzukaufen. Der Preis war schon dermaßen angestiegen, dass wir keine Chance mehr hatten. Ich frage mich nur, warum ich ein großes Controlling und einen Bereich Unternehmensentwicklung aufgebaut habe, wenn diese Flaschen so etwas noch nicht einmal merken.“

„Jorge, ich bin mir nicht sicher, ob wir wirklich hätten gegenhalten können. Wir hatten am Schluss nicht mehr das Geld, um genügend Aktien zurückkaufen zu können. Dazu liefen die Geschäfte im letzten Jahr einfach zu schlecht.“

Der Personalvorstand wurde in seinen Ausführungen unterbrochen, denn die Sekretärin war mit einem großen Tablett hereingekommen.

Sie hatte nicht nur Kaffee gekocht, sondern auch noch einige Stückchen Kuchen besorgt. Nachdem sie alles auf dem kleinen Glastisch abgestellt und den Kaffee eingeschenkt hatte, sprach sie Jorge Maron direkt an: „Es tut mir Leid, dass man Sie entlassen hat, Herr Maron. Es war nicht immer leicht, hier zu arbeiten, aber ich hatte einen Job und der war gut bezahlt. Was jetzt kommt, weiß ich nicht. Nun muss auch ich erst sehen, was aus mir wird. Der Kuchen ist von mir, zum Abschied."

Jorge Maron war gerührt. Das hatte er nicht erwartet. Er bedankte sich freundlich bei der jungen Frau und versuchte, sie etwas zu beruhigen. „Gute Sekretärinnen werden immer gebraucht. Wenn nicht hier, dann eben woanders. Gelernt haben Sie bei mir auf jeden Fall eine Menge", fügte er noch stolz hinzu.

Kaum waren sie wieder allein, ermunterte Jorge Maron seinen Personalvorstand fortzufahren.

„Ja, Jorge, leider ist das letzte Jahr nicht gut gelaufen. Wir haben nicht nur alle vorgegebenen Budgets verfehlt, sondern zum ersten Mal auch rote Zahlen geschrieben. Jetzt hat sich gerächt, dass wir kaum Reserven aufgebaut, sondern trotz absehbarer Schwierigkeiten immer sehr hohe Dividenden an die Aktionäre ausgezahlt haben."

„Das sehe ich ganz anders als du", widersprach Jorge Maron sofort. „Bis Mitte des Jahres konnten wir noch glänzende Zahlen präsentieren, dann kamen die Katastrophe in der Ägäis und der Zusammenbruch des Geschäftes in China. Beides zusammen konnten wir einfach nicht verkraften. Und was die Übernahme durch José angeht, bin ich auch nicht deiner Meinung. Wenn nicht alle um mich herum geschlafen hätten, als ich den Ruf des Unternehmens vor Gericht verteidigen musste, wäre es nie so weit gekommen."

„Bitte Jorge, bleibe bei den Fakten. Nicht das Unternehmen war angeklagt, sondern du als Person. Die Folgen des Vulkanausbruchs auf Santorin hätten für uns sogar eine große Chance sein können, wenn wir nicht elementare Fehler gemacht hätten."

„Was meinst du mit Fehlern?", knurrte sein Ex-Chef.

„Meiner Meinung nach hat das Ganze mit dem Verlust des Regionaldirektors für Griechenland begonnen, den ich sehr geschätzt habe, weil er außerordentlich engagiert sein Geschäft vorangetrieben hat. Diese Lücke konnten wir nie schließen. Als es auf Verhandlungsgeschick und Gespür im Umgang mit den Behörden ankam, war der, der es am besten gekonnt hätte, nicht mehr da. Aufgrund dessen haben wir sowohl das Geschäft auf Rhodos als auch auf Kreta verloren."

„Soweit ich mich richtig erinnere, und das mache ich meist, hat uns der von dir angesprochene Regionaldirektor gekündigt. Dafür konnten wir wohl kaum etwas“, entgegnete Jorge Maron seinem Personalvorstand bissig.

Der setzte ganz trocken fort: „Das Thema haben wir schon mehrfach diskutiert. Du gehst immer davon aus, dass Führungskräfte Druck aushalten müssen. Nur, das Problem ist eben, dass nicht alle bereit sind, jede Art von Druck mitzumachen. Wenn es zu viel wird, gehen sie einfach. Die anderen senken den Kopf und lassen dich allein weiterrennen. Das hat man besonders gut gesehen, als es um deine Idee der Erlebniscamps in der Wüste ging. Es gab keinerlei Widerspruch, obwohl vielen klar war, dass erhebliche Probleme auf uns zukommen würden. Einige freuten sich sogar, als sich unsere Aktivitäten zum Flop entwickelten.“

„Genau das ist es, was ich meine“, stimmte ihm Jorge Maron sofort zu. „Ich hatte Führungskräfte um mich herum, die dieses Prädikat absolut nicht verdient haben. Entweder waren sie unfähig oder unwillig. Dass einige die Verluste des Unternehmens mit Genugtuung aufgenommen haben, ist eine Schande.“

„Ich glaube, dass du nicht ganz unschuldig an dieser Entwicklung bist. Die wirklich Guten, nicht Angepassten, lassen sich deinen manchmal ruppigen Führungsstil einfach nicht gefallen und gehen. Es bleiben die Jasager und Duckmäuser. Dann ist es kein Wunder, dass du mehr und mehr allein entscheiden musst und dir einfach auch Sachen entgleiten. Du kannst nicht alles wissen, geschweige denn alles allein machen.“

„Zu welcher Kategorie hast du denn gehört?“, fragte Jorge Maron voller Ironie.

„Zu den kritischen Duckmäusern“, war die Antwort, die er postwendend erhielt. „Der Unterschied zu den anderen ist, dass ich dich schon sehr lange kenne und deshalb weiß, dass es dir immer um das Wohl der Firma geht. Du wirst sicherlich auch nicht bestreiten, dass ich dir oft genug gesagt habe, wenn du überzogen hast.“

Jorge Maron stimmte ihm ungehalten zu. „Das hast du wirklich. Es war nicht schön, mir manchmal anzuhören, was du mir gesteckt hast. Jedoch all das ist keine Entschuldigung dafür, dass meine lieben Kollegen während meiner Zeit im Gerichtssaal sich entweder durch Ignoranz oder durch bösartiges Wegschauen ausgezeichnet haben. Ich schließe auch nicht aus, dass einige sogar von José im Vorfeld gekauft wurden, um an die entsprechenden Informationen über unsere Gesellschaft heranzukommen.“

Der Personalchef hatte jetzt sichtlich Schwierigkeiten, seine Contenance zu wahren. „Jorge, das ist nicht wahr. Sie haben sich alle unter deiner Knute geduckt, aber für die Konkurrenz gearbeitet haben sie nicht. Das ist eine bösartige Unterstellung."

Unwirsch wirkte Jorge Maron ab. „Lassen wir das. Es ist sowieso vorbei. Wie wird es bei dir weitergehen? Wirst du hier bleiben oder dir etwas anderes suchen?"

Sein Personalchef lächelte nachsichtig. „So steht die Frage nicht. Man hat mir bereits signalisiert, dass ich als einer deiner treuesten Vasallen im Unternehmen gelte und deshalb hier kein Platz mehr für mich sein wird. Ich werde also auch gehen. Man hat mir allerdings eine Stellung in einer Personalagentur angeboten, die ich wahrscheinlich annehmen werde."

„Das ist schön", strahlte jetzt Jorge Maron. „Ich kann dich ja wieder holen, wenn ich meinen neuen Posten angetreten habe."

Sein Personalvorstand sah das sichtlich weniger erstrebenswert, zeigte sich jedoch überrascht: „Du hast bereits etwas Neues? Hast du etwa schon länger von der Übernahme gewusst?"

„Nein, nein", wiegelte der nun Ex-Vorstandsvorsitzende ab. „Du weißt, ich habe einen guten Ruf als knallharter Sanierer. Es gibt immer Firmen, denen es schlecht geht. Deshalb rechne ich sehr schnell mit einem neuen, interessanten Angebot. Vielleicht ist es im Moment auch ganz gut, einmal einige Monate nicht im Rampenlicht der Öffentlichkeit zu stehen. Die Presse hat mir wegen dieser Affäre mit den Kreuzfahrtschiffen ganz schön zugesetzt. Verbrecher war noch eine der mildesten Beschimpfungen, die ich über mich ergehen lassen musste."

„Du bist offiziell freigesprochen und solltest dir das nicht gefallen lassen. Die Sache ist erledigt", pflichtete ihm sein Personalvorstand bei. „Wir haben auch einiges getan, um den Angehörigen der Opfer zu helfen. Wenn ich nur an die großen Summen denke, die wir ihnen zusätzlich zu den ausgezahlten Versicherungsbeträgen haben zukommen lassen. Wie ist denn eigentlich die Geschichte mit unserer Kostenbeteiligung für die Errichtung einer Kapelle auf Santorin ausgegangen? Du hast nie wieder etwas davon erzählt."

Jorge Maron schüttelte verächtlich den Kopf. „Sie wollten kein Geld von einem Mörder. So haben sie es mir gegenüber dargestellt. Dabei wollte ich die Hälfte der Baukosten und die gesamte Innenausstattung übernehmen. So ist die Kapelle eben ohne meinen Beitrag gebaut worden, viel kleiner und auch nicht so schön, wie ich sie mir vorgestellt hatte."

„Ich habe diese kleine Kapelle vor kurzem im Fernsehen gesehen. Sie ist sicherlich sehr schlicht, wird aber dem Anliegen der Erinnerung an die Opfer voll gerecht. Weiß übrigens deine Frau schon von deinem Rausschmiss?“

Jorge Maron schaute jetzt leicht säuerlich auf seinen Personalvorstand: „Was heißt hier Rausschmiss? Du kennst diesen berühmten Spruch *Der Mohr hat seine Schuldigkeit getan, der Mohr kann gehen*. Ich habe meine Frau schon informiert. Sie hat es mit Fassung aufgenommen und wird weiterhin voll hinter mir stehen. Zudem hat sie im Moment sowieso genug andere Dinge um die Ohren. Du weißt, meine älteste Tochter ist wieder zu Hause. Wir haben sie endlich zu einer Entziehungskur bewegen können, und das ist die Hölle. Ich bin froh, wenn sie von diesem Teufelszeug endlich weg ist.“

Marons Kollege blickte ihn verständnisvoll an. „Du kannst von Glück reden, dass sie nach Hause gekommen ist. Das ist zumindest eine Chance für das Mädchen. Weißt du, wie sie an die Drogen herangekommen ist?“

Jorge Maron schüttelte nur den Kopf. „Sie ist nie mit der Sprache herausgerückt. Ich habe allerdings den Eindruck, dass zu manchen Partys Koks dazu gehört wie früher bei uns der Rotwein.“

Er wurde in seinen Ausführungen von der Sekretärin unterbrochen, die die Tür geöffnet hatte. „Herr Maron, Ihre Kisten sind eingetroffen. Kann ich Ihnen beim Einpacken helfen?“

28. Februar 2016, Chongking (China)

Liu Wu zuckte leicht zusammen. Wieder war ein Kampfbomber über das Elendsviertel der Stadt hinweggeflogen und hatte mehrere Raketen auf imaginäre Ziele abgeschossen. Die Einschläge waren nicht weit weg und hatten sicherlich nur Unschuldige getroffen, denn militärische Ziele gab es hier nicht, wenn man von Lius Hauptquartier absah. Die bewaffneten Einheiten hatten sich schon längst in Richtung Chengdu zurückgezogen und gleichzeitig in kleinere Gruppierungen aufgeteilt. Das war ein Teil seiner Taktik, die Angreifer ins Leere stoßen zu lassen und dann mit überlegenen Kräften zurückzuschlagen. Der andere Teil bestand darin, unbewaffnete Frauen und Kinder in großer Zahl den Kampfeinheiten gegenüberzustellen und die einfachen Soldaten zu bewegen, die Seite zu wechseln. Das beinhaltete das Risiko, dass auf die Zivilisten geschossen wurde, war aber bisher nur zweimal geschehen. Allerdings waren die dafür Verantwortlichen aufgespürt und von den Brüdern regelrecht zerrissen worden.

Beide Vorgehensweisen hatten dazu geführt, dass große Mengen Waffen in die Hände der Aufständischen gelangt waren, die damit nicht nur von der Zahl, sondern auch der Ausrüstung immer schlagkräftiger wurden. Liu hatte für seine Guerilla-Taktik den Kampf der Vietkong gegen die Amerikaner im Vietnamkrieg als Vorbild gewählt. Auch dort gab es keine klaren Frontlinien und immer neue, unerwartete Schläge von außerordentlich mobilen Einheiten. In den großen Städten hatten sie ebenfalls die Strategie der Vietkong mit Anschlägen auf Kasernen, Munitionsdepots und Versorgungseinrichtungen der Armee übernommen. Die Zentralregierung antwortete mit wütenden Angriffen auf die Elendsviertel und Hinrichtungen in kaum noch fassbaren Größenordnungen. Sie war jedoch immer weniger in der Lage, die weiterhin unabhängig voneinander agierenden Tjumen wirklich zu treffen, geschweige denn zu vernichten. Liu hatte größten Wert darauf gelegt, dass es kein Oberkommando für die Aktionen in den großen Städten gab. Er wollte auf diese Weise verhindern, dass der Geheimdienst die Zentrale der Bruderschaft infiltrieren und letztendlich zerschlagen konnte.

Bisher ging diese Strategie voll auf. Immer mehr Wanderarbeiter und Bauern, die Ärmsten der Armen, schlossen sich seiner Bewegung an und waren zu jeder Aktion bereit. Große Gebiete in Zentralchina standen bereits unter Kontrolle der Bruderschaft, die diese sogenannten befreiten Territorien sofort unter Selbstverwaltung gestellt hatte. Wo die Brüder die Macht ergriffen, gingen sie rigoros gegen die

Nutznießer und Schmarotzer des alten Systems vor. So wurden die neuen Großgrundbesitzer verjagt und der Boden aufgeteilt. Es wurde eine Ordnung eingeführt, die nichts mehr mit den korrupten Verhältnissen des *Kapitalistischen Kommunismus* zu tun hatte. Mindestlöhne waren eingeführt worden, die Gewinne der Unternehmen mussten bis auf einen kleinen Betrag an die Organisation abgeführt werden, größere Vermögen wurden beschlagnahmt und hunderttausende Wucherkredite gelöscht. Der Besitz von Gold und Silber war verboten. Beschlagnahmter Schmuck wurde eingeschmolzen und als Barrengold in Myanmur verkauft.

Liu war gerade dabei, ein weiteres Werk zu verfassen, das sich mit der Organisation der neuen Gesellschaft nach dem Sieg der Bruderschaft beschäftigte. Seiner Meinung nach hatten sie bisher zu wenig über das *Danach* nachgedacht, denn viele der neuen Herren unterschieden sich sehr schnell kaum noch von den alten. Liu hatte mehrere Tjumenanführer hinrichten lassen, weil sie Plünderungen zugelassen hatten und sofort in die Villen der vertriebenen Neureichen eingezogen waren. Liu machte das Angst. Wie lange würde seine neue Elite brauchen, sich ähnlich zu verhalten wie die alte? Und wie konnte er diese menschlich verständliche Verhaltensweise unterbinden? Würde er nicht am Schluss als neuer Diktator enden, der, wie so viele vor ihm, als Philanthrop begann und am Schluss als blutiger Henker von der Geschichte verdammt wurde?

Liu hatte noch keine endgültige Antwort auf seine Fragen gefunden. Er wusste nur, dass man nach dem Sieg die Macht der Eliten begrenzen und ein erneutes Erstarren der Oberschicht verhindern musste. Das hieß für ihn, die Gier zu unterdrücken und Führungspositionen ohne Gegenleistung für die Gesellschaft nicht zu akzeptieren. Unter anderem hatte er bereits eine ständige Offenlegung des Besitzes, eine strikte Vermögenssteuer und horrende Erbschaftssteuern eingeführt. Er wollte mit allen Mittel verhindern, dass sich erneut Einzelne das Ergebnis der Arbeit der vielen kleinen Leute aneignen konnten. Deshalb war er auch strikt gegen die sogenannte Demokratie der Amerikaner, die er nur als demagogisches Mäntelchen der Reichen zur Rechtfertigung ihrer Bereicherungssucht verstand. Denn was lief dort seiner Meinung nach ab? Gewinne wurden privatisiert, Verluste jedoch auf die Allgemeinheit abgewälzt. Es durfte einfach nicht passieren, dass sich zehn Prozent der Bevölkerung über neunzig Prozent des gesellschaftlichen Reichtums aneigneten wie in den USA. Positiv an der westeuropäischen Demokratie sah Liu die freien Wahlen. Er fand es gut, dass die politischen Eliten die Macht auf

Zeit akzeptierten. Was ihn störte, war, dass auch diese Eliten sich immer mehr aus sich selbst heraus rekrutierten und nur noch auf Machterhalt ausgerichtet waren. Er war durchaus willens, Elemente des europäischen Wahlrechts zu übernehmen, allerdings mehr Basisdemokratie gesetzlich zu verankern. Es musste auch Außenstehenden möglich sein, in wichtige Positionen zu gelangen, ohne erst eine Parteilaufbahn zu absolvieren. Im Vordergrund sollte nicht mehr die Zugehörigkeit zu einer bestimmten Partei, sondern die Leistung für die Gesellschaft stehen.

Es klopfte leise an der Tür zu dem Zimmer, in das sich Liu zurückzog, wenn er an seinem Buch *Ordnung des Lichtes* schreiben wollte. Bevor er irgendetwas sagen konnte, hatte bereits Zhu Shikai, ein junger Mann in seinem Alter, den Raum betreten. Er war vor zwei Monaten aus Peking gekommen und noch in Sangdui zu ihnen gestoßen. Liu hatte sofort Gefallen an Zhus Organisationstalent gefunden und ihn zu einer Art Ordonnanz ernannt. Erst vor wenigen Tagen hatte er erfahren, dass der junge Mann früher die Regionalvertretung eines spanischen Reisebüros in China geleitet und erfolgreich Reisen durch das ganze Land organisiert hatte. Er kannte sich also bestens in den Provinzen aus und verfügte über gute Beziehungen, wenn es um Transporte oder die Logistik ging. Zhu hatte ihm auch erzählt, wie er zur Bruderschaft gekommen war. Sein spanischer Boss hatte ihn wie ein Stück Dreck behandelt und am Schluss ohne ein Wort des Dankes einfach rausgeschmissen.

Zhu bibberte selbst ein Jahr später noch vor Wut, wenn er erzählte, wie er während eines Besuchs in Madrid regelrecht niedergemacht worden war. „Obwohl ich Millionen für das Reisebüro verdient und nach Madrid abgeführt habe." Zhu hatte nur eine Genugtuung. Ein guter Freund aus alten Zeiten hatte ihn informiert, dass man diesen Herren selbst gefeuert hatte. Er wusste aber auch, dass solche Typen nie wirklich abstürzen würden. Lange würde der nicht auf einen neuen, weichen Sessel warten müssen. Zur Bruderschaft war Zhu gestoßen, nachdem sich herausgestellt hatte, dass ihn sein spanischer Boss nicht nur herausgeworfen, sondern auch noch überall schlecht gemacht hatte. Trotz vieler Bewerbungen fand er keinen neuen Job, auch nicht außerhalb der Reisebranche. So war er abgestürzt, vom wohlsituierten Direktor zu einem der Gedemütigten und Gescheiterten, die sich, so stellte er überraschend fest, sehr hilfsbereit verhielten, wenn sie der Sekte des *Pfades des Lichtes des Maitreya* angehörten. Mit dieser verband ihn eine äußerst unangenehme Erinnerung aus seiner früheren beruflichen Tätigkeit, doch die

Solidarität und die Menschlichkeit untereinander hatten sein Interesse an dieser Organisation geweckt und seine anfängliche Abneigung überwunden. Und er war überrascht, als er die Schriften von Liu Wu las. Das war genau das, was er auch dachte, was er erlebt und demütigend am eigenen Leib verspürt hatte. Er hatte die Geschichte mit dem Rauschgift Liu erzählt. Der hatte an dieser Stelle schallend gelacht: „War das nicht eine gute Idee?“ Dann jedoch ernsthaft hinzugefügt: „Wir brauchten dringend Geld für die ganz unten. Und es gab viele wie dich, die sich einfach nicht dafür interessieren wollten, dass es viel Elend und Not in unserem Land gibt. Aber du siehst, wie schnell sich die Zeiten ändern können. Jetzt bist du bei uns und hilfst, die Ungerechtigkeit zu bekämpfen und zu beseitigen. Du bist auf der richtigen Seite angekommen, der Seite des wahrhaften Glaubens.“

„Bruder Liu, du musst endlich zusammenpacken. Chongking ist bereits zu zwei Dritteln umstellt und wird bis morgen völlig umzingelt sein. Unsere Kampfeinheiten haben außerordentlich diszipliniert den Rückzug angetreten und formieren sich bereits neu im Gebiet von Chengdu.“ Mit diesen Worten legte Zhu Shikai eine große Karte auf den Tisch, in der mit verschiedenen Farben die derzeitige militärische Lage um die Provinzhauptstadt herum dargestellt war. „Die Armee hat hier etwa einhundertfünfzigtausend Mann zusammengezogen, in erster Linie Fallschirmjäger und Infanterie. Unterstützt werden sie von der Luftwaffe und Artillerieeinheiten. Dem stehen auf unserer Seite etwa dreihundertfünfzigtausend bewaffnete Kämpfer gegenüber. In den letzten vier Wochen sind etwa fünfzehntausend Soldaten mit ihren Waffen zu uns übergelaufen, trotz standrechtlicher Erschießungen und des ständigen Austausches der kämpfenden Einheiten.“

Liu hatte sich interessiert über die Karte gebeugt. „Wir sollten die regulären Truppen von Chengdu aus in einer Zangenbewegung weitläufig umgehen und sie von hinten angreifen. Es gilt weiterhin das Prinzip, konzentriert zuzuschlagen und sich nach der Aktion sofort wieder zurückzuziehen. Wie sieht es in Richtung Süden aus? Wie kommen wir bei der Einnahme von Kanton voran?“

„Im Moment keine Fortschritte. Unsere Guerilla-Taktik zermürbt langsam den Widerstand. Zur offenen Feldschlacht ist es aber noch viel zu früh“, berichtete Zhu. „Unser größtes Problem im Moment ist die Versorgung der Truppe mit Nahrungsmitteln. Wir stehen am Ende des Winters nach einem extrem trockenen Sommer. Da wir Plünderungen absolut nicht dulden, bleibt nur das, was die, die schon nicht viel haben, mit uns teilen beziehungsweise was wir von der regulären Armee erobern. Unsere ständigen Angriffe auf die

Nachschublinien des Gegners machen diesen also nicht nur nervös, sondern versorgen einen Teil unserer Kämpfer auch noch mit Nahrungsmitteln. Besonders schlimm ist es für die Zivilbevölkerung in den eingeschlossenen Gebieten. Dort gibt es viel Hunger und auch schon viele Tote.“

Liu schaute seine Ordonnanz nachdenklich an. „Wie sieht es überhaupt aus? Wie viele Kämpfer haben wir bereits verloren?“

Zhu Shikai holte einen Zettel hervor und reichte ihn Liu. „Hier findest du eine genaue Übersicht. Unsere Verluste sind im Moment noch sehr niedrig, da wir größeren Kämpfen ausweichen und uns auf schwächere Einheiten des Gegners konzentrieren. Insgesamt haben wir bisher achtzehntausend Tote zu beklagen. Dazu kommt noch einmal die doppelte Zahl an Verletzten. Unsere Gegner haben allerdings schon vierzigtausend Tote und fast einhunderttausend Verletzte hinnehmen müssen. An diesen Zahlen zeigt sich, wie erfolgreich sich unsere Truppen im Guerilla-Kampf behaupten und welch starke Unterstützung wir aus den vielen Anschlägen auf Militäreinrichtungen in den Städten beziehen. Trotz unserer Verluste ist die Zahl der Brüder, die sich den kämpfenden Einheiten anschließt, stetig gewachsen. Wir haben solchen Zulauf, dass die Führer der Tjumen Schwierigkeiten haben, das Ganze überhaupt noch zu organisieren.“

„Wir müssen den Kampf um die Herzen der Menschen verstärken. Die einfachen Soldaten auf der anderen Seite sind nicht wirklich unsere Gegner. Sie sind nur Werkzeug der Schmarotzer und Heuchler. Es müssen noch mehr Flugblätter hergestellt und verteilt werden, die unsere gerechte Sache verbreiten.“ Liu hatte sich aufgerichtet und die letzten Worte fast wie ein Prediger gesprochen. „Wir sind die Auserwählten, die Berufenen, die das Licht der Gerechtigkeit zurück auf die Erde bringen. Wir sind die Verkünder der vier Wahrheiten Buddhas auf dem Weg der Aufhebung aller Leiden durch rechte Tat und rechtes Leben.“

Zhu Shikai unterbrach ihn mit einem sanften Lächeln. „Bruder Liu, ich weiß, dass du an deinen himmlischen Auftrag glaubst. Mir brauchst du das nicht zu erzählen. Ich fühle mich mehr für das Irdische zuständig. Und das heißt zunächst, dich dazu zu bewegen, endlich auch Chonking zu verlassen.“

„Ich werde nicht gehen, bevor nicht unsere Frauen und Kinder ebenfalls in Sicherheit sind.“

Liu Wu schaute bei diesen Worten Zhu fast trotzig an. Der aber setzte unbeirrt fort: „Wenn du Märtyrer werden willst, kannst du hier bleiben. Nur wir brauchen dich nicht in dieser Rolle, zumindest nicht jetzt. Du bist der führende Kopf der Bewegung und darfst dem Feind nicht in die Hände fallen. Also pack ein. In spätestens zwei Stunden müssen wir von hier verschwunden sein. Und was die Evakuierung angeht, mach dir bitte keine Sorgen. Es werden nur die bleiben, die nichts zu befürchten haben."

„Was ist mit Rose und den Kindern?"

Zhu Shikai hatte diese Frage erwartet, denn er hatte sehr wohl registriert, wie eng die Bindung seines großen Führers an Rose und das kleine Mädchen, das Rose adoptieren wollte, geworden war. „Sie sind noch immer in Sangdui. Dort sind sie weit entfernt von allen Gefahren und gut beschützt. In der Provinz Yunnan haben wir eine starke Bauernarmee aufgebaut, die fast das ganze Land kontrolliert. Auch in der Selbstverwaltung sind wir inzwischen gut vorangekommen. Jetzt hoffen wir nur auf ein bisschen Regen und ein halbwegs normales Jahr, damit die Hungersnot schnell ein Ende findet."

Liu Wu schaute seine Ordonnanz freundlich an. „Danke für deine Unterstützung. Es beruhigt mich sehr zu wissen, dass es Rose und den Kleinen gut geht. Du hast Recht, wir müssen weg. Allerdings habe ich noch einen Auftrag für dich, so lange ich packe. Bitte veranlasse, dass sich übermorgen in Chengdu der große Rat trifft, um über die weitere Organisation der Bruderschaft zu diskutieren. Wir müssen endlich entscheiden, wie die zukünftige Führung des *Pfades des Lichtes* aussehen soll. Mein Vorschlag ist die Bildung eines Rates der Alten, in dem die Erfahrensten und Klügsten Gesetze beschließen und verabschieden sollen. Es dürfen nur Personen aufgenommen werden, die jeden irdischen Besitzes entsagt und sich voll in den Dienst der Bruderschaft gestellt haben. Wir müssen mit allen Mitteln verhindern, dass sich eine neue gierige Oberschicht herausbildet. Das will ich mit den besten Köpfen unserer Gemeinschaft bereden."

Zhu Shikai schaute ihn überrascht an. „Sind das nicht alles Elemente einer neuen Verfassung? Wäre es nicht besser, gleich einen Entwurf für ein Grundgesetz zu erarbeiten, der Rechte und Pflichten in der neuen Gesellschaft regelt?"

Liu nickte zustimmend. „Genau das habe ich vor, die Festlegung der Pflichten, vor allem für die, die stärker sind oder anderweitig von der Natur begünstigt."

2. März 2016, Hamburg

„Du sollst nicht immer derartig schlingen. Der Arzt hat gesagt, dass du dich ganz langsam wieder an das Essen gewöhnen musst. Wer so lange wie du künstlich ernährt werden musste, kann schnell einen Rückschlag bekommen."

Jens-Peter verdrehte die Augen. Ständig diese Belehrungen, dachte er. Trotzdem war es schön, dass ihn seine Mutter jeden Tag besuchte und immer etwas Gutes zu essen mitbrachte. Heute gab es wunderschönen Lammbraten, der nur durch eine kleine Spende seines Cousins möglich geworden war. Jens-Peter hatte schon die dritte Scheibe des zarten Fleisches verspeist und sogar mit einem kleinen Schlückchen Rotwein nachgespült. Das war zwar im Krankenhaus streng verboten, aber er hatte seine Mutter so lange bedrängt, bis diese nachgegeben und ein kleines Fläschchen Bordeaux eingeschmuggelt hatte.

„Weißt du, Mutti, du bist wirklich ein Schatz. Wenn ich dich nicht hätte, wäre ich nur noch Haut und Knochen."

„Du bist nur noch Haut und Knochen", bekam er sofort zu hören. „Wenn ich dich so sehe, wiegst du maximal noch fünfzig Kilogramm. Es wird Zeit, dass du endlich nach Hause kommst, damit ich dich hochpäppeln kann. Was hat der Arzt gesagt? Wann darfst du das Krankenhaus endlich verlassen?"

Jens-Peter nahm sich vorsichtshalber schnell eine weitere Scheibe von dem köstlichen Lamm und den vierten Kartoffelkloß.

„Noch etwa zehn Tage muss ich hier bleiben. Die Nierenentzündung klingt langsam ab und man ist bester Hoffnung, dass nichts zurückbleibt. Ich habe nach Ansicht der Ärzte fünf Schutzgöttinnen gehabt, die ihre Hände über mich gehalten haben."

„Eine davon ist deine Mutter, die dich Leichtfuß nicht aus den Augen lassen darf. Und bin ich einmal nicht dabei, geht es auch schon schief. Wie konntest du nur diese komischen Shrimps essen? Jeder weiß doch, wie gefährlich die sein können." Jens-Peter verzog erneut das Gesicht. Das bekam er nun fast jeden Tag zu hören, seitdem er seiner Mutter erzählt hatte, dass er sich die Cholerainfektion mit hoher Wahrscheinlichkeit beim Verspeisen dieses Gerichtes eingehandelt hatte.

„Mutti, muss das gerade beim Essen sein, dass du damit anfängst. Du weißt doch genau, wie sensibel mein Magen noch auf diese Geschichte reagiert." Was natürlich nicht stimmte, jedoch seine Mutter sofort zu einer Änderung des Themas veranlasste.

„Knut hat gestern angerufen. Er hat große Angst um seine Viehbestände. Zwei seiner Nachbarn wurden von offensichtlich organisierten Banden ausgeraubt. Sie haben jetzt gar nichts mehr und können nur auf einen ertragreichen Sommer hoffen. Knut hat eine Wachgesellschaft beauftragt, seine Schafställe jetzt rund um die Uhr zu bewachen."

Jens-Peter schaute seine Mutter mit großen Augen an. „Ist es denn wirklich dermaßen schlimm mit der Versorgung, dass schon Bauernhöfe ausgeraubt werden?" Er wollte das einfach nicht glauben.

„Leider ja. Du warst fast sechs Wochen nicht ansprechbar und in der Zeit hat sich alles noch weiter verschlechtert. Würde ich nicht regelmäßig Pakete von Knut bekommen, hätte selbst ich mit meiner großen Pension Schwierigkeiten, über die Runden zu kommen. Und jetzt habe ich auch noch dich am Hals, ganze fünfzig Kilogramm, die einmal neunzig Kilogramm gewesen sind. Es kostet mich bald ein Vermögen, dir die kräftigen Bissen zu besorgen, die du brauchst, um auf die Beine zu kommen."

Jens-Peter streichelte seiner Mutter die Hand. „Du bist eben doch die Beste. Wenn ich dich nicht hätte, wäre ich vielleicht schon längst begraben."

Seine Mutter hatte jetzt Tränen in den Augen. „Du sollst so etwas nicht sagen, Jens-Peter. Du weißt gar nicht, wie du ausgesehen hast. Ich konnte tagelang nicht schlafen, nachdem ich dich zum ersten Mal in der Isolierstation gesehen habe. Überall nur Schläuche und du hast dich nicht geregt. Eine Hiobsbotschaft jagte die andere. Erst die Cholera, dann die Leberentzündung, das Nierenversagen und zum Schluss auch noch Wasser in der Lunge."

Jens-Peter nickte. „Ja, das war ganz schön schlimm. Zum Glück habe ich in meinen Fieberträumen davon nicht viel gemerkt. Ich bin auch meiner Firma sehr dankbar, dass sie mich, sobald klar war, dass ich mich mit der Cholera infiziert hatte, mit einem Privatflugzeug nach Hamburg ausgeflogen und dort in der Alsterklinik untergebracht hat."

„Das war das Mindeste, was sie für dich tun konnten", entrüstetet sich seine Mutter. „Du warst nicht zum Spaß in Qatar, sondern hast für deine Firma die Kastanien aus dem Feuer geholt." Jens-Peter merkte, wie er langsam satt wurde. Das war ein köstliches Mahl gewesen. Und seit Wochen wieder drei Gläschen Rotwein. Er fühlte sich wie neugeboren.

„Jens-Peter. Bitte setz dich gerade hin, damit ich dir dein Bett frisch machen kann." Seine Mutter hatte die Reste der Mahlzeit in ihrer großen Tasche verstaut und begonnen, die Bettdecke und das Kissen aufzuschütteln. „Damit du dann ein schönes Nickerchen machen kannst, mein Sohn. Du musst viel essen und schlafen, hat mir der Arzt gesagt."

Kaum war seine Mutter fertig, lehnte sich Jens-Peter zurück und gähnte laut, was von seiner Mutter so verstanden wurde, wie er es beabsichtigt hatte.

„Ja, ja', ich gehe schon. Du bist noch völlig geschwächt, mein Junge. Morgen wird es Frikassee geben. Das isst du auch so gern. Außerdem bringe ich dir noch eine große Portion Schokoladenpudding mit Vanillesoße mit." Sie küsste ihren Sohn auf die Stirn und verließ das Zimmer auf Zehenspitzen. Jens-Peter richtete sich sofort auf. Das fehlte noch, am helllichten Tag zu schlafen.

Aber er war froh, endlich allein zu sein und sich das Lamento seiner Mutter nicht weiter anhören zu müssen. Er zog die Schublade des kleinen Tischchens, das neben seinem Bett stand, heraus, ergriff den Brief seiner Firma, den er am Morgen erhalten hatte, und las ihn noch einmal gründlich durch. Es hatte ihn nicht überrascht, dass man ihn von seiner Funktion als Projektdirektor entbunden hatte. Seine plötzliche Krankheit war der willkommene Anlass. Man hatte ihm mit warmen Worten für sein außerordentliches Engagement gedankt und das tiefe Mitgefühl für die Schmerzen ausgesprochen, die er nach der Cholerainfektion durchlitten hatte.

Dabei war sich Jens-Peter völlig darüber im Klaren, dass man ihn auch abgesetzt hätte, wäre er nicht krank geworden. Den Brand und die erneute Verzögerung, wiederum mit erheblichen Zusatzkosten verbunden, hätte man ihm nicht verziehen. Es war eindeutig ein Fehler gemacht worden, für den er gerade zu stehen hatte.

Umso überraschter war er deshalb gewesen, als ihm wenige Zeilen später mitgeteilt wurde, dass er nach seiner Genesung, voraussichtlich ab Mitte Juni, ein neues, großes Projekt in Italien übernehmen sollte. Der Titel *Umweltneutrale Stromversorgung* sagte ihm zunächst nichts. Als er jedoch die kurze Beschreibung gelesen hatte, war ihm klar, wie er zu diesem Angebot gekommen war. Seine Diskussionen mit dem großen Boss in Qatar waren offenbar auf fruchtbaren Boden gefallen. Exxon hatte vor, ein riesiges Kraftwerk in der Nähe von Neapel zu errichten, das voll auf der Nutzung der Erdwärme beruhen sollte. Es war beabsichtigt, die Lavablase in den phlegräischen Feldern anzubohren und durch Eindrücken von Wasser Antriebsdampf für Turbinen zu erzeugen. Das Projekt hörte sich interessant an, würde aber sicherlich auch sehr stressig werden, denn viele Fragen waren absolut nicht gelöst. Welche Materialien hielten den extremen

Temperaturen stand? Was sollte mit den Gasen geschehen, die bei der Umsetzung mit Wasser freigesetzt wurden? Wie konnte man sicher sein, dass bei Erdbeben, mit denen man in der Nähe von Vulkanen fest rechnen musste, die Anlage nicht in die Luft flog? Jens-Peter war sich noch nicht im Klaren, ob er diesen Job wirklich antreten würde. Das Ganze sah verdächtig nach einem Himmelfahrtskommando aus. Verlockend war es dennoch. Hier wurde eine neue Tür aufgestoßen und er konnte dabei sein. Er hatte sich fest vorgenommen, nicht zuzusagen, bevor er nicht noch einmal mit Scott Welsh gesprochen hatte. Ohne dessen Schutz würde er das Ende dieses Projektes, bei dem so viel Neuland betreten wurde, nie erleben.

Jens-Peter legte das Papier zur Seite und dachte noch einmal über sein gestriges Gespräch mit John Hewitt nach. Der war nicht abgesetzt worden, da man dann doch jemanden auf der Baustelle benötigte, der sich in allen Details auskannte. Er hatte angerufen, um Jens-Peter mitzuteilen, dass die Reparatur nach dem Brand viel schneller erledigt worden war, als sie zunächst gedacht hatten. Es sah so aus, dass sie die Anlage in den nächsten vier Wochen wieder in Betrieb nehmen konnten. Darauf war John sehr stolz. „Jetzt packen wir es", hatte er Jens-Peter versprochen. Sie hatten ausgemacht, sich nach der erfolgreichen Inbetriebnahme irgendwo in der Mitte zwischen Hamburg und Doha zu treffen und einige Tage, wie John so schön sagte, eine Rotweinkur zu absolvieren. John hatte fast beiläufig auch gefragt, wie es bei ihm denn weitergehen würde. Zu dem Zeitpunkt war der Brief von Exxon noch nicht eingetroffen, so dass er nur ausweichend geantwortet hatte. Sollte er den neuen Job wirklich annehmen, würde er versuchen, John anzuheuern. So hatte er dessen Frage zumindest verstanden, denn John hatte keine Festanstellung bei Exxon. Er wanderte von Baustelle zu Baustelle und war froh, wenn er schnell eine neue, gut bezahlte Arbeit angeboten bekam und mit jemandem zusammenarbeiten konnte, den er bereits kannte und dem er vertraute.

Zum Schluss ihres Gespräches hatte Jens-Peter die Gelegenheit genutzt und John gefragt, wie das eigentlich mit seiner Krankheit abgelaufen war, denn er konnte sich an die ersten Tage seiner Erkrankung absolut nicht mehr erinnern. John hatte nicht viel erzählt, aber Jens-Peter hat zumindest so viel herausgehört, dass es sehr schlimm gewesen sein musste. In der Nacht nach dem Brand hatte er plötzlich hohes Fieber und Brechdurchfall bekommen. Bereits am Morgen des nächsten Tages war er in die Isolierstation des örtlichen Krankenhauses eingeliefert worden. Trotz guter Behandlung verschlechterte sich sein Zustand rapide. Infolge des hohen Fiebers war

Jens-Peter nach kurzer Zeit nicht mehr ansprechbar und befand sich im Koma. John hatte die Firma informiert, die auch sofort reagierte und seinen Abtransport in die Hamburger Spezialklinik organisierte. Auch dort konnten die Ärzte nur die Symptome bekämpfen und abwarten. Der Körper musste sich selbst gegen den Erreger behaupten. Und das war ein Kampf auf Leben und Tod.

Das Telefon klingelte. Wer konnte das schon wieder sein? Er hob ab und meldete sich mürrisch „Hier Jens-Peter Schneider. Wer spricht da?"

„Hier ist Mutti", hörte er die aufgeregte Stimme seiner Mutter. „Jens-Peter. Man hat uns ausgeraubt. In der Zeit, in der ich dich im Krankenhaus besucht habe, ist bei uns eingebrochen worden. Ich hatte nicht viel Geld im Haus, das haben sie auch nicht mitgenommen. Sie haben offensichtlich nur das Essbare gesucht. Die Küche sieht wie ein Schlachtfeld aus."

Jens-Peter versuchte, seine nun weinende Mutter zu beruhigen. „Mutti, die Hauptsache, dir ist nichts passiert. Alles andere kann man reparieren. Wie sind die überhaupt ins Haus gekommen? Du hast doch eine stabile Tür und Fenster mit Sicherheitsglas."

Seine Mutter schien sich schnell zu fassen. „Mit brutaler Gewalt. Sie haben einen Fensterrahmen zerschlagen und sind dann durch das kaputte Fenster eingestiegen."

„Mutti, du rufst jetzt gleich die Polizei an und erstattest Anzeige. Die sollen sich das Ganze ansehen", trug Jens-Peter seiner Mutter auf. „Anschließend sprichst du bitte mit Glasermeister Hansen, den ich sehr gut kenne. Er soll sofort kommen und alles wieder einbruchsicher machen. Sobald ich zu Hause bin, werde ich eine neue Sicherheitsanlage installieren lassen, damit du in Ruhe schlafen kannst."

„Jens-Peter. Sie haben das Huhn mitgenommen. Was soll ich dir nur morgen kochen?", klagte jetzt seine Mutter. „Du brauchst doch etwas Kräftiges zu essen." Jens-Peter musste lachen. Als ob das Frikassee jetzt wichtig wäre.

„Mutti, ich kriege auch hier genug zu essen. Ich freue mich doch, wenn du kommst. Knut wird dir sicherlich bald ein neues Paket schicken. Denke bitte auch immer an die Sicherheitskette", ermahnte er noch einmal seine Mutter. Diese hatte aber offensichtlich den ersten Schreck überwunden, denn sie wurde schon wieder energisch. „Jens-Peter. Im Krankenhaus bekommst du nicht genug zu essen. Ich gehe gleich noch einmal einkaufen und werde dir etwas Kräftiges für morgen kochen." Bevor er irgendetwas sagen konnte, hatte sie aufgelegt.

Jens-Peter seufzte. Was lief nur da draußen ab? Vor kurzem Knuts Nachbarn und jetzt seine Mutter. War es denn wirklich so schlimm geworden? Er hatte kein Gefühl mehr dafür, wie es in Deutschland aussah. Erst war er ewig in Qatar gewesen und dann hatte er zwei Monate überhaupt nichts mitbekommen. Konnte ein einziger Vulkanausbruch die menschliche Gesellschaft an den Rand des Abgrunds bringen? Unwahrscheinlich, war die Antwort, auf die er sich festgelegt hatte. Es würde zwar noch einige Turbulenzen geben, jedoch letztendlich würde sich die Menschheit gegen die Natur behaupten.

Mehr Sorgen bereitete ihm der Ausbruch von Gewalt in China. Er hatte gelesen, dass es dort zum offenen Bürgerkrieg gekommen war. Und ein Ende war nicht absehbar! Die Rebellen wurden immer stärker und stürzten das ganze Land in die Anarchie. Jens-Peter verstand einfach nicht, warum diese Unruhen ausgebrochen waren. China hatte in den letzten zwei Jahrzehnten enorme wirtschaftliche Fortschritte erreicht und sich zum mächtigen Industriegiganten entwickelt. Er hatte mehrfach Shanghai besucht und war begeistert gewesen. Sicherlich hatte auch in China die Klimakatastrophe eine Rolle gespielt. Aber die Dürre allein war keine Erklärung dafür, mit welcher Härte die Auseinandersetzungen inzwischen ausgetragen wurden. Was jedoch sollte und konnte Europa tun? Jens-Peter wusste es nicht.

Die Tür öffnete sich. Die kleine, schwarzhaarige Krankenschwester, die ihn seit seiner Verlegung von der Isolierstation in die innere Abteilung betreute, kam herein.

„Herr Schneider, gleich gibt es Kaffee und Kuchen."

Der maulte nur: „Ich bin noch satt. Meine Mutter hat mich mit Braten vollgestopft."

„Dann eben nicht", lachte die junge Frau. „Aber Ihre Medizin müssen Sie nehmen. Noch sind Ihre Nieren nicht völlig in Ordnung. Im Übrigen, wissen Sie, dass Sie der letzte Patient in unserem Krankenhaus sind, der mit Cholera infiziert war? Alle anderen konnten wir schon nach Hause entlassen."

Oder sie sind tot, dachte Jens-Peter zynisch.

8. März 2016, Alexandria

„... danken wir unserem hochverehrten Oberbürgermeister, der sich rastlos und in Gottgefälligkeit den Schrecken entgegengestellt hat, die aus den Tiefen des Meeres hervorgekrochen sind und unseren blühenden Garten, das wunderschöne Alexandria, aus dem Paradies in die Hölle gestoßen haben. In der Tradition unseres großen Urahnen, des legendären Alexander, stand Ismail Mousra wie ein Fels in der Brandung und trotzte den Unbilden der Natur. Er hat den Hilflosen Trost gespendet, die Zaudernden aufgerichtet und die Starken zusammengeführt in ihrem Willen, das Kleinod des Mittelmeeres wieder zum Blühen zu bringen. Dank sei diesem edlen Sohn unserer Gemeinschaft, die sich glücklich schätzen kann, eine solche Ansammlung von Männlichkeit, Charakterfestigkeit und Selbstlosigkeit hervorgebracht zu haben.

Nur wenigen Gemeinwesen ist das Glück beschieden, in der Zeit göttlicher Heimsuchungen von einer solchen Persönlichkeit geführt zu werden, die ihr ganzes Sinnen und Trachten auf das Gemeinwohl ausrichtet. War es doch unser allseits verehrter Oberbürgermeister, der als Erster auf sein ihm zustehendes Gehalt verzichtete und, beispielhaft für alle, große Teile seines Vermögens für das Wiedererblühen unseres Gartens zur Verfügung stellte. Nicht einen Moment hat dieses strahlende Licht unter den Kindern Allahs gezögert, sich der Pflicht zu stellen und den schier aussichtslosen Kampf gegen die Geißeln, die uns trafen, aufzunehmen. Und mit göttlichem Beistand hat er diese Schlacht erfolgreich geschlagen, den hinterhältigen und gottlosen Feind besiegt. Jeder von uns kann das Wirken dieses großen Mannes sehen und spüren. Wir alle haben es zurück bekommen, das klare, kühlende Nass, das unsere schmerzenden Wunden benetzt und die Krankheit vertreibt. Und das göttliche Feuer, genannt Strom, erhellt den Unbeugsamen wieder den Weg zurück in das Paradies. All das war nur möglich aufgrund des durch nichts zu brechenden Willens dieses Heroen Ismail Mousra, der unbeirrt und geleitet von den Eingebungen Allahs die blühenden Rosen zu uns zurückbrachte. Ich bin mir sicher, dass unser irdischer Dank ihm nicht viel bedeutet, denn Allah gefällig zu sein, ist seine größte Erfüllung. Dennoch wollen wir seinen Ruhm verkünden und in der Ewigkeit verankern, indem wir ihn heute zum Ehrenbürger der Perle des Mittelmeeres erklären und ihn in das Ehrenbuch unserer Stadt als Bezwinger der Cholera eintragen.“

Ismail Mousra war gerührt. Diese Rede seines Cousins war Kompensation für das, was er in den letzten zehn Monaten erlitten und durchgemacht hatte. Endlich wurden seine Leistungen gewürdigt. Der Festredner war von der Bühne herabgestiegen und umarmte ihn herzlich. Ismail Mousra stand auf und lief jetzt selbst nach vorn. Sein neuer Sekretär hatte eine kurze Dankesrede vorbereitet, die er nun vortragen wollte.

„Liebe Gäste dieses für mich so denkwürdigen Tages. Liebe Freunde, die mir stets den Rücken gestärkt haben. Liebe Mitarbeiter, ohne die ich mein Werk nicht hätte vollbringen können. Dank sei Allah, dass er mir die Kraft gab, mich nicht dem Schicksal zu beugen und alles zu tun, dass diese, meine Heimatstadt wieder erblüht. Dafür habe ich die letzten Monate unermüdlich gearbeitet, zusammen mit Menschen, die willens waren, mir zu folgen und mich in diesem Kampf zu unterstützen. Und es ist uns gelungen. Wir haben diesen heimtückischen Feind, die Cholera, besiegt und verhindert, dass sich weitere dieser Seuchen breit machen konnten. Es ist mir eine große Freude, hier verkünden zu können, dass wir in Alexandria seit drei Wochen keine Neuerkrankung mehr hatten und auch in den anderen Ländern die Krankheit abebbt. Damit ist die Grundlage geschaffen, uns voll dem Wiederaufbau unserer Heimatstadt zu widmen und die Wunden, die uns diese unsägliche Flut zufügte, zu heilen. Lassen Sie mich an dieser Stelle all denjenigen unser tiefstes Mitgefühl aussprechen, die in den schrecklichen Tagen Angehörige oder all ihren Besitz verloren haben.

Ich verspreche Ihnen, hier und heute, dass wir als Stadtverwaltung alles tun werden, den Betroffenen in ihrem Schmerz beizustehen und ihre Not zu lindern. Und lassen Sie mich denjenigen danken, die es uns durch großzügige Spenden ermöglichten, sehr schnell Hilfe zu organisieren und in kürzester Zeit zu halbwegs zivilisierten Verhältnissen zurückzukommen. An erster Stelle möchte ich hier die Regierung des Vereinigten Europa nennen, die mehrere hundert Millionen Euro für den Wiederaufbau zur Verfügung stellte. Wir haben beschlossen, vor dem Rathaus zur Erinnerung an den Sieg über die Cholera ein Denkmal zu errichten, in das die Namen aller großen Spender eingemeißelt sein werden. In Abstimmung mit dem Präsidenten der Republik Ägypten wird zudem der 14. Mai ab sofort zum Feiertag erklärt, an dem wir der Toten dieser Naturkatastrophe zukünftig gedenken wollen."

Ismail unterbrach seine Rede und genoss den stürmischen Beifall, den seine Ankündigung auslöste. Er war stolz auf sich und das, was er für seine Stadt getan hatte. Als es leise geworden war, fuhr er fort: „Ich habe es als meine Pflicht verstanden, mich in meiner Funktion als

Oberbürgermeister dem zu stellen, was mir Allah auferlegt hat. Umso mehr berührt es mich, dass Sie, liebe Stadträte, mir heute die Ehrenbürgerschaft verleihen, denn nicht immer findet das Selbstverständliche auch Anerkennung. Deshalb mein Dank an Sie alle für diese Würdigung meiner Arbeit. Ich kann Ihnen versprechen, dass das für mich Ansporn sein wird, mich weiterhin voll in den Dienst dieser Blume Ägyptens zu stellen und nicht in meinen Anstrengungen nachzulassen, sie wieder zum Blühen zu bringen. In Abstimmung mit meiner Familie habe ich mich zudem entschlossen, aus meinem persönlichen Besitz weitere einhunderttausend Dollar für den Wiederaufbau zu spenden."

Von neuem toste Beifall auf. Viele der Anwesenden waren aufgestanden und klatschten jetzt im Stehen. Ismail Mousra war gerührt. Es dauerte fast drei Minuten, bis er seine Rede fortsetzen konnte. „Gestatten Sie mir in dieser für mich bewegenden Stunde auch einen persönlichen Rückblick. Leider gab und gibt es nicht nur die Helfenden, die Unterstützer, sondern auch die Störenfriede und Schmutzfinken. Es wurden nicht wenige Versuche unternommen, meine Arbeit zu verunglimpfen und meine Familie mit Schmutz zu bewerfen. Zum Glück ist diese Kampagne aufgrund ihrer Haltlosigkeit in sich zusammengefallen. Sie hat mich dennoch sehr betroffen gemacht. Denn das Wichtigste in einer solchen Situation ist zusammenzustehen und Solidarität zu üben. Zumindest ist das meine Auffassung von Pflichterfüllung."

Ismail Mousra trat vom Rednerpult zurück und verneigte sich mehrfach vor den etwa fünfhundert Gästen der festlichen Veranstaltung. Er wurde jetzt regelrecht gefeiert. Es erklangen Hochrufe, und Blumen wurden ihm zugeworfen. Der Vertreter der Industrie- und Handelskammer Alexandria war aufgestanden und nach oben gekommen. Er gratulierte Ismail herzlich und umarmte ihn mehrfach freundschaftlich. Auch er hatte eine Rede vorbereitet und lief zum Rednerpult, nachdem der Oberbürgermeister zu seinem Stuhl in der ersten Reihe der Honoratioren zurückgekehrt war und sich gesetzt hatte. Ismail Mousra hörte allerdings kaum zu. Er wusste natürlich, was jetzt kam. Die Vertreter der Großindustrie hatten für ein Denkmal gesammelt, das ihn, den verehrten Bürgermeister, darstellen sollte. Es war das Dankeschön für die vielen Spendengelder, die er zu ihnen umgelenkt hatte. Das Ganze ist mir doch hervorragend gelungen, schoss es ihm durch den Kopf. Die Bewilligungskommission war schon eine segensreiche Erfindung. Damit habe ich meiner Familie neue Freunde geschaffen und alte Freundschaften vertieft.

Es war recht einfach gewesen. Die Anträge waren letztlich so kompliziert gestaltet worden, dass Normalsterbliche kaum eine Chance hatten, die Formulare richtig auszufüllen. Und jeder formale Fehler war ein Grund zur Ablehnung. Damit waren diejenigen im Vorteil gewesen, denen ganze Stäbe zur Bearbeitung zur Verfügung standen und die gleich große Beträge abforderten.

Ismail hatte es strikt vermieden, selbst Anträge zu stellen. Er wollte sich in keinem Fall neue Blößen geben, in die seine politischen Gegner stoßen konnten. Allerdings nutzte er die Gelegenheit, billige Grundstücke aufzukaufen, die von ihren bisherigen Eigentümern wegen der großen Schäden aufgegeben worden waren. Das war ein blendendes Geschäft, denn es war zu erwarten, dass diese Immobilien bereits in kürzester Zeit ihren alten Wert erreichen würden. Ein Teil von ihnen befand sich in bester Lage direkt am Strand. Man konnte einen entsprechenden Wertzuwachs regelrecht riechen. Sein Immobilienverwalter hatte ihm erst gestern erklärt, dass sich bereits jetzt, das heißt, nach weniger als zehn Monaten, sein Grundbesitz mehr als verdoppelt hatte. Da fielen die einhunderttausend Dollar, die er anlässlich seiner Würdigung in einer großmütigen Geste gespendet hatte, kaum ins Gewicht. Ismail war bei diesen Geschäften sehr vorsichtig gewesen. Er hatte stets die Freiwilligkeit des Verkaufs notariell bestätigen lassen und keinerlei Preisdruck ausgeübt. Wozu auch, die meisten waren froh, wenn sie schnell einige Dollar auf die Hand bekamen, um die Stadt verlassen zu können. Die Erneuerung der Grundstücke übertrug er befreundeten Baufirmen, die auch für die Antragstellung zur Gewährung von Beihilfen verantwortlich waren. So war sein Name offiziell nie aufgetaucht. Er hatte sich hier immer strikt an die Worte seines Großvaters gehalten, der ihm vor vielen Jahren erklärt hatte: „Mein Junge. Merke dir das. In der Krise kann man sehr viel Geld verlieren. Wenn man geschickt ist, aber noch viel mehr gewinnen."

Der Vertreter der Industrie- und Handelskammer war zum Ende gekommen. Er hatte das Podest verlassen und lief mit einem Bild, das den ersten Entwurf des Denkmals zeigte, sowie einem riesigen Scheck zu Ismail, um diesem beides zu überreichen. Ismail war verlegen, denn es war ein riesiger Betrag zusammengekommen. Und es war nicht abgestimmt gewesen, die Summe zu präsentieren. Sie war nämlich um Größenordnungen höher als seine Spende, was ein schlechtes Licht auf ihn warf. Er schob deshalb den Scheck schnell unter seinen Stuhl und hielt nur das Bild des neuen Denkmals über den Kopf. Es zeigte ihn, wie er klares Wasser an Kinder verteilte und sie vor der

Seuche schützte, die als Dämon hinter ihm stand. Dieser Entwurf hatte ihm am besten gefallen, da er seine unbestreitbaren Verdienste bei der Wiederherstellung der Trinkwasserversorgung als Voraussetzung für den Sieg über die Cholera in den Mittelpunkt gestellt hatte.

Weitere Redner kamen und ergossen Lobeshymnen über ihn. Jedoch war Ismail schon wieder bei den Problemen dieser Stadt, die ihn morgen erneut belasten würden. Am meisten beunruhigte ihn, dass fundamentalistische Kräfte neuen Zulauf erhielten und immer aggressiver auftraten. Dabei waren die Störenfriede in den letzten Jahren mit dem steigenden Wohlstand verschwunden, tauchten jetzt aber plötzlich erneut auf. Irgendwie erinnerte es ihn an China, wo seiner Meinung nach pseudoreligiöse Kräfte gegen die Staatsmacht ankämpften und dabei waren, das ganze Land ins Unglück zu stürzen. Das würde in Ägypten nicht passieren. Hier war er sich sicher. Er hatte mit dem Präsidenten vereinbart, mit aller Härte gegen solche Tendenzen vorzugehen und jeden Versuch der Rebellion im Keim zu ersticken. Was bisher auch gelungen war.

Dennoch spürte Ismail, dass die Feindseligkeit gegen die Obrigkeit wuchs. Manchmal hatte er richtig Angst um seine Familie, die zwar abgeschirmt und gut beschützt in einem der Außenviertel Alexandrias wohnte, allerdings in den letzten Wochen schon zweimal beschossen worden war. Das war kein gutes Zeichen, zumal die Täter nicht ermittelt werden konnten. Das alles war nicht nur eine Folge der Flut, sondern hing mit der Gesamtsituation in der Welt zusammen. Infolge der Klimakatastrophe gab es zu wenige Nahrungsmittel, und wenn es welche gab, waren sie für die kleinen Leute unerschwinglich. Es war also kein Wunder, dass Hunger und bittere Not grassierten. Aber was sollte er tun? Er konnte kein Getreide und kein Fleisch herbeizaubern. Sie hatten versucht, das Problem über eine Rationierung der Lebensmittel zu lösen, waren jedoch kläglich gescheitert. Es waren zu viele Menschen zu versorgen und zu wenige Nahrungsmittel verfügbar, um sie verteilen zu können.

Was ihn als Familienmensch mit neun Kindern besonders bedrückte, waren die vielen Waisenkinder, die in Alexandria herumvagabundierten. Diese Tatsache war nicht verwunderlich, denn die Stadt hatte durch die Flut und die Cholera fast fünfzehn Prozent ihrer Bevölkerung verloren. Natürlich hatten sie zunächst versucht, die armen Kinder bei Verwandten unterzubringen. Aber oft war selbst das nicht möglich. Daraufhin hatte Ismail die Umwandlung von Schulen in Waisenhäuser durchgesetzt und die notwendigen finanziellen Mittel aus der Fluthilfe bereitgestellt. Das Problem war nur, dass die

Reserven aufgebraucht waren und er nicht wusste, wie er eine Anschlussfinanzierung zustande bringen konnte. Geld aus Steuereinnahmen war jedenfalls nicht da, denn die Industrie lag weiter am Boden und Touristen machten verständlicherweise einen großen Bogen um die Stadt. Vielleicht ist das mit dem Denkmal doch keine so gute Idee, durchzuckte es ihn. Es wäre gar nicht so schlecht, diesen großen Betrag für die Waisenhäuser zur Verfügung zu stellen. Er verwarf den Gedanken sofort. Das Denkmal musste sein. Wenn er schon die Chance dazu hatte, wollte er auch in die Geschichte eingehen. Allerdings kam ihm eine Idee. Bisher war vorgesehen, die Statue aus Bronze zu gießen, was das Denkmal sehr teuer machte. Roter Granit würde sich auch nicht schlecht machen. Immerhin war das der Stein der Pharaonen. Und billiger käme es auf jeden Fall. Auf diesem Weg konnte er einen erheblichen Betrag freischaufeln und diesen in einer neuen großzügigen Geste an die Waisenhäuser übertragen. Schon morgen würde er mit dem Direktor der Industrie- und Handelskammer darüber sprechen. Wenn man das Ganze geschickt anfing, würde auch die Industrie von einer solchen öffentlichkeitswirksamen Aktion profitieren. Und er erst recht.

„Herr Oberbürgermeister, kommen Sie bitte mit nach vorn. Sie müssen sich jetzt in das Ehrenbuch eintragen."

Ismail Mousra schaute auf. Er war so in seine Überlegungen versunken, dass er bald das Wichtigste verpasst hätte. Voller Würde und im Bewusstsein, etwas Großes geleistet zu haben, stand er auf. Langsam lief er zu dem feierlich dekorierten Tisch, auf dem das große Buch der Ehrenbürger der Stadt Alexandria ausgelegt war. Stürmischer Beifall begleitete ihn. Er griff den goldenen Füllfederhalter, den man rechts abgelegt hatte, und unterschrieb schwungvoll. Er hatte sein Ziel erreicht.

25. März 2016, Rhodos-Stadt

Der Bürgermeister von Rhodos-Stadt war stolz auf sich. Trotz aller Probleme und Widrigkeiten hatten sie es geschafft, einen festlichen Umzug anlässlich des Nationalfeiertages zustande zu bringen, der jedes Jahr zur Erinnerung an die griechische Erhebung gegen die türkische Fremdherrschaft 1821 begangen wurde. Nun stand er also mit dem Präfekten, dem Erzbischof sowie vielen Ehrengästen auf der Tribüne vor dem Gouverneurspalast und gab den Weg frei für den großen Festumzug. Dieser begann symbolisch mit der Vertreibung der Cholera aus der Stadt. Dazu hatte das Gymnasium ein Stadttor nachgebildet, durch das eine zerlumpte, bösartig aussehende Gestalt von jungen Männern mit Peitschen getrieben wurde.

Satiris Thanassis hatte Schwierigkeiten, einige Tränen zurückzuhalten. Die Flut hatte zwar große Schäden angerichtet, zum Glück aber nur wenige Menschenleben gekostet. Umso schwerer hatte sie die Ausbreitung der Cholera auf der Insel getroffen. Aus ursprünglich zweihundertachtzig Erkrankten waren am Schluss fast zehntausend geworden, von denen die Hälfte nicht überlebt hatte. Satiris hatte nie verstanden, wie sich die Krankheit so enorm schnell ausbreiten konnte, obwohl die sanitären Verhältnisse auf der Insel wirklich gut waren und immer Trinkwasser bester Qualität zur Verfügung stand. Nach Auffassung der Biologen waren es die vielen Fliegen, die unvermittelt aufgetaucht waren und die Krankheit übertragen hatten. So war es ihnen auch nicht gelungen, die Cholera durch strengste Isolierung der Kranken einzudämmen. Erst als sich eine von indischen Wissenschaftlern entwickelte neue Antibiotikakombination als wirksam herausgestellt hatte, waren sie in der Lage gewesen, die Seuche zu besiegen.

Zum Glück war es auch in Alexandria, dem Ausbruchsherd der Cholera, gelungen, die Epidemie in den Griff zu bekommen, so dass keine Gefahr mehr bestand, dass die Seuche ein weiteres Mal auf die Insel übergreifen konnte. Satiris musste trotz der schmerzlichen Erinnerungen schmunzeln. Er hatte gelesen, dass sich der Oberbürgermeister der ägyptischen Hafenstadt ein Denkmal für seine Verdienste bei der Bekämpfung der Cholera setzen lassen wollte. Wenn jemand ein Denkmal verdient, dann die indischen Bakteriologen, dachte Satiris. Auf Rhodos würde es so etwas nicht geben. Er hatte sich mit dem Präfekten und dem Erzbischof abgestimmt, dass sie zur Erinnerung an den Sieg über die Cholera auf dem Zentralfriedhof eine Statue errichten würden, die eine trauernde Mutter mit ihrem verstorbenen Kind zeigen sollte. Sie hatten sich zudem darauf verständigt, dass jeweils am Nationalfeiertag eine Kranzniederlegung zur Erinnerung an die Opfer der Cholera stattfinden sollte.

Satiris Thanassis schreckte aus seinen Gedanken auf. Der eigentliche Umzug hatte begonnen. Was für eine Farbenpracht. Wie viel Arbeit und Zeit hatten die Einwohner aufgewendet, um zu zeigen, dass sie nicht bereit waren, die Wunden, die ihnen die Natur geschlagen hatte, hinzunehmen. Sie hatten die Stadt festlich geschmückt, dem dominierenden Weiß die Farbenpracht unzähliger Blumen entgegengestellt und einen Festzug gestaltet wie schon seit Jahren nicht mehr.

Im Anschluss an das Eröffnungsbild wurde in einem ersten großen Block von den Schulen der Stadt die wechselvolle Geschichte der Insel dargestellt. Wie prächtig war diese Präsentation den Kindern und ihren Eltern gelungen. Sie begann mit einem mykenischen Schiff, das auf einem kleinen Lkw aufgebaut worden war. Es sollte an die Besiedlung der Insel durch mykenische Seeleute vor etwa dreitausendfünfhundert Jahren erinnern. Das nächste Bild zeigte kämpfende Griechen und Perser, eine Reminiszenz an das Jahr 490 vor Christus, in dem sich Rhodos den Persern unterwerfen musste. Bild folgte auf Bild, Erinnerung auf Erinnerung. 164 vor Christus Rhodos wird römisch, 395 nach Christus Rhodos fällt an Ostrom, 1309 Beginn der Herrschaft des Ritterordens der Johanniter, 1522 Sultan Süleyman nimmt die Insel ein, 1821 Beginn des griechischen Freiheitskampfes gegen die Türken, 1912 die Italiener besiegen die Türken und besetzen die Insel, 1943 Rhodos wird von den Deutschen besetzt und 1945 von England befreit, 1947 Rhodos wird endgültig griechisch, 1988 eine EG-Gipfelkonferenz wird in Rhodos-Stadt abgehalten.

Welch eine interessante Geschichte konnte ihre kleine Insel doch vorweisen. Und nie hatten sich die Rhodier den fremden Herrschern wirklich gebeugt. Sie hatten ihre Kultur und ihren Glauben stets bewahrt. Dem Stolz auf die Tradition war deshalb auch der zweite Block des Festumzuges gewidmet, den vielen Tänzen, die sich über die Jahrtausende auf der Insel erhalten hatten. Gestaltet wurde dieser Teil vom Volkstanztheater der Hauptstadt sowie von kleinen Tanzgruppen aus Dörfern im Gebirge. Ganz vorn präsentierte eine Bouzouki-Kapelle ihr Können. Sie spielte den wohl berühmtesten Tanz Griechenlands, den Syrtaki, der in den verschiedensten Variationen von den nachfolgenden Gruppen vorgeführt wurde. Der Bürgermeister musste erneut schmunzeln, denn der Syrtaki war nichts weiter als eine sehr junge Abwandlung des klassischen Tanzes Chassapiko, kreiert für den bekannten Film *Alexis Sorbas*.

Jedoch kannten die meisten Touristen nur den Syrtaki, der Chassapiko sagte ihnen nichts. Dabei war letzterer der wirkliche Volkstanz. Allerdings war er deutlich schwerer zu erlernen, mit viel mehr Schritten und Figuren im Vergleich zum fast einfachen Syrtaki.

Eine weitere Bouzouki-Kapelle folgte. Satiris liebte den Klang dieses in Griechenland am meisten gespielten Saiteninstrumentes und begann im Takt der Melodie mitzuklatschen, was die meisten der vielen Zuschauer bereits taten. Er konnte von seinem erhöhten Standort aus sehen, dass hinter den Absperrungen zum Teil sogar mit getanzt wurde. Er bemerkte auch sofort, dass in der zweiten Kapelle verschiedene Bouzoukis spielten, denn der sehr eigenständige Klang der Tzounas, der kleinen Schwester der Bouzouki, war deutlich herauszuhören. Dieser Mischgruppe folgte ein Ensemble von Tänzerinnen und Tänzern, das die traditionellen griechischen Reigentänze in den Originaltrachten der jeweiligen Region zeigte. Satiris kannte nicht alle dieser Tänze, aber zumindest den Ballos, einen fröhlichen Tanz der Jugend, und den Tsamikos, einen Tanz mit schweren, stampfenden Schritten, konnte er unterscheiden. Die oft schwermütigen Melodien begleiteten Lieder, die vom harten Leben auf dem Land, unerfüllter Liebe, Armut und Reichtum sowie dem Vergessen im Rausch handelten. Satiris spürte plötzlich eine leichte Berührung an seinem Arm.

Sein neben ihm stehender Freund, der Präfekt der Insel, hatte sich zu ihm gebeugt und flüsterte ihm ins Ohr: „Satiris. Wirf bitte einen Blick auf die erste Tänzerin in der Gruppe, die den Ballos tanzt. Ist sie nicht eine wirkliche Schönheit? Sie bewegt sich leicht wie eine Feder. Die muss ich unbedingt kennen lernen.“ Der Bürgermeister hatte die junge, hübsche Frau auch schon gesehen. Allerdings behagte es ihm überhaupt nicht, dass Ilias Sirimis ein Auge auf sie geworfen hatte, denn das konnte leicht zu Komplikationen führen. Schon mehrfach war sein Freund in solche Situationen geraten und zu oft nur mit großer Mühe und zum Teil viel Geld wieder herausgekommen. Er verstand ihn wirklich nicht. Fast immer brachten ihm solche Abenteuer Ärger in der Familie ein, da weder sein Vater noch die Familie seiner Frau bereit waren, Seitensprünge zu tolerieren. Trotzdem entflammte er stets aufs Neue, wenn er solchen Schönheiten, wie eben dieser jungen Tänzerin, begegnete. Was Satiris am meisten missfiel, war die Tatsache, dass sein Freund in solchen Fällen seine Stellung bewusst einsetzte, um den Frauen zu imponieren und diese zu beeindrucken. Da er zudem sehr großzügig war und zum Teil wertvolle Geschenke überreichte, hatte er selten Schwierigkeiten, die Angebeteten zu einem Stelldichein in seiner luxuriösen Fischerhütte, von der nur wenige etwas wussten, zu überreden. Glücklicherweise hielt das Feuer bei Ilias nie lange an und er versprach auch nie die große Liebe. Satiris sah jedoch jedes Mal aufs Neue die Gefahr, dass eine der Geliebten von Ilias begann, von einer Hochzeit zu träumen, und Konflikte mit unabsehbaren Konsequenzen heraufbeschworen wurden. Er würde auf jeden Fall alles tun, damit sein Freund zumindest heute keinen Kontakt zu dieser verführerischen jungen Dame aufnehmen konnte.

Die Chancen dafür waren sehr gut. Sie wollten im Anschluss an den Festumzug nach Ialyssos fahren, um dort den ersten Spatenstich für die neue Bauelementefabrik zu vollziehen. Der deutsche Erfinder hatte es trotz aller Widerstände geschafft, sein Projekt durchzusetzen und eine Finanzierung zustande zu bringen. Satiris wusste natürlich, dass die Familie Sirimis in das Vorhaben mit eingestiegen war und als Teilhaber agierte, freilich erst, nachdem Versuchsmuster hergestellt und von unabhängigen Gutachtern geprüft worden waren. Hier merkte man immer wieder den Einfluss von Ilias' Vater, dem Patriarchen der Familie. Dieser war in geschäftlichen Dingen außerordentlich vorsichtig und achtete mit Argusaugen darauf, dass sein nicht nur in der Liebe manchmal leichtsinniger Sohn zu große wirtschaftliche Risiken einging. Satiris hatte leider nicht das Geld, um sich selbst in das Projekt einbringen, obwohl er davon überzeugt war, dass die Investoren nur gewinnen konnten. Die Hälfte der Gelder kam aus Brüssel, weitere fünfunddreißig Prozent, die als Kredite aufgenommen wurden, waren über eine Landesbürgschaft abgesichert und die restlichen fünfzehn Prozent mit einer Sicherheitsübertragung der Maschinen und des riesigen Fuhrparks abgedeckt. Was sollte den Geldgebern da noch passieren? Und Bimsstein war mehr als genug vorhanden. Allein die in den Bergen deponierte Menge wurde auf mehrere Millionen Tonnen geschätzt. Trotzdem war Satiris nicht neidisch, denn er freute sich über die geschaffenen Arbeitsplätze und die Tatsache, dass sie eine Verwertungsmöglichkeit für dieses Zeug gefunden hatten, das auf sie herabgerieselt war.

Satiris konzentrierte sich jetzt wieder auf den Festzug. Inzwischen hatte der dritte Teil begonnen, der sich mit dem Vulkanausbruch auf Santorin und seinen Folgen beschäftigte. Die Spitze dieser Abteilung bildete ein kleiner Vulkan, der von einem Traktor gezogen wurde und zur Freude der Kinder Bonbons ausspuckte. Das war zwar sehr niedlich anzusehen, trug jedoch dem, was dieser Vulkan alles angerichtet hatte, wohl kaum Rechnung. Danach kamen drei Lastkraftwagen mit riesigen Videowänden, die die Flut, die Schäden danach und den bereits erreichten Stand des Wiederaufbaus von Rhodos-Stadt zeigten. Satiris war von den Bildern beeindruckt, denn so groß hatte er die Welle nicht in Erinnerung. Und er freute sich, was sie in zehn Monaten alles geschafft hatten. Dieses Volk ist nicht unterzukriegen, ging es ihm durch den Kopf, ob fremde Herrscher oder die Natur, auf die Knie ist es einfach nicht zu zwingen.

Es folgte ein Wagen, der all denen dankte, die mit vielen Spenden zum Wiederaufbau beigetragen hatten. Indes gefiel Satiris das nachfolgende Bild nicht. Es zeigte ein Huhn mit den Initialen der EU, das goldene Eier legte. Hoffentlich bekam diese Anspielung keiner in Brüssel mit. Sie konnte sehr schnell in die falsche Kehle geraten. Satiris warf einen vorsichtigen Blick auf den neben ihm stehenden Freund. Auch der schaute alles andere als begeistert.

Richtig sauer wurde der Präfekt jedoch beim nächsten Wagen. Dort war dargestellt, wie sich ein Reicher mit Händen und Füßen wehrte, eines seiner vielen Geldstücke hergeben zu müssen. Satiris hörte, wie Ilias murmelte: „Undankbarer Pöbel. Fast eine Million Euro haben wir als Notopfer bezahlen müssen. Und das ist dann der Dank."

Der Bürgermeister wusste, dass Ilias alles getan hatte, um diese Sondersteuer zu verhindern. Letztlich hatten aber dann doch alle Beziehungen nach Athen nichts genutzt. Das Notopfer war über einen Volksentscheid durchgesetzt worden und musste von allen bezahlt werden. Allerdings war es Ilias und seinen Freunden gelungen, den Initiator des Ganzen, den Gesundheitsminister Odo Alexandros, zu diskreditieren und zum Rückzug von allen politischen Ämtern zu veranlassen. Satiris hatte Ilias einmal dazu befragt, warum sie Herrn Alexandros noch abgeschossen hatten, obwohl die Sondersteuer schon beschlossen war. Sein Freund hatte ihn nur verständnislos angeschaut. „Der Kerl musste einfach weg. Wer weiß, was er sich als Nächstes hätte einfallen lassen, um uns zu schröpfen." Satiris hatte an dieser Stelle energisch widersprochen, denn er kannte den früheren Gesundheitsminister als sehr resoluten, aber auch fähigen Politiker. Erreicht hatte er mit seinen Worten aber nichts. Wenn es um das Geld der Familie Sirimis ging, war mit Ilias nicht zu spaßen.

Im Festumzug folgten nun mehrere Bilder, die sich humorvoll mit der Problematik des abgelagerten Bimssteins auseinandersetzten. Als besonders gelungen empfand Satiris eine Darstellung von Kindern, die auf einer weißen Fläche rodelten. Auf der Insel sah wirklich alles auch so aus, als wäre es zugeschneit. Man konnte sehr wohl verstehen, dass Assoziationen zum Winter und zum Skifahren aufkamen. Trotz des vordergründigen Humors stimmte das nächste Bild sehr nachdenklich. Es zeigte, wie Frauen mit Reibeisen am Strand den Bimsstein zerrieben und wunderschönen weißen Sand erzeugten. Darüber hatte man mit großen Lettern die Überschrift gesetzt: *Arbeitsbeschaffungsmaßnahme. Befristet bis zum Jahr 3174.*

Weitere Wagen folgten. Interessant war allerdings nur noch der, auf dem die Bauelemente präsentiert wurden, die in dem neuen Werk nahe Rhodos-Stadt produziert werden sollten. Überraschend für Satiris wurde auch das Modell eines kompletten Hauses auf dem Wagen gezeigt. Was hatte das zu bedeuten? Sollten sogar ganze Häuser gefertigt werden? Dazu musste er nachher gleich Ilias befragen. Hatten die Investoren etwa vor, noch eine Ausbaustufe an das Projekt anzuhängen? Wie viele Arbeitsplätze würde das bringen? Für ihn als Bürgermeister war das im Moment die wichtigste Frage, denn viele Menschen waren nach der Flut arbeitslos geworden und suchten verzweifelt nach einem Einkommen. Jede Investition, die für neue Arbeit sorgte, war herzlich willkommen.

Nach dem letzten Wagen zum Thema Bimsstein, es wurde ein Bauer gezeigt, der auf einem Feld mit dem Presslufthammer Löcher bohrte, in die er Maiskörner legte, kamen noch einige Darstellungen zum Wetter. Mittlerweile war allen klar geworden, dass die Dunkelheit und der viele Regen auch Folgen der Katastrophe im Archipel Santorin waren. Was die Menschen nicht davon abhielt, sich auch mit diesem Thema humorvoll auseinander zu setzen. Über zwei Darstellungen musste selbst Satiris laut lachen. Die eine zeigte die Helden von Troja, die fröstelnd unter einem Regendach standen und auf die Stadt schauten, die sie einnehmen wollten. Darüber stand geschrieben: *Bei dem Wetter macht das Ganze einfach keinen Spaß.* Die andere zeigte, wie Touristen in ein Flugzeug mit den Worten einstiegen: *Endlich raus aus diesem feuchten Deutschland*, beim Aussteigen auf Rhodos jedoch nichts anderes vorfanden als den gleichen Regen.

Und wie zum Hohn begann es nun auch noch wirklich zu tröpfeln. Es war zwar schon den ganzen Tag bedeckt gewesen, aber geregnet hatte es zum Glück nicht. Satiris schaute zum Himmel. Es sah nicht nach Dauerregen aus. Ganz ins Wasser fallen würden die Festlichkeiten also nicht, denn ein bisschen Nieselregen würden sie schon ertragen.

Jetzt kam auch schon der letzte Wagen des Festumzuges. Er zeigte den Koloss von Rhodos, eines der sieben Weltwunder der Antike. Welche Leistung hatten ihre Urväter vor fast zweitausenddreihundert Jahren erbracht, die die dreiunddreißig Meter hohe Statue des

Sonnengottes Helios aus Bronze gegossen und über der Hafeneinfahrt aufgerichtet hatten.

Satiris beugte sich zu seinem Freund: „Ilias. Ist das nicht ein gelungener Abschluss? Die größte kulturelle Leistung unserer Insel als Symbol für die Bitte an den Sonnengott, mit Wärme und Licht zu uns zurückzukehren."

Der jedoch schaute gar nicht mehr auf die Wagen. „Wo ist denn diese entzückende Tänzerin. Ich kann sie einfach nicht sehen."

8. April 2016, Agios Nikolaos (Kreta)

Costa fühlte sich nicht wohl in seiner Haut. Er hatte in seinem Leben noch nie einen Anzug getragen, und dann die vielen Menschen. Große Feste waren eben nicht sein Ding. Er wäre sicherlich auch gar nicht erst erschienen, aber Minea hatte ihn sehr böse angeschaut, als er ihr trotzig erklärt hatte: „So ein Mist. Ich bleibe zu Hause.“ Deshalb war ihm dann doch nichts anderes übrig geblieben, als zur Einweihung der Taverne zu gehen, auf der auch noch die Verlobung von Athena und Markos verkündet werden sollte.

Jetzt hatte er sich in eine der lauschigen Ecken des Restaurants neben der Küche zurückgezogen. Hier war Minea wenigstens in seiner Nähe und er bekam regelmäßig seinen Rotwein nachgeschenkt. Im Moment schwafelte gerade der Bürgermeister, der von Markos eingeladen worden war. Costa hörte jedoch nicht hin. Er wusste selbst, wie hart sie gearbeitet hatten, um das alles wieder herzurichten und wie viel Kraft es gekostet hatte, das Leid zu überwinden und zu neuem Optimismus zu finden. Es sah nicht so aus, als ob ihr Bürgermeister schnell fertig werden würde. Er hatte einen großen Berg Papier vor sich liegen, den er offensichtlich noch vorlesen wollte.

Deshalb lehnte sich Costa zurück, nahm noch einen großen Schluck Rotwein und träumte vor sich hin. Was war das doch für ein schöner Esstisch aus Nussholz, den er bei einem alten Mütterchen gefunden hatte, zwar völlig ramponiert und verwahrlost, aber mit fein gearbeiteten Intarsien und handgeschnitzten Ornamenten. Im Moment suchte er noch nach dem richtigen Holz, da er großen Wert darauf legte, dass keine Farbunterschiede zwischen alt und neu auftraten. Es würde noch einige Wochen dauern, bis er mit der Restaurierung fertig war, denn selbst wenn er die richtigen Stücke gefunden hatte, mussten Tischchen und neues Holz erst noch unter gleichen Bedingungen gelagert werden, um spätere Risse oder Verwerfungen zu vermeiden. Erst dann konnte er sich an die eigentliche Erneuerung heranwagen. Schon jetzt sah er bildlich vor sich, wie die kleinen Vögel, die das Hauptmotiv der Intarsien darstellten, wieder flogen und ein harmonisches Ganzes mit den ebenfalls dargestellten Blättern und Bäumen bildeten.

Er hatte sich fest vorgenommen, das Tischchen dieses Mal nicht zu verschenken, sondern selbst zu behalten. Es würde ein solches Prachtstück werden, dass er sich sowieso keine Frau vorstellen konnte, die das verdiente. Obwohl, wenn er es sich richtig überlegte, vielleicht mit einer Ausnahme. Zu Minea würde es schon passen. Aber sie hatte ihm erklärt, dass er seine Kunstwerke lieber verkaufen sollte, denn von irgendetwas musste er ja künftig leben.

Beifall brandete auf. Der Bürgermeister war nun doch zum Ende gekommen und hatte das rote Band zerschnitten, das man zur Einweihung der Taverne gespannt hatte. Damit war auch das Büffet eröffnet worden. Die Frauen hatten es im Garten errichtet, der schon auf Vordermann gebracht worden war, dem jedoch noch das Grün und die Farben der Blumen fehlten. In die Mitte waren neue Bäume gepflanzt worden. Sie ersetzten die alten, die von der Flut umgeknickt worden waren. Bis sie allerdings wieder Schatten spenden konnten, würde es noch einige Jahre dauern.

Die etwa einhundertfünfzig Gäste der Feierlichkeit drängten jetzt nach draußen. Markos hatte sich nicht lumpen lassen und trotz der horrenden Preise für Lebensmittel richtig aufgetafelt. Costa blieb jedoch sitzen. Er war sich sicher, dass ihn Minea versorgen würde. Sie achtete schon darauf, dass ihr „kleiner" Bruder nicht zu schlecht wegkam.

„Hallo, Herr Vlachos. Ich habe Sie heute noch gar nicht gesehen."

Costa schrak zusammen und schaute auf. Das hatte ihm gerade noch gefehlt. Frau Alexandros stand vor ihm und beabsichtigte offensichtlich, sich neben ihm niederzulassen. Er hatte nichts gegen diese Frau, wenn sie nur nicht so dünn wäre und nicht so viel reden würde.

„Herr Vlachos, haben Sie diese Stücke aus Athen zur Reparatur erhalten? Viele meiner früheren Freundinnen kennen mich mittlerweile nicht mehr, so dass ich nicht weiß, ob die Aufträge an Sie zustande gekommen sind."

Costa knurrte nur mürrisch: „Ja. Zwei Truhen und eine Kommode. Sind schon fertig. Gehen nächste Woche raus."

Er schaute seine Nachbarin, die sich inzwischen gesetzt hatte, nachdenklich an. Er spürte die Trauer in den Worten von Elena Alexandros. „Wie das? Wirkliche Freunde verliert man nicht."

„Ach, wissen Sie, es waren gar keine richtigen Freunde. So lange mein Mann eine wichtige Funktion innehatte, wollten sie mit ihm und mir nur glänzen und auch von seinem Einfluss profitieren. Kaum hatte er sein Amt wegen einer infamen Intrige niedergelegt, wollten sie uns mit einem Mal nicht mehr kennen. Zum Glück sind meine Bilder so anerkannt, dass ich auf diese Klientel voll verzichten kann."

Costa schaute ihr gegen seine sonstige Natur jetzt voll ins Gesicht. „Habe von dieser Geschichte gehört. Ich hätte die Kerle dafür umgebracht."

Über das Gesicht von Elena Alexandros huschte ein Lächeln. „Politik ist eben wie ein Spiegel des Lebens. Die Politiker sind nicht besser als wir, obwohl sie stets versuchen, das gegenteilige Bild zu vermitteln. Wir alle sind an dieser Situation mit schuld. Wir erwarten von diesen Menschen einfach zu viel. Mir hat mein Mann manchmal leid getan, auch seine Mitstreiter, ob nun in der oder in jener Partei. Wie oft wurden Entscheidungen von ihm verlangt, deren Tragweite er nicht überschauen konnte. Wie oft musste er hilflos zusehen, wie Prozesse abliefen, die gar nicht beeinflussbar waren, von ihm jedoch eine Einflussnahme erwartet wurde. Politik ist ein hartes Geschäft. Und jeder, der es betreibt, muss die Risiken kennen und mit ihnen leben. Mein Mann hat versucht, etwas gegen eine sehr starke Minderheit durchzusetzen. Und diese hat alles getan, um es zu verhindern."

Costa hörte zu, obwohl es ihn nicht wirklich interessierte. Er hielt nicht viel von Politikern. Aber irgendwie wurden sie gebraucht. Für ihn war das auf jeden Fall nichts. Da musste man viel zu viel reden.

Er sah, wie Minea mit einer großen Platte, belegt mit Paprikaschoten und Brot, auf ihn zusteuerte. Er hatte es ja gewusst, seine beste Schwester würde schon für ihn sorgen. Und dann brachte sie auch noch seine Lieblingsspeise, mit Käse gefüllte Paprika. Ihm lief das Wasser im Mund zusammen.

Minea stellte den Teller vor Costa ab und streichelte dem zärtlich die Schulter: „Na, Brüderchen. Hast wohl keine Lust, bis zum Buffet zu laufen, und wartest lieber auf deine Schwester?"

Sie drehte sich um und begrüßte Frau Alexandros freundlich. „Elena, wir haben euch schon vermisst. Was habt ihr heute gemacht? Wir hatten zum Mittagessen mit euch gerechnet." Minea beugte sich herab und drückte Elena herzlich. Costa sah das mit Erstaunen. Wenn seine Schwester diese Frau mochte, musste er sich wohl auch etwas freundlicher verhalten. Nicht, dass er noch Ärger mit Minea bekam. Die konnte ihn nämlich ganz schön traurig ansehen, wenn er sich wieder einmal daneben benommen hatte.

Frau Alexandros schien jedoch bester Laune: „Ach Minea, dafür hatten wir keine Zeit. Odo wollte sich unbedingt euer neu eröffnetes archäologisches Museum anschauen, und das hat dann doch viel länger gedauert, als wir gedacht hatten. Auf das Mittagessen konnten wir sicherlich gut verzichten, denn ihr habt jetzt so viel serviert, dass wir uns mehr als satt essen können. Die Ausstellung hat meinem Mann gut gefallen. Vor allem der frühminoische Teil beeindruckte ihn sehr. Er findet es stets aufs Neue erstaunlich, welch hohes kulturelles

Niveau auf Kreta damals bereits erreicht worden war, bevor alles in kurzer Zeit infolge eines gewaltigen Vulkanausbruchs zerstört wurde. Er sieht durchaus Parallelen zu heute, hofft indes, dass sich unsere Kultur als gefestigter erweist."

Minea hatte sich erneut ihrem Bruder zugewandt: „Costa, hast du schon das Bild von Elena gesehen, das sie Athena anlässlich der Eröffnung der Taverne geschenkt hat? Es hat jetzt einen Ehrenplatz gleich neben dem Eingang. Komm mit, ich zeige es dir. Essen kannst du dann immer noch genug."

Costa quälte sich nach oben. Er hatte erst zwei Schoten verdrückt und sollte schon aufhören. Widerwillig folgte er Minea in Richtung Tür. Und wirklich, da hing es, wieder ganz in Rot. Jedoch es war unverkennbar die Taverne.

„Ist es mir nicht gut gelungen? Habe ich die Farben nicht gut getroffen?", fragte Elena, die ihnen gefolgt war, stolz.

Missmutig blickte Costa auf das neueste Werk der Künstlerin. „Hmm, ich dachte immer, wir haben die Taverne blau gestrichen."

Elena schaute ihn verständnislos an. „Wieso gefällt Ihnen mein sanftes Blau nicht? Ich liebe eben diese grellen Farben nicht und schattiere das Ganze mit zarten Pastelltönen."

Er gab es auf. Diese Frau war einfach farbenblind. Allerdings änderte das nichts daran, dass sie hervorragend malen konnte. Costa sah sehr wohl, dass sie jedes Detail exakt wiedergegeben und hervorragend mit Licht und Schatten gearbeitet hatte. Fast wie bei seinen Intarsien.

Minea schob sich zwischen Costa und Elena. „Jetzt habe ich zwei Künstler neben mir. Der eine liebt die Spiele der Farben, der andere die Maserungen des Holzes. Leider fehlt mir für beides das Gefühl."

Jetzt musste sogar Costa lächeln. „Dafür ist sie eine Künstlerin in der Küche. Nur, dass sich ihre Kunstwerke nicht lange halten, weil ich sie so gerne aufesse." Er drückte seine Schwester an sich und gab ihr einen liebevollen Kuss auf die Wange.

Elena lachte jetzt herzlich: „Man sieht es", prustete sie fast heraus.

Minea begleitete ihren Bruder und Frau Alexandros zurück zum Tisch, auf dem noch immer der Teller mit den vielen Paprikaschoten wartete. Sie wollte gerade zurück in die Küche, als der Boden leicht zu vibrieren begann und das verdächtige Geräusch von klirrendem Geschirr erklang. Costa, der im Begriff war, sich zu setzen, sprang wie von einer Tarantel gestochen auf und presste die beiden Frauen fest an sich. „Mist. Ein Erdbeben. Nichts wie raus hier."

Aber so schnell die Erdstöße gekommen waren, hörten sie auch wieder auf. Trotzdem waren alle, die sich noch in der Taverne aufhielten, zunächst wie erstarrt. Noch zu frisch war die Erinnerung an das, was im Mai des vergangenen Jahres passiert war. Nur langsam löste sich die aufgekommene verkrampfte Stimmung, und neue Gespräche begannen. Überraschend für Costa war sein Vater mit einem Glas Wein, sicherlich gekeltert aus Beeren von seinem Weinberg, in die Mitte des Raumes getreten und hatte die Stille genutzt, sich Gehör zu verschaffen.

„Liebe Gäste. Wir hatten gerade wieder ein leichtes Erdbeben. Für mich etwas Normales. Ich habe nicht gezählt, wie viele ich in meinem Leben schon über mich ergehen lassen musste. Aber wie ihr seht, sie konnten mir nichts anhaben. Wir wollen deshalb anstoßen auf unser junges Paar, dessen Verlobung ich hiermit bekannt geben möchte. Möge es allen Erdbeben in ihrem Leben, denen, die aus der Erde, und jenen, die aus der Seele kommen, genauso widerstehen wie ich. Lasst uns auch an all die denken, die heute hier gern dabei gewesen wären, aber vom Herrgott bereits vom irdischen Schmerz befreit wurden."

Costa konnte nur den Kopf schütteln. Wie hatte der Alte das nur geschafft. Denn normalerweise schien sein Wortschatz über die Worte Ja und Nein nicht hinauszugehen. So schön hätte er das nie sagen können. Da alle anderen aufgestanden und in die Mitte des großen Raumes gelaufen waren, blieb ihm nichts anderes übrig, als seine Schoten ein weiteres Mal zu verlassen und sich ebenfalls in Richtung Brautpaar zu bewegen. Dort hatten Elena und seine Mutter Athena an den Händen gefasst und liefen langsam in Richtung Markos, der sich in der Nähe des Einganges aufhielt.

Markos war sichtlich verunsichert und wusste nicht, wie er sich verhalten sollte. Diese Rede seines Vaters war für ihn unvorbereitet gekommen. Küss sie endlich, du Blödmann, dachte Costa grimmig. So eine Frau kriegst du nicht noch einmal. Markos schien aber nun selbst zu spüren, was man von ihm erwartete. Er umarmte Athena und gab ihr einen langen, liebevollen Kuss. Danach fasste er seine Braut an der Hand, ließ sich zwei Gläser Rotwein geben, von denen er eins Athena reichte, und stieß zunächst mit seinem Vater und seiner zukünftigen Frau an.

Costa sah, dass Elena, die noch immer neben ihrer angenommenen Tochter stand, weinte und auch seine Mutter Mühe hatte, ihre Tränen zurückzuhalten. Er verstand das ja, nur ein bisschen zusammenreißen konnten sich die Weiber schon. Costa spürte, wie er von hinten leicht angestoßen wurde. Er drehte sich um. Es war Minea. „Komm mit. Wir wollen dem jungen Paar auch gratulieren."

Mit diesen Worten zog sie Costa, der sich nur zögernd in Bewegung setzte, nach vorn. Minea drückte ihre zukünftige Schwägerin eng an sich und begann nun ebenfalls zu weinen.

Jetzt fängt die auch noch an. Costa ging deshalb zuerst zu seinem Bruder und drückte dem fest die Hand, so fest, dass der schmerzhaft das Gesicht verzog. „Viel Glück und viele Kinder. Wehe dir, Athena weint einmal deinetwegen. Dann kriegst du es mit mir zu tun."

Dann war schon Athena an der Reihe. Er beugte sich zu ihr herab und drückte sie ganz leicht. Athena schmiegte sich an ihn und flüsterte ihm ins Ohr: „Costa, du bist zwar ein Brummbär, aber ein ganz lieber." Dann gab sie ihm einen Kuss. Costa wusste nicht, wie ihm geschah. Er spürte, wie ihm die Knie weich wurden. Ob er vielleicht schon zu viel Rotwein getrunken hatte? Zum Glück schoben hinter ihm schon die nächsten Gratulanten, so dass er sich schnell in seine Lieblingsecke zurückziehen und die Vernichtung der Paprikaschoten fortsetzen konnte. Kauend beobachtete er jetzt das Gewimmel, das sich um Athena und Markos gebildet hatte. Es dauerte allerdings nicht lange und das Ganze löste sich auf. Und was er überhaupt nicht erwartet hatte, Elena kehrte zu ihm zurück. Dabei hatte er doch gar nicht so viel geschwatzt.

„Herr Vlachos, ist es nicht schön, wenn nach so viel Trauer wieder das Glück Einzug hält." Noch sichtlich gerührt nahm Frau Alexandros neben ihm Platz. „Wissen Sie, was mir Athena gerade erzählt hat? Sie ist im vierten Monat schwanger. Deshalb werden sie und Markos noch im Mai heiraten. Ist das nicht eine Freude?"

Costa schwieg verbissen. Er und Onkel? So schnell hatte er nicht damit gerechnet. Dafür strahlte Minea, als sie an ihrem Tisch vorbeilief, über das ganze Gesicht. Offensichtlich hatte auch sie gerade diese Neuigkeit erfahren.

„Herr Vlachos. Wir alle haben es nicht bemerkt. Dabei ist sie sichtlich aufgeblüht und auch etwas rundlicher geworden. Odo freut sich schon so. Wenn es mit der Adoption klappt, wird er sogar bald Opa. Wir haben auf jeden Fall bereits alles eingeleitet und hoffen, dass bis zur Hochzeit alle Formalitäten erledigt sind."

Costa schaute auf. Er erinnerte sich an das Gespräch mit Minea im Zeltlager. Dort war es genau um dieses Thema gegangen. Die damals von ihm vorgeschlagene Prüfung war ohne Zweifel positiv ausgefallen. Athena hatte im Ehepaar Alexandros einen neuen Lebensanker gefunden und es durch seine Liebe geschafft, ihren unendlichen Schmerz zu überwinden. „Hm, nicht schlecht", war jedoch das Einzige, was er Elena gegenüber herausbrachte.

Aus der Gruppe hinter ihnen löste sich die Bekannte des Geschäftspartners seines Bruders und steuerte auf ihn zu. Mist, noch ein Weib mehr, durchzuckte es ihn. Aber die junge Frau sprach nur Elena auf Englisch an, was Costa nicht verstand, und ging, nachdem ihr diese geantwortet hatte, sofort wieder.

„Sie wollte wissen, wo Odo ist. Frau Eschli ist eine renommierte Vulkanologin, die ihn von einer Veranstaltung in Athen kennt", erläuterte Elena Alexandros Costa. „So wie ich es verstanden habe, wollte sie wegen der Vulkanausbrüche auf Santorin noch einmal mit ihm sprechen, weil sie morgen sehr früh abreisen muss."

„Weiß ich schon", maulte Costa. Dabei fand er die Schweizerin sehr sympathisch. Zumindest redete sie nicht so viel. Das konnte aber auch daran liegen, dass sie kein Griechisch verstand. Auf jeden Fall hörte sie immer gut zu, und das, was sie sagte, klang stets sehr vernünftig. Zumindest in der Übersetzung von Mikis Kypris. Dieser schien richtig verliebt zu sein, aber mehr war da sicherlich nicht. Costa sah diese Frau so ähnlich wie seine Schwester, schwer getroffen vom Schicksal und trotzdem nicht unterzukriegen. Sie hatte ihm gestern einige Bilder von ihrem Sohn gezeigt und richtig gestrahlt, als sie ihm erzählte, was der kleine Kerl schon alles konnte. Er hatte aber auch bemerkt, wie sie zusammengezuckt war und sich ihr Gesicht voller Schmerz verzog, als sie zufällig ein Bild ergriff, auf dem auch ihr Mann zu sehen war.

„Herr Vlachos. Athena hat mir erzählt, dass sie die Taverne zum Nationalfeiertag eröffnen wollte, der Bürgermeister es allerdings verhindert hat. Warum denn eigentlich?"

So ein Mist, dachte Costa. Jetzt musste er doch etwas sagen. „Wir hatten so viele Tote, dass am Nationalfeiertag nicht gefeiert, sondern der Opfer gedacht werden sollte. Es gab keinen großen Festumzug so wie in Rhodos, sondern nur eine Kranzniederlegung und ein stilles Gedenken auf den Friedhöfen. Unsere Neueröffnung hätte hier wirklich nicht dazu gepasst."

„Das verstehe ich", sagte Elena betroffen.

Costa hatte sich bei seinen letzten Worten erhoben. Obwohl er es eigentlich nicht wollte, hörte er sich freundlich sagen: „Wenn Sie Lust haben, kann ich Ihnen meine Schmuckstücke zeigen. Es wird nur wenige Minuten dauern." Er war erstaunt, dass sich Frau Alexandros sichtlich freute und sofort aufstand, um ihn zu begleiten.

12. April 2016, Zürich

Sylvia war aufgewühlt. In den letzten Tagen hatten sie so viele Impressionen überrollt, dass sie Schwierigkeiten hatte, ihre Gedanken auf das Wesentliche zu konzentrieren, die Fertigstellung der Gefährdungsanalyse der Vulkane in Europa. Sie hatte noch vor einer Woche geglaubt, es geschafft zu haben und eine gute Arbeit abzuliefern. Bis sie am gestrigen Morgen auf den Boden der Realität zurückgeholt worden war. Ihr Professor hatte sie zu einer Arbeitsgruppensitzung in das Institut eingeladen und sie gebeten, ihre Ergebnisse und Schlussfolgerungen noch einmal vor allen Wissenschaftlern des Hauses zur Diskussion zu stellen. Es passierte dabei etwas, was sie nicht erwartet hatte. Ihre Messungen wurden akzeptiert und als sehr gut anerkannt, ihre Schlussfolgerungen wurden jedoch zerpflückt und teilweise in der Luft zerrissen. Zweifellos hatte sie zunächst empfindlich reagiert und die Kritik auf ihre Person bezogen. Zum Glück hatte ihr Professor sich sehr väterlich verhalten und ihr in aller Ruhe erklärt, dass sie über das Ziel hinausgeschossen war. Und er hatte Recht.

Sie hatte es besonders gut machen wollen und für die einzelnen Vulkane wahrscheinliche Zeiträume angegeben, in denen mit Supereruptionen, so hatte sie Ausbrüche in der Stärke der Santorinkatastrophe bezeichnet, zu rechnen war. Das hatte sie als Hilfestellung für die Politiker verstanden, die nicht nur allgemeine Aussagen, sondern möglichst konkrete Angaben zu Risiken und Zeiten erwarteten. Aber genau das hatte ihr Professor nicht akzeptiert. Er hatte ihr erklärt, dass eine Sekunde in der Natur Tausende Menschengenerationen bedeuten konnte. Immerhin sprachen sie bei den Plattenbewegungen in der Erdkruste von Millimetern pro Jahr. Damit war eine zeitliche Vorhersage extremer Eruptionen unmöglich, denn in welcher Sekunde der Natur der letzte Anstoß für den großen Bruch erfolgte, war rein zufällig. Zunächst hatte Sylvia diese Argumentation nicht akzeptiert. Sie verwies auf die Erfahrungen bei der Vorhersage des Ausbruchs des Mt. St. Helens im Jahr 1980 sowie des Pinatubo im Jahr 1991. In beiden Fällen war das Gefährdungspotential ziemlich korrekt vorhergesagt und durch rechtzeitige Evakuierung und Sperrung der Gebiete die Zahl der Opfer stark beschränkt worden. Man hatte ihr aber klargemacht, dass diese Ausbrüche im Vergleich zu den von ihr aber betrachteten möglichen Supereruptionen nichts weiter waren als entflammte Streichhölzer neben einem explodierenden Lager von eintausend Tonnen Dynamit. Sylvia hatte hier noch heftig widersprochen. Sie hatte als weiteres Beispiel den Vesuv angeführt, der ihrer Meinung nach in den nächsten dreißig Jahren mit ungeheurer Gewalt explodieren würde. Sie alle wussten, dass im Lavaschacht dieses Vulkans ein riesiger Pfropfen aus erkalteter Lava steckte, von unten aber mit mächtiger Gewalt glühendes Magma nach oben drückte. Sylvia hatte Bilder aus dem Jahr 2002 vorgelegt, auf denen zu erkennen war, dass sich unter dem Vesuv schon seit Jahrzehnten eine riesige, vierhundert Quadratkilometer große Magmakammer befand.

Ihr Professor hatte an dieser Stelle gelächelt und sie darauf hingewiesen, dass sie mit ihrem Beispiel nur das bestätigt hatte, was er und ihre Kollegen ihr sagen wollten. Niemand wusste, wie lange die Magmakammer schon vorhanden war und ob sich der Druck nicht über kleinere Eruptionen entladen würde, wie in der Vergangenheit schon so oft geschehen. Es mussten viele Umstände zusammenkommen, damit der Supergau eintreten konnte, nur dass sie bisher nicht in der Lage waren, die Komplexität dieser Faktoren zu erfassen. Als Beispiel hatte man ihr erklärt, dass die extremen Ausbrüche des Vesuvs in den Jahren 5960 vor Christus und 3580 vor Christus, die zu den größten bekannten Eruptionen in Europa zählten, eine zeitliche Differenz von zweitausendvierhundert Jahren aufwiesen, während der nächste Supergau erst dreitausendsechshundertfünfzig Jahre später erfolgte.

Sylvia hatte sich am Ende der Diskussion den Argumenten gebeugt und sich bereit erklärt, die Schlussfolgerungen zu überarbeiten. Was sie bis heute Morgen erledigt hatte. Der Bericht war nun fertig und lag vor ihr. Er sollte am nächsten Tag, nachdem er noch einmal von ihrem Chef geprüft worden war, gebunden und schon am Nachmittag per Kurier nach Brüssel geschickt werden. Sylvia war sich nicht sicher, ob den Politikern ihre nun sehr zurückhaltenden Aussagen wirklich helfen würden, jedoch hatte sie akzeptiert, dass eine nicht eingetretene Vorhersage viel Schlimmeres auslösen konnte als eine vielleicht zu vorsichtige.

Sie blätterte ihren Bericht noch einmal langsam durch. Sie hatte mit den italienischen Vulkanen begonnen, die sie für die größte akute Gefahr in Europa hielt. Immerhin schlummerten im Großraum Neapel gleich zwei gefährliche Vulkane. Während der Vesuv in der Öffentlichkeit ein Begriff war, wussten die wenigsten, dass auf der anderen Seite des Vesuvs, in den phlegräischen Feldern um Pozzueli, die aktivste Vulkanzone Europas mit dem Krater Solfatara lag. Hier war vor etwa siebenunddreißigtausend Jahren der *big bang* passiert, der das Aussehen der ganzen italienischen Halbinsel verändert hatte. Sylvia hatte eindringlich darauf hingewiesen, dass es zu einer gewaltigen

Katastrophe kommen würde, wenn sich diese Ereignisse heute wiederholten, denn um Neapel herum lebten drei Millionen Menschen, davon siebenhunderttausend in der sogenannten roten Zone, die bei einem Ausbruch unmittelbar bedroht war. Als besonders kritisch sah Sylvia an, dass während der großen Eruption des Vesuv 79 Jahre nach Christus vier Kubikkilometer Asche in nur neunzehn Stunden ausgetragen worden waren. Es war also außerordentlich wichtig, schon die Vorzeichen eines möglichen Ausbruchs, wie leichte Erdbeben oder den Austritt stark schwefelhaltiger Gase an neu gebildeten Rissen, sehr ernst zu nehmen. Dagegen hatte sie den Teil gestrichen, der sich mit der zeitlichen Vorhersage eines Supergaus beschäftigte, obwohl sie noch immer davon überzeugt war, dass in den nächsten dreißig Jahren im Großraum Neapel damit zu rechnen war.

Nach Italien hatte sie sich mit Island auseinandergesetzt, das aufgrund seiner besonderen geologischen Verhältnisse die höchste Dichte aktiver Vulkane in Europa aufwies. Nach Sylvias Recherchen lag diese Zahl Anfang 2016 bei einhundertsechzig, wobei einige von ihnen erst in jüngster Zeit aufgewacht waren. Die Situation auf Island bezüglich einer Supereruption zu bewerten, war Sylvia sehr schwer gefallen, denn in der Vergangenheit waren diese schon häufiger aufgetreten. Island verdankte ja seine ganze Existenz diesen Vulkanausbrüchen. Zum Glück waren die Gebiete um die aktiven Vulkane herum wenig besiedelt, so dass eine unmittelbare Gefahr für Menschen kaum bestand. Was Sylvia störte, war der hohe Schwefelgehalt in den Eruptionsgasen. Sie hatte Angst davor, dass sich etwas Ähnliches wiederholen konnte wie beim Ausbruch von Santorin, nämlich eine erneute starke Abkühlung auf der Erde bis hin zum Auslösen einer neuen Eiszeit. Allerdings hatte sie keine Anzeichen dafür gefunden, dass das schon immer unter Island gelegene Hot-Spot seine Lage oder Größe geändert hatte. Ihre Bewertung des Vulkanismus auf Island bezüglich einer Gefährdung Europas war deshalb auch sehr beruhigend ausgefallen.

Danach folgten Kapitel zum Pico Tel Teide auf Teneriffa und zur Vulkaneifel. Im Falle des spanischen Vulkans hatten die Messungen eine deutliche Vergrößerung der Magmakammer ergeben. Bisher war sie aber nicht so groß, dass ein *big bang* hätte in Betracht gezogen werden müssen. Das Gleiche galt auch für die Vulkaneifel. Nach Sylvias Ansicht drohte keine unmittelbare Gefahr. Aber es war Fakt, dass sich unter dem Landkreis Daum eine eintausend bis eintausendvierhundert Grad Celsius heiße Plume befand, die deutlich heißer war als ihre Umgebung. Und die Geschwindigkeit der Hebungen im Bereich der Eifel hatte sich deutlich erhöht. Lag sie noch vor zwanzig Jahren bei ein bis zwei Millimetern pro Jahr, war sie inzwischen auf fast fünf Millimeter pro Jahr angewachsen. Was sie jedoch am meisten beunruhigte, war die Tatsache, dass in der Eifel Vulkanausbrüche seit siebenhunderttausend Jahren auftraten und zwar mit Pausen von etwa zehntausend Jahren zwischen den Eruptionsphasen. Und genau so lange war es her, als der letzte große Ausbruch in der Eifel, im so genannten Ulmener Meer, eingetreten war. Sie hatte der EU-Kommission empfohlen, die Vulkaneifel sehr ernst zu nehmen, denn der Ausbruch des Laacher-See-Vulkans vor nur dreizehntausend Jahren hatte fast ganz Mitteleuropa in Mitleidenschaft gezogen. Das war ein *Großer Knall* erster Klasse gewesen. Und dass sich etwas tat, zeigten nicht nur die Hebungen. Auch das schwere Erdbeben im vergangenen Jahr sowie viele Nachbeben waren Indikatoren dafür, dass die Plume in Bewegung geraten war.

Breiten Raum nahm selbstverständlich Griechenland ein, denn Santorin war nur einer der Vulkane auf dem Vulkanbogen der Ägäis. Ihre Messungen hatten aber weder auf Nisyros, Milos oder Aegina Magmakammern ergeben, die größer als ein Kubikkilometer waren. Es musste zwar mit Ausbrüchen gerechnet werden, jedoch nicht annähernd in der Stärke der Santorineruption. Dennoch war Vorsicht angebracht. Viele kleine Erdbeben waren bereits zu beobachten und die Magmakammer auf Poros wuchs fast dramatisch an. Sie selbst hatte während ihres Besuchs auf Kreta ein solches Erdbeben miterlebt. Es waren keinesfalls Nachbeben des Gewesenen, sondern leider schon wieder die Vorboten des Kommenden. Nach ihrer Auffassung sollte das bereits bestehende Geowarnsystem weiter ausgebaut und durch ein Tsunamiwarnsystem ergänzt werden. Sie würde ja sehen, ob die Politiker wirklich bereit waren, ihre Vorschläge zu akzeptieren und das nötige Geld für die Forschung lockerzumachen. Erst gestern hatte Sylvia erfahren, dass das Erdbeben auf Kreta kein Einzelbeben gewesen war. Von den Seismographen in Zürich war in einem sehr kurzen Zeitraum eine Vielzahl von Erdstößen fast überall auf der Erde erfasst worden, darunter ein sehr schweres Erdbeben in China. Die chinesische Regierung hatte jedoch bisher weder Opferzahlen bekannt gegeben noch ausländischen Rettungskräften die Einreise gestattet.

Sylvia war beim letzten Kapitel angekommen. In diesem hatte sie sich bemüht, Konsequenzen aus den bahnbrechenden Arbeiten von Professor Navarre zum Zusammenhang zwischen gesteigerter Sonnenaktivität und verstärktem Vulkanismus abzuleiten. Das war ihr sehr schwer gefallen. Es war zwar unstrittig, dass beide Erscheinungen zusammenhingen, jedoch was das für die Zukunft bedeutete, war völlig unklar. Die Temperatur des Erdkerns begann anzusteigen, aber niemand wusste, um wie viel in welcher Zeit. Die Geschwindigkeit der Bewegung der Erdplatten würde zunehmen, nur wo und mit welchen Auswirkungen? Sylvia hatte sich in der Besprechung mit ihren Kollegen sehr deutlich über die daraus erwachsenden Gefahren geäußert, das Ganze aber inzwischen erheblich abgemildert. Es war einfach zu viel Spekulation im Spiel. Sie mussten mehr messen und dann rechnen, bevor gesicherte Aussagen getroffen werden konnten. Sylvia las noch einmal die letzte Seite, die ihre Vorschläge zusammenfasste, gründlich durch. Sie fand nichts mehr, was sie nicht hätte vertreten können.

Es war geschafft. Sylvia lehnte sich zurück und atmete befreit auf. Nun würde sie endlich wieder etwas mehr Zeit für ihren Sohn haben. Sie hatte schon Gewissensbisse, weil er in den letzten Monaten viel zu kurz gekommen war. Das war auch der Grund gewesen, warum sie so lange gezögert hatte, Athenas Einladung anlässlich der Neueröffnung ihrer Taverne anzunehmen. Nach viel Überredung seitens Mikis Kypris hatte sie sich dann doch entschieden mitzufahren. Sie wollte diese junge Frau, die so viel durchgemacht hatte, nicht enttäuschen. Sie hatte es nicht bereut. Die Familie Vlachos hatte sie sehr freundlich aufgenommen und alles getan, ihr einen wunderschönen Aufenthalt zu ermöglichen. Und das, obwohl alle noch immer mit den Folgen der Flut zu kämpfen hatten und alles, was mit Essen und Trinken zusammenhing, so teuer geworden war. Am meisten hatte sie sich jedoch gefreut, Herrn Alexandros wieder zu treffen, den sie während des Workshops in Athen kennen gelernt hatte. Es gab so viel zu erzählen, von der Schwangerschaft Sylvias, die Odo Alexandros nicht vergessen hatte, über die abenteuerliche Geschichte der Adoption Athenas durch das Ehepaar Alexandros bis zu Odos Rücktritt vom Amt des Gesundheitsministers. Aber am längsten sprachen sie über Santorin.

„Hätten wir Ihre Warnungen nur ernster genommen“, hatte ihr Herr Alexandros erklärt. „So sind wir den Ereignissen stets hinterhergelaufen und haben fast bis zum Schluss die Entwicklungen immer unterschätzt. Zur Ehrenrettung unserer Vulkanologen muss ich freilich sagen, dass sie zumindest den letzten Ausbruch in seiner gigantischen Dimension richtig vorhergesagt haben.“

Sylvia konnte ihn beruhigen. Sie erklärte ihm, wie diffizil es noch immer war, die Schwere von Vulkaneruptionen im Voraus zu bestimmen.

Sie hatte ihn sogar ein bisschen gelobt. Für einen Politiker sei er außerordentlich bemüht gewesen, die Dinge zu verstehen und nichts zu übersehen. Herr Alexandros hatte ihr auch seine Frau Elena vorgestellt. Sylvia hatte sofort Gefallen an ihr gefunden. Sie war eine offenherzige, mit beiden Beinen im Leben stehende Frau, die es verstanden hatte, Athena ihren Lebenswillen zurückzugeben, und diese bereits als ihre Tochter betrachtete. So wie umgekehrt Athena Elenas Mutterrolle schon voll akzeptierte. Die Freude würde noch größer werden. Denn Athena hatte preisgegeben, dass sie schwanger war. Sie hatte verkündet, ihren Markos bald zu heiraten und im September einen Sohn zur Welt zu bringen.

Sylvia seufzte laut. Wann würde bei ihr wieder die Freude kommen? Aber sie schimpfte sofort mit sich wegen dieses Gedankens. Sie hatte ja ihren Sohn, der sich prächtig entwickelte. George war jetzt ein Jahr und vier Monate alt, konnte schon allein laufen und hatte begonnen, erste Worte nachzuplappern. Sylvia lächelte, denn es war ein Gemisch aus Deutsch und Griechisch. Sophia, die immer besser Deutsch verstand, unterhielt sich dennoch mit George am liebsten in ihrer Muttersprache, was ihm sehr zu gefallen schien. So tauchten eben neben Mama, Flasche oder Bett auch Worte wie Jassui oder Katula auf. Sylvia gefiel diese Zweisprachigkeit, denn auch sie hatte dadurch sehr viel gelernt. Während ihres letzten Besuches auf Kreta hatte sie schon manches verstanden, was um sie herum geredet wurde. Allerdings hatte sie es nicht zu erkennen gegeben, denn sie schämte sich, weil sie noch nicht besser Griechisch sprechen konnte. Mikis hatte es sehr wohl bemerkt, dass sie enorme Fortschritte gemacht hatte. Sicherlich hatte ihm aber auch seine Schwester erzählt, wie ernsthaft sie sich bemühte, die griechische Sprache zu erlernen.

Sylvia legte ihren Kopf auf die angewinkelte linke Hand und schaute versonnen leicht nach oben. Ja, Mikis, dachte sie, in ihm habe ich einen guten Freund gefunden. Er war immer für sie da, wenn sie ihn brauchte, drängte sich jedoch nicht auf. Er hatte noch nie ihre Wohnung betreten, obwohl seine Schwester Sylvias Sohn über eine lange Zeit fast rund um die Uhr betreut hatte. Sylvia wusste, dass Sophia während der Reisen, die sie wegen der Vermessung der Vulkane unternehmen musste, George mehrfach mit nach Hause genommen hatte.

Ihr Sohn schien dabei Gefallen an Mikis und seiner Tante gefunden zu haben. Das hatte Sylvia während eines Spaziergangs registriert, in dessen Verlauf sie zufällig Mikis getroffen hatten, denn kaum hatte

George den jungen Mann erkannt, krähte er auch schon dessen Namen und schenkte ihm ein strahlendes Lächeln. Die Reisen mit Mikis hatte sie als sehr angenehm empfunden. Der hatte stets eine klare Distanz zu ihr beachtet, sich dennoch immer sehr aufmerksam ihr gegenüber verhalten. Sie hatte es im Nachhinein nicht bereut, diese Reisen mit ihm unternommen zu haben. Dazu kam, dass Mikis Kypris entgegen ihrem ersten Eindruck viel aufgeschlossener war, als sie zuvor gedacht hatte. Er konnte sehr lustig sein, aber auch ernsthaft. Und sein neues Geschäft schien er mit ganzem Herzen zu betreiben. Er erzählte mit Begeisterung, wie gut er sich im Markt etabliert hatte. Sylvia wusste zudem von Sophia, dass Mikis einen Großteil des verdienten Geldes an die Familie schickte, damit die sich nach dem Verlust ihrer Heimat eine neue Bleibe aufbauen konnte.

Sylvia hörte es klingeln. Das musste Sophia sein. Sie war mit George spazieren gegangen. Es war zwar kein besonders schönes Wetter, für April viel zu kalt und zu nass, jedoch etwas frische Luft musste einfach sein. Zudem hatte Sylvia so die Zeit gefunden, ihren Bericht endlich fertig zu stellen. Sie stand auf, lief zur Tür und öffnete sie.

„Mama, Mama“, schallte es, und ihr Sohn streckte ihr freudestrahlend beide Arme entgegen.

15. April 2016, Wuhan (China)

Rose konnte nicht schlafen. Sie hatte Hunger. Aber warum sollte es ihr besser gehen als den vielen Menschen um sie herum. Der Winter war sehr hart gewesen und es gab kaum noch etwas zu essen. Liu sorgte zwar dafür, dass sie Reis und Gemüse in ausreichenden Mengen zugeteilt bekam, Rose behielt aber nur das Allernotwendigste und verschenkte das meiste an die Suppenküche der Mönche, in der die Ärmsten der Armen etwas zu essen bekommen konnten. Rose war sehr froh, dass wenigstens ihre Zöglinge nicht hungern mussten, obwohl aus ursprünglich zwölf Kindern nunmehr fast einhundert geworden waren. Und Rose war nicht mehr allein. Sie waren mittlerweile fünfzehn Frauen, die die kleinen Waisen betreuten und versuchten, diesen die Eltern zu ersetzen, die sie entweder durch AIDS oder die Stürme, die über das Land fegten, verloren hatten. Die Bruderschaft tat alles, solche Einrichtungen mit all ihren Möglichkeiten zu unterstützen. Nur waren diese aufgrund des immer erbitterter ausgetragenen Bürgerkrieges mehr und mehr beschränkt. So war Rose sehr froh, dass sie alle im Kloster des Guiyuan-Tempels in Wuhan, einer bekannten buddhistischen Anlage, Unterkunft gefunden hatten und die Hoffnung bestand, hier nun auch eine Weile bleiben zu können. Der Tempel bot zudem etwas Schutz, da die Regierungstruppen es bisher nicht gewagt hatten, die Heiligtümer zu bombardieren oder zu besetzen. Es war auch Zeit, dass die Mädchen und Jungen endlich etwas Ruhe fanden. Diese ewige Reiserei war nicht gut gewesen und hatte die Kinder sehr geschwächt. Rose hatte deshalb auch beschlossen, Liu nicht mehr zu folgen, sondern, egal was geschah, in Wuhan bei ihren Kindern zu bleiben.

Sie machte sich große Sorgen um Liu. Seine Verletzung an der Schulter war noch immer nicht richtig verheilt, und er hatte sichtlich Schmerzen. Da er zudem kaum schlief, war seine physische Verfassung beängstigend schlecht. Rose sah, welche Anstrengungen es ihn oft kostete, auf den Beinen zu bleiben und klare Anweisungen zu erteilen. Dabei schauten alle auf ihn, den großen Führer der Armen und Entrechteten. Rose hatte Liu schon mehrfach aufgefordert, einen Arzt zu konsultieren, aber er hatte sie immer nur unwirsch mit den Worten abgewiesen: „Dafür ist jetzt keine Zeit." Vielleicht hatte er ja auch Recht. Die Bruderschaft war stärker denn je und hatte inzwischen große Teile des Landes unter ihre Kontrolle gebracht. Jedoch war die entscheidende Schlacht noch lange nicht geschlagen. Die Gegenwehr war verbissener denn je und der kleinste Fehler konnte alle bisherigen Erfolge zunichte machen. Liu indes war vom Sieg mehr denn je überzeugt. Er hatte, so glaubte er, ein weiteres Zeichen dafür erhalten, dass sie mit göttlichem Beistand für eine gerechte Sache kämpften.

Geschehen war das am 9. April in der Schlacht um Chongking. Nach dem taktischen Rückzug Ende Februar in Richtung Chengdu hatte Liu seine Einheiten neu formiert, diese um die regulären Truppen herum geführt und erneut angegriffen. Der Gegner, der Gefahr lief, eingeschlossen zu werden, hatte sich nach Chongking zurückgezogen und dort verschanzt. Liu hatte sofort den Angriff befohlen, da er wusste, dass die Regierung von Süden her neue Truppen heranführte und er Gefahr lief, nun selbst zwischen zwei gegnerischen Linien zerrieben zu werden. Die Kämpfer der Bruderschaft vor Chongking kamen jedoch kaum vorwärts. Der Gegner war sehr gut ausgerüstet und nutzte geschickt seine Stellung in der Stadt aus, um Angriffe im Vorfeld zu unterbinden. Bis eben zu jenem 9. April. Erneut war ein Angriff zurückgeschlagen worden und erste Verzweiflung machte sich breit. Plötzlich geschah jedoch das Unerwartete.

In den Morgenstunden bebte die Erde. Erdstöße mit ungeheurer Wucht erschütterten die gesamte Provinz Hubei und ließen fast keinen Stein auf dem anderen. Liu sah sofort seine Chance. Seine nur leicht bewaffneten Brüder hatten unter dem Erdbeben zwar auch gelitten, aber nur geringe Verluste hinnehmen müssen. Dagegen waren die Regierungstruppen direkt in der Stadt Chongking schwer getroffen worden, da große Teile der Technik entweder verschüttet oder zerstört worden waren. Deshalb befahl Liu auch den sofortigen Sturmangriff. Sein Gefühl hatte ihn nicht getäuscht. Die Gegenwehr war nur gering und nach drei Tagen stand die ganze Stadt unter der Kontrolle des *Pfades des Lichtes*. Am gleichen Tag erreichte ein anderer Teil seiner Armee Wuhan und nahm die Stadt ebenfalls fast ohne Gegenwehr ein. Den Regierungstruppen war der Rückzug befohlen worden, da man offensichtlich eine neue, noch stärkere Verteidigungslinie vor Nanjing aufbauen wollte. Für Liu stand eindeutig fest, dass das Erdbeben und die gleichzeitige Einnahme der Metropolen Chongking und Wuhan ein Zeichen des Himmels sein mussten. Er war auch sofort nach Wuhan gereist, um von dort die neuen Angriffe, nun in drei Richtungen, nämlich Beijing, Shanghai und Kanton, zu organisieren. Und seine Lebensgefährtin war ihm gefolgt.

In dem großen Schlafsaal, in dem auch Rose schlief, begann plötzlich eines ihrer Kinder zu weinen. Sie stand auf, lief zu dem kleinen Mädchen und berührte seine Stirn. Die war nicht heiß. Sicherlich waren es Alpträume, die das Kind quälten. Rose setzte sich neben die Strohmatte und streichelte zärtlich die Hand des Mädchens. Als das nichts half, begann sie leise ein Schlaflied zu singen, das von den Sternen am Himmel und dem Glück der Kinder auf der Erde erzählte. Das kleine Mädchen war jetzt aufgewacht und schaute Rose mit großen Augen in der Dunkelheit an. „Tante Rose, ich habe Durst. Und ich will nicht wieder verreisen."

Rose stand auf. „Ich hole dir etwas Tee, mein Schatz. Du kannst ganz ruhig schlafen, wir bleiben jetzt hier bei den Mönchen. Das sind liebe Menschen, die uns nicht fortschicken werden."

Es dauerte nicht lange, bis Rose eine Tasse Tee geholt und dem Mädchen etwas zu trinken gegeben hatte. Kurz darauf war das Kind wieder eingeschlafen. Es war sicherlich nicht der Durst, ging es Rose durch den Kopf. Wir brauchen endlich ein Zuhause. Hoffentlich ist das alles bald vorbei.

Rose lief zurück zu ihrer Schlafstelle. Sie war jetzt richtig munter und sicher, so schnell nicht einschlafen zu können. Deshalb stand sie auf und lief hinaus in den großen Garten, der dem Kloster seinen unverwechselbaren Charakter gab. Es war zwar wie immer sehr kühl, aber Rose war als Bauernmädchen an Kälte gewöhnt und fror nur selten.

Wie gern wäre sie jetzt bei Liu gewesen. Sie vermisste immer öfter seine Zärtlichkeit und die Geborgenheit, die er ihr bot. Allerdings hatte er ihr erst am Morgen erklärt, dass er noch heute in Richtung Nanjing weiterreisen müsse. Angeblich hatte die chinesische Regierung die Europäische Union gebeten, im Bürgerkrieg zu vermitteln. Hochrangige Vertreter der Bruderschaft, darunter Liu, waren zu einem ersten Treffen eingeladen worden, um diesen Vermittlungsversuch vorzubereiten. Liu hatte Rose erklärt, dass er nicht so richtig wusste, was davon zu halten war. Er schloss auch nicht aus, dass es sich um eine Falle handelte. Deshalb wollte er in jedem Fall auch nur auf schon befreitem Gebiet verhandeln. Das war seine Vorbedingung gewesen, und man hatte sie erfüllt. Aber Liu war noch immer skeptisch. Denn er kannte die Möglichkeiten und Spiele des Geheimdienstes.

Er hatte im letzten Monat gleich zweimal erlebt, welche Mittel die Etablierten einsetzten, wenn es um den Erhalt ihrer Macht ging. Zunächst hatte die Bruderschaft Besuch von einer Militärabordnung erhalten, die mit ihnen über einen Waffenstillstand für zwei Monate verhandeln sollte. Nach etwa zwei Tagen bat der Leiter der Delegation Liu überraschend um ein Gespräch unter vier Augen, angeblich, um eine schnellere Einigung in den Gesprächen zu erreichen. Was jedoch wirklich geschah, hatte Liu zutiefst empört. Der Offizier hatte den Auftrag, ihm einhundert Millionen Dollar, verteilt auf mehrere Banken weltweit, anzubieten, wenn er und von ihm benannte Vertraute sich in ein Exil ihrer Wahl zurückziehen würden. Rasend vor Wut hatte Liu den Offizier niedergeschlagen und die Gespräche sofort beendet. Er hatte am nächsten Tag den Rat der Alten über diese Aktion der Regierung informiert und darauf hingewiesen, dass ein solches Angebot sicherlich auch andere hochrangige Vertreter der Bruderschaft erhalten hatten. Sie mussten also noch wachsamer sein als bisher. Verräter gab es immer. Das hatte ihm auch das zweite Ereignis mehr als deutlich aufgezeigt. Während der Schlacht um Chongking hatte Liu Quartier in einer kleinen Berghütte genommen, von der aus er die Angriffe koordinierte. Am 7. April, also nur zwei Tage vor dem großen Erdbeben, war er nachts aus einem kurzen, unruhigen Schlaf aufgewacht und nach draußen gelaufen. Da der Sonnenaufgang unmittelbar bevorstand, war er auf einen kleinen Hügel gestiegen, von dem er sowohl die Stadt als auch das Naturschauspiel sehen konnte. Er hatte gerade den Gipfel erreicht, als er sah, wie seine Hütte explodierte. Mehrere der Posten, die diese bewacht hatten, wurden durch die Luft geschleudert. Es stellte sich heraus, dass zwei Bomben gelegt worden waren, die man gezündet hatte, als man glaubte, dass Liu schlief. Dieser zog zwei Schlussfolgerungen aus dem Attentat, zum einen wusste die Regierung jetzt offensichtlich, wer an der Spitze der Bewegung stand, und zum anderen brauchten sie dringend eine Abwehreinheit. Noch am gleichen Abend hatte er seinem alten Freund Zhang diese Aufgabe übertragen und ihn mit weitreichenden Vollmachten ausgestattet. Sie mussten die Verräter finden und liquidieren, bevor die wieder zuschlagen konnten.

Liu hatte Rose von dem Attentat zunächst nichts erzählt. Da jedoch fast alle in Chongking von dem Ereignis wussten, hatte auch sie davon erfahren. Sie war zunächst sehr schockiert gewesen, aber dann nur noch froh, dass Liu überlebt hatte. Als sie ihn in Wuhan wiedertraf, hatte er sie nur umarmt und ihr geschworen, dass er seinen Feinden keine weitere Chance geben würde. Was er damit meinte, hatte Rose sehr schnell erlebt. Spione wurden ab sofort standrechtlich hingerichtet, und es gab kein Pardon mehr für die Anhänger des alten Systems. Liu hatte die Parole ausgegeben *Nur ein toter Feind ist kein Feind mehr* und tat alles, diese auch umzusetzen. Er hatte Rose erklärt, dass er nun endlich verstanden habe, dass die, die um ihre Macht, ihren Besitz und ihren Einfluss kämpften, gnadenlos waren und man ihnen das Gleiche entgegensetzen musste. Rose verstand das. Aber sie sah auch das viele Blut, das jetzt vergossen wurde, und den Schmerz auf beiden Seiten.

Und was war mit denen, die zu Unrecht der Spionage oder der Kollaboration verdächtigt wurden? Wie viele Unschuldige würde es noch treffen? Rose wusste keinen Ausweg. Sie hatte schon zu viel Not und Elend gesehen, um an den Zielen der Bruderschaft zu zweifeln. Aber die Frage blieb, warum es erst dazu kommen musste. Was hätte man tun können, um dieses Blutbad zu vermeiden. Es hatte sie sehr aufgewühlt, als sie während einer Besprechung bei Liu, an der sie teilnehmen durfte, zum ersten Mal die Zahl der Gefallenen und Verletzten erfahren hatte. Auf Seiten der Bruderschaft waren bisher achtzigtausend Tote zu beklagen und mehr als zweihunderttausend Verletzte mussten behandelt und versorgt werden. Vor allem infolge der vielen Guerilla-Anschläge hatten ihre Gegner sogar noch größere Verluste erlitten. Genauere Zahlen kannte allerdings niemand, da die Regierung eine offizielle Mitteilung vermied.

Rose hörte hinter sich ein leichtes Knirschen und erschrak. Sie drehte sich um, beruhigte sich jedoch sofort. Einer der Mönche hatte offensichtlich im Garten meditiert und sie bemerkt. „Bruder“, sprach sie ihn an, „wir sind so froh, bei euch untergekommen zu sein. Unsere Kinder sind erschöpft und brauchen dringend eine Bleibe. Bitte schickt uns nicht gleich wieder fort.“

Der Mönch war zu ihr getreten und schaute ihr ernst ins Gesicht. „In dieser Zeit der Dunkelheit werden wir keinen abweisen, der das Licht sucht. Und ihr seid Suchende, also seid ihr uns willkommen.“ Der Mönch segnete Rose und war im Begriff weiterzulaufen.

Rose sprach ihn noch einmal an: „Bruder. Warum das viele Blut, die Not, die Furcht? Warum sind wir Menschen nicht in der Lage, uns wie Menschen zu verhalten? Warum erniedrigen die einen die anderen und nehmen ihnen ihre Würde?“

Der Mönch drehte sich um. „Schwester, alle Menschen sind Getriebene ihrer Begierde. Von Technik weiß der Mensch mittlerweile fast alles, von sich selbst fast nichts. Aber umso mehr man ihm gestattet, sich seinen Trieben hinzugeben, um so maßloser wird er. Am Schluss triumphiert die Raffsucht als Ursache allen Leidens.“

Rose erfasste die rechte Hand des Mönches. „Wann endlich werden wir die Glückseligkeit erreichen? Können wir wirklich Hoffnung haben?“ Der Mönch hatte seine Hand auf die von Rose gelegt.

„Alles Leben ist leiderfüllt. Und alles ist unbeständig und vergänglich. Wirkliche Glückseligkeit kann es nicht geben, so lange der

Mensch seine Triebe und Begierden nicht überwindet, aber ich bin voller Hoffnung. Die Zeit wird kommen, in der die Gier gebändigt werden kann und der Mensch sich endlich als Mensch begreift."

Der Mönch sah Rose noch einmal an und setzte dann seinen Weg durch die Dunkelheit fort. Rose spürte, wie seine Worte in ihr nachklangen. Was hatte er wohl damit gemeint, dass es wirkliche Glückseligkeit nicht geben kann? Sie fühlte sich glücklich mit ihren Kindern und geborgen in der Bruderschaft. Dass die Gier die Ursache allen Leidens war, stand für sie schon lange fest. Schon als junges Mädchen hatte sie die sexuelle Gier am eigenen Leib gespürt, später den Rausch der Freier an der Macht über die Prostituierten. Liu hatte Recht, wenn er sagte, dass sie diejenigen vernichten mussten, die der Gier erlegen waren. Hatte der Mönch sie aber nicht auch gewarnt? Alle Menschen sind Getriebene, hatte er gesagt. Galt das nicht auch für alle ihre Brüder? Würden sie am Ende nicht ebenfalls wieder dem Glanz der Paläste und des Goldes erliegen? Sie verstand jetzt, warum Liu oft sehr unruhig war, wenn sie mit ihm über die Zukunft und die Gestaltung der neuen Gesellschaft sprach. Sie spürte seine Furcht, so zu werden wie die, die er jetzt bekämpfte. Rose hatte diese Angst nicht. Sie würde immer an seiner Seite stehen und ihm helfen, seine Gier zu überwinden.

Rose lief langsam in Richtung Schlafsaal und dachte an den Nachmittag zurück. Liu hatte ihr heute ganz beiläufig mitgeteilt, dass sie ihren Peiniger, den dicken Sohn des Gutsherren, bei dem sie wie eine Sklavin gehalten worden war, gefasst hatten. Er würde in wenigen Tagen nach Wuhan überführt werden, um dort seine gerechte Strafe zu erhalten. Und sie, Rose, sollte darüber entscheiden. Rose war wie erstarrt gewesen, als Liu ihr das sagte. Wie viele Nächte hatte sie davon geträumt, wie sie sich an ihrem Peiniger rächen würde. Aber jetzt, wo sie über ihn entscheiden konnte, tat er ihr plötzlich leid. Rose wusste nicht, was mit ihr geschah. Denn dieser Kerl war ein Schwein gewesen, er hatte sich unmenschlich ihr gegenüber verhalten. Trotzdem hasste sie ihn nicht mehr.

Sie hatte Liu gegenüber ihre Zweifel angedeutet, jedoch hatte der ihr nur gesagt: „Hatte der je Mitleid mit dir? Warum solltest du dann welches haben?"

Trotz dieser klaren Position von Liu zweifelte Rose. Was nur sollte sie tun? Rose setzte sich auf eine der kalten Steinbänke vor dem Schlafsaal und überlegte. Den Tod dieses Mannes wollte sie nicht mehr, obwohl sie ihn sich so oft gewünscht hatte. Aber er sollte trotzdem dafür büßen, was er ihr und sicherlich auch anderen Frauen angetan hatte. Schlagartig wusste sie, was sie Liu sagen würde. Er sollte den Rat der Alten bitten, diesen Fall zu verhandeln und ein Urteil zu fällen. Sie wollte in keinem Fall alte Willkür durch neue ersetzen. Das Strafmaß sollte auf der Grundlage der Gesetze erfolgen, die zum Zeitpunkt der Straftat gültig waren. Denn die Gesetze gab es sehr wohl, es war nur niemand da, der jemals Anklage erhoben hätte. Rose fühlte sich auf einmal wie befreit. Ja, das war es. Sie würde ihrem Peiniger von damals noch einmal gegenüberstehen, als Anklägerin für die vielen geschändeten Frauen. Aber sie würde nicht über ihn richten.

18. April 2016, Houston

Pressemitteilung

Exxons Gas-to-Olefins Anlage erfolgreich in Betrieb genommen

Erwartungen an das zukunftsweisende Exxon-Verfahren voll erfüllt

Die Exxon Co., Houston, hat im gasreichsten Land der arabischen Welt, Qatar, die weltweit erste Anlage zur direkten Umwandlung von Methan in Olefine erfolgreich in Betrieb genommen. In weniger als drei Jahren hat Exxon in enger Kooperation mit der bedeutendsten Firma in Qatar, Qatar Petroleum, den größten Gaskonversionskomplex der Welt fertiggestellt. Mit innovativer Exxon-Technologie werden in der dreisträngigen Anlage täglich zehntausend Tonnen Olefine, Äthylen und Propylen, erzeugt. Die volle Produktionskapazität wurde bereits erreicht. Der Garantielauf wird kurzfristig durchgeführt. Mit der Inbetriebnahme hat Exxon die von ihren Ingenieuren entwickelte Gas to Olefins-Technologie mit Erfolg in die Praxis umgesetzt.

Die Anlage ist der Beginn einer neuen Generation von Fabriken zur großtechnischen Produktion petrochemischer Produkte auf der Basis von Erdgas. Sie ermöglicht bei knapper werdenden Ölreserven die Nutzung von Ölbegleitgasen und deren Umwandlung in Wertprodukte. Die neue Technologie, die sich im bisherigen Betrieb hervorragend bewährt hat, ist zukunftsweisend nicht nur für die Herstellung von Olefinen aus Methan, sondern auch für Komplexe zur Produktion flüssiger Kraftstoffe aus Gas (Gas to Liquids) beziehungsweise für die Erzeugung einer großen Palette an chemischen Erzeugnissen (Gas to Chemicals). Die Kapazität ist vergleichbar mit den größten Anlagen auf der Basis von Erdöl und Beweis für die Möglichkeit der wirtschaftlichen Herstellung von Chemieprodukten nicht mehr aus Öl, sondern aus Erdgas. Die eingesetzte primäre Gasspaltung ist zudem die größte einsträngige Anlage der Welt. Sie ist in der Lage, anderthalb Millionen Normkubikmeter Synthesegas pro Stunde zu erzeugen.

Beim Bau der Gas-to-Olefins Anlage in Doha lieferte Exxon nicht nur die Technologie, sondern leitete als Generalunternehmer das gesamte Projekt und zeichnete auch für die Montage sowie Inbetriebnahme für den gesamten Komplex einschließlich aller Nebenanlagen verantwortlich.

Ausbau der führenden Marktposition

Rund fünfzig Prozent der weltweiten Produktion von Olefinen auf der Basis von Methan werden zukünftig in der Exxon-Anlage hergestellt. Exxon ist damit Vorreiter bei der Nutzung von Erdgas oder Ölbegleitgas zur Produktion hochwertiger Chemieprodukte geworden. „Die neue Gas-to-Olefins-Anlage in Qatar ist ein Meilenstein bei der Suche nach Alternativen zum Öl und eine wichtige Technologiereferenz für unser Unternehmen. Wir sind davon überzeugt, dass wir mit diesem Schritt unsere Marktposition bei der Nutzung und Umwandlung von Erdgas weiter ausbauen werden. Es ist uns gelungen, neben der Marktführerschaft bei der Verflüssigung von Erdgas nun auch die Führungsrolle bei der stofflichen Nutzung des Erdgases zu übernehmen", so Scott Welsh, Chef des US-Konzerns in einer Pressekonferenz. „Mittlerweile verfügt Exxon über die gesamte Technologiepalette, um Erdgas anstelle von Öl einzusetzen. Das ist unser Beitrag, die Energie- und Rohstoffversorgung für die nächsten fünfzig Jahre weltweit abzusichern. Da wir die nächsten großen Anlagen mit den weiterentwickelten Verfahren bereits in der Planung haben, wird mein Unternehmen mehr und mehr Öl freisetzen, das vor allem im Treibstoffbereich dringend benötigt wird."

Expandierender Markt für gasbasierte Produkte

Exxon hat die sich abzeichnenden Trends bei Öl und Gas frühzeitig erkannt und bereits Ende des letzten Jahrhunderts langfristig angelegte Entwicklungsprogramme in Angriff genommen, die die Abhängigkeit vom Öl aufbrechen sollten. Die damals getroffenen Entscheidungen erweisen sich heute als außerordentlich weitsichtig, da sie dazu beitragen, die durch die weltweite Abkühlung hervorgerufene Energiekrise zu mildern und mehr Öl als Energieträger zur Verfügung zu stellen. Bezüglich der Endprodukte ist Exxon davon überzeugt, dass diese im Vergleich zur Konkurrenz deutlich wirtschaftlicher hergestellt werden können und ölbasierte Erzeugnisse verdrängen werden. Von ihren ursprünglichen unternehmerischen Zielen, die Produkte der Qataranlage weitgehend im boomenden China zu vermarkten, ist die Führung der US-Firma allerdings abgerückt. Hierzu führte Scott Welsh folgendes aus: „Wir bedauern zutiefst die politische Entwicklung in China, die nicht nur in diesem Land, sondern weltweit zu wirtschaftlichen Turbulenzen geführt hat. Langfristig bleibt China jedoch der Markt der Zukunft, auch für uns. Wir hoffen, dass die Krieg führenden Parteien den Weg zu einer politischen Lösung finden und das Land zurück zur Normalität führen können."

Exxon baut Technologieführerschaft weiter aus

Nach Aussage ihres Chefs verfügt Exxon über alle Technologien zur energetischen oder stofflichen Nutzung von Erdgas. Durch diese ist es möglich, für jede Erdgaslagerstätte ein marktkonformes Nutzungskonzept zu erstellen und aus eigener Kraft umzusetzen. Das ermöglicht dem US-Konzern die Kombination der verschiedensten Technologien mit dem Ziel einer maximalen Nutzung der Erdgasvorkommen. Damit ist Exxon auch in führender Position bei der Minimierung des Kohlendioxidausstoßes durch Vermeidung des ansonsten noch immer üblichen Abfackelns von Ölbegleitgasen.

Wie Scott Welsh in seiner Pressekonferenz weiter ausführte, ist die Ausweitung der Marktposition im Gaskonversionsbereich nur ein Baustein in der technologiebasierten Strategie des Konzerns. Neben der Förderung und Verarbeitung von Öl und Gas gewinnt vor allem die Energieerzeugung aus alternativen Energiequellen immer größere Bedeutung. Welsh kündigte an, dass Exxon ein Projekt zur Umwandlung von vulkanischer Energie in Strom auflegen wird, mit dem die Machbarkeit dieser Idee nachgewiesen werden soll. Immerhin steht diese Energieform in unbegrenzter Menge und ohne Umweltbeeinträchtigungen zur Verfügung. Exxon beabsichtigt die Errichtung eines solchen Kraftwerkes in der Nähe von Neapel, in dem erstmalig vulkanische Energie direkt angezapft werden soll. Insgesamt sollen für das Projekt siebenhundertfünfzig Millionen Dollar bereitgestellt werden, eine riesige Summe für ein verhältnismäßig kleines Kraftwerk. „Mit der Energieerzeugung aus Erdwärme bauen wir als Exxon ein neues Geschäft auf, vom dem wir uns für die Zeit nach dem Öl und dem Gas sehr viel versprechen. Denn nach unserer Auffassung wird Strom, erzeugt aus den unerschöpflichen Quellen der Natur, der Energieträger der Zukunft werden. Die technischen Herausforderungen für diese neuen Lösungen sind gewaltig, aber unsere Ingenieure werden sie bewältigen. Nur wer zum Mars fliegen will, wird ihn auch erreichen", so Scott Welsh in seinen Schlussworten.

28. April 2016, Oslo

Kurt Johannson schaute auf die Uhr. Es war 19.35 Uhr und Marit war noch nicht erschienen. Sie hatte ihn zwar vom Flughafen angerufen, dass sie gut gelandet war, aber irgendetwas musste doch nicht so geklappt haben, wie sie es sich gedacht hatte. Da klingelte auch schon das Handy. Es war Marit, die ihm leicht verärgert mitteilte, dass sie kurz vor dem Hafen in einem Stau steckte und es noch einige Minuten dauern würde. Kurt nahm es gelassen. Er bestellte noch ein kleines Glas Bier und rätselte, was ihn wohl erwartete. Schon seit Jahren war es nicht mehr vorgekommen, dass seine Frau ihn von Brüssel aus in seiner Schule anrief und ihn noch am gleichen Tag um ein gemeinsames Abendessen bat. Sie hatte ihm nicht erzählt, warum das Ganze so dringend war und nur angedeutet, dass sie seinen Rat brauchte. Das hatte ihn noch mehr überrascht, denn zwischen den Ehepartnern war vereinbart, dass die beruflichen Probleme und Sorgen nicht zu Hause ausdiskutiert werden sollten. Dazu hatte Marit ihre Mitarbeiter und er sein Lehrerkollegium. Und nun das. Was war wohl passiert? Kurt war sogar ein bisschen neugierig, denn es musste sich um eine sehr diffizile Sache handeln, wenn seine Frau so unvermittelt und ungeplant nach Hause kam, um mit ihm zu sprechen.

Ihn hatte nicht überrascht, dass Marit auch gleich den Ort festgelegt hatte, wo sie sich mit ihm treffen wollte. Sie hatte einen kleinen Tisch in dem Restaurant *Der Wikinger* bestellt, in dem er nun auf sie wartete. Es war ein gemütliches Lokal, nicht weit entfernt vom Hafen, das Fisch in bester Qualität servierte. Marit liebte es nicht nur wegen des Essens. Es hatte abgetrennte Sitzecken, so dass man sich unterhalten konnte, ohne dass jemand an den Nachbartischen mithörte. Kurt schaute sich um. Diese Gefahr war auch so nicht sehr groß. Es waren nur zwei Tische besetzt, allerdings weit weg von ihm. Er schloss nicht aus, dass Marit schon bei der Bestellung darauf hingewiesen hatte, dass sie ungestört sein wollten. Seine Frau hatte ihm gesagt, das sie erst übermorgen nach Brüssel zurückkehren, das heißt, die nächsten beiden Abende zu Hause verbringen würde. Sie hatte ihm auch angedeutet, dass sie von ihm einiges erwartete. Kurt hatte diesen Fingerzeig sehr wohl verstanden und freute sich schon auf einige schöne Stunden zusammen mir ihr. Das gemeinsame Abendessen in diesem stilvollen Ambiente betrachtete er als angenehme Eröffnung.

Die Tür des Lokals ging auf und Marit stürmte herein. In ihrem Gefolge die ewigen Begleiter, die sich dezent an einen der Nachbartische zurückziehen würden. Der Besitzer des Restaurants war selbst erschienen und begrüßte Marit überschwänglich und devot. Er hatte einen Blumenstrauß besorgt, den er, wie er sagte, der sehr verehrten Ministerpräsidentin überreichte. Marit war das peinlich, denn sie liebte solche Auftritte nicht, bedankte sich dennoch freundlich und bat ihn, die Blumen auf den Tisch zu stellen. Kurt war aufgestanden und auf Marit zugelaufen. Sie sah gut aus, vielleicht etwas abgehetzt, jedoch mit einem Leuchten in den Augen. Die Freude, ihren Mann wiederzusehen, war unverkennbar. Kurt drückte sie an sich und gab ihr einen leichten, zärtlichen Kuss auf die Lippen.

„Es ist schön, dich einmal außer der Reihe zu sehen. Ich freue mich, dass du gekommen bist. Lass uns aber erst einmal Platz nehmen."

Marit setzte sich Kurt gegenüber und schaute diesen liebevoll an. „Danke, Kurt, dass es geklappt hat. Ich brauche dich und deinen Rat."

Ihr Mann lächelte sie an. „Lass uns erst etwas essen, bevor uns deine Geschichte auf den Magen schlägt. Gut siehst du aus. Wie verkraftest du nur diesen Stress und die ewige Reiserei?" Marit freute sich sichtlich über die anerkennenden Worte ihres Mannes, griff jedoch wie Kurt zunächst zur Speisekarte, um sie gründlich zu studieren. Es dauerte auch eine Weile, bis sich beide festgelegt hatten. Kurt nahm als Vorspeise Muscheln und bestellte als Hauptgericht Seelachs in Kapernsoße. Marit hatte sich für Garnelensalat auf Zucchiniblättern entschieden, dem gegrillter Seeteufel folgen sollte. Kurt hatte keine Lust, die ewig lange Weinkarte zu studieren und bat den Wirt um eine Empfehlung. Die endete als nicht gerade billige Flasche chilenischen Rotweins, der sich als sehr fruchtig und wohlschmeckend herausstellte.

Während des Abendessens sprachen Marit und Kurt nur über persönliche Dinge. Es ging um ihre Tochter, die im Herbst mit einem Studium an der Osloer Universität begonnen hatte, um Marits Schwester, die sich von ihrem Mann scheiden lassen wollte, die Eltern von Kurt, die im hohen Alter noch immer selbständig agierten und Ähnliches.

Erst nach dem Dessert, das aus Moosbeeren und Schlagsahne bestand, sprach Kurt seine Frau bezüglich ihres unerwarteten Treffens an. Er sah, wie sich ein Schatten über ihr Gesicht legte und sie sofort ihre Lockerheit verlor.

„Du weißt, dass ich Herausforderungen liebe und auch mit dem Extremen leben kann. Aber ich soll jetzt etwas tun, gegen das ich mich innerlich wehre."

Kurt spürte, wie Marit nach Worten suchte. Es fiel ihr sichtlich schwer, mit ihrem Problem herauszurücken. Deshalb ermunterte er sie, sich ihre Last von der Seele zu reden.

„Es ist keine wirkliche Last", begann Marit zögernd. „Es ist mehr meine Abscheu, einem Mörder gegenüber sitzen zu müssen und mit ihm zu verhandeln. Jedoch der Reihe nach." Marit hatte sehr wohl registriert, dass ihr Mann sie erstaunt anschaute und holte deshalb in ihrer Erklärung weit aus: „Dir ist bekannt, dass in China die Gewalt eskaliert. Was dort zurzeit abläuft, ist ein Bürgerkrieg, der mit unvorstellbarer Härte ausgetragen wird. Die Zentralregierung, die nie in freien Wahlen ein Mandat bekommen hat, gerät immer mehr in Bedrängnis. Da sich das Land in Richtung Anarchie bewegt, ist der Ministerpräsident Chinas an die EU mit der Bitte herangetreten, in diesem Konflikt zu vermitteln. Um es kurz zu machen, die Kommission hat mich gebeten, diese Aufgabe zu übernehmen. Ich soll also in weniger als zwei Wochen nach China reisen und dort versuchen, in Verhandlungen mit den Konfliktparteien ein Ende der Kämpfe zu erreichen." Kurt schaute Marit erschrocken an.

„Hoffentlich ist das nicht zu gefährlich. Musst du etwa in das Kampfgebiet? Und warum schicken sie gerade eine Frau dorthin?"

Marit verstand die aufkommende Sorge ihres Mannes und beruhigte ihn. „Für meine Sicherheit ist gesorgt. Beide Parteien garantieren, dass ich China unversehrt wieder verlassen werde. Und warum gerade ich? Ich hatte mehrfach in den Kommissionssitzungen auf die Notwendigkeit einer politischen Lösung in China hingewiesen. Daran hat man sich jetzt erinnert. Zudem habe ich nicht nur Freunde. Einigen war es eine Genugtuung, mir diese Aufgabe untergejubelt zu haben."

„Konntest du nicht ablehnen?", fragte Kurt seine Frau.

„Das hätte ich tun können, aber irgendwie hat mich diese Mission auch herausgefordert, so dass ich dann doch zugestimmt habe. Erst später ist mir bewusst geworden, auf was ich mich eingelassen habe. Damit ist auch mein Problem verbunden, über das ich mit dir sprechen möchte."

Kurt bat Marit fortzufahren.

„An der Spitze der Rebellenbewegung, die sich *Pfad des Lichtes des Maitreya* nennt, steht ein Mann namens Liu Wu. Dieser hat eine zunächst nur karitativ ausgerichtete buddhistische Geheimorganisation neu organisiert und auf militante Ziele ausgerichtet. Mit aller Brutalität und Härte geht er gegen Vertreter des Establishments in China vor. Und er ist ein Mörder. Wie man mir berichtet hat, war er persönlich an den Massakern in Beijing beteiligt. Er wurde dafür zum Tode verurteilt, jedoch von Sympathisanten im Geheimdienst aus einem Hochsicherheitsgefängnis befreit. Wie soll ich mit solch einem Mann verhandeln, wenn ich ständig die Bilder der hingerichteten Ausländer vor mir sehe?"

Marit schaute Kurt fragend, fast hilflos an. Dieser überlegte eine Weile und sah seiner Frau dann fest in die Augen. „Wie viele Diktatoren gibt es noch auf dieser Erde? Und mit wie vielen hast du schon verhandeln müssen? Die sind alle nicht besser als dieser Liu Wu. Wo ist der Unterschied? Vielleicht machen sich diese Herren ihre Hände nicht selbst schmutzig, aber Blut klebt auch an ihnen. Was weißt du eigentlich über diesen Menschen? Warum mordet er? Das ist die erste Frage, die du dir stellen und für dich selbst beantworten musst."

Kurt spürte, wie Marit nach Worten suchte und forderte sie deshalb erneut auf fortzufahren. „Wir wissen einiges über Liu Wu. Er ist Mitte dreißig, unverheiratet, sehr gut ausgebildet und früherer Offizier der Fallschirmjäger. Er hat die Armee auf eigenen Wunsch verlassen, wobei die Gründe dafür im Dunkeln liegen. Nach seiner Entlassung, die nicht unehrenhaft war, hat er den Bauernhof seine Eltern in der Provinz Innere Mongolei übernommen. Als seine Mutter gestorben war, geriet Liu Wu offensichtlich in die Schuldenfalle und musste den Hof Ende 2014 aufgeben. Er ging nach Beijing und wurde dort sehr schnell ein führendes Mitglied der schon genannten Geheimorganisation. Man sagt ihm nach, dass er Charisma hat und über außerordentliche Führungsqualitäten verfügt."

„Was weißt du über die Organisation und ihre Ziele? Und welche Rolle spielt dabei dieser Herr Wu?"

Erneut dachte Marit eine Weile nach, bevor sie auf die Fragen antwortete. „Wie bereits gesagt, es handelt sich um eine Organisation, die auf buddhistischer Tradition aufbaut. Sie wurde von den Ärmsten der Armen in China gegründet, um sich gegenseitig zu stützen und zu helfen. War sie zunächst nur auf Solidarität, das heißt nach innen ausgerichtet, ist inzwischen ein Wandel zur kämpfenden Organisation eingetreten. Wie aggressiv dabei gedacht wird, zeigen zwei Schriften dieses Herrn Wu, die ich mir habe beschaffen lassen. Die erste ist betitelt mit *Flammen des Maitreya* und für mich eine nationalsozialistische Hetzschrift, vergleichbar mit Hitlers *Mein Kampf*. Nur sind es dieses Mal die Ausländer und ihre Helfershelfer in China, die als Ursache allen Übels ausgemacht werden."

„Siehst du das nicht zu extrem?", fragte Kurt seine Frau besorgt. Er hatte den Eindruck, dass diese richtiggehend über das empört war, was sie gelesen hatte.

„Nein, das ist vom Gedankengut her Faschismus. Es ist schmerzlich erfahren zu müssen, dass diese Ideologie überall auftauchen kann. Und es gehört offensichtlich auch nicht viel dazu, mit solchen Parolen die Verlierer der Gesellschaft hinter sich zu bringen."

Kurt blickte jetzt nachdenklich auf seine Frau. „Ich verstehe dein Problem und möchte auch nicht in deiner Haut stecken, was diese Verhandlungen angeht. Ich glaube aber, dass du das Ganze zu emotional siehst. Es muss Ursachen dafür geben, dass so viele Menschen diesen, wie du sagst, Parolen folgen. Dahinter müssen soziale Konflikte stecken, die wir in ihrer Dramatik nur erahnen können. Warum folgen sie Herrn Wu und gehen für ihn sogar in den Tod? Die Etablierten müssen sehr viel falsch gemacht haben, wenn es zu solchen extremen Spannungen kommen konnte." Marit nickte zustimmend.

„Das sehe ich auch so. Die Oberschicht in China, die sich jedem wirklich demokratischen Ansatz stets verweigerte, hat den Nährboden für die Rebellion geschaffen. Sie muss unbedingt etwas von ihrem Reichtum abgeben, damit dieses riesige Land wieder zur Ruhe kommt. Den Aufstand mit Waffengewalt niederzuschlagen, ist nach meiner Auffassung schon nicht mehr möglich. Dazu ist die Situation bereits viel zu sehr eskaliert."

Kurt blieb skeptisch. „Glaubst du wirklich, dass diese Schicht bereit sein wird zu teilen?" Marit schüttelte den Kopf.

„Leider nein. Ich will versuchen, eine politische Lösung zu finden. Die kann nur darin bestehen, dass die Regierung Zugeständnisse macht und der Umwandlung der Geheimorganisation in eine politische Kraft zustimmt. Ohne Demokratisierung und ohne Bändigung der Raffsucht der Reichen wird indes keine Einigung möglich sein. Sollten die Etablierten nicht bereit sein, auf einen Teil ihrer Privilegien, ihrer Macht und ihrer Besitztümer zu verzichten, sehe ich ein Blutbad auf uns zukommen, dessen Ausmaß ich mir nicht vorzustellen wage. Bereits jetzt sollen mehr Menschen umgekommen sein als bei dem großen Vulkanausbruch in der Ägäis."

„Die menschlichen Eruptionen können die Auswirkungen jeder Naturkatastrophe übertreffen. Denke nur an die beiden Weltkriege. Oder an den Dreißigjährigen Krieg in Mitteleuropa, in dem zwei Drittel der Bevölkerung starben. Aber du hast ein zweites Buch dieses Herrn Wu erwähnt? Ist es auch eine Hetzschrift?"

Marit zögerte mit ihrer Antwort. „Wenn ich es richtig überlege, eigentlich nicht. Es heißt *Ordnung des Lichtes* und beschäftigt sich mit der Frage, wie eine gerechte Gesellschaft in China nach dem Sieg der Rebellen aussehen könnte. Nicht alles, was dort steht, ist dumm. Es ist auch nicht unbedingt Sozialismus, was Liu Wu beschreibt. Das Privateigentum stellt er nicht in Frage, verlangt nur von denen, die die Natur begünstig hat, und zwar egal wie, dass sie eine größere Last tragen. Er will also das Engagement des Unternehmers, jedoch gleichzeitig dessen Verantwortung für die Gesellschaft, in der er lebt."

„Also soziale Marktwirtschaft?“, warf Kurt ein. Marit war sich nicht sicher. „Es geht in diese Richtung, aber mit viel härteren Konsequenzen gegenüber denjenigen, die sich an der Gesellschaft bereichern wollen.“

Lächelnd schaute Kurt seine Frau an. „Herr Wu scheint eine sehr interessante Persönlichkeit zu sein. Das mit dem Mörder musst du vergessen. Du musst dich auf die Ursachen des Konfliktes konzentrieren und versuchen dort anzusetzen. Es gilt zu verstehen, was diesen Menschen antreibt.“

„Das ist leicht gesagt. Ich habe sonst kaum noch Bauchschmerzen, wenn etwas Schwieriges auf mich zukommt. Dieses Mal ist es anders. Deshalb auch das Gespräch mit dir. Mit keinem anderen hätte ich so offen über meine inneren Konflikte reden können. Vielen Dank, Kurt.“ Marit schenkte ihrem Mann einen liebevollen Blick.

Kurt spürte, dass sie froh war, sich mit dem vertrautesten Menschen, den sie hatte, über dieses schwierige Thema ausgetauscht zu haben. Er schaute ihr in die Augen. Diese flackerten, was bei Marit ein Zeichen von Unruhe und Nervosität war. Glücklicherweise kam es aber nicht so häufig vor. Er sprach das auch an, jedoch Marit wiegelte sofort ab.

„Ja, ich bin müde“, erklärte sie ihm. „Wir haben auch schwere Zeiten und jeder von uns ist voll gefordert. Es ist nicht nur China, was uns große Sorgen bereitet. Noch immer spüren wir die Auswirkungen dieses Vulkanausbruches in der Ägäis und wissen auch nicht, wie lange wir mit diesen Wetterkapriolen leben müssen. Eines ist gewiss, dauert das Ganze ein weiteres Jahr an, werden wir in eine Wirtschaftskrise gewaltigen Ausmaßes stolpern. Bisher halten wir uns noch mit einer größeren Kreditaufnahme einigermaßen über Wasser, aber so weiter zu machen, ist unmöglich. Das stehen wir nicht durch.“

Zweifelsohne sah Kurt die Probleme um sich herum, die wachsende Arbeitslosenzahl, die steigenden Preise und die Verknappung der Lebensmittel. Aber war es wirklich so dramatisch?

„Was beunruhigt dich? Gibt es irgendwelche Anzeichen dafür, dass diese Abkühlung noch länger anhalten soll?“, fragte er seine Frau.

Diese rieb sich verlegen mit dem rechten Zeigefinger die Stirn und blickte ihn nachdenklich an. „Ich weiß es nicht. Wir haben eine Gefährdungsanalyse aller Vulkane in Europa erstellen lassen, um nicht aufs Neue überrascht zu werden. Der Bericht ist vorgestern auf meinem Tisch gelandet und zeigt keine unmittelbare Gefahr in Europa, zumindest bezüglich eines Supergaus. Aber mich ängstigt noch immer die Aussage dieses kanadischen Professors, der vorhergesagt hat, dass sich die Plattenbewegungen auf der Erde beschleunigen werden, was zwangsläufig mehr Erdbeben und mehr Vulkanausbrüche nach sich ziehen wird. Und dann noch diese Geschichte mit dem Golfstrom. Es verdichten sich die Anzeichen dafür, dass Professor Nordgren mit seiner Theorie richtig liegt, wonach der Golfstrom bei einer länger anhaltenden Abkühlung zum Erliegen kommen kann. Zumindest zeigen die von uns in Auftrag gegebenen Messungen, dass die Salzdichte des Meerwassers vor Grönland immer mehr abnimmt. Das ist ein Horrorszenario, denn du weißt, was diese Entwicklung für unser Land und ganz Mitteleuropa bedeuten würde."

Doch Kurt sah das nicht so dramatisch. „Es gab schon immer Kälteperioden. In denen ist der Golfstrom auch nicht zusammengebrochen", erläuterte er Marit. „Mir macht mehr Sorgen, dass der Energieverbrauch immer weiter ansteigt, bei gleichzeitig knapper werdenden fossilen Rohstoffen. Das ist für mich neben der Unsicherheit mit der Zeitdauer der Abkühlung die größte Herausforderung für die Menschheit, denn ohne Energie, ohne Strom, ohne Kraftstoffe wäre unsere Zivilisation nicht mehr viel wert."

Nun schmunzelte Marit. „Hier habe ich keine Sorgen. Ich vertraue der Neugier und der Kreativität der Wissenschaft. Es wird neue Lösungen geben, von denen wir heute noch nichts wissen, geschweige denn etwas ahnen. Erst vor wenigen Tagen ist mir eine Pressenotiz von Exxon in die Hand gefallen, in der ein neues Projekt zur Umwandlung von vulkanischer Energie in Strom angekündigt wurde. Es klingt phantastisch, aber offensichtlich gibt es viel Optimismus, dass dic zu erwartenden Probleme gelöst werden können. Und du weißt bestimmt auch, dass unsere Wissenschaftler eine vermarktungsfähige Lösung gefunden haben, um aus Kohlendioxid und Bioethanol Kunststoffe herzustellen, das heißt, ohne Öl, ohne Gas und ohne Kohle."

Kurt gab sich geschlagen. „Du hast Recht, Marit. Es wird immer Menschen geben, die ein noch so kompliziertes Problem als Herausforderung verstehen. Das gilt auch für die zukünftige Energieversorgung." Er schaute auf die Uhr. „Oh, es ist schon fast zweiundzwanzig Uhr. Wir sollten langsam nach Hause aufbrechen. Dort habe ich auch eine gute Flasche Rotwein und einige neue klassische Opern-CDs." Er sah, wie Marit erfreut nickte, und bat sofort um die Rechnung, die sicherlich horrend ausfallen würde.

2. Mai 2016, Ierapetra (Kreta)

Jens-Peter Schneider schaute seine Mutter entgeistert an. Er war sprachlos. Hatte er das jetzt wirklich richtig verstanden? Sie hatte ihm gerade erklärt, dass diese griechische Frau sehr gut zu ihm passen würde. Seine Mutter mit einem solchen Vorschlag? Nicht zu glauben. Bisher hatte sie jedes weibliche Wesen, das sich ihm auch nur annäherte, sofort angegiftet, und nun das?

„Das ist eine Frau, die weiß, wie das Leben spielt", erklärte ihm seine Mutter mit vollem Mund. „Sie ist vielleicht nicht so sehr gebildet, dafür allerdings häuslich und sparsam. Jens-Peter. Sie ist genau das, was du brauchst, wenn ich nicht mehr bin."

Ihm war klar, wen seine Mutter damit meinte. Sie hatten mehrfach in einer Taverne auf der anderen Seite der Insel, in Agios Nikolaos, zu Mittag gegessen, weil dort das Essen hervorragend und trotzdem noch akzeptabel im Preis war. Da Jens-Peter in seinen jungen Jahren auf besonderen Wunsch seiner Mutter ein altsprachliches Gymnasium besucht hatte, konnte er etwas Griechisch. So waren sie mit den drei Frauen, die das Lokal gemeinsam bewirtschafteten, ins Gespräch gekommen und erfuhren die traurige Geschichte der Taverne in Verbindung mit der großen Flut. Jens-Peter hatte es nicht glauben wollen, aber er sah dabei sogar Tränen in den Augen seiner Mutter. Dabei war Rührseligkeit wirklich keine ihrer Eigenschaften.

Jens-Peter hatte zunächst Schwierigkeiten, die Stellung der drei zueinander zu verstehen. Es war aber gar nicht so kompliziert. Die Taverne gehörte der Jüngsten von ihnen, die anderen beiden waren die zukünftige Schwiegermutter sowie die zukünftige Schwägerin, um die es jetzt ging. Sie hieß Minea und hatte nach Auffassung von Jens-Peter eine enorme Ausstrahlung. Vielleicht war sie nicht so hübsch wie die Jüngste, jedoch deutlich reifer und voller Lebenserfahrung. Also genau das, was Jens-Peter an Frauen zusagte. Sie gefiel ihm vom ersten Augenblick an, und nach jedem Besuch der Taverne hatte sich dieses Gefühl weiter vertieft. Eine angenehme Frau, etwas kräftiger gebaut, trotzdem sehr ansehnlich. Und erst ihr stilles, so freundliches Lächeln, das sie ihm schon mehrfach geschenkt hatte.

Was aber bedeuteten diese Worte seiner Mutter? Hatte sie vielleicht etwas bemerkt? Er schaute vorsichtig auf, hatte indessen nicht den Eindruck, dass sie ihre Worte vielleicht ironisch gemeint haben könnte. Im Gegenteil, sie stopfte gerade ein Frühstücksei in sich hinein und schien das Ganze nur beiläufig gesagt zu haben. Warum eigentlich nicht, dachte Jens-Peter. Lass es mich doch einfach einmal austesten.

„Das habe ich auch schon festgestellt. Eine sehr patente Frau. Glaubst du wirklich, dass eine Griechin zu mir passen würde."

„Aber gewiss", hörte er sofort. „Die griechischen Frauen sind den deutschen immer vorzuziehen. Sie sind nicht solche Emanzen, die ihre Schwiegermütter nicht mögen."

Jens-Peter hatte verstanden. Darum ging es also. Sie glaubte, jemanden gefunden zu haben, der sich ihr völlig unterordnete. Hoffentlich hatte sie sich da nicht getäuscht. Diese Frau wusste, was sie wollte. Was jetzt folgte, verschlug Jens-Peter restlos die Sprache.

„Ach diese Griechinnen, was haben die in der Antike für eine wichtige Rolle gespielt. Außerdem waren sie ja so hübsch." Jens-Peter wollte sich schon zu einer boshaften Äußerung hinreißen lassen, überlegte es sich nach einem weiteren Blick auf seine Mutter jedoch anders. Diese schaute träumerisch vor sich hin. Offensichtlich war sie gerade wieder in ihrer Sturm- und Drangzeit bei den Grünen angekommen.

„Weißt du, Mutti, ich finde deine Einschätzung wirklich gut. Wenn du möchtest, kann ich diese junge Frau heute zu einem Abendessen einladen."

Jens-Peter sah, wie seine Mutter sofort argwöhnisch aufschaute. „Jens-Peter. Du weißt, dass ich heute Abend einen Friseurtermin habe. Ich sollte schon dabei sein, wenn du dieses Mädchen triffst."

„Also Mutti, sie ist eine Frau, die auf die Dreißig zugeht, also kein junges Mädchen mehr. Geh du mal lieber zum Friseur. Wir können abends noch einmal ins Hotel kommen und zusammen mit dir ein Glas Rotwein trinken."

Überraschend für Jens-Peter kam kein Einwand. Seine Mutter beschäftigte sich intensiv mit dem nächsten Frühstücksei und schien das Ganze zu akzeptieren.

Er atmete tief durch. Warum eigentlich nicht? Es wurde Zeit, dass er langsam eine Frau fürs Leben fand. Und warum nicht eine Griechin? Sie hatte ihm sofort gefallen. Und es schien auf Gegenseitigkeit zu beruhen. Zumindest hatte er den Eindruck, dass auch Minea Gefallen an ihm gefunden hatte. Er war eigentlich wieder ein ansehnlicher Mann geworden. Nach seiner langen, schweren Krankheit hatte er kein Gramm Fett mehr am Körper gehabt und lag jetzt nur noch sieben Kilogramm unter seinem Idealgewicht.

Sein Untergewicht und die noch immer vorhandenen gesundheitlichen Probleme waren die Gründe gewesen, warum ihm sein Arzt einen langen Urlaub irgendwo im Süden empfohlen hatte. Zunächst hatte er an eines der nordafrikanischen Länder gedacht. Aber als er von dem vielen Ungeziefer hörte, das dort nach dem Regen aufgetreten war, hatte er Kreta ins Auge gefasst. Dort sollte wenigstens hin und wieder die Sonne scheinen. Also hatte er sich beraten lassen und sich am Ende für die von der Flut kaum betroffene Südküste entschieden.

Allerdings war aus seinem Vorhaben, allein zu reisen, nichts geworden. Er hatte es zwar geschickt eingefädelt, jedoch seine Mutter erneut völlig unterschätzt. Nachdem er ihr mit unschuldigster Miene erklärt hatte, dass in den stürmischen Zeiten in Deutschland jemand das Haus hüten müsse, glaubte er, sich erfolgreich abgesetzt zu haben. Aber schon am nächsten Morgen erklärte ihm seine Mutter triumphierend, dass sie Bekannte gebeten hatte, während ihrer Urlaubszeit in das Haus zu ziehen. So war Jens-Peter nichts anderes übrig geblieben, als seine Mutter mitzunehmen. Nach ewig langen Diskussionen über den besten Platz und das schönste Hotel hatten sie sich auf ein Vier-Sterne-Hotel in Ierapetra, einem kleinen Fischerdorf an der Südküste der Insel, geeinigt. Das Hotel mit dem Namen Lykatos Beach befand sich etwas außerhalb des Ortes und war im Bungalowstil, den Jens-Peter auf Urlaubsreisen bevorzugte, errichtet. Sie hatten die Wahl auch nicht bereut, denn das Hotel lag direkt am Meer mit einem herrlichen Blick auf die Berge dahinter.

Auch die Vorhersage mit dem Wetter hatte sich bestätigt. Es war nicht wirklich warm, im Vergleich zu Deutschland allerdings richtig angenehm. Sogar die Sonne schien ab und zu, in den Morgenstunden knallig rot und tagsüber milchig trüb. Trotzdem spürte man ihre Wärme. Das Hotel selbst war wie die gesamte Südküste von der Flut kaum betroffen und in bestem Zustand. Durch den vielen Regen war alles wunderschön grün und die ersten Blumen blühten.

Nach nunmehr drei Wochen Urlaub musste er sich eingestehen, dass es vielleicht gar nicht so schlecht gewesen war, seine Mutter mitgenommen zu haben. Denn sie war sehr unternehmungslustig und hatte ihn dazu veranlasst, nicht nur zu faulenzen, sondern sich auch die Schönheiten der Insel anzusehen. Nach ihren Worten von vorhin musste er ihr richtig dankbar sein, denn sie wollte unbedingt Agios Nikolaos sehen und hatte auch Gefallen an der neu eröffneten Taverne gefunden. Ansonsten hätte er Minea nie kennen gelernt.

„Jens-Peter. Träum nicht. Du solltest noch etwas essen, und dann wollen wir los. Du hast mir versprochen, heute mit mir nach Meni Kapsa zu fahren und das dortige Kloster zu besuchen. Es soll sehr eindrucksvoll über einer tiefen Schlucht liegen und eine in den Fels geschlagene Kirche besitzen. Früher haben dort in Berghöhlen christliche Eremiten gelebt, die in der Abgeschiedenheit dieser Einöde zur Erleuchtung finden wollten." Jens-Peter Schneider verdrehte die Augen. Seine Mutter verstand es auch immer wieder, ihn auf Trab zu halten. Er hatte gar nichts versprochen. Sie hatte vielmehr gestern Abend festgestellt, dass sie den Osten der Insel noch nicht gesehen hatten, und dementsprechend den heutigen Morgen geplant.

„Mittags können wir noch einmal nach Agios Nikolaos fahren. Das sind höchstens dreißig Minuten, und wir bekommen wenigstens etwas Ordentliches zu essen. Ich weiß nämlich, warum du immer so gern dorthin fährst. Der Lammbraten hat es dir angetan. Er ist auch wirklich besonders zart. Das ist etwas für deine angegriffene Gesundheit." Jens-Peter schmunzelte. Wenn seine Mutter wüsste ...

„Bevor wir losfahren, schauen wir noch einmal in das kleine Geschäft in unserem Hotel. Ich habe dort wunderschöne Broschen gesehen. Du kannst dieses junge Mädchen doch nicht einladen, ohne ein Geschenk für sie zu haben. Wenigstens hat dein Vater das immer so gehalten."

Jens-Peter wusste nicht mehr, was er sagen sollte. Was war nur in seine Mutter gefahren, dass sie ihn plötzlich verkuppeln wollte?

„Ja, Mutti", hörte sich Jens-Peter sagen, „aber du musst die Brosche aussuchen. Du weißt, in solchen Dingen habe ich keinen Geschmack. Und noch einmal. Sie ist kein junges Mädchen mehr, sondern eine erwachsene Frau."

„Als ob das so wichtig wäre", wurde er jetzt belehrt. „Komm erst einmal in mein Alter, dann siehst du auch manches anders. Vielleicht schaffst du es noch zu Kindern, dann wird es dir wenigstens auch einmal so gehen wie mir mit dir."

Jens-Peter kannte diese Geschichte schon. Jetzt konnte er sich wieder fünfzehn Minuten eine Litanei anhören, wie sich seine Mutter für ihn, nur für ihn, aufopferte. Jedoch er hatte sich getäuscht.

„Hast du auch gemerkt, dass die ganz junge Frau schwanger ist? Und das, obwohl sie noch nicht einmal verheiratet ist?"

„Du meinst Athena", fragte er vorsichtshalber nach.

„Ja, die meine ich. Zu unserer Zeit gab es das nicht. Es wurde erst geheiratet, bevor wir euch geile Kerle rangelassen haben."

Jetzt wurde es Jens-Peter doch zu bunt. „Die Zeiten haben sich eben geändert. Hast du mir nicht erzählt, wie wild es immer in den Zeltlagern vor Brockdorf zugegangen ist, als ihr gegen die Atomkraft demonstriert habt?" Das hat gesessen, registrierte er. „Weißt du Mutti, das geht uns nichts an. Minea hat mir erzählt, dass die Hochzeit Ende Mai stattfinden wird. Und Athena macht mir einen sehr glücklichen Eindruck. Den Zukünftigen haben wir nur nicht kennen gelernt."

„Dafür diesen Muffel. Wie kann eine so nette Frau wie Minea einen solchen Trottel zum Bruder haben." Jens-Peter wurde nun richtig böse.

„Was hast du nur gegen diesen Mann? Du hast ihn zweimal gesehen. Er ist sicherlich etwas maulfaul, aber er liebt seine Schwester und versteht sein Handwerk. Fast alle Antiquitäten in der Taverne sind von ihm. Er hat sie auf Vordermann gebracht. Ich jedenfalls mag ihn, denn hinter seiner rauen Schale sitzt eine gute Seele."

Seine Mutter wechselte sofort das Thema. „Ich habe gestern Abend noch Otto und Elsbeth bei uns zu Hause angerufen. Bisher war alles ruhig. Sie haben nur geschimpft, dass die Preise für Brot und Fleisch weiter gestiegen sind. Vom Frühling ist auch nichts zu spüren. Vor zwei Tagen soll es sogar noch einmal kräftig geschneit haben. Was soll nur werden, wenn wir noch einmal einen solchen Sommer bekommen wie letztes Jahr?"

„Eine Katastrophe", stellte Jens-Peter kurz und bündig fest.

„Otto hat mir auch erzählt, dass es in China jetzt ganz schlimm sein soll, richtiger Bürgerkrieg. Kann dort nichts gemacht werden?"

Jens-Peter schluckte den letzten Bissen des exzellenten Schafskäses hinunter und spülte mit viel Kaffee nach. Was sollte er dazu sagen? „Das müssen die Chinesen unter sich ausmachen. Gestern Abend habe ich allerdings in den Nachrichten gehört, dass die Europäische Kommission einen Vermittlungsversuch unternehmen will. Die norwegische Ministerpräsidentin soll schon nach China unterwegs sein, um mit den Konfliktparteien zu verhandeln. Wir werden sehen, was sie erreicht."

„Wie beurteilt denn dein Chef diese Situation?", fragte seine Mutter neugierig.

Sie war sehr stolz, dass ihr Sohn eine sehr wichtige Stellung bei Exxon einnahm und aufgrund dessen den Boss des weltweit größten Unternehmens persönlich kannte. Jens-Peter hatte noch kurz vor seinem Urlaub mit Scott Welsh telefoniert. Dabei war es vor allem um das neue Geothermiekraftwerk gegangen, das unter seiner Leitung in Italien errichtet werden sollte. Jens-Peter entnahm den Worten seines großen Chefs, dass dieser voll hinter dem Vorhaben stand und ihn stets unterstützen würde. Daraufhin hatte Jens-Peter seinen unmittelbaren Vorgesetzten in Hamburg signalisiert, dass er als Projektdirektor für dieses Vorhaben zur Verfügung stehen und etwa Mitte Juni in das Projektteam einsteigen würde.

„Scotty sieht die Entwicklung sehr kritisch. China ist als Markt fast völlig ausgefallen. Das hat die Firma schon einige Milliarden gekostet, denn vor allem die Preise für Plastmaterialien und Kunstfasern sind drastisch gesunken. Er hat freilich auch keine Lösung dafür, was man in China tun kann."

„Die armen Menschen", konstatierte seine Mutter weinerlich. Jens-Peter wusste allerdings, dass sie das Thema nicht wirklich interessierte.

Beide hatten in der Zwischenzeit das Frühstück beendet. Es war zwar bei weitem nicht mehr so abwechslungsreich wie noch vor drei Jahren, aber es hatte geschmeckt und war trotzdem ausreichend.

Er wollte gerade aufstehen, als seine Mutter eine Karte von Kreta auf den Tisch legte und ihn böse anschaute: „Jetzt sind wir schon so lange hier und haben fast nur die Südküste gesehen. Außer Agios Nikolaos haben wir im Norden noch nichts besichtigt. In der letzten Urlaubswoche möchte ich auch einmal die Perlen der Nordküste bewundern." Jens-Peter seufzte. Typisch Mutter. Dabei hatte er ihr schon so oft erklärt, dass er absolut nichts vom Katastrophentourismus hielt.

„Mutti, du weißt, wie schlimm die Flut im Norden gewütet hat. Dort sind Touristen wirklich nicht gern gesehen. Die Menschen haben jetzt andere Sorgen."

Wie erwartet, widersprach seine Mutter sofort vehement. „Jens-Peter. Athena und Minea wären froh, wenn mehr Touristen nach Agios Nikolaos kommen würden, denn von den Einheimischen allein können sie nicht leben. Es hat auch nicht wenig Geld gekostet, alles so schön herzurichten. Ich möchte nicht wissen, wie viele Kredite zurückgezahlt werden müssen. Du bist nur zu faul, mit mir herumzufahren. Ich kenne dich, mein Sohn."

Sie zeigt ihm drohend ihren rechten Zeigefinger, lächelte dabei jedoch verschmitzt. „Jens-Peter, ich war wirklich überrascht, wie wenig von der Flut in Agios Nikolaos noch zu sehen ist. Die Menschen hier sind so fleißig."

Jens-Peter gab sich geschlagen. „Also gut, wir machen morgen einen Ausflug nach Heraklion. Dort können wir den Palast von Knossos besichtigen. Auf dem Rückweg machen wir dann noch einen Abstecher nach Malia. Dort soll es ein sehr schönes Heimatmuseum geben, in dem das traditionelle kretische Landleben gezeigt wird. Nach meiner Kenntnis hat es unter der Flut nicht gelitten, so dass wir es besuchen können."

Seine Mutter schaute ihn bewundernd an. „Was du alles weißt, mein Junge. Man sieht eben doch, dass du eine gute Ausbildung bekommen hast."

Jens-Peter überging das. Er hatte das Ganze erst gestern Abend in einem Reiseführer gelesen.

„Wenn wir in Malia sind, ist es nicht mehr weit bis Agios Nikolaos. Es bietet sich regelrecht an, in der Taverne Abendbrot zu essen. Zudem könnte ich mir für morgen eine besonders große Portion Lammbraten bestellen."

„Und dich langsam etwas mehr mit Minea anfreunden", ergänzte seine Mutter. Die stand jetzt auf, packte ihre Karte ein und griff nach dem Schlüssel, den sie neben der Tasse abgelegt hatte.

„Jens-Peter, jetzt raff dich endlich auf. Meni Kapsa wartet. Erst kaufen wir aber noch die Brosche für Minea. So etwas kann ich dir nicht überlassen."

10. Mai 2016, Wuhan

Marit Johannson hatte sich auf ihr Zimmer in dem kleinen Hotel nahe Wuhan zurückgezogen. Sie wollte sich etwas frisch machen und danach auf das Vier-Augen-Gespräch mit Herrn Wu, dem Leiter der Verhandlungsdelegation der Rebellenarmee, vorbereiten. Nach zwei Tagen erbitterten Streits und ständigem Beharren auf festen Positionen hatte sie es aufgegeben, mit den beiden Delegationen an einem Tisch weiter zu verhandeln. Es machte einfach keinen Sinn, stets aufs Neue das Gleiche zu wiederholen. Deshalb hatte sie auf Einzelgesprächen bestanden und diese auch durchgesetzt. Heute Morgen war sie mit dem Regierungschef zusammengetroffen und hatte aus ihrer Sicht etliche Zugeständnisse an die Rebellen erreicht, ohne die ihrer Meinung nach ein Kompromiss nicht möglich war. Für Marit hatte bereits nach dem ersten Tag festgestanden, dass es die chinesische Oberschicht versäumt hatte, ein Minimum an sozialer Ordnung aufrecht zu erhalten. Damit trug sie auch die Schuld an der derzeitigen explosiven Situation im Land. Und von Einsicht keine Spur. Allein schon die immer wiederkehrende Wortwahl wie Pöbel, Exkremente der Gesellschaft, Schweine oder Lumpenproletariat zeigten Marit, wie wenig sich die Eliten noch gemeinsamen gesellschaftlichen Grundwerten verpflichtet fühlten, geschweige denn sich auch dementsprechend verhielten. Allerdings spürten sie, dass die Fundamente ihrer Macht und ihrer Position in der Gesellschaft nachzugeben begannen, so dass Marit doch in der Lage gewesen war, ihnen schrittweise Zugeständnisse abzuringen. Es war ihr auch nicht schwer gefallen, ihren Verhandlungspartnern auf Regierungsseite klarzumachen, dass sie ohne politische und wirtschaftliche Zugeständnisse Gefahr liefen, alles zu verlieren, denn die Rebellenarmee gewann mehr und mehr die Oberhand. Ein Sieg des *Pfades des Lichtes* in China war nicht mehr auszuschließen.

Nun sollte das Einzelgespräch mit Herrn Wu folgen. Marit hatte kein gutes Gefühl. Sie hatte den Verhandlungsführer der Rebellen bisher nur als kompromisslosen Ankläger der Missstände in China erlebt, der nicht bereit war, für eine gemeinsame Zukunft mit den bisherigen Eliten auch nur einen einzigen Gedanken zu verschwenden. Das war eine Position, die Kompromisse unmöglich machte. Marit hatte deshalb mit ihren Begleitern, unter anderem auch ihrem persönlichen Referenten Hans Wallström, am gestrigen Abend lange diskutiert, ob es unter diesen Prämissen überhaupt sinnvoll war, die Verhandlungen fortzusetzen.

Nach sehr kontroverser Diskussion hatten sie sich dann allerdings doch für eine Fortsetzung der Gespräche entschieden, da bei weitem noch nicht alle Möglichkeiten für eine Entschärfung des Konfliktes ausgelotet waren. Marit war in der Beratung mit ihren Kollegen klar geworden, dass sie noch zu wenig von den Rebellen wusste, um akzeptable Kompromisse zu erreichen. An ihrem Ziel hatte sich jedoch nichts geändert. Sie wollte eine politische Lösung, das heißt, den Aufbau einer parlamentarischen Demokratie, an der beide Seiten beteiligt werden sollten.

Marit setzte sich an den kleinen Tisch in ihrem Zimmer und fasste für sich selbst noch einmal die Vorschläge des Regierungschefs zusammen. Es war nicht so viel, wie sie erwartete hatte, jedoch ein Anfang. Ihre Forderungen hinsichtlich der Umwandlung des *Pfades des Lichtes* in eine Partei sowie der Durchführung von Wahlen für ein neues Parlament innerhalb eines Jahres waren akzeptiert worden. Zudem sollte eine neue Verfassung erarbeitet werden, jedoch geknüpft an die Bedingung, dass die Rebellen innerhalb von vier Wochen alle Waffen niederlegten und sich einem Amnestieverfahren unterwarfen. Der Nachsatz gefiel Marit nicht. Sie hatte auf Straffreiheit für alle Teilnehmer am Bürgerkrieg bestanden, war aber bisher gescheitert. Für sie barg eine Amnestie, deren Bedingungen nicht festgelegt waren, die Gefahr, dass dann doch Einzelne vor Gericht gestellt und abgeurteilt wurden. Das konnte keine Basis für einen wirklichen Frieden sein. Sie wusste auch noch nicht, ob sie Herrn Wu diesen Vorschlag überhaupt unterbreiten würde, denn sie wollte vermeiden, dass der Anführer der Rebellen zu dem Eindruck gelangte, nur getäuscht zu werden.

Es klopfte leise an ihrer Tür. Marit stand auf und öffnete sie. Hans Wallström stand davor und schaute sie fast schuldbewusst an.

„Es tut mir leid, Marit, kann ich dich eine Minute sprechen. Ich weiß, dass du dich auf das so wichtige Gespräch mit Herrn Wu vorbereitest, aber ich verstehe das alles nicht mehr."

Marit bat ihn herein und verschloss danach sofort wieder die Tür. „Was ist los, Hans? Warum bist du so beunruhigt?" Hans Wallström kam sofort zur Sache.

„Wir sind inzwischen völlig von der Außenwelt abgeschnitten. Man hat uns alle Telefone abgenommen und jede weitere Kommunikation nach außen untersagt. Ist das mit dir abgestimmt? So können wir nicht arbeiten."

Marit beruhigte ihn. „Hans, ich bin darüber informiert. Die Rebellen haben große Angst, dass während der Verhandlung ein Anschlag auf den Ort des Treffens verübt wird und wir alle geopfert werden. Es erscheint zwar fast psychopathisch, aber wir müssen es akzeptieren. Es muss bereits drei Anschläge auf Herrn Wu gegeben haben, die ihn außerordentlich misstrauisch haben werden lassen. Deshalb auch dieses kleine, unscheinbare Hotel auf Rebellengebiet, von dem wir alle nicht wissen, wo es wirklich genau liegt. Der gesamte Flugverkehr im Umkreis von fünfhundert Kilometern ist untersagt. Sollte sich ein Flugzeug auf weniger als einhundert Kilometer nähern, werden wir sofort evakuiert."

„Das ist ja krankhaft", stellte Hans Wallström fest.

„Nein, es zeigt nur das große Misstrauen und wie verhärtet die Fronten sind. Sie aufzuweichen, wird uns sehr schwer fallen", erklärte ihm Marit.

„Wie siehst du überhaupt die Chancen, mit Herrn Wu voranzukommen. Er scheint mir regelrecht verbohrt und Argumenten anderer völlig verschlossen." Hans Wallström sah seine Chefin zweifelnd an. Diese aber reagierte gelassen.

„Warten wir es ab. Es fällt auch mir schwer, für diesen Herrn Sympathie zu entwickeln. Ich muss noch viel verstehen, bevor ich wirklich meine Vermittlerrolle ausfüllen kann. Das Gespräch in wenigen Minuten soll mir helfen, mein Bild über diesen Mann und die Situation im Land zu vervollständigen."

Es klopfte erneut. Von draußen hörte Marit die Stimme der Dolmetscherin, die ihr mitteilte, dass das Gespräch beginnen könne. Marit schloss die Tür auf, nahm einige ausgewählte Notizen und verließ den Raum. Sie drehte sich noch einmal kurz um und sagte zu ihrem Referenten. „Hans. Du kannst hier auf mich warten und die Protokolle der verschiedenen Verhandlungen ergänzen und fertig stellen. Nach dieser Sitzung werde ich jemanden brauchen, der mir zuhört und mich aufrichtet."

Marit folgte der Dolmetscherin, die sie in eines der kleinen Besprechungszimmer führte. Dort wartete bereits Herr Wu auf sie. Er war deutlich größer als Marit, regelrecht dünn und verunstaltet durch eine riesige Narbe quer über das Gesicht. Er begrüßte sie freundlich und begleitete sie zu ihrem Sessel, der, nur getrennt von einem kleinen Tischchen, direkt neben dem von Herrn Wu stand. Hinter dem Tischchen hatte man einen Stuhl platziert, auf dem die Dolmetscherin saß, die simultan übersetzte, was die Gesprächspartner von sich gaben. Nachdem auch Herr Wu Platz genommen hatte, bedankte sich Marit zunächst artig für das gewährte Vier-Augen-Gespräch. Sie hatte sich vorgenommen, kritische Fragen oder Bemerkungen zu vermeiden und zunächst mehr über die buddhistische Bruderschaft zu erfahren.

„Herr Wu", begann sie vorsichtig, „können Sie mir etwas mehr zu den Zielen der Bruderschaft sagen?"

Liu Wu schaute sie an und begann mit einer weitschweifenden Erklärung, die stark religiös verbrämt war. Was Marit verstand, war die Aussage, dass sie strikt den vier edlen Wahrheiten Buddhas folgten. Sie waren sich dessen bewusst geworden, dass sie großes Leid ertragen mussten, und hatten erkannt, was die Ursache für dieses Leid war. Sie hatten die Möglichkeit gesehen, diesen Zustand zu überwinden, und sie wollten eine bessere Gesellschaft aufbauen, in der Verhaltensmaßstäbe gesetzt wurden, die neues Leid vermieden.

Nach fast fünfzehn Minuten unterbrach Marit den Redefluss. Ihr waren diese Ausführungen zu allgemein. Sie hütete sich indes davor, das auch so zu sagen.

„Herr Wu, wenn ich Sie richtig verstehe, sehen Sie als Ursache des großen Leides vieler Chinesen das Ausleben des individuellen Egoismus durch eine gierige Oberschicht, die durch nichts legitimiert ist, dort zu sitzen."

„Nein", widersprach dieser sofort energisch. „Es ist das den Chinesen von euch aufgezwungene System, das die Habgier und die Selbstsucht fördert und in den Mittelpunkt des Handelns vieler Privilegierter gestellt hat. Diese haben eure Prinzipien dann weiter pervertiert und vervollkommnet. Im Übrigen, es sind nicht wenige, es ist die große Mehrheit der Chinesen, die in dieser Gesellschaft zu Arbeitstieren degradiert wurde. Man könnte auch sagen, zu Sklaven der Neuzeit."

Marit verstand, was ihr Gesprächspartner ausdrückte. Eine verkommene Oberschicht in China hatte das letzte Minimum an sozialer Ordnung zerstört und sich am Gefühl der Macht berauscht. Was ihr nicht gefiel, war die Formulierung v*on euch aufgezwungen.*

„Aber wie können Sie Leid überwinden, indem Sie neues, unermessliches Leid schaffen?", hörte sie sich fragen.

„Es gibt nur diesen Weg", entgegnete Herr Wu mit fester Stimme. „Ist eine Gesellschaft so extrem auf Eigentum und Profit ausgerichtet wie die unsere, muss sie riesige Macht entfalten, um sich vor jenen zu schützen, die den Herrschenden angeblich etwas wegnehmen wollen. Wenn wir als Ziel formulieren, das Leid derjenigen zu beseitigen, die am Reichtum der Gesellschaft nicht mehr teilhaben, müssen wir diese Macht brechen. Leid können Sie zudem nicht mehr vergrößern, wenn sich Menschen nach dem Tod sehnen. Alle unsere Brüder wissen, dass nach dem großen Leid das Licht kommen wird. Dieses Wissen gibt ihnen die Kraft, alles zu ertragen."

„Aber wie soll die neue Gesellschaft aussehen? Wird sie auf den Leichen der alten aufgebaut sein? Wo wollen Sie hin?“ Marit sah, wie sich die Narbe von Herrn Wu rot färbte. Offensichtlich hatten ihn die letzten Fragen sehr erregt oder vielleicht sogar verärgert. Jedoch er antwortete ruhig und gelassen.

„Wir wollen eine Gesellschaft, in der die Einkommensunterschiede nicht so groß sind, dass sie die Gemeinschaft spalten. Und die Eliten müssen sich Verhaltensnormen unterwerfen, die ihre Bereicherungssucht und ihr Machtstreben begrenzen.“

Marit schüttelte den Kopf. „Herr Wu, das ist gerade das, was wir in unserer parlamentarischen Demokratie anstreben. Wir benötigen die Unterschiede als Triebkraft der Gesellschaft, verhindern aber, dass sie zu groß werden und zu sozialen Spannungen führen.“ Herr Wu lachte verächtlich.

„Vielleicht glauben Sie an dieses Märchen. Ich nicht. Eure so genannte Demokratie ist doch nur das Deckmäntelchen, das eure Eliten ausgebreitet haben, um ihre Macht und ihre Privilegien abzusichern. Ihr lebt doch nur gut, weil bei uns die Textilarbeiterin mit einem Dollar pro Tag auskommen muss und ihr unsere Eliten korrumpiert habt, uns bis aufs Blut auszusaugen. Haben Sie schon einmal eine Siedlung der Wanderarbeiter in Beijing besucht? Dort sehen Sie das Ergebnis eurer Demokratie, die Basis eures Wohlstandes. Das sind auch Menschen. Wie inhuman ist euer System, wenn bei euch die Haustiere besser leben als bei uns die Menschen.“

Marit war erschüttert. Einen solchen offenen Angriff auf die Demokratie hatte sie nicht erwartet. Noch immer erkannte sie jedoch nicht das Ziel ihres Gesprächspartners. Wollte er den Sozialismus, die totale Gleichheit, oder eine nationalsozialistische Diktatur? Sie setzte deshalb noch einmal nach. „Wie soll die kommende Gesellschaft aussehen? Was haben Sie mit denen vor, die andere Vorstellungen oder andere Werte haben?“

„Die müssen wir beseitigen. Gnadenlos. Denn sie sind die Ursache unseres Leids“, bekam Marit als Antwort.

„Herr Wu, Sie sind böse“, entschlüpfte es ihr. Sie bereute sofort, das ihr das herausgerutscht war. Aber Liu Wu schien es nicht übel zu nehmen, im Gegenteil, er lächelte. „Frau Johannson. Eine Frage an Sie. Ist ein Vulkan, der Hunderttausende einfach so tötet, böse? Wir sind wie ein Vulkan. Das Erstarrte über uns wird einfach weggesprengt und Dünger freigesetzt für die Fruchtbarkeit der neuen Felder.“

„Es wird auch viele Unschuldige treffen“, gab Marit zu bedenken.

„Jeder Vulkanausbruch trifft nur Unschuldige, ist jedoch der Ausgangspunkt für das Neue und Bessere", wurde ihr sofort entgegengehalten.

Jetzt lächelte Marit. „Sie wissen freilich auch, dass der Vulkan oben sehr schnell wieder erstarrt. Werden Sie nicht morgen genauso sein wie die, die Sie jetzt beseitigen?"

Herr Wu schaute ihr offen in die Augen. „Die Gefahr besteht. Das kann ich nicht leugnen. Deshalb benötigen wir auch eine neue Verfassung, in der die Werte, nach denen wir uns zu richten haben, manifestiert sind. Und wir brauchen eine Gesellschaft, die anders ist als eure. China kann und darf euch nicht folgen. Wir müssen einen neuen Weg finden, nicht Sozialismus russischer Prägung und nicht Monopolkapitalismus amerikanischer Denkweise. Manches der europäischen Demokratien ist fortschrittlich, aber es bleibt die von uns abgelehnte Grundausrichtung auf Profit und Erfüllung des individuellen Egoismus."

Marit wollte diese Grundsatzdiskussion nicht fortführen. Sie musste zurück zu ihrem konkreten Auftrag, zwischen den beiden sich unversöhnlich gegenüberstehenden Parteien zu vermitteln. Diese Aussagen von Herrn Wu zu den europäischen Demokratien konnte sie jedoch nicht unwidersprochen im Raum stehen lassen. „Herr Wu. Ich bin davon überzeugt, dass der Mensch von Natur aus egoistisch, habgierig und selbstsüchtig ist. Das sind allerdings auch die Eigenschaften, die ihn vorwärts treiben, den Fortschritt der Gesellschaft ermöglichen. Jede Gesellschaftsordnung muss mit der Vielschichtigkeit und der biologischen Prägung des Menschen leben. Man kann sie nicht unterdrücken, denn wenn man das tut, ist man ihr schon wieder verfallen. Und es ist der größte Fortschritt unserer Demokratie, dass Menschen nach Wahlen freiwillig auf Macht verzichten und sich nicht an diese klammern." Herr Wu schüttelte energisch den Kopf. Er war sichtlich aufgebracht.

„Das ist nicht wahr. Der Mensch verhält sich immer gemäß der Regeln, die ihm ein System, in dem er lebt, vorgibt. Wenn er egoistisch oder habgierig agiert, dann nur deshalb, weil diese Eigenschaften zur Norm in der Gesellschaft erklärt wurden und einige wenige sich das zunutze machen. Und was den Verzicht auf Macht bei Ihnen angeht, auch das sehe ich anders. Jeder bekommt im Netzwerk der Macht ein neues Pöstchen und bleibt in der Oberschicht. Die Eliten bei Ihnen rekrutieren sich mehr und mehr aus sich selbst. Das wird Ihnen zunehmend Probleme bereiten. Auch Sie laufen auf chinesische Verhältnisse zu, wenn Sie nicht aufpassen."

Marit war jetzt wirklich überrascht. Das hatte sie nicht erwartet. Nachdem sie die Bücher von Herrn Wu gelesen hatte, war sie der Meinung, auf nationalsozialistisches Gedankengut zu treffen, und hatte sich dementsprechend orientiert. Jetzt aber musste sie feststellen, dass sie es mit einem intelligenten Mann zu tun hatte, der sich intensiv mit dem auseinandersetzte, was er tat. Allerdings war er in seinen Auffassungen sehr radikal und zeigte deutliche Tendenzen von Intoleranz. Es würde sehr schwer werden, zu einer erfolgreichen Vermittlung zu kommen. Sie würde es trotzdem versuchen. „Herr Wu, Sie werden mir doch sicherlich zustimmen, dass es kein gerechtes und kein ungerechtes Leid gibt. Leid bleibt immer Leid. Und wenn Mütter um ihre Söhne weinen, ist es egal, auf welcher Seite diese gestanden haben. Sollten wir deshalb nicht alles tun, diesen Bürgerkrieg zu beenden und eine Lösung ohne Waffen zu finden?"

Ihr Gesprächspartner hatte den Kopf gesenkt und dachte offensichtlich intensiv nach. Es dauerte fast zehn Minuten, bis er sich äußerte. „Frau Johannson. Wir folgen den edlen Wahrheiten Buddhas. Wir kennen die Ursache unseres Leidens und sind dabei, sie zu beseitigen. Glauben Sie, dass sich die von der Gier und der Selbstsucht Infizierten eingestehen, dass sie krank sind und auf die Macht und ihren zusammengerafften Besitz verzichten müssen, wenn sie wieder Menschen werden wollen?"

Eine gute Erwiderung, ging es Marit durch den Kopf. Sie wusste, dass sie jetzt am kritischen Punkt des Gespräches angekommen war. In den nächsten Minuten würde sich entscheiden, ob es überhaupt sinnvoll war, den Vermittlungsversuch fortzusetzen. „Es ist immer sehr schwer für Menschen, von der Macht zu lassen. Denn der Gebrauch von Macht schafft Lust. Sie kann richtiggehend süchtig machen. Aber sollten wir es nicht zumindest versuchen. Denn Millionen Unschuldige werden es mit ihrem Leben bezahlen, wenn diese Gespräche scheitern. Und, bitte vergessen Sie nicht, auch Sie gebrauchen Macht. Werden Sie sie wieder loslassen, falls Sie siegen?"

Herr Wu schaute sie nachdenklich an. „Was hat Ihnen die Gegenpartei für Vorschläge unterbreitet? Lassen Sie sie uns diskutieren."

Marit atmete auf. Sie hatte eine Chance und sie würde alles tun, sie zu nutzen.

17. Mai 2016, Athen

Odo Alexandros schaute sich um. Sehr hübsch eingerichtet. Keinesfalls das Standardwartezimmer mit einigen wackligen Stühlen und einem Plastetisch in der Mitte. Nein, sein Freund hatte sich wirklich Mühe gegeben, seinen Patienten eine behagliche Atmosphäre zu schaffen. Es gefiel ihm. Vielleicht würde auch er bald einen solchen Raum einrichten, mit einer Spielecke für die Kinder, bequemen Sesseln für die Senioren, einer Leseecke und vielen Blumen im Fenster. Deshalb war er ja hier.

Er hatte mit seinem Freund Michael Ritzos einen Termin vereinbart, damit dieser, ein renommierter Allgemeinmediziner, ihm zeigen konnte, was heute alles nötig war, um eine Arztpraxis zu eröffnen und zu führen. Noch immer war Odo festen Willens, seinen erlernten Beruf wieder auszuüben und aus der Politik auszusteigen. Allerdings hatte er schon seit Jahrzehnten nicht mehr praktiziert, so dass er erst einmal wissen wollte, was sich alles verändert hatte und worauf er sich einstellen musste. Ihm waren in letzter Zeit erste Zweifel gekommen, ob seine Entscheidung wirklich richtig war, denn er hatte inzwischen sehr wohl gespürt, dass er nicht nur Feinde hatte.

Nach seinem Rücktritt hatte er zunächst geglaubt, in ein tiefes Loch zu fallen. Er war jedoch überrascht, wie viele Menschen ihm geschrieben und ihre Solidarität bekundet hatten. Sie baten ihn, in der Politik zu bleiben und weiterhin für die Interessen der Mehrheit der Menschen einzutreten. Das hatte ihn sehr berührt und nachdenklich gemacht. Dazu beigetragen hatte auch der unerwartete Besuch von Marit Johannson in Athen, der mit einem noch weniger erwarteten Angebot geendet hatte. Sie hatte ihn gestern Abend gefragt, ob er nicht Lust habe, nach Brüssel zu kommen und dort eine Stelle als Staatssekretär anzunehmen. Das hatte ihm die Sprache verschlagen. Er hatte sofort nachgefragt, wie sie ihm bei seinem groben Schnitzer ein solches Angebot unterbreiten konnte. Marit hatte aber nur gelächelt und ihm gesagt: „Ich kenne diese Spielchen, leider. Du hast dir nichts wirklich zu Schulden kommen lassen, und du verstehst dein Handwerk. Das habe ich in der schwierigen Situation nach der Santorin-Katastrophe gesehen."

Odo Alexandros hatte dieses Angebot eine schlaflose Nacht eingebracht. Jetzt wusste er wirklich nicht mehr, was er tun sollte. Denn Elena hatte sich in den Kopf gesetzt, mit ihm nach Kreta zu ziehen. Sie wären dann so nah bei Athena, ihrer Adoptivtochter. Wenn dann noch Enkel kämen, wäre das Glück vollkommen. So dachte wenigstens seine Frau. Odo war noch zu keiner Entscheidung gekommen. Er hatte sich aber vorgenommen, diese nicht auf die lange Bank zu schieben, denn es begann langsam, ihn zu belasten. Aber er würde sehen, was sich heute bei seinem Freund ergab. Leider war der noch zu einem Notfall gerufen worden, so dass Odo sicher noch eine Weile auf ihn warten musste. Dabei hatte er sich so beeilt, um pünktlich zu sein. Er hatte Marit Johannson zum Flughafen gebracht, war jedoch rückwärts in einem Stau hängen geblieben.

Marits Besuch war sehr ungewöhnlich gewesen, denn sie war ohne Sicherheitsbegleiter als reine Privatperson angereist. Sie hatte ihn vor drei Wochen angerufen und ihm mitgeteilt, dass sie vorhatte, nach ihrer Vermittlungsmission in China einen Abstecher nach Athen zu machen und diesen zu nutzen, mit ihm zu reden. Allerdings hatte sie ihm den Grund des Besuches nicht genannt. Marit war am 15. Mai spät abends in Athen gelandet und von Odo abgeholt worden. Er hatte ihr angeboten, bei ihnen zu Hause zu wohnen, aber Marit hatte abgelehnt und ihm erklärt, dass sie total erschöpft und müde sei. Nach den anstrengenden Verhandlungen in China wollte sie endlich wieder einmal richtig schlafen, und zwar so lange wie möglich. Odo hatte das verstanden und sie in einem kleinen Hotel in der Nähe seiner Wohnung untergebracht. Marit hatte ihm versprochen, mit ihm zu Mittag zu essen und am Abend gemeinsam mit ihm und seiner Frau einige schöne Stunden bei einem guten Glas Wein zu verbringen.

Auf einen Stadtbummel, den Odo zunächst vorschlug, hatte sie verzichtet, weil sie schon mehrfach in Athen gewesen war und die Sehenswürdigkeiten bereits alle kannte. Da zudem das Wetter nicht zum Spaziergehen einlud, hatten sie sich lieber ein warmes Plätzchen in einem schmucken Restaurant gesucht und die Zeit für ein interessantes Gespräch genutzt. Sie wollte zunächst von Odo wissen, was nun wirklich passiert war und wie er sich seine Zukunft vorstellte. Daraufhin hatte ihr Odo die ganze Geschichte mit dem Konto erzählt, die ihn letztlich das Amt kostete. Es war ihm nicht leicht gefallen, dieser Frau, die ihm immer vertraute, seinen Fehler einzugestehen. Er war überrascht, wie eindeutig Marit Position für ihn bezog. Sie sprach ihm ihr volles Vertrauen aus und betrachtete das Ganze nur als Intrige, um ihn loszuwerden. Er konnte das nur bestätigen. Mittlerweile wusste er, dass mehrere Präfekten gemeinsam mit seinem Intimfeind, dem Innenminister, an seinem Sturz gearbeitet und so lange gesucht hatten, bis etwas Belastendes gefunden worden war. Es war ihm erst im Nachhinein bewusst geworden, dass es auch nicht wirklich um seine Person gegangen war. Man wollte die Sondervermögensabgabe verhindern. Das war das eigentliche Ziel der Aktion. Er hatte Marit erzählt, dass er zunächst große Schuldgefühle hatte. Das war auch der Grund, warum er seinen Abschied aus der Politik verkündete.

Mit Abstand sah er jedoch manches anders. Die vielen Solidaritätsbekundungen und das positive Echo der Mehrheit der Bevölkerung auf das Notopfer machten ihm Mut. Zurück in die Politik wollte er trotzdem nicht, obwohl ihn viele Parteifreunde bedrängten, es sich noch einmal zu überlegen. Selbst der Ministerpräsident hatte ihn zum Abendessen eingeladen und gebeten, seine Entscheidung zu überdenken. Odo hatte dazu Marit nur sarkastisch erklärt: „Unser lieber Nikola, der sehr viel von Meinungsumfragen hält und danach auch seine Politik ausrichtet, will nur von meiner hohen Popularität profitieren. Immerhin haben fast neunzig Prozent der Griechen meinen Rücktritt als ungerechtfertigt empfunden und meine politische Arbeit als beispielhaft bewertet."

Marit hatte ihn auch gefragt, wie sein persönliches Umfeld auf diesen Schritt reagiert hatte. Die Antwort war sehr zwiespältig ausgefallen. „Viele vermeintliche Freunde habe ich verloren. Auf die kann und will ich in Zukunft auch verzichten. Dafür habe ich meine wirklichen Freunde erkannt, die in der Krise zu mir gestanden haben. Und Elena, die hat mir die Kraft gegeben, das alles ohne Schlaganfall oder Herzinfarkt durchzustehen."

Odo hatte Marit gegenüber erwähnt, dass sie eine junge Frau, die von der Flutkatastrophe besonders schwer getroffen war, mit deren Einverständnis adoptiert hatten. Marit hatte ihn an dieser Stelle überrascht angeschaut, denn es war doch sehr ungewöhnlich, ein einundzwanzigjähriges Mädchen als Kind anzunehmen. Sie hatte ihm das auch gesagt und gefragt, ob diese Frau vielleicht nur an ihrem Geld interessiert war. Odo hatte ihr daraufhin die ganze Geschichte erzählt und es am Schluss so zusammengefasst: „Was Athena von uns gebraucht hat, war Liebe und neuer Halt im Leben. Geld und Besitz hat sie selbst genug." Marit war sehr nachdenklich geworden, als sie hörte, wie das Schicksal Athena mitgespielt hatte. Dafür freute sie sich umso mehr, als sie hörte, dass Odos Adoptivtochter in zwei Wochen heiraten würde und auch bald Nachwuchs erwartete.

„Du wirst also bald Opa", hatte sie gefrotzelt. „Jetzt verstehe ich erst richtig, warum du nicht in die Politik zurück willst. Du hast offensichtlich vor, dich nur noch um deine Enkel zu kümmern." Beide hatten herzlich gelacht. Allerdings wusste er zu diesem Zeitpunkt noch nichts von dem Vorschlag Marits, der erst viel später kommen sollte.

Im Zusammenhang mit Athenas Schicksal waren sie natürlich auf das Thema Santorin zu sprechen gekommen. Marit hatte ihn gefragt, wie er die derzeitige Situation im Katastrophengebiet einschätzte.

Odo brauchte hier nicht lange zu überlegen: „Ich bin selbst immer wieder überrascht, wie zügig der Wiederaufbau vorangeht. Ohne die vielen großzügigen Hilfen wäre das jedoch nie möglich gewesen. Auch ihr in Brüssel habt einen großen Beitrag zur Überwindung der Folgen der Flut geleistet. Ich gehe davon aus, dass in spätestens einem Jahr ein Uneingeweihter die Spuren der Flut nicht mehr erkennen kann. Was viel länger schmerzen wird, sind die vielen Opfer, die wir zu beklagen haben. Es könnte mindestens eine Generation dauern, bis diese Wunden einigermaßen verheilt sind. Bezüglich Santorin bin ich noch heute sehr froh, dass wir die Insel rechtzeitig evakuiert haben. Dort ist nichts geblieben, wie es vorher war. Ich erinnere mich, dass du die Insel kurz vor dem Inferno besucht hast. Heute wärst du entsetzt, wenn du die Auswirkungen der Katastrophe sehen würdest."

Sie hatten sich dann noch lange über die anderen Begleiterscheinungen der Eruption im Archipel Santorin unterhalten. Das reichte vom Bimsstaub über die Cholera bis zum Wetter. Odo erklärte Marit, dass keiner der Wissenschaftler im Vorfeld auf mögliche Auswirkungen bezüglich des Klimas hingewiesen hatte. Das erzürnte ihn noch immer. „Wir geben so viel Geld für diese Herren aus und sie sind nicht einmal in der Lage, uns richtig zu beraten."

Marit hatte ihn hier beruhigt. „Die Voraussage in die Zukunft wird immer schwierig bleiben, gerade was das Wetter angeht. Hier spielt der Zufall eine sehr große Rolle, und den kann niemand vorhersagen. Ich habe deshalb Verständnis dafür, wenn Aussagen oft sehr vorsichtig formuliert werden."

Nach einer sehr leichten Mahlzeit, es gab griechischen Salat und Folienkartoffel mit Zaziki, hatte Marit Odo gebeten, sie ins Hotel zurückzubringen. Ihre Unterhaltung hatte doch viel länger gedauert als zunächst gedacht.

Marit wollte noch zu Hause anrufen und bis zum Abend ihren Bericht zu den Verhandlungen in Wuhan fertig stellen. Sie hatte Odo gebeten, ihn gegen neunzehn Uhr abzuholen. Was er dann auch getan hatte.

Es war ein sehr interessanter, fast spannender Abend geworden. Zunächst hatte Odo die beiden Frauen miteinander bekannt gemacht, die sich vorher noch nie getroffen hatten. Zum Glück schienen sie gleich aneinander Gefallen gefunden zu haben. Zumindest hatte Odo den Eindruck, dass sie sich nach kürzester Zeit blendend verstanden. Elena hatte Marit nach dem Abendessen ihr Atelier und ihre neuesten Bilder gezeigt, was sie normalerweise erst nach längerer Gewöhnungszeit tat. Erst gegen einundzwanzig Uhr kamen die Frauen lachend zurück in das große Wohnzimmer, wo sich Odo bereits in der großen Sitzecke niedergelassen hatte.

Sie scherzten noch eine Weile über alles und nichts, bis Elena Marit bat, doch etwas von China zu erzählen. Marit wurde sofort ernst. „Es ist beängstigend, was dort abläuft. Die Verlierer der Gesellschaft haben sich erhoben gegen diejenigen, die geglaubt haben, über grenzenlose Macht und das Recht, sich alles anzueignen, zu verfügen. China ist für mich das warnende Beispiel, wohin unersättliche Gier und grenzenlose Profitsucht führen. In diesem Bürgerkrieg sind bereits mehr Menschen umgekommen als durch die Explosion des Archipels Santorin."

Odo hatte Marits Betroffenheit deutlich gespürt. Es musste wirklich sehr schlimm stehen, denn er kannte Marit als eine Frau, die sich selbst in kritischen Situationen durch stoische Ruhe auszeichnete und ihre innere Anspannung gut verbarg. Elena war erschüttert. „Ich habe nicht gewusst, dass es schon so viele Tote gegeben hat. Davon war in den Nachrichten nichts zu hören."

„Die chinesische Regierung hat dafür gesorgt, dass kaum etwas nach außen dringt. Ich habe diese Zahlen auch nur vom Verhandlungsführer der Rebellen, einem Herrn Wu, der mir damit allerdings nur sagen wollte, zu welchen Opfern die Aufständischen bereit sind", erklärte Marit. Danach schilderte sie ausführlich, unter welchen Bedingungen die Vermittlungsgespräche gelaufen waren und wie viel Mühe und Kraft es sie gekostet hatte, zumindest einen Waffenstillstand zu vereinbaren. Ihr Ziel, zu freien Wahlen für ein neues Parlament zu kommen, welches das Kräfteverhältnis im Land widerspiegelte, hatte sie jedoch nicht erreicht. Hierfür waren von beiden Parteien so viele Vorbedingungen gestellt worden, dass Marit am Schluss nichts anderes übrig geblieben war, als zunächst zu versuchen, den Status Quo einzufrieren. „Jetzt schweigen zumindest erst einmal die Waffen, und es wird weiter verhandelt. Ich habe die Hoffnung nicht aufgegeben, dass es doch noch eine politische Lösung geben wird."

Elena war neugierig geworden, als Marit erwähnte, dass sie den Anführer der Rebellen getroffen hatte. „Was ist das für ein Mann? Was bewegt ihn?"

Marit hatte Elena lange nachdenklich angeschaut, bevor sie antwortete. „Wenn ich das wüsste. Er ist gebildet und sehr belesen.

Gleichzeitig radikal in seinen Anschauungen und brutal, diese durchzusetzen. Er fühlt sich auf der einen Seite als Verlierer, auf der anderen als Befreier der Erniedrigten und Ausgebeuteten. Was mich bedrückt, ist die Tatsache, dass ich ihm in vielem zustimmen muss. Die Oberschicht in China ist wirklich gierig und maßlos geworden. Sie hat vergessen, dass zu Macht und Einfluss auch Verantwortung gehört. Und so schlimm es klingen mag, Herr Wu hat auch Recht in seiner Analyse, dass diese Oberschicht nie freiwillig bereit sein wird, etwas von ihren Privilegien abzugeben. Das ist mir in meinen Gesprächen mit den Vertretern der Regierung bewusst geworden. Aber sie alle umzubringen, ist auch der falsche Weg."

Sie hatten dann lange diskutiert, wie die Eliten dazu bewegt werden konnten, wieder ihrer sozialen Verantwortung gerecht zu werden. Alle drei hatten viele Ideen. Ob diese in China zum Tragen kommen würden, war jedoch mehr als fraglich.

Marit hatte das Gespräch mit der Schlussfolgerung für sich selbst abgeschlossen: „Eines ist mir in China klar geworden. Menschliche Armut enthält mindestens genauso viel Sprengkraft wie der größte Vulkan. Wer die menschliche Gesellschaft sozial spaltet, darf sich nicht wundern, wenn er diese gewaltigen Kräfte freisetzt und wie die erstarrte Kuppel des Vulkans hinweggefegt wird."

Odo hatte Marit an dieser Stelle erstaunt angesehen. Er konnte sich erinnern, kurz vor dem großen Ausbruch des Santorin an etwas Ähnliches gedacht zu haben. Nur war zu dem Zeitpunkt nicht absehbar gewesen, welche dramatischen Dimensionen die beiden Katastrophen, die von der Natur hervorgerufene in der Ägäis und die vom Menschen verursachte in China, annehmen würden. Marit war zu später Stunde dann noch einmal auf Herrn Wu zurückgekommen.

„Manches, was dieser Mann gesagt hat, war auch Kritik an uns, den westlichen Demokratien. Er macht uns für das verantwortlich, was in seinem Land geschehen ist. Und glaubt mir, er hat mich mit einigen seiner Argumente sehr nachdenklich gemacht."

Elena wollte es nicht wahrhaben. „Wir sollen schuld sein an diesem Bürgerkrieg? Der Mann ist irre." Odo aber hatte verstanden, was Marit damit sagen wollte. Hatte doch nicht auch das von ihm durchgesetzte Notopfer gezeigt, wie wenig die Oberschicht bereit war, Solidarität zu üben, obwohl es sie kaum schmerzte, wenn sie zehn Prozent ihres Geldvermögens abgeben musste. Was danach von Marit ausgeführt wurde, gab Odo sehr zu denken.

„Er wirft uns unverblümt vor, dass unsere Gesellschaft, die seiner Meinung nach nur auf Profitgier und Egoismus beruht, an dem Elend dieser Welt schuld ist. Nach seiner Auffassung sind unsere Eliten keineswegs besser als die in China, nur etwas schlauer. Als ich ihm vehement widersprach, hat er nur gelacht. In der Nacht nach dieser Diskussion konnte ich nicht eine Minute schlafen, so haben mich diese Vorwürfe aufgewühlt. Und ich weiß auch, dass sie mich weiter beschäftigen werden. Denn in einem hat dieser Rebell Recht, die Gefahr, dass die Eliten in ihrer Gier und Skrupellosigkeit erstarren, besteht immer. Allerdings haben wir in unserer Demokratie die Möglichkeit, das einzuschränken beziehungsweise zu verhindern. Ohne Eliten wird es jedoch nicht gehen. Davon bin ich überzeugt."

Es war dann eine lange Nacht geworden, in der sie heiß über all die Fragen diskutiert hatten, die dieser Chinese Marit gestellt hatte. Was sind eigentlich Eliten? Wer und was gibt ihnen das Recht zu führen? Ist der Mensch wirklich von Natur aus gierig, egoistisch und selbstsüchtig oder ist es nur das System, das diese Normen geschaffen hat? Was muss getan werden, um das Erstarren der Eliten zu verhindern? Wie kann die parlamentarische Demokratie weiter entwickelt und das Gefühl der Ohnmacht bei vielen einfachen Menschen überwunden werden? Fragen über Fragen.

Die Tür zum Wartezimmer ging auf und sein Freund Michael stürmte herein. „Odo, entschuldige bitte, dass es später geworden ist, aber ich hatte einen Notfall. Bitte komm doch herein. Was interessiert dich am meisten? Ich freue mich auf jeden Fall, dass du zur Medizin zurückkehren willst. Du warst nämlich kein schlechter Arzt."

2. Juni 2016, Zürich

Mikis Kypris schaute auf die Uhr. Es wurde langsam Zeit, dass er aufhörte, an seiner Bilanz zu arbeiten. Er hatte versprochen, Sylvia Eschli fünfzehn Uhr zu Hause abzuholen und mit ihr und ihrem Sohn George einen Spaziergang am Ufer des Züricher Sees zu machen. Zu spät zu kommen, das war nicht seine Art. Er überflog schnell noch einmal die Zahlen für die ersten vier Monate des Jahres. Es sah wirklich gut aus. Sie hatten im Durchschnitt pro Monat einhundertzwanzig Tonnen Kartoffeln und zweiundzwanzig Tonnen Gemüse verkauft. Das war noch etwas mehr, als sie sich ursprünglich vorgenommen hatten. Da die Preise für Obst und Gemüse weiter gestiegen waren, hatten sie die zusätzlichen Kosten für die Anmietung von Lagerhäusern kompensieren können und das Ergebnis nach Abzug aller Aufwendungen sogar noch etwas erhöht. Sie lagen jetzt bei einem Gewinn von fünfhundertfünfzig Euro pro Tonne Kartoffeln und eintausendzweihundert Euro pro Tonne Gemüse. Damit hatte jeder der beiden Geschäftspartner ein monatliches Einkommen von etwa vierzigtausend Euro vor Steuern, eine stattliche Zahl. Allerdings wurde es langsam Zeit, dass neue Ware erzeugt wurde. Mikis hatte sehr wohl bemerkt, dass ihre Lagerbestände bis auf kleinere Reste zusammengeschmolzen waren. Er rechnete jedoch damit, dass sie aus Libyen bald die ersten neuen Kartoffeln erhalten würden. Frisches Gemüse, zum Beispiel Salat, Radieschen und Bohnen, gab es schon wieder seit Anfang Mai.

Und der Bedarf war riesig. Man hatte zwar eine Unzahl von Gewächshäusern neu errichtet, regelrecht aus dem Boden gestampft, aber das reichte trotzdem bei weitem nicht aus, um die Verluste aus dem Freilandanbau auch nur annähernd auszugleichen. In der Schweiz war es bisher durch teilweise Rationierung und Subventionierung der Lebensmittel gelungen, eine Hungersnot zu verhindern. Mikis wusste aber nicht, wie sich das Ganze weiter entwickeln würde, falls diese extreme Kälte und unangenehme Nässe noch ein weiteres Jahr anhielten. In den anderen Ländern Mitteleuropas sah es nicht besser aus. Aber vielleicht gab es doch Hoffnung. Seit einigen Tagen schien die Sonne, und sie wärmte sogar. Das war auch der Grund gewesen, warum er Sylvia angerufen und ihr einen gemeinsamen Spaziergang angeboten hatte. Diesen Hauch von Frühling musste man einfach nutzen.

Mikis riss sich von seinen Zahlen los. Wenn er sich nicht beeilte, würde er wirklich noch zu spät kommen. Er zog schnell einen warmen Pullover über, ergriff sein Jackett und rief nach seiner Schwester. „Sophia, bleibst du bitte heute Nachmittag zu Hause und schaust hin und wieder nach der Tante. Es geht ihr nicht gut. Ich bin zum Abendessen zurück."

Fünfzehn Minuten später stand Mikis vor dem Haus, in dem Sylvia wohnte. Es war eines jener schönen Mehrfamilienhäuser, die in den neunziger Jahren mit einem hohen Komfort errichtet worden waren. Mikis wusste, wie schwer es Sylvia fiel, die Miete und die Nebenkosten aufzubringen. Erst vor kurzem hatte sie ihm mit Trauer in der Stimme erklärt, dass sie auch mit zwei Einkommen gerechnet hatten, als sie sich für die Wohnung entschieden. Nun musste eben ein Gehalt reichen. Mikis hatte die Wohnung von Sylvia nie betreten und würde es auch heute nicht tun. Er wollte nicht in ihr Leben eindringen, obwohl er mehr für diese junge Frau empfand als Freundschaft. Mikis klingelte. Es dauerte weniger als zwei Minuten, bis er das laute Juchzen von George hörte, der an der Hand seiner Mutter die Treppenstufen hinunter hüpfte. Was für ein süßer Kerl, dachte Mikis. Er hatte ihn öfter gesehen und auch schon mit ihm gespielt. Wenn Sylvia auf Reisen war, brachte Sophia den Kleinen häufig mit nach Hause, auch zur Freude der Tante. George war ein sehr freundlicher Junge, der fast jedem ein Lächeln schenkte und schlechte Laune nicht zu kennen schien. Nur wenn er Hunger hatte, konnte er etwas quenglig werden. Was Mikis überrascht hatte, war, dass Sylvia Sophia erlaubt hatte, mit ihrem Sohn Griechisch zu sprechen. Aber das machte die Besuche des Kleinen noch lustiger.

Sylvia öffnete die Tür. George streckte Mikis sofort beide Arme entgegen, strahlte über das ganze Gesicht und begrüßte ihn. „Onkel Mikis, Onkel Mikis." Dieser hob ihn hoch und drückte ihn an sich. Er nahm ihn auf den linken Arm und gab Sylvia die Hand.

„Hallo Sylvia. Schön, dass es mit dem Spaziergang klappt. Und wie Sie sehen, wir haben das schönste Wetter. Es wird Frühling."

Sylvia lächelte. Man konnte ihr ansehen, dass sie sich über seinen Besuch und die Einladung sehr gefreut hatte. Ohne viel zu reden nahmen sie George in die Mitte und liefen in Richtung See. George jauchzte vor Begeisterung, da Sylvia und Mikis ihn hin und wieder an ihren Händen schaukeln ließen. Nachdem sie etwa dreißig Minuten gelaufen waren, merkte Mikis, dass George langsam müde wurde. Er trug ihn jetzt auf seinen Schultern, was George noch besser zu gefallen schien. Sylvia lief neben den beiden und freute sich über den schönen Nachmittag.

„Sehen Sie doch, die ersten Tulpen blühen. Und die Vögel singen wieder. Vielleicht haben wir es doch überstanden."

Mikis spürte, dass Sylvia glücklich war. Sie schien endlich einmal ihren Schmerz vergessen zu haben.

„Wissen Sie, ich bin Ihnen sehr dankbar dafür, dass Sie mich damals mit nach Kreta genommen haben“, sprach sie ihn unvermittelt an. „Ich habe dort sehr nette Menschen kennen gelernt, die so wie ich Schweres durchgemacht, dabei aber ihren Lebensmut und ihre Menschlichkeit nicht verloren haben. Das hat mir sehr geholfen, wieder zu mir selbst zu finden.“

Mikis schaute sie überrascht an. So offen hatte sie noch nie mit ihm über sich selbst gesprochen, obwohl er nun schon mehrfach mit ihr zusammen nach Kreta gereist war.

„Wissen Sie, dass mir Costa den wunderschönen Esstisch aus Nussholz geschenkt hat, der von ihm über Monate restauriert wurde? Ich wollte das Geschenk nicht annehmen, jedoch hat mir Minea gesagt, dass ihr Bruder mir das sehr übel genommen hätte. Als ich mich bei ihm für das Geschenk bedankte, sagte er mir in seiner knurrigen Art etwas sehr nettes. *Du bist wie Minea. Vom Schicksal geprüft und trotzdem aufrecht. Du könntest eine kretische Frau sein.* Was ist das nur für ein Mann? Sehr verschlossen, oft abweisend und gleichzeitig so mitfühlend.“

Mikis war überrascht. Das hatte er nicht gewusst. Dieser Costa, ob er sich vielleicht auch für Sylvia interessierte? Aber er verwarf diesen Gedanken sofort. Waren das Anzeichen von Eifersucht? Das hätte ihm gerade noch gefehlt. Mikis schaute Sylvia nun lächelnd an. Was sollte er auch zu Costa sagen. Das war schon ein Typ für sich. Sylvia war jetzt ins Erzählen gekommen.

„Was für eine schöne Hochzeit. Ich habe mich riesig über diese Einladung gefreut. Besonders gefiel mir die Rede des Pfarrers während der kirchlichen Trauung in der Panagia Kirche. Er hat es sehr gut verstanden, in der Stunde der Freude die Trauer mit einfließen zu lassen, ohne dabei rührselig zu werden. Ich hoffe, dass auch Markos und Athena seine eindringliche Mahnung nie vergessen werden, im Wohlstand nicht die Liebe zueinander zu verlieren und auch in den schweren Stunden zueinander zu stehen.“

Mikis verstand Sylvias Sorge. Natürlich hatte Markos jetzt ein sehr hohes Einkommen, aber er war der geblieben, der er immer war. Und er liebte Athena, das stand außer Zweifel.

„Costa wird Markos ganz schön einheizen, sollte der Athena untreu werden“, erwiderte Mikis lachend.

Sylvia ließ sich anstecken und lachte jetzt auch völlig befreit. Wunderschön ist sie, dachte Mikis. Sylvia ließ sich George geben und nahm den jetzt selbst auf den Arm.

„Ich muss zugeben, dass mich die Predigt sehr aufgewühlt hat. Jedoch ging es nicht nur mir so. Sogar Odo hatte rote Augen, als wir die Kirche verließen. Und Elena ist überglücklich. Sie hat nur noch Babysachen im Kopf, und will unbedingt nach Kreta ziehen."

„Ich bin mir nicht sicher, wie das ausgeht", gab Mikis zu bedenken. „Ich hatte ein längeres Gespräch mit Odo. Der weiß im Moment überhaupt noch nicht, was er tun wird. Er hat mir erzählt, dass Frau Johannson, die Vizepräsidentin der EU-Kommission, ihm eine Stellung in Brüssel angeboten hat. Auch seine Parteifreunde bedrängen ihn, doch wieder in die Politik einzusteigen. Allerdings hatte er sich vorgenommen, als Arzt zu praktizieren. Ich bin wirklich gespannt, wie er sich am Schluss entscheiden wird."

Sylvia lachte. „Sicherlich wird auch Elena ein Wörtchen mitreden. Im Übrigen, Frau Johannson kenne ich auch. Eine sehr nette und kompetente Frau."

„So wie auch Sie."

Sylvia schaute Mikis ob des Komplimentes verlegen an. Der aber schaute ihr offen ins Gesicht.

„Es bekommt nicht jeder einen solchen Auftrag. Ich bin davon überzeugt, dass Sie damals auf Santorin eine sehr gute Arbeit geleistet haben. Man hat Ihnen nur nicht geglaubt. Odo hat mir auch erzählt, dass Frau Johannson im Auftrag der EU die Vermittlungsgespräche in China geführt hat. Sicherlich das Schwerste, was man sich im Moment vorstellen kann."

„Ja, ich habe es gelesen. Ihre Mission war erfolgreich. Es ist ein Waffenstillstand vereinbart worden", bemerkte Sylvia voller Mitgefühl.

Die drei waren inzwischen am Spielplatz direkt am See angekommen. Dort gab es alles, was ein Kinderherz erfreuen konnte. George wollte selbstverständlich alles ausprobieren. Erst schaukeln, dann klettern und am Schluss voller Begeisterung nach unten rutschen. Bis er die Sandkiste entdeckte. Das war das Allerschönste. Da auch andere Kinder im Sand spielten, wollte George unbedingt mitmachen. Sylvia setzte ihn auf den hölzernen Rand, von wo aus er sich am Bau einer riesigen Sandburg beteiligen konnte. Mikis hatte sich auf einer der Bänke niedergelassen und beobachtete das Treiben der Kinder. Da George allein spielen wollte, kam Sylvia zurück und setzt sich neben Mikis. Der genoss den wunderschönen Tag. Endlich einmal Sonne. Und wie viel Spaß machte es dem Kleinen, mit den anderen Kindern spielen zu können.

Mikis drehte sich so, dass er Sylvia, die George stets im Auge behielt, von der Seite betrachten konnte. Erneut leuchtete ihr goldenes Haar in der Sonne, wie damals in der Caldera. Sie freute sich wie er über diesen schönen Nachmittag. Mikis schaute nach vorn in Richtung See. Mehrere Schwäne waren zum Ufer gekommen und ließen sich von Spaziergängern füttern. Plötzlich spürte er eine zärtliche Berührung an seiner rechten Hand. Sylvia hatte diese erfasst und schaute Mikis strahlend an.

„Weißt du Mikis, ich muss mich bei dir bedanken. Du hast mir sehr geholfen, ins Leben zurückzufinden. Ohne dich und Sophia hätte ich nicht wieder arbeiten können und meine Wohnung aufgeben müssen. Du hast mehr für mich getan als mancher meiner Freunde."

Mikis durchströmte ein Glücksgefühl. Sylvia empfand also doch etwas für ihn. Dennoch war er ein bisschen verlegen. „So viel war es nun wirklich nicht. Ich habe mich gefreut, wenn ich dir und George helfen konnte. Sympathisch warst du mir schon damals, als wir uns auf Santorin kennen lernten. Es war eben ein riesiger Zufall, dass wir uns in Zürich wieder getroffen haben."

Weiter kam er nicht. George hat sich bemerkbar gemacht. „Mama, Hunger", bettelte er und streckte ihnen beide Arme entgegen. Mikis stand auf und ergriff nun seinerseits ihre Hände. „Vielen Dank, Sylvia. Auch du hast mir viel gegeben. Ich mag dich."

Mikis schaute sie noch einmal liebevoll an und lief dann los, um George zu holen. Der quietschte vor Freude, als Mikis ihn wieder auf die Schultern nahm.

Sylvia scherzte. „Pass auf, Mikis, der ist voller Sand. Es läuft dir alles in den Hals und juckt dann prächtig." Mikis lachte, hob den kleinen Kerl herunter und schüttelte ihn zärtlich. Das gefiel dem so gut, dass er es noch dreimal wiederholen ließ. Aber dann liefen sie zügig los. Als sie die Haustür von Sylvia erreichten, setzte Mikis George ab und gab ihm die Hand.

„Tschüss, du kleiner Stromer. Bald sehen wir uns wieder."

Sylvia schaute Mikis jedoch fragend an. „Willst du nicht mitkommen? Lass uns zusammen Abendbrot essen. George würde sich sehr freuen."

Der Kleine hatte auch beide Arme ausgestreckt und zeigte, dass er von Mikis hochgenommen werden wollte. Der zögerte noch. „Sylvia, ich hatte meiner Schwester versprochen, nicht zu spät nach Hause zu kommen. Du weißt, meiner Tante geht es nicht gut."

Als er Sylvias traurige Augen sah, gab er sich einen Ruck. Warum eigentlich nicht? „Also, dann los. George, komm her." Mikis sah, dass sich Sylvia sehr freute. Sie schloss die Tür auf und hielt diese offen, bis Mikis mit George eingetreten war. Die Treppen liefen sie dann zu dritt nebeneinander. George gefiel es nämlich prächtig, links und rechts angefasst, die Stufen hoch zu hüpfen. Er jauchzte voller Begeisterung.

In der Wohnung angekommen, hatte Mikis nur Zeit, sein Jackett auszuziehen. George drängelte schon. „Da, George", zeigte er Mikis. Das war offensichtlich sein Zimmer. Er wollte, dass dieser mit ihm spielte. Sylvia sah es mit einem Lächeln. „Den wirst du jetzt so schnell nicht los. Aber das gibt mir die Chance, den Tisch zu decken. In etwa zehn Minuten solltest du mit ihm in das Wohnzimmer gehen. Kurz vor sechs kommt eine sehr niedliche Sendung für Kinder, das Sandmännchen. Er schaut immer ganz aufmerksam zu."

Nachdem Sylvia ihm erklärt hatte, wo welches Zimmer war, ging sie in die Küche. George hatte sich Mikis geschnappt und zog ihn in sein Zimmer. Es war geschmackvoll eingerichtet. Hier merkte man deutlich, dass das Ehepaar Eschli sehr gut verdient hatte. Mikis folgte George, der ihn in die Ecke führte. Dort wartete eine Unmasse Bausteine darauf, zu riesigen Türmen aufgestapelt zu werden, die George dann voller Freude umschubsen konnte. Was für ein herrliches Spiel. Es dauerte nicht lange, bis Sylvia den Kopf zur Tür hereinsteckte.

„Jetzt müsst ihr aber aufhören. Das Sandmännchen kommt schon."

George hörte nur Sandmännchen und tapste schon los Richtung Wohnzimmer, mit Mikis im Schlepptau. Mikis setzte sich in einen der großen Sessel der Sitzgruppe und nahm George auf den Schoß. Der Kleine schaute wie gebannt auf das Männchen, das zu einem niedlichen Lied über den Bildschirm flimmerte. Die ganze Sendung dauerte nicht mehr als zehn Minuten. Kaum zu Ende, rutschte George sofort nach unten und fasste Mikis an der Hand.

„Spielen", forderte er Mikis auf.

Der jedoch war wie erstarrt stehen geblieben. Die Nachrichten, die der Kindersendung folgten, hatten gerade begonnen und es wurde das Neueste in Kürze verlesen. Mikis wollte nicht glauben, was er hörte.

„Chinesische Rebellen brechen Waffenstillstand und marschieren auf Shanghai. Chinesische Regierung erwägt den Einsatz von taktischen Atombomben gegen die Aufständischen. EU warnt China eindringlich vor dem Einsatz von ABC-Waffen gegen die eigene Bevölkerung. Tambora in Indonesien unerwartet mit gewaltiger Wucht ausgebrochen. Riesige Mengen an Staub und Dampf werden in die Atmosphäre geschleudert. Vulkanologen sprechen von einem Supergau, noch schwerer als der Ausbruch des Santorin."

Mikis hörte hinter sich ein Schluchzen. Er drehte sich um und sah Sylvia, die in der Tür zwischen Küche und Wohnzimmer stand. Offensichtlich hatte sie die Kurznachrichten auch gehört. Tränen liefen ihr über das Gesicht. Mikis nahm George, der seine Mama ganz verdutzt ansah, hoch und lief zu Sylvia. Er umarmte sie sanft. Sylvia legte ihren Kopf an seine Schulter und weinte jetzt bitterlich. Mikis hörte, wie sie leise sagte. „Wir armen Menschen. Jetzt wird alles noch schlimmer.“

2. November 2004, Beijing

China verhängt Ausnahmezustand
www. bullfire.de/showthread.php?p=077825

Die Unruhen in einigen Zentralprovinzen gehen immer weiter. Neben enteigneten Bauern sind vor allem die muslimischen Minderheiten an den Protesten beteiligt. Mehr als 10.000 Mann des chinesischen Militärs befinden sich auf dem Weg, die Aufstände niederzuschlagen.

Der Internetdienst www.china-intern.de berichtete: „Betroffen sind Gebiete, in denen der Protest entrechteter und verarmter Bauern Hunderttausende auf die Straße gebracht hat, sowie die in den letzten Tagen bekannt gewordenen Unruhen mit ethnischem Hintergrund. Große Truppenverlegungen sind im Gange. Die wirtschaftliche Situation in verschiedenen Landesteilen wird unterdessen immer chaotischer."

Die Zeitung Die Zeit berichtete ebenfalls vor einigen Tagen von einer drohenden Eskalation in einer Textilfabrik in der ältesten Kaiserstadt Chinas, Xianyang. 6.000 Arbeiter der Tianwang-Stofffabrik haben seit Mitte September keinen Finger mehr gerührt und befinden sich im Streik. Dabei geht es den Streikenden vor allem um Gelder aus Sozialleistungen, die bei einer Übernahme durch den bekannten Mischkonzern China Resources zu zahlen sind. Doch anscheinend hat China Resources die Gelder tatsächlich bezahlt, sie kamen nur nicht bei den Arbeitern an, sondern wurden vom parteinahen Management vereinnahmt. Der Streik in Xianyang ging sogar so weit, dass man die wichtige Ost-West-Eisenbahn von Shanghai in die muslimisch geprägte Stadt Urumqi blockierte.

Bei mehreren Ausschreitungen in den Provinzen Henan, Sichuan und im westlichen Teil von Chongqing kamen bislang mehrere Menschen ums Leben und haben die Massen noch weiter in Bewegung gebracht. Vor allem die großen Wohlstandsunterschiede zwischen Küstenregion und Land sowie wachsende Armut und Reichtum haben zu einer explosiven Mischung geführt. Allerdings sind Aufstände in China nichts Neues und werden deshalb von ausländischen Beobachtern kaum beachtet. Auch vor dem Hintergrund einer zensierten Presse dürften nur Einzelheiten des Aufstandes ans Licht der westlichen Öffentlichkeit gelangen.

Nachwort

Mit Staunen hörten wir im Mai 1995 während einer Urlaubsreise auf Kreta von der Zerstörung der minoischen Kultur durch den Ausbruch des auf der Nachbarinsel Santorin befindlichen Vulkans. Von schweren Erdbeben, riesigen Flutwellen, die durch das Mittelmeer rasten, und der Ablagerung großer Mengen Bimsstein war die Rede. Das Ganze war vor nur dreitausendsechshundert Jahren geschehen, erdgeschichtlich eine Sekunde und ohne Belang für den Zustand der Erdkruste. Es war ein fürchterlicher Gedanke, der mich seitdem beschäftigte. Was würde passieren, wenn ein solcher Supergau heute im Mittelmeer geschehen würde, in unserer so komplexen, hoch industrialisierten, überbevölkerten Welt? Würde unsere Zivilisation, unsere Kultur in der Lage sein, eine solche Naturkatastrophe zu überstehen?

Aus diesen Fragen erwuchs die Idee für das nunmehr geschriebene Buch. Ich begann zu recherchieren und mich intensiver mit Santorin, den Mittelmeervulkanen und den Bedrohungen, die von großen Vulkaneruptionen ausgehen, zu beschäftigen. Das Bild, das sich ergab, hat mein Unbehagen stetig anwachsen lassen. Ich musste sehr schnell lernen, dass es solche Superausbrüche immer wieder gegeben hat, die über das Klima nicht nur einzelne Regionen, sondern die gesamte Menschheit in Mitleidenschaft zogen. Den Gedanken, dass so etwas wieder passieren kann, haben wir jedoch alle verdrängt. Wer ist sich schon dessen bewusst, dass vor nur neuntausend Jahren eine Glutwelle Mitteleuropa zerstörte oder fünfhundert Jahre nach Christus ein gewaltiger Vulkansausbruch in Afrika über eine weltweite Abkühlung die geschichtliche Entwicklung unserer Erde stark beeinflusste?

Sicherlich werden Sie, lieber Leser, jetzt fragen, was an diesem Buch ist denn nun Fiktion und was Realität? Ich muss Sie enttäuschen. Fast alles beruht auf Tatsachen und kann wirklich jederzeit geschehen, sicherlich nicht unbedingt auf Santorin. Aber es gibt eben viele „Santorins“ auf dieser Erde. Im Übrigen ist die minoische Katastrophe von ihrem Ablauf her wissenschaftlich sehr gut untersucht. Das von mir beschriebene Szenario ist dem nachvollzogen. Wer mehr darüber erfahren möchte, dem kann ich das wunderbare Buch von Walter F. Friedrich „Feuer im Meer“ aus der Reihe „Verständliche Wissenschaft“ empfehlen. Und was uns, zumindest was Santorin und seine liebenswerten Bewohner angeht, beruhigen sollte, ist der Fakt, dass Supergaus im Archipel Santorin alle sechzigtausend Jahre auftreten. Der letzte war bekanntlich vor dreitausendsechshundert Jahren!

Das Ziel meines Buches war aber nicht die minutiöse Beschreibung eines Vulkanausbruches. Im Mittelpunkt stehen die Menschen und ihre Gesellschaften, die plötzlich und unerwartet mit einer Naturkatastrophe größten Ausmaßes konfrontiert werden. Dabei habe ich mich bemüht, reale Verhaltensweisen zu beschreiben, eben solche, wie sie mir in meinem langen Berufsleben, das mich in viele Länder dieser Erde geführt hat, begegnet sind. Bestimmte Personen hatte ich jedoch nie im Auge. Es ging mir vielmehr darum, das Agieren von Menschen in ihrer Vielschichtigkeit und Komplexität zu zeigen, aber auch zu verdeutlichen, dass „gut" und „böse" manchmal sehr nah beieinander liegen können. Abel und Kain sind eben in jedem von uns! Rein zufällig ist die Zuordnung bestimmter Personen zu Nationen. Auch hier gilt das vorher Gesagte. Sehr viel Sympathie empfinde ich für die griechischen Bewohner der Ägäis. Ich bewundere ihre Standhaftigkeit in der Auseinandersetzung mit der Natur, ihren Stolz und kulturellen Reichtum. Mögen sie mir verzeihen, was ich ihnen und ihrer schönen Heimat in meinem Buch „angetan" habe.

Bei der Konzeptfindung für mein Buch hatten sich sehr schnell weitere Fragen aufgedrängt. Wie empfindlich würde unsere extrem vernetzte Welt auf die Herausforderungen einer solchen Katastrophe reagieren? Wie belastbar sind Demokratie und soziale Marktwirtschaft in einer Krisensituation? Ist der Mensch mit seinem technischen Fortschritt, der leider auch Atomwaffen, genetisch manipulierte Viren und höchsttoxische Giftgase beinhaltet, nicht viel gefährlicher als jeder Vulkanausbruch? Und können Hunger und soziale Ungerechtigkeit nicht Kräfte freisetzen, die in ihren Auswirkungen jede Naturkatastrophe bei weitem übertreffen? Der verehrte Leser wird mir verzeihen, dass ich auf diese Fragen nicht die glückselig machende Antwort gefunden habe. Ich hoffe aber, es ist mir gelungen zu zeigen, dass die Menschheit auch ohne Naturkatastrophen vor riesigen Herausforderungen steht, die sie bis in ihre Grundfesten erschüttern können, genauso wie um Demokratie und soziale Marktwirtschaft immer wieder aufs Neue gerungen werden muss. In die geistigen Auseinandersetzungen der von mir beschriebenen Personen sind natürlich nicht nur meine eigenen Gedanken, sondern auch die moderner Philosophen und Verhaltensforscher eingeflossen. So sind viele Denkansätze inspiriert von Erich Fromm („Haben oder Sein"), Felix von Cube („Lust an Leistung") und Amitai Etzioni („Die Verantwortungsgesellschaft").

Dass die von mir beschriebene Naturkatastrophe besonders tragische Entwicklungen in China auslöst, ist nicht zufällig. In diesem riesigen Land wachsen soziale Spannungen heran, die mich mit größter Sorge erfüllen. Zudem ist für mich klar, dass unsere Verhaltensweisen nicht die sein können, denen man in China folgen kann und darf. Dort müssen neue Wege und Lösungen gefunden werden, denken wir nur an den Energieverbrauch oder die Umweltbelastungen durch die Industrie und den Verkehr. Natürlich hoffe und bete ich, dass der von mir beschriebene Handlungsablauf, der bis zum Bürgerkrieg führt, nie eintritt. Allerdings stimmen mich viele Nachrichten aus China, die im Internet verbreitet werden, wenig hoffnungsvoll. Fünftausend Hinrichtungen allein im Jahr 2004 sind beängstigend.

Dieses Buch, das von Juli 2004 bis Januar 2005 geschrieben wurde, enthält eine genaue Beschreibung der schrecklichen Wirkung von Tsunamis. Leider wurde ich hier von der Realität überholt. Tragischerweise ist genau das, was ich als Fiktion geschildert habe, in der Flutkatastrophe vom 26. Dezember 2004 eingetreten. Diese Tatsache hat mir trotz aller Betroffenheit nur bestätigt, was ich eine meiner Hauptfiguren, die norwegische Ministerpräsidentin Marit Johannson, in ihrer Rede vor der UN-Vollversammlung wie folgt ausdrücken lasse: „Und dann plötzlich betrifft es eine Generation, wie jetzt die unsere, die fast staunend den Urgewalten der Natur ausgeliefert wird und nicht wahrhaben will, dass der Mensch die Natur nie wirklich beherrschen kann, denn er ist nicht mehr als eine ihrer Launen!"

F. U. K. Wagner, im Februar 2005

Umschlagfoto: © Martin Rietzel, westend61
Illustrationen auf dem Vor- und Nachsatz: Borchu Bawaa
Satz und Layout: Lutz Krüger
Druck und Weiterverarbeitung: Nakladatelstvi Albert, Boskovice

ISBN: 3-9809838-3-8

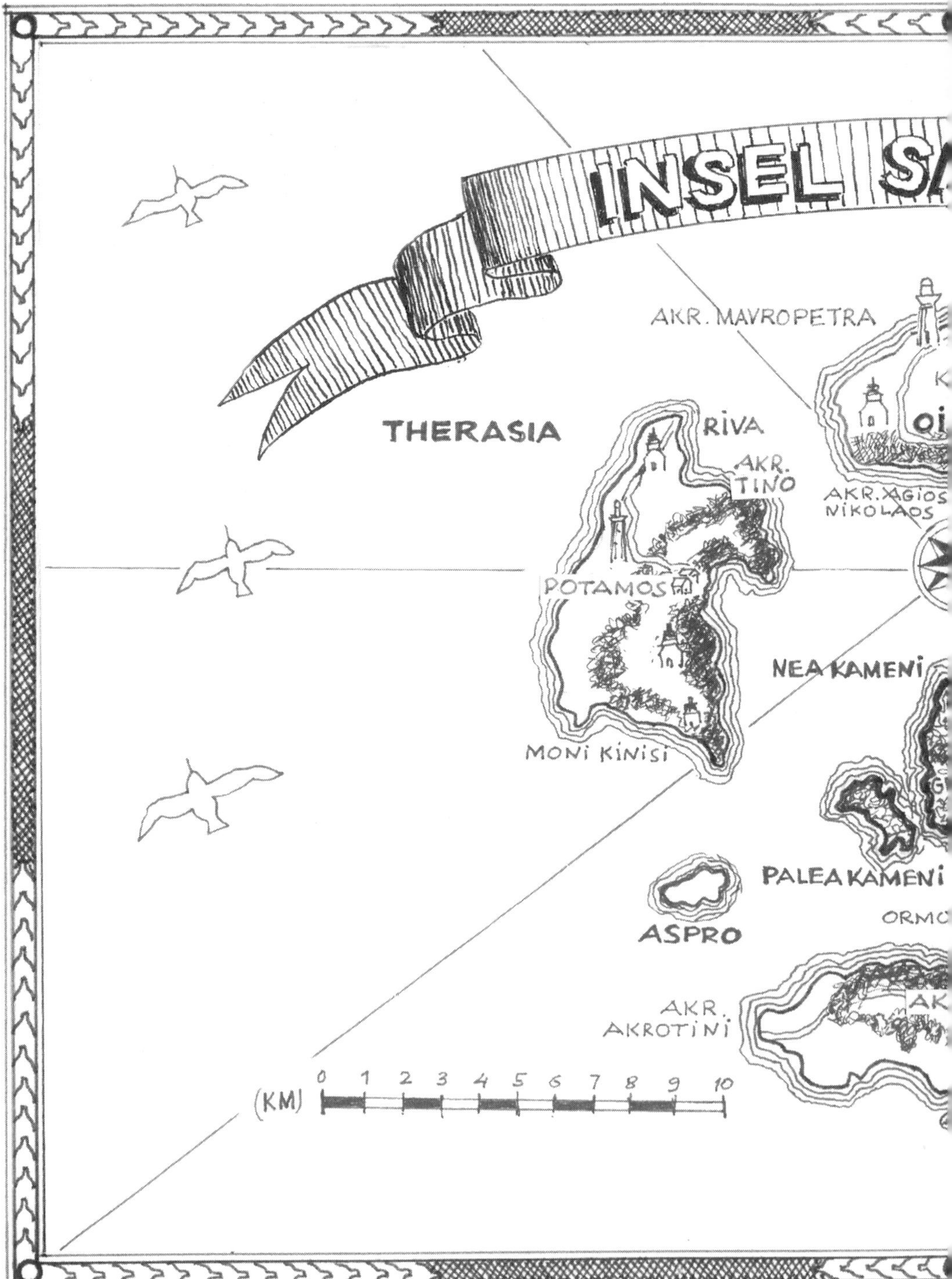

INSEL SA
AKR. MAVROPETRA
THERASIA
RIVA
AKR. TINO
AKR. AGIOS NIKOLAOS
POTAMOS
NEA KAMENI
MONI KINISI
PALEA KAMENI
ASPRO
ORMO
AKR. AKROTINI
0 1 2 3 4 5 6 7 8 9 10
(KM)